ROBERT GODDARD

Heute nicht und niemals wieder

Robert Goddard, 1953 in der südenglischen Grafschaft Hampshire geboren, studierte in Cambridge Geschichte und war längere Zeit Beamter der Erziehungsabteilung der Grafschaft Devon. Seit dem aufsehenerregenden Erfolg seiner ersten Romane widmet er sich ganz dem Schreiben.

Außer dem vorliegenden Band sind von Robert Goddard als Goldmann-Taschenbücher erschienen:

Dein Schatten, dem ich folgte. Roman (9856)
Die Krallen der Katze. Roman (9857)
Leben heißt Jagen. Roman (41195)
Mitten im Blau. Roman (41310)
Nimm niemals Abschied. Roman (42141)

ROBERT GODDARD

Heute nicht und niemals wieder

Roman

Aus dem Englischen
von Werner Waldhoff

GOLDMANN

Ungekürzte Ausgabe

Titel der Originalausgabe: Hand in Glove
Originalverlag: Bantam Press, London

Alle in diesem Buch vorkommenden Figuren sind erfunden.
Ähnlichkeiten mit lebenden oder verstorbenen Personen
sind rein zufällig.

Umwelthinweis:
Alle bedruckten Materialien dieses Taschenbuches
sind chlorfrei und umweltfreundlich.
Das Papier enthält Recycling-Anteile.

Der Goldmann Verlag
ist ein Unternehmen der Verlagsgruppe Bertelsmann

Genehmigte Taschenbuchausgabe 1/96
Copyright © 1992 der Originalausgabe bei Robert Goddard
Copyright © 1994 der deutschsprachigen Ausgabe
bei Schweizer Verlagshaus AG, Zürich
Umschlagentwurf: Design Team München
Umschlagfoto: Ernst Wrba, Sulzbach
Satz: IBV Satz- und Datentechnik GmbH, Berlin
Druck: Elsnerdruck, Berlin
Verlagsnummer: 42432
MV · Herstellung: Sebastian Strohmaier
Made in Germany
ISBN 3-442-42432-1

3 5 7 9 10 8 6 4 2

ERSTER TEIL

1

Da war es wieder: dasselbe Geräusch. Und dieses Mal wußte sie, daß sie sich nicht täuschte. Es war das Geräusch von scharfem Metall auf weichem Holz, das verdächtig splitternde Geräusch jenes Einbruchs, den sie schon lange vorhergesehen hatte. Das war also das Ende, auf das sie sich vorbereitet hatte. Und gleichzeitig der Anfang.

Sie drehte ihren Kopf auf dem Kissen, um die Leuchtziffern der Uhr erkennen zu können. Acht Minuten vor zwei. Dunkler – und beunruhigender – als Mitternacht.

Von unten kam ein gedämpfter Schlag. Er war im Haus. Er war hier. Sie durfte nicht länger zögern. Sie mußte sich ihm entgegenstellen. Und bei diesem Gedanken, mit den undeutlichen Leuchtziffern der Uhr vor Augen, lächelte sie. Wenn sie es sich hätte aussuchen können – und in gewissem Sinn hatte sie dies ja getan –, würde sie diesèn Weg gewählt haben. Kein jämmerlicher, langsamer Abschied vom Leben, sondern das, was nun kommen würde.

Sie schlug die Bettdecke zurück, schwang die Beine aus dem Bett und setzte sich auf den Bettrand. Die Wohnzimmertür war geöffnet worden – sehr vorsichtig, aber nicht vorsichtig genug, daß es ihr entgangen wäre. Vermutlich stand er nun in der Halle. Jawohl, da war das Knarren des Dielenbrettes neben dem Schrank unter der Treppe, das ganz plötzlich wieder verstummte, als er erschrocken zurücktrat. »Kein Grund zur Beunruhigung«, fühlte sie sich versucht zu rufen, »ich bin bereit. Es wird keinen besseren Zeitpunkt geben.«

Sie fuhr mit den Füßen in die bereitstehenden Pantoffeln und stand auf. Ihr Nachthemd schmiegte sich um ihren Körper, und ihr panisches Herzklopfen ließ langsam nach. Vermutlich war immer noch genügend Zeit, nach dem Hörer zu greifen und die Polizei zu rufen. Natürlich würden sie zu spät kommen, aber vielleicht...

Nein! Es war besser, wenn sie annahmen, sie sei im Schlaf überrascht worden.

Er war jetzt auf der Treppe und stieg vorsichtig am Rand der Stufen höher. Ein alter Trick. Vor langer Zeit hatte auch sie ihn benutzt. Sie lächelte wieder. Welchen Sinn hatte die Erinnerung jetzt noch? Sie bedauerte nichts. Was sie getan hatte, hatte sie im großen und ganzen gut gemacht.

Sie streckte den Arm aus und nahm die Taschenlampe vom Nachttisch. Ihr Griff lag glatt und kühl in ihrer Hand, so glatt und kühl wie... Sie durchquerte das Zimmer und konzentrierte sich auf ihr Vorhaben, um sich von etwaigen Zweifeln abzulenken, die diese letzten Minuten mit sich bringen könnten.

Die Tür war nur angelehnt gewesen, und jetzt hob sie sie geringfügig an und öffnete sie geräuschlos. Dann trat sie auf den Flur und blieb erschrocken stehen. Er bog bereits um die letzte Kurve vor dem oberen Treppenabsatz, ein schwarzer, gekrümmter Schatten, den sie nur deshalb wahrnahm, weil sie wußte, daß er da sein würde. Trotz all der Vorbereitung, trotz der Probe, fürchtete sie sich jetzt. Es war verrückt. Und trotzdem war es zu erwarten gewesen.

Als er den Treppenabsatz erreichte, hob sie die Taschenlampe mit beiden Händen, um ihr Zittern zu verbergen, und schaltete sie mit dem Daumen ein. Und da war er für einen Augenblick, wie ein Kaninchen im Licht eines Scheinwerfers, überrascht, geblendet und verwirrt. Sie konnte Jeans und eine schwarze Lederjacke ausmachen, aber sein Gesicht war nicht deutlich zu sehen, weil er etwas als Schutz vor die Augen hielt. Nicht, daß das nötig gewesen wäre, denn sie wußte sehr genau, wer er war. Dann erkannte sie, was er in der Hand hielt. Es war einer der Kerzenhalter vom Kaminsims im Wohnzimmer, seine Finger umklammerten die Spiralen aus Messing. Er hielt den Kerzenhalter verkehrt herum, so daß der schwere, scharfkantige Fuß nach oben zeigte.

»Hallo, Mr. Spicer«, sagte sie mit bemüht ruhiger Stimme. »Sie sind doch Mr. Spicer, nicht wahr?«

Er senkte den Kerzenhalter ein paar Zentimeter und versuchte, seine Augen an das Licht zu gewöhnen.

»Wissen Sie, ich wußte, daß Sie kommen würden. Ich habe auf Sie gewartet. Ich könnte sagen, daß Sie überfällig waren.«

Sie hörte, wie er leise fluchte.

»Ich weiß, wofür Sie bezahlt wurden. Und ich weiß auch, wer Sie dafür bezahlt hat. Ich weiß sogar, warum, und ich vermute, das ist mehr, als –«

Plötzlich war die Schrecksekunde vorbei. Er hatte sich von seiner Überraschung erholt. Er stürzte quer über den Gang und riß ihr die Taschenlampe aus der Hand. Er war viel stärker, als sie angenommen hatte, und sie war schwächer. Auf jeden Fall war der Unterschied groß. Als die Lampe scheppernd zu Boden fiel, erkannte sie, wie zerbrechlich und hilflos sie in Wirklichkeit war.

»Es hat keinen Sinn«, begann sie. »Sie werden nicht –« Dann traf sie der Schlag, und sie stürzte zu Boden. Sie brach am Fuß der Balustrade zusammen, ehe sie die Wucht des Schmerzes fühlte. Sie hörte sich stöhnen und schaffte es, die Hand zu heben, denn verschwommen sah sie, daß er zu einem zweiten Schlag ausholte. Aber sie würdigte ihn keines Blickes. Statt dessen konzentrierte sie sich auf die Sterne, die sie durch die zurückgezogenen Vorhänge am Nachthimmel sehen konnte – sie wirkten wie ausgestreute Diamanten auf dem Samttuch eines Juweliers. Tristram war auch nachts gestorben, erinnerte sie sich. Sie fragte sich, ob auch er noch einen letzten Blick auf die Sterne geworfen hatte, bevor der Tod über ihn hereinbrach. Hatte er sich ausgemalt, was ohne ihn aus ihr werden würde? Wenn ja, hätten seine Vorstellungen bestimmt anders ausgesehen. Denn dies konnte er niemals erwartet haben. Obwohl bei seinem Tod die Voraussetzungen dafür bereits bestanden hatten. Obwohl –

2

»Hallo?«

»Charlie? Hier ist Maurice.«

»Maurice? Was für eine nette Überraschung. Wie –«

»Der Grund meines Anrufes ist leider alles andere als nett, altes Mädchen. Ich habe schlechte Nachrichten. Es geht um Beatrix.«

»Beatrix? Was –«

»Ich fürchte, sie ist tot. Mrs. Mentiply hat sie heute nachmittag in ihrem Haus gefunden.«

»O mein Gott. Was ist passiert? War es das Herz?«

»Nein. Nichts dergleichen. Es scheint... Mrs. Mentiply hat etwas von einem Einbruch erzählt. Beatrix wurde... nun... ums Leben gebracht. Ich kenne die Einzelheiten nicht. Die Polizei wird jetzt dort sein, nehme ich an. Ich mache mich auch auf den Weg. Die Frage ist... Soll ich dich abholen?«

»Ja. Natürlich. Ja, gern. Maurice –«

»Es tut mir so leid, Charlie, wirklich. Du hast sie sehr gern gehabt, ich weiß. Wir alle mochten sie. Aber du besonders. Wir mußten natürlich irgendwann damit rechnen, aber das ist... das ist eine beschissene Art zu sterben.«

»Sie wurde ermordet?«

»Raubmord, nehme ich an. Nennt die Polizei das nicht so?«

»Raub?«

»Mrs. Mentiply sagte, daß gewisse Gegenstände fehlen. Aber wir sollten nicht voreilig sein. Laß uns hinfahren und herausfinden, was wirklich geschehen ist.«

»Maurice –«

»Ja?«

»Wie wurde sie getötet?«

»Mrs. Mentiply zufolge... Hör zu, lassen wir das jetzt, okay? Wir werden es bald genug wissen.«

»Ist gut.«

»Ich bin so schnell wie möglich bei dir.«

»Okay.«

»Mach dir einen Drink, ja? Es wird dir bestimmt gut tun.«

»Vielleicht hast du recht.«

»Bestimmt. Aber jetzt fahre ich besser los. Bis gleich.«

»Fahr vorsichtig.«

»Natürlich. Tschüs.«

»Auf Wiedersehen.«

Charlotte legte den Hörer auf und ging wie betäubt ins Wohnzimmer zurück. Nun, da zu der Stille auch noch Traurigkeit hinzukam, wirkte das Haus noch größer und leerer. Zuerst dieser schleichende, langsame Tod ihrer Mutter. Und jetzt auch noch Beatrix, und mit dieser so unerwarteten Brutalität. Tränen schossen ihr in die Augen, als sie sich in dem hohen Zimmer umsah und sich daran erinnerte, wie sie alle hier zusammengekommen waren und mit Papierhüten auf dem Kopf ihre Kindergeburtstage gefeiert hatten. Damals hatte natürlich auch ihr Vater noch gelebt, er hatte gelacht und im Schein des Kaminfeuers mit seinen Händen Schattentiere an die Wand geworfen. Jetzt, dreißig Jahre später, bewegte sich nur noch ihr Schatten, als sie auf den Schrank mit den Getränken zuging. Dann blieb sie stehen und wandte sich langsam ab. Sie konnte nicht warten. Das hatte sie in all den Jahren oft genug getan, zu oft. Sie würde eine Nachricht für Maurice hinterlassen und selbst auf der Stelle nach Rye fahren. Natürlich würde sie dadurch zwar nichts gewinnen, außer der Erleichterung, etwas unternommen zu haben. Auf jeden Fall würde es sie jedoch abhalten, Trübsal zu blasen. Genau das würde auch Beatrix gesagt haben, in ihrer forschen, nüchternen Art. Und das war das wenigste, was sie ihr schuldete, dachte Charlotte.

Es war ein stiller, dunstiger Juniabend, der ihre Trauer durch seine Vollkommenheit zu verspotten schien. Ein Rasensprenger zischte auf dem Rasen des Nachbarhauses, als sie zu ihrer Garage ging, eine Taube gurrte in den Bäumen, hinter denen sich die Straße versteckte. In dieser süß duftenden Luft erschien der Tod grotesk und weit entfernt. Aber sie wußte, daß er ihr wieder einmal hart auf den Fersen war.

Sie fuhr, als ob sie ihm entkommen wollte, mit gefährlich hoher Geschwindigkeit hinunter über den Common und über die Bayham Road, erst nach Süden am zypressengesäumten Friedhof vorbei, wo ihre Eltern lagen, und dann nach Osten durch die verschlafenen Wälder und Felder, wo sie als Kinder gespielt und Picknicks gemacht hatten.

Sie war jetzt sechsunddreißig Jahre alt und finanziell besser gestellt als je zuvor in ihrem Leben, aber überwältigt von Einsamkeit und kaum unterdrückter Verzweiflung. Sie hatte ihre Berufstätigkeit aufgegeben – man konnte es wohl kaum ihre Karriere nennen –, um ihre Mutter während ihrer Krankheit zu pflegen, und dank ihrer Erbschaft mußte sie auch jetzt nicht mehr arbeiten. Manchmal wünschte sie, sie wäre nicht so unabhängig. Durch einen Job, wie stumpfsinnig auch immer, könnte sie neue Leute kennenlernen. Und die wirtschaftliche Notwendigkeit könnte sie dazu bringen, das zu tun, was sie eigentlich schon längst hätte tun sollen: Ockham House zu verkaufen. Statt dessen hatte sie nach dem Tod ihrer Mutter vor sieben Monaten voller Trauer eine lange Italienreise angetreten, und bei ihrer Rückkehr wußte sie noch immer nicht, was sie eigentlich vom Leben erwartete. Vielleicht hätte sie Beatrix fragen sollen. Schließlich hatte sie in ihrer Abgeschiedenheit glücklich gewirkt – oder zumindest zufrieden. Warum konnte Charlotte nicht auch so sein? Natürlich war sie jünger, aber Beatrix war auch einmal in ihrem Alter gewesen, und auch damals war sie alleinstehend gewesen. Während sie einen Sattelschlepper und einen Wohnwagen überholte, überlegte sie, in welchem Jahr Beatrix sechsunddreißig gewesen war.

1938. Natürlich. In dem Jahr, als Tristram Abberley gestorben war. Ein junger Mann mit dem Temperament eines Künstlers. Er war in einem spanischen Krankenhaus von einer Blutvergiftung dahingerafft worden, ohne zu wissen, welchen Ruhm die Nachwelt ihm würde zuteil werden lassen und welcher Reichtum seinen Erben dadurch zufallen würde. Er hatte eine junge Witwe in England zurückgelassen, Mary – aus deren zweiter Ehe Charlotte stammte –, Maurice, seinen einjährigen Sohn, Beatrix, seine einzige Schwester, und ein paar wenige avantgardistische Gedichte, die dazu bestimmt waren, von der Nachkriegsgeneration landauf, landab in die Lehrpläne der Gymnasien aufgenommen zu werden. Mit Hilfe der Tantiemen konnte Charlottes Vater ein eigenes Geschäft aufmachen, mit diesen Geldern wurde Ockham House gekauft und Charlottes Ausbildung bezahlt; sie waren für ihre augenblickliche Freiheit verantwortlich, aber auch dafür, daß sie keine Freunde hatte.

Plötzlich erkannte sie, was Beatrix' Tod für sie bedeutete: der Verlust einer Freundin. Sie schluckte trocken. Sie hätte Charlottes Großmutter sein können, und da sie keine leibliche Großmutter hatte, war Beatrix nur zu gern in diese Rolle geschlüpft. Während ihrer Schulzeit hatte Charlotte stets fast den ganzen August mit Beatrix verbracht. Sie erkundeten die Kopfsteinpflastergassen von Rye, bauten Sandburgen auf Camber Sands und schliefen bei dem sonderbaren, beruhigenden Geräusch ein, das der Wind in den Schornsteinen von Jackdaw Cottage verursachte. Es war so lange her, eine Ewigkeit. In letzter Zeit – besonders nach dem Tod ihrer

Mutter – hatte sie Beatrix nur noch selten gesehen, was sie jetzt natürlich bitter bereute.

Sie fragte sich, warum sie wohl die Gesellschaft der alten Dame gemieden hatte. Weil Beatrix nicht gezögert hätte, ihr zu sagen, daß sie ihr Leben verschwendete? Weil sie gesagt hätte, daß man Schuld und Schmerz niemals nachgeben sollte, damit sie nicht zu stark würden? Vielleicht, weil sie sich den Problemen nicht stellen wollte und genau wußte, daß Beatrix Abberley das unbequeme Talent hatte, einen zu zwingen, genau das zu tun.

Als Charlotte in Rye eintraf, waren die Tagesausflügler und Souvenirjäger bereits verschwunden, und der Ort versank in einem trägen, schläfrigen Sonntagabend. Sie fuhr die gewundenen Kopfsteinstraßen hinauf zur St.-Mary-Kirche, wo nach dem Abendgottesdienst noch immer ein paar Kirchgänger unterwegs waren. Als sie dann in Richtung Watchbell Street abbog, sah sie drei Polizeiautos, eines davon mit eingeschaltetem Blaulicht, gestreifte Absperrbänder, die die Vorderseite von Jackdaw Cottage sicherten, und eine Gruppe neugieriger Zuschauer.

Sie parkte auf dem Kirchplatz und ging langsam auf das Haus zu. Dabei erinnerte sie sich an die vielen Male, die sie diesen Weg gegangen war und gewußt hatte, daß Beatrix bereits auf sie wartete – groß, schlank, mit einem durchdringenden und forschenden Blick. Aber heute nicht. Heute nicht und niemals wieder.

Der diensthabende Polizist brachte sie ins Haus. Dort traf sie in jedem Zimmer auf Männer in Overalls mit Plastikhandschuhen, ausgerüstet mit Puder und kleinen Pinseln. Im Wohnzimmer stand ein Mann, der sich von den anderen abhob. Er trug einen grauen Anzug, blickte finster drein und arbeitete sich gerade durch die Teetassen und Zuckerdosen, die in einer von Beatrix' Vitrinen aufgestellt waren. Er sah auf, als Charlotte ins Zimmer trat.

»Kann ich Ihnen behilflich sein?«

»Ich bin eine Verwandte, Charlotte Ladram, Miss Abberleys –«

»Ach ja, Sie müssen die Nichte sein. Die Haushälterin hat von Ihnen gesprochen.«

»Eigentlich bin ich nicht wirklich die Nichte. Aber das ist egal.«

»Nein. Richtig.« Er nickte müde. Man merkte, daß er sich um

mehr Konzentration bemühte. »Mein Beileid. Muß ein schrecklicher Schock gewesen sein.«

»Ja. Ist... ist Miss Abberley...«

»Die Leiche wurde bereits weggebracht. Eigentlich... Warum nehmen Sie nicht Platz? Setzen wir uns.« Er vertrieb eine gebückte Gestalt vor dem Kamin und führte Charlotte zu einem der Sessel, die auf beiden Seiten des Kamins standen, dann setzte er sich in den anderen. Es war Beatrix' Platz, wie Charlotte sofort an dem Durcheinander von Kissen erkannte und an dem schiefen Bücherstapel auf dem Boden daneben, wo ihn die alte Dame mit ihrem linken Arm bequem hatte erreichen können. »Entschuldigen Sie all die Leute. Sie sind... leider nötig.«

»Ich verstehe schon.«

»Mein Name ist Hyslop. Chief Inspector Hyslop von der Polizei Sussex.« Er sah aus wie vierzig, mit schütterem Haar, das er nach vorn gekämmt hatte, etwas, das Charlotte überhaupt nicht leiden konnte. Aber da war ein sympathischer Anflug von Verwirrung in seinen Zügen und eine schuljungenhafte Unbeholfenheit in seiner Kleidung, so daß sie das Gefühl hatte, sie müßte ihn beruhigen und nicht umgekehrt. »Wie haben Sie davon gehört?«

»Maurice – Maurice Abberley, das ist mein Halbbruder – rief mich an. Ich vermute, Mrs. Mentiply fand... was geschehen ist.«

»Ja. Wir haben sie gerade nach Hause geschickt. Sie war ziemlich durcheinander.«

»Sie arbeitete schon sehr lange für Miss Abberley.«

»Dann ist es nur verständlich.«

»Können Sie mir erzählen... was Sie herausgefunden haben?«

»Sieht so aus, als ob ein Dieb vergangene Nacht hier eingebrochen hat und dabei gestört wurde, wie er sich gerade die Dinge aus« – er wies auf die andere Seite des Zimmers – »dieser Vitrine aneignen wollte.«

Charlotte drehte sich um und bemerkte erst jetzt, daß die Glasvitrine in der Ecke leer war und ihre Türen offenstanden, eine davon hing schief in den Angeln.

»Alles Gegenstände aus Holz, wie Mrs. Mentiply sagte.«

»Kunsthandwerk aus Tunbridge, um genau zu sein.«

»Und was ist das?«

»Es ist eine besondere Art von Mosaik-Tischlerarbeit. Dieses Kunstgewerbe gibt es schon lange nicht mehr. Beatrix – Miss Abberley – war eine passionierte Sammlerin.«

»Wertvoll?«

»Ich denke schon. Sie besaß einige Stücke von Russell. Er war eigentlich der führende Vertreter der... Ach, der Arbeitstisch ist ja noch da. Wenigstens etwas.«

In der gegenüberliegenden Ecke, neben einem Bücherschrank, stand Beatrix' preisgekröntes Stück der Tunbridge-Sammlung, ein elegant gedrechselter Arbeitstisch aus Satinholz, komplett mit Schubladen, Ausziehplatten an Scharnieren zu beiden Seiten der lederbezogenen Oberfläche und einem seidenen Nähbeutel darunter. Alle hölzernen Oberflächen, sogar die Tischbeine, waren mit einem auffälligen Mosaik in Würfelmuster verziert. Trotzdem war es nicht das, sondern das Perlmutt-Nähzeug in den rosa, mit Seide ausgeschlagenen Schubladen, wovon Charlotte in ihrer Kindheit fasziniert gewesen war. Sie erinnerte sich genau.

»Man erreicht diesen Effekt, indem man ein Furnier von mehreren verschiedenen Holzarten aufträgt«, sagte sie abwesend. »Das ist natürlich sehr arbeitsaufwendig, besonders bei den kleineren Stükken. Vermutlich ist diese Kunst deswegen ausgestorben.«

»Ich habe noch nie davon gehört«, sagte Hyslop. »Aber wir haben einen Beamten, der auf solche Dinge spezialisiert ist. Ihm wird das vielleicht mehr sagen. Mrs. Mentiply erzählte mir, in dieser Vitrine hätten sich Teebüchsen, Schnupftabaksdosen, Brieföffner und ähnliches befunden. Deckt sich das mit Ihrer Erinnerung?«

»Ja.«

»Sie erklärte sich bereit, eine Liste für uns anzufertigen. Vielleicht könnten Sie die mit ihr durchgehen. Achten Sie bitte darauf, daß nichts vergessen wird.«

»Natürlich.«

»Sie sagen, dieses Zeug ist einiges wert?«

»Mehrere tausend Pfund, würde ich annehmen. Möglicherweise auch einiges mehr. Ich bin mir nicht sicher. Die Preise sind in letzter Zeit ganz schön in die Höhe geschnellt.«

»Nun, wir können davon ausgehen, daß unser Dieb das wußte.«

»Sie denken, er kam wegen der Tunbridge-Sammlung?«

»Sieht ganz so aus. Sonst wurde nichts angerührt. Natürlich kann dies auch dem Umstand zu verdanken sein, daß er gestört wurde. Das würde auch erklären, warum er den Arbeitstisch stehenließ. Wenn er in Panik geraten ist und so schnell wie möglich verschwinden wollte, hat er nur das mitgenommen, was leicht zu tragen war. Und er ist mit Sicherheit in Panik geraten – nach dem, was geschehen ist.« Charlotte blickte sich im Zimmer um. Außer der leeren Vitrine schien alles unversehrt zu sein und stimmte genau mit ihrer Erinnerung an die vielen Tee-Einladungen überein, bei denen sie sich unterhalten hatten. Sogar die Kaminuhr tickte im üblichen Takt. Sie war wohl zuletzt von Beatrix aufgezogen worden. »Wo ist...«, begann sie. Dann, als ihr Blick den Kamin entlang wanderte, zog eine weitere Veränderung ihre Aufmerksamkeit auf sich. »Da fehlt ein Kerzenleuchter«, sagte sie.

»Ich fürchte, er fehlt nicht«, antwortete Hyslop. »Das war die Mordwaffe.«

»O Gott. Er... schlug sie damit?«

»Ja. Auf den Kopf. Wenn es Sie tröstet – der Polizeiarzt sagt, daß es ein schneller Tod gewesen ist.«

»Ist es hier geschehen – in diesem Zimmer?«

»Nein. Auf dem oberen Treppenabsatz. Sie ist aufgestanden, wahrscheinlich weil sie ihn hier unten gehört hat. Er ist vermutlich durch eines dieser Fenster eingestiegen. Keines davon hätte einem berufsmäßigen Einbrecher viel Kopfzerbrechen bereitet, und dieses hier« – er deutete auf die linke Seite des Erkers – »war offen, als wir eintrafen, und zeigte deutliche Spuren von Gewaltanwendung am Rahmen, vermutlich von einem Brecheisen. Wir können jedenfalls davon ausgehen, daß er sie oben gehört hat, sich mit dem Kerzenleuchter bewaffnete und hinaufging. Wahrscheinlich hatte er zu diesem Zeitpunkt noch nicht die Absicht, sie umzubringen. Sie hatte eine Taschenlampe. Wir haben sie auf dem Fußboden des Treppenabsatzes gefunden. Vielleicht hat er durchgedreht, als sie ihn anleuchtete. Vielleicht gehört er aber einfach zu der brutalen Sorte. Ich fürchte, davon gibt es heutzutage eine ganze Menge.«

»Es ist letzte Nacht passiert?«

»Ja. Wir kennen die genaue Todeszeit natürlich noch nicht, aber es dürfte in den frühen Morgenstunden geschehen sein. Miss Abberley war im Nachthemd. Die Vorhänge in ihrem Schlafzimmer, im Bad und hier unten waren zugezogen, als Mrs. Mentiply heute nachmittag um halb fünf hier eintraf.«

»Weshalb ist sie hierhergekommen? Normalerweise hat sie sonntags frei.«

»Ihr – Halbbruder, nicht wahr? – Mr. Maurice Abberley. Er versuchte mehrmals, seine Tante anzurufen, und war beunruhigt, weil sie nicht abnahm. Offensichtlich hat sie ihm gesagt, daß sie dasein würde. Er wohnt ein gutes Stück entfernt, nicht wahr?«

»In Bourne End. Buckinghamshire.«

»Genau. Nun, um sich zu vergewissern, daß alles in Ordnung ist, rief er Mrs. Mentiply an und bat sie, nachzuschauen. Er muß ihre Darstellung natürlich noch bestätigen, wenn er kommt. Sie wohnen nicht so weit weg?«

»In Tunbridge Wells.«

»Wirklich?« Hyslop hob in plötzlichem Interesse die Augenbrauen.

»Ja. Deswegen weiß ich auch so viel über das Tunbridge-Kunsthandwerk. Es ist eine örtliche Spezialität. Es gibt eine sehr gute Sammlung in –«

»Sagt Ihnen der Name Fairfax-Vane etwas, Miss Ladram?«

»Nein. Sollte er das?«

»Schauen Sie sich das an.« Er öffnete sein Notizbuch, nahm eine kleine Plastikhülle mit einer Karte heraus und gab sie ihr. In halbfetter gotischer Schrift stand quer über der Karte die Überschrift SCHATZGRUBE und darunter in einer kleineren Schrift: COLIN FAIRFAX-VANE, ANTIQUITÄTENHÄNDLER & SCHÄTZER, 1 A CHAPEL PLACE, TUNBRIDGE WELLS, KENT TN 1 1YQ, TEL. (0892) 662773. »Erinnern Sie sich jetzt an den Namen?«

»Ja, ich glaube, ich kenne das Geschäft. Warten Sie einen Augenblick. Ja, ich kenne den Namen. Wie sind Sie zu dieser Karte gekommen?«

»Wir haben sie in der Schublade des Telefontischchens in der Halle gefunden. Mrs. Mentiply erinnerte sich, daß es der Name des Antiquitätenhändlers war, der hier vor ungefähr einem halben Monat angerufen und behauptet hatte, Miss Abberley hätte ihn gebeten, einige Gegenstände zu schätzen. Aber es sieht so aus, als hätte ihn Miss Abberley keineswegs darum gebeten. Sie schickte ihn weg, aber vorher hatte ihn Mrs. Mentiply, die damals gerade hier war, in dieses Zimmer geführt, so daß er Gelegenheit hatte, sich die Tunbridge-Stücke anzusehen. Also, woher kennen Sie ihn, Miss Ladram?«

»Durch meine Mutter. Vor ungefähr achtzehn Monaten verkaufte sie diesem Mann ein paar Möbel. Um die Wahrheit zu sagen, hatten sowohl Maurice als auch ich das Gefühl, daß sie dabei hereingelegt worden ist.« Und Charlotte erinnerte sich schuldbewußt, daß sie ihr deswegen ganz schön die Hölle heiß gemacht hatten.

»Also ist Fairfax-Vane ein ziemlich raffinierter Kerl, nicht wahr?«

»Ich habe keine Ahnung. Ich habe ihn nie kennengelernt. Aber meine Mutter natürlich... Nun, sie war leicht zu beeinflussen. Leichtgläubig, würden Sie wohl sagen.«

»Anders als Miss Abberley?«

»Ja. Ganz anders als Beatrix.«

»Aber Sie glauben nicht, daß Ihre Mutter vielleicht Fairfax-Vane von Miss Abberleys Sammlung erzählt hat?«

»Möglich. Sie wußte natürlich davon, wie wir alle. Aber es ist zu spät, um sie zu fragen. Meine Mutter ist vergangenen Herbst gestorben.«

»Mein Beileid, Miss Ladram. Es scheint, daß Ihre Familie in letzter Zeit schwer getroffen wurde.«

»Ja. Das stimmt. Aber – Sie denken doch wohl nicht, daß Fairfax-Vane dies getan hat, um die Tunbridge-Sammlung in die Hände zu bekommen?«

»Beim momentanen Stand der Ermittlungen denke ich noch gar nichts. Es ist einfach die deutlichste Spur.« Hyslop zeigte ein vorsichtiges Lächeln. »Um die Angelegenheit jedoch voranzutreiben, benötigen wir eine verbindliche Liste der gestohlenen Gegenstände, möglichst mit genauen Beschreibungen. Könnte ich Sie eventuell bitten herauszufinden, ob Mrs. Mentiply bereits Fortschritte in dieser Hinsicht gemacht hat?«

»Ich werde mich sofort auf den Weg machen, Chief Inspector. Ich bin sicher, daß Sie die Liste heute abend haben können.«

»Das wäre schön.«

»Ich gehe dann.« Mit diesen Worten – und dem beunruhigenden Gedanken, daß sie froh war, keine Entschuldigung dafür suchen zu müssen, daß sie nicht nach oben gehen wollte – erhob sich Charlotte und ging in die Halle. An der Eingangstür drehte sie sich um und stellte fest, daß Hyslop dicht hinter ihr war.

»Ihre Hilfe ist uns von großem Nutzen, Miss Ladram.«

»Das ist das mindeste, was ich tun kann, Chief Inspector. Beatrix war meine Patentante – und außerdem habe ich sie sehr bewundert. Daß ihr das passieren mußte, ist... sehr schrecklich.«

»Sie war die Schwester des Dichters Tristram Abberley, soviel ich weiß.«

»Das ist richtig. Kennen Sie sein Werk?«

Hyslop schnitt eine Grimasse. »Mußte mich damit in der Schule beschäftigen. Nicht mein Fall, um ehrlich zu sein. Zu schwer verständlich für meinen Geschmack.«

»Das denken viele.«

»Ich war überrascht, daß er eine Schwester hatte, die noch lebte. Er starb doch sicher bereits vor dem Krieg.«

»Ja. Aber er starb sehr jung. In Spanien. Er hatte während des Bürgerkriegs als Freiwilliger in der Republikanischen Armee gekämpft.«

»Das stimmt. Natürlich. Das Ende eines Helden.«

»Ich glaube auch. Und trotzdem war es ein friedlicherer Tod als der seiner Schwester. Ist das nicht seltsam?«

3

Die Anstellung von Avril Mentiply hatte Beatrix' größtes Zugeständnis an das Alter symbolisiert. Wie sie Charlotte oft erklärt hatte, war es ein um so bedeutenderes Zugeständnis, als Mrs. Mentiplys Sauberkeitsbedürfnisse weniger anspruchsvoll waren als ihre eigenen. Trotzdem hatte diese Beziehung Bestand gehabt, viel länger als anfängliche Tadel und Kündigungsandrohungen hätten vermuten lassen. Tatsächlich hatte sich ihr Verhältnis schließlich sogar in so etwas Ähnliches wie Freundschaft verwandelt. Deshalb war Charlotte, als sie an diesem Abend in Mrs. Mentiplys Haus eintraf, keineswegs überrascht, sie angespannt und tränenüberströmt vorzufinden. Die versprochene Aufstellung der gestohlenen Tunbridge-Sammlung war weit davon entfernt, fertig zu sein. Sie lebte mit ihrem wortkargen Mann in einem merkwürdig sonnenlosen Kieselrauhputz-Bungalow an der Folkestone Road – eine der wenigen Straßen von Rye, wohin Touristen sich niemals verirrten. Es war keine Umgebung, in der Charlotte länger verweilen mochte. Aber ihr blieb nichts anderes übrig, denn Mrs. Mentiply bot ihr eine Tasse bitteren Tees nach der anderen an und überschüttete sie mit ihrer Verzweiflung über Beatrix' Tod.

»Ich wußte, daß sie alt war, meine Liebe, und zerbrechlicher, als sie jemals zugegeben hätte, aber sie sah immer so... unerschütterlich aus ... daß man dachte, sie würde ewig leben. Aber auch sie war nicht gegen den Tod gefeit, nicht wahr? Nicht anders als wir alle, wenn wir in unserem eigenen Zuhause angegriffen werden. Wohin soll das noch führen, frage ich Sie, wenn so etwas einer angesehenen alten Dame geschehen kann?«

»Hätte schlimmer kommen können«, mischte sich Mr. Mentiply ein, von dem Charlotte gehofft hatte, daß er einen der vielen Hinweise verstehen und das Zimmer verlassen würde, aber statt dessen blieb er in seinem Sessel neben dem Gasfeuer mit den künstlichen Flammen sitzen. »Wenigstens war es keiner dieser Sexbesessenen. Nur ein gewöhnlicher Einbrecher.«

»Du solltest etwas mehr Respekt vor den Toten haben, Arnold«, erwiderte Mrs. Mentiply. »Miss Ladram möchte kein solches Gerede hören.«

»Ich schaue nur den Tatsachen ins Auge.«

»Nun, Tatsache ist, daß er Miss Abberley nicht ermordet hätte, wenn er nur ein *gewöhnlicher Einbrecher* gewesen wäre, nicht wahr?«

»Sie hätte im Bett bleiben sollen. Ihn in Ruhe lassen sollen. Dann wäre ihr nichts passiert.«

»Woher willst du das wissen?«

»Das ist doch logisch, nicht? Er war nur auf ihre Nippes aus. Das hast du selbst gesagt.«

Als sie sah, daß Mrs. Mentiply den Tränen nahe war, beschloß Charlotte einzuschreiten. »Mit Sicherheit ist es die Tunbridge-

18

Sammlung, worüber die Polizei informiert werden will. Wollen wir nicht die Liste überprüfen und überlegen, ob wir auch nichts vergessen haben?«

»Aber natürlich, meine Liebe.«

»Eine Teebüchse mit einer Ansicht von Bodiam Castle auf dem Deckel. Zwei Kuchenkörbchen. Ein Tablett mit Würfelmuster. Zwei weitere Tabletts mit Einlegearbeit. Ein Thermometerständer. Ein Solitärspiel. Drei Papier —«

Beim ersten Läuten des Telefons in der Diele sprang Mrs. Mentiply aus ihrem Sessel und eilte aus dem Zimmer. Charlotte holte tief Luft und legte die Aufstellung beiseite. Dann kam Mrs. Mentiply zurück. »Es ist Ihr Bruder, Miss Ladram. Er möchte Sie sprechen.«

Charlotte lächelte und ging zum Telefon. »Hallo, Maurice?«

»Ich bin in Jackdaw Cottage, Charlie. Chief Inspector Hyslop hat mich über alles informiert. Das alles ist ja so deprimierend.«

»Ich weiß. Ich stelle gerade mit Mrs. Mentiply eine Liste der verschwundenen Gegenstände zusammen.«

»Das habe ich schon gehört. Der Kommissar möchte, daß ich ihn zur Leichenhalle begleite. Um Beatrix zu identifizieren.«

»Wirklich? Er hat mich nicht —« Charlotte stockte. Hyslop hatte wahrscheinlich gedacht, ihr einen Gefallen damit zu tun, daß er sie nicht darum gebeten hatte. »Wirst du jetzt gleich gehen?«

»Ja. Aber ein Polizist wird hier bleiben, um die Liste entgegenzunehmen, wenn ihr damit fertig seid. Wahrscheinlich ist es am besten, die Identifikation so schnell wie möglich hinter sich zu bringen.«

»Natürlich.«

»Danach, nun... ich habe mich gefragt, ob ich wohl in Ockham House übernachten könnte.«

»Aber sicher. Du mußt doch nicht fragen.«

»Morgen werden unzählige Formalitäten zu erledigen sein. Auf dem Standesamt, bei ihrem Rechtsanwalt und so weiter. Und ich kann nicht behaupten, daß ich mich darum reiße, heute abend den ganzen Weg nach Bourne End zurückzufahren.«

»In Ordnung. Wir sehen uns später.«

Als sie den Hörer auflegte, wurde Charlotte bewußt, welche Erleichterung es sein würde, Maurice die Verantwortung für die ganze traurige Angelegenheit zu überlassen. Seit dem Tod ihres Vaters war er zum ruhigen und tüchtigen Verwalter der Familiengeschäfte geworden. Er hatte die Leitung der Ladram Aviation, der wenig solventen Flugschule ihres Vaters, übernommen und sie in die Ladram Avionics umgewandelt, eine international erfolgreiche Firma. Er hatte die Verträge über die Veröffentlichung der Gedichte seines Vaters ausgehandelt, aus denen ihre Mutter – und später auch sie – großen Gewinn gezogen hatte. Und er war immer bereit gewesen, seiner Halbschwester zu helfen, ohne je zu versuchen, sich in ihr Leben einzumischen. Auch jetzt würde er ihr wieder einmal zu Hilfe kommen. Und als sie langsam ins Wohnzimmer der Mentiplys zurückging, gestand sie sich ein, daß sie froh war, je eher er es tat.

Die Aufstellung wurde schließlich doch noch fertig, und nachdem Charlotte sie nach Jackdaw Cottage gebracht hatte, fuhr sie zurück nach Tunbridge Wells. Es war stockdunkel, als sie Ockham House erreichte, und kalt genug, daß die Wärme des vergangenen Tages nur mehr eine schwache Erinnerung war. Auf jeden Fall kam es ihr kalt vor, und Charlotte war sich nicht sicher, ob die Temperatur daran schuld war – oder Mrs. Mentiplys Schilderung, wie sie Beatrix gefunden hatte.

»Er hat sie mit einem der schweren Messingleuchter niedergeschlagen. Mehr als einmal, denke ich. Ich habe sie zuerst kaum erkannt. Ihr Haar war völlig mit Blut verschmiert. Und dann diese fürchterliche Wunde an einer Seite ihres Kopfes. Sie haben mir gesagt, es sei schnell vorüber gewesen, und ich hoffe bei Gott, sie haben recht. Aber das werde ich nicht so schnell vergessen, kann ich Ihnen sagen. Ich werde niemals vergessen, wie ich jene Stufen hinaufging und sie zusammengekauert in der Ecke des Gangs fand. Niemals.«

Charlotte schaltete mehr Lampen ein als gewöhnlich und entzündete ein Feuer, dann goß sie sich den Drink ein, den ihr Maurice vor Stunden empfohlen hatte. Als das Feuer prasselte und ihr endlich warm wurde, holte sie das Familienalbum und fand darin das letzte Foto, das von Beatrix aufgenommen worden war. Es war älter, als sie erwartet hatte, und stammte von der Feier ihres achtzigsten Geburtstags. Auf dem Rasen von Swans' Meadow – Maurices Haus neben der Themse in Bourne End – hatte die Familie eine seltene, fotografisch dokumentierte Zusammenkunft inszeniert.

Beatrix war natürlich der Mittelpunkt des Septetts. Für eine Frau ihrer Generation war sie ungewöhnlich groß, und der Lauf der Zeit hatte ihrer aufrechten Haltung nichts anhaben können. Frisch vom Friseur und fast ohne Lächeln schaffte sie es, auf dem Bild sogar noch größere Selbstbeherrschung zu zeigen als im wirklichen Leben. Mary, Charlottes Mutter, die links neben Beatrix stand, hätte gut genauso alt sein können, obwohl sie zwölf Jahre jünger war. Gebeugt und schielend schaffte sie es irgendwie, gleichzeitig die Stirn zu runzeln und zu lächeln, und ihr Anblick löste in Charlotte einen so starken Gefühlsschwall von Trauer und Schuld aus, daß sie das Album zuschlug. Aber nach einem Schluck Gin öffnete sie es wieder. Ihr Blick fiel auf sich selbst, sie stand links neben ihrer Mutter und grinste starr in die Kamera. Damals war ihr Haar viel zu lang gewesen, und sie hatte formlose Gewänder bevorzugt, um ihr Übergewicht zu verbergen. Nicht daß sie sich heute deswegen Sorgen machen müßte. Fünf Jahre später hatte ihre große Trauer bewirkt, was ein Dutzend verschiedener Diäten nicht zustande gebracht hatten. Dennoch hatte dieses Bild von ihr sie daran erinnert, warum sie stets, sogar schon als Kind, versucht hatte zu vermeiden, fotografiert zu werden. Nicht weil sie abergläubisch oder schüchtern gewesen wäre, sondern weil die Kamera sie zwang, das zu tun, was sie am wenigsten wollte: sich selbst so zu sehen, wie andere sie sahen.

Links von Charlotte stand Marys Bruder Jack Brereton, der das Gleichgewicht der Gruppe störte, da er ungefähr einen Schritt zurückgetreten war. Bei seinem Anblick, rotgesichtig und offensichtlich mehr als nur angetrunken, kicherte Charlotte. Onkel Jack, dreizehn Jahre jünger als seine Schwester, war der freie und aufreizende Geist, den, wie Charlotte glaubte, jede Familie brauchte. Witzig, wenn er nüchtern war, und unverschämt, wenn nicht – und das war er mindestens die Hälfte der Zeit –, war er genauso unzuverlässig wie liebenswert. Da ihre Eltern schon so früh gestorben waren, hatte er stets bei Mary gelebt, auch nach ihrer Heirat mit Tristram Abberley. Später, während des Kriegs, hatten sie alle bei Beatrix in

Rye gewohnt, und in diesen ereignisreichen Jahren in Jackdaw Cottage hatte Onkel Jack eine Menge Anekdoten gesammelt, um damit jene zu unterhalten, die – wie Charlotte – nicht täglich mit ihm zusammenleben mußten.

Die drei Personen auf Beatrix' rechter Seite waren Maurice, seine Frau Ursula und ihre Tochter Samantha. Sie waren eine Familie innerhalb der Familie, sie waren der Familienzweig, in dem Konvention und Kontinuität gesichert schienen. Sie waren alle auffallend gutaussehend und offensichtlich glücklich, ihre Zuneigung für die anderen beiden auf lockere Art zu zeigen. Zum Beispiel die beiläufige Geste, mit der Maurice seinen Arm um Ursulas Taille gelegt hatte. Oder die unbeabsichtigte Leichtigkeit, mit der Samantha die Hand ihrer Mutter hielt.

Sogar mit fünfzehn waren Samanthas makelloser Teint und ihre Schönheit nicht in Gefahr, obwohl sich ihre Formen, mit denen sie später so vielen den Kopf verdrehen sollte, erst noch ausbilden mußten. Ursula und sie konnten leicht – wie Charlotte widerwillig zugeben mußte – für Schwestern gehalten werden, so leicht und elegant war Ursula mit Mutterschaft und fortgeschrittenem Alter fertig geworden. Beide hatten naturgewellte Haare und eine angeborene Gewandtheit im Auftreten, obwohl es gerade das Bewußtsein ihrer Überlegenheit war, das sich darin ausdrückte, wie sie ihr Kinn hochhielten oder wie sie in die Kamera schauten, das Charlotte immer auf die Palme gebracht hatte.

Als ihr Blick zu Maurice wanderte – ruhig, flott und fröhlich grinsend –, hörte sie das Knirschen von Autoreifen auf dem Kies der Einfahrt, und sie wußte, daß er gleich persönlich auftauchen würde. Plötzlich, ohne den Grund dafür zu verstehen, wurde ihr bewußt, daß sie nicht beim Betrachten einer alten Fotografie überrascht werden wollte, auf der zwei Menschen abgebildet waren, die jetzt tot waren. Deshalb schloß sie das Fotoalbum und legte es eilends beiseite. Sie gestattete sich nur einen kurzen Augenblick, um sich vor dem Spiegel wieder in die Gewalt zu bekommen, ehe sie die Eingangstür öffnete.

»Hallo, altes Mädchen.« Er begrüßte sie mit einer Umarmung und einem müden Lächeln.

»Hallo, Maurice.« Als sie sich aus seiner Umarmung löste, erwischte sich Charlotte dabei, wie sie ihn für einen Augenblick mit seinem Foto verglich.

Seine Haare waren nun unwesentlich dünner, die grauen Stellen an seinen Schläfen vielleicht etwas ausgedehnter. Andererseits war er mit fünfzig genauso, wie er mit fünfundvierzig gewesen war: schlank und auf kantige Art gutaussehend, mit einer beruhigenden Ausstrahlung von Stärke und Ernsthaftigkeit. Er flößte sogar jenen Vertrauen ein – vielleicht besonders jenen –, die ihn nicht kannten. Und die, die ihn kannten, konnten ihm gelegentliche Ausrutscher ins Beleidigtsein leicht verzeihen, wenn sie an seine unbestrittene Großzügigkeit dachten.

»Ich könnte wirklich einen Drink vertragen, Charlotte.«

»Ich mache dir einen. Komm herein und setz dich ans Feuer.«

Er folgte ihr ins Wohnzimmer und sank in einen Sessel. Als sie mit einem großen Scotch mit Soda von der Bar zurückkehrte, hatte er bereits seine Krawatte gelockert und massierte sich die Stirn. »Wie gut, daß du die angezündet hast«, sagte er und nickte zu den brennenden Holzscheiten hinüber. »Diese Leichenhallen lassen einem das Blut in den Adern gefrieren, das kann ich dir sagen.«

»Das kann ich mir vorstellen.«

»Sei froh, daß du nicht mehr tun mußt. Erinnerst du dich noch, wann ich das letzte Mal in einer war?«

»Wegen Dad.« Sie erinnerte sich nur zu gut. Das würde sie nie vergessen. An einem nebligen Novembernachmittag im Jahr 1963 war ihr Vater mit seinem kleinen Flugzeug in Mereworth Woods verunglückt, und er und sein Passagier wurden dabei getötet. Das war der Zeitpunkt gewesen, als Maurice aus dem Schatten Ronnie Ladrams heraustrat und der Familie seine wahren Fähigkeiten bewies. Charlotte hatte oft geargwöhnt, daß er im geheimen über den Tod seines Stiefvaters erleichtert gewesen war, wenn auch nur deswegen, weil er endlich die chaotischen Angelegenheiten von Ladram Aviation in Ordnung bringen konnte. Obwohl er das auch heute, mehr als zwanzig Jahre später, niemals zugeben würde.

»Ich habe Ursula vom Autotelefon aus angerufen. Sie läßt dich herzlich grüßen – und es tut ihr so leid!«

»Das ist lieb von ihr.« Charlotte ging mit ihrem Glas zur Zimmerbar, schenkte sich nochmals ein und kehrte zum Feuer zurück.

Maurice hatte sich eine dünne Zigarre angezündet und bot auch Charlotte eine an – zu ihrer eigenen Überraschung nahm sie sie.

»Die Polizei fragte mich nach Fairfax-Vane«, sagte er nach einem Moment des Schweigens.

»Ich weiß. Sie denken, daß er hinter dem Einbruch steckt. Aber ich glaube kaum –«

»Du kennst ihn nicht, Charlie.« Das war richtig. Es war Maurice gewesen, der beauftragt worden war, Fairfax-Vanes Geschäft aufzusuchen und die Möbel zurückzukaufen, die ihm Mary überlassen hatte. Leider jedoch ohne Erfolg, wie sich herausgestellt hatte.

»Erschien er dir schlimmer als ein gewöhnlicher Schwindler?«

»Ich traue ihm alles mögliche zu.«

»Sogar einen Mord?«

»Ich kann mir nicht vorstellen, daß er das von Anfang an geplant hat. Ich glaube nicht einmal, daß er selbst der Einbrecher war. Wahrscheinlich hat er irgendeinen jungen Rabauken dafür engagiert, der dann durchgedreht hat.«

»Also wurde Beatrix wegen einer Tunbridge-Sammlung im Wert von ein paar tausend Pfund umgebracht?«

»Mehr als ein paar tausend. Ist dir klar, wieviel das Zeug heutzutage einbringt?«

»Offenbar nicht.«

»Verdammt viel, glaub mir.«

»Wenn du das sagst. Aber trotzdem, es ist . . . so ein trauriger und sinnloser Tod.«

»Da hast du recht. Obwohl Beatrix nicht so denken würde.«

»Wie meinst du das?«

»Nun, sie war keine, die sich jemals fügte, nicht wahr? Die Vorstellung, in Verteidigung ihres Besitzes zu sterben, könnte ihr gefallen haben. Sie war 85. Vielleicht war es besser als . . . was ihr noch hätte zustoßen können.«

»Vielleicht.«

»Das ist so ungefähr der einzige tröstliche Gedanke, den ich anbieten kann, fürchte ich.«

»Dann sollten wir uns besser daran festhalten, nicht wahr?«

Charlotte seufzte und starrte ins Feuer. »Wenn uns nichts Besseres einfällt.«

4

Entgegen Charlottes Erwartungen wurde sie am folgenden Tag von den Ereignissen überrollt. Die Gedanken an Beatrix – und die Umstände ihres Todes – hatten sie bis in die frühen Morgenstunden wach gehalten. Dann, als die Erschöpfung schließlich die Oberhand gewann, schlief sie bis spät am Morgen. Als sie herunterkam, telefonierte Maurice gerade mit seiner Sekretärin bei Ladram Avionics. Wie sie bald merkte, hatte er für diesen Nachmittag bereits eine Verabredung für sie beide mit Beatrix' Rechtsanwalt in Rye getroffen. Seine Arbeit zwang ihn, die Dinge voranzutreiben. Er entschuldigte sich dafür, aber Charlotte fand, das sei nicht nötig. Soweit es sie anging, wurden die Formalitäten am besten schnell erledigt. Wenn Maurice sich nach dem Tod ihrer Mutter genauso verhalten hätte – anstatt sie möglichst mit allem zu verschonen –, wäre sie ihm, wie sie jetzt dachte, dankbar gewesen.

Bei einem späten Frühstück sprachen sie über ihre letzten Treffen mit Beatrix. Charlotte hatte sie seit Weihnachten nicht mehr gesehen, aber verschiedentlich mit ihr telefoniert, das letzte Mal an ihrem 85. Geburtstag. Maurice dagegen war erst vor knapp vier Wochen zum Tee nach Jackdaw Cottage eingeladen worden, an dem Sonntag, bevor Beatrix zu ihrem alljährlichen vierzehntägigen Treffen mit Lulu Harrington nach Cheltenham aufgebrochen war. Die beiden waren zusammen zur Schule gegangen, und Charlotte stellte bestürzt fest, daß Lulu noch nicht über den Tod ihrer alten Freundin benachrichtigt worden war.

Sie hatte sich gerade mit dem unerfreulichen Gedanken auseinandergesetzt, sie anzurufen, als das Telefon klingelte. Es war der Assistent von Chief Inspector Hyslop, der sie beide bat, so bald wie möglich das Polizeirevier in Hastings aufzusuchen. Er weigerte sich, den Grund dafür zu nennen, aber da die Dringlichkeit so offensichtlich war, beschlossen sie, sofort aufzubrechen.

Als sie eintrafen, konnte Hyslop seine Zufriedenheit kaum verbergen. Er begleitete sie zu einem Raum, in dem auf einem langen Tisch die vermißten Gegenstände der Tunbridge-Sammlung aufgestellt waren, die Charlotte und Mrs. Mentiply am vorhergehenden Abend in ihrer Liste aufgeführt hatten.

»Erkennen Sie sie, Miss Ladram?«

»Aber natürlich. Das sind die Sachen aus Beatrix' Vitrine. Daran besteht überhaupt kein Zweifel.«

»Das dachten wir uns. Sie passen genau auf Ihre Beschreibung.«

»Sie haben alles wiedergefunden?« warf Maurice ein.

»Ja, Sir.«

»Wo haben Sie es entdeckt?«

»In einem Lagerraum an der Rückseite der ›Schatzgrube‹, dem Geschäft von Fairfax-Vane in Tunbridge Wells. Die Räumlichkeiten wurden heute in aller Frühe durchsucht.«

»Und Fairfax-Vane?«

»Verhaftet. Er ist außerstande nachzuweisen, wie er in den Besitz dieser Dinge gekommen ist.«

»Meinen Glückwunsch, Chief Inspector. Das ist ein schöner Erfolg.«

»Vielen Dank, Sir. Dürfte ich Sie bitten, Miss Ladram, eine offizielle Erklärung darüber abzugeben, daß Sie die Gegenstände als Miss Abberleys Eigentum identifiziert haben?«

»Mit Vergnügen.«

»Dann darf ich mich jetzt entschuldigen und zu meinem Verhör von Mr. Fairfax-Vane zurückkehren. Obwohl ich ihn vielleicht besser nur Fairfax nennen sollte. Wir vermuten, daß er ›Vane‹ seinem Namen nur aus beruflichen Gründen hinzugefügt hat.«

»Sogar sein Nachname ist also ein Betrug?« fragte Maurice.

»Ja, Sir.« Hyslop lächelte. »Sie sagen es.«

Charlotte hätte sich eigentlich mehr über Fairfax-Vanes Verhaftung freuen sollen. Aber ihrer Meinung nach verstärkte die schnelle Aufklärung des Verbrechens seine Sinnlosigkeit nur noch. Diebstahl und Mord waren schon schlimm genug, überlegte sie, und mußten nicht durch Unfähigkeit verstärkt werden.

Nachdem sie ihre Erklärung abgegeben hatte, gingen sie zum nahe gelegenen Standesamt. Die Beschaffung eines Totenscheins nahm mehr Zeit in Anspruch, als nötig schien, aber schließlich war auch das erledigt. Eigentlich verspäteten sie sich nur um wenige Mi-

nuten, als sie kurz nach drei Uhr zu ihrer Verabredung bei Beatrix'
Rechtsanwalt Mr. Ramsden eintrafen. Er war ein schwerfälliger,
ehrerbietiger Mann in mittleren Jahren, dem Beatrix' einfache
Wünsche ausgesprochen durchschnittlich erschienen sein mußten.
Er sprach ihnen sein Beileid aus und erklärte dann die Bestimmun-
gen des Testamentes, das er vor einigen Jahren für seine Klientin
aufgesetzt hatte.

»Mr. Abberley, ich glaube, Sie wissen bereits, daß Miss Abberley
Sie zu Ihrem Testamentsvollstrecker bestimmt hat?«

»Jawohl.«

»Dann genügt es wohl, wenn ich zusammenfasse, wie ihr Vermögen verteilt werden soll. Mrs. Avril Mentiply bekommt zehntausend Pfund, und fünftausend Pfund gehen als Schenkung an den
East Sussex Naturalists' Trust.«

»Schräge Vögel waren ihre Spezialität«, sagte Maurice.

Ramsden warf jedem von ihnen einen kurzen Blick zu, sichtlich
verunsichert von dieser Sorte Humor. »Lassen Sie uns fortfahren.
Jackdaw Cottage, das ihr allein gehörte, fällt Ihnen zu, Miss Ladram,
zusammen mit allem, was darin ist, einschließlich Miss Abberleys
persönlichem Besitz.«

»Lieber Himmel! Ich hatte ja keine Ahnung.« Soweit sie sich
überhaupt darüber Gedanken gemacht hatte, hatte sie angenommen, daß Maurice, als Beatrix' nächster Blutsverwandter, alles erben würde.

»Sie hat es mir vor einiger Zeit erzählt, altes Mädchen«, sagte
Maurice und tätschelte ihre Hand. »Schließlich warst du ihre Patentochter.«

»Aber...« Es war nutzlos zu erklären, daß diese Großzügigkeit
ihre Schuldgefühle nur noch verstärkte, weil sie Beatrix in den vergangenen Monaten aus dem Weg gegangen war. Sie schwieg.

»Der Rest ihres Eigentums«, nahm Ramsden den Faden wieder
auf, »geht auf Sie über, Mr. Abberley. Er umfaßt jenes Vermögen,
das nach Abzug der Schenkungen und der Erbschaftssteuer noch übrig ist, und jene Tantiemen, die weiterhin aus dem Besitz von Mrs.
Abberleys verstorbenem Bruder, Mr. Tristram Abberley, fällig
werden. Das Urheberrecht seiner Werke läuft, glaube ich, Ende
nächsten Jahres aus.«

»Abgesehen von seinen postum veröffentlichten Gedichten, das ist richtig«, sagte Maurice. »Vielleicht ist es ganz gut, daß sie nie lernen mußte, ohne diese Einkünfte zu leben.«

Vielleicht hatte Maurice recht, dachte Charlotte. Schließlich besaß er Ladram Avionics, worin sich die Anlage der Abberley-Tantiemen ganz anständig bezahlt gemacht hatte. Und sie hatte ihren eigenen beträchtlichen Aktienanteil an der Firma, den ihre Mutter ihr vererbt hatte. Aber Beatrix hatte wahrscheinlich genausoviel weggegeben, wie sie während all der Jahre angespart hatte. Obwohl sie sich niemals von Armut bedroht fühlen mußte, hätte sie die Notwendigkeit zu sparen vielleicht als Bedrohung empfunden. Daß ihr diese Erfahrung erspart geblieben war, bedeutete einen schwachen Trost.

Ramsdens Büro war nur wenige Schritte vom Haus des bedeutendsten Leichenbestatters von Rye entfernt. Dort wurden Charlotte und Maurice mit anteilnehmender Dienstbeflissenheit empfangen und behutsam durch das Labyrinth der unterschiedlichen Begräbnismöglichkeiten geleitet. Beatrix hatte in ihrem Testament nicht festgehalten, ob sie begraben oder verbrannt werden wollte, und weder Charlotte noch Maurice konnten sich erinnern, daß sie sich jemals darüber geäußert hätte. Ihre ordentliche, unsentimentale Natur legte jedoch nahe, daß sie sich vermutlich für die Einäscherung entschieden hätte.

Draußen waren die Straßen überfüllt mit Kauflustigen und Touristen. Ihre lauten Stimmen und gaffenden Gesichter schienen die Hitze des Nachmittags noch zu verstärken. Charlotte wünschte sich nichts weiter, als daß sie endlich die ganze Angelegenheit vom Hals hätte, derentwegen sie nach Rye gekommen waren, und frei von den Verpflichtungen wäre, die Beatrix ihr angehängt hatte. Aber wie sie genau wußte, waren nicht alle Wünsche so leicht zu erfüllen.

»Denkst du, wir sollten zum Haus hinaufgehen?« fragte Maurice. »Die Polizei sollte inzwischen fertig sein, und wir könnten bei Mrs. Mentiply den Schlüssel holen.«

»Lieber nicht. Es ist noch zu früh, um Beatrix' Sachen durchzusehen. Ich würde immer denken, sie stünde hinter mir und blicke mir über die Schulter. Vielleicht nach der Beerdigung.«

»Ich bin nicht sicher, ob ich als ihr Testamentsvollstrecker so lange warten kann. Ich muß ihre Scheckhefte und Bankauszüge für gerichtliche Zwecke suchen. Schauen, ob es irgendwelche unbezahlten Rechnungen gibt.«

»Natürlich. Daran hatte ich nicht gedacht.« Es war typisch für Maurice, daß er seine Verpflichtungen so ernst nahm. Zum Glück mußte sie sich nicht damit befassen. »Kannst du nicht allein gehen?« fragte sie ihn in einem Ton, der ihn zwang, ja zu sagen.

»Kann ich, Charlie, aber natürlich. Mit deiner Erlaubnis. Denk dran, du bist die neue Eigentümerin.«

»Sei nicht albern. Natürlich hast du meine Erlaubnis. Geh schon. Ich bin ja nur froh, wenn ich es nicht selbst machen muß.«

»Also gut. Ich komme morgen wieder und versuche, alles zu ordnen, wenn dir das recht ist.«

»Ja. Danke.«

Maurice schlug vor, daß sie an diesem Abend essen gehen sollten, und Charlotte nahm den Vorschlag nur zu gern an. Sie hoffte, daß ein gutes Essen in einer angenehmen Umgebung ihre Lebensgeister wieder wecken würde. Doch davor war noch eine Pflicht zu erledigen, die sich weder aufschieben noch vermeiden ließ. Lulu Harrington mußte benachrichtigt werden.

Charlotte hatte Lulu niemals kennengelernt, obwohl sie und Beatrix seit ihrer gemeinsamen Schulzeit Freundinnen gewesen waren. Sie hatte ungefähr vierzig Jahre am Cheltenham Ladies' College unterrichtet und lebte nun in einer, wie Charlotte sich vorstellte, angemessen spröden Wohnung in der Stadt und genoß ihre Zurückgezogenheit. Als Lulu ans Telefon ging, antwortete sie, wie es im Buche steht. Sie nannte sowohl das Fernamt als auch ihre Telefonnummer und sprach alle drei Silben in »Cheltenham« aus.

»Miss Harrington?«

»Ja. Wer ist dort, bitte?« Sie klang zerbrechlich und ein bißchen nörglerisch. Charlottes Mut sank.

»Mein Name ist Charlotte Ladram, Miss Harrington. Wir haben uns nie kennengelernt, aber –«

»Charlotte Ladram? Oh, natürlich! Ich weiß, wer Sie sind.« Ihre Stimme klang jetzt herzlicher. »Beatrix' Nichte.«

»Eigentlich nicht wirklich ihre Nichte, aber –«

»So gut wie, dachte ich immer. Nun, verzeihen Sie mir. Miss Ladram. Darf ich Sie Charlotte nennen? Beatrix spricht immer so von Ihnen.«

»Natürlich. Ich –«

»Es ist ein großes Vergnügen, endlich mal mit Ihnen zu reden. Welchem Umstand –« Sie unterbrach sich unvermittelt und sagte dann: »Ist mit Beatrix alles in Ordnung?«

Da sie plötzlich befürchtete, Lulu würde die Wahrheit erraten, bevor sie sie ihr mitteilen konnte, platzte Charlotte heraus: »Ich muß Ihnen leider sagen, daß sie gestern gestorben ist.« Dann bedauerte sie ihre Schroffheit. »Es tut mir leid, das muß ein Schock für Sie sein. Das war es für uns alle.« Schweigen am anderen Ende. »Miss Harrington? Miss Harrington, sind Sie noch da?«

»Ja.« Sie klang jetzt ruhig und traurig. »Darf ich... Ich meine, was ist passiert?«

Natürlich wollte sie es erfahren. Es gab keine Möglichkeit, ihr vorzumachen, daß Beatrix friedlich gestorben sei. Während sie die Umstände erklärte, spürte Charlotte, wie brutal und ungerecht diese für jemanden klingen mußten, der in Beatrix' Alter war und ebenfalls allein lebte. Aber die Umstände waren nun mal so, wie sie waren.

Als sie geendet hatte, herrschte einen weiteren Augenblick Stille. Dann sagte Lulu einfach nur: »Ich verstehe.«

»Es tut mir wirklich sehr leid, daß ich Ihnen solche Neuigkeiten mitteilen muß.«

»Sie müssen sich nicht entschuldigen, meine Liebe. Es war lieb, daß Sie angerufen haben.«

»Das war doch selbstverständlich, schließlich waren Sie Beatrix' älteste Freundin.«

»War ich das?«

»Aber natürlich. Sie sagte das immer.«

»Das war lieb von ihr.«

»Miss Harrington –«

»Nennen Sie mich doch bitte Lulu.«

»Sind Sie sicher, daß es Ihnen gut geht? Das muß ein furchtbarer Schock für Sie sein.«

»Nicht wirklich.«

»Wie meinen Sie das?«

»Verzeihen Sie. Aber in unserem Alter – in Beatrix' und meinem – kann der Tod keine Überraschung sein.«

»Aber das ist etwas anderes... Es war kein...«

»Kein natürlicher Tod. Ganz richtig, meine Liebe. Ich versichere Ihnen, ich vergesse den Unterschied nicht.«

»Wie können Sie...« Charlotte unterbrach sich. Die alte Dame war sichtlich verwirrt. Es würde am besten sein, was immer sie sagte, nicht allzu ernst zu nehmen. »Möchten Sie zur Beerdigung kommen, Lulu? Sie findet am nächsten Montag statt, dem neunundzwanzigsten. Natürlich haben Sie einen langen Anfahrtsweg, aber ich könnte Ihnen eine Übernachtungsmöglichkeit anbieten, wenn Ihnen das helfen würde.«

»Vielen Dank. Das ist nett von Ihnen. Aber... Ich werde darüber nachdenken, Charlotte. Ich werde es mir überlegen und Ihnen Bescheid sagen.«

»Natürlich. Natürlich. Tun Sie das. Sind Sie sicher, daß es Ihnen gut geht –«

»Vollkommen. Auf Wiederhören, Charlotte.«

»Auf –« Die Leitung war tot, bevor sie den Satz beenden konnte. Verwirrt starrte sie ihr stirnrunzelndes Spiegelbild über dem Telefon an.

5

»Fairfax.«

»Guten Morgen. Spricht dort Mr. Derek Fairfax?«

»Am Apparat.«

»Mein Name ist Dredge, Mr. Fairfax. Albion Dredge. Ich bin Rechtsanwalt und vertrete Ihren Bruder, Mr. Colin Fairfax.«

Derek fühlte, wie ihm das Blut in den Kopf stieg. Jetzt war es passiert. Was er befürchtet hatte, seit Colin in Tunbridge Wells eingetroffen war. Ein Rückfall in seine alten Gewohnheiten, würden einige sagen. Ein Unglücksfall, würde Colin zweifellos protestieren. Aber ohne Frage ein Problem, auf das Derek hätte verzichten können. »Wobei vertreten Sie ihn, Mr. Dredge?«

»Ich bedauere, Ihnen mitteilen zu müssen, Mr. Fairfax, daß Ihr Bruder gestern von der Polizei in Sussex festgenommen und anschließend wegen schwerwiegender Straftaten angeklagt wurde.«

»Was für Straftaten?«

»Besitz gestohlener Waren. Komplizenschaft bei einem Einbruch. Begünstigung. Beihilfe zu Mord.«

Es war noch schlimmer, als er erwartet hatte. Viel schlimmer. »Mord, sagen Sie?«

»Eine alte Dame wurde am Sonntagnachmittag übel zugerichtet und tot in ihrem Haus in Rye aufgefunden. Vielleicht haben Sie einen Bericht darüber in den Nachrichten des Lokalfernsehens gesehen.«

»Nein. Ich glaube nicht.«

»Dann lassen Sie es mich erklären.« Während Dredge sprach, fühlte Derek eine düstere Vorahnung in sich aufsteigen. Colin hatte mit Gewalt nichts zu tun. Das war sicher. Aber er hatte sich noch nie um die Herkunft dessen gekümmert, was er kaufte und verkaufte. Er befand sich ständig auf einer Gratwanderung. Aber könnte er so weit gegangen sein, einen Einbrecher zu beauftragen, nur um in den Besitz einer Tunbridge-Sammlung zu gelangen? Wenn er wußte, daß er daraus genügend Gewinn schlagen konnte, mußte die Antwort ja lauten, besonders wenn sich seine Finanzen in einem mehr als prekären Zustand befanden. Einen Mord würde er jedoch niemals unterstützen. Oder einen tätlichen Angriff jeglicher Art. Aber wenn er seine Komplizen falsch eingeschätzt hatte, könnten die Folgen durchaus so aussehen, wie die Polizei behauptete. »Im Augenblick wird er im Polizeirevier Hastings festgehalten«, schloß Dredge. »Und morgen vormittag muß er vor Gericht erscheinen.«

»Streitet er... die Anschuldigungen ab?«

»Unmißverständlich.«

»Und wie erklärt er die Tunbridge-Sammlung in seinem Laden?«

Dredge seufzte. »Er behauptet, daß sie ihm hineingeschmuggelt wurde.«

»Sie scheinen das zu bezweifeln.«

»Es tut mir leid. Ich wollte nicht diesen Eindruck erwecken. Es ist nur... nun, nach Auffassung der Polizei wäre es genau das, was er sagen würde, nicht?«

»Er hat nicht angedeutet, daß *sie* sie hineingeschmuggelt haben, oder?«

»Zum Glück nicht.«

»Also wer... warum sollte...«

»Mr. Fairfax, ich möchte nicht unhöflich sein, aber diese Fragen sollten wir vielleicht besser zu einem anderen Zeitpunkt erörtern. Der Zweck meines Anrufes heute besteht lediglich darin, Sie zu fragen, ob Sie bereit sind, als Bürge aufzutreten für den Fall, daß das Gericht die Freilassung gegen Kaution bewilligt. Falls ja, wird die verlangte Summe sehr wahrscheinlich die Möglichkeiten Ihres Bruders übersteigen.«

Das hätte Derek ihm auch sagen können. Colins Einnahmen konnten seines Wissens nie mit seinen Ausgaben Schritt halten. In der Vergangenheit war Derek oft genug gezwungen gewesen, ihm aus der Patsche zu helfen, sowohl buchstäblich als auch bildlich gesprochen. Und jedesmal hatte er geschworen, es wäre das letzte Mal.

»Über welchen Geldbetrag reden wir?« fragte er abwehrbereit.

»Schwer zu sagen. Die Polizei wird gegen eine Kaution sein. Vielleicht stellt sich die Frage überhaupt nicht.«

»Aber wenn sie sich stellt?«

»Dann wird es eine beträchtliche Summe sein.«

»Wie beträchtlich?«

»Ich würde schätzen... so zwischen fünf- und zehntausend Pfund.«

Ein erschreckend großer Teil von Dereks Ersparnissen, der verloren sein würde, falls Colin sich entschließen sollte, sich bei Nacht und Nebel in ein Land davonzumachen, das ihn nicht ausliefern würde. Während Derek sich mit dieser Möglichkeit vertraut machte, ertappte er sich beim Gedanken, daß es vielleicht den Verlust einer solchen Summe wert wäre, wenn Colin ihn nie mehr um Hilfe angehen könnte.

»Ihr Bruder gab mir zu verstehen, daß Sie vermutlich die einzige Person sind, die bereit wäre zu helfen.«

»Ohne Zweifel.«

»Und werden Sie... ihm helfen?«

»Ja. Ich denke, das werde ich.«

»Können Sie morgen vormittag ins Gericht kommen?«

Derek warf einen Blick auf seinen Kalender, der offen vor ihm auf dem Schreibtisch lag. Am Mittwoch, dem 24. Juni, war kein Termin eingetragen, der nicht verschoben werden konnte. »Ja. Ich werde da sein.«

»Das Gericht befindet sich in der Bohemia Road in Hastings. Die Anhörung beginnt um halb elf.«

»In Ordnung. Ich treffe Sie dort.«

Derek legte den Hörer auf, nahm seine Brille ab und rieb sich den Nasenrücken. Als er die Augen schloß, schwebte die Gegenwart – seine düstere Stimmung, sein Schreibtisch, das Büro, die Aussicht durchs Fenster auf den Calverley Park, Beweis und Merkmal seines Alters und seiner Stellung – davon wie Spinnfäden im Wind. Er und Colin waren wieder Kinder zu Hause in Bromley. Colin war sechs Jahre älter als er und ebenso clever und wagemutig, wie Derek schüchtern und furchtsam war. Damals hatte Derek oft die Schuld für die Streiche seines Bruders auf sich genommen, seine Spuren verwischt und seine Alibis gefälscht. Im Grunde hatte sich seither nichts geändert.

Er stand auf und trat ans Fenster. An diesen ruhigen Hochsommertagen sah Tunbridge Wells am besten aus, die blassen Fassaden der Regency-Villen wirkten wie Punkte inmitten all des Grüns; die diesige Luft schien die schweren Blätter der Roßkastanien im Park noch stärker niederzudrücken. Seit sieben Jahren lebte er jetzt hier, sieben gute, wenn auch wenig ruhmreiche Jahre des ständigen Vorwärtskommens bei der Firma Fithyan & Co. Wenn keine Katastrophen passierten, lag eine Partnerschaft im Bereich des Möglichen. Aber würde Fithyan seine Verbindung mit einem korrupten Antiquitätenhändler – oder noch schlimmer, mit einem Mörder – nicht als Katastrophe ansehen? Was würden die Kunden sagen? Was würden die Geschäftspartner denken?

Wie sehr wünschte er, daß sich Colin niemals in Tunbridge Wells niedergelassen hätte. Zuerst war es nur als vorläufige Lösung gedacht gewesen, als Möglichkeit, ihm den Weg zurück ins normale Leben zu erleichtern. Statt dessen hatte er die »Schatzgrube« gefunden und einen raschen Weg zurück zu dem Beruf, der ihn bereits einmal ruiniert hatte. Und jetzt, so schien es, hatte er ihn erneut ruiniert, so gewaltig, daß es auch seinen Bruder mitreißen konnte.

Maurice hatte sich schon früh auf den Weg nach Rye gemacht und würde von dort direkt nach Bourne End zurückkehren. Zum ersten Mal seit Beatrix' Tod war Charlotte mit sich selbst und ihren Gedanken allein. Den Morgen hatte sie mit intensiver Gartenarbeit verbracht, aber das war nicht dazu geeignet gewesen, ihre Unruhe zu vertreiben. Am Nachmittag ging sie in die Stadt und graste die Geschäfte nach einem halben Dutzend Dinge ab, die sie gar nicht brauchte.

Kurz vor Geschäftsschluß befand sie sich in der Mitte der High Street und stellte mit leiser Überraschung fest, daß sie auf Chapel Place zusteuerte. Sie hätte leicht kehrtmachen und einen kürzeren Weg zu ihrem Haus in Mount Ephraim wählen können. Aber sie tat es nicht. Die Neugier – oder irgend etwas in der Art – besiegte ihre Furcht, und sie setzte ihren Weg fort. Ihr Ziel war, wie sie erkannte, die »Schatzgrube«.

Es war ein Warenhaus mit einer schmalen Fassade und abblätternder Farbe an den Fenstern, eingezwängt zwischen einem Fotoatelier und einem Antiquariat. Der gotische Schriftzug über der Tür paßte genau zu demjenigen auf der Visitenkarte, die ihr Hyslop gezeigt hatte. Auf der einen Seite war ein separater Eingang mit einer Klingel und einem Schild, auf dem schlicht WOHNUNG stand. Im Inneren des Geschäfts brannte kein Licht, und es erschien im Gegensatz zu der Helligkeit draußen dunkel wie eine Höhle. Es gab keinen Hinweis auf die Öffnungszeiten, und Charlotte, die erwartet hatte, daß jemand für den Besitzer eingesprungen sei, fühlte sich irgendwie betrogen.

Sie trat näher ans Fenster, legte die Hand über die Augen und versuchte, etwas zu erkennen. Mehrere Bücherschränke und Anrichten zeichneten sich in der Düsterkeit ab. Sie erspähte einige dunkle Ölgemälde und aufgehängte Gegenstände aus Messing, eine Truhe aus Kiefernholz und einen Standspiegel auf der rechten Seite. Dann bemerkte sie die Tunbridge-Stücke in einem hohen Eckschrank. Fairfax' rechtmäßige Sammlung – wenn sie denn rechtmäßig erworben war – bestand größtenteils aus kleineren Gegenständen und sah insgesamt wenig eindrucksvoll aus. Vielleicht, dachte Charlotte, erklärt das – Plötzlich sah sie in dem Standspiegel, wie sich dicht hinter ihr etwas bewegte. Ein Mann stand neben ihr und starrte in das Geschäft. Er war mittelgroß, schlank, hatte dünnes Haar, trug einen braunen, zerknitterten Anzug und eine goldgerahmte Brille, in der das Sonnenlicht aufblitzte. Wenn er nicht so einen merkwürdigen Gesichtsausdruck gehabt hätte, hätte sie ihn für einen enttäuschten Kunden gehalten. Aber er sah richtig gequält und leidend aus. Er änderte seine Haltung nicht, als sie ihn beobachtete, und sah regungslos an ihr vorbei, als ob er durch etwas, das er gesehen oder gedacht hatte, wie vom Blitz getroffen sei.

Charlotte drehte sich um und lächelte ihn an. »Ich fürchte, es ist geschlossen«, sagte sie.

Zuerst reagierte er nicht. Dann, als ob ihre Worte ihn soeben erst erreicht hätten, schaute er sie an und öffnete den Mund, aber er sagte kein Wort.

»Es ist geschlossen«, wiederholte sie.

Er antwortete nicht. Dann machte er plötzlich auf dem Absatz kehrt und schlug den Rückweg zur High Street ein. Er ging unnötig schnell, und auf Charlotte wirkte es fast, als ob er rennen wollte.

Derek traf wenige Minuten, nachdem das Lokal aufgemacht hatte, im »George & Dragon« ein. Er war als gelegentlicher, wenn auch unregelmäßiger Gast bekannt, aber er war zu beunruhigt, um den Gruß der Bardame anders als mit einem steifen Lächeln zu erwidern. Er nahm sein Bier und ging in den Garten, setzte sich an einen Tisch und trank in hastigen Schlucken. Er hatte nicht die Angewohnheit, viel zu trinken, aber er fühlte, daß er heute eine Ausnahme machen würde.

Als erstes, sagte er sich, mußte er aufhören, sich wie ein Krimineller zu benehmen. Vielleicht war ja auch sein Bruder gar keiner. Da Colin zum Glück den Namen Fairfax-Vane benutzte, würde wahrscheinlich niemand darauf kommen, daß Derek mit dem Besitzer der »Schatzgrube« verwandt war. Vor Gericht und in den Zeitungsberichten über diesen Fall würden sie natürlich darauf bestehen, Colins richtigen Namen zu verwenden, aber bis dahin war er vollkommen sicher. Deshalb war der Gedanke, das jüngere Personal von Fithyan & Co. hätte bereits eine Flüsterkampagne gegen ihn angezettelt, völlig absurd. Obwohl andererseits die Idee, sie könnten es noch tun, keineswegs so verrückt war.

Er nahm einen Schluck Bier und schüttelte bei dem Gedanken, was die junge Frau vor der »Schatzgrube« von seinem Benehmen gehalten haben mußte, den Kopf. Er hätte niemals dorthin gehen sollen, und er wußte wirklich nicht, warum er so reagiert hatte. Schließlich hatte sie doch nur versucht zu helfen. Im stillen verfluchte er Colin. Wie seltsam Verwandtschaft doch war. Sie hatten nichts gemeinsam, es sei denn eine immer weiter entfernte Vergangenheit. Sie mochten sich nicht einmal. Und trotzdem waren sie miteinander verbunden durch etwas, das stärker war als Liebe oder Freundschaft, etwas Unwiderstehliches und Unauflösbares. Derek verstand es nicht, aber er wußte, er konnte es nicht bezwingen. Morgen, widerwillig und mit Abscheu, würde er seinem Bruder beistehen.

6

Nach seiner Ankunft zu Hause hatte Maurice Charlotte angerufen, um ihr zu berichten, was er von Chief Inspector Hyslop erfahren hatte: Colin Fairfax war angeklagt worden und mußte morgen vor dem Gericht in Hastings erscheinen. Es würde nur eine kurze Anhörung sein, und der Fall würde auf einen späteren Termin vertagt werden. Wahrscheinlich würde nur verhandelt, ob Fairfax in Untersuchungshaft bleiben mußte – wie Hyslop hoffte – oder gegen Kaution freigelassen wurde. Deshalb hatte Maurice beschlossen, nicht daran teilzunehmen, denn die zwei Tage, die Ladram Avionics ohne ihn hatte auskommen müssen, waren bereits mehr als genug.

Charlotte war da anderer Ansicht. Sie wollte den Mann sehen, der für Beatrix' Tod verantwortlich war. Vielleicht würde das ihre Neugier befriedigen. Der Blick durch das Fenster der »Schatzgrube« hatte nicht genügt. Deshalb fand sie sich am nächsten Morgen im Gericht von Hastings ein, wo sie sich der Menge nervöser Klienten und abgespannter Rechtsanwälte in der grauen Vorhalle anschloß.

Hyslop war nirgends zu sehen, und als der Termin immer näher rückte, beschloß sie, in den Gerichtssaal zu gehen. Es war ein kleiner, moderner. stickiger Raum, verkleidet mit Preßspan und kunststoffbeschichtetem Metall, in dem wenig von der Bedeutsamkeit der

Rechtsprechung spürbar war. Einige Amtspersonen waren bereits da, und ziemlich weit vorne standen zwei Männer, die eindringlich miteinander flüsterten. Der eine war ein kleiner, korpulenter Kerl in einem dunklen dreiteiligen Anzug und mit einer leichten Schweißschicht auf seiner stark gewölbten Stirn. Der andere war größer und schlanker und drehte Charlotte den Rücken zu, so daß sie sein Gesicht nicht sehen konnte. Sie dachte, dies müßten wohl Rechtsanwälte sein.

»Der Staatsanwalt hat mir gerade gesagt, daß er die Kaution entschieden ablehnen wird, Mr. Fairfax«, sagte Albion Dredge.

»Dann habe ich also nur meine Zeit verschwendet, nicht wahr?« erwiderte Derek.

»Überhaupt nicht. Ganz und gar nicht. Es gibt immer noch eine Chance.«

»Und wie groß ist die?«

»In Anbetracht der Schwere der Anschuldigungen – und der Vorstrafe Ihres Bruders – nicht sehr groß.«

Derek seufzte. Er hatte kein Verlangen, Colin hinter Gittern zu sehen, aber wenigstens würde es ihn von der Sorge befreien, eine Kaution für ihn stellen zu müssen. »Wie lange wird es dauern, bis der Fall zur Verhandlung kommt?«

»Ungefähr sechs Monate.«

»Sechs Monate?«

»Mindestens. Die Gerichte ersticken in Arbeit. Natürlich besteht die Möglichkeit, daß die Staatsanwaltschaft die Anklage wegen Beihilfe und Begünstigung fallen läßt. Sie wissen, daß dies am schwierigsten zu beweisen ist. Außerdem ist es aber auch der schwerwiegendste Punkt. Wie beabsichtigt.«

»Wie meinen Sie das?«

Dredge sprach jetzt noch leiser. »Unter uns gesagt, Mr. Fairfax, ich bin der Meinung, daß die Polizei diesen Anklagepunkt nur deshalb mit aufgenommen hat, um Ihren Bruder unter Druck zu setzen. Wenn er verraten würde, wer ihm die Tunbridge-Sammlung verkauft hat, würden sie diesen Punkt bestimmt fallen lassen. Und das würde die Kautionsgeschichte sicher ändern.«

»Aber Colin streitet ja ab, das Zeug gekauft zu haben.«

»Eben.«

»Sie meinen, er sollte sich schuldig bekennen?«

»Auf jeden Fall, was den Ankauf betrifft.«

»Aber das wird er nicht, oder?«

»Bis jetzt noch nicht.«

»Ich verstehe. Also gut, Mr. Dredge. Vielen Dank, daß Sie mich informiert haben.« Derek stand auf und wandte sich um, um seinen Platz in der nächsten Reihe wieder einzunehmen. Dabei fing er den Blick einer Frau drei Reihen weiter hinten auf, die vorher nicht dagewesen war. Er wurde rot und sah weg. Es war die Frau, der er am vorhergehenden Nachmittag vor der »Schatzgrube« begegnet war. Und diesmal konnte er nicht einfach weggehen.

Wer war dieser Mann? Warum war er hier? Charlotte hatte gerade begonnen, über diese Fragen nachzudenken, als die allgemeine Unruhe den Beginn der Anhörung ankündigte. Die Tische im Vordergrund wurden rasch besetzt. Hyslop nickte ihr grüßend zu, als er mit den Nachzüglern hereinkam. Dann forderte sie ein Gerichtsdiener auf, sich zu erheben, und drei Richter nahmen ihre Plätze ein.

Der Fall wurde ohne große Formalitäten aufgerufen, wie es Charlotte eigentlich erwartet hätte. Ein Polizist führte den Angeklagten durch eine Seitentür herein und begleitete ihn zur Anklagebank. Er war nicht mehr als sechs Meter von Charlotte entfernt und hatte seine Hände aufs Geländer gelegt. Da seine ganze Aufmerksamkeit den Richtern galt, mußte sie nicht befürchten, daß er ihren prüfenden Blick bemerken würde. Er war groß und breitschultrig, hatte ein rotes, ziemlich verquollenes Gesicht und braune, zu lange Haare, die an den Schläfen grau und auf dem Kopf dünn wurden. Er trug einen dunkelblauen Blazer, beige Hosen und ein gestreiftes Hemd mit offenem Kragen, das sich über einen beträchtlichen Bauch spannte. Ein rotes Taschentuch ragte extravagant aus der Brusttasche seines Blazers, und ein überdimensionaler Siegelring funkelte protzig am kleinen Finger seiner linken Hand. Sie hatte nicht damit gerechnet, daß er ihr gefallen würde. Ganz im Gegenteil, sie hatte erwartet, daß sie ihn abstoßend finden würde. Und in gewisser Weise war er dies auch. Ein heruntergekommener Frauenheld, ein schönredender, glückloser Betrüger, dem die Zeit davonlief, alt und leichtsinnig ge-

39

nug, um dieses niederträchtige Verbrechen anzustiften. Genau das dachte sie über ihn. Und auf einer Ebene, die ihr nur teilweise bewußt war, wünschte sie, er wäre jünger und auf eine offenere Weise charmant. Sie wünschte, es gäbe mehr Hassenswertes an ihm.

Plötzlich bemerkte sie, daß sie dem Gerichtsverfahren gar nicht gefolgt war. Die Anklagen waren bereits verlesen worden, und der Angeklagte hatte seinen vollen Namen genannt – Colin Neville Fairfax. Aber er war nicht gefragt worden, ob er sich schuldig bekannte, und das verunsicherte Charlotte, ebenso wie die Geschwindigkeit, mit der die Richter auf eine Vertagung hinzuarbeiten schienen. »Wir werden die Verhandlung in einem Monat festsetzen«, verkündete der Vorsitzende. »Irgendwelche Einwände?« Es schienen keine zu bestehen. Der Vorsitzende beugte sich vor, um sich mit dem Protokollführer zu besprechen. »Paßt Freitag, der 24. Juli, allen Beteiligten?« Allgemeines Kopfnicken. »Sehr gut. Dann wird die Verhandlung auf den 24. Juli festgesetzt. Mr. Dredge, Sie vertreten den Angeklagten?«

»Ja, Sir.« Als sich der Verteidiger von Fairfax erhob, erkannte Charlotte in ihm den Mann, mit dem sich der geheimnisvolle Mann von der »Schatzgrube« vorher unterhalten hatte. »Mein Mandant bestreitet alle Anklagepunkte und beantragt Freilassung gegen Kaution.«

»Mr. Metcalfe?« Der Vorsitzende wandte sich an den Staatsanwalt.

»Wir lehnen eine Freilassung gegen Kaution ab, Sir. Dies sind sehr schwerwiegende Anklagen. Die Polizei hält es für sehr wahrscheinlich, daß der Angeklagte bei der Gerichtsverhandlung nicht erscheinen wird. In diesem Zusammenhang möchte ich Sie auf seine Vorstrafe aufmerksam machen, deren Einzelheiten ich Ihnen vorgelegt habe.«

»Stimmt, ja.« Der Vorsitzende betrachtete einige Papiere auf seinem Tisch. »Mr. Dredge?«

»Ich möchte betonen, daß mein Mandant seinerzeit gegen Kaution freigelassen wurde und sich an alle Bedingungen gehalten hat.«

»Das ist richtig.« Der Vorsitzende kratzte sich an der Nase und sagte dann: »Kann der Angeklagte die Kaution selbst stellen, Mr. Dredge?«

»Nein, Sir. Der Bruder des Angeklagten, Mr. Derek Fairfax, wird die Bürgschaft übernehmen.«

»Ist Mr. Derek Fairfax anwesend?«

»Ja, Sir.« Dredge drehte sich um und wies auf eine Person in der Reihe hinter ihm, die sich halb erhob. Und so fand Charlotte schließlich heraus, wer er war: der Bruder von Colin Fairfax.

»Ich verstehe«, sagte der Vorsitzende. »Nun, ich denke, wir werden uns für einen Augenblick zurückziehen.« Seine beiden Kollegen und er standen auf und verließen den Raum. Das Publikum unterhielt sich murmelnd während ihrer Abwesenheit. Dredge begab sich zu der Anklagebank und flüsterte mit seinem Mandanten. Derek Fairfax ging nicht zu ihnen hinüber, aber er schaute in ihre Richtung, und einmal, als Charlotte ihn beobachtete, schien er nahe daran, ihr einen kurzen Blick zuzuwerfen. Aber er tat es nicht.

Dann kehrte das Gericht zurück. Nach allgemeinem Stühlerükken und Räuspern sagte der Vorsitzende: »In Anbetracht der Beschaffenheit und Schwere der Straftaten, um die es in diesem Fall geht, haben wir beschlossen, den Antrag abzulehnen.« Er wandte sich an den Angeklagten. »Sie bleiben in Untersuchungshaft, Mr. Fairfax, und werden am 24. Juli wieder vor uns erscheinen. Der Fall ist bis zu diesem Datum vertagt.«

Derek sah Colin an, als der Vorsitzende verkündete, die Kaution werde nicht gewährt, und er wußte genau, was sein enttäuschtes Zusammenzucken bedeutete. Es war der gleiche Ausdruck, mit dem er seit seiner Kindheit auf Niederlagen und Rückschläge des Lebens reagiert hatte, ein gleichgültiges Akzeptieren, daß seine Pläne ohne sein Verschulden schiefgegangen waren. Auch das Folgende war charakteristisch für ihn. Er hob die Augenbrauen, blies die Backen auf und schüttelte langsam den Kopf. Dann berührte ihn der Polizeibeamte, der ihn hereingeführt hatte, am Ellbogen, und er stieg von der Anklagebank herunter. Im letzten Augenblick, bevor er sich zu der Seitentür wandte, schaute er zu Derek hinüber und zwinkerte ihm zu. Als Antwort konnte Derek nur müde die Hand heben.

Nachdem Colin verschwunden war, blieb Derek noch sitzen und wartete, bis sich der Gerichtssaal leerte. Dredge stand auch noch herum und unterhielt sich mit dem Staatsanwalt. Als sie fertig waren, kam er zu Derek herüber. Zusammen gingen sie langsam auf den Ausgang zu.

»Wie ich befürchtet hatte, Mr. Fairfax, die Vorstrafe Ihres Bruders sprach gegen ihn.«

»Sie haben getan, was Sie konnten, Mr. Dredge. Wo werden sie Colin hinbringen?«

»Ins Lewes-Gefängnis.«

»Darf ich ihn dort besuchen?«

»Natürlich. Aber Sie sollten ein paar Tage warten. Lassen Sie ihm Zeit zum Eingewöhnen.«

Der Verzicht auf Alkohol, Essen, Unterhaltung und Frauen würde ihm am schwersten fallen, vermutete Derek. Trotz Colins Ruf als Frauenheld war das vermutlich die richtige Reihenfolge. Das letzte Mal, als er ins Gefängnis gegangen war, hatte er besser und gesünder ausgesehen. Jetzt war er älter, weniger widerstandsfähig.

»Habe ich das richtig verstanden, Mr. Dredge, daß Sie ihm raten werden, sich schuldig zu bekennen, zumindest was die Anklage des Ankaufs betrifft?«

»Ich werde ihm auf jeden Fall erklären, welche Konsequenzen es haben wird, wenn er das nicht tut.«

»Und die wären?«

»Zumindest sehr ernst. Die Staatsanwaltschaft kann beweisen, daß er wußte, woher die Tunbridge-Sammlung stammte. Deshalb kann sie auch beweisen, daß er gewußt haben mußte, daß sie gestohlen war. Eine Komplizenschaft mit dem Dieb ist unumstritten. Aber daß *er* der Dieb war, nicht.«

»Also kann Colin nichts zu seiner Verteidigung anführen?«

»Lediglich seine Behauptung, daß ihm die Gegenstände untergeschoben wurden, aber das wird ihm kein Gericht abnehmen. Richter neigen außerdem dazu, verstockte, bösartige Täter mit Höchststrafen zu belegen.«

»Mit welchem Strafmaß müssen wir rechnen?«

»Die Höchststrafe für Hehlerei liegt bei vierzehn Jahren.«

In vierzehn Jahren wäre Colin über sechzig und die Welt in einem neuen Jahrtausend. Plötzlich schien es Derek eine unvorstellbar lange Zeit zu sein. »Was ist mit den anderen Anklagepunkten?« murmelte er.

»Auf Mittäterschaft bei Einbruch steht die gleiche Höchststrafe.«
»Und was ist mit Beihilfe zu Mord?«
»Es ist unwahrscheinlich, daß sie ihm das anhängen.«
»Und wenn doch?«
»Dann gilt das gleiche wie für Mord: lebenslänglich.«

Nach einer kurzen Unterhaltung mit Hyslop auf den Stufen des Gerichtsgebäudes ging Charlotte zu ihrem Wagen. Sie wunderte sich, warum sie so enttäuscht war über das, was sie gesehen und gehört hatte, warum sie im Interesse von Beatrix nicht mehr Entrüstung aufbringen konnte. Natürlich war Colin Fairfax nicht derjenige, der sie tatsächlich getötet hatte, aber er war dafür verantwortlich, daß es geschehen war. Das schien sicher zu sein. Warum konnte ihn Charlotte also nicht so hassen, wie sie es eigentlich mußte?

Sie erreichte ihr Auto, stieg ein und drehte das Fenster herunter. In den Büschen hinter ihr zwitscherten Vögel, und von irgendwoher ertönte Musik aus dem Radio. Beatrix würde Fairfax natürlich verziehen haben. Das war die Ironie des Ganzen. »*Der Mann wollte mir bestimmt nichts Böses tun*«, hätte sie wahrscheinlich gesagt. »*Wenn ich gewußt hätte, wie sehr er sich die Tunbridge-Sammlung wünscht, hätte ich sie ihm natürlich gegeben.*«

Charlotte schüttelte verwirrt den Kopf und steckte den Zündschlüssel ins Schloß. In diesem Augenblick bog ein Mann um die Ecke des Gebäudes und kam auf sie zu. Es war Derek Fairfax, gebeugt und stirnrunzelnd, der mit einer Hand in seiner Jackentasche herumwühlte. Er schaute nicht in ihre Richtung, und zuerst dachte sie, er würde an ihr vorbeilaufen, ohne sie zu sehen. Aber es stellte sich heraus, daß sein Auto direkt neben ihrem stand. Als er in die enge Lücke zwischen den beiden Wagen trat, hob er den Blick und erkannte sie. Einen Moment schien es, als ob er lächeln wollte, aber dann setzte sich das besorgte Stirnrunzeln wieder durch. Ob er wohl wußte, wer sie war, fragte sich Charlotte. Wenn ja, durfte sie auf keinen Fall mit ihm sprechen. Es blieb keine Zeit, um den Grund dafür zu untersuchen, sie folgte lediglich ihrem Instinkt. Sie ließ den Wagen an und sah, wie er überrascht einen Schritt zurücktrat. Da sie zu hastig Gas gab, fuhr sie quietschend aus der Parklücke, brachte den Wagen wieder unter Kontrolle und lenkte ihn zur Ausfahrt, während sie der Versuchung widerstand, in den Rückspiegel zu sehen.

Dredge zufolge war die Frau, die mit Chief Inspector Hyslop gesprochen hatte, Beatrix Abberleys Nichte Charlotte Ladram. Sie war es, die die Tunbridge-Stücke, die in Colins Geschäft gefunden worden waren, identifiziert hatte. So hatte Derek erfahren, warum sie sowohl bei der »Schatzgrube« als auch im Gericht von Hastings gewesen war. Natürlich hatte er keine Ahnung, was sie gedacht hatte, als sie in das düstere Innere des Ladens spähte, oder später, als sie Colin beobachtete, der zerzaust und niedergeschlagen auf der Anklagebank saß. Wenn er bei einer dieser beiden Gelegenheiten mit ihr gesprochen hätte, hätte er ihr natürlich sein Beileid ausgesprochen. Das war alles, was er hätte tun können. Aber vielleicht war es am besten, daß sie nicht miteinander gesprochen hatten.

Solche Gedanken schwirrten ihm durch den Kopf, als er aufsah und sie hinter dem Steuer des Wagens sitzen sah, der neben seinem stand. Ihre Blicke trafen sich, dann schauten beide wieder weg. Er zögerte und wußte nicht, was er tun sollte. Natürlich war es lächerlich, sich gegenseitig zu ignorieren. Schließlich wußte sie auch, wer er war. Es gab keinen Grund, so zu tun, als wüßten sie nicht, wer der andere war. Aber trotzdem –

Plötzlich startete sie ihr Auto, fuhr mit quietschenden Reifen an ihm vorbei, verlangsamte für einen Augenblick und verschwand dann in Richtung Ausfahrt. Er lehnte sich gegen den Kotflügel seines Wagens, als ihm klar wurde, daß sie ihn in ihrem Eifer zu entkommen beinahe angefahren hätte. Sie war vor *ihm* geflüchtet. Natürlich, so war es. Das war das Ausmaß an Verachtung, die sie ihm anstelle seines Bruders entgegenbrachte. Sie konnte es nicht einmal ertragen, mit ihm zu sprechen.

7

Derek hielt es nicht für klug, in dieser Woche noch einmal frei zu nehmen. In der Donnerstagsausgabe der Lokalzeitung wurde über Colins Erscheinen vor Gericht berichtet, aber falls irgend jemand bei

Fithyan & Co. von ihrer verwandtschaftlichen Beziehung wußte – und er war sich dessen ziemlich sicher –, so sagte doch niemand etwas darüber.

Am Samstagnachmittag fuhr er nach Lewes und stand in einer zerlumpten Menge von Frauen, Freundinnen und Kindern vor den Toren des Gefängnisses. Nach einer erheblichen Verspätung wurden sie schließlich in einen großen Raum mit kahlen Wänden eingelassen, in dem Stühle und Tische in Reihen standen. An den Tischen saßen die Ehemänner, Freunde und Väter und blickten erwartungsvoll, beschämt oder gleichgültig; sie waren fast nicht zu unterscheiden in ihren blaugrauen Gefängnisanzügen.

Dies war der erste Besuch dieser Art, den Derek jemals unternommen hatte. Das letzte Mal war Colin gegen Kaution aus der Untersuchungshaft freigelassen worden und hatte ausdrücklich darum gebeten, während der anschließenden Haftzeit in Ruhe gelassen zu werden. Diesem Wunsch war Derek nur zu gern nachgekommen. Aber diese Einschränkung konnte jetzt nicht gelten. Einige Dinge mußten gesagt werden, und dies war der einzige Treffpunkt für eine Aussprache.

Colin saß an der gegenüberliegenden Seite des Raumes und starrte ausdruckslos in die Luft. Er schien Derek bis zur letzten Sekunde nicht wahrzunehmen, dann schrak er zusammen, wollte aufstehen, überlegte es sich anders und sank mit einem Seufzer in seinen Stuhl zurück.

»Hallo, Derek. Schön, daß du kommen konntest.« Er lächelte verlegen.

»Hallo, Colin. Wie geht es dir?« Als Derek sich hinsetzte und seinen Bruder betrachtete, bedauerte er seine Frage plötzlich. Jetzt erschien sie ihm nicht nur banal, sondern ausgesprochen gefühllos.

»Wunderbar«, erwiderte Colin. »Hier ist es wie auf einer Gesundheitsfarm, nur verdammt billiger.«

»Ich... ähm... Es tut mir leid, daß sie die Kaution abgelehnt haben.«

»Leg die andere Platte auf. Du warst erleichtert. Ich wäre es an deiner Stelle auch gewesen.«

Derek lachte nervös und schaute sich um. An den Tischen auf beiden Seiten versuchten Häftlinge und Besucher schwerfällig, sich gegenseitig glauben zu machen, sie verstünden einander, während hinter ihnen ein Aufseher düster auf und ab ging und gelangweilte Blicke auf die Uhr an der Wand warf.

»Auf jeden Fall vielen Dank für den Versuch«, sagte Colin. »Ich zeige es vielleicht nicht, aber ich bin dir wirklich dankbar dafür.«

»Das war doch das wenigste...« Derek setzte sich auf die Stuhlkante. »Dredge meint, du solltest dich in bezug auf die Anklage wegen Ankaufs schuldig bekennen.«

»Dredge ist ein Waschweib.«

»Er ist dein Anwalt, Colin. Und deine Interessen liegen ihm am Herzen.«

»Vielleicht. Ich habe keine Ahnung. Ich habe ihn beauftragt, als ich den Pachtvertrag für die ›Schatzgrube‹ abschloß, und er hat sich fürchterlich genug dabei angestellt.«

»Warum hast du ihn denn jetzt beauftragt?«

»Weil er der einzige Rechtsanwalt war, der mir einfiel, als die Polizei sagte, ich könnte einen anrufen. Jetzt stellt sich heraus, daß er auch glaubt, ich sei schuldig. Die Frage ist, Derek, was denkst du?«

Derek holte tief Luft. »Sag du es mir.«

»Wie meinst du das?«

»Ich meine, du hast auch letztes Mal alles abgestritten.«

»Und?«

»Und das war nicht die Wahrheit, oder? Du hast bis zum Hals dringesteckt.«

Colin runzelte die Stirn, wollte etwas sagen, unterließ es dann aber und grinste. »Du hast recht. Ich habe gelogen. Das ist schon zur Gewohnheit geworden. Du mußt das wissen. Vor allem du.«

»Genau.«

»Aber diesmal lüge ich nicht.«

»Woher soll ich das wissen?«

»Weil du mich kennst. Ich bin ein Lügner und ein ziemlicher Gauner und ein schlechterer Bruder, als du verdienst. Aber ich bin kein Idiot. Niemals gewesen. Richtig?«

»Richtig.«

»Würde ich also meine Visitenkarte in einem Haus hinterlassen, in das ich einbrechen will? Was die Spuren betrifft, so springen sie einem förmlich ins Gesicht, nicht wahr?«

»Soweit ich von Dredge weiß, geht die Polizei nicht davon aus, daß du derjenige warst, der tatsächlich eingebrochen hat.«

»Nein, natürlich nicht. Sie denken, ich hätte einen jungen Schlägertyp dafür bezahlt, es zu tun. Oder daß ich einen Preis für die Tunbridge-Sammlung ausgehandelt hätte mit jemandem, von dem ich wußte, daß er einbrechen würde. Auf jeden Fall denken sie, daß ich dahinterstecke. Aber sie haben mir so gut wie versprochen, sie würden die Anklage wegen Beihilfe fallen lassen, wenn ich ihnen den Namen meines Komplizen sagen würde. Dredge glaubt, ich könnte mich so auch aus der Mittäterschaft herauswinden und würde dann nicht mehr als fünf Jahre für den Ankauf bekommen, *wenn* sie jemand anders auf den Einbruch und den Mord festnageln können.«

»Aber du willst das nicht?«

»Ich *kann* es nicht, weil ich nämlich keinen Komplizen habe. Kannst du dir wirklich vorstellen, ich würde schweigen und jemanden schützen, der bereit war, einer alten Dame den Schädel einzuschlagen? Ich bin doch nicht verrückt. Besonders nicht, wenn mir die Polizei stichhaltige Gründe dafür anbietet, ein Geständnis abzulegen. Und genau das tun sie.«

»Also haben sie dir das Zeug wirklich untergeschmuggelt?«

»Wenn man so will, ja. Ich hörte zum ersten Mal davon, als die Polizei am Montag um sieben in der Früh an meine Wohnungstür hämmerte und mit einem Durchsuchungsbefehl herumfuchtelte. Ich habe sie gern in mein Geschäft gelassen, denn ich wußte genau, daß dort nichts war. Als ich dann die Tunbridge-Sammlung sah, die in einem Pappkarton auf einem Tisch im Lagerraum stand, nun, da hättest du mich mit einer Feder umhauen können.«

»Wie, denkst du, ist sie dorthin gekommen?«

»Jemand muß nachts eingebrochen sein und sie dorthin gestellt haben. Eine der Scheiben im Fenster neben der hinteren Tür war eingeschlagen. Und außerdem habe ich den Schlüssel stecken lassen. In dieser Hinsicht bin ich nachlässig.«

Derek bezweifelte die Nachlässigkeit seines Bruders nicht. Aber er wußte, die Polizei würde es tun. Sie würden das zerbrochene Fenster als plumpen Versuch seines Bruders ansehen, seine Spuren zu verwischen. »Du hast nichts gehört in der Nacht?«

»Überhaupt nichts. Aber ich habe den Scotch niedergemacht. Es wäre eine Bombe nötig gewesen, um mich zu wecken. Das erinnert mich...« Er beugte sich vor. »Ich habe seit damals nichts mehr getrunken. Du warst nicht vielleicht so gescheit, eine halbe Flasche hereinzuschmuggeln, oder?«

»Nein, bestimmt nicht.«

Colin schnitt eine Grimasse. »Wie schade. Aber das überrascht mich nicht. Du hast schon immer zuviel Respekt vor Regeln und Vorschriften gehabt.«

»Wenn du genausoviel hättest, säßen wir jetzt nicht hier, oder?«

»Vielleicht nicht.« Colin lächelte gequält. »Laß uns Frieden schließen. Als ich die Polizei in den Laden führte, war die hintere Tür verschlossen und der Schlüssel steckte. Einfach genug für einen Eindringling, das so zu hinterlassen, wenn er durch die fehlende Scheibe langte, nachdem er hinausgegangen war. Aber das interessierte die Polizei nicht. Sie hatte die Tunbridge-Sammlung. Und sie hatte mich. Damit war sie zufrieden. Und so war es wohl auch beabsichtigt.«

»Beabsichtigt? Von wem?«

»Keine Ahnung. Das ist ja der springende Punkt. Niemand haßt mich so sehr, daß er sich soviel Mühe geben würde. Ich habe während all der Jahre einige Leute in Schwierigkeiten gebracht, zugegeben, aber nicht *so*. Außerdem, wenn sie bereit waren zu töten *und* mich auf dem Kieker hatten, warum dann nicht aufs Ganze gehen und *meinen* Kopf einschlagen?«

»Nun?«

»Ich habe es mir immer wieder überlegt, Schritt für Schritt. Ich hatte genug Zeit zum Nachdenken in der vergangenen Woche, das kannst du mir glauben. Und ich bin zu dem Schluß gekommen, daß es dabei nicht um mich geht. Ich bin nur der Sündenbock, der zwielichtige Antiquitätenhändler, dem man die Schuld anhängt.«

»Also... was willst du damit sagen?«

»Ich will damit sagen, daß die Polizei die Sache von der falschen Seite betrachtet. Sie sehen den Einbruch als die Absicht und den Mord als Nebenerscheinung. Ich vermute dagegen, daß der Mord der eigentliche Zweck war. Die gestohlene Tunbridge-Sammlung – und ich – war nur Tarnung.«

Eine Sekunde zog Derek diese Möglichkeit ernsthaft in Erwägung. Aber dann gewann die Skepsis wieder die Oberhand. »Ist das nicht ein bißchen weit hergeholt, Colin?«

»Hör mir zu, was passiert ist. Dann sag mir, ob es weit hergeholt ist oder nicht.«

»Also gut. Ich höre.«

»Vor ungefähr sechs Wochen erhielt ich einen Anruf von einer Frau, die sich Beatrix Abberley nannte. Sie sagte, sie besäße eine Tunbridge-Sammlung, die sie schätzen lassen und eventuell verkaufen wollte. Wir einigten uns darauf, daß ich sie ein paar Tage später besuchen und einen Blick auf die Gegenstände werfen sollte. Die Adresse war Jackdaw Cottage, Watchbell Street, Rye. Als ich sie fragte, woher sie meinen Namen hätte, sagte sie, sie hätte Verwandte in Tunbridge Wells, die sie öfter besuche. Sie hätte meine Tunbridge-Ausstellung im Fenster gesehen und sich an den Namen des Geschäfts erinnert. Nun, ich habe nicht weiter mit ihr diskutiert. Also fuhr ich nach Rye. Wir hatten eine genaue Zeit abgemacht. Halb elf am Mittwoch, dem 20. Mai. Ich war pünktlich dort. Die Haushälterin öffnete mir die Tür. Sie sagte, sie wüßte nichts von dieser Verabredung, aber sie führte mich ins Wohnzimmer und ließ mich allein, um Miss Abberley zu holen. Ich schaute mir gerade die Tunbridge-Sammlung an, als die Dame hereinkam. Als ich sie sah, wußte ich, daß etwas nicht stimmte. Die Frau, die mich angerufen hatte, war viel jünger gewesen. Und sie hatte etwas Besonderes in ihrer Stimme, wie einen leichten amerikanischen Akzent. Oder einen, den sie verbergen wollte. Miss Abberley dagegen war eine vornehme englische alte Jungfer. Und sie bestand darauf, daß sie mich nicht angerufen hatte. Nun, ich wußte, daß sie die Wahrheit sagte. Das war ganz klar. Aber was sollte ich tun? Sagen, daß alles ein schrecklicher Irrtum sei? Als ich erst einmal dort war, dachte ich, es wäre das Beste zu versuchen, entschlossen zu leugnen. Die Tunbridge-Sammlung war schön. Wunderschön. Ich versuchte, einen Preis auszuhandeln. Aber sie war nicht interessiert. Kein bißchen. Also gab ich ihr meine Visitenkarte, falls sie ihre Meinung doch noch ändern sollte, und verabschiedete mich mit übertriebenen Entschuldigungen. Was den Telefonanruf betraf, so schrieb ich ihn als Mißverständnis ab. Vielleicht hatte ich den Namen oder die Adresse falsch verstanden. Ober beides. Ich wußte natürlich, daß dem nicht so war, aber auch noch so viele Mutmaßungen würden nicht erklären, was geschehen war. Also vergaß ich den ganzen Vorfall.«

»Bis die Polizei bei dir eintraf?«

»Nicht ganz. Es wurde noch seltsamer. Ungefähr eine Woche später rief mich Miss Abberley – die *richtige* Miss Abberley – an. Einen Augenblick dachte ich, sie hätte sich mein Angebot überlegt. Aber nein. Sie wollte einfach nur, daß ich ihr erklärte, warum ich sie aufgesucht hatte. Nun, das hatte ich bereits getan. Aber sie wollte mehr wissen: alles über den damaligen Telefonanruf, woran ich mich erinnern konnte. Die Frauenstimme. Den genauen Wortlaut. Jede Kleinigkeit, die mir einfiel.«

»Sie glaubte dir?«

»Ja. Verrückt, nicht wahr? Es ist die Sorte von Geschichte, die ich mir ausgedacht haben könnte, um einen Fuß in die Tür zu bekommen. Aber es war wirklich die Wahrheit. Und sie glaubte mir. Sie hatte mir nicht geglaubt, als ich bei ihr gewesen war. Das machte sie mir klar. Aber jetzt tat sie es.«

»Warum hat sie ihre Ansicht geändert?«

»Sie wollte es mir nicht sagen. Sie bedankte sich nur für die Auskunft und legte auf. Und das war das letzte, was ich darüber hörte. Oder zu hören erwartet hatte. Bis Montag.«

»Hast du das der Polizei erzählt?«

»Natürlich. Aber ich habe nur meine Zeit verschwendet. Sie hatte bereits ihre Lösung. Sie hatte ihren Verdacht. Und sie wollte sich auf keinen Fall davon abbringen lassen.«

»Verständlicherweise.«

»Vielleicht. Aber sie braucht dein Verständnis nicht. Ich brauche es.«

Derek schaute einen Augenblick zur Seite. Fast alles, was er über seinen Bruder wußte, gab ihm Anlaß zu zweifeln. Außer dem Umstand, daß er niemals so dumm gewesen wäre, sich selbst so zu belasten, wie die Polizei behauptete. Colins Erklärung der Ereignisse war schlüssiger als jede andere – und gerade das war so verwirrend.

»Würdest du etwas für mich tun?« fragte Colin.

»Woran denkst du?«

»Setz dich mit Beatrix Abberleys Familie in Verbindung. Versuch, sie davon zu überzeugen, daß ich die Wahrheit sage. Sie wünschen sich bestimmt genauso sehr wie ich, daß der richtige Mörder gefaßt wird. Und sie wissen wahrscheinlich, was sein Motiv war, auch wenn sie sich dessen im Moment vielleicht gar nicht bewußt sind.«

Derek dachte daran, wie Charlotte Ladram vom Parkplatz in Hastings geflohen war. »Ich glaube kaum, daß sie es begrüßen würden, wenn ich mich mit ihnen in Verbindung setze.«

»Du kannst sie für dich gewinnen. Ich weiß, daß du das kannst. Diplomatie war schon immer deine Stärke.«

»Da bin ich mir nicht so sicher. Hast du dich nicht letztes Jahr mit ihnen über den Preis eines Möbelstückes gestritten? Die Polizei glaubt, daß du damals von der Tunbridge-Sammlung gehört hast.«

»Das stimmt nicht. Ich hatte es völlig vergessen. Ich wußte nicht einmal, daß die Frau, die mir die Möbel verkaufte, mit Miss Abberley verwandt war, bis die Polizei es mir sagte.«

»Vielleicht nicht. Aber die Familie ist darüber offensichtlich anderer Meinung. Und deswegen werden sie dir gegenüber Vorurteile haben.«

Colin lehnte sich in seinem Stuhl zurück, schaute Derek einen Augenblick forschend an und sagte dann: »Ich unterschätze die Probleme keineswegs. Ich bitte dich nur, es zu versuchen.«

»Na gut. Ich werde sehen, was ich tun kann. Aber es wird nicht viel sein.«

»Alles ist besser als nichts. Und im Moment habe ich nichts Besseres. Abgesehen davon.« Colin griff in seine Tasche, holte einen Fetzen Papier heraus und schob ihn über den Tisch. Darauf war mit Bleistift in Großbuchstaben geschrieben: Tristram Abberley: Eine kritische Biographie von E. A. McKitrick.

»Was ist das?«

»Beatrix Abberley war die Schwester von Tristram Abberley, dem Dichter. Schon mal von ihm gehört?«

»Vage.«

»Ich lese gerade seine gesammelten Werke, freundlicherweise von der Gefängnisbibliothek zur Verfügung gestellt.«

»Du? Du liest Gedichte?«

»Ich habe nicht viel anderes zu tun, oder? Die Anklage wegen Beihilfe zum Mord an seiner Schwester hat für mein Verständnis für Gedichte Wunder gewirkt. Unglücklicherweise kann ich seine Art zu schreiben heute genausowenig verstehen wie damals in der Schule. Aber eine Lebensbeschreibung ist etwas anderes. Die Bücherei hat kein Exemplar davon, aber der Bibliothekar hat mir das netterweise herausgesucht.«

»Du möchtest, daß ich dir ein Exemplar kaufe?«

»Nein. Ich möchte, daß du dir *und* mir eins kaufst. Es muß etwas über seine Familie drinstehen, nicht? Es wird dir den nötigen Hintergrund vermitteln. Vielleicht sogar einen Hinweis. Oder vielleicht auch überhaupt nichts. Wir werden es nicht wissen, bevor wir es nicht versucht haben, nicht wahr?«

»Sieht für mich ein bißchen wie ein Schuß ins Blaue aus.«

»Es ist die einzige Möglichkeit, die wir haben.«

Derek schüttelte zweifelnd den Kopf und streckte seine Hand nach dem Zettel aus. Da beugte sich Colin über den Tisch und legte seine Hand auf die Dereks. »Ich verlaß mich auf dich. Du weißt das, nicht wahr?«

»Ja.«

»Ich sage nicht, daß du mir das schuldest, denn es wäre nicht wahr. Aber es gibt niemand sonst, an den ich mich wenden könnte. Keinen Menschen.«

»Ist es das, was ich für dich bin? Die letzte Zuflucht?«

Colin lächelte. »Ich denke schon. Aber sind Brüder nicht genau dafür da?«

8

Beatrix' Beerdigung wurde mit der frostigen Schicklichkeit durchgeführt, die solchen Anlässen vorbehalten ist. An einem schönen Sommertag versammelte sich die Trauergemeinde zu einem kurzen, aber wortreichen Gottesdienst in St. Mary in Rye und wurde anschließend von einer Flottille glänzender Limousinen zum Krematorium in Hastings gebracht, wo die Trauerfeier ihren Abschluß fand.

Mrs. Mentiply weinte die ganze Zeit. Ein, zwei von Beatrix'

Nachbarinnen wischten sich die Augen. Abgesehen davon verlief die Angelegenheit ohne Gefühlsausbrüche, was Beatrix, da war sich Charlotte sicher, gutgeheißen hätte. Lulu Harrington nahm nicht an der Trauerfeier teil, sie hatte Charlotte eine kurze Nachricht geschickt, in der sie erklärte, daß sie sich der Reise nicht gewachsen fühlte. Aber alle Familienmitglieder waren gekommen: Samantha war am Tag zuvor von der Nottingham-Universität eingetroffen, um die Sommerferien zu Hause zu verbringen, und Onkel Jack hatte sich sehr bemüht, zu diesem Anlaß nüchtern und herausgeputzt zu erscheinen.

Während sie ihre Verwandten in der Kapelle des Krematoriums betrachtete, ertappte sich Charlotte dabei, wie sie dachte, welch eine typisch englische Mischung aus Beherrschung und Gleichgültigkeit sie alle doch waren. Als sie jedoch beschloß, Maurice und sich selbst von diesem Urteil auszunehmen, erkannte sie, wie unfair sie war. Warum sollten Ursula und Samantha mehr Gefühle über den Tod einer alten und nicht immer freundlichen Frau zeigen, als sie tatsächlich empfanden? Sie trugen keine Schuld an den Umständen ihres Todes, die auch durch noch so viel deutlich gezeigte Trauer nicht geändert werden konnten.

Abgesehen davon spielten sie die ihnen zugewiesenen Rollen mit lobenswertem Eifer. Ursula nahm im Garden of Remembrance den ihr geziemenden Platz an der Seite von Maurice ein, schüttelte allen Trauergästen die Hand und dankte ihnen für ihr Kommen. Jack unterließ es, auch nur einen einzigen Witz zu erzählen. Und Samanthas reservierten Gesichtsausdruck konnte man leicht als Maske für ihre aufgewühlten Gefühle sehen, so tief betroffen ließen ein schwarzes Kleid und ein schwarzer Hut sie erscheinen.

Anschließend begab sich die Familie nach Ockham House, um Tee zu trinken. Anfangs wußte keiner so recht, ob er traurig oder feierlich sein sollte. Wäre Beatrix im Schlaf gestorben, so hätten sie sich mit ihrem hohen Alter und ihrer geistigen Aufgewecktheit über ihren Tod hinwegtrösten können. Aber so wie es war, warf ein Augenblick der Gewalt seinen Schatten über ein ganzes Leben voller Gelassenheit. Charlotte vermutete, daß Beatrix' Leben zu allen Zeiten gelassen gewesen war, obwohl in Wahrheit niemand von ihnen sie so gut gekannt hatte, um sich darüber absolut sicher zu sein.

53

Dieses eine Mal waren sie froh über Jacks schelmische Art. Er war es, der Charlotte dazu brachte, Whisky und Gin anzubieten, wonach sich alle insgeheim gesehnt hatten, und von dem Moment an kamen Gespräche und zärtliche Erinnerungen in Gang. Das Gefühl, als einmütige Gruppe auftreten zu müssen, flaute ab, sobald die künstliche Begräbnisstimmung verebbt war. Jack zog mit seinen leicht zotigen Witzen Samanthas ganze Aufmerksamkeit auf sich. Ursula wanderte draußen über den Rasen, um eine Zigarette zu rauchen. Und Maurice versuchte, Charlotte wegen der Verwaltung ihrer Erbschaft zu beruhigen. »Ich denke, ich kann guten Gewissens behaupten, daß ich alles in Ordnung bringen werde, Charlie. Nicht daß es schwierig wäre. Beatrix hat sich sehr gut um ihre Geschäfte gekümmert.«

»Ich bin sicher, daß sie das tat.«

»Eine beeindruckende Frau. Ich werde sie vermissen.«

»Wir werden sie *alle* vermissen.«

Samanthas schallendes Gelächter drang zu ihnen herüber, und Maurice lächelte. »Nun, du und ich bestimmt.« Er wurde ernst. »Ich fahre morgen nach New York. Das Leben – und das Geschäft – muß weitergehen.«

»Natürlich.« Maurice schien im Augenblick die Hälfte seiner Zeit in den Vereinigten Staaten zu verbringen, aber das war nicht weiter verwunderlich, wenn man die kontinuierliche Expansion von Ladram Avionics auf dem amerikanischen Markt bedachte.

»Und wie geht das... Geschäft?«

»Ist das eine höfliche Nachfrage oder das Interesse einer Aktionärin?« Er grinste. »Wie auch immer, die Antwort ist die gleiche: So gut wie noch nie.«

»Ich freue mich, das zu hören.«

»Aber das bedeutet, daß ich dich in bezug auf Jackdaw Cottage im Stich lassen muß.«

»Du hast bereits mehr getan, als ich eigentlich hätte erwarten dürfen, Maurice. Es wird höchste Zeit, daß ich mich selbst darum kümmere.«

»Was wirst du mit dem Haus anfangen? Verkaufen?«

»Vermutlich. Das heißt... Was sonst könnte ich damit anstellen? Die Frage gilt doch ebenso für dieses Haus.«

»Ja, das ist wahr. Ich habe es dir oft genug gesagt. Ich würde einen guten Preis dafür herausholen. Und es würde dir dabei helfen... neu zu beginnen, sozusagen.«

»Du hast ja recht. Ich weiß es. Aber etwas wissen und etwas tun sind zweierlei –« Sie unterbrach sich, als sie plötzlich merkte, daß ihre Stimme das einzige Geräusch im Zimmer war. Jacks schallendes Gelächter war verstummt. Samanthas Kichern war nicht mehr zu hören. Als sie sich umdrehte, sah sie, daß beide zur offenen Verandatür schauten. Dort stand Ursula. Mit einem Fremden an ihrer Seite.

Derek verließ Fithyan & Co. am frühen Nachmittag und klapperte die Buchhandlungen von Tunbridge Wells nach zwei Exemplaren von *Tristram Abberley: Eine kritische Biographie* ab. Er bekam lediglich eines, und die Verkäuferin schaute verblüfft, als er sie bat, ein zweites Exemplar zu bestellen, aber sie versicherte ihm, daß es höchstens ein paar Wochen dauern würde.

Er setzte sich ins Auto, packte das Buch aus und starrte auf das Gesicht, das ihn vom Buchdeckel aus anblickte. Nach dem, was er auf der Rückseite gelesen hatte, als er in der Buchhandlung stand, war Tristram Abberley an den Verletzungen gestorben, die er sich als Kämpfer im Spanischen Bürgerkrieg zugezogen hatte. Deshalb war Derek nicht überrascht über das kriegerische Flair des Fotos, das offensichtlich kurz vor dem Tod des Dichters in Spanien aufgenommen worden war. Er war ein schlanker, gutaussehender Mann von ungefähr dreißig Jahren, mit kurzen und bereits zurückweichenden Haaren über einem klaren Gesicht mit ausgeprägter Kieferpartie. Seine Uniform war staubig und schlecht geschnitten, und die zerstörte Mauer, gegen die er sich lehnte, war sonnenverbrannt und zerbröckelt. Aber all das machte nichts. Die lässige Art, mit der er eine Zigarette zwischen Zeige- und Mittelfinger seiner linken Hand hielt, der verächtliche Schwung seiner Augenbrauen, die ungezwungene Haltung, in der er an der Mauer lehnte: all das vermittelte eine Persönlichkeit, deren Selbstbewußtsein alle Härten überleben konnte.

Derek wollte gerade das Buch aufschlagen, als er einen seiner Klienten erkannte, der sich ihm auf dem Bürgersteig näherte. Plötzlich hatte er das Bedürfnis, nicht gesehen zu werden. Nicht mit *diesem* Buch zu *dieser* Zeit. Hastig ließ er es unter dem Armaturenbrett verschwinden, startete den Wagen und reihte sich in den Verkehr ein.

Auf den Straßen war viel los. Es war ein heißer Nachmittag. Während er Schritt für Schritt über den Common in Richtung Mount Ephraim fuhr, dachte er über Charlotte Ladram nach und wie er sich ihr am besten nähern könnte. Er hatte bereits ihre Adresse im Telefonbuch nachgeschlagen und festgestellt, daß Manor Park eine der vielen ruhigen Nebenstraßen in Tunbridge Wells war, in denen von Bäumen geschützte Villen standen. Im Telefonbuch war als Fernsprechteilnehmer Mrs. M. Ladram verzeichnet. Vielleicht ihre Mutter? Falls ja, dann mußte sie die Frau gewesen sein, von der Colin letztes Jahr die Möbel gekauft hatte. Aber die Polizei hatte Colin erzählt, daß sie tot war. Diese Diskrepanz war leicht zu erklären, denn das Telefonbuch war bereits zwei Jahre alt, aber es war trotzdem möglich, daß Miss Ladram nicht mehr dort wohnte. In diesem Fall wäre Derek gezwungen, Dredge um Informationen zu bitten, aber er hoffte, daß das nicht nötig sein würde.

Der Gedanke, daß er Dredge die Angelegenheit erklären müßte, gab schließlich den Ausschlag. Weitere Überlegungen, das wußte er, würden seinen Entschluß vollständig untergraben. Er nahm die nächste Abzweigung nach rechts, hielt kurz an, um in seinem Stadtplan nachzusehen, fuhr weiter und erreichte wenige Minuten später Manor Park. Dort stellte er sein Auto ab und ging zu Fuß die Straße entlang, um die jeweiligen Villennamen zu überprüfen. Es war eine so ruhige Gegend, daß er sich kaum zu räuspern wagte, aber die Bäume, die ihm zumeist einen Blick in die Gärten verwehrten, sorgten andererseits auch dafür, daß er nicht von drinnen gesehen werden konnte.

Ockham House entpuppte sich als stumpfer Giebel hinter einer hohen Dornenhecke. Ein gewundener Kiesweg führte zum Eingang, der außer Sichtweite lag, und als er in den Weg einbog, war Derek sich peinlich des knirschenden Geräusches bewußt, das seine Schuhe bei jedem Schritt verursachten.

Als er eine Wand von Rhododendronbüschen umrundet hatte, gelangte er auf einen blumengesäumten Rasen, über dem leicht erhöht das Haus thronte. Es war eine Villa von bescheidenen Ausmaßen, mit Erkern auf der Vorderseite, hohen Schornsteinen und mit wenig architektonischer Ausschmückung. Derek fühlte sich durch diesen Mangel an Vornehmheit ermutigt und beschleunigte seinen Schritt.

Als er sich der Vordertür näherte, bemerkte er, daß der Rasen in sanftem Schwung zu der Breitseite des Hauses verlief. Dort, in einer sonnigen Ecke, saß eine Frau in einem dunklen Kleid in einem Korbstuhl und rauchte. Er wußte nicht, ob sie ihn gesehen hatte, und auch nicht, ob sie Charlotte Ladram war, aber er dachte, es wäre seltsam, sie einfach zu ignorieren, deshalb ging er langsam über den Rasen auf sie zu.

Als er näher kam, wurde ihm klar, daß ihr Kleid nicht nur dunkel, sondern schwarz war, genauso wie ihre Strümpfe und die Schuhe, die sie abgestreift hatte. Es war ganz bestimmt nicht Charlotte Ladram, denn sie war größer und schlanker und hatte modisch kurz geschnittenes blondes Haar. Und er konnte sicher sein, daß sie ihn nicht bemerkt hatte, denn sie hielt die Augen geschlossen. Sie hatte sich in ihrem Stuhl zurückgelehnt und genoß die Sonne und jeden Zug an ihrer Zigarette. Neben ihr im Gras lag ein schwarzer Hut mit schmaler Krempe. Es war der Hut, der Dereks letzte Zweifel darüber beseitigte, warum sie so gekleidet war. Aber gerade als er beschlossen hatte, sich wieder zu entfernen, öffnete sie zuerst ein Auge, dann das andere und schaute ihn an.

»Guten Tag.« Ihre Stimme war spröde und rauchig. »Wer sind Sie?«

»Ich... Es tut mir leid... Mein Name... Genau gesagt suche ich Miss Charlotte Ladram.«

»Sie suchen Charlie?« Sie lächelte. »Sie hat gar nichts von Ihnen erzählt. Sind Sie ein neuer Bekannter?«

»Nein. Sie weiß nicht... Ist sie da?«

»O ja. Sie ist drinnen.«

»Nun, vielleicht ist dies nicht... der richtige Zeitpunkt.«

»Nein, nein. Je eher, desto besser, könnte man sagen. Ich zeige Ihnen den Weg.«

»Es ist wirklich nicht –«

Aber es war zu spät. Sie erhob sich, schlüpfte in ihre Schuhe und winkte ihm, ihr zum Haus zu folgen. Er hatte keine andere Wahl, obwohl er jetzt sicher war, daß er sich den ungünstigsten Zeitpunkt ausgesucht hatte. Ein paar Stufen führten vom Rasen zu geöffneten Verandatüren. Die Frau blieb davor stehen und wartete, bis er sie eingeholt hatte. In dem hinter ihr liegenden Zimmer konnte er vier Personen erkennen, die sich umdrehten und zu ihm hinsahen. Auch sie waren in Schwarz.

Es war Derek Fairfax. Als Charlotte ihn erkannte, schoß eine Welle des Ärgers durch sie hindurch. Was dachte sich dieser Mann eigentlich? Zu einer solchen Zeit zu kommen war entweder haarsträubende Gefühllosigkeit oder eine berechnete Beleidigung. Wenn er glaubte, er könne so die Situation seines Bruders verbessern, dann war er auf dem Holzweg.

»Besuch für dich, Charlie«, sagte Ursula. »Ich fürchte, ich habe seinen Namen nicht verstanden.«

»Ein Freund von dir?« murmelte Maurice.

»Nein. Das ist Derek Fairfax. Der Bruder von Colin Fairfax.«

»Großer Gott. Was –«

»Es tut mir leid.« Fairfax betrat das Zimmer. »Ich muß mich dafür entschuldigen, hier so hereinzuplatzen. Ich hatte ja keine Ahnung... daß heute die Beerdigung...«

»Fairfax?« sagte Jack mit einem Stirnrunzeln. »Ist das nicht... der Name von...«

»Dem Mann, der für Beatrix' Tod verantwortlich ist«, erklärte Charlotte. »Ich kann mir nicht vorstellen, was Sie hier wollen, Mr. Fairfax.«

»Ich wollte Ihnen mein Beileid aussprechen.«

»Dafür hätte ein Brief genügt, wenn Sie unbedingt Wert darauf legen.«

»Ja. Aber –«

»Gibt es noch einen anderen Grund für Ihr Kommen?«

»Nun... In gewissem Sinne. Aber vielleicht könnte ich Sie ein andermal anrufen –«

»Es wäre mir lieber, wenn Sie das unterlassen würden.«

»Wenn Sie etwas auf dem Herzen haben«, mischte sich Maurice ein, »warum sagen Sie es dann nicht einfach?«

Fairfax ließ seinen Blick durch das Zimmer streifen. Er befeuchtete seine Lippen, und an seiner Schläfe bildeten sich Schweißtropfen. Unter anderen Umständen hätte er Charlotte leid getan. Aber dies waren keine anderen Umstände. Sie beobachtete, wie er sich bemühte, sich zu sammeln. Dann sagte er: »Mein Bruder hat mir versichert, daß er absolut nichts mit dem Einbruch in Miss Abberleys Haus zu tun hat.«

»Das muß er wohl sagen, oder nicht?« bemerkte Ursula und trat neben ihn, um einen Aschenbecher zu erreichen.

»Aber ich glaube ihm. Und wenn Sie wüßten, was er mir erzählt hat, würden Sie es auch tun.«

»Kaum«, sagte Maurice. »Ihr Bruder hat meiner Mutter letztes Jahr ein paar Möbel abgegaunert. Und ich hatte später das zweifelhafte Vergnügen, ihn kennenzulernen. Nicht gerade vertrauenerweckend, um es milde auszudrücken.«

»Aber er ist kein Dummkopf! Das ist der springende Punkt. Nur ein Dummkopf würde das tun, was ihm die Polizei unterschieben will.«

»Verstehe ich es richtig«, sagte Charlotte, »daß der eigentliche Zweck Ihres Besuches ist, die Unschuld Ihres Bruders zu beteuern? Falls ja, weiß ich wirklich nicht, wie wir Ihnen helfen können.«

»Er denkt – und ich ebenfalls – daß das eigentliche Motiv für den Einbruch die Ermordung von Miss Abberley war.«

»Aha«, sagte Jack, »jetzt wird's interessant.« Er grinste, aber außer ihm schien niemand das Ganze komisch zu finden.

»Die Tunbridge-Sammlung wurde gestohlen«, sagte Maurice, »und in seinem Geschäft wiedergefunden. Wie erklärt er das?«

»Vom Mörder eingeschmuggelt, um seine Spuren zu verwischen.«

»Ach hören Sie! Das kann doch nicht sein Ernst sein.«

»Außerdem«, sagte Ursula, »warum sollte jemand Beatrix ermorden wollen?«

»Ich weiß es nicht. Aber ich dachte... vielleicht würden Sie...«

»Etwas verbergen?« sagte Charlotte scharf.

»Nein. Nicht verbergen. Aber vielleicht die wahre Bedeutung nicht erkennen von etwas... von irgend etwas, das...«

»Glauben Sie vielleicht, *wir* hätten sie ermordet?«

»Natürlich nicht.« Er sah sie flehend an, um sie zu bitten, ihm wenigstens die Möglichkeit zu geben, seinen Standpunkt zu erklären. Aber sie gab ihm keine Chance.

»Meine Schwester und ich sind durch Beatrix' Testament die Hauptbegünstigten, Mr. Fairfax«, sagte Maurice ruhig. »Ich selbst bin der Vorsitzende und leitende Direktor der Firma Ladram Avionics, von der Sie vielleicht gehört haben. Meine finanziellen Mittel sind beträchtlich. Glauben Sie tatsächlich, ich wäre auf den bescheidenen Nachlaß meiner Tante angewiesen?«

»Nein. Das habe ich niemals unterstellt.«

»Wie Sie sehen können, ist auch für Charlie bestens gesorgt. Ihr gehört dieses Haus. Und ein beträchtlicher Aktienanteil der Firma.«

»Es besteht kein Anlaß, Mr. Fairfax über unsere Angelegenheiten zu informieren, Maurice«, sagte Ursula.

»Es geht mir darum, klarzumachen, daß man uns auch mit viel Phantasie nicht unterstellen kann, daß wir das nötig hätten, was wir durch Beatrix' Tod bekommen haben. Und ansonsten hat niemand davon profitiert.«

»Ich dachte, Mrs. Mentiply hätte einen Notgroschen bekommen«, bemerkte Jack.

»Sei still, Jack«, sagte Ursula.

»O ja, natürlich.« Er setzte eine zerknirschte Miene auf. »Wollte ja nur helfen.«

Fairfax schaute noch immer Charlotte an und bat sie ohne Worte, doch vernünftig zu sein. Und sie war noch immer entschlossen, nicht darauf einzugehen. »Miss Ladram«, sagte er zögernd, »ich beschuldige niemanden, am allerwenigsten Sie. Ich versuche lediglich, die Wahrheit über das, was passiert ist, herauszufinden. Wollen Sie das nicht auch?«

»Das ist bereits geschehen«, antwortete sie. »Der einzige Dienst, den Sie uns erweisen können, ist, die Mittäterschaft Ihres Bruders festzustellen.«

»Er war nicht daran beteiligt.«

»Wenn Sie so denken, wären wir alle Ihnen dankbar, wenn Sie jetzt gehen würden – und niemals wiederkämen.«

Maurice legte beschützend den Arm um ihre Taille. »Genau meine Meinung. Zeit zu gehen, Mr. Fairfax. Belästigen Sie mich, wenn es unbedingt nötig ist. Aber lassen Sie meine Schwester in Ruhe.«

Ursula näherte sich Fairfax' Schulter. »Das Stichwort für Ihren Abgang«, murmelte sie.

»Wie bitte?«

»Soll ich Sie hinausbringen?«

Ursulas Lächeln und die herablassende Geste, mit der sie zum Garten wies, machten Fairfax' Niederlage perfekt. Er trat zurück und schaute weg, er schien vor ihren Augen zu schrumpfen. Plötzlich bedauerte Charlotte ihre unversöhnliche Zurschaustellung von Einigkeit. Vielleicht hatte er es trotz allem gut gemeint. Aber jetzt war es zu spät, das herauszufinden. Er hatte sich bereits umgewandt und eilte auf die Verandatüren zu. Ursula trat einen Schritt zur Seite und entließ ihn mit einer winkenden Handbewegung.

»Auf Wiedersehen, Mr. Fairfax. Ihr Besuch war ja so nett.«

»Das war nicht nötig«, sagte Charlotte.

»Es tut mir leid, meine Liebe. Ich dachte, du wolltest ihn loswerden.«

»Natürlich. Aber nicht –« Sie schüttelte Maurices Arm ab und lief hastig in den Garten. Derek Fairfax war bereits auf dem Gehweg und ging rasch auf das Tor zu. Ihn jetzt zu rufen – auch wenn sie es gewollt hätte – wäre sinnlos gewesen.

»Stimmt was nicht, altes Mädchen?« fragte Maurice, der ihr gefolgt war.

»Es ist nichts. Nur...«

»Keine Angst. Er wird uns keine Schwierigkeiten machen.«

»Vielleicht hätten wir nicht so unhöflich sein sollen.«

»Er war derjenige, der unhöflich war.«

»Und wenn schon, er ist schließlich nicht für die Taten seines Bruders verantwortlich, oder?«

»Dann sollte er auch nicht versuchen, sie zu entschuldigen, nicht wahr?«

»Das hat er nicht. Nicht wirklich.«

Maurice legte wieder den Arm um sie. »Wir sollten ihn vergessen. Und seinen Bruder. Wir sollten alles vergessen, was mit dem niederträchtigen Verbrechen zu tun hat, wodurch Beatrix ums Leben kam, und uns statt dessen an die vielen glücklichen Jahre erin-

61

nern, die sie hatte, bevor Mr. Fairfax-Vane ihren Weg kreuzte. Du weißt, das würde sie auch wollen.«

»Ja. Das würde sie.« Fairfax war jetzt ihren Blicken entschwunden. Charlotte sagte sich, daß sie ihn am besten aus ihren Gedanken strich. »Komm, Maurice. Laß uns hineingehen und noch etwas trinken. Ich könnte etwas brauchen.«

»So kenne ich dich.« Mit einem strahlenden Lächeln begleitete er sie zurück zu den anderen.

9

Derek schämte sich so über seinen mißglückten Besuch in Ockham House, daß er noch Tage später nicht ohne Schrecken daran zurückdenken konnte. Colin hatte seine diplomatischen Fähigkeiten gelobt, aber was würde er sagen, wenn er erführe, wie undiplomatisch sich sein Bruder verhalten hatte? Ein weiterer Kontakt mit den Abberleys kam, zumindest zur Zeit, nicht in Frage. Dereks einzige unmittelbare Hoffnung, mehr über sie zu erfahren, war, Tristram Abberleys Biographie zu lesen. Dies erledigte er mit schuldbewußtem Eifer während der nächsten drei Abende.

Das Buch war von einem amerikanischen Wissenschaftler namens Emerson A. McKitrick geschrieben und 1977 das erste Mal veröffentlicht worden. Derek, dessen literarischer Geschmack ihn selten über den Bereich unterhaltsamer Kriminalromane hinausgeführt hatte, war überrascht, wie schnell er von der Lebensgeschichte eines avantgardistischen Dichters der Vorkriegszeit gefesselt wurde. Vielleicht sollte er es nicht sein, aber in der Zwischenzeit hatte *Tristram Abberley: Eine kritische Biographie* für ihn längst die Merkmale eines verwickelten Krimis angenommen. Der einzige Unterschied bestand darin, daß das Rätsel in diesem Fall nicht lange nach Ende des Buches begann.

Von Anfang an ertappte sich Derek dabei, daß er McKitricks offensichtliche Frustration teilte. Wer war Tristram Abberley? Welche Art von Mann war er? Sportler, Faulenzer, intellektueller Wichtigtuer, Verschwender, Kommunist, Homosexueller, Schürzenjäger,

Reisender, Prasser, Ehemann, Vater, Soldat, Dichter? Offensichtlich war er all das gewesen und noch mehr. Trotzdem, am Ende seines Lebens war es möglich zu glauben, daß er nichts von all dem gewesen war.

Er wurde am 4. Juni 1907 in Indsleigh Hall bei Lichfield in Staffordshire als drittes und jüngstes Kind von Joseph und Margaret Abberley geboren. Seine Geschwister waren Lionel (geboren 1895) und Beatrix (geboren 1902). Joseph Abberley war Teilhaber einer Walsall-Seidenfabrik, genannt Abberley & Timmins. Er stammte aus bescheidenen Verhältnissen und hatte es ausschließlich dank eigenen Anstrengungen zu beträchtlichem Wohlstand gebracht. Er wollte, daß seine Kinder in den Genuß all der sozialen und bildungsmäßigen Möglichkeiten kommen sollten, die ihm versagt geblieben waren. Aber was sie daraus machten, war, wie solche Männer oft feststellen müssen, keineswegs das, was er sich für sie erhofft hatte.

Für diese – und die meisten anderen Einblicke in Tristrams frühe Jahre – war McKitrick, wie er klar zum Ausdruck brachte, der Schwester des Dichters, Beatrix, zu Dank verpflichtet, die die einzige lebende Zeugin für viele Ereignisse war, die er in seinem Buch beschrieb. Der Gedanke, daß nun auch sie tot war, traf Derek wie ein Blitz. Es verwandelte diese Erinnerungen in eine unveränderliche, endgültige historische Darstellung. Nicht mehr als das, was sie enthielt, würde jetzt je gesagt werden können.

Beatrix zufolge war Tristrams Bruder Lionel ein junger Mann mit außergewöhnlichen sportlichen und intellektuellen Fähigkeiten gewesen. Obwohl er im Herbst 1914 einen Studienplatz in Oxford erhielt, meldete er sich bei Ausbruch des Ersten Weltkrieges zur Armee und wurde zu Beginn des folgenden Jahres getötet. Für seine Mutter, die durch diesen Verlust am Boden zerstört war, begann ein körperlicher und geistiger Verfall, der mit ihrem Tode im November 1916 endete.

Wie diese beiden Schicksalsschläge den Charakter des jungen Tristram geprägt hatten, konnte nicht mit Sicherheit gesagt werden. Sicher war jedoch, daß sein Vater all seine Hoffnungen für die Zukunft auf seinen verbliebenen Sohn projizierte und Beatrix gezwungen war, trotz ihres zarten Alters eine mütterliche Rolle innerhalb der Familie zu übernehmen.

Tristram trat beim Rugby in die Fußstapfen seines Bruders, ohne sie jemals auch nur annähernd auszufüllen, und ging im Herbst des Jahres 1926 auf das Worcester College nach Oxford. Er hatte bis dahin weder ein dichterisches Talent noch eine politische Überzeugung gezeigt, aber dies sollte sich schon bald ändern. Oxford war in den späten zwanziger Jahren natürlich ein ideales Umfeld dafür, und McKitrick verschwendete viel Platz damit, aufzuzeigen, wie Tristram von Zeitgenossen wie W. H. Auden und Louis MacNiece beeinflußt wurde, mit denen er Umgang pflegte. Derek fand, daß er zu viele Worte darum machte, denn es stellte sich heraus, daß sie in Wahrheit kaum Beziehungen zueinander gehabt hatten.

Wie Beatrix berichtete, reagierte Joseph Abberley auf die Veröffentlichung von Tristrams erstem Gedicht »Mit verbundenen Augen« in der Anthologie *Lyrik aus Oxford* im Jahre 1928 mit gemischten Gefühlen, da das Werk eine sozialistische Überzeugung zum Ausdruck brachte, die der alte Mann eindeutig mißbilligte. Die Freunde, die Tristram nach Indsleigh Hall einlud, billigte er noch weniger, denn er argwöhnte, daß diejenigen, die keine Kommunisten waren, homosexuell waren, und viele gar beides. Wie vorherzusehen war, suchte McKitrick nach Beweisen für Tristrams Homosexualität zu jener Zeit, und er behauptete auch, welche gefunden zu haben. Falls das stimmte, so stammten sie jedenfalls nicht von Beatrix. Sie erklärte, ihr Vater habe sich hauptsächlich von dem Gekkenhaften ihres Bruders irreführen lassen.

Nachdem er Oxford verlassen hatte, lebte Tristram ein Jahr lang mit verschiedenen Freunden in London und verfaßte gelegentlich Gedichte, die jedoch unveröffentlicht blieben. Noch immer erhielt er eine großzügige finanzielle Unterstützung seines Vaters, der die Hoffnung hegte, daß er irgendwann nach Hause kommen und die Leitung von Abberley & Timmins übernehmen werde.

Im Sommer 1930 unternahm Tristram eine Reise nach Europa, der sein Vater nur unter der Bedingung zugestimmt hatte, daß er anschließend einen ordentlichen Beruf ergreifen würde. Auf Joseph Abberleys Drängen begleitete Beatrix ihren Bruder. Im Laufe des nächsten Jahres besuchten sie beinahe jedes europäische Land, einschließlich Rußlands, Deutschlands, Italiens, Frankreichs – und Spaniens. Das weitverbreitete wirtschaftliche Elend, das sie sahen, der verklärte Blick auf Stalin und eine Abneigung gegen Mussolini bestärkten Tristram in seiner Hinwendung zum Sozialismus, obwohl er niemals so weit ging, den Kommunismus offiziell anzuerkennen. Was in den vielen Gedichten, die angeregt durch diese Reise entstanden waren, zum Ausdruck kam, war eine kühle, beherrschte Wut über den Mißbrauch von politischer und wirtschaftlicher Macht und eine starke Sympathie für die Benachteiligten. Tristram Abberley machte auf viele, die ihn in den frühen dreißiger Jahren kennenlernten, den Eindruck eines witzigen, leichtlebigen jungen Mannes. Aber neben diesem Image – wie seine Gedichte bewiesen – besaß er einen starken, klaren Geist, der die Menschheit sowohl auf hoher als auch auf unbedeutender Ebene kritisch hinterfragte. Er schien sich jedoch auch nach einem persönlichen Engagement bei den Tagesereignissen zu sehnen, ein Verlangen, das nach McKitricks Einschätzung darauf gründete, daß er zur Zeit der antimonarchistischen Unruhen im Mai 1931 in Madrid gewesen war, wo er davon überzeugt wurde, daß nur gemeinsames Handeln der einfachen Leute eine politische Veränderung bewirken könnte.

Als er im Herbst 1931 nach England zurückkehrte, erfüllte Tristram schließlich die Wünsche seines Vaters und übernahm eine leitende Stellung als Juniorpartner bei Abberley & Timmins. Dies war ein verheerender Entschluß. Innerhalb weniger Monate hatte er seine sozialistischen Prinzipien in die Tat umgesetzt, indem er die Arbeiterschaft ermutigte, sich gegen eine Lohnkürzung zur Wehr zu setzen. Es kam zum Bruch zwischen Vater und Sohn. Tristram wurde entlassen und seine finanzielle Unterstützung gestrichen. Beatrix ergriff Partei für ihren Bruder und wurde ebenfalls verstoßen. Sie zogen nach London und lebten in bescheidenen Verhältnissen miteinander. Tristram schlug sich mehr schlecht als recht als Journalist für verschiedene linksgerichtete Wochenzeitschriften durch.

Tristrams erste Gedichtsammlung, *Gratwanderung*, wurde im Oktober 1932 veröffentlicht. Obwohl sie zu jener Zeit auf wenig Echo stieß, enthielt diese Sammlung doch alle Gedichte, die McKitrick als seine besten und tiefst empfundenen klassifizierte, einschließlich des oft in Anthologien auftauchenden Gedichtes »Falsche Götter«.

Der plötzliche Tod von Joseph Abberley Anfang 1933 veränderte die finanziellen Verhältnisse seiner Kinder. Tristram konnte nun den Journalismus aufgeben und ein freies und bequemes Leben in der Londoner Gesellschaft aufnehmen. Beatrix verließ London, um sich in Rye niederzulassen. Die Geschwister entfernten sich immer mehr voneinander, und McKitrick war gezwungen, sich für die späteren Jahre um verschiedene andere Informationsquellen zu bemühen.

Der Grundtenor war, daß Tristram ein Hedonist mit schlechtem Gewissen gewesen sei. Das Vermögen, das er von seinem Vater geerbt hatte, ermöglichte es ihm, ein luxuriöses und unverantwortliches Leben zu führen und seiner Leidenschaft für Reisen, schnelle Autos und schöne Frauen zu frönen. Die Gedichte, die er zu jener Zeit schrieb, dienten dazu, sein Schuldgefühl zu beschwichtigen, das er deswegen hatte. Gleichzeitig sorgte jedoch seine sozialistische Ader, die in seinen Gedichten, wenn auch nicht in seinem Verhalten sichtbar wurde, dafür, daß er die Probleme jener Zeit nicht übersehen konnte. Nachdem er fast das ganze Jahr 1934 in den Vereinigten Staaten verbracht hatte, kehrte er nach England zurück, um seine zweite Gedichtsammlung, *Die Kehrseite*, fertigzustellen, die im Frühjahr 1935 veröffentlicht wurde. Diese Sammlung wurde von den meisten Kritikern wohlwollend aufgenommen. McKitrick zufolge konnten sich diese Gedichte jedoch nicht mit der Originalität und Direktheit seines früheren Werkes messen.

In dieses Frühjahr fiel auch die Verlobung mit Mary Brereton, einer einundzwanzigjährigen Sekretärin aus dem Büro seines Verlegers, einem Mädchen, das sich sehr von der Damengesellschaft unterschied, mit der er zuletzt Umgang gehabt hatte. Ihre Beschreibung ihrer Beziehung zauberte ein merkwürdig einfaches Bild des Dichters herbei: treu, großzügig und zufriedener, als sein Werk vermuten ließe. Sie heirateten im September 1935, und eine Zeitlang spielte Tristram die Rolle des liebenden Ehemannes genauso leicht wie vorher die des freigeistigen Salonlöwen.

Als im Juli 1936 der Spanische Bürgerkrieg ausbrach, schien er anfangs nicht daran teilnehmen zu wollen. Im Herbst begannen die Internationalen Brigaden, Freiwillige anzuwerben, die für die Sache der Republikaner kämpfen sollten, aber er machte keine Anstalten, sich anzuschließen. In einer Umfrage der Zeitschrift *Left Review* sicherte er zwar der Republik seine Unterstützung zu, aber weiter ging er nicht. McKitrick schrieb seine Zurückhaltung familiären Überlegungen zu. Er mußte für seine junge und inzwischen schwangere Frau sorgen, zusammen mit ihrem minderjährigen Bruder. Sie waren ihm am wichtigsten. Und da er die Sache nicht durch seine persönliche Teilnahme unterstützen konnte, beschloß er, auch leere Phrasendrescherei zu unterlassen.

Als der Bürgerkrieg andauerte und das Elend der Republik sich verschlimmerte, begann seine Untätigkeit sein Gewissen zu belasten. Der Konflikt zwischen der Republik und Francos Nationalisten zeigte für ihn, wie für viele andere, den Konflikt eines ganzen Jahrzehnts. Es war eine vom Himmel geschickte Möglichkeit, seinen Standpunkt zu vertreten, indem man seine Grundsätze verteidigte. Die Geburt seines Sohnes Maurice im März 1937 befreite ihn wenigstens von einer Sorge, und im Juli nahm er die Einladung zu einem internationalen Schriftstellerkongreß in Spanien an. Bei seiner Abreise versicherte er, er wolle vor allen Dingen geistige Haltungen gegenüber dem Krieg diskutieren. McKitrick war jedoch der Meinung, damals habe Tristram bereits beschlossen gehabt, eine aktive Rolle zu übernehmen. Sein Wunsch, dem Heldentum seines toten Bruders nachzueifern, und das Verlangen, die Hochstimmung wieder einzufangen, die er während der Unruhen in Madrid sechs Jahre zuvor erlebt hatte, brachten ihn dazu, sich über alle Vorbehalte hinwegzusetzen. Als der Kongreß zu Ende war, kehrte er nicht nach Hause zurück.

Mary Abberley erfuhr erst von der Entscheidung ihres Mannes, als sie einen Brief von ihm erhielt, in dem er ihr mitteilte, daß eine Kommission seiner Aufnahme ins Britische Bataillon der Fünfzehnten Internationalen Brigade zugestimmt hatte. Sie war entsetzt. Aber sie wäre außer sich gewesen, wenn ihr klar gewesen wäre, daß sie ihn niemals wiedersehen würde.

Tristram setzte sich im gleichen Maße für die Sache der Republikaner ein, wie andere sie zur gleichen Zeit aufgaben. Im Sommer 1937 waren die Internationalen Brigaden eine erschöpfte, desillusionierte Streitkraft, und die meisten ihrer besten und intelligentesten Mitglieder waren in früheren Kämpfen gefallen. Jenen, die sich zu

McKitricks Freude noch an seine Ankunft erinnerten, erschien Tristram Abberleys Kommen als lebender Beweis dafür, daß noch nicht alles verloren war. Sie erzählten von seiner Energie und seiner Großmut, seinem ansteckenden Glauben an die Gerechtigkeit ihres Kampfes, seiner Fähigkeit, auch den Entfremdetsten den Glauben an den Sinn der Sache wieder zurückzugeben. Der letzte und widersprüchlichste Abschnitt seines Lebens – der des selbstlosen Kriegers – hatte begonnen.

Aber er sollte nicht lange dauern. Oberleutnant Tristram Abberleys erster Einsatz – bei dem er sich durch seinen Mut auszeichnete – fand an der Front bei Fuentes del Ebro im Oktober 1937 statt. Im Januar 1938 wurde sein Bataillon dann zur mörderischen Schlacht von Teruel kommandiert. Während eines Gefechtes vor der Stadt erlitt er eine schwere Beinverletzung und wurde anschließend ins Hospital nach Tarragona evakuiert. Eine Amputation wurde nicht für notwendig erachtet, und er schien bereits auf dem Wege der Besserung zu sein, als sich eine Blutvergiftung einstellte. Er starb am 27. März 1938 und wurde am folgenden Tag in Tarragona beerdigt.

Tristram Abberleys Karriere als Dichter war jedoch nicht mit seinem Tod zu Ende. Tatsächlich befand sie sich in vielerlei Hinsicht damals erst im Anfangsstadium. Seine Erfahrungen in Spanien hatten ihren Niederschlag in einem letzten Bündel Gedichten gefunden, die mit seinen persönlichen Dingen an seine Witwe geschickt und erst 1952 veröffentlicht wurden, als sie unter dem Titel *Die Spanien-Gedichte* herauskamen. Dies erweckte wieder Interesse an seinem Gesamtwerk, das während der fünfziger Jahre und besonders der sechziger Jahre immer beliebter und geschätzter wurde. Als McKitrick Mitte der siebziger Jahre seine Nachforschungen anstellte, galt Tristram Abberley als einer der bedeutendsten Dichter seiner Generation.

Klugerweise versuchte McKitrick nicht, die widersprüchlichen Aspekte des Lebens und der Persönlichkeit des Dichters miteinander in Einklang zu bringen. Er war der Meinung, daß die Gedichte letztendlich das wären, woran man sich erinnern würde, wenn man an Tristram Abberley dachte. Obwohl der Biograph erklären konnte, *wie* sie entstanden waren, hatte er nicht zum Geheimnis des *Warum* vordringen können.

Dereks Mutlosigkeit vertiefte sich, als er sich dem Ende des Buches näherte. Er hatte gehofft, daß ihm irgend etwas – was es auch sein mochte – im Leben oder Tod von Tristram Abberley zu Hilfe kommen würde. Statt dessen stand er mit leeren Händen da, genau wie er befürchtet hatte. Beatrix, Mary und Maurice, über die er gelesen hatte, hätten ebensogut ganz andere Menschen sein können nach dem Einblick, den er in ihr Leben gewonnen hatte. Wenn es ein Geheimnis gab, das in ihrer gemeinsamen Vergangenheit begraben lag und erklären würde, was geschehen war, so würde man es bestimmt nicht in den Worten und Taten eines schon lange toten Dichters finden. Wenn es überhaupt gefunden werden konnte, dann mußte Derek woanders danach suchen. Aber er hatte keine Ahnung, in welcher Richtung. Er war in eine Sackgasse hineingerannt. Und nun war er an ihrem Ende angelangt.

10

Seit Beatrix' Begräbnis waren acht Tage vergangen, als Charlotte entschied, sie könnte einen Besuch in Jackdaw Cottage nicht länger hinausschieben. An einem kalten, windigen Morgen fuhr sie nach Rye, holte sich bei Mrs. Mentiply die Schlüssel und betrat das Haus, das nun ihr Eigentum war, aber unauslöschlich jemand anderem zu gehören schien.

Dank Mrs. Mentiply war alles tadellos sauber. Es schien, als ob sie ihren Nachlaß als Vorschuß betrachtete und glaubte, nach dem Tod ihrer Arbeitgeberin ihren Pflichten gewissenhafter nachkommen zu müssen als vorher. Deshalb wirkte es so, als ob Beatrix lediglich für ein paar Tage verreist wäre. Alles war genauso, wie sie es bei ihrer Rückkehr erwartet hätte. Nur würde sie nie mehr zurückkommen.

Lustlos ging Charlotte von einem Zimmer zum anderen und erlebte im Geist ihre Besuche während all der Jahre in ungeordneter Reihenfolge noch einmal. In ihrer Erinnerung schwankte sie zwischen ihrer Kindheit und ihrem jetzigen Alter, aber Beatrix war immer dieselbe: freundlich, aber nicht zu nachgiebig, großzügig, aber nicht verschwenderisch. Sie hatte Charlotte bereits wie eine Erwachsene behandelt, lange bevor sie es war, und bis zum Schluß eine geistige Unabhängigkeit bewahrt, die manche als beunruhigend empfanden, die Charlotte aber mehr und mehr bewundert hatte.

Doch all das war nun zu Ende, und Jackdaw Cottage als eine Art Museum zu erhalten war sicher nicht das, was sich Beatrix gewünscht hätte. Als sie aus dem Fenster des Zimmers, das oft das ihre gewesen war, nach draußen über den kleinen Garten zum Meer hin blickte, wußte Charlotte, daß die klügste Entscheidung die schnellste war: verkaufen und damit Schluß. Dennoch würde Beatrix sicher auch gewünscht haben, daß sie ein Andenken an ihre gemeinsamen Zeiten besaß, etwas, das sie an ihre Patin erinnern würde, wann immer ihr Blick darauf fiel. Ironischerweise würde sie eines der kleineren Stücke der Tunbridge-Sammlung ausgewählt haben, aber diese lagen verpackt und mit Aufklebern versehen im Keller eines Polizeireviers und warteten auf Colin Fairfax' Gerichtsverhandlung. Der einzige Gegenstand der Tunbridge-Sammlung, der noch hier war, war der Arbeitstisch im Wohnzimmer. Im selben Moment, in dem Charlotte daran dachte, erkannte sie, wie geeignet er wäre, denn er vereinigte Funktionalität und Eleganz in einer Weise, die Beatrix geliebt hatte.

Ohne weitere Überlegungen trug sie ihn hinaus zu ihrem Wagen, ging zurück, um noch ein paar Decken zu holen, in die sie ihn für die Fahrt einwickeln konnte, dann machte sie, daß sie wegkam. Morgen würde sie einen Immobilienmakler anrufen und ihm den Verkauf von Jackdaw Cottage übertragen. Morgen würde sie die Nostalgie ablegen.

»Du willst also sagen«, sagte Colin, »daß du absolut nichts ausrichten konntest.«

»Ja«, antwortete Derek und wandte seinen Blick von der nackten Wand des Besucherraumes ab. »Ich fürchte, so ist es.«

»Die Familie will nichts sagen?«

»Nicht zu jemandem, der mit dir in Verbindung steht.«

»Und es gibt keinerlei Hinweise in Tristram Abberleys Biographie?«

»Nicht die Spur. Lies sie selbst, und du wirst es sehen.«

»Das habe ich vor.«

Einen Augenblick schauten sie sich gegenseitig mißtrauisch an, und Derek spürte, wie die unausgesprochene Anklage wegen seines Fehlschlags zwischen ihnen hing. Colin dachte bestimmt, er habe die Nerven verloren, seine Karten falsch gespielt, seine Chance vertan. Und das Schlimmste daran war, daß er recht hatte.

»Und was machen wir jetzt?«

»Ich habe keine Ahnung.«

»Nun, ich weiß es. Zumindest weiß ich, was *ich* machen werde: für lange Zeit ins Gefängnis gehen. Dredge bearbeitet mich immer noch, ich solle mit der Polizei ein Abkommen schließen. Und das würde ich auch, wenn ich könnte. Aber ich kann nicht. Alle denken, ich halte sie hin. Sie haben vor, mich dafür büßen zu lassen. Büßen ist nicht gerade meine Lieblingsbeschäftigung. Aber es sieht ganz so aus, als müßte ich mich daran gewöhnen.«

»Es tut mir so leid, Colin. Wenn es irgend etwas gäbe –«

»Finde eine Möglichkeit!« Colin schrie diese Worte beinahe und kassierte dafür einen scharfen Blick des Wächters. »Versuch es einfach weiter, bitte«, murmelte er mit einem starren Grinsen. »Du bist meine einzige Hoffnung.«

Charlotte war gerade dabei, in Ockham House einen passenden Platz für Beatrix' Arbeitstisch auszusuchen, als das Telefon klingelte. Es war Ursula.

»Hallo, Charlie. Maurice hat mich gebeten, dich anzurufen.«

»Wirklich? Ich dachte, er sei noch in New York.«

»Das ist er auch. Aber wir haben letzte Nacht miteinander telefoniert. Er bat mich, dich zu fragen, ob du Lust hättest, mit uns am kommenden Sonntag zu Mittag zu essen.«

»Kommenden Sonntag? Nun ja, ich würde mich freuen. Aber...«

»Gibt es ein Problem?«

»Nein. Nein, überhaupt nicht. Ich wundere mich nur, daß Maurice aus New York anruft, um mich zum Mittagessen einzuladen.«

»Nun, es sieht so aus, als würde er jemanden mitbringen, der dich gern kennenlernen würde, deshalb bat er mich, herauszufinden, ob du auch Zeit hast.«

»Mich kennenlernen? Wer denn?«

»Ich weiß es nicht. Maurice hat es mir nicht gesagt. Alles, was ich

weiß, ist, daß er ›sehr daran interessiert ist, dich kennenzulernen‹.
Vielleicht ein heimlicher Verehrer.«

»In New York? Das glaube ich kaum.«

»Da würde ich mir nicht zu sicher sein.«

»Du weißt, wer es ist, nicht wahr?«

»Ganz bestimmt nicht. Großes Ehrenwort. Wie auch immer, am
Sonntag wird das Geheimnis gelüftet. Du kommst doch, nicht
wahr?«

»Keine Sorge. Ich werde dasein. Wie könnte ich bei einem solchen Anreiz wegbleiben?«

11

Während ihrer Fahrt nach Bourne End schlug Charlotte die ungezwungene Fröhlichkeit eines Hochsommertages entgegen. Jeder
Wirtshausgarten war voll, auf jedem Picknickplatz lärmten Kinder
und Hunde. Warum sie für immer von den gemeinsamen Vergnü-
gungen der Menschen ausgeschlossen sein sollte, wußte sie nicht.
Manchmal war sie froh darüber. Manchmal argwöhnte sie, es sei
eine Beleidigung, die sich die Welt für sie ganz persönlich ausgedacht hatte. Und manchmal war es ihr einfach egal.

Die Themse war voll von Booten aller Art, und entsprechend war
der Lärm. Charlotte überquerte sie bei Cookham und bog erleichtert
in die unbeschilderte Straße ein, die zu exklusiven Häusern am
Flußufer führte, zu denen auch Swans' Meadow gehörte.

Sie dachte oft, daß es ein Haus war, das vollkommen zu der Persönlichkeit seines Besitzers paßte. Obwohl es von der gegenüberliegenden Flußseite zu sehen und deshalb ein Gegenstand der Bewunderung war, war es unnahbar und abgelegen. Obwohl groß und üppig ausgestattet, protzte es nicht mit seiner Architektur, sondern
fügte sich diskret in die Flußlandschaft hinter Trauerweiden und
sorgfältig geschnittenen Hecken ein. Maurice hatte es vor einundzwanzig Jahren als bezauberndes neues Heim für seine bezaubernde
junge Frau gekauft, und er war offensichtlich noch immer stolz auf
beide und ebenso erpicht darauf, sie zu beschützen und um sie beneidet zu werden.

Aliki, das Au-pair-Mädchen aus Zypern, öffnete die Tür und führte Charlotte in den Garten, wo die Familie und ihr geheimnisvoller Gast sich ausruhten, während sie das Mittagessen zubereitete.

Sie saßen auf Liegestühlen unter einer silbernen Birke, und ein Tablett mit Getränken stand auf einem Tisch daneben. Hinter ihnen lag der Rasen, dessen blumengesäumte Ränder wie mit Farbe besprüht aussahen und der sich bis zum Flußufer erstreckte, wo sich die Trauerweiden gelassen in einer sanften Brise wiegten. Maurice trug einen Panamahut und ein Halstuch und winkte Charlotte lächelnd zu, als sie sich näherte. Rechts von ihm saß Ursula in einem getupften Kleid, kühl und unnahbar hinter einer Sonnenbrille und Zigarettenrauch. Neben ihr, gerade außerhalb des Schattens, saß Samantha mit ausgestreckten Beinen, preßte ein eisgekühltes Glas an ihre Wange und genoß die Sonne. Sie trug einen knappen rosa Badeanzug und stellte einen Ausdruck berechneter Trägheit zur Schau. Links von Maurice saß der Gast und genoß die aufregende Aussicht auf Samanthas gebräunte und gut geformte Gliedmaßen. Er war breitschultrig, hatte einen Schopf dunkler Haare und einen Bart und war mit einem blaßgrünen Hemd und einer legeren Hose bekleidet. Er erhob sich, als sie bei ihnen ankam, schenkte ihr ein strahlendes Lächeln und streckte die Hand aus.

»Hallo. Ich bin Emerson McKitrick.« Er sprach mit einem gedämpften amerikanischen Akzent, und als sie seine Hand losgelassen hatte, wurde Charlotte klar, wer er war.

»Tristram Abberleys Biograph.«

»Genau der. Wir sind uns nie begegnet, als ich für das Buch recherchiert habe, oder?«

»Nein.« Es war zwölf Jahre her – während Charlotte einen unglückseligen Urlaub auf den griechischen Inseln verbrachte –, seit McKitrick ihre Mutter interviewt hatte. Sie hatte von einem höflichen, gutaussehenden jungen Mann erzählt, und Charlotte wußte jetzt, daß dies eine gehörige Untertreibung gewesen war. »Was für ein unerwartetes Vergnügen, Mr. McKitrick.«

»Es heißt *Dr.* McKitrick, Charlie«, warf Maurice ein.

»Oh, ich –«

»Warum nennen Sie mich nicht einfach Emerson, und wir lösen das Problem auf diese Weise?«

»Setz dich doch und trink etwas, Charlie«, sagte Ursula. »Wir haben einen Stuhl für dich aufgehoben – und ein Glas.«

Charlotte fand sich neben McKitrick wieder und spürte, daß sie ohne jeden Grund errötete. »Was... ähm... Was führt Sie hierher... Emerson?«

»Nachforschungen. Dasselbe wie das letzte Mal.« Sein Lächeln war äußerst gewinnend. Daran bestand kein Zweifel. Und jede Menge Lachfältchen in seinen Augenwinkeln deuteten darauf hin, daß er keineswegs ein trockener und weltfremder Wissenschaftler war. Aber er war ohnehin zu sonnengebräunt und muskulös, um glaubwürdig zu wirken. Charlotte ertappte sich dabei, daß sie versuchte, sein Alter zu schätzen, und sie entschied sich für vierzig. »Mein Stundenplan in Harvard läßt mir nur gerade zu dieser Jahreszeit etwas Raum zum Verreisen.«

»Und worüber stellen Sie diesmal Nachforschungen an?«

»Über etwas, von dem ich hoffe, daß Sie mir dabei helfen können.«

»*Ich?*«

»Genau. Vor allem Sie.«

»Während Emerson das erklärt«, sagte Ursula, »muß ich wirklich mal gehen und nachsehen, was Aliki in der Küche treibt.« Sie erhob sich und lächelte McKitrick an. »Entschuldigen Sie mich.«

»Natürlich.«

Zu ihrer Tochter gewandt, sagte Ursula: »Und es wird höchste Zeit, daß du dir etwas anziehst, junge Dame. Es sei denn, du willst in deinem Badeanzug essen.« Dann ging sie zum Haus, und Samantha verzog das Gesicht, bevor sie ihr folgte. Wie sich herausstellte, als sie sich von ihrem Liegestuhl erhob, war sie wirklich äußerst spärlich bekleidet. McKitrick schien es nicht zu kümmern, daß Charlotte ihn dabei beobachtete, wie er ihrem Abgang über den Rasen zusah.

»Eine wunderschöne Frau *und* eine wunderschöne Tochter. Sie sind ein glücklicher Mann, Maurice.«

»Sind Sie verheiratet, Emerson?« erkundigte sich Charlotte.

»Nein.« Er grinste. »Höchstens mit meiner Arbeit.«

»Und Sie meinen, ich könnte Ihnen dabei helfen?«

»Vielleicht sollte ich mich lieber genauer ausdrücken. Mein Verleger bedrängt mich schon seit Jahren, *Tristram Abberley: Eine kri-*

tische Biographie zu überarbeiten. Bis jetzt habe ich mich davor gedrückt, vor allem weil es mir keinen Spaß macht, mich mit alten Sachen zu beschäftigen. Aber jetzt besteht die Chance, neues Material zu finden, und das würde eine Neuauflage lohnen.«

»Wie das?«

»Durch den Tod Ihrer Patentante. Sobald ich davon hörte – von einem Freund in Oxford, der Ende letzten Monats auf der Durchreise nach Harvard kam –, versuchte ich, mit Maurice Kontakt aufzunehmen. Als ich feststellte, daß er in New York war, habe ich ein Treffen mit ihm vereinbart.«

»Und ich habe ihm die ganze traurige Geschichte erzählt«, sagte Maurice.

»Es ist schlimm«, sagte McKitrick. »Sie war eine bezaubernde alte Dame. Ich mochte sie.«

»Genau wie wir alle«, sagte Charlotte. »Aber mir ist noch immer nicht klar –«

»Ich habe Beatrix vor zwölf Jahren kennengelernt, als ich die ersten Nachforschungen für das Buch anstellte, und von ihr bekam ich eine Menge wertvoller Informationen über Tristrams frühe Lebensjahre. Genau gesagt war sie meine einzige Informationsquelle über sein Leben vor und kurz nach Oxford. Bis zum Jahre 1933. Aber es waren mündliche Informationen. Einfach Erinnerungen. Sie verfügte über keinerlei Aufzeichnungen, die Tristram hinterlassen hatte. Genauer gesagt, keine, die sie mir zur Auswertung überlassen wollte.«

»Nun«, sagte Charlotte, »ich dachte immer, daß es keine gab. Abgesehen natürlich von den Gedichten. Und ein paar Briefen. Aber die hat meine Mutter Ihnen bestimmt gezeigt.«

»Das hat sie. Aber als ich mit Beatrix über Tristrams letzte paar Monate in Spanien sprach, hat sie mir erzählt, daß er ihr von dort regelmäßig geschrieben hat – bis zu seinem Tod. Und daß sie diese Briefe aufgehoben hat.«

»Wirklich? Meine Mutter hat mir nie etwas von solchen Briefen erzählt.«

»Mir auch nicht«, warf Maurice ein.

»Nein, weil Beatrix ihr nichts davon gesagt hat. Offensichtlich wollte sie Mary nicht eifersüchtig machen. Es sieht so aus, als ob

Tristram seiner Schwester öfter geschrieben hätte als seiner Frau. Diese Tatsache wäre für eine junge Witwe wahrscheinlich schwer zu verstehen gewesen.«

»Und es wäre typisch für Beatrix, die Mutter immer unnötigen Kummer ersparen wollte«, sagte Maurice.

»Richtig«, bestätigte McKitrick. »Genau so habe ich es auch verstanden. Und beinahe vierzig Jahre später hat sie sie noch immer beschützt. Das mußte ich akzeptieren. Ich versuchte sie zu überreden, mir die Briefe wenigstens zu zeigen, aber es war vergebliche Mühe. Sie beide wissen besser als ich, daß man sie nicht umstimmen konnte, wenn sie sich erst einmal zu etwas entschlossen hatte. Mir blieb nichts anderes übrig, als ohne dieses Material weiterzumachen. Außerdem hat sie mich auch nicht ganz ohne Hoffnung gelassen. Sie sagte, sie werde Maurice vor ihrem Tod diese Briefe geben, unter der Voraussetzung, daß sie erst nach Marys Tod veröffentlicht würden. Natürlich ging sie logischerweise davon aus, daß sie vor Mary sterben werde. Und ich denke, sie nahm an, daß sie genügend Zeit haben werde, ihre Angelegenheiten zu ordnen. Wie sich herausstellte, ist Mary vor ihr gestorben. Sie können sich denken, daß ich natürlich sofort mit Beatrix Kontakt aufgenommen hätte, wenn ich das gewußt hätte. Statt dessen erfuhr ich zuerst von Beatrix' Tod. Deshalb war ich so darauf aus, mich mit Maurice in Verbindung zu setzen. Um herauszufinden, welche Regelungen sie wegen der Briefe getroffen hatte.«

»Ich mußte ihm sagen, daß sie deswegen nichts veranlaßt hat«, sagte Maurice. »Vielleicht dachte sie, sie könnte es noch hinausschieben, mich damit zu konfrontieren. Schließlich war sie bei bester Gesundheit. Vielleicht hat sie auch einfach vergessen, was sie versprochen hatte. Auf jeden Fall hat sie mir nie ein Wort davon verraten.«

»Ich verstehe nicht ganz«, sagte Charlotte. »Wenn diese Briefe existieren, dann müssen sie doch irgendwo in Jackdaw Cottage sein. Das liegt doch auf der Hand.«

»Genau«, sagte Maurice. »Und wie ich Emerson in New York erklärt habe, gehören sie jetzt dir.«

»Und deswegen habe ich gesagt, ich brauchte Ihre Hilfe.« McKitrick lächelte sie an. »Ob wir nach den Briefen suchen – ob ich die

Briefe verwenden darf, wenn wir sie finden –, ist ganz allein Ihre Entscheidung, Charlie.«

Das Mittagessen verlief erfreulicher, als Charlotte erwartet hatte. McKitricks schneller Witz und seine breitgefächerten Anschauungen amüsierten und schlossen jeden mit ein. Er besaß die Fähigkeit, die jeweiligen Interessen der Menschen herauszufinden und unterhaltsam darüber zu plaudern. Sei dies nun der wissenschaftliche Alltag, die Flugzeugindustrie, der Reitsport, die zypriotische Küche oder sogar die Tunbridge-Sammlung. Es schien, als ob er ebenso kurzweilig wie intelligent über nahezu jedes Thema reden könnte. Und er war, wie Samantha bemerkte, als sie Charlotte auf der Treppe überholte, »obendrein ein toller Mann«.

Es wurde nicht mehr über die Briefe gesprochen, bis die Gesellschaft wieder in den Garten zurückgekehrt war. Dann, ohne daß es so aussah, als ob er die Situation herbeigeführt hätte, ging McKitrick mit Charlotte zum Flußufer, wo sie eine Gruppe von Schwänen beobachteten, die majestätisch vorbeizogen, bevor er sagte: »Ein Forscher wirkt immer ein bißchen wie ein Bettler. Er bittet um Zutritt. Er leiht sich Zitate. Ich vermute, es gäbe keine Biographien mehr, wenn wir nicht so unverschämt wären.«

»In diesem Fall besteht kein Grund zu betteln. Wenn Maurice damit einverstanden ist, daß Sie nach diesen Briefen suchen, dann bin ich es auch.«

»Das weiß ich wirklich zu schätzen.«

»Ich wundere mich nur, daß er nicht selbst damit herausgerückt ist.«

»Er war nicht derjenige, der danach suchte. Das ist der Unterschied.«

»Vermutlich liegt es daran. Wann wollen Sie zum Haus kommen?«

»Wann würde es Ihnen passen?«

»Oh!« Sie merkte, wie sie wieder rot wurde. »Sie möchten, daß ich dabei bin?«

»Ich habe darauf gehofft. Was immer wir finden, gehört Ihnen, denken Sie daran. Und es liegt bei Ihnen zu entscheiden, was damit geschehen soll. Außerdem ist so eine Schatzsuche zu zweit lustiger.«

»Eine Schatzsuche? Ist es das?«

»In gewisser Weise. Wissenschaftliche Forschung ist der Suche nach Gold sehr ähnlich. Man hofft immer, auf eine reiche Ader zu stoßen, aber das passiert selten. Wann sollen wir herausfinden, ob dies vielleicht eine Ausnahme von der Regel sein wird?«

Sein Lächeln war verführerisch und ansteckend. Und Charlotte konnte gar nicht anders, als das Lächeln zu erwidern. »Morgen«, sagte sie. »Ehrlich gesagt, glaube ich kaum, daß ich noch länger warten kann.«

12

Charlotte wollte nicht wahrhaben, wie aufgeregt sie war, Emerson McKitrick bei seinen Nachforschungen helfen zu dürfen. Denn das würde bedeuten, sich einzugestehen, wie trist ihr Leben geworden war und wie verzweifelt sie sich insgeheim ein gewisses Maß an Romantik und Abenteuer wünschte.

Aber die Anzeichen dafür waren deutlich und unbestreitbar. Sie schlief schlecht. Sie gab sich übertriebene Mühe mit ihren Haaren und ihrem Make-up. Sie entschloß sich für vorteilhaftere Kleidung, als es der Anlaß verdiente. Und sie brach ein Fläschchen Chanel-Parfum an, das seit Weihnachten unberührt in einem Schrank gestanden hatte.

Emerson kam mit dem Frühzug aus London nach Tunbridge Wells. Charlotte holte ihn ab und fuhr mit ihm nach Rye. Kurz nach zehn waren sie in Jackdaw Cottage. Und dort – außer einer kurzen Mittagspause – blieben sie den ganzen Tag und arbeiteten sich der Reihe nach durch alle Zimmer, indem sie sorgfältig alle Kommoden und Bücherregale, Schränke und Vitrinen durchsuchten. Jedes Stückchen Papier in jeder Schublade wurde umgedreht, jedes Buch geöffnet für den Fall, daß sich ein Brief zwischen den Seiten versteckte, jeder Winkel und jede Ritze nach einem versteckten Briefbündel durchforstet. Die Aufgabe war zwar zeitraubend, aber nicht schwierig, denn Beatrix hatte Unordnung noch nie ausstehen können. Obwohl sich während ihres langen Lebens eine Menge angesammelt hatte, war sie in ihren häuslichen Angelegenheiten stets streng und ordentlich gewesen. Die Papiere und Dokumente, die sie aufgehoben hatte, waren an den offenkundigen Plätzen aufbewahrt worden. Sogar auf dem Speicher, auf den Emerson nachmittags hinaufstieg, herrschte Ordnung. Nirgends konnten sie einen vollgestopften Koffer oder eine verbeulte Kassette mit Papieren finden. Und nirgendwo warteten irgendwelche Verstecke mit Briefen darauf, ausfindig gemacht zu werden. Keine Liebesbriefe von lang verblichenen Kavalieren. Keine Geburtstagskarten aus früheren Jahren. Und überhaupt nichts – weder Fragmente noch Notizen – von Tristram Abberley. Um sechs Uhr abends gaben sie schließlich auf und kehrten ins »Ypes Castle Inn« in Gun Garden Steps ein, wo sie bei ihren Getränken im kleinen Garten saßen und über den Hafen aufs Meer hinaus blickten. Sie waren müde und niedergeschlagen, wobei sich Charlotte der Tatsache bewußt war, daß Emerson lediglich davon enttäuscht war, nichts gefunden zu haben, während sie befürchtete, daß ihr Mißerfolg ihrem Zusammensein ein jähes Ende bereiten würde.

»Ich kann es nicht verstehen, Charlie, ich war mir so sicher, daß sie dasein würden, so zuversichtlich.«

»Wegen dem, was Beatrix Ihnen erzählt hat?«

»Ja. Sie mußte sie nicht verstecken. Es bestand kein Grund dafür.«

»Aber offensichtlich hat sie genau das getan.«

»Ich bin mir nicht sicher. Die Haushälterin hat nichts angerührt. Maurice hat nichts mitgenommen außer Bankauszügen, Scheckbüchern und einigen Rechnungen.«

»Und alles, was ich aus dem Haus entfernt habe, ist ein Arbeitstisch aus der Tunbridge-Sammlung. Er enthält Fingerhüte, Nadeln und ein paar Knöpfe, aber keine wie auch immer gearteten Papiere.«

»Richtig. Und wir wissen – weil Maurice als ihr Testamentsvollstrecker das bereits nachgeprüft hat –, daß sie weder bei ihrer Bank noch bei ihrem Anwalt irgendwelche Päckchen hinterlegt hat.«

»Ja. Somit scheint uns nur Jackdaw Cottage übrigzubleiben.«

»Aber wir haben alles, so gründlich es nur ging, durchsucht, abgesehen davon, Dielenbretter hochzuheben. Wie ich schon sagte, es gab keinen Grund für sie, die Briefe zu verstecken. Außer mir wußte niemand auch nur von ihrer Existenz.«

»Also, was denken Sie? Ob sie sie vernichtet hat?«

»Die letzten Briefe ihres toten Bruders? Nein. Niemand würde das tun. Außerdem hat sie mir versprochen, sie werde es nicht tun. Und sie gehörte nicht zu den Leuten, die ihr Wort brechen.«

»Was also mag sie damit angestellt haben?«

»Ich weiß es nicht. Es sei denn —« Er brach ab und runzelte nachdenklich die Stirn.

»Was ist?«

»Es sei denn, sie befürchtete, sie würden verlorengehen. Nach ihrem Tod übersehen werden. Weggeworfen, bevor jemand erkannte, was sie waren. Ist es möglich, daß sie sie irgend jemandem zur Aufbewahrung gegeben hat? Vielleicht einer Freundin?«

»Natürlich ist das möglich. Aber warum würde sie einer Freundin die Briefe eher anvertrauen als Maurice oder mir?«

»Weil sie vielleicht eine unparteiische Person haben wollte – jemand außerhalb der Familie. Nicht daß ich behaupten würde, daß es so war. Ich versuche nur, jede Möglichkeit zu berücksichtigen. Verdammt, ich weiß nicht einmal, ob sie eine Freundin hatte.«

»Oh, die hatte sie!« Charlotte lächelte plötzlich. »Sie haben recht. Es ist offenkundig. Ihre älteste Freundin war diese unparteiische Person: Lulu Harrington.«

Sie fuhren zurück nach Tunbridge Wells. Charlotte mußte sich zurückhalten, nicht sämtliche Geschwindigkeitsbeschränkungen zu überschreiten, da sie so ungeduldig war, ihre Theorie zu überprüfen. Als sie Ockham House erreichte, griff sie sofort zum Telefon und wählte Lulus Nummer. Erleichtert atmete sie auf, als sie Lulus vertraute Stimme hörte.

»Lulu? Hier ist Charlotte Ladram.«

»Charlotte? Was für eine schöne Überraschung. Wie geht es Ihnen?«

»Gut, aber —«

»Es hat mir so leid getan, daß ich nicht zu Beatrix' Beerdigung kommen konnte. Ich hoffe, mein Kranz wurde pünktlich geliefert?«

»Ja. Ja, das wurde er. Entschuldigen Sie, aber dieser Anruf ist ziemlich wichtig. Ich hoffe, daß Sie mir helfen können.«

»Das würde ich sehr gerne, wenn es in meiner Macht steht.«

»Ich denke ja. Sagen Sie, hat Beatrix Ihnen irgendwann einmal etwas zur Aufbewahrung gegeben? Ein Päckchen oder Paket vielleicht?« Sie machte eine Pause und wartete auf Antwort, aber es kam keine. »Lulu?«

»Ja, meine Liebe?«

»Haben Sie gehört, was ich gesagt habe?«

»Ja. Ich habe es gehört. Ein Paket oder Päckchen. Weshalb fragen Sie?«

»Das ist etwas schwierig zu erklären.«

»Ich verstehe.« Sie klang nachdenklich, fast ängstlich.

»Also, wie lautet die Antwort?«

»Telefonieren Sie für jemand anderen?«

»Nein.«

»Nicht vielleicht anstelle Ihrer Schwägerin?«

»Sie meinen Ursula?«

»Sie muß verstehen, daß ich keine Ahnung vom Inhalt hatte. Und daß ich durch ein heiliges Versprechen gebunden war. Was hätte ich tun können?«

»Lulu, ich verstehe nicht, wovon Sie reden.«

»Aber das müssen Sie.«

»Sie haben meine Frage noch immer nicht beantwortet.«

»Nein. Nein, das habe ich nicht, nicht wahr?«

»Würden Sie es bitte tun?«

Es kam keine Antwort. Charlotte dachte, sie könnte Lulus leicht pfeifenden Atem am anderen Ende hören, und sie beschloß, es diesmal ihr zu überlassen, das Schweigen zu brechen. Schließlich sagte sie: »Ich denke, wir sollten uns treffen, meine Liebe. Diese Angelegenheit hat mein Gewissen lange genug gequält. Und mir fällt niemand ein, dem ich lieber vertrauen würde als Ihnen. In der Tat gibt es niemanden, dem ich vertrauen *könnte*. Also, treffen wir uns. Je eher, desto besser. Ich sehe jetzt ein, daß ich das, was ich getan habe, in Ordnung bringen muß. Ohne weitere Verzögerung.«

13

Auf Charlotte wirkte Cheltenham wie eine etwas weniger hügelige Version von Tunbridge Wells. Es gab die gleiche Fülle von Regency-Architektur, die gleiche lebhafte, aber wohlgeordnete Vornehmheit. Sie traf in der Hitze des frühen Nachmittags ein und verbrachte eine ungemütliche halbe Stunde damit, Park Place zu suchen, wo Lulu inmitten der vielen ähnlich aussehenden, baumgesäumten Wohnstraßen südlich vom Zentrum wohnte. Sie war allein gefahren, nachdem sie Emerson davon überzeugt hatte, daß seine Anwesenheit Lulu erschrecken würde. In Wirklichkeit, obwohl sie ihm das nicht gesagt hatte, hatte sie nicht die Absicht, sein Interesse an Beatrix' Angelegenheiten zu erwähnen. Sie wußte noch nicht einmal, ob sie ihm alles berichten würde, was Lulu ihr erzählen würde. Ihre Unterhaltung am Telefon hatte sie verwirrt, und sie war unsicher, was sie bei ihrem Besuch erwarten würde. Schale Enttäuschung oder erstaunliche Offenbarungen. Alles war möglich. Und, um die Wahrheit zu sagen, sie war sich nicht sicher, was ihr lieber wäre.

Courtlands war eines der weißverputzten Regency-Wohnhäuser einer Häuserreihe, und nach der Ansammlung von Klingeln am Eingang zu schließen, bewohnte Miss L. Harrington lediglich das Erdgeschoß. Charlotte hatte kaum Zeit, ihren Finger vom Klingelknopf zu nehmen, als auch schon die Tür geöffnet wurde und eine zierliche weißhaarige alte Dame mit blitzenden blauen Augen sie anlächelte.

»Charlotte?«

»Ja, ich... es tut mir leid, wenn ich zu spät komme.«

»Keineswegs, meine Liebe. Kommen Sie herein.«

Lulu führte sie durch den Flur in ein hohes Wohnzimmer, das voller Bücher, Gemälde, Fotos, Nippesfiguren und einer offensichtlich unbegrenzten Anzahl verschiedener Teeservices in Glasvitrinen war. Charlotte hatte das Gefühl, daß es schwierig werden würde, den Kamin zu erreichen, ohne aus Versehen ein Kaninchen aus chinesischem Porzellan herunterzustoßen oder einen Stoß mit Strickmustern durcheinanderzubringen. Und das, was wie ein sehr gemütlicher Sessel aussah, wurde bereits von einer riesigen, preußischblauen schlafenden Katze belegt. Beatrix hatte weder Katzen noch Durcheinander gemocht, und man konnte sich kaum vorstellen, daß sie hier jedes Jahr vierzehn zufriedene Tage verbracht haben sollte.

Lulu eilte geschäftig hin und her, um Tee zu kochen, und Charlotte begleitete sie in die Küche, um zu helfen. Vom Fenster sah man auf einen gepflegten Garten, in dem zwei Halbwüchsige Frisbee spielten. Als sie bemerkte, daß Charlotte sie beobachtete, sagte Lulu: »Sie wohnen im ersten Stock. Ich habe die Wohnungen über und unter mir vermietet. Um ehrlich zu sein, bin ich froh über die Gesellschaft. Wissen Sie, wir Lehrerinnen haben gern junge Leute um uns, sogar noch in meinem Alter.«

»Wie lange leben Sie schon hier?«

»Seit ich pensioniert bin. In diesem Monat sind es genau zwanzig Jahre. Wie die Zeit vergeht. Bis dahin hatte ich im College gewohnt. Ich war als Erzieherin für ein Haus zuständig, verstehen Sie? Was ich anschließend ohne Beatrix' Hilfe getan hätte, kann ich mir gar nicht vorstellen. Es hätte ganz sicher meine finanziellen Möglichkeiten überschritten, dieses Haus zu kaufen.«

»Sie meinen, Beatrix hat Ihnen Geld dafür geliehen?«

»Nicht geliehen. Gegeben. Sie müssen wissen, daß Beatrix ausgesprochen großzügig war. Manchmal habe ich gedacht, viel zu großzügig.«

»Ja. Das war sie.« Plötzlich wurde Charlotte rot. »Es tut mir leid. Ich habe nicht gemeint –«

»Es ist schon in Ordnung. Ich weiß genau, was Sie gemeint haben. Sie war großzügig und *diskret*. Ich war mir sicher, daß sie die Unterstützung, die sie mir gegeben hatte, niemals gegenüber jemand anderem erwähnen würde. Ich spreche jetzt nur deshalb darüber, weil es in gewisser Weise etwas mit dem zu tun hat, was geschehen ist.«

»Und was *ist* geschehen?«

»Kommen Sie mit ins Wohnzimmer, meine Liebe. Trinken Sie eine Tasse Tee, und machen Sie mir die Freude, den Kuchen zu probieren. Dann werde ich Ihnen alles erklären.«

Bevor Lulu irgendwelche Erklärungen abgab, war Charlotte gezwungen, selbst etwas zu erklären. Als sie über das Teetablett hinweg den sanften, aber scharfsinnigen Blick der alten Dame erwiderte, hatte sie das Gefühl, daß die Lüge, die sie sich zurechtgelegt hatte, nicht mehr genügen würde. Aber es war zu spät, sich eine andere auszudenken.

»Beatrix hat Maurice und mir einmal erzählt, sie besäße Briefe ihres Bruders, die er ihr in den letzten Monaten vor seinem Tod aus Spanien geschickt hatte und die nicht veröffentlicht werden sollten, solange meine Mutter noch lebte. Wir haben uns gewundert, daß wir sie in Jackdaw Cottage nicht finden konnten, und da haben wir uns gedacht, sie hätte sie vielleicht Ihnen zur Aufbewahrung gegeben.«

»Schon möglich.«

»Das verstehe ich nicht.«

»Ich auch nicht. Aber Ihnen wird es vielleicht bald klar sein, während ich es nie verstehen werde.« Lulu lächelte. »Verzeihen Sie. Ich wollte Sie nicht necken. Aber verstehe ich es richtig, daß Sie mich nicht auf Bitten von Ursula Abberley angerufen haben?«

»Vollkommen. Ursula weiß nicht einmal, daß ich hier bin.«

»Sonderbar.« Sie schüttelte in offensichtlicher Verwirrung den Kopf. »Beatrix und ich haben uns in Roedean kennengelernt, wie Sie sicher wissen. Vor mehr als siebzig Jahren. Eine sehr lange Zeit. Lang genug, mögen Sie vielleicht denken, um ihre Gedanken besser als irgend sonst jemand zu kennen. Nun, wenn dem so ist, dann heißt das, daß niemand ihre Gedanken kannte. Denn ich muß offen gestehen, ich kannte sie nicht. Sie war und bleibt ein Rätsel für mich.«

Lulu schwieg, aber Charlotte spürte, daß es nur eine Pause war, um ihre Gedanken zu ordnen. Sie fuhr fort, ohne daß man sie hätte anstoßen müssen.

»Beatrix war um einiges klüger als ich. Sie besaß eine Fähigkeit, bis zum Kern der Dinge vorzudringen, die manchmal ziemlich entwaffnend war. Das müssen Sie natürlich wissen. Was ich meine, ist, daß sie diese Fähigkeit bereits als Kind besaß. Ihr Vater holte sie nach dem Tod ihrer Mutter aus Roedean zurück. Wenn sie geblieben wäre, hätte sie meine akademischen Leistungen bei weitem übertroffen. Ich ging danach auf das Girton College in Oxford und kam 1923 hierher, um am College für Mädchen zu unterrichten, aber wir sind immer in Verbindung geblieben. Ich habe sie oft in Indsleigh Hall besucht und später dann in Jackdaw Cottage.«

»Dann haben Sie sicher auch Tristram gekannt?«

»O ja. Aber er hatte wenig Interesse für eine Lehrerin ohne jeden Schick, wie ich es war. Ich kann kaum behaupten, ihn gekannt zu haben. Ein impulsiver junger Mann, gewiß, wie die Umstände seines Todes beweisen. Was die Briefe an Beatrix angeht, so hat sie niemals erwähnt, welche bekommen zu haben. Andererseits gibt es keinen Grund, warum sie es getan haben sollte. Sie müssen wissen, daß unsere Freundschaft nie sehr eng war. Wir waren gern miteinander zusammen, aber ich bin nie ihre Vertraute gewesen.«

Wieder machte Lulu eine Pause und runzelte die Stirn, als ob das, was sie sagen wollte, schwierig zu formulieren sei. Aber diese Schwierigkeit war bald überwunden.

»Natürlich war ich Beatrix außerordentlich dankbar für die Unterstützung, die sie mir beim Kauf dieses Hauses hatte zukommen lassen, und als sie mich bat, ihr zu helfen, sah ich es teilweise als Rückzahlung dafür an, was ich ihr schuldete. Nicht daß Beatrix es so gesehen hätte. Sie hätte, das bezweifle ich nicht, eine Weigerung als mein gutes Recht akzeptiert. Aber ich habe mich nicht geweigert. Nicht einmal vor kurzem, als das, worum sie mich bat, so ... so ausgesprochen seltsam erschien.«

»Worum hat sie Sie gebeten?«

»Am Anfang um meine Beteiligung an einem harmlosen Betrug.«

»Betrug?«

»Ja, meine Liebe. Sehen Sie, seit ich hier lebe, ist Beatrix jeden Juni zu mir zu Besuch gekommen. Und Sie denken bestimmt, sie hätte jedesmal vierzehn Tage mit mir verbracht. Aber die Wahrheit ist, daß sie jedesmal zu Beginn und Ende dieser beiden Wochen nur ein, zwei Nächte unter diesem Dach verlebte. Und jedes Jahr war sie die verbleibenden zehn oder zwölf Tage woanders.«

»Woanders?«

»Es war eine richtiggehende Absprache. Sie würde ankommen und, etwa innerhalb eines Tages, wieder abreisen.«

»Aber... wohin ging sie?«

»Ich weiß es nicht. Sie hat es mir nie gesagt. Offenbar an einen Ort, von dem sie nicht wollte, daß Sie oder ein anderes Familienmitglied davon erfahren sollten. Deshalb kam sie auch immer zuerst hierher zurück, bevor sie wieder nach Hause fuhr, falls irgendwelche Nachrichten für sie eingetroffen waren. Für den Fall, daß jemand von Ihnen darauf bestanden hätte, sie persönlich zu sprechen oder plötzlich hier erschienen wäre, hätte ich sagen sollen, daß sie unerwartet fortgegangen wäre – und zwar das erste Mal. Aber es war nie nötig. Zwanzig Jahre lang haben wir unsere kleine Täuschung durchgeführt, ohne auch nur einmal Gefahr zu laufen, entdeckt zu werden.«

»Sie meinen... vergangenen Monat... und jeden Juni davor... war sie überhaupt nicht hier?«

»Nicht länger als ein, zwei Tage, nein.«

»Ich kann es einfach nicht glauben.«

»Das kann ich Ihnen nachfühlen. Es muß unglaublich erscheinen. Trotzdem ist es wahr. Ich habe mich daran gewöhnt. Ich habe sogar den kleinen Nervenkitzel, der damit verbunden war, genossen. Und ich konnte nichts Schlechtes daran entdecken. Wenn Beatrix es für notwendig hielt – aus welchem Grund auch immer –, warum sollte ich sie daran hindern?«

»Aber... sicherlich...« Charlotte erinnerte sich an all die Postkarten, die sie von Beatrix bei ihren alljährlichen Besuchen aus Cheltenham bekommen hatte. »*Gut angekommen. Lulu geht es gut. Cheltenham so schön wie immer.*« »Was... Was ist mit den Postkarten? Sie hat mir jedes Jahr eine geschrieben. Und Maurice auch.«

»Beatrix hat sie geschrieben, aber ich habe sie eingeworfen, nachdem sie zu ihrem anderen Ziel aufgebrochen war.«

»Und Sie wissen wirklich nicht, wo das war?«

»Ich habe keine Ahnung. Sie kam mit dem Zug an. Sie fuhr mit dem Zug wieder weg. Es könnte überall im ganzen Land gewesen sein. Zuerst war ich natürlich neugierig, aber später habe ich aufgehört, mich zu wundern. Es ging mich nichts an. Nach allem, was Beatrix für mich getan hatte, war das wenigste, was ich als Gegenleistung tun konnte, ihre Privatsphäre zu respektieren – und zur richtigen Zeit ein paar Karten in den Briefkasten zu werfen.«

Charlotte beobachtete, wie sich die Katze streckte und dann im Sessel neben dem Lulus wieder zurechtkuschelte. Langsam wurde ihr die ganze Tragweite dessen, was sie soeben gehört hatte, klar. Die Täuschung war eine Sache, ihr Zweck eine andere. Zwanzig Jahre lang war Beatrix in völliger Heimlichkeit irgendwo gewesen und hatte irgend etwas getan. Wenn es unschuldig und unbedeutend war, warum hatte sie ihre Spuren so sorgfältig verwischt? Was könnte eine so ausgeklügelte Lüge rechtfertigen? »Warum erzählen Sie mir das jetzt, Lulu?« fragte sie schließlich. »Warum bewahren Sie ihr Geheimnis nicht für alle Zeit?«

»Weil Sie mich dieses Jahr noch um etwas anderes gebeten hat. Es war ein Wunsch, den ich ihr gegen mein besseres Wissen erfüllt habe.«

»Was war das?«

»Beatrix traf am ersten Juni hier ein und reiste am folgenden Tag weiter. Alles schien so wie immer zu sein, obwohl sie etwas gedankenverloren auf mich wirkte. Am Mittwoch der folgenden Woche kam sie zurück und blieb bis Freitag. Am Donnerstag, sie saß auf dem gleichen Platz wie Sie jetzt, teilte sie mir beim Morgenkaffee ziemlich ruhig mit, daß sie glaube, ihr Leben sei in Gefahr.«

»Was?«

»Zuerst dachte ich, sie wolle andeuten, daß sie gesundheitliche Probleme hätte. Aber davon hat sie mich rasch wieder abgebracht. Sie meinte etwas ganz anderes. Sie sagte, es sei möglich, in der Tat ziemlich wahrscheinlich, daß sie in nächster Zukunft sterben werde. Ich fragte, ob sie denn irgendwelche Todesvorahnungen habe, da sie ja nicht krank sei. Nein. Sie habe vor kurzem Dinge erfahren, die sie davon überzeugt hätten. Sie wollte mir nicht sagen, worum es sich handelte, oder auch nur andeuten, wie sie zu Tode kommen würde. Auch hat sie weder erwartet noch darum gebeten, daß ich ihr glauben sollte. Alles, was sie von mir verlangte, war die Erfüllung einer einfachen Aufgabe für den Fall, daß sich ihre Vermutung als richtig herausstellen sollte. Sie hatte vier große, verschlossene Umschläge dabei, die mit maschinengeschriebenen Adressen versehen waren. Sobald ich von ihrem Tod erfahren würde, sollte ich sie von einem anderen Postamt als von Cheltenham aus abschicken. Ich durfte sie nicht öffnen oder jemand zeigen.«

»Sie waren einverstanden?«

»Ja. Anfangs habe ich versucht, vernünftig mit ihr darüber zu reden und sie dazu zu überreden, ihre Voraussage zu rechtfertigen oder sie zurückzunehmen. Aber schon bald wurde mir klar, daß ich nur meine Zeit verschwendete. Beatrix war nicht leicht von etwas abzubringen, wenn sie sich einmal dazu entschlossen hatte. Und in diesem Fall hatte sie offensichtlich bereits einen Entschluß gefaßt. Als sie hinzufügte, daß ich die einzige Person sei, die sie um so etwas bitten konnte – und es sei unbedingt nötig, daß ich es täte –, hatte ich das Gefühl, daß ich es ihr nicht verweigern konnte. Außerdem, so beruhigte ich mich selbst, würde es niemals dazu kommen, denn sie hatte bestimmt unrecht und quälte sich nur mit einem entsetzlichen Mißverständnis. Aber ich hätte es besser wissen sollen. Es war selten geschehen, daß Beatrix unrecht hatte. Und wie sich herausstellen sollte, hatte sie auch diesmal recht behalten.«

»Also haben Sie die Briefe eingeworfen?«

»Ja. In Gloucester, am selben Tag, als Sie mich anriefen, um mir Beatrix' Tod mitzuteilen.«

Jetzt ergaben Lulus seltsame Bemerkungen während ihres Telefonats plötzlich einen Sinn. Damals hatte Charlotte sie dem Schock zugeschrieben, und eine gewisse Art von Schock war ja auch dafür verantwortlich gewesen. Aber es war die Vorhersehbarkeit von Beatrix' Tod gewesen und nicht – wie Charlotte vermutet hatte – das Gegenteil, was Lulu so betroffen gemacht hatte. »An wen waren die Briefe adressiert?«

»Beatrix verpflichtete mich bei meiner Ehre, die Namen und Adressen weder aufzuschreiben noch sie mir einzuprägen.«

»*Sie wissen es nicht?*«

»Ich habe versucht, Beatrix' Wünsche bis zum Schluß zu erfüllen. Ich hatte niemals erlebt, daß sie unklug gehandelt hätte. Ich nahm an, daß sie ihre Gründe dafür hatte und daß diese gut und vernünftig waren. Aber natürlich sah ich, was auf den Adreßklebern stand. Das ließ sich kaum vermeiden. Und ich konnte mich nicht dazu zwingen, es zu vergessen. Ich habe mir die Angaben nicht ausdrücklich gemerkt. Trotzdem erinnere ich mich an einiges. Ein Brief ging an die Frau Ihres Halbbruders, an Ursula. Er war an Mrs. Abberley gerichtet, an eine Adresse in Buckinghamshire.«

»Swans' Meadow, Riversdale, Bourne End?«

»Gut möglich.«

»Sie hat nichts davon erzählt. Kein Wort. Nicht einmal Maurice. Ich bin sicher, er hätte es mir gesagt.«

»Das müssen Sie mit ihr besprechen. Natürlich habe ich keine Ahnung, was in dem Umschlag war. Vielleicht hat sie nicht gemerkt, woher er stammte.«

»Und die anderen? An wen gingen die?«

»An Leute, von denen ich noch nie gehört habe. Ein Mr. Griffith mit einer unaussprechlichen Anschrift in Wales. Llan-irgendwas, Dyfed. Eine Miss van Ryan – glaube ich – mit einer hohen Hausnummer in der Fifth Avenue in New York. Und Madame – der Nachname beginnt mit einem V – in Paris.«

Der Name Griffith kam Charlotte irgendwie bekannt vor, aber sie konnte sich nicht daran erinnern. Aber die anderen sagten ihr genausowenig wie Lulu. »Ist das alles, woran Sie sich erinnern können?«

»Ich fürchte ja. Seit wir vereinbart haben, uns zu treffen, habe ich mein Gedächtnis zermartert – aber mir ist nichts weiter eingefallen. Die Nachricht von Beatrix' Tod hat mich ziemlich erschüttert. Ich fuhr ganz benommen nach Gloucester und führte meinen Auftrag aus, ohne an die Folgen zu denken. Zu der Zeit schien es mir das Wichtigste zu sein, das zu machen, was ich Beatrix versprochen hatte. Es auszuführen und zu vergessen. Aber in den darauffolgenden Wochen ist es mir nicht gelungen, es aus meinem Gedächtnis zu verbannen. Wer sind diese Leute? Was habe ich ihnen geschickt? War es richtig oder falsch, meiner Freundin zu gehorchen? Hätte ich der Polizei vielleicht davon erzählen sollen, daß sie ihren Tod vorhergesehen hat? Zum Schluß habe ich entschieden, daß dadurch nichts gewonnen wäre außer dem Ruf, senile Wahnvorstellungen zu haben. Schließlich ist es mehr als klar, daß dieser Kerl Fairfax hinter ihrer Ermordung steckt. Soweit es ihre Nachforschungen betraf, konnte ich dem, was sie bereits wußten, nichts hinzufügen. Trotzdem befürchtete ich weiterhin, daß meine Handlungsweise auf mich zurückfallen könnte. Und ich dachte, genau das sei geschehen, als Sie mich anriefen. Ich war mir sicher, daß Ursula die Spur des Briefes bis zu mir zurückverfolgt hatte. Sogar als Sie es verneinten, blieb ich im Ungewissen. Aber mir wurde klar, daß ich dieses Geheimnis nicht länger für mich behalten konnte. Ich mußte es mit jemandem teilen. Und wer wäre besser dafür geeignet als die Patentochter von Beatrix? Ich hatte versucht, dem Problem auszuweichen, indem ich nicht zur Beerdigung kam. Aber Ihr Anruf hat mich davon überzeugt, daß ich es nicht länger wegschieben konnte.«

Charlotte lehnte sich in ihrem Stuhl zurück und versuchte, das, was sie gehört hatte, so kühl und vernünftig wie möglich zu betrachten. Beatrix hatte ihren Tod vorhergesehen. Das mußte bedeuten, daß sie geglaubt oder damit gerechnet hatte, daß Fairfax-Vane sich nicht so einfach mit einem »Nein« abspeisen lassen würde. Falls das stimmte, hatte ihre Sorge offensichtlich weniger ihrer eigenen Sicherheit gegolten als dem, was nach ihrem Tod geschehen würde. Daher die sorgfältige Vereinbarung mit Lulu. Aber was versuchte sie durch die Briefe zu verhindern – oder herbeizuführen? Was war es, das nicht gestohlen, gefunden oder einfach nur übersehen werden sollte? Und warum hatte sie weder Maurice noch ihr die Informationen anvertraut? Ein paar alte Briefe von Tristram Abberley konnten kaum die Antwort darauf sein, auch wenn ihr Verschwinden aus Jackdaw Cottage das anzudeuten schien. Aber was dann? Was um alles in der Welt konnte ihre Absicht gewesen sein?

»Es tut mir leid, daß ich Ihnen dieses Rätsel aufgeben muß, meine Liebe«, sagte Lulu. »Aber lassen Sie sich davon nicht die Erinnerung an Beatrix verderben. Sie wußte, was sie tat, da bin ich sicher. Vielleicht sollten wir uns trotz allem ihrem Urteil fügen. Vielleicht sollten wir alles einfach so lassen, wie es nun mal ist.«

»Das ist doch nicht Ihr Ernst, Lulu, oder? Wenn Sie das wirklich gewollt hätten, hätten Sie mir nicht davon erzählt.«

»Was mich betrifft, so denke ich, daß ich es wirklich so meine. Aber ich bin auch der Ansicht, daß es mir nicht zusteht, dies zu entscheiden. Das müssen Sie tun.«

»Ich habe es bereits getan.«

»Ja.« Lulu lächelte. »Das habe ich angenommen.«

14

Charlotte übernachtete in einem Hotel in Cotswolds. Wenn sie sich beeilt hätte, hätte sie es bestimmt noch nach Tunbridge Wells geschafft, aber dann hätte Emerson sie vielleicht angerufen, und sie wollte zuerst mit Ursula sprechen, bevor sie ihm erzählte, was sie von Lulu erfahren hatte. Ein weiterer Vorteil war, daß sie so ihr Eintreffen in Swans' Meadow genau bestimmen konnte, um sicherzugehen, daß Maurice bereits zur Arbeit gegangen, Ursula aber noch zu Hause war.

Wie sich herausstellte, hätte sie sich dabei fast verschätzt. Als Ursula die Tür öffnete, hatte sie den leicht angespannten Gesichtsausdruck von jemand, der im Begriff war, zu einer Verabredung zu spät zu kommen.

»Charlie! Was für eine Überraschung!«

»Kann ich kurz mit dir sprechen, Ursula? Es tut mir leid, daß ich mich nicht angemeldet habe.«

»Natürlich. Aber ich habe nicht viel Zeit. Ich habe um zehn Uhr einen Termin beim Friseur.« Eilig ging sie ins Haus zurück, und Charlotte folgte ihr. »Ist es vielleicht wegen des Briefs? Hast du auch einen bekommen? In dem Fall solltest du lieber mit Maurice reden.« Sie betrat das untere Badezimmer und begann, sich vor dem Spiegel Wimperntusche aufzutragen. »Ich bin nicht sicher, was er deswegen unternehmen will.«

Charlotte wußte nicht, wie sie reagieren sollte. Das war das letzte, was sie erwartet hätte, daß Ursula den Grund für ihren Besuch vermuten würde. Über Ursulas Schulter hinweg sah sie sich im Spiegel, und ihre Verblüffung stand ihr deutlich ins Gesicht geschrieben.

»Stimmt was nicht?«

»Was... Was stand in dem Brief?«

»Heuchlerisches Geschwätz von dem Bruder von Fairfax-Vane. Willst du damit sagen, du hast keinen bekommen? Wir dachten, er hätte dir auch geschrieben. Maurice hat letzte Nacht sogar versucht, dich anzurufen. Wo warst du? Mit Emerson in der Stadt? Er ist ein toller Typ, nicht wahr?«

»Ich verstehe nicht. Ist es... War das erst jetzt?«

Ursula drehte sich um und starrte sie an. »Was ist eigentlich los, Charlie? Ich verstehe dich nicht. Fairfax hat Maurice geschrieben, um sich für das Theater zu entschuldigen, das er nach der Beerdigung gemacht hat, und um zu fragen, ob wir uns vorstellen könnten, weshalb jemand Beatrix umbringen wollte. Der Brief ist gestern gekommen. Wir nahmen an, daß er dir auch einen geschickt hätte.«

»Nein... Das heißt... Ich weiß es nicht. Vielleicht hat er es getan. Ich war gestern nicht zu Hause.«

»Nicht?«

»Ich habe Lulu Harrington in Cheltenham besucht und dort in der Gegend übernachtet.«

»Beatrix' Freundin? Was wolltest du von ihr?«

Charlotte dachte einen Augenblick nach. Dann fragte sie: »Ist außer dir jemand zu Hause?«

»Nein. Aliki ist einkaufen. Und Sam ist für einen Tag nach London gefahren. Warum?«

»Können wir uns ins Wohnzimmer setzen? Ich muß dich etwas fragen. Es ist sehr wichtig.«

»Aber ich werde zu spät kommen, Charlie.«

»Bitte. Es ist wirklich so dringend, daß ich es so schnell wie möglich mit dir besprechen möchte.«

Ursula starrte sie an, seufzte dann, drehte ihren Lippenstift zurück in die Hülse und warf ihn in die Kosmetiktasche, die neben ihr stand. »Also gut. Bringen wir es hinter uns.« Sie marschierte ungeduldig an Charlotte vorbei ins Wohnzimmer und saß bereits, den Kopf erwartungsvoll auf die Seite gelegt, als Charlotte das Zimmer betrat.

Sie setzte sich Ursula gegenüber auf einen Stuhlrand, sammelte sich und sagte: »Lulu behauptet, sie hätte am Dienstag nach Beatrix' Tod einen Brief an dich geschickt – auf Beatrix' Wunsch. Ist das wahr?«

Ursula runzelte die Stirn. »Was soll in dem Brief gewesen sein?«

»Sie weiß es nicht. Beatrix hat ihn ihr gegeben und sie gebeten, ihn im Falle ihres Todes abzuschicken. Es war einer von vieren, für die die gleichen Bedingungen galten.«

»An wen waren die anderen gerichtet?«

»Fremde. Niemand, den sie oder ich kennen.«

»Ich verstehe.«

»Du hast noch nicht gesagt, ob es wahr ist. Hast du einen solchen Brief bekommen?«

»Von wo hat sie ihn abgeschickt?«

»Gloucester.«

»Am dreiundzwanzigsten Juni?«

»Ja.«

»In einem großen Umschlag?«

»Ja.«

»Dann *ist* es wahr, Charlie. Ich habe ihn bekommen.«

»Aber... du hast kein...«

»Wort darüber gesagt? Aus gutem Grund, ich denke, du wirst mir zustimmen. Ich wußte nicht, daß Lulu ihn geschickt hat. Oder daß Beatrix irgend etwas damit zu tun hatte. Ich kenne niemanden in Gloucester. Die Adresse war mit der Schreibmaschine getippt. Und es war nichts drin, das auf den Absender hätte schließen lassen.«

»Was war drin?«

»Sechs Blätter Papier. Alle leer.«

»Leer?«

»Ja. Merkwürdig, nicht wahr? Ich dachte, jemand hätte sich einen seltsamen Spaß erlaubt. Ich wäre nie auf die Idee gekommen – niemals –, daß Beatrix dahinter stecken könnte. Bist du sicher, daß sie es war?«

»Lulu schon.«

»Nun, ich kenne die Dame natürlich nicht, aber könnte sie dich nicht in die Irre geführt haben? Es ist leicht, den Toten die Verantwortung zuzuschieben. Sie können sich nicht mehr wehren.«

»Warum sollte sie?«

»Ich habe nicht die geringste Ahnung. Du vielleicht?« Ursula lächelte sie schmallippig und mit einem ungläubigen Ausdruck an.

»Ich weiß genau, daß Lulu mir die Wahrheit gesagt hat.«

»Zweifellos, aber bist du nicht schon immer viel zu vertrauensselig gewesen?« Das Lächeln vertiefte sich und zeigte mehr als nur Ungläubigkeit. Es lag nun auch so etwas wie eine Warnung darin.

»Hast du den Brief aufgehoben?«

»Nein. Warum sollte ich?«

»Oder ihn Maurice gezeigt?«

»Bestimmt nicht. Ich wollte ihn mit so einem Unsinn nicht beunruhigen.«

»Du glaubst also, er wäre beunruhigt gewesen?«

»Vielleicht.«

»Aber du warst es nicht?«

»Du solltest wissen, daß es mehr als einen Umschlag voll leerer Blätter braucht, um mich aufzuregen. Ich habe ihn aus meinem Gedächtnis gestrichen. Es wäre am besten, wenn du das auch tätest.«

»Ich weiß nicht, ob ich das kann.«

»Nun, das ist deine Sache, nicht wahr?« Abrupt stand Ursula auf. »Ich kann wirklich nicht länger herumtrödeln, Charlie. Würde es dir viel ausmachen, wenn ich dich jetzt hinauswerfe?«

Den ganzen Weg nach Tunbridge Wells kämpfte Charlotte mit sich und suchte nach Gründen, um das, was Ursula gesagt hatte, glauben zu können. Aber es gab keine. Es war ebenso undenkbar, daß Lulu den Brief von sich aus geschickt hatte, wie daß Beatrix nach ihrem Tod leeres Papier an die Frau ihres Neffen hätte schicken wollen. Außerdem hatte Ursula den Inhalt des Briefes erst offengelegt, nachdem feststand, daß Lulu ihn nicht kannte. Wenn sie lügen wollte, dann hatte Charlotte ihr die Gelegenheit dafür geliefert.

Aber zu welchem Zweck? Beatrix' sorgfältig überlegter Plan entzog sich so lange einer genaueren Untersuchung, wie die Beschaffenheit ihrer postumen Mitteilungen unbekannt blieb. Ein Waliser, eine New Yorkerin, eine Pariserin und Ursula. Ganz bestimmt konnten fünfzig Jahre alte Briefe von Tristram Abberley sie nicht miteinander in Verbindung bringen. Aber irgend etwas mußte es geben. Und leeres Papier war es mit Sicherheit nicht.

15

Sehr geehrte Miss Ladram!

Ich habe es mir lange und gründlich überlegt, bevor ich diesen Brief schrieb, aber ich habe beschlossen, daß es der einzige Weg ist, um Ihnen gewisse Dinge zu erklären, die, wie ich der festen Meinung bin, im Interesse meines Bruders gesagt werden müssen. Ich bedaure zutiefst, was geschehen ist, als ich Sie vor zwei Wochen aufgesucht habe, und ich hoffe, daß ich in diesem Brief die Mißverständnisse vermeiden kann, die bei jener Gelegenheit aufgetaucht sind.

Als erstes muß ich Ihnen sagen, daß mein Bruder, obwohl er zugegebenermaßen auf seine Art ein Gauner ist, nicht zu der Sorte gehört, die sich –

Charlotte stopfte den Brief ungeduldig in den Umschlag zurück. Sie konnte Derek Fairfax' Beteuerungen der Unschuld seines Bruders weder Zeit noch Aufmerksamkeit widmen. Tatsächlich hätte sie, wenn sie erkannt hätte, daß der Brief von ihm war, als sie ihn zwischen einem Kontoauszug und einer Karte von ihrem Zahnarzt auf der Fußmatte in Ockham House gefunden hatte, sich nicht einmal damit aufgehalten, ihn zu öffnen. Es gab Wichtigeres, worum sie sich kümmern mußte. Viel Wichtigeres.

Aber bei dessen Erledigung stieß sie sofort auf ein Hindernis. Als sie Emersons Londoner Hotel anrief, erfuhr sie, daß er nicht da war. Sie konnte ihm lediglich eine Nachricht hinterlassen und ihn bitten, sie zurückzurufen.

Sie kehrte ins Wohnzimmer zurück und setzte sich. Sie fühlte sich auf einmal müde und ausgelaugt durch die lange Fahrt und ihre erfolglosen Bemühungen, Beatrix' Absichten zu entwirren. Gedankenlos öffnete sie Derek Fairfax' Brief erneut.

Als erstes muß ich Ihnen sagen, daß mein Bruder, obwohl er zugegebenermaßen auf seine Art ein Gauner ist, nicht zu der Sorte gehört, die sich auf irgendeine Art von Gewalt einlassen. Er mag vielleicht Ihrer Mutter weniger für ihre Möbel bezahlt haben, als sie eigentlich wert waren, aber er würde sich niemals auf Einbruch oder gar Mord einlassen. Das paßt einfach nicht zu seinem Charakter.

Als zweites muß ich Ihnen sagen, daß er kein Dummkopf ist. Nur ein solcher würde seine Visitenkarte in einem Haus hinterlassen, in das er einbrechen will, und zudem vor Zeugen sein Interesse für die zu stehlenden Gegenstände betonen. Ich kann nicht glauben, daß er sich so töricht benehmen würde.

Mein Bruder denkt – und ich teile seine Ansicht –, daß er als Sündenbock für den Mord an Miss Abberley benutzt wurde und daß der eigentliche Zweck des Einbruchs war, sie zu töten, und nicht, ihre Tunbridge-Sammlung zu stehlen. Deshalb möchte ich Sie dringend um Hilfe bitten bei –

Charlotte ließ den Brief auf den Couchtisch neben ihrem Stuhl fallen und lehnte sich in die Kissen zurück. Das Haus war ruhig, erfüllt von der Unbeweglichkeit eines windstillen Sommertages. Sie hatte noch kein einziges Fenster geöffnet, und bevor sie es nicht tat, konnte kein Geräusch in ihre Gedanken dringen. War es möglich, daß Fairfax recht hatte? War es vorstellbar, daß jemand Beatrix' Tod gewollt hatte, aus einem Grund, von dem die Polizei nicht die leiseste Ahnung hatte? Falls das stimmte, hatte Beatrix den Grund gekannt. Die Briefe waren ihre Versicherung gegen den Mord gewesen. Sie hatten sie nicht geschützt. Das war auch nicht ihre Aufgabe gewesen. Aber sie hatten einem ganz bestimmten Zweck gedient. Das konnte Charlotte nicht bezweifeln. Ein Waliser, eine New Yorkerin, eine Pariserin und Ursula. Beatrix hatte zu jedem von ihnen aus ihrem Grab gesprochen. Und sie war keine, die umsonst sprechen würde.

Die Zeit verging. Charlotte schloß die Augen. Und wurde wieder ein Kind. Sie war in Jackdaw Cottage, in Badekleidung. Aber sie konnte nicht losgehen, bevor sie nicht Beatrix gefunden hatte. Und obwohl Beatrix da war und nach ihr rief, wußte sie nicht, in welchem Zimmer sie war. Jedes Zimmer, das sie aufsuchte, treppauf, treppab, schien das richtige zu sein, solange sie sich ihm näherte. Dann, wenn sie es betrat, merkte sie, daß Beatrix' Stimme von woanders herkam. Während sie suchte, wurde sie immer ängstlicher und fürchtete, daß sie sie nie wieder finden würde. Dann hörte sie ein anderes Geräusch. Es war das Klingeln eines Telefons. Sie rannte in die Halle und hob den Hörer ab. Aber die Leitung war tot. Und das Klingeln hörte nicht auf.

Plötzlich war Charlotte hellwach. Sie sprang auf und beeilte sich, das Telefon zu erreichen, bevor es aufhörte zu klingeln, und im Laufen bemühte sie sich, ihre Gedanken zu ordnen.

Wie sie vermutet hatte, war der Anrufer Emerson McKitrick, neugierig auf Neuigkeiten. Sie entschuldigte sich, daß sie nicht schon früher Verbindung mit ihm aufgenommen hatte, und erklärte, warum. In ihrem Bericht über ihren Besuch bei Lulu ließ sie nichts aus, aber in bezug auf das, was Ursula ihr erzählt hatte, vermied sie sorgsam jede Andeutung auf das, was sie bereits gefolgert hatte: daß Ursula log.

»Das gibt's doch nicht!« sagte Emerson, als sie geendet hatte. »Ich meine, Menschenskind, *leeres* Papier? Was zum Teufel soll das?«

»Ich habe keine Ahnung. Ich hoffte, Sie wüßten es.«

»Denken Sie, daß alle Briefe das enthielten?«

»Noch einmal, ich weiß es nicht. Es ergibt alles keinen Sinn.«

»Ich denke, wir sollten die anderen Empfänger fragen.«

»Aber wer sind sie? Lulu ist nur bei einem der Namen sicher.«

»Sie meinen Griffith?«

»Ja. Aber es ist ein sehr gebräuchlicher Nachname in Wales. Wir haben nicht einmal den Anfangsbuchstaben des Vornamens.«

»Ich glaube, damit kann ich dienen.«

»Wie bitte?«

»Es muß Frank Griffith sein, nicht wahr? Haben Sie nie von ihm gehört?«

»Frank Griffith?« Jetzt endlich erinnerte sie sich. Frank Griffith hatte zusammen mit Tristram Abberley in Spanien gekämpft. Er hatte Tristrams Besitztümer nach dessen Tod an Mary zurückgeschickt. Und er hatte Mary besucht, als er wieder in England war, um ihr zu sagen, wie Tristram gestorben war. Charlotte erinnerte sich, daß ihre Mutter diesen Besuch bei verschiedenen Gelegenheiten geschildert hatte. »Natürlich. Tristram Abberleys Kriegskamerad. Sie müssen auf ihn gestoßen sein, als Sie für das Buch recherchierten.«

»Ich wollte, es wäre so. Aber ich konnte ihn nicht ausfindig machen. Er hat den Kontakt mit der Veteranenvereinigung vollständig abgebrochen. Die vorherrschende Meinung war, daß er tot sei. Aber Beatrix hat das offensichtlich besser gewußt. Es sieht so aus, als ob sie mir etwas verheimlicht hätte.«

»Dann sind wir genauso schlau wie vorher. Dyfed ist groß. Und jede andere Ansiedlung wird ebenfalls mit ›Llan‹ beginnen.«

»Vielleicht können wir das herausbekommen.«

»Wie denn?«

»Können Sie mich morgen noch einmal nach Rye mitnehmen? In Jackdaw Cottage gibt es etwas, was ich überprüfen muß. Vielleicht hilft es uns weiter.«

»Natürlich. Aber was ist es?«

»Ich sage lieber nichts, bevor ich mir nicht sicher bin. Aber wenn ich recht habe, gibt es vielleicht eine Möglichkeit, Mr. Frank Griffith zu seinem Versteck zurückzuverfolgen.«

16

Es war Donnerstagmorgen, und Derek hatte dies als den ersten Tag ausgerechnet, an dem er auf eine Antwort auf einen seiner Briefe hoffen durfte. Deshalb machte er sich später als gewöhnlich auf den Weg zu Fithyan & Co. , für den Fall, daß der Briefträger ihm eine Antwort von Maurice Abberley oder von Charlotte Ladram bringen würde.

Während er wartete, schoß ihm der Gedanke durch den Kopf, daß sie vielleicht alle seine Bitten einfach ignorieren würden. Was sollte er dann tun? Er war entsetzt über die Aussicht auf einen weiteren unerwünschten Besuch in Ockham House, aber ohne die Hilfe derjenigen, die Beatrix Abberley gekannt hatten, konnte er nicht den kleinsten Einblick gewinnen, warum sie umgebracht worden war. Und ohne das war Colin verloren. Derek, obwohl nicht mit Gefängnis bedroht, war in Gefahr, etwas zu verlieren, das kaum weniger wichtig als seine Freiheit war. Er glaubte an Colins Unschuld. Und Colin verließ sich darauf, daß er sie beweisen würde. Wenn er scheiterte, wäre es nicht mit Entschuldigungen getan. Wenn er seinen Bruder nicht retten konnte, wie sollte er da seine Selbstachtung bewahren? In diesem Moment zeigte das Klappern des Briefkastens an, daß die Post gekommen war. Er hastete in den Flur und fand weiter nichts als eine dürftige Karte auf der Fußmatte. Er hob sie auf und las:

Sehr geehrter Mr. Fairfax!
Das Buch, das Sie bestellt haben – *Tristram Abberley: Eine kritische Biographie* –, ist eingetroffen und kann abgeholt werden. Bitte kommen Sie –

Derek knüllte die Karte zu einem festen Ball zusammen und ließ sie zu Boden fallen. Ein weiterer Tag, der vergehen würde, ohne daß irgend etwas erreicht war. Ein weiterer verschwendeter Tag, wo doch jeder Augenblick zählte.

Emerson McKitrick weigerte sich, Charlotte zu sagen, was er in Jackdaw Cottage zu finden hoffe, bis sie am späteren Vormittag dort eintrafen. Dann führte er sie zum Sekretär im Wohnzimmer.

»Beatrix hob hier einige Landkarten auf, Charlie, erinnern Sie sich?«

»Ja. Was ist damit?«

»Hier sind sie.« Er zog vier amtliche topographische Karten aus einem der Fächer. »Ich hielt es für seltsam, als ich sie entdeckte. Aber es schien nicht wichtig zu sein, bis Sie mir von Frank Griffith erzählt haben. Sehen Sie?« Er breitete sie auf der Schreibklappe des Sekretärs aus.

»Ich verstehe nicht«, sagte Charlotte und starrte auf ihre wenig bemerkenswerten rosa Hüllen.

»Drei von ihnen sind von dieser Gegend hier, oder? Blatt 189 ist Rye, Blatt 188 Tunbridge Wells, Blatt 199 Eastbourne und Hastings. Aber sehen Sie sich die vierte an. Blatt 160 fällt aus dem Rahmen.«

»Die Brecon Beacons«, las Charlotte die Überschrift.

»Genau. Zentral-Wales. Warum sollte Beatrix an einer Landkarte dieser Gegend interessiert sein?«

»Weil Griffith dort lebt?«

»Das ist genau das, was ich vermute.« Er faltete Blatt 160 auseinander und breitete die Karte auf dem Fußboden aus. Als sie sich darüber beugte, konnte Charlotte keine augenfälligen Hinweise sehen, nur die Umrisse und grünen Vielecke einer aufgeforsteten Hochlandlandschaft. Aber Emerson sah viel mehr. »Sehen Sie, das hier ist die Grenze von Dyfed.« Er zog eine Linie von Punkten und Stri-

99

chen nach, die auf der linken Seite der Karte verlief. »Wir können alles vernachlässigen, was östlich davon liegt.«

»Aber trotzdem –«

»Ich vermute, Beatrix hat jedesmal Frank Griffith besucht, wenn sie für vierzehn Tage zu Lulu fuhr. Cheltenham ist eine praktische Zwischenstation auf einer Reise von Rye nach Dyfed, finden Sie nicht?«

»Ja. Das leuchtet ein.«

»Gut. Und wir wissen, daß sie mit der Bahn reiste. Also, wo ist die Eisenbahnlinie?«

»Hier.« Charlotte zeigte auf eine deutliche schwarze Linie, die sich über die nordwestliche Ecke hinzog. Sie war jetzt aufgeregt, weil sie sicher war, daß Emerson recht hatte. »Und die größte Siedlung, die an der Eisenbahnlinie liegt, ist –«

»Llandovery.« Emerson grinste sie an. »Ich denke, wir haben ihn gefunden, oder?«

17

Am folgenden Morgen raste Charlotte in ihrem Auto auf der Hauptstraße dahin, während Emerson McKitrick sie vom Beifahrersitz aus dirigierte. Sie waren bereits am vorhergehenden Abend in Wales angekommen und hatten die Nacht in einem Landgasthof nordöstlich von Brecon verbracht. Es stellte sich heraus, daß Emerson nur das Beste gewohnt war, und er hatte darauf bestanden, daß seine neue Assistentin mit Stil reisen sollte. Charlotte für ihren Teil war nicht darauf erpicht, das Hochgefühl, das sie ergriffen hatte, zu genau zu untersuchen. War es der Nervenkitzel der Verfolgungsjagd oder der Reiz seiner Gesellschaft? Von einem gutaussehenden Amerikaner zum Abendessen in ein Restaurant mit Kerzenbeleuchtung eingeladen zu werden war eine neue und berauschende Erfahrung für sie. Seine Bemühungen, die Rolle eines gleichgestellten Partners zu spielen – wenn auch nur für kurze Zeit –, ließ in ihrem Kopf mehr verführerische Möglichkeiten auftauchen, als sie glaubte, bewältigen zu können.

Emerson war der perfekte Gentleman, ebenso charmant wie aufmerksam. Obwohl sie seine Galanterie bezauberte, machte sie

Charlotte doch auch verlegen. Machte er sich nur über sie lustig? Oder begann er sich ebenso in sie zu verlieben, wie sie sich in ihn verliebte? Er war überhaupt ein so viel großartigerer Mann als alle, mit denen sie in letzter Zeit zusammen gewesen war. Nicht daß in irgendeiner Weise von einer Verbindung die Rede sein konnte, was sie und Emerson anging. Sie wußte, es wäre der reine Wahnsinn, wenn sie zuließe, daß ihre schwachen Hoffnungen und zarten Gefühle mit ihr durchgingen.

Und doch, als sie sich fürs Abendessen umgezogen hatte und durch das Fenster ihres Zimmers gesehen hatte, wie er mit dem Champagnerglas in der Hand im Hotelgarten herumschlenderte, hatte sie sich für ein paar berauschende Augenblicke die Vorstellung gestattet, wie es sein würde, wenn sie aus keinem anderen Grund hier wären als wegen des Vergnügens, das sie sich gegenseitig bereiten könnten. Und was sie sich dann ausgemalt hatte, ließ sie noch jetzt in der Erinnerung erröten.

Llandovery war eine graue Stadt, die ein keilförmiges Stück flaches Land besetzte, wo drei Flüsse zwischen hügeligen Hängen zusammentrafen. Die Schönheit der Umgebung stand in krassem Gegensatz zu der trostlosen Wirklichkeit der drei Hauptstraßen, wo keiner der Passanten gewillt schien, Charlottes Lächeln zu erwidern.

Emerson ließ sich jedoch nicht entmutigen. In jedem Geschäft, in das sie kamen, erkundigte er sich nach Frank Griffith, und er schien mehr hilfreiche Antworten herauszuholen, als Charlotte erwartet hatte. Wie sich herausstellte, kannten die Besitzer mehrere Griffiths, aber keiner, der ungefähr siebzig Jahre alt war, hieß Frank.

Gegen Mittag beschlossen sie, es in den Wirtshäusern zu versuchen. Davon gab es weit mehr, als die Größe von Llandovery zu rechtfertigen schien, und die meisten waren genauso düster und ungastlich, wie Charlotte befürchtet hatte. Sie hatten die Wirte von einem halben Dutzend ähnlicher Gaststätten zu verschiedenen Drinks eingeladen – und genaugenommen überhaupt nichts erfahren –, als sie das unpassenderweise so genannte »Daffodil Inn« betraten und sich darauf gefaßt machten, sich zu einem weiteren Glas Mineralwasser zu zwingen. Aber diesmal waren ihre Anstrengungen nicht umsonst.

»Frank Griffith?« sagte der Mann hinter dem Tresen. »O ja, ich kenne ihn. Er ist mindestens siebzig, würde ich meinen. Er kommt an den meisten Markttagen hierher. Hält ein paar Schafe, wissen Sie, oben in Hendre Gorfelen, unterhalb von Myddfai. Wenn Sie eine Karte haben, kann ich es Ihnen zeigen. Darf ich fragen, was Sie von ihm wollen?«

»Wir sind entfernt mit ihm verwandt«, sagte Emerson. »Ich dachte, ich könnte ihn ausfindig machen, wenn ich schon mal hier bin.«

»Gut, gut. Das wird eine Überraschung für ihn werden, nicht wahr? Vielleicht kann es ein Lächeln auf sein Gesicht zaubern. Das passiert selten genug.«

Nach einem einfachen Mittagessen fuhren sie in die Gebirgsausläufer der Brecon Beacons. Es war ein bewölkter und feuchter Tag, und die Luft war bewegungslos und stickig. Sie schlängelten sich langsam durch das Gelände, das sich wie eine Berg-und-Tal-Bahn wand, wie zwei Raubtiere – dachte Charlotte plötzlich und unvernünftig –, die sich mit ihrer Beute verkriechen.

Auf halbem Weg zwischen Myddfai und Talsarn bogen sie auf einen zerfurchten Pfad ein, der sich um die Seite eines Hügels schlängelte und die Grenze zwischen eingezäunter Weide und offener Moorlandschaft markierte. Der Pfad führte kurz nach unten, um einen plätschernden Fluß zu überqueren, stieg dann wieder an, umrundete einen weiteren Hügel und führte durch ein offenes Tor hinunter zu seinem Bestimmungsort. Hendre Gorfelen bestand aus einem kleinen schiefergedeckten Bauernhaus aus weißgewaschenen Steinen, zwei Scheunen und mehreren zerfallenen Ställen. Ein alter verrosteter Landrover stand in einer Hofecke und daneben ein Wohnwagen. Einige Hühner pickten lustlos auf verstreutem Stroh in der Einfahrt einer der Scheunen herum. Ansonsten gab es nirgendwo Anzeichen von Leben.

Emerson stieg aus dem Auto und ging auf das Haus zu. Charlotte folgte ihm etwas vorsichtiger, denn die abgeschiedene Stimmung bestärkte sie in ihrer früheren Annahme, daß jemand, der so alt war und so abgeschieden lebte wie Frank Griffith, sich über Besuch nicht gerade freuen würde. Aber Emerson schien ihre Bedenken nicht zu teilen. Er schlug mit dem schweren Türklopfer gegen die Tür und trat dann, als nicht sofort geöffnet wurde, beiseite, um durch eines der Fenster ins Innere zu schauen.

»Nicht da – oder er verhält sich absolut still«, verkündete er, als sich Charlotte näherte.

»Nun, er ist Schafzüchter. Er könnte überall in den Hügeln sein.«

»Was machen wir jetzt? Warten, bis er wiederkommt? Das kann bis Sonnenuntergang dauern.«

»Wir könnten herumfahren, in der Hoffnung, ihn zu entdecken.«

Emerson rümpfte wenig begeistert die Nase und ging zum Hausende, wo ein schiefes Tor in einen kleinen, überwucherten Garten führte. Er sah sich einen Moment um, zuckte die Schultern, stolzierte zurück zur Tür und probierte noch einmal den Türklopfer aus.

»Ich glaube nicht, daß er im Haus ist, Emerson.«

»Wohl kaum. Aber man kann nie –« Seine Hand näherte sich dem Türknauf, und als er ihn drehte, schwang die Tür in ihren Angeln zurück. »Gut, gut, gut.« Er grinste sie an. »Sesam, öffne dich.«

»Das ist nicht weiter überraschend. In einer solchen Gegend brauchen sie vermutlich weder Schlösser noch Riegel.«

»Jeder braucht Schlösser und Riegel, Charlie. Aber ich beschwere mich nicht, wenn unser Freund Griffith der Meinung ist, er sei eine Ausnahme. Warum schauen wir uns nicht mal drinnen um?«

»Und was ist, wenn er zurückkommt und uns hier findet? Wir wollen ihn ja nicht verärgern.«

»Er wird noch stundenlang fort sein. Wahrscheinlich zieht er gerade irgendwo ein Lamm aus einer Schlucht. Kommen Sie schon.« Er ging voran, sich bückend, um den niedrigen Decken auszuweichen, und Charlotte folgte.

Vor ihnen endete ein kurzer gefliester Durchgang vor einer engen Treppe. An jeder Seite war eine Türe. Jene auf der rechten Seite war geschlossen, die auf der linken stand offen. Als sie durch die offene Tür traten, befanden sie sich in einem kleinen, spärlich möblierten Eßzimmer. Ein großer Tisch mit kräftigen Beinen nahm den größten Raum ein, er stand auf einem abgewetzten Teppich. Zwei Stühle waren neben dem Tisch aufgestellt, und in einer Ecke befand sich eine Bank. Die Wände waren nackt und die Fenster ohne Vorhänge.

Obwohl es ein heißer Tag war, erschien es Charlotte plötzlich kalt, und sie spürte, wie ein Schauder sie überlief.

»Gemütlich, nicht wahr?« sagte Emerson.

»Ich kann mir Beatrix hier nicht vorstellen. Es ist so schmucklos.«

Emerson öffnete die Tür auf der anderen Seite des Zimmers. Sie führte in eine Küche, wo ein Herd, ein Spültisch, einige Schränke und ein Blick in den Garten es fertigbrachten, die Atmosphäre etwas aufzuheitern. Alles war sehr sauber, erkannte Charlotte. Es gab keine Bratpfannen mit erstarrtem Fett, keine Brotschneidebretter voller Krümel. Frank Griffith war offensichtlich weder nachlässig noch ein Genußmensch.

Sie kehrten zu dem Durchgang zurück, und Emerson stieß die andere Tür auf. Charlotte folgte ihm in das Zimmer und erwartete noch mehr in dieser kargen und kahlen Art. Was sie jedoch statt dessen vorfand, war so völlig anders, daß sie überrascht zurücktrat.

Das Zimmer war warm und einladend, zwei der Wände waren bis zur Decke hinauf mit vollgestopften Bücherregalen bedeckt. Vor dem Fenster hing ein Vorhang, und auf dem Bogen lag ein anständiger Teppich. Ein dicker Kaminvorleger bedeckte den Platz vor der Feuerstelle, zu deren beiden Seiten gemütliche Sessel standen. Holzscheite und Anzündholz lagen einladend vor dem Kamin bereit. Über ihnen, auf dem Kaminsims, stand eine Uhr und daneben eine Vase mit frisch geschnittenen Ringelblumen. Eine Ecke wurde von einem breiten alten Schreibtisch und einem Stuhl mit lederbezogenem Sitz und Lehne ausgefüllt.

Als Charlotte auf den Schreibtisch zuging, wurde ihr Blick von einer hölzernen Briefpapierschatulle angezogen, die an einem Ende stand. Es war ein Tunbridge-Stück, und ein besonders schönes Exemplar dazu, das mit einem Schmetterling auf dem Deckel verziert war. Ob es von Nye stammte, überlegte sie. Doch wer auch immer der Künstler dieses Kästchens war, es bestand kein Zweifel, wer es Frank Griffith gegeben hatte.

»Das kann nur von Beatrix stammen«, sagte sie zu Emerson.

»Dann ist es genau so, wie wir vermutet hatten.« Er stand vor einem der Bücherregale und ließ seine Blicke über die Buchtitel schweifen. »Er ist ein sehr belesener Schafzüchter, nicht wahr? Aber hier steht kein einziges Buch über Landwirtschaft.«

»Was sonst?«

»Vor allem Bücher über Geschichte und Politik. Links orientiert, wie man von einem alten Brigadegeneral erwarten kann. Hill. Hobsbawm. Orwell. Carr. Symons über den großen Streik. Thomas über den Spanischen Bürgerkrieg. Und – Menschenskind! – mein Buch. *Tristram Abberley: Eine kritische Biographie*. Nun, ich betrachte das als eine Art von Kompliment, oder? Ich frage mich –«

Er verstummte im selben Augenblick, als Charlotte ein tiefes Knurren hörte, das von der Tür kam. Sie drehten sich um und fanden sich einem schwarzweißen Hütehund gegenüber, der sie drohend anschaute, geduckt, als wollte er sie angreifen, mit gefletschten Zähnen. Und hinter dem Hund stand Frank Griffith. Charlotte wußte sofort, daß er es war. Er hatte genau das richtige Alter und den mißtrauisch-wachsamen Gesichtsausdruck, den sie irgendwie erwartet hatte. Er war klein und schmalschultrig, trug einen schäbigen Tweedanzug und einen Connaught-Hut. In seiner rechten Hand hielt er einen Stock drohend erhoben. Mit festem Griff umfaßte er den Schaft, und seine Hände waren unverhältnismäßig groß. Trotz seiner schmächtigen Figur machte er einen zähen Eindruck, sein Körper wirkte trainiert und gestählt. Sein Gesicht war eingefallen, die Knochen traten deutlich hervor, die Haut war von Wind und Wetter gegerbt und so runzlig wie die eines Nilpferds. Seine Lippen waren fest zusammengepreßt, seine tiefliegenden Augen starr auf sie gerichtet.

»Mr. Griffith?« sagte Charlotte nervös. »Ich heiße Charlotte Ladram. Vielleicht haben Sie schon von mir gehört... von Beatrix.«

Er nickte nicht einmal zur Erwiderung, aber er murmelte dem Hund irgend etwas zu, worauf dieser aufhörte zu knurren und sich auf seine Hinterbeine setzte.

»Das ist Dr. Emerson McKitrick, der Autor. Ich glaube, Sie kennen sein Buch.«

Emerson grinste. »Entschuldigung, daß wir hier so hereinplatzen. Die Tür war offen.«

»Aber das ist keine Entschuldigung«, sagte Charlotte. »Es tut uns wirklich sehr leid, Mr. Griffith. Es war unverzeihlich unhöflich von uns. Aber es lag uns so viel daran, mit Ihnen Kontakt aufzunehmen ... herauszufinden, wo Sie sich aufhalten.«

»Ich habe vor zwölf Jahren versucht, Sie ausfindig zu machen«, sagte Emerson. »Alle Ihre alten Kameraden haben gesagt, Sie müßten tot sein. Ich freue mich, daß sie unrecht hatten.«

»Wir brauchen Ihre Hilfe, Mr. Griffith. Beatrix war eine Freundin von Ihnen, nicht wahr? Sie war meine Patentante. Vielleicht wissen Sie das.« Ein beunruhigender Gedanke schoß ihr durch den Kopf. »Ich nehme an... Sie wissen... Beatrix ist...«

»Tot.« Griffith hatte erstmals ein Wort gesagt, aber sein Gesichtsausdruck hatte sich nicht verändert. »Ich weiß.«

»Sie geben also zu, daß sie Freunde gewesen sind?« sagte Emerson.

»Ob ich es zugebe?« Griffith hob eine Augenbraue, um zum Ausdruck zu bringen, wie sehr er diese Wortwahl verabscheute.

»Verzeihen Sie mir«, sagte Emerson. »Warum reden wir nicht offen miteinander? Wir wissen, daß Beatrix mindestens einmal im Jahr hierherkam, während sie ihre Besuche bei Lulu Harrington vorschob. Und wir wissen auch, daß sie dieses Jahr einen Brief bei Lulu zurückließ, der im Falle ihres Todes an Sie geschickt werden sollte. Alles, was wir herauszufinden versuchen, ist, was sich in diesem Brief befand.«

Griffith trat neben seinen Hund und ging quer durchs Zimmer, um sich neben sie vor das Bücherregal zu stellen. Emerson hielt noch immer das Exemplar seiner Biographie über Tristram Abberley in den Händen. Griffith nahm es ihm sanft ab und stellte es wieder an seinen Platz. »Sie betreiben wohl Nachforschungen für ein neues Buch?« murmelte er.

»Vielleicht. Ich weiß, daß Beatrix Briefe aufgehoben hat, die Tristram ihr aus Spanien geschrieben hatte, die sie mir vor zwölf Jahren nicht zeigen wollte. Jetzt sind sie verschwunden.«

»Tatsächlich?«

»Hat Beatrix Lulu gebeten, sie Ihnen zu schicken, Frank?«

»Meine Freunde nennen mich Frank, Dr. McKitrick. Die meisten von ihnen sind tot. Und Sie haben niemals dazu gehört.«

»Da ist etwas, das ich Ihnen erklären sollte, Mr. Griffith«, sagte Charlotte. »Beatrix hat all ihren Besitz mir hinterlassen. Man könnte so argumentieren, daß deshalb alles, was sie hatte, von Rechts wegen mir gehört.«

»Könnte man das?«

»Aber da ist noch etwas anderes. Beatrix wurde ermordet, und es sieht ganz so aus, als ob sie damit gerechnet hätte. Sicherlich können Sie verstehen, daß ich herausfinden will, was hinter ihrem Tod steckt. Ich schulde es ihr, daß ich alles in meiner Macht Stehende tue, um die Wahrheit herauszufinden. Wollen Sir mir als ihr Freund nicht dabei helfen?«

Er sah sie einen Augenblick an, dann antwortete er: »Ich habe stets nach meinem Gewissen gehandelt, Miss Ladram. Ich werde jetzt nicht damit aufhören.«

»Dann... werden Sie uns helfen?«

»Ich werde das tun, was ich für das Beste halte. Aber das schließt nicht ein, Ihre Neugier zu befriedigen.« Er nickte zu Emerson hinüber. »Oder die Ihres Freundes.«

»Sehen Sie –«

»Ich will Ihnen eine Frage stellen, Dr. McKitrick.« Griffith klopfte mit seinem Stock auf Emersons Brust. »Wieso denken Sie, daß Tristram Abberley seiner Schwester aus Spanien geschrieben hat?«

»Sie hat es mir erzählt.«

»Ist das wahr? Hat sie es Ihnen auch erzählt, Miss Ladram?«

»Nun... Nein.«

Griffith blickte von einem zum anderen. Dann brummte er, als ob ein bestimmter Punkt zu seiner Zufriedenheit bestätigt worden wäre. »Ich habe über den Mord an Beatrix in der Zeitung gelesen. Es hieß, daß ein Antiquitätenhändler festgenommen und angeklagt wurde. Scheint sicher zu sein, daß er schuldig ist. Stimmen Sie mir zu, Dr. McKitrick?«

»Glasklarer Fall, soviel ich weiß.«

»Und Sie, Miss Ladram?«

»Ich bin mir nicht sicher. Fairfax-Vane ist vielleicht nur ein Sündenbock.«

»Für wen?«

»Ich weiß es nicht. Das ist einer der Gründe, weshalb ich mit Ihnen sprechen wollte.« Noch vor kurzem hätte Charlotte so etwas nicht gesagt. Jetzt, als sie einer der geheimnisvollen Personen aus Beatrix' Leben gegenüberstand, erkannte sie, daß es so war: Die Erklärungen, die sie bis dahin akzeptiert hatte, waren nicht mehr länger ausreichend. »Wie lange leben Sie schon hier. Mr. Griffith?«

»Was spielt das für eine Rolle?«

»Es ist nur, weil ich mich gefragt habe... Ihnen gehört doch dieser Bauernhof, nicht?«

»Ich habe ihn nicht gepachtet, wenn Sie das meinen.«

Sie beschloß, mit ihrem Verdacht herauszurücken. »Hat Beatrix Ihnen geholfen, das hier zu kaufen?«

Seine Augen weiteten sich etwas, aber ansonsten zeigte er keine Reaktion. Er schaute Emerson an, dann wieder Charlotte. »Ein Sündenbock, meinen Sie?«

»Es wäre möglich.«

»Möglich ist vieles.« Er drehte sich um, ging zum Fenster und schaute hinaus in den Hof. »Vieles.« Er schien sich in seinen Gedanken verloren zu haben, gebeugt von der Last dessen, was er verbarg. Dann fügte er hinzu, ohne sich umzudrehen: »Ich muß über das, was Sie mir gesagt haben, nachdenken. Ich brauche Zeit, verstehen Sie?«

»Natürlich. Wir übernachten hier in der Gegend. Es besteht kein Grund zur Eile.«

»Schreiben Sie mir die Telefonnummer auf.«

Emerson tauschte einen Blick mit Charlotte, dann zog er sein Notizbuch aus der Tasche, riß eine Seite heraus und gab sie ihr. Sie nahm einen Stift vom Schreibtisch und schrieb die Nummer auf. »Soll ich den Zettel hier liegen lassen?« fragte sie.

»Ja. Gehen Sie. Alle beide.«

»Woher sollen wir wissen, daß Sie auch anrufen werden?« wollte Emerson wissen.

»Vielleicht rufe ich nicht an.« Noch immer drehte er sich nicht um, um sie anzuschauen. »Das ist meine Sache, nicht Ihre.«

»Aber wir können nicht nur –« Charlottes erhobene Hand und ihr Kopfschütteln ließen Emerson verstummen. Reden und Schreien würden ihrem Anliegen nicht weiterhelfen.

»Also gut, Mr. Griffith«, sagte sie. »Wir gehen. Denken Sie über das nach, was ich gesagt habe.« Sie zögerte, für den Fall, daß er noch etwas erwidern wollte. Dann, als klar war, daß er nicht mehr antworten würde, führte sie Emerson aus dem Zimmer hinaus in den

Hof. Als sie das Auto erreichten und sie noch einmal zu dem Fenster schaute, war von Frank Griffith nichts mehr zu sehen.

18

Beim Abendessen diskutierten Charlotte und Emerson ihren Besuch bei Frank Griffith und fragten sich, ob sie wohl von ihm hören würden. Aber ob er es nun tun würde oder nicht, Emerson mußte zugeben, daß Charlottes Taktik die richtige gewesen war.

»Ich vermute, daß er Ihnen vertraut, Charlie, während ihm die Lektüre meines Buches wohl keine allzu gute Meinung über mich vermitteln konnte. Vielleicht denkt er, ich hätte Tristram Abberley vollkommen falsch dargestellt, und wer weiß, vielleicht hat er recht. Zumindest was seine letzten Monate in Spanien betrifft. Aber wenn dem so ist, hätte Frank Griffith es richtigstellen können, nicht? Wenn er gewollt hätte. Beatrix wußte, wo er war, aber sie hat es mir nicht gesagt. Bereits damals wollte er offensichtlich versteckt bleiben. Warum nur? Warum war ihm dies so wichtig? Das ist es, was ich nicht verstehen kann.«

»Damit er die Zeit in Spanien vergessen konnte – und das, was er dort gemacht hat?«

»Aber er hat es nicht vergessen. Das ist ja der springende Punkt! Er hat verdammt noch mal gar nichts vergessen. All diese Bücher. All diese Erinnerungen, die in seinem Kopf eingeschlossen sind. Alles ist dort – wenn ich es ihm nur entlocken könnte.«

»Sie denken, er weiß irgend etwas Wichtiges über Tristram?«

»Vielleicht. Er war dort – neben seinem Bett im Krankenhaus in Tarragona –, als er starb. Und er war derjenige, dem Tristram genug vertraut hat, um ihm seine letzten Gedichte für Ihre Mutter mitzugeben. Niemand sonst war ihm so nahe, als er starb.«

»Aber das erklärt noch nicht, warum Beatrix ihm geholfen haben sollte, Hendre Gorfelen zu kaufen – und ich bin sicher, daß sie dies getan hat –, oder warum sie ihn jedes Jahr besucht hat.«

»Nein. Das stimmt. Aber vielleicht liefert der Brief, den Lulu an ihn geschickt hat, die Erklärung. Und vielleicht ist er bereit, Ihnen zu erzählen, was er enthalten hat. Was Sie über das Herausfinden der Wahrheit gesagt haben, hat ihn berührt, da bin ich sicher. Das war ein geschickter Schachzug.«

»Es war nicht nur ein Trick.«

»Aber Maurice zufolge wurde dieser Fairfax auf frischer Tat ertappt.«

»Das stimmt.«

»Wo ist dann das Problem?«

»Ich weiß es nicht. Vielleicht gibt es gar keins. Am besten warten wir ab und sehen, was Frank Griffith uns sagen wird.«

»Wenn er uns überhaupt etwas sagt, meinen Sie.«

»Ja, wenn.«

In dieser Nacht schlief Charlotte ein, während sie noch all die Wenn und Aber in ihrem Kopf hin und her wandte, die Beatrix' Tod in ihr wachgerufen hatte. Wenn Fairfax-Vane unschuldig war, wie sein Bruder behauptete... Aber wie könnte er es sein...? Vielleicht, nur vielleicht, kannte Frank Griffith die Antwort darauf...

Früh am folgenden Nachmittag saß Derek Fairfax seinem Bruder an einem leeren Tisch in dem trostlosen, hallenden Besucherzimmer des Lewes-Gefängnisses gegenüber. Colin war jetzt schon fast vier Wochen in Haft, und sein Aussehen hatte sich deutlich verschlechtert, seit Derek ihn das letzte Mal gesehen hatte. Er hatte dunkle Schatten unter den Augen, und sein Gesicht hatte seine gesunde Farbe verloren und statt dessen eine graue, fahle Blässe angenommen. Aber noch beunruhigender war das schwache, aber wahrnehmbare Zittern seiner Hand, als er sich das unrasierte Kinn rieb.

»Du siehst nicht gut aus, Colin.«

»Es möbelt mich vielleicht etwas auf, wenn du mir ein paar gute Nachrichten bringst.«

»Ich wünschte, ich hätte welche. Aber bis jetzt haben sie auf meine Briefe noch nicht reagiert.«

Colin schnaubte. »Natürlich antworten sie nicht darauf.«

»Na gut, wenn du eine bessere Idee hast...«

»Vielleicht habe ich eine. Gib es auf, Derek. Nächste Woche findet meine Verhandlung statt. Laß es einfach geschehen. Belaste dich nicht mehr mit dem ganzen Zeug.«

»Das kann doch nicht dein Ernst sein.«

»Es sei denn, du hast es bereits getan. Ist es so?« Colins Selbstmitleid hatte sich in Sarkasmus verwandelt. »Vielleicht hältst du mich
ja nur hin. Erzählst mir, du würdest all deine Kräfte für mich einsetzen, während du dich in Wirklichkeit zurücklehnst und dir freudig
die Hände reibst bei dem Gedanken, daß du mich jetzt endlich für
immer los sein wirst. Nun, mach dir keine Sorgen. Du bekommst,
was du willst. Zehn oder mehr Jahre hier oder in einer anderen Hölle
werden mich fertigmachen, keine Frage.«

»Colin, um Himmels –«

»Warum bist du nicht einfach ehrlich und gibst es zu? Dir ist es
doch ziemlich egal, ob ich schuldig oder unschuldig bin. Du denkst,
ich habe in jedem Fall verdient, was ich bekommen werde. Du bist
genau wie alle anderen.«

Derek wußte, daß die Entbehrung und die Frustration Colin dazu
gebracht hatten, ihm solche Anschuldigungen entgegenzuschleu-
dern. Aber das machte es auch nicht einfacher auszuhalten. »Das ist
lächerlich«, protestierte er. »Ich tue alles, was ich kann, um dir zu
helfen.«

»Ist das wahr? Kaum zu glauben.« Colin beugte sich über den
Tisch und starrte Derek mit seinen blutunterlaufenen Augen an.
»Oder vielleicht liegt es nur daran, daß sich deine sogenannte Hilfe
kaum von einer Erschwerung unterscheiden läßt.«

Derek zuckte zusammen. »Denkst du das wirklich?«

»Ja. Genau das denke ich.«

In Wales verging der Tag für Charlotte ohne Aufregung und ohne
ein Wort von Frank Griffith. Am Abend waren sie und Emerson sich
einig, daß sie nicht länger warten konnten. Sie würden am folgenden Tag nach Hendre Gorfelen zurückkehren – ob es Griffith nun
paßte oder nicht. Emersons Argument war, daß sie in der Zwischenzeit von Griffith gehört hätten, wenn er bereit wäre, mit ihnen zu-
sammenzuarbeiten. Andernfalls hätten sie nichts zu verlieren.

Charlotte war sich da nicht so sicher. Griffith war nicht der Mann,
den man drängen oder zwingen konnte. Er hatte ihnen deutlich gesagt, unter welchen Bedingungen man mit ihm reden konnte. Das
zu mißachten hieß, einen Fehlschlag herauszufordern. Trotzdem

konnten sie nicht bis in alle Ewigkeit warten. Irgendwie mußte die Sache beschleunigt werden. Und dies sollte auch geschehen, aber nicht durch ihre Initiative. Als Charlotte nach dem Abendessen auf ihr Zimmer zurückging, läutete das Telefon bereits, als sie noch nicht einmal die Tür geschlossen hatte.

»Hallo?«

»Miss Ladram?«

»Mr. Griffith. Ich dachte schon, Sie würden nie anrufen.«

»Das dachte ich auch. Aber wir hatten beide unrecht, nicht wahr? Sind Sie allein?«

»Ja.«

»Können Sie morgen früh um sieben Uhr hier sein?«

»*Sieben Uhr?*«

»Zu früh für Sie, nicht wahr?«

»Nein. Überhaupt nicht. Wir werden dasein, Mr. Griffith.«

»Sie mißverstehen mich. Ich meinte nur Sie allein, Miss Ladram. Nicht Dr. McKitrick. Ich spreche mit Ihnen allein – oder überhaupt nicht.«

»Aber –«

»Es liegt bei Ihnen.« Er machte eine Pause und fügte dann hinzu: »Soll ich auf Sie warten?«

Charlotte zögerte nur einen winzigen Moment, bevor sie antwortete: »Ja, Mr. Griffith. Erwarten Sie mich.«

19

Als sie an diesem Sommersonntag in aller Frühe allein durch das grüne, verlassene Herz von Wales fuhr, fühlte sich Charlotte, als ob die Welt für sie neu erschaffen worden wäre. Himmel und Gras leuchteten in klaren Farben, das Singen der Vögel und das Geräusch fließenden Wassers schien lauter als sonst, so daß nichts hinter den Hügeln, in denen Frank Griffith sein Zuhause gefunden hatte, noch wirklich erschien.

Auf Hendre Gorfelen saß der Hund wartend im Hof und schnappte nach vereinzelten Fliegen, die im Sonnenschein tanzten. Er spitzte die Ohren, als Charlotte in den Hof fuhr, und bellte zweimal, aber er rührte sich nicht, auch nicht, als sie ausstieg und zum Haus lief.

Die Tür wurde geöffnet, bevor sie dort war, und Frank Griffith trat heraus, um sie zu begrüßen. Er trug keinen Hut, sein graues Haar war dünn und kurzgeschnitten, und er rauchte eine Pfeife, die er ein bißchen merkwürdig kurz hinter dem Kopf hielt. Sein Hemd und seine Hose waren sauber und gebügelt, wie zu Ehren ihres Besuches, und sie war angenehm berührt von der Gepflegtheit seiner Erscheinung. Aber er lächelte nicht. Tatsächlich konnte sie sich, wenn sie ihn betrachtete, kaum vorstellen, daß jemals ein Lächeln sein zerfurchtes und argwöhnisches Gesicht verschönt hatte.

»Also sind Sie gekommen«, sagte er unbeteiligt.

»Das habe ich Ihnen ja gesagt.«

Er nickte. »Und McKitrick?«

»Wie Sie sehen können, bin ich allein.«

»Gut.«

»Warum wollten Sie nicht, daß ich Emerson mitbringe?«

»Weil ich ihm nicht traue.«

»Aber mir trauen Sie?«

»Ja.«

»Warum?«

»Weil mir Beatrix gesagt hat, ich könne Ihnen vertrauen. Großes Kompliment, nicht wahr?«

»Ja... Ich...«

»Woher wußten Sie, daß sie mir geholfen hat, Hendre Gorfelen zu kaufen?«

»Es war nur eine Vermutung. Sie hat Lulu Harrington auf ähnliche Weise geholfen.«

»Und auch anderen, kein Zweifel. Sie war eine prächtige Frau. Und eine gute Freundin, ja die beste, die man finden konnte.«

»Sie kam jedes Jahr hierher?«

»Ja. Jedes Jahr, seit ich den Hof gekauft habe. Seit *wir* ihn gekauft haben, wäre wohl richtiger. Das war 1953. Wie sie ihre Reisen erklärt hat, bevor die Vereinbarung mit Lulu bestand, weiß ich nicht.« Er blinzelte in den Himmel und sagte dann: »Es wird ein wunderschöner Tag werden. Wollen Sie mit mir auf den Hügel steigen? Ich denke, die Aussicht wird Ihnen gefallen.«

Nachdem er dem Hund befohlen hatte, im Hof zu bleiben, führte er Charlotte einen engen Weg hinauf, der beim Hofeingang begann. Er wand sich zwischen Steinmauern hinauf zu einem Zaunübertritt in der Ecke einer steilen, am Hang gelegenen Weide, wo Schafe eifrig grasten. Griffith lief schräg über die Weide und legte dabei ein Tempo vor, das Charlotte kaum mithalten konnte. »Haben Sie... Landwirtschaft betrieben, bevor Sie... hierherkamen, Mr. Griffith?« keuchte sie.

»Nein. Ich stamme aus Swansea, dort bin ich geboren und aufgewachsen. Das erste Mal kam ich auf einem Betriebsausflug des Stahlwerks in die Berge. Und dann wußte ich, daß es genau das war, wo ich einmal landen wollte. Obwohl ich niemals daran glaubte. Und bestimmt wäre es auch niemals geschehen, wenn Beatrix nicht gewesen wäre. Es war eine bessere Medizin für das, was mich plagte, als mir ein Dutzend Ärzte hätten verschreiben können.«

»Und was... hat Sie geplagt?«

»Die Menschen. Die Menschen und das, was sie sich gegenseitig antun.«

»Wollten Sie deshalb nicht, daß... daß irgend jemand... erfuhr, daß Sie hier sind?«

»Zum Teil. Beatrix hat mich verstanden. Ich erwarte nicht, daß Sie mich verstehen.«

»Wie haben Sie... sie kennengelernt?«

Sie erreichten einen weiteren Zaunübertritt am anderen Ende der Weide. Hier blieb Griffith stehen und wartete, bis Charlotte wieder Luft bekam. Hinter ihnen fiel das Land scharf ab: eine stete Folge von mit Steinmauern umgebenen Weiden, auf denen die Schafe wie Punkte aussahen, und dazwischen reich bewaldete Täler, alles gebadet im strahlenden Sonnenlicht des Morgens. Der berggesäumte Horizont im Westen ließ den Eindruck entstehen, daß diese Landschaft grenzenlos war, daß nichts außer welligen Hügeln zwischen hier und der Unendlichkeit lag. Griffith zündete seine Pfeife wieder an und blickte sich um, Charlottes Frage hatte er offenbar vergessen.

»Das ist ein wunderschöner Fleck«, wagte sie zu sagen.

»Das ist es.«

»Ich habe mich gefragt... überlegt, das heißt...«

»Als ich im Dezember 1938 aus Spanien nach Hause zurückkehrte, rief ich Ihre Mutter an, um ihr zu sagen, wie ihr Mann gestorben war. Ich hatte ihr bereits kurz vorher geschrieben und ihr seine wenigen Papiere und Besitztümer geschickt, aber es schien mir nicht mehr als recht und billig, ihr persönlich meine Aufwartung zu machen. Ich habe Tristram Abberley schon lange, bevor ich ihn kennenlernte, für seine Gedichte bewundert. Ein Exemplar von *Gratwanderung* gehörte zu den wenigen Dingen, die ich mit nach Spanien genommen habe. Daß ich Seite an Seite mit ihm kämpfen durfte, war eine große Ehre für mich. Daher habe ich nach seinem Tod für ihn getan, was ich nur konnte. Ich habe Ihre Mutter besucht. Und dann besuchte ich auch Beatrix. Sie bestand darauf, daß ich eine Woche oder länger bei ihr in dem kleinen Haus in Rye bleiben sollte, während sie mich aufpäppelte und meinen Erzählungen über ihren Bruder lauschte. Wer weiß, was die Nachbarn dachten.« Er machte eine Pause und fügte dann hinzu: »Nicht daß es einen Grund für sie gegeben hätte, sich etwas zu denken.«

Charlotte fragte sich, ob das wohl stimmte. War sie auf eine alte, heimliche Liebesaffäre gestoßen? Beatrix hatte immer den Eindruck vermittelt, als ob sie gegen solche Gefühle immun gewesen wäre, aber sie war auch sehr geschickt im Verbergen ihrer wahren Gedanken und Gefühle gewesen. »Sie müssen mir nichts erklären, Mr. Griffith.«

»Nein? Ich dachte fast, ich müßte.« Er zog an seiner Pfeife und fuhr dann fort: »Nun, lassen wir das. Als ich Rye kurz vor Weihnachten 1938 verließ, hätte ich niemals erwartet, Beatrix wiederzusehen. Sie bat mich eindringlich, mit ihr in Verbindung zu bleiben – sie wissen zu lassen, wenn ich Hilfe brauchen sollte –, aber ich nahm ihr Angebot genausowenig ernst, wie ich mir vorstellen konnte, davon Gebrauch zu machen. Ich hatte vor, zurück nach Swansea zu gehen, Arbeit zu suchen und alles über Spanien zu vergessen.«

»War das Kämpfen dort eine so desillusionierende Erfahrung?«

»Kämpfen ist überall eine desillusionierende Erfahrung. Aber das ist an sich nichts Schlechtes. Die Illusion ist, daß man glaubt, zu kämpfen wäre genug. Das weiß ich jetzt. Aber jetzt bin ich zu alt, als daß es noch eine Rolle spielen würde. Ich ging nach Spanien, weil ich kein Geld hatte und keine Geduld mit einem korrupten, unerträglichen System. Herabgesetzt, weil ich Autodidakt war und belesen und keine Lust hatte, ›Danke vielmals‹ zu sagen, wenn ein zigarrerauchender Manager mir erzählte, ich hätte im Interesse der Aktionäre der Firma eine Lohnkürzung hinzunehmen. Im Stich gelassen von sogenannten Sozialisten wie Ramsay McDonald. Bestraft für die schwerste Sünde: daß ich meinen Platz nicht kannte. Für Männer wie mich stellten die Kommunisten die größte – die einzige – Hoffnung für die Zukunft dar. Man mußte Farbe bekennen. Gegen den Kapitalismus. Gegen den Faschismus. Gegen das ganze Klassensystem. Darum bin ich nach Spanien gegangen. Und deshalb machte mich das, was ich dort vorfand, krank. Denn es war nicht weniger ein Kreuzzug als jeder andere Krieg. Den Republikanern war es wichtiger, alte Rechnungen zu begleichen und interne Streitereien zu gewinnen, als den Sieg über den Faschismus sicherzustellen. Und das ist auch der Grund, warum er nicht besiegt wurde. Und warum mir mein Vertrauen in meine Mitmenschen abhanden kam. Man veranstaltete in Barcelona eine Abschiedsparade für uns. Und als wir in Victoria Station ankamen, feierten sie uns wer weiß wie. Aber als ich nach Swansea zurückkehrte, waren sie nirgendwo zu sehen. Als Willkommensgruß zeigten sie mir die kalte Schulter und düstere Blicke – meine Familie und meine Freunde. Ich war eine Schande für alle und jeden. Ich war nicht nur verrückt genug gewesen, nach Spanien zu gehen. Ich war auch so rücksichtslos, lebend zurückzukommen.«

»Was haben Sie gemacht?«

»So gut wie möglich überlebt. Während des Zweiten Weltkriegs in der Armee gedient. Habe meinen Beitrag geleistet, den Faschismus auszurotten, wenn schon nicht in Spanien, dann wenigstens in Deutschland und Italien. Danach ließ ich mich treiben. Ich muß ein Dutzend verschiedener Jobs in einem Dutzend verschiedener Städte gehabt haben, bevor...« Er tippte an seine Stirn. »Bevor hier irgend etwas ausklinkte und ich in einer Nervenklinik landete, wo man versuchte, es wieder einzuhaken. Offensichtlich habe ich Beatrix' Angebot einem der Ärzte gegenüber erwähnt. Ich kann mich nicht daran erinnern. Aber er schrieb in meinem Namen an sie, und sie antwortete. Sie besuchte mich regelmäßig. Und schließlich wurde sie eine gute Freundin. Der Bauernhof war ihre Idee, als es mir wieder gut genug ging, daß ich die Klinik verlassen konnte. Und es war eine gute Idee. Hier draußen muß ich mir keine Lügen anhören oder verschmutzte Luft einatmen oder meine Grundsätze verkaufen. Schafe tun nicht so, als ob sie klug wären, wissen Sie. Sie sind einfach nur dankbar für das Leben, das sie führen, solange sie es führen. Und genauso geht es mir.«

»Wer von Ihnen wollte, daß Ihre Freundschaft ein Geheimnis bleiben sollte?«

»Wir beide. Beatrix, weil sie nicht wollte, daß ihre Familie sie für leichtgläubig und sentimental hielt. Und ich, weil ich nicht wollte, daß Leute wie Emerson McKitrick auf der Suche nach pikanten Einzelheiten über Tristram Abberleys letzte Tage den Weg zu mir finden würden.«

»Was hat Beatrix hier gemacht?« Charlotte zögerte, als ihr die Unverschämtheit ihrer Frage bewußt wurde. »Verzeihen Sie. Ich wollte nicht andeuten —«

»Sie marschierte die Hügel hinauf. Sie kochte für mich. Wir hingen unseren Erinnerungen nach. Wir haben zusammen gelacht. Wir haben gestritten. Wir waren einfach zusammen.«

»Jeden Juni — mehr als dreißig Jahre lang?«

»Ja.«

»Und war in diesem Jahr irgend etwas anders?«

Griffiths Blick verengte sich. »Wenn ich daran zurückdenke, erkenne ich, daß etwas anders war. Sie war beunruhigt, oft fast gereizt. Ich schrieb es ihrem Alter zu, was sie nur noch mehr aufbrachte.« Der Anflug eines Lächelns huschte über sein Gesicht. »Sie sagte nicht, daß sie um ihr Leben fürchtete. Wenn sie es getan hätte — Nun, lassen wir es dabei bewenden, daß ich nicht die leiseste Ahnung davon hatte.«

»Wie haben Sie von Ihrem Tod erfahren?«

»Von ihr selbst. Der Brief, den Lulu mir geschickt hat, besagte ganz deutlich, daß sie überraschend und nicht auf natürlichem Wege gestorben war — wie mir vor kurzem bestätigt wurde.«

Charlotte konnte ihr Herz laut schlagen hören, als sie fragte: »Was war in dem Brief?«

»Eine Nachricht von Beatrix und ein versiegeltes Päckchen. In dem Brief stand, was ich Ihnen gerade erzählt habe. Außerdem bat sie mich, das Päckchen ungeöffnet zu verbrennen. Sie schrieb, es enthielte Briefe von Tristram –«

»Von Tristram? Dann hat Emerson doch recht gehabt. Sie hat sie aufgehoben.«

»Vermutlich.«

»*Vermutlich?* Sie werden sie doch nicht –«

»Verbrannt haben?« Er schaute sie an. »Was denn sonst? Es war Beatrix' letzter Wunsch. Ihr verdanke ich den Frieden, den ich hier genieße. Wie könnte –« Er wandte sich ab, und seine Stimme stockte. »Wie könnte ich ihr verweigert haben, worum sie mich gebeten hat?«

Charlotte starrte ihn einen Augenblick an, dann schaute sie in den Himmel über ihnen, wo ein Raubvogel langsam seine Kreise zog. Hatte Beatrix vor wenigen Wochen auch hier gestanden, fragte sie sich, und all das geplant? Eine Schnitzeljagd, bei der der Preis nie gefunden werden würde? Leere Seiten für Ursula. Ein ungeöffnetes Päckchen für Frank Griffith zum Verbrennen. Und wer weiß, was sonst noch? »Wußten Sie, daß sie drei weitere Briefe bei Lulu gelassen hat?«

»Davon hatte ich keine Ahnung.«

»Einer an Ursula, Maurices Frau.«

»Ich weiß, wer sie ist.«

»Nun möchten Sie wissen, was in ihrem Brief war?«

»Nein.«

»Nicht einmal aus Neugier?«

»Ich bin nicht neugierig.« Er sah sie an. »Ich weiß und verstehe genausoviel, wie Beatrix wollte. Das genügt mir.«

»Aber warum sollte sie von Ihnen verlangen, daß Sie die Briefe ihres Bruders vernichten?«

»Wenn ich Ihnen den Grund nennen könnte, hätte sie mich auch nicht darum gebeten, nicht wahr? Können Sie es nicht einfach akzeptieren, daß sie das Recht hatte, darüber zu entscheiden, was damit geschehen sollte?«

Als sie mit so einer offensichtlichen Ablehnung ihrer Wißbegierde konfrontiert wurde, verstummte Charlotte. Beatrix' Wünsche waren es wert, respektiert zu werden. Das stand außer Frage. Und doch waren sie so untrennbar mit dem Rätsel ihres Todes verbunden, daß es einer Unterdrückung der Wahrheit gleichzukommen schien, ihnen blind zu gehorchen. Aber sich ihnen zu widersetzen hieße, sich ihrem Andenken gegenüber illoyal zu verhalten. Keine der beiden Möglichkeiten war völlig indiskutabel, und keine war vollkommen ehrenwert.

»Haben Sie schon gefrühstückt, junge Dame?« fragte Griffith mit entwaffnender Freundlichkeit.

»Was...? Nun, nein, ich...«

»Kommen Sie mit hinunter zum Haus, und ich werde Ihnen ein Frühstück machen. Sie sehen so aus, als ob Sie es gebrauchen könnten.«

20

Der Geruch von Speck, Pilzen und Tomaten, die in einer Pfanne brutzelten, erinnerte Charlotte an die Frühstücke ihrer Kindheit, als sie das flüssige Fett mit einem Stück Brot aufgewischt hatte, während ihr Vater ihr von der anderen Tischseite aus zugrinste und zuzwinkerte. »Sei ein braves Mädchen«, würde er dann sagen und nach einem Blick auf die Uhr schnell aufstehen. Eine seiner Haarlocken würde wie immer auf ihre Stirn fallen, wenn er sich zu ihr herunterbeugte, um sie zu küssen, und er würde unweigerlich in einem künstlichen Brummen hinzufügen: »See you later...«

»Alligator«, murmelte sie, über zwanzig Jahre nach dem letzten Mal, daß sie seinen Satz vervollständigt hatte.

»Wie bitte?« Frank Griffith schaute vom Herd mit einem Stirnrunzeln zu ihr hinüber, die Bratschaufel in der Hand.

»Nichts.« Sie schüttelte den Kopf, als ob sie so ihre Erinnerungen loswerden wollte. »Nichts. Tut mir leid.«

»Kein Grund, sich bei mir zu entschuldigen. Ich spreche den ganzen Tag mit mir selbst. Das kommt davon, wenn man allein lebt.« Er begann, den Inhalt der Bratpfanne auf die Teller zu verteilen. »Sie leben seit dem Tod Ihrer Mutter auch allein, nicht wahr?«

»Ja. Woher wissen –« Sie unterbrach sich und fügte dann hinzu: »Das hat Ihnen natürlich Beatrix erzählt.« Griffith brachte ihr den Teller und setzte sich mit seinem ihr gegenüber. »Danke. Ich muß zugeben, das ist ziemlich seltsam, jemandem das erste Mal zu begegnen und festzustellen, daß er seit Jahren alles über dich weiß.«

»Beatrix hat mir nicht *alles* erzählt.«

»Nur so viel wie nötig?« Sie lächelte, aber er antwortete nicht. Kurze Zeit aßen sie schweigend, dann sagte sie: »Sind Sie wirklich sicher, daß Sie nicht wissen, wer die anderen beiden Adressaten von Beatrix' Briefen sind?«

»Beatrix hat niemals von einer Miss van Ryan in New York oder einer Madame V... in Paris gesprochen.«

»Glauben Sie, es sind Frauen, die Tristram auch gekannt haben?«

»Sie meinen, ehemalige Freundinnen? Oder Geliebte?«

»Vielleicht. Sie waren doch mehrere Monate mit Tristram zusammen. Hat er irgend etwas gesagt... einmal einen ähnlichen Namen erwähnt...?«

»Könnte er. Hat er aber nicht.«

»Wie gut, würden Sie sagen, haben Sie ihn gekannt?« Sie bekam keine Antwort, und die verbissene Art, in der Griffith fortfuhr zu essen, machte deutlich, daß sie auch keine bekommen würde. »Es tut mir leid«, sagte sie. »Bin ich zu neugierig?«

Er sah sie an. »Das ist nicht das Problem.«

»Was dann?«

Er schob seinen Teller beiseite und goß Tee in ihre Becher. Dann zündete er seine Pfeife an – ein Vorgang, der viel Zeit in Anspruch nahm – und lehnte sich in seinem Stuhl zurück, offensichtlich noch immer über Charlottes Frage nachdenkend. »Ich kannte Tristram Abberley als Kriegskamerad«, sagte er zwischen Rauchwolken. »Und ich glaubte, seine Gedichte zu verstehen. Als er im Sommer 1937 zu uns ins Britische Bataillon kam, habe ich ihn mit Mißtrauen betrachtet. Vermutlich hatte ich Angst, daß sich mein literarisches Idol als einer entpuppen könnte, der den Mund zu voll nimmt. Und ich befürchtete, daß uns seine Grundsätze in Schwierigkeiten bringen würden. Damals hatte ich bereits genug von der ganzen verdammten Angelegenheit und wollte nur noch weg, während er gerade erst mit all seinen Illusionen über den Kampf für die Freiheit und eine unversehrte Demokratie angekommen war.«

»Warum sind Sie geblieben? Als Freiwilliger hätten Sie doch bestimmt –«

»Man konnte freiwillig *hin*, aber nicht *weg*. Der Paß wurde einem abgenommen – falls man überhaupt einen hatte. Ich hatte England im November 1936 mit einer Wochenendfahrkarte zu einem Ausflug verlassen, und wenn ich versucht hätte, ohne Erlaubnis zurückzukehren, wäre ich von den republikanischen Behörden als Deserteur festgenommen und wahrscheinlich erschossen worden. Gesuche um Heimaturlaub wurden natürlich stets abschlägig beschieden. Sie wußten, daß man niemals zurückgekommen wäre. Nicht, wenn man erst einmal die Lüge durchschaut hatte, für die man kämpfte – daß tatsächlich eine Spanische Republik existierte, die eine Verteidigung lohnte. Die gab es jedoch nicht. Die Republik bestand aus einem Sack voller Schlangen, von denen jede einzelne mehr damit beschäftigt war, die anderen zu beißen, als sich gegen den Faschismus zu verbünden. Die Basken und Katalanen kämpften für ihre Unabhängigkeit. Die Anarchisten und Kommunisten machten sich die Vormachtstellung streitig. Und die Russen hielten die Stricke in Händen, mit denen der Sack zugeschnürt war. Sie verteilten die Waffen und Munition mehr nach ideologischen Prinzipien als nach militärischer Logik und befolgten stur ihre Anweisungen aus Moskau.«

»Hat Tristram dies auch so gesehen?«

»Vielleicht. Aber er ließ sich dadurch nicht entmutigen. Auf eine verrückte Art und Weise schien es ihn nicht zu kümmern. Ich denke, für ihn reichte es aus, daß eine kleine Gruppe von Männern gemeinsam ehrenhaft für das kämpften, woran sie glaubten, auch wenn ihre Überzeugungen schon lange verraten worden waren. Der Angriff auf Saragossa im Oktober siebenunddreißig, Tristrams erste Kampfhandlung, ging voll in die Hose. Russische Panzer sollten die feindlichen Linien durchbrechen, und wir sollten mit den Fußtruppen nachkommen. Aber die Panzer fuhren zu schnell zu weit, und der Rückzug wurde ihnen abgeschnitten, so daß wir im Niemandsland festsaßen und dem Maschinengewehrfeuer ausgesetzt waren. Drei von uns fanden eine lausige Deckung in einem Graben. Ich, Tristram und ein Spanier namens Vicente Ortiz. Die meisten Bataillone wurden zu dieser Zeit bereits mit Spaniern verstärkt, und Vicente war einer von ihnen. Wir mußten bis zum Einbruch der Dunkelheit dort bleiben, bevor wir auch nur versuchen konnten, zu unseren Kampflinien zurückzukehren. Kugeln pfiffen über uns hinweg, und Schreie der Todesangst von Verwundeten wehten zu uns herüber. Wir konnten ihnen nicht helfen. Wir konnten ja uns selbst kaum helfen. Wir konnten nichts tun, außer unseren Mut aufrechtzuerhalten. Und ich glaube, ohne Tristram hätten wir nicht einmal das geschafft. Er unterhielt uns mit Witzen und Geschichten darüber, was wir in der ersten Nacht nach dem Sieg in Madrid anstellen würden. Und dann hat er uns im Schutze der Dunkelheit in Sicherheit gebracht. Ich bin mir sicher, daß Vicente und ich es nicht gepackt hätten, wenn er nicht gewesen wäre. Hinterher waren wir uns einig, daß er uns wahrscheinlich das Leben gerettet hatte.«

»Waren Sie bei ihm, als er verwundet wurde?«

»Ja, auch wenn ich nicht gesehen habe, wie es geschah. Das war bei Teruel. Das Schlimmste...« Seine Stimme wirkte auf einmal distanziert. »Das Schlimmste überhaupt.« Dann schien er seine Konzentration zurückzugewinnen. »Teruel muß die kälteste und unbezwingbarste Stadt in Spanien sein. Sie mitten im Dezember anzugreifen war purer Wahnsinn. Aber genau das taten wir. Und soviel ich verstanden habe, ohne jeden strategischen Vorteil. Später fand ich heraus, daß die ganze Schlacht – und jedes Leben, das darin verloren wurde – nur dazu diente, die Zahlmeister der republikanischen Regierung in Moskau zu überzeugen, daß die Armee, die sie bezahlten und ausrüsteten, noch kämpfen konnte. Nun, sicherlich haben wir gekämpft. Und sind gestorben.«

Er schien ins Träumen zu geraten, während er an seiner Pfeife zog und in die Ferne starrte. »Was geschah dann?« brachte Charlotte sich wieder in Erinnerung.

»Was geschah?« Er blickte sie scharf an, entspannte sich dann aber. »Unser Bataillon wurde erst zurückgerufen, als die republikanischen Streitkräfte, die die Stadt eingenommen hatten, erkannten, daß sie belagert wurden und Gefahr liefen, abgeschnitten zu werden – wie wir alle vorhergesagt hatten. Wir mußten in drei Fuß tiefem Schnee Schützengräben ausheben. Manchmal träume ich noch immer davon, daß mir so kalt ist wie in jenem Winter auf den Anhöhen über Teruel. Trotz der Kälte hielten wir die Stellung, zumindest eine Zeitlang. Es gab viel Unruhe in der Mannschaft. Jede Menge Widerspruch. Sogar Berichte von Meuterern, die erschossen wurden. Die Stimmung war schlecht. Außer bei Tristram. Er strahlte Sicherheit und Zuversicht aus. Aber auch das konnte ihn nicht schützen, als es darauf ankam. Er wurde von einer Gewehrkugel verletzt, als mehrere Hügel zurückgewonnen werden sollten, von denen aus die Nationalisten das kanadische Bataillon abzuschneiden drohten. Es war eine scheußliche Beinverletzung, aber ich dachte keinen Augenblick daran, daß er es nicht schaffen würde. Ich habe ihn vielmehr darum beneidet, daß er evakuiert wurde. Habe ihm das sogar ins Gesicht gesagt. Als ich ihn das nächste Mal sah, im Krankenhaus von Tarragona, starb er an einer Infektion, die er sich dort eingefangen hatte. Da habe ich meine Worte bedauert.«

»Wie sind Sie nach Tarragona zurückgekommen?«

»Auf dem Zahnfleisch. Und durch die Selbstaufopferung eines anderen.«

»Wer war das?«

»Vicente Ortiz. Er war ein brummiger kleiner Anarchist aus Barcelona, den man an einem Tag am liebsten wegen seines Pessimismus verflucht hätte und am nächsten wegen seiner Entschlußkraft geküßt. Unser Bataillon gab Teruel Ende Februar auf und zog sich in die Hügel von Aragón zurück. Wir leckten noch immer unsere Wunden, als Franco Anfang März einen neuen Angriff startete. Die Folgen waren verheerend. Die Nationalisten haben die gesamte Front so leicht und schnell zurückgedrängt, wie man einen Teppich aufrollt. Es wurde ein überstürzter Rückzug. Wir waren zu müde und hatten kaum noch Munition, um zu kämpfen, und fürchteten eine schnelle Hinrichtung, wenn wir aufgaben. Es war nur ein wilder Versuch zu entkommen, in dem man leicht zurückfallen und sich plötzlich als Gefangener der feindlichen Vorhut wiederfinden konnte. Genau das passierte Vicente und mir. Wir ruhten uns gerade in einer zerstörten Scheune in den Hügeln aus und warteten auf die Dunkelheit, als eine Patrouille der Nationalisten vorbeikam. Vicente hörte, wie sie darüber redeten, ob sie die Scheune durchsuchen sollten oder nicht. Es sah ganz so aus, als ob sie es tun würden, und wir wußten, daß dies unser Ende bedeuten würde, denn Oberst Delgado, der Befehlshaber der Nationalisten an diesem Teil der Front, war berüchtigt dafür, daß er die Gefangenen erschießen ließ.«

»Wie sind Sie entkommen?«

»Vicente meinte, wenn einer von uns hinausginge und sich ergäbe, würden sie glauben, er sei allein. Dann würden sie sich vielleicht nicht damit aufhalten, die Scheune zu durchsuchen. Da ich kaum mehr als ein paar Brocken Spanisch sprach, hatte nur Vicente eine Chance, sie abzulenken. In dem Augenblick, als er den Plan aufbrachte, wurde ihm klar – und mir ebenfalls –, daß er es tun mußte.«

»Und er ging hinaus?«

»Ja. Er ging hinaus. Ich wünschte, ich könnte Ihnen sagen, daß ich versuchte, ihn aufzuhalten, aber ich tat es nicht. Ich biß mir auf die Zunge und ließ ihn gehen, weil ich wußte, daß es unsere einzige Chance war, und weil ich froh war – ja, ausgesprochen froh –, daß nicht ich derjenige war, der es tun mußte. Ich sehe ihn heute noch vor mir, wie er über den steinigen Abhang auf sie zustolperte, mit erhobenen Händen, und einige demütige Worte der Kapitulation stammelte. Und es klappte. Was er ihnen auch erzählt hat, es muß ihnen genügt haben, denn sie fesselten ihn und gingen sofort mit ihm zurück, während ich alles hilflos von der Scheune aus mit ansah. Zuerst fühlte ich nichts als Dankbarkeit, aber das hielt nicht lange an. Dann kam das Schuldbewußtsein für das, was ich ihn hatte tun lassen. Und es hat mich seither nie mehr verlassen.«

»Glauben Sie, daß er getötet wurde?«

»Ich bin sicher. Entweder sie oder derjenige, dem sie ihn übergeben haben. Ich hoffe für ihn, daß es schnell ging. Wenn ich jenen Tag noch einmal zurückholen könnte, würde ich ihm raten, mit mir in der Scheune zu bleiben. Wenn sie sie tatsächlich durchsucht hätten, hätten wir um unser Leben kämpfen können. Zumindest wären wir gemeinsam gestorben.« Er seufzte tief und schüttelte den Kopf, wie als Antwort auf einen Gedanken, den er nicht ausgesprochen hatte. »Ich ging nach Einbruch der Dunkelheit weiter und hatte bei Tagesanbruch die Nationalisten wieder hinter mir. Ich kann mich nicht mehr daran erinnern, wie ich nach all dem weitermachte, aber schließlich gelang es mir, mich dem, was noch vom Bataillon übrig war, wieder anzuschließen. Ich war in einer dermaßen schlechten Verfassung, daß sie mich zur Erholung nach Tarragona schickten. Ich wußte, daß ich Tristram dort wiedersehen würde, und ich fürchtete mich davor, ihm erklären zu müssen, was mit Vicente geschehen war. Sie waren während all der Monate gute Freunde geworden. Als ich sah, in welchem Zustand er sich befand, war mir klar, daß es nicht mehr lange dauern konnte. Ich glaube nicht, daß ich ihm die Wahrheit erzählt hätte, wenn er mich nicht direkt nach Vicente gefragt hätte. Aber so berichtete ich ihm die ganze Geschichte. Ich fühlte mich deutlich besser, als ich endlich alles losgeworden war. Tristram machte mir keine Vorwürfe. Er wußte, daß ich mir für den Rest meines Lebens selbst die größten Vorwürfe machen würde. Aber diese Nachricht schien ihn mehr zu bedrücken als jede andere. Es gab weiß Gott eine Menge. Und schon bald war auch Tristram tot.«

»Sie waren bei ihm, als er starb?«

»Ja. War ich. Ich tat für ihn, was ich nur konnte – und das war wenig genug. Er machte sich Sorgen darum, ob seine Papiere und persönlichen Dinge auch den Weg zu ɔeiner Frau – Ihrer Mutter – finden würden, und ich versprach ihm, dafür zu sorgen. Nachdem er tot war, packte ich alles zusammen und brachte es zum britischen Konsul. Als er hörte, daß die Sachen dem Dichter Tristram Abberley gehört hatten, setzte er alle Hebel in Bewegung, um sicherzustellen, daß sie ihren Bestimmungsort erreichen würden. Zu dieser Zeit wußte ich noch nicht, ob ich selbst jemals wieder englischen Boden betreten würde. Offen gesagt, bezweifelte ich es.«

»Aber Sie haben es geschafft, nicht wahr?«

»Ja. Als es Herbst wurde und die Republik entschied, daß sie die Hilfe der Internationalen Brigaden nicht länger wünschte, war ich noch immer am Leben. Der Ausgang des Krieges stand bereits fest. Wir verließen Barcelona zwei Monate, bevor Franco einmarschierte. Alles, was wir zurückließen, waren sinnlose Erinnerungen – und die Körper von Männern wie Tristram Abberley.«

»Sind Sie jemals dorthin zurückgekehrt?«

»Nein. In der Franco-Zeit war es undenkbar. Und jetzt ist es zu spät. Es ist wahrscheinlich immer zu spät.« Er lehnte seine Pfeife gegen die Teekanne, stellte die Teller und Becher zusammen und trug sie zur Spüle. »Die meisten, die dort waren, wollen nichts weiter als alles vergessen. Das ist die einzige Form der Heilung, die sie kennen.«

Charlotte beobachtete ihn, wie er begann, das Geschirr zu spülen; er hatte ihr den Rücken zugekehrt, so daß er ihren prüfenden Blick nicht bemerkte. Es war seltsam, wenn man bedachte, was dieser einsame alte Mann alles erlebt hatte, und nun sollte sein Leben so enden, hier, wo er sich vor der Welt versteckte. Hatte er Tristrams Briefe wirklich verbrannt, ohne sie zu öffnen? Hatte er alle verbrannt? Sie konnte ihn nicht noch einmal fragen. Es wäre zu gefühllos, zu rücksichtslos nach der tragischen Geschichte, die er ihr erzählt hatte. Er hatte es gesagt, und so hatte er es auch gemeint. Oder vielleicht doch nicht? »Was denken Sie sonst?« Das waren seine Worte gewesen. »Wie könnte ich ihr verweigert haben, worum sie mich gebeten hat?« Nach dem, was sie gerade gehört hatte, begann Charlotte zu zweifeln, ob sich diese Frage überhaupt stellte.

21

Derek traf kurz vor Mittag in Rye ein. Von Colins verächtlichen Bemerkungen schwer getroffen, hatte er beschlossen, Beatrix Abberleys Haushälterin zu befragen, um herauszubekommen, ob sie irgendeine wichtige Information zurückhielt. Er hielt es für nicht sehr wahrscheinlich, aber zumindest würde er damit beweisen, daß er immer noch versuchte, etwas für seinen Bruder zu tun.

Auf Colins Bitte hatte Albion Dredge Derek Kopien von den Aussagen der Belastungszeugen geschickt. Dadurch hatte er auch die Adressen bekommen und wußte, daß Mrs. Mentiply in The Dunes, New Road, in Rye wohnte. Wegen des Namens hatte Derek ein Wohngebiet am Meer erwartet, aber die Wirklichkeit sah völlig anders aus. The Dunes war ein von Hecken umgebener Bungalow in den Außenbezirken im Westen der Stadt, und der einzige Hinweis auf das Meer bestand in einer verdreckten Möwe, die auf dem Dachfirst angebracht war.

Derek öffnete verstohlen die quietschende Gartentür. Er würde viel darum gegeben haben, wenn er auf der Stelle hätte umkehren können, aber die Erinnerung an Colins höhnischen Gesichtsausdruck brachte ihn zu der sonnenüberfluteten Haustür und ließ ihn widerwillig auf die Klingel drücken.

Zweimaliges lautes Läuten blieb ohne Erfolg. Bei einem Blick durch die Milchglasscheibe konnte Derek weiter nichts erkennen als einen verschwommenen, leeren Flur. Offensichtlich war Mrs. Mentiply nicht zu Hause. Er mußte es wohl später noch einmal versuchen – oder das Ganze vergessen. Er wandte sich zum Gehen. Dabei sah er aus den Augenwinkeln einen Mann, der ihn beobachtete.

»Oh!« sagte Derek. »Guten Tag.«

Der Mann nickte. Er war ein hagerer, grauer, traurig dreinblickender Kerl in einem zerlumpten Kaufhausmantel. Sowohl der Mantel als auch seine Hände waren mit Öl verschmiert. In der einen Hand hielt er einen Schraubenschlüssel, in der anderen eine Zigarette.

»Ähm... Ich möchte zu Mrs. Mentiply.«

»Meine Frau ist in der Kirche.«

»Aha. Wann wird sie zurück sein?«

»Wenn der Pfarrer nichts mehr zu erzählen hat. Aber was wollen Sie denn von ihr?«

»Nun... Mr. Mentiply... Ich...« Derek trat näher und lächelte nervös. »Mein Name ist Derek Fairfax.«

»Fairfax? Doch nicht etwa ein Verwandter dieses Scheißkerls, der Miss Abberley um die Ecke gebracht haben soll?«

»Das ist mein Bruder.«

»Sieh einer an!« Mentiply grinste freudlos. »Nun, meine Frau wird keine Freude daran haben, daß Sie hier so hereinschneien, kann ich Ihnen sagen. Sie betete die alte Dame an.«

»Ich wollte ihr nur ein paar Fragen stellen.«

»Worüber denn?«

»Darüber, ob in den letzten Wochen vor Miss Abberleys Tod irgend etwas Ungewöhnliches passiert ist.«

»Irgendwas, das nichts mit Ihrem Bruder zu tun hat, meinen Sie?«

»Nun... Ja.«

Mentiply zog an seiner Zigarette und hustete. »Sie können auf sie warten, wenn Sie wollen.«

»Danke.«

»Aber Sie verschwenden nur Ihre Zeit.« Mit diesen Worten drehte er sich auf dem Absatz um und verschwand. Erst jetzt ver-

127

stand Derek, daß er draußen warten sollte und nicht im Haus. Nachdem er ungefähr eine Minute lang von einem Fuß auf den anderen getreten war, ging er zur Hausecke. Zwischen Haus und Hecke lag eine Garage am Ende eines Aschenweges. Ein ramponiertes altes Auto stand mit geöffneter Motorhaube halb in der Garage und halb draußen, und Mentiply beugte sich über den dreckverkrusteten Motor. Derek ging zu ihm.

»Immer noch da?«

»Ja. Ich dachte... da Ihre Frau noch nicht zurück ist...«

»Sie dachten was?«

»Nun, vielleicht wissen Sie etwas.«

»Über Miss Abberley und ihre erhabene Familie? Was soll so einer wie ich schon wissen?«

»Sehen Sie, ich glaube, daß mein Bruder unschuldig ist.«

»Wirklich? Wie schön für ihn.«

»Ich bin besonders an der Woche nach dem zwanzigsten Mai interessiert, nachdem er in Jackdaw Cottage gewesen ist. Möglicherweise ist damals irgend etwas geschehen, was Miss Abberley beunruhigt hat – etwas, das einen Hinweis auf die Identität ihres Mörders geben könnte.«

»Hat Ihr Bruder vielleicht vergessen, wen er dafür bezahlt hat?«

»Er hat niemanden dafür bezahlt.«

»Nein?« Mentiply gab unvermittelt seinen Versuch auf, eine hartnäckige Schraubenmutter mit einem gebrummten »Scheißding« zu lockern, richtete sich auf und wischte seine öligen Hände an einem ebenso schmierigen Lappen ab. »Warum ausgerechnet in jener Woche?«

Mentiplys Sarkasmus über die Abberleys und seine plötzliche Neugier ermutigten Derek. »Weil Miss Abberley meinen Bruder ungefähr eine Woche nach seinem Besuch anrief und ihm sagte, sie glaube ihm, daß er sie nicht unter Vorspiegelung falscher Tatsachen aufgesucht hatte.«

»Wer sagt das?«

»Die Frage, Mr. Mentiply, ist, ob etwas geschehen ist. Ihre Frau könnte etwas wissen, ohne sich dessen bewußt zu sein.«

»Wohl kaum.« Er runzelte die Stirn. »War das die Woche mit dem Feiertag?«

»Ähm... Ja. Ja, genau. Der letzte Montag im Mai. Warum?«

»Oh... Nichts.«

Derek zwang sich, nichts zu sagen. Das war der beste Weg, Mentiply dazu zu bringen, mehr zu erzählen.

»Außer...« Er kratzte sich am Kinn. »Wirklich komisch. Es war an dem Feiertag. Das Wirtshaus hatte den ganzen Tag geöffnet. Deswegen erinnere ich mich daran. Ich hatte ihn schon vorher ein paarmal gesehen, wenn sich Maurice herabließ, auf ein Wort mit meiner Frau vorbeizukommen. Aber ich hatte gedacht, er sei schon längst gefeuert worden, und er stammte bestimmt nicht aus dieser Gegend. Deshalb war es merkwürdig. Und er war es, ganz bestimmt. Ich habe ihn sogar ohne Uniform erkannt.«

»Wen?«

Mentiply zog ein letztes Mal an seiner Zigarette, dann schnippte er den Stummel an Dereks Kinn vorbei auf den Aschenweg. »Den Chauffeur von Maurice Abberley. Der ihn immer hierherfuhr in seinem protzigen Bentley. Bis er rausgeschmissen wurde, irgendwann letzten Winter. Liebte die Flasche zu sehr, um berufsmäßig Auto zu fahren, wie meine Frau sagte. Ich denke, das paßt zu dem Ort, an dem ich ihn gesehen habe. Bei ›Greyhound‹.«

»Was hat er dort gemacht?«

»Getrunken.«

»Ich meine in Rye.«

»Könnte ich Ihnen nicht sagen.«

»Haben Sie ihn denn nicht gefragt?«

»Oh, natürlich. Aber er tat so, als hätte er mich noch nie im Leben gesehen. Stritt ab, der Chauffeur von Maurice gewesen zu sein. Bestritt, überhaupt irgend jemandes Chauffeur gewesen zu sein. Behauptete, ich wäre zu betrunken, um meine eigene Mutter zu erkennen. Unverschämtheit!«

»Das ist in der Tat seltsam. Wie heißt er?«

Mentiply runzelte die Stirn. »Kann mich beim besten Willen nicht erinnern. Wollte mir auch damals nicht einfallen. Sonst hätte ich ihn nicht so leicht davonkommen lassen. Aber was ich nicht verstehe, ist –« Er unterbrach sich, als die Gartentür geöffnet wurde. »Das wird meine Frau sein«, sagte er. »Avril!« Mrs. Mentiply erschien an der Hausecke, mollig in ihren Sonntagskleidern.

»Oh!« sagte sie. »Ich sehe, du hast Besuch.«

»Nein. Ist deiner. Derek Fairfax.«

»Ja.« Derek lächelte verlegen. »Ich... ähm... Ich bin der Bruder von Colin Fairfax.«

Mrs. Mentiplys Gesicht verfärbte sich bedrohlich. »Dann sind Sie hier nicht willkommen.« Sie schaute ihren Mann zornig an. »Ich dachte, das wäre klar.«

»Reg dich nicht auf, Avril. Ich habe nur versucht, mich an den Namen von Maurices Chauffeur zu erinnern. Jenen Alkoholiker, den er rausgeschmissen hat.«

»Warum?«

»Um diesem jungen Mann weiterzuhelfen.«

»Ich weiß nicht, was du dir dabei denkst, Arnold, wirklich nicht. Und was Sie betrifft, Mr. Fairfax —«

»Es tut mir leid«, sagte Derek schnell. »Das ist alles meine Schuld. Warum wollen wir nicht —«

»Spicer!« rief Mentiply. »So hieß der Scheißkerl.« Er grinste Derek triumphierend an. »*Mr.* Spicer, wie Miss Abberley ihn genannt hätte.«

22

Maurices Wagen stand in einem unmöglichen Winkel vor dem Hotel. Was sein Besitzer hier wollte, konnte sich Charlotte absolut nicht vorstellen. Plötzlich waren ihre Gedanken abgelenkt von Frank Griffiths traurigen Erinnerungen und beschäftigten sich wieder mit dem Hier und Jetzt. Die Fragen und Zweifel rückten wieder in den Vordergrund. Sie hatte gewußt, daß sie Emerson eine Erklärung schuldig war, aber Maurices Anwesenheit warf zusätzliche Probleme auf und verwandelte eine heikle Aufgabe in eine enorme.

Sie waren in der Halle und entspannten sich bei Drinks vor dem Mittagessen. Keiner zeigte ein Anzeichen von Besorgnis. Als Charlotte eintrat, lachten sie vielmehr laut, wie alte Freunde, die sich gerade einen Witz erzählt haben. Dann sahen sie sie.

»Charlie!« rief Maurice und sprang auf. »Wir haben schon angefangen, uns Sorgen um dich zu machen.«

»Dazu bestand kein Grund.«

»Vermutlich fragst du dich, was ich hier mache, oder?«

»Nun...«

»Ich habe ihn letzte Nacht angerufen«, mischte sich Emerson ein. »Dachte, ich müßte ihn auf dem laufenden halten.«

»Und ich beschloß, euch hier zu treffen«, sagte Maurice mit einem Grinsen.

»Ich wollte es Ihnen heute morgen sagen«, fuhr Emerson fort. »Aber Sie waren schon fort, als ich zum Frühstück herunterkam.«

»Ich habe Ihnen eine Nachricht hinterlassen.«

»Die uns beide ausgesprochen neugierig machte.« Maurices Grinsen verwandelte sich in ein schwaches Lächeln. »Was hat dir dieser Griffith erzählt?«

»Eine Menge. In gewisser Hinsicht alles, was wir wissen wollten.«

»Hat er die Briefe?« erkundigte sich Emerson.

»Nein. Nicht mehr. Warum erkläre ich euch nicht alles beim Mittagessen?«

»Erlöse uns zuerst von unseren Qualen«, bat Maurice. »Was hat er mit ihnen angestellt?«

»Er hat sie vernichtet. Auf Beatrix' Wunsch.«

Emerson fluchte laut und entschuldigte sich sofort dafür. »Tut mir leid. So etwas ist ein echter Schlag für einen Biographen.«

»Mir tut es auch leid.«

»Vernichtet«, sagte Maurice nachdenklich. »Gut, gut, gut.« Dann schaute er Charlotte fragend an. »Wie?«

»Er hat es mir nicht gesagt. Ich nehme an, verbrannt.«

»Und du glaubst ihm?«

»Ja.« Charlotte wußte, daß sie Maurice dabei hätte ansehen sollen, aber irgend etwas hielt sie davon ab und ließ das, was eigentlich eine überzeugte Erklärung hätte sein sollen, wie eine sture Beteuerung klingen. »Ich glaube ihm.«

Nichts, was Maurice und Emerson während des Mittagessens sagten, deutete darauf hin, daß einer von ihnen Charlottes Bericht anzweifelte. Natürlich waren beide enttäuscht, besonders Emerson, für den es das enttäuschende Ende seiner Nachforschungen nach weiteren Einblicken in Tristram Abberleys Gedanken bedeutete.

Aber Charlotte vermutete, daß alles, was über diese Enttäuschung hinausging, lediglich in ihrer überempfindlichen Vorstellung existierte. Ihr war außerdem bewußt, daß es für Maurice noch schwieriger war als für sie. Durch ihren Besuch in Swans' Meadow war Ursula gezwungen worden, ihm von Beatrix' Brief zu erzählen. Was er auch in Wirklichkeit denken mochte, er mußte so tun, als ob er ihr glaubte, und genau das tat er auch. Unter diesen Umständen war seine Loyalität bewundernswert.

Letztlich waren verbrannte Briefe jedoch ebenso unbefriedigend wie leere Seiten. Sie verbergen ihr Geheimnis mit furchtbarer Gewißheit. Was denjenigen, die ihre Suche nicht aufgeben wollen, kaum eine andere Möglichkeit läßt, als sie um ihrer selbst willen aufrechtzuerhalten. In Charlottes Fall hatte ihr Widerwille, das Ganze aufzugeben, mehr mit Emerson McKitrick zu tun als mit Tristram Abberley. Aber es hatte den gleichen Effekt. Als Maurice einen anderen Weg zu finden versuchte, wie sie dem Rätsel auf die Spur kommen könnten, war sie gleich bei der Sache.

»Am Donnerstag muß ich wieder nach New York«, erklärte er, als sie auf der sonnengefleckten Terrasse hinter dem Hotel auf den Kaffee warteten. »Und ich will sehen, ob ich eine Miss van Ryan in der Fifth Avenue ausfindig machen kann, während ich dort bin, obwohl ich nicht sehr optimistisch bin, denn wir haben ja keine Hausnummer.«

»Werden Sie mitgehen, Emerson?« erkundigte sich Charlotte.

»Ich glaube nicht. Maurice hat mich großzügigerweise eingeladen, eine Weile in Swans' Meadow zu bleiben, und ich muß noch ein paar Nachforschungen in Oxford anstellen, die aber nichts mit dieser Sache zu tun haben.«

»Ich habe außerdem vorgeschlagen, Charlie«, sagte Maurice, »daß du ihn vielleicht Onkel Jack vorstellen könntest.«

»Onkel Jack? Nun, natürlich. Aber warum?«

»Weil er mit Mutter und mir zusammenlebte, als Tristram starb – und als Frank Griffith uns besuchte. Ich war damals noch ein kleines Kind. Aber Jack war im Teenageralter und steckte seine Nase in alles hinein. Deshalb kann er vielleicht genauer sagen, was Tristram aus Spanien geschickt hat und was nicht.«

»Ich wüßte nicht, weshalb. Die Frage ist doch, was er an Beatrix

132

geschickt hat. Und ihr seid erst nach Kriegsausbruch zu ihr gezogen.«

»Das ist richtig. Vielleicht ist es die Sache wirklich nicht wert, den alten Langweiler damit zu behelligen.«

»Meine Erfahrung sagt mir etwas anderes«, mischte sich Emerson ein. »Geh jeder Spur nach für den Fall, daß es ein roter Faden ist, der zur Wahrheit führt. Genauso gehen wir Wissenschaftler vor. Ich nehme das Risiko auf mich, von Onkel Jack gelangweilt zu werden, wenn Sie es auch tun, Charlie.«

Charlotte schenkte ihm ein breiteres Lachen, als sie eigentlich vorgehabt hatte. »Ich kann es kaum abschlagen, oder?«

Später, als Emerson kurz weg war, um nach ihren Rechnungen zu fragen, gab Maurice seine freundliche Deckung einen Augenblick auf und sagte ohne jede Einleitung zu Charlotte: »Ich nehme nicht an, daß du Ursulas Geschichte glaubst, oder?«

»Ich... Weshalb sollte ich ihr nicht glauben?«

»Ich an deiner Stelle hätte es nicht getan. Es erscheint doch so unwahrscheinlich. Das ist einer der Gründe, warum ich hierherkam. Um dir zu sagen, daß sie die Wahrheit gesagt hat. Der Brief enthielt nichts weiter als leere Seiten. Ich habe es selbst gesehen.«

»Du hast es gesehen? Aber Ursula hat gesagt –«

»Sie habe mir den Brief nicht gezeigt? Ich weiß. Auch das ist wahr. Ich bin zufällig in ihrem Nachttisch darauf gestoßen, als ich nach Manschettenknöpfen suchte. Ich konnte einfach nicht widerstehen, einen Blick hineinzuwerfen. Nun, ich wußte nicht, was ich davon halten sollte, das kannst du dir vielleicht vorstellen. Aber ich konnte Ursula doch nicht gut fragen. Sie hätte gedacht, ich spioniere ihr hinterher. Kurz danach muß sie ihn weggeworfen haben, denn als ich das nächste Mal nachschaute, war er weg. Natürlich hatte ich keine Ahnung, daß er von Beatrix war. Ich kann mir noch immer nicht vorstellen, was das bedeuten sollte.« Er sah sich um, um sicher zu sein, daß Emerson noch nicht wieder zurückkam, dann fügte er hinzu: »Die Sache ist folgendermaßen, Charlie. Ursula weiß nicht, daß ich den Brief gesehen habe, und ich möchte nicht, daß sie es erfährt – aus naheliegenden Gründen. Kann ich mich darauf verlassen, daß du es für dich behältst?«

Seine Augen funkelten verschwörerisch, und sein Lächeln war etwas zögernd. Plötzlich wurde Charlotte klar, daß sie erneut ausmanövriert worden war. Indem sie zustimmte, Stillschweigen zu bewahren, akzeptierte sie auch Maurices Darstellung der Vorfälle ohne weitere Fragen. Aber es war undenkbar, sich zu weigern. »Natürlich«, sagte sie, indem sie jeglichen Widerstand aus ihrer Stimme verbannte. »Dein Geheimnis ist bei mir absolut sicher.«

Emerson fuhr mit Maurice zurück, als sie an diesem Nachmittag das Hotel verließen. Das war nur vernünftig, da er in Swans' Meadow bleiben würde, aber für Charlotte bedeutete es, daß sie allein nach Tunbridge Wells zurückfahren mußte. Anfangs deprimierte sie diese Aussicht. Aber nachdem sie losgefahren war, begann sie zu überlegen, daß es so vermutlich am besten war. Wenn Emerson ihr Gesellschaft geleistet hätte, hätte sie vielleicht eine unbedachte Bemerkung fallen lassen, aus der man hätte schließen können, welchen Verdacht sie immer stärker hegte: daß ihr jeder, den sie wegen Beatrix befragte, irgend etwas verheimlichte; daß jeder einzelne von ihnen in der einen oder anderen Weise log.

23

David Fithyan, der Sohn des Firmengründers von Fithyan & Co., war ein rotgesichtiger, rotblonder Mittvierziger, der die wenige Zeit, die er nicht mit Golfspielen und mit den Büromädchen flirtend zubrachte, der Aufgabe widmete, sicherzustellen, daß keiner der wichtigen Klienten Grund zur Unzufriedenheit hatte. In dem Moment, in dem Derek zu ihm zitiert wurde, wußte er, daß seine mangelhafte Buchprüfung der Firma Radway Ceramics zur Sprache kommen würde, und genauso war es auch.

»George Radway hat mich gestern abend im Club in die Enge getrieben und mit Beschimpfungen überschüttet, kann ich Ihnen sagen.« Wofür, da hatte Derek keinen Zweifel, er würde büßen müssen. »Ich habe mich heute morgen mit Neil unterhalten, und wie er mir sagte, ist dies nicht das einzige Beispiel an schludriger Arbeit, das Sie in letzter Zeit geliefert haben.«

»Es gab... ein, zwei Probleme.«

»Das ist noch milde ausgedrückt. Die meisten Ihrer Berichte sind nicht planmäßig fertig geworden. Es vergeht kaum eine Woche, in der Sie nicht einen oder zwei Tage freinehmen. Und wenn Sie mal zufällig hier sind, dann scheinen Sie zu zerstreut zu sein, als daß Sie von großem Nutzen wären.«

»Es tut mir sehr leid, wenn... nun... wenn ich meine Aufgabe nicht erfüllt habe.«

»Eine Entschuldigung ist nicht genug, Derek. Ich will wissen, was Sie dagegen zu unternehmen gedenken.«

»Sie haben mein Wort, daß es keine Wiederholung der Schwierigkeiten mit Radway geben wird.«

»So?« Fithyan seufzte und strich sich mit einer gezierten Bewegung seines linken Armes das Haar zurück, wobei er den Arm zuerst ganz ausstreckte, um, wie Derek vermutete, einen Blick auf seine Armbanduhr zu werfen. »Darf ich fragen, ob diese... diese Unproduktivität... etwas mit Ihrem Bruder zu tun hat?«

Derek wurde rot. »Ach, Sie wissen Bescheid?«

»Aber natürlich, mein Lieber. Jeder hier weiß das. Sie haben doch nicht ernsthaft geglaubt, Sie könnten das geheimhalten?«

»Nun... Nein. Nein, ich glaube nicht.«

»Sie haben mein Mitgefühl. Es kann nicht sehr erfreulich sein, herauszufinden, daß Ihr Bruder ein Krimineller ist.«

»Er... ähm... ist noch nicht verurteilt worden.«

»Nein. Aber das wird er ja wohl, soviel ich gehört habe.«

»Wer sagt das?«

Fithyan runzelte die Stirn. »Niemand Bestimmtes. Es ist nur... das sagen alle.«

»Aha. Ich verstehe.«

»Derek, worum es eigentlich geht, ist folgendes. Wir können es uns bei Fithyan & Co. nicht leisten, Leute mit durchzuschleppen. Wir alle müssen *kämpfen*, etwas *leisten*.« Er betonte die beiden Worte, als ob er es schon allein durch die Betonung tun könnte. »Uns ist bewußt, daß Mitarbeiter immer wieder mit persönlichen Problemen zu kämpfen haben. Wir sind nicht herzlos oder gefühllos. Aber wir können nicht zulassen, daß sich diese Probleme auf den Ruf der Firma auswirken. Sie verstehen das sicherlich.«

»Natürlich.«

»Sehr schön. Dann kann ich also davon ausgehen, daß Sie mit diesen... Sorgen... fertig werden?«

»Ja.« Derek versuchte, etwas Zuversicht in seine Antwort zu legen. »Ja. Das können Sie.«

Fithyan lächelte kühl. »Ausgezeichnet.« Er sah auf seine Armbanduhr. »Tut mir leid, daß ich Ihnen so massiv kommen mußte, Derek. Aber es ist wirklich nur in Ihrem eigenen Interesse.«

»Ja. Ich verstehe.«

»Und schließlich ist keiner von uns der Hüter seines Bruders, wie der Dichter sagte.«

»Genaugenommen war es kein Dichter. Es steht in der Bibel. Als Frage: ›Bin ich... der Hüter meines Bruders?‹«

Fithyans Grinsen fiel verblüfft in sich zusammen, dann warf er ihm einen wütenden Blick zu. »Wirklich? Nun, wie auch immer, Sie haben mich verstanden.« Und damit war ihr Gespräch, wie sein Gesichtsausdruck deutlich zeigte, beendet.

Derek kehrte in sein Büro zurück, das ihm wie ein sicherer Hafen erschien. Hier konnte er die Tür schließen und so die Welt aussperren, zumindest für eine Weile, und über die Unordnung nachdenken, durch die sich sein Leben in letzter Zeit auszeichnete. Natürlich nicht durch seine Schuld. Und auch nicht durch Colins Schuld. Trotzdem war es passiert. Und Fithyan hatte klar zum Ausdruck gebracht, daß es nicht mehr lange so weitergehen konnte.

Derek ließ sich in seinen Schreibtischsessel sinken und fand auf getrennten Zetteln drei Nachrichten vor, die alle von seiner Sekretärin Carol in ihrer großen, kindlichen Handschrift notiert worden waren. *Bitte Mr. Hamlyn im VAT-Büro anrufen. Bitte Ann Nicholson bei Radway Ceramics zurückrufen. Bitte anrufen: Maurice Abberley, Ladram Avionics.* Derek starrte mehrere Sekunden auf die Worte, bevor er glauben konnte, daß sie bedeuteten, was er gehofft hatte. Maurice Abberley hatte sich bei ihm gemeldet. Aus freien Stücken. Weil er es wollte. Warum – und vor allem, warum jetzt –, konnte Derek sich nicht vorstellen. Er versuchte es also erst gar nicht. Er folgte der Gunst der Stunde, nahm den Telefonhörer ab und wählte die Nummer.

Eine Telefonistin mit verbindlich-höflichem Ton; dann eine honigsüße Sekretärin; und dann, mit verwirrender Plötzlichkeit, sprach Derek mit Maurice Abberley persönlich. »Mr. Fairfax. Danke, daß Sie zurückrufen.«

Er klang neutral, fast freundlich, als ob er sich mit einem Geschäftspartner unterhielte.

»Mr. Abberley, ich... ich war irgendwie...«

»Überrascht, von mir zu hören? Das dachte ich mir schon. Ich nehme an, Sie haben mir mit größerer Hoffnung als Erwartung geschrieben.«

»Ähm... Ja...«

»Verschiedene Begebenheiten haben mich zu der Annahme gebracht, daß Sie vielleicht doch nicht so unrecht haben. Ich meine, daß Ihr Bruder unschuldiger ist, als es den Anschein hat. Vielleicht überhaupt unschuldig, wenn man es genau nimmt.«

»Wirklich? Nun, ich bin –«

»Warum treffen wir uns nicht und sprechen darüber. Mr. Fairfax? Tauschen Erfahrungen aus, wenn Sie so wollen.«

»Ja. Ja, gern.«

»Ich muß am Donnerstag nach New York fliegen. Würde es Ihnen morgen passen?«

Sich so kurz nach dem Tadel erneut freizunehmen würde ihm ernsthaften Ärger bei Fithyan & Co. einbringen, das wußte Derek genau. Und trotzdem, wie konnte er ablehnen? Das war die erste entgegenkommende Geste der Familie Abberley. »Ja. Morgen paßt mir gut. Wann und wo?«

»Um vier Uhr. Hier in meinem Büro.«

»Gut. Ich werde kommen.«

Derek legte den Hörer auf und lehnte sich langsam in seinem Stuhl zurück, zu verwirrt durch den Wandel der Ereignisse, als daß er zu einer Reaktion fähig gewesen wäre. Gerade als er alle Hoffnung aufgegeben hatte, das Rätsel jemals lösen zu können, warum der ehemalige Chauffeur von Maurice wenige Tage nach Colins Besuch in Jackdaw Cottage in Rye gewesen sein sollte, hatte sich ihm freundlicherweise ein Weg aufgetan. Gerade als er sich mehr oder weniger dazu entschlossen hatte, seinen Bruder seinem Schicksal zu überlassen, war es unmöglich geworden, nicht wenigstens eine

137

letzte Anstrengung zu unternehmen. Die Ironien und Widersprüche wollten nicht aufhören. Und er war nicht in der Lage, sie aufzulösen.

24

Jack Brereton war sein ganzes Leben lang ein Prasser und Schmarotzer gewesen. Er hatte versucht, der Kritik dadurch zu entgehen, daß er ständig guter Laune war und stets Witze, Anekdoten und Renntips auf Lager hatte. Und es war ihm gelungen, denn seine Schwester, Mary Ladram, hatte sich ihm gegenüber immer großzügig gezeigt, so daß sichergestellt war, daß er seine späteren Jahre nicht in Armut und Elend würde verbringen müssen. Als er noch jünger war, hatte er für Ronnie Ladram gearbeitet, aber seit Maurice ihn entlassen hatte, war er ein Ganztags-Müßiggänger geworden. Er hatte sich ein kleines Apartment in Earl's Court gemietet, das ein idealer Ausgangspunkt war für seine täglichen Spaziergänge zwischen Wirtshäusern, Clubs, Casinos, Annahmestellen für Wetten und einer hartnäckig treuen Handvoll zweifelhafter Freundinnen. Wenn er nicht das schwarze Schaf der Familie war, so mit Sicherheit ihr schmuddliger, nicht vorzeigbarer Schafbock. Er verließ London nur selten, und wenn Charlotte in die Stadt kam, besuchte sie ihn nie. Trotzdem schien er nicht überrascht, als sie ihn bat, Emerson McKitrick mitbringen zu dürfen, damit er ihn kennenlernte. Es hatte ihn nur in seiner Meinung bestärkt, daß er jemand war, den alle kennenlernen wollten, auch wenn sie immer versuchten, das abzustreiten. Auch wenn Jacks Apartment groß genug zum Tanzen gewesen wäre, was nicht der Fall war, hätten seine Methoden der Haushaltsführung eine Verköstigung der Gäste ausgeschlossen. Deshalb begleitete er Charlotte und Emerson um die Ecke zu einem seiner anderen Zuhause, einem kleinen Wirtshaus, das einmal ein Kutscherhäuschen gewesen war, voll mit poliertem Holz und Rauchglas, wo er mit sarkastischer Vertraulichkeit begrüßt wurde. Ausgerüstet mit einem doppelten Scotch und einem Päckchen Senior-Service-Zigaretten erwies er sich als so gesprächig, wie Charlotte erwartet hatte. Die Schwierigkeit bestand jedoch darin, ihn auf das zu beschränken, woran sie interessiert waren, denn seine Erinnerungen neigten dazu, verschiedene Menschen, Orte und Zeiten durcheinanderzubringen, da er wenig Sinn für Reihenfolge und Relevanz besaß.

»Tristram hatte das Zeug zum Helden, ganz bestimmt, daran besteht kein Zweifel. Obwohl er nicht mein Fall war. Kriege ich von Compton und Edrich jeden Tag. Wir wohnten damals in Knightsbridge. War praktisch wegen des Parks, aber sonst für nichts. Tristram nahm mich manchmal zur Speaker's Corner mit. Er liebte es, den Fanatikern zuzuhören, die irres Zeug über das Tausendjährige Reich und die Vormachtstellung des Proletariats erzählten. Nicht meine Vorstellung von Vergnügen, kann ich euch sagen.«

»Über seinen Tod, Onkel Jack...«

»Mmm? Oh, ich kann mich kaum daran erinnern. Ein Brief vom britischen Konsul in Tarragona brachte uns die Nachricht. Später kamen seine Habseligkeiten. Mary hat das ziemlich mitgenommen, wie ihr euch denken könnt. Kann nicht behaupten, daß es mir so ging. Beatrix kam aus Rye herüber, um sie zu trösten. Beatrix selbst hat's mit Fassung getragen. Nun, so war sie eben. So etwas wie sie gibt es heutzutage nicht mehr. Macht vielleicht auch nichts, was? Ich erinnere mich, wie sie sich einmal mit einer Zigeunerin angelegt hat, die versucht hat, sie zu verfluchen, weil sie keinen Lavendel kaufen wollte. Mein Gott, das war vielleicht ein Krach. Ihr hättet –«

»Was ist mit Frank Griffith?« mischte sich Emerson ein. »Erinnern Sie sich an seinen Besuch? Es muß im Dezember 38 gewesen sein.«

»Hat keinen Sinn, mir Daten zu nennen, mein Junge. Soweit es mich betrifft, gibt es zu Weihnachten bunte Päckchen und sonst nichts. Da *gab* es aber einmal einen grimmig aussehenden Waliser, der eines Tages bei uns auftauchte, das stimmt. Aber er war nicht der einzige. Jetzt weiß ich aber nicht mehr, ob er vor oder nach dem Spanier kam –«

»Welcher Spanier?«

»Habe ich dir nie von ihm erzählt, Charlie? Hat mir zwar nicht das Leben vermiest, sah aber so aus, als ob er ein paar anderen das Leben vermiest hätte. Ungefähr zwei Meter groß, ausgemergelt, mit einer Hakennase, mit der du eine Suppendose hättest öffnen können. Mary fürchtete sich vor ihm, und ich kann es ihr nicht

139

übelnehmen. Mir war er auch nicht gerade geheuer. Er war nicht das, was man als schelmisch bezeichnen würde. Beatrix hat größtenteils das Sprechen übernommen, während ich –«

»Beatrix war auch da?«

»Natürlich. Das war in Jackdaw Cottage. Wir verbrachten während der Sommerferien ein paar Tage dort. Muß der Sommer vor dem Krieg gewesen sein, denn nach 1940 hatten wir uns dort auf Dauer eingerichtet.«

»Können wir das noch einmal klarstellen?« sagte Emerson. »Frank Griffith hat Sie und Ihre Schwester im Dezember 1938 in Knightsbridge besucht?«

»Wenn Sie das sagen, alter Junge. War bestimmt Winter. Und Tristram war noch kein Jahr tot.«

»Dann besuchte Sie ein Spanier im Sommer 1939, während Sie in Rye waren?«

»Genau.«

»Was wollte er?«

»Könnte ich Ihnen nicht sagen. Ich habe mich rar gemacht. Er schien Tristram gekannt zu haben. Hat vielleicht mit ihm zusammen gekämpft. Andererseits, nun, er war kein bißchen wie euer walisischer Freund. Tatsächlich war er so völlig anders – so arrogant, von so eisiger Höflichkeit –, man hätte leicht glauben können, er hätte *gegen* Tristram gekämpft. Ich hatte den Eindruck, er hatte etwas von einem Nazi an sich.«

»Sie meinen, er war Faschist?«

»Möglicherweise. Kein Kommunist, das ist sicher. Aber ich weiß es nicht. Er saß mit Mary und Beatrix eine Stunde oder länger hinter verschlossenen Türen. Keine von ihnen sagte hinterher viel darüber. Ich glaube, sie waren richtig froh, als sie ihn wieder los waren. Mir ging's genauso. Die Temperatur fiel um ungefähr sechs Grad, solange er im Haus war.«

»Wie hieß er?«

»Wenn er uns seinen Namen gesagt hat, so habe ich nicht hingehört. Heißen die Spanier nicht alle Gomez?«

»Nicht vielleicht Ortiz?« fragte Charlotte. »Vicente Ortiz?« Sie fühlte Emersons scharfen Blick und bedauerte sofort ihre Nachfrage. Der Mann, den Jack beschrieben hatte, klang überhaupt nicht nach Frank Griffiths »brummigem kleinen Anarchisten aus Barcelona«.

»Glaube nicht. Nein, ganz bestimmt nicht.«

»Wie alt war er?« fragte Emerson.

»Oh, ich denke, so um die Vierzig. Zu jener Zeit hätte ich sechzig gesagt, aber Sie wissen ja, wie uralt jeder Erwachsene auf einen Zwölfjährigen wirkt. Ich fragte Mary später einmal, ob er ein Verehrer war, den Beatrix auf einer ihrer Reisen aufgelesen hatte. Sie fand das gar nicht komisch. Gab mir ein paar Ohrfeigen –«

»Was für Reisen?«

»Habe ich das nicht erwähnt? Nein, ich glaube, das habe ich nicht. Nun, Beatrix gehörte niemals zu denen, die zu Hause bleiben, nicht wahr? Außer während des Krieges, als ihr nichts anderes übrigblieb. Sie war in jenem Frühling einige Monate an der französischen Riviera – oder vielleicht waren es auch die Schweizer Alpen – oder vielleicht auch beides.«

»Im Frühling 1939?«

»Ja. Genau. Als sie erklärte, sie werde wegfahren, hoffte ich, sie werde darauf bestehen, daß wir sie alle begleiteten. Eine Spritztour, um Tristrams Gespenst loszuwerden, würde ich sagen. Mir hätte es nichts ausgemacht, die Schule zu versäumen. Und Mary hätte vielleicht einen gutaussehenden Franzmann getroffen, der sie auf andere Gedanken gebracht hätte. Aber nein. Es stand nie zur Debatte. Beatrix fuhr allein. Und wir blieben, wo wir waren, mit dem kleinen Maurice, der jede Nacht lauthals schrie, und Mary, die ziellos herumstrich und inbrünstig Tristrams Foto anstarrte. Keine lustige Zeit, kann ich euch sagen. Tatsächlich habe ich Beatrix für ziemlich gemein gehalten, daß sie ganz allein abgezogen war und uns im eigenen Saft schmoren ließ. Vermutlich war das unfair von mir, denn sie war ja nie gemein, nicht wahr? Zweifellos hatte sie ihre Gründe.«

Aber welche? fragte sich Charlotte. Ein zielloser Aufenthalt zum reinen Vergnügen war für Beatrix ebenso untypisch wie auch völlig unglaubhaft. Wenn sie an die jährlichen angeblichen Urlaube bei Lulu dachte, fiel es ihr leichter, sich ein anderes Reiseziel und einen heimlichen Zweck vorzustellen. Als sie zu Emerson blickte, sah sie, daß er den gleichen Gedanken hatte.

»Die hatte sie immer, nicht wahr?« fuhr Jack fort. »Sie machte immer, was sie wollte, und war für alle anderen ein Rätsel, unsere Beatrix. Weißt du, ich habe oft gedacht, sie sei dagegen gewesen, Tristrams Spanien-Gedichte zu veröffentlichen. Vielleicht hat sie es sogar hinausgezögert. Mary sagte, sie hätte bis zu den frühen Fünfzigern niemals etwas damit anstellen wollen, und ich kann mir auch nicht vorstellen, daß jemand während oder kurz nach dem Krieg daran interessiert gewesen wäre, obwohl wir weiß Gott jeden zusätzlichen Penny hätten brauchen können, wie wenig es auch gewesen wäre. Seine anderen beiden Gedichtsammlungen waren vergriffen, und wir lebten alle zusammen in der Wohnung in Maidstone, wo du geboren wurdest, Charlie. Mary, Luftwaffenmajor Ronnie, Maurice, ich und natürlich du. Die Sardinenfamilie, pflegte Ronnie uns zu nennen. Er war wirklich ein ulkiger Vogel. Aber das Geld rutschte ihm wie Sand durch die Finger, deshalb weiß ich eigentlich nicht, warum sie erst so spät auf den Gedanken gekommen sind, die *Spanien-Gedichte* zu veröffentlichen. Ich hätte es bestimmt schon viel früher vorgeschlagen, wenn ich gewußt hätte, daß diese Gedichte existierten, aber Mary hat sie mit keinem Wort erwähnt. Sie hat Tristrams Interessen immer geschützt, und ich bin oft genug mit ihr aneinandergeraten, das kann ich dir sagen, als ich versuchte, etwas herauszubekommen. Außerdem mußte ich gut aufpassen, nachdem Ronnie aufgetaucht war. Er hätte Mary vielleicht dazu überredet, mich rauszuschmeißen und mich mir selbst zu überlassen. Ich hätte das nicht gekonnt –«

»Warum glaubst du, daß Beatrix gegen eine Veröffentlichung war, Onkel Jack?«

»Keine Ahnung. Ich bin mir nicht einmal sicher, daß es so war. Aber wenn sie nicht dagegen war, warum dann die lange Wartezeit?«

»Mutter hat immer gesagt, bevor sie Dad getroffen habe, wäre es für sie zu schmerzlich gewesen, von Tristrams Nachlaß zu profitieren.«

Jack schniefte und spielte mit dem Whisky.

»Vielleicht«, murmelte er.

»Sie glauben nicht daran?« sagte Emerson.

Jack schüttelte den Kopf. »Kann ich nicht behaupten. Sehen Sie, es gab zig Familienkonferenzen darüber, bevor es endlich verkündet wurde. Verhandlungen hinter geschlossenen Türen zwischen Mary, Ronnie und Beatrix. Mein Eindruck – nicht mehr, ich garantiere es – war, daß Beatrix die letzte Entscheidung traf, daß sie die ganze Idee hätte vom Tisch fegen können – und beinahe tat sie es.«

»Ich verstehe das nicht«, sagte Charlotte. »Als Tristrams Witwe hatte Mutter doch bestimmt das Recht, mit allen Gedichten, die er ihr geschickt hat, das zu tun, was sie wollte.«

»Du hast den Nagel auf den Kopf getroffen«, sagte Jack, indem er mit seinem zitternden Zeigefinger auf sie deutete. »Genau meine Meinung. Was hatte das Ganze mit Beatrix zu tun? Warum brauchten sie ihre Zustimmung? Sie mußten sie richtiggehend überreden. Ich habe mich oft darüber gewundert.«

»Haben Sie nie gefragt, warum?« wollte Emerson wissen.

»Darauf können Sie wetten, mein Junge, aber es hat mir nichts gebracht. Sie haben die Reihen geschlossen. Behaupteten, ich würde aus einer Mücke einen Elefanten machen. Vielleicht hatten sie recht. Wir werden das niemals erfahren, oder? Nachdem sie nun alle an einen schöneren Ort gegangen sind – wo ich sie vermutlich niemals wiedersehen werde.« Jack grinste über seinen Witz. Als weder Charlotte noch Emerson auch nur das kleinste Lächeln zeigten, zuckte er mit den Schultern und sagte: »Macht, was ihr wollt.«

»Es tut mir leid, Onkel Jack«, sagte Charlotte. »Wir danken dir für all diese Auskünfte. Unglücklicherweise führen sie zu keinem Ergebnis. Wir sind jetzt nur –«

»In einer anderen Sackgasse angelangt«, warf Emerson ein.

»Ich habe euch nichts anderes versprochen, oder?« protestierte Jack. »Und da wir gerade davon reden, mein Scotch ist bereits seit einigen durstigen Minuten ausgetrunken. Wie wär's mit Nachschub?«

25

Die Ladram Aviation hatte ihre Tätigkeit in einer Baracke auf einem stillgelegten Flugplatz der Royal Air Force auf halbem Weg zwischen Maidstone und Tonbridge aufgenommen. Der Firmensitz ihrer Nachfolgerin, der Ladram Avionics, war ein trapezförmiges Gebäude aus blauem Glas und gehärtetem Stahl zwischen den Wasser-

143

reservoirs und Schnellstraßen von Süd-Middlesex. Derek Fairfax traf an einem ruhigen, schwülen Nachmittag kurz vor vier Uhr zu seiner Verabredung mit Maurice Abberley ein. Knapp eine Stunde zuvor hatte er unvermittelt eine Buchprüfungsversammlung in Sevenoaks verlassen, obwohl er wußte, daß David Fithyan, wenn er davon erführe, wütend sein würde. Aber zu Dereks eigener Überraschung war ihm Fithyans mutmaßliche Reaktion völlig egal, während Maurice Abberleys Motive, ihn um ein Treffen zu bitten, noch so verführerisch im dunkeln lagen.

Das Innere von Ladram Avionics war ebenso elegant und gepflegt modern, wie das Äußere bereits vermuten ließ. Die meisten Angestellten sahen aus, als ob sie in ihrer Freizeit als Models arbeiten, und die Einrichtung war ergonomisch-futuristisch. Ein Fahrstuhl, der fast so groß war wie Dereks Büro bei Fithyan & Co., brachte ihn sanft und schnell in den obersten Stock, wo ihn Maurices vollbusige Sekretärin begrüßte.

Das Büro des leitenden Direktors, zu dem sie ihn führte, war eine passend riesige Zimmerflucht mit einem hochflorigen Teppich, in den die Buchstaben L und A kunstvoll eingewebt waren. Eine ganze Wand bestand aus getöntem Glas, durch die das Gewirr des Londoner Straßennetzes so weit entfernt und ruhig aussah wie die Kanäle auf dem Mars. Maurices halbmondförmiger Schreibtisch war so aufgestellt, daß er jedesmal, wenn er den Blick hob, so wie er es jetzt bei Dereks Eintritt trat, diesen olympischen Ausblick hatte.

»Ich freue mich, daß Sie kommen konnten, Mr. Fairfax«, sagte er und kam mit ausgestreckter Hand und einem Lächeln, das er aus dem Nichts herbeizauberte, quer durch den Raum auf ihn zu. »Und dazu so pünktlich. Das gefällt mir.« Er war elegant gekleidet, trug einen dunklen Anzug und eine Krawatte mit Monogramm, und seine Stimme schien den leeren Raum auszufüllen. Alles an ihm – seine Stimme, seine Erscheinung, das Bewußtsein seiner Macht – bewirkte, daß Derek sich im Vergleich dazu schäbig und unzulänglich vorkam.

»Möchten Sie eine Tasse Tee?«

»Ähm... Ja. Vielen Dank.«

»Indischen oder chinesischen?«

»Nun... ich... das ist mir egal.«

»Dann nehmen wir am besten den Lapsang, Sally«, sagte Maurice zu seiner Sekretärin, die nickte und sich so leise zurückzog, daß Derek nicht hörte, wie sich die Tür hinter ihr schloß. »Kommen Sie, Mr. Fairfax, nehmen Sie bitte Platz.« Er wies auf zwei Ledersessel.

»Vielen Dank. Sie... ähm... haben eine herrliche Aussicht.«

»Ja, nicht wahr? Es hilft mir dabei, den Sinn für Proportionen zu behalten.«

»Ich denke, wir alle... brauchen das.«

»O ja. Natürlich. Ohne Zweifel. Tatsächlich könnte man sagen, genau das ist der Grund, warum wir uns heute nachmittag treffen.«

»Ja?«

»Direkt nach einem Todesfall, besonders wenn er gewaltsam erfolgte, gibt es wenig Raum für vernünftige Überlegungen. Deshalb war Ihr Besuch in Ockham House auch so unpassend.«

»Ich sehe ein, daß Sie recht haben. Es tut mir leid. Ich hätte es besser wissen sollen. Mir lag soviel daran, etwas zu tun – irgend etwas –, um meinem Bruder zu helfen.«

»Das ist verständlich. Ich hoffe, Sie stimmen mir zu, daß auch unsere Reaktion verständlich war.«

»Natürlich.«

»Wir wollen dafür sorgen, daß wir uns bei dieser Gelegenheit nicht wieder mißverstehen. Ich habe nichts für Ihren Bruder übrig und glaube eigentlich nicht an seine Unschuld. Aber gewisse Erkenntnisse der letzten Zeit haben mein Vertrauen in seine Schuld so weit untergraben, daß ich es nur für fair halte, Sie darüber zu informieren. Wie Sie in Ihrem Brief geschrieben haben, ist es in unser aller Interesse, die Wahrheit über Beatrix' Tod herauszufinden. Wenn Ihr Bruder dafür verantwortlich *ist*, werden Sie es akzeptieren müssen. Wenn nicht, will ich herausbekommen, wer der wahre Täter war.«

»Genauso sehe ich die Sache auch, Mr. Abberley, ich bin nur –«

»Ah«, unterbrach ihn Maurice. »Hier kommt der Tee.«

Der Tee wurde behutsam in hauchdünnem Spode-Porzellan serviert, und Maurice strahlte unerschütterlich, während seine Sekretärin sie bediente. Als sie sie wieder allein gelassen hatte, lehnte er sich vor, als ob plötzlich ein höheres Maß an Intimität erforderlich wäre.

145

»Charlotte findet, wir sollten Sie Ihrem Schicksal überlassen, Mr. Fairfax. Und meine Frau ist derselben Meinung. Genau genommen scheint niemand aus meiner Familie meine Bedenken zu teilen. Sie würden mein Gespräch mit Ihnen nicht gutheißen. Deshalb halte ich es für das Beste, wenn wir es für uns behalten, was meinen Sie? Andernfalls würde es nur zu sinnlosen Beschuldigungen führen. Kann ich mich auf Ihre Diskretion verlassen?«

»Ja natürlich.«

»Gut. Ich muß Sie warnen. Was ich Ihnen gleich sagen werde, hat vielleicht überhaupt keine Bedeutung. Ich möchte nicht, daß Sie irgendwelche voreiligen Schlüsse ziehen. Ein Geheimnis verbirgt viel öfter Kleinigkeiten als Reichtümer.« Er lächelte, dann sagte er: »Meine Tante lebte sehr zurückgezogen. Ich habe sie nie als geheimnisvoll angesehen, weil ich nie annahm, daß sie etwas zu verbergen hätte. Sie gehörte einer anderen Generation an, die weniger daran gewöhnt war als wir, ihre Gefühle zur Schau zu stellen. Ich habe das stets auf ihre zurückhaltende Natur zurückgeführt. Jetzt... bin ich mir da nicht mehr so sicher.«

»Nein?«

Maurice nippte an seinem Tee und lehnte sich dann in seinem Sessel zurück, den er leicht herumschwang, um aus dem Fenster sehen zu können. »Es ist eine seltsame Angelegenheit. Ausgesprochen seltsam. Wie ich schon sagte, es hat vielleicht gar keine Bedeutung. Andererseits finde ich, Sie sollten es wissen. Dann können Sie selbst urteilen. Und entsprechend handeln.«

Derek hörte aufmerksam zu, als Maurice in seiner Erzählung fortfuhr. Es sah so aus, als ob Beatrix Abberley viele Jahre lang ihre Freundschaft zu einem gewissen Frank Griffith geheimgehalten hatte, der mit ihrem Bruder in Spanien gekämpft hatte. Außerdem hatte sie die Briefe versteckt, die ihr Bruder ihr aus Spanien geschrieben hatte, und sie hatte dafür gesorgt, daß diese nach ihrem Tod an Frank Griffith geschickt wurden, mit der Bitte, sie ungelesen zu vernichten. Griffith behauptete, dies auch getan zu haben. Niemand konnte sich erklären, warum Beatrix sich solche Mühe gegeben hatte, damit diese Briefe nicht an die Öffentlichkeit kamen. Außerdem war unvorstellbar, daß sie deswegen umgebracht worden sein sollte. Trotzdem blieb die Tatsache bestehen, daß sie ihren Tod vorhergesehen, ja sogar erwartet hatte. Es sah ganz so aus, als ob sie gewußt hätte, daß ihr Leben in Gefahr war, und sich entsprechend darauf vorbereitet hatte.

»Ich kann es wirklich kaum glauben, daß sie wegen ein paar Briefen meines Vaters, die fünfzig Jahre alt waren, ermordet wurde. Wenn meine Mutter noch leben würde, würde ich denken, daß Beatrix etwas vor ihr verbergen wollte. Vielleicht eine Liebesaffäre, die Tristram in Spanien hatte. Aber meine Mutter ist im vergangenen Jahr gestorben, das kann es also nicht sein. Ebenso schwer kann ich glauben, daß Beatrix wegen ein paar Antiquitäten ermordet wurde. Es gibt zu viele andere unerklärte Umstände. Wenn sie glaubte, sie sei in Lebensgefahr – zum Beispiel durch Ihren Bruder –, warum ist sie nicht zur Polizei gegangen? Oder hat mir davon erzählt? Warum hat sie überhaupt nichts unternommen, um sich davor zu schützen? Und woher hat sie es überhaupt gewußt? Was machte sie so sicher, daß ihr etwas passieren würde?«

»Vielleicht kann ich Ihnen eine Richtung für eine Antwort aufzeigen«, sagte Derek, der plötzlich seine halbfertigen Schlußfolgerungen mit jemandem teilen wollte. »Die Behauptung Ihrer Tante, daß Sie ermordet werden würde, paßt zu einer Spur, auf die ich gestoßen bin.«

Maurice sah ihn aufmerksam an. »Was für eine Spur?«

Die Abfolge der Ereignisse, die Derek aufzeichnete, beruhte zum Teil auf Tatsachen und zum anderen auf Vermutungen. Aber die Schlüssigkeit seiner Logik war offensichtlich, und seine Überzeugung vertiefte sich, während er sprach. Als Colin am 20. Mai Jackdaw Cottage aufgesucht hatte, betrachtete ihn Beatrix als Trickbetrüger, dessen Erklärungen ein Lügengespinst waren. Eine Woche später, als sie ihn anrief, glaubte sie seine Geschichte offenbar und wollte jede Einzelheit darüber wissen. Nur wenige Tage später reiste sie nach Cheltenham, auf dem Weg nach Wales, fest davon überzeugt, daß ihr Mörder sein Komplott bereits geschmiedet hatte. Was sie auch davon überzeugt hatte, mußte also während der Tage unmittelbar nach dem 20. Mai aufgetaucht sein. Und der einzige ungewöhnliche Zwischenfall, der aus diesem Zeitraum bekannt war, war das Auftauchen von Maurices ehemaligem Chauffeur in Rye, der heftig abgestritten hatte –

»Spicer?« rief Maurice aus. »Spicer war am fünfundzwanzigsten Mai in Rye?«

»Arnold Mentiply besteht darauf, daß er es war.«

»Merkwürdig.« Maurice runzelte die Stirn. »Ausgesprochen merkwürdig.«

»Ich nehme an, Sie haben ihn wegen Trunksucht entlassen.«

»Mir blieb nichts anderes übrig. Er war ein guter Fahrer, aber man konnte sich nicht darauf verlassen, daß er nüchtern blieb. Ich habe ihm Weihnachten gekündigt.«

»Wissen Sie, wo er jetzt arbeitet?«

»Nein. Unter diesen Umständen konnte ich ihm schlecht ein Empfehlungsschreiben ausstellen. Und ich habe nichts mehr von ihm gehört. Solange er bei mir war, wohnte er in einem Apartment in Marlow. Aber ich bezweifle, daß er noch immer dort ist.«

»Welchen Kontakt hatte er wohl zu Ihrer Tante?«

»So gut wie keinen. Er hat mich nach Rye gefahren, wenn ich sie besucht habe.«

»Er hatte keine Verbindungen zu dieser Gegend?«

»Nicht daß ich wüßte. Ich kann mir nicht erklären, weshalb er dort gesehen worden sein soll. Es sei denn, er arbeitet jetzt in der Gegend.«

»Wenn dem so ist, warum sollte er Mentiply gegenüber so tun, als sei er jemand anderes?«

»Ich habe keine Ahnung. Aber das könnte auch ein bloßer Zufall sein.«

»Einer von ziemlich vielen, nicht wahr?«

»Ja. Das ist der springende Punkt.« Maurice dachte einen Augenblick nach, dann sagte er: »Spicer war in vieler Hinsicht rauh, aber herzlich. Er könnte in kriminelle Aktivitäten verwickelt sein. Das kann ich nicht bestreiten.«

»Aber Sie wissen nicht, wo er sich aufhält?«

»Nein. Absolut keine Ahnung.« Nachdenklich rieb er sich das Kinn. »Aber ich könnte mich erkundigen. Bei seiner Vermieterin in Marlow. In dem Wirtshaus, in das er immer ging. Vielleicht hat er jemandem von seinen Plänen erzählt.«

»Ich wäre Ihnen sehr dankbar, wenn Sie einige Nachforschungen anstellen würden«, sagte Derek und nahm einen bittenden Unterton in seiner Stimme wahr. »Ich habe für meinen Bruder getan, was ich konnte.«

»Ich werde sehen, was ich herausfinden kann, sobald ich aus New York zurück bin«, antwortete Maurice. »In der Zwischenzeit, würde ich denken, gibt es jedoch noch etwas, was Sie unternehmen könnten, um Ihrem Bruder zu helfen.«

»Was?«

»Suchen Sie Frank Griffith auf. Finden Sie heraus, ob er die Wahrheit gesagt hat.«

»Sie denken, er lügt vielleicht?«

»Ich weiß es nicht. Schließlich habe ich ihn nicht gesehen. Charlotte glaubt ihm auf jeden Fall. Aber Tristrams Briefe zu vernichten, ohne sie vorher auch nur zu lesen... Ich bin nicht sicher, ob ich glauben kann, daß irgend jemand das getan hat.«

»Aber... wenn er es nicht getan hat...«

»Vielleicht hat er sie noch. Auf jeden Fall weiß er vielleicht, was darin steht.«

»Und das könnte erklären, warum Beatrix ermordet wurde.«

»Genau.« Maurice sah Derek eindringlich an. »Ich habe Charlotte versprochen, daß ich Griffith nicht belästigen werde. Und ich bezweifle, daß ich irgend etwas herausbekommen würde, wenn ich es täte. Aber Sie können machen, was Sie wollen. Und vielleicht kann die Notlage Ihres Bruders Griffith dazu bringen, daß er preisgibt, was er weiß.«

»Es ist sicher einen Versuch wert.«

»Ja.« Maurice lächelte. »Das würde ich auch annehmen.«

26

»Sind Sie wirklich in einer Sackgasse?« wollte Charlotte wissen. »Mit Ihren Nachforschungen, meine ich.« Sie hatte Emerson zurück nach Swans' Meadow gefahren, und sie standen zusammen am Flußufer, während hinter ihnen, mit Sonnenbrille und Walkman gegen die Welt abgeschirmt, Samantha ausgestreckt auf einem Liegestuhl lag.

»Sieht ganz so aus.«

»Aber es ist so... unbefriedigend.«

»Das ist es, Charlie. Sie haben recht. Aber was können wir tun? Die Erinnerungen Ihres Onkels Jack sind faszinierend, aber sie nützen uns nichts. Beatrix wollte offensichtlich nicht, daß jemand Tristrams Briefe las. Nun, dafür hat Frank Griffith gesorgt. Und wir haben keine Möglichkeit herauszufinden, was darin stand.«

Charlotte war plötzlich versucht, Emerson zu widersprechen und ihm zu sagen, daß sie nicht sicher war, daß Frank Griffith die Briefe wirklich vernichtet hatte. Aber sie wußte auch, warum sie das tun wollte. Weil alle Hoffnung, daß ihre Bekanntschaft sich in mehr verwandeln würde, dahin wäre, wenn Emersons Nachforschungen zu Ende waren. Es wäre unverzeihlich, Franks Vertrauen wegen einer Laune zu enttäuschen. Deshalb mußte sie den Mund halten.

»Wann werden Sie nach Harvard zurückkehren?« fragte sie lahm.

»Warum? Wollen Sie mich loswerden?«

»Natürlich nicht.« Sie wurde rot. »Das wissen Sie genau.«

»Ich war eine fürchterliche Plage, seit ich hier angekommen bin, nicht wahr? Ich habe Sie durch das ganze Land geschleppt und Sie bei jeder Gelegenheit ins Kreuzverhör genommen.«

»Mir hat es gefallen. Wirklich.«

»Mir ging es genauso.« Er lächelte. »Ehrlich gesagt, habe ich mich gefragt, ob ich Sie wohl dazu überreden könnte, mich auf ein paar weiteren Ausflügen zu begleiten, solange ich hier bin.«

»Was für Ausflüge?«

»Keine Nachforschungen mehr, das verspreche ich Ihnen.« Er hielt ihren Blick einen schelmischen Augenblick lang fest. »Diesmal nur zum Spaß.«

Charlottes Lächeln war ebenso erleichtert wie bereitwillig. »Das wäre wunderschön«, sagte sie.

»Warum fangen wir nicht gleich heute abend damit an und essen zusammen? In einem Restaurant Ihrer Wahl.«

»Das klingt wundervoll.«

»Sehr schön.« Er senkte seine Stimme und nickte zu Samantha hinüber. »Aber sagen Sie Samantha nichts davon, ja? Sonst wird sie vielleicht eifersüchtig.«

Derek kehrte an diesem Nachmittag nicht nach Tunbridge Wells zurück. Statt dessen nahm er die Autobahn Richtung Wales, um die

Hoffnung zu verfolgen, die ihm Maurice Abberley in den Kopf gesetzt hatte. Ihre zweite Begegnung war weitaus ermutigender gewesen als die erste. Maurice machte auf Derek den Eindruck eines Mannes, der in der Lage war, unerfreulichen Tatsachen ins Auge zu blicken, auch wenn sie seinen Vorurteilen widersprachen. Derek machte sich keine Illusionen darüber, daß im Grunde keine Verbundenheit zwischen ihnen bestand. Das einzige, was sie gemeinsam hatten, war der Wunsch, die Wahrheit herauszufinden. Maurice, um seine Tante zu rächen, Derek, um seinen Bruder zu entlasten.

Als es Abend wurde, hielt er bei einem Wirtshaus in der Nähe von Abergavenny an, um dort die Nacht zu verbringen. Er saß allein in einer Ecke der Gaststube und überlegte sich, wie er sich dem unnahbaren Frank Griffith am besten nähern könnte. Mit Bitten? Mit Forderungen? Mit Argumenten? Die Entscheidung konnte ausschlaggebend sein, aber trotzdem konnte er sie nicht treffen, bevor er den Mann nicht kennengelernt und eingeschätzt hatte. Auch dann könnte jede Überlegung vergeblich sein. Griffith könnte sich nur allzu leicht als stur erweisen oder als aufrichtig unfähig zu helfen. Er könnte –

An diesem Punkt unterdrückte Derek seine Spekulationen. Sie waren ebenso nutzlos wie entmutigend. Und morgen würde er ohnehin Gewißheit haben.

Charlotte aß unter völlig anderen Umständen in einem preisgekrönten Restaurant an der Themse zu Abend. Sie war solchen Luxus nicht gewohnt, nicht, weil sie ihn sich nicht leisten konnte, sondern weil sie keinen Nutzen darin sah. Ihre Freunde – zumindest ihre bisherigen – hätten sich niemals mit Emerson McKitricks gesellschaftlicher Gewandtheit messen können oder – wie er – bewundernde Blicke der Damen an den anderen Tischen auf sich gezogen. Der Gedanke, daß man sie um ihn beneiden konnte, versetzte Charlotte in Hochstimmung.

»Wieso haben Sie niemals geheiratet, Charlie?«

»Niemand hat mich je darum gebeten.«

»Das kann ich nicht glauben.«

»Es ist die Wahrheit. Wie lautet Ihre Entschuldigung?«

»Ich konnte mich nicht dazu entschließen, denke ich.«

»Das kann ich auch nicht glauben.«

»Nun, das heißt nicht unbedingt, daß man sich nicht entscheiden kann. Es kann auch bedeuten, daß man das emotionale Wagnis nicht eingehen will.«

»Ja, dieses Gefühl kenne ich.«

»Das dachte ich mir. Auf lange Sicht zahlt es sich nicht aus, nicht wahr?«

»Ich bin mir nicht sicher.«

»Warten Sie nicht, bis Sie sich sicher sind, Charlie. Denn sonst verbringen Sie Ihre ganze Zeit nur mit Warten.«

»Meinen Sie?« Ihre Hände berührten sich und hielten sich kurze Zeit fest. Und Emersons einzige Antwort war ein Lächeln.

Nach dem Essen, als sich das Restaurant allmählich leerte, spazierten sie hinunter ans Flußufer, wo sich die Lichter des Speisesaals auf der schwarzen Wasseroberfläche spiegelten, während ein rastloses Teichhuhn auf der gegenüberliegenden Seite im Schilf herumspritzte und schnatterte. Charlotte sollte in Swans' Meadow schlafen, aber sie wollte noch nicht zurückkehren, denn sie wußte, wenn sie erst einmal dort wären, hätte sie Emerson nicht mehr ausschließlich für sich. Tatsächlich wollte sie auf keinen Fall den Zauber brechen, unter dem sie stand. Die Seide ihres Kleids fühlte sich kühl an auf ihrer Haut, und sein Arm lag warm um ihre Taille. Als er sie küßte, war sie weder darauf vorbereitet noch überrascht. Es mußte einfach so kommen. Nur ihre Selbstzweifel hatten sie glauben lassen, es werde nicht geschehen.

»Nichts ist jemals umsonst, Charlie«, flüsterte er. »Bei der Jagd auf Wildgänse findet man vielleicht einen Schwan.«

»Mach mir nicht so viele Komplimente. Sonst gewöhne ich mich noch daran.«

»Warum denn nicht – wenn du sie verdienst?«

»Aber das tue ich nicht.« Zu viele Jahre der Einsamkeit und Verletzlichkeit lagen hinter ihr, als daß Vernunft und Überlegung eine Chance gehabt hätten. Sie wollte sich Emerson hingeben, mit ihrem Körper, ihrer Seele, ihren tiefsten Geheimnissen. Sie wollte nicht mehr allein sein. »Ich glaube nicht, daß Frank Griffith die Briefe wirklich vernichtet hat. Ich glaube, sie sind noch immer in Hendre Gorfelen.«

»Das glaube ich auch.«

»Wie bitte?«

»Das denke ich auch, Charlie.« Sie konnte sein Lächeln in der Dunkelheit erkennen. »Ich wollte nur, daß du es sagst.«

»Du hast es die ganze Zeit gewußt?«

»Vermutet.«

»Er würde sie nicht vernichten. Da bin ich sicher.«

»Ich auch.«

»Also was —«

Ein weiterer Kuß brachte sie zum Schweigen. »Also spielt es keine Rolle, nicht wahr?« murmelte er. »Wir werden Frank Griffiths Geheimnis bewahren. Du und ich. Gemeinsam.«

»Gemeinsam?«

»Willst du nicht eines jener emotionalen Wagnisse eingehen, über die wir gesprochen haben?«

»Ja.« Sie legte den Kopf an seine Schulter.

27

Am nächsten Morgen um sieben rief Derek Fithyan & Co. an und sprach eine Entschuldigung wegen seines Fehlens auf den Anrufbeantworter. Damit war er jedem Risiko, es David Fithyan persönlich erklären zu müssen, aus dem Weg gegangen, oder er hatte es zumindest verschoben. Zwei Stunden später war er bereits in Llandovery und erkundigte sich nach dem Weg nach Hendre Gorfelen. Um halb zehn fuhr er die kurvenreiche Bergstraße zum Bauernhof entlang. Innerhalb weniger Minuten war er dort.

Er hielt den Wagen vor dem Haus an und drehte das Fenster herunter. Etwas entfernt hörte er Schafe blöken und in der Nähe eine säuselnde Bewegung der Baumwipfel im Wind, aber nichts deutete an, daß Frank Griffith in der Nähe war. Er stieg aus und sah sich um, erleichtert, daß sich noch kein Hund aus einer Scheune auf ihn gestürzt hatte. Keines der Fenster im Haus war geöffnet. Das und die Tatsache, daß jeder im Haus sein Kommen gehört hätte, überzeugte Derek davon, daß niemand da war. Trotzdem ging er zum Haus und klopfte an die Tür. Keine Antwort.

Er ging den gleichen Weg zurück zum Auto und setzte sich auf den Fahrersitz. Auch wenn Griffith einige Zeit fort sein sollte, würde er doch irgendwann zurückkommen. Er konnte nichts anderes tun als dasitzen und warten.

Derek seufzte und schloß das Fenster. Träge öffnete er das Handschuhfach und holte sein Exemplar von *Tristram Abberley: Eine kritische Biographie* heraus. Im Register stand unter Griffith, Frank, nur eine einzige Seitenangabe. Derek schlug diese Stelle auf und ließ seinen Blick über die Seite gleiten, bis er auf Griffiths Namen stieß.

Als Abberley am Sonntag, dem 27. März, in den frühen Morgenstunden starb, halb bewußtlos und wahrscheinlich zu sehr im Delirium, um noch viel Schmerz zu empfinden, stand Frank Griffith, ein Feldwebel seines Zuges, ihm treu zur Seite. Es war derselbe Mann, der kurz nach dem nüchternen Begräbnis des Dichters auf dem Friedhof in Tarragona dem britischen Konsul dessen persönliche Papiere überbrachte, damit sie an die Witwe weitergeleitet werden konnten. Es war keine besonders bemerkenswerte und ohne Zweifel eine unüberlegte Tat, aber wenn Griffith dies nicht getan hätte, hätten die gesamten Spanien-Gedichte von Abberley nur allzu leicht verlorengehen können. Wie sich herausstellte, erwies sich die Annahme, daß er während seiner Zeit in Spanien überhaupt keine Gedichte geschrieben hatte, als Irrtum, als 1952 —

Ein plötzliches Klopfen am Fenster drang an Dereks Ohr. Er fuhr so heftig zusammen, daß das Buch seiner Hand entglitt. Als er sich umdrehte, blickte er in ein Gesicht, das ihn anstarrte. Es war ein zerfurchtes, ausdrucksloses Gesicht, das er, auch wenn Maurice Abberleys Beschreibung aus zweiter Hand stammte, sofort erkannte.

»Guten Morgen«, wagte er zu sagen, als er das Fenster herunterkurbelte. »Frank Griffith?«

»Und wer sind Sie?«

»Derek Fairfax.« Er öffnete die Tür einen Zentimeter, denn mehr ließ Griffiths Position nicht zu. »Darf ich mich ... ähm ... vorstellen.« Jetzt trat Griffith zurück und ließ Derek aussteigen. »Sie haben vielleicht von meinem Bruder, Colin Fairfax, gehört.« Er grinste unsicher. »Auch bekannt unter dem Namen Fairfax-Vane.«

»Sie haben recht, *vielleicht*.« Nichts in Griffiths Blick ermutigte eine Unterhaltung, welcher Art auch immer. »Was wollen Sie?«

»Ich habe gehört... Nun, das heißt... Vielleicht können wir das Ganze im Haus besprechen.«

»Können wir nicht.« Er schaute ins Auto, und Derek fragte sich, ob er erkennen konnte, was er gelesen hatte.

»Man hat mir erzählt, Sie besäßen mehrere Briefe, die Beatrix Abberley in den dreißiger Jahren von ihrem Bruder, dem Dichter Tristram Abberley, aus Spanien erhielt.«

»Wer sagt das?«

»Ich... Das möchte ich lieber nicht sagen.«

»Dann möchte ich vielleicht auch Ihre Fragen lieber nicht beantworten.«

»Ich bin hier, um mich wegen meines Bruders an Sie zu wenden. Ich wäre nicht so neugierig, wenn er sich nicht in dieser unangenehmen Lage befände. Er muß vielleicht ins Gefängnis für etwas, das er nicht getan hat. Vielleicht sogar für sehr, sehr lange. Er ist nicht mehr der Jüngste, und ich –«

Als Griffiths Stock ihn an der Schulter berührte, verstummte Derek. »Wenn diese Briefe existierten – wenn ich sie hätte –, was könnten sie an der Verurteilung Ihres Bruders ändern?«

»Ich weiß es nicht. Beatrix Abberley war jedenfalls sehr darum bemüht sicherzustellen, daß sie nicht in die falschen Hände gerieten, nicht wahr? Wenn ich herausfinden könnte, warum –«

»Was würden Sie sagen, wenn ich Ihnen erzählte, daß ich die Briefe verbrannt habe – ungelesen?«

»Ich würde Ihnen nicht glauben.«

Griffiths Augenbrauen schossen in die Höhe, seine erste Reaktion überhaupt. »Ich kann Ihrem Bruder nicht helfen, Mr. Fairfax.«

»Können Sie nicht, oder wollen Sie nicht?«

»Ist da ein Unterschied?«

»Ich denke schon. Alles, worum ich Sie bitte, ist, mir die Briefe zu zeigen – oder mir zu sagen, was darin steht, das seine Schwester zu einer Zielscheibe für einen Mord machen könnte.«

»Sie fragen mehr, als Sie wissen.«

»Dann geben Sie also zu, daß Sie ihren Inhalt kennen?«

»Ich gebe gar nichts zu.«

»Wollen Sie untätig zusehen, wie ein unschuldiger Mann ins Gefängnis geschickt wird?«

Griffith antwortete nicht. Statt dessen klemmte er seinen Stock in den Griff der Autotür und stieß sie weit auf. »Das ist mein Bauernhof. Ich möchte, daß Sie jetzt gehen.«

»Mr. Griffith –«

»Lassen Sie mich in Ruhe!« Seine Stimme hatte sich zu einem plötzlichen Brüllen erhoben. Ein Hund bellte und sprang in großen Sätzen um das Auto herum auf sie zu. »Das ist alles, was ich will.« Seine Stimme klang jetzt wieder normal. Er drehte sich um und gab dem Hund ein Zeichen, sich zu setzen, dann schaute er Derek wieder an. »Hier gibt es nichts für Sie, Mr. Fairfax.«

»Was ist mit meinem Bruder?«

»Sie sagen es, er ist *Ihr* Bruder. Nicht meiner.«

»Sie haben im Spanischen Bürgerkrieg gekämpft, nicht wahr? Ging es da nicht auch um Brüderlichkeit?«

»Einige dachten das. Einige tun es immer noch. Ich nicht.«

»Gibt es denn gar nichts –«

»Nein. Nichts. Ich habe meine Schulden vor langer Zeit bezahlt. Das reicht. Setzen Sie sich in Ihr Auto. Fahren Sie zurück in Ihre Welt. Lassen Sie mich in meiner.«

Griffiths Blick traf Derek, als ob er wirklich eine Welt sähe, der er entsagt hatte. Sein Mund war zusammengepreßt. Er atmete schnell, aber ruhig. Seine Schultern waren hochgezogen. Seine Entschlossenheit, nicht nachzugeben – keinen Teil des Geheimnisses preiszugeben, das er zu bewahren versprochen hatte –, war offensichtlich. Und Derek mußte einsehen, daß er machtlos dagegen war.

»Auf Wiedersehen, Mr. Fairfax.«

28

Es war ein Morgen voller Abreisen in Swans' Meadow gewesen: Maurice war kurz nach Tagesanbruch nach New York aufgebrochen; Emerson fuhr etwas später für einen Tag nach Oxford; Ursula hatte eine Verabredung mit ihrer Kosmetikerin in Maidenhead; und schließlich machte sich Charlotte kurz vor Mittag auf den Weg zurück nach Tunbridge Wells.

Nur Samantha war noch da, um sie zu verabschieden, und sie sorgte nicht für einen fröhlichen Abschied. Charlotte fand sie niedergeschlagen und halb angezogen im Wohnzimmer, wo sie ein spätes Frühstück verzehrte.

»Noch nicht angezogen, Sam? Das wird deiner Muter nicht gefallen.«

»Ihr gefällt im Moment vieles nicht, oder? Warum sollte ich da eine Ausnahme sein?«

»Ich bin nicht sicher, ob ich verstehe, was du meinst.«

»Hast du die dicke Luft hier nicht bemerkt? Mom und Dad schleichen seit Tagen wie zwei Katzen umeinander herum, von denen sich keine entschließen kann, als erste zuzuschlagen.«

»Das bildest du dir ein.«

»Nein. Du bist nur zu geblendet, als daß du es bemerkt hättest.«

»Geblendet? Wieso?«

»Von wem, meinst du wohl. Hat er dich gestern abend an einen schicken Ort ausgeführt?«

Charlotte beugte sich zu Samanthas Ohr hinunter und flüsterte: »Kümmere dich um deine eigenen Angelegenheiten.«

Samantha wurde rot und kicherte dann. »Tut mir leid, Charlie. Du hast recht. Was geht das mich an? Emerson ist ein toller Mann. Ich wünsche dir Glück.«

»Danke«, sagte Charlotte mit einem sarkastischen Knicks.

»Aber kannst du mir sagen, was Mom und Dad haben? Irgend etwas ist los.«

Charlotte konnte es sich denken. Vielleicht hatte Ursula Maurice erzählt, was in Beatrix' Brief gewesen war. Oder vielleicht auch nicht. Auf jeden Fall konnte man die Tatsache nicht wegdiskutieren. Wie sie damit fertig wurden, war ihre Angelegenheit. Charlotte war zu sehr mit sich selbst beschäftigt, um sich darum zu kümmern. »Ich habe wirklich keine Ahnung, Sam, wovon du eigentlich sprichst. Und jetzt muß ich gehen.«

Derek kam am Nachmittag in Tunbridge Wells an. Er war müde, erfüllt mit dem Gefühl seiner Unzulänglichkeit. Nach Hause zu gehen war ebenso undenkbar, wie jetzt noch bei Fithyan & Co. zu erscheinen. Er war ein Flüchtling, der weder Richtung noch Ziel kannte. Und deshalb dachte er mit einer gewissen Logik, daß Colin es wohl begrüßen würde, wenn er zur »Schatzgrube« ginge, die ja ein Lager für alles Wertlose und Unerwünschte war.

Er benützte den Schlüssel, den Colin ihm gegeben hatte, und betrachtete den Staub, der sich auf jeder waagrechten Fläche festgesetzt hatte. Das Geschäft war schon immer etwas heruntergekommen gewesen. Jetzt kam noch der muffige Geruch der Verwahrlosung hinzu und machte die Wirkung perfekt. Die goldgerahmten Jagdszenen, die Hogarth-Drucke, die antiken Landkarten, die Zaumzeugbeschläge, die Cicero-Büste, die Standuhr, der ausgestopfte Bär, der Elefantenfuß, die Chaiselongue, der Standspiegel, die Truhe aus Kiefernholz, die Vitrine mit der dürftigen Tunbridge-Sammlung: Alles machte denselben grauen, verschwommenen Eindruck, wie um die Abwesenheit ihres Eigentümers zu beweisen.

Derek lehnte sich an einen Tisch und sah sich um. Vor dem Schaufenster blieben keine Passanten stehen, um einen Blick ins dunkle Innere zu werfen. Die »Schatzgrube« war geschlossen und würde so bald nicht wieder geöffnet werden. Morgen würde ihr Besitzer, Colin Fairfax-Vane, vor Gericht stehen, und es bestand keine Hoffnung, daß er die Anklage widerlegen konnte. Morgen würde seine letzte plumpe Lüge aufgedeckt werden. Und sein Bruder würde dabei zusehen müssen. Es gab nichts mehr, was er tun konnte. Nichts, was ein ausgestopfter Bär und ein toter Römer nicht ebenso gut könnten.

Charlotte war erst ein paar Minuten in Ockham House, als es an der Tür klingelte. Als sie öffnete, stand ein Mädchen mit einem riesigen Blumenstrauß vor ihr: Lilien, Dahlien, Nelken und Chrysanthemen in den wildesten Farben, umgeben von ein paar zarten Stengeln Gypsophila.

»Miss Ladram?«

»Ja. Aber das muß ein –«

»Für Sie.« Das Mädchen drückte Charlotte den Strauß in den

Arm. »Es ist eine Karte dabei.« Sie lächelte und wandte sich zum
Gehen, während Charlotte die Tür schloß und die Blumen in die Küche brachte, bevor sie den kleinen Umschlag öffnen konnte, der an
der Zellophanverpackung befestigt war. Auf der Karte stand nichts
außer Emersons schnörkeliger Unterschrift. Aber das war auch gar
nicht nötig. Während sie sich ans Waschbecken lehnte, atmete
Charlotte den berauschenden Duft einer Zukunft ein, die sie noch
vor wenigen Wochen niemals erwartet hätte. Aus Beatrix' Tod
könnte ihr Glück entstehen. Und diese Möglichkeit vertrieb jedes
Gefühl der Ironie, ganz zu schweigen von Zweifeln. Sie drückte die
Karte an ihre Lippen und küßte sie.

29

Mitternacht. Mit dem zwölften Schlag der Uhr bewegte sich Frank
Griffith müde in seinem Stuhl. Er wußte, er hatte es lange genug
aufgeschoben. Wenn er es noch länger aufschieben würde, würde er
es vielleicht überhaupt nicht mehr tun. Und er mußte es tun. Als er
Beatrix' Brief bekommen hatte, war sein Zögern noch verständlich
gewesen. Daß er sich noch einmal zurückgehalten hatte, als Charlotte ihn gefunden hatte, war zu entschuldigen. Aber jetzt war es
mit Verständnis und Entschuldigungen vorbei. Der Besuch von
Fairfax hatte bewiesen, was er schon die ganze Zeit hätte erkennen
sollen: daß Tristrams Geheimnis nicht sicher wäre, bevor seine
Briefe an Beatrix nicht vernichtet waren.

Frank lehnte sich vor, um seine Pfeife am Kamingitter auszuklop-
fen, erhob sich dann und rieb sich den unteren Rücken, um die Steif-
heit zu vertreiben. Im Uhrenglas undeutlich reflektiert, konnte er
sein zerfurchtes, hohlwangiges Gesicht sehen. Früher einmal war er
stark und gelenkig und gutaussehend gewesen und die Kopfstein-
pflasterstraßen von Swansea entlanggegangen, während Schimmel
die Bucht entlangtrabten und Fabriksirenen ihre Botschaften hin-
ausschmetterten. So jung und voller Vertrauen auf den Platz, den er
in der Welt hatte, mit einem nie ermüdenden Körper und einem un-
erschöpflichen Geist, so hart wie der Stahl, den er schmiedete, so
strahlend wie die Sonne auf den Hügeln. All das war nun vorbei und

vertan, verloren und zerschlagen in Stempelgeldschlangen und Hungermärschen, abgestreift wie eine abgezogene Haut auf den schneebedeckten Bergen über Teruel.

Das hätte eigentlich vor Jahren erledigt werden sollen. Die Briefe hätten mit Tristram in Tarragona begraben werden sollen. Oder irgendwann viel früher auf dem Weg, der hier endete, in seinem hohen Alter und seiner Einsamkeit, den Flammen übergeben worden sein sollen. Aber das war nicht geschehen. Deshalb mußte er jetzt, da der neue Tag näher rückte, ein für allemal dafür sorgen.

Er ging langsam und leise in die Küche, um Bron nicht aufzuwecken. Dort zog er seine Stiefel und eine Jacke an und nahm die Taschenlampe vom Nagel neben dem Herd herunter. Er öffnete die Hintertür und trat in den Garten, wo er stehenblieb, um seine Augen ans Mondlicht zu gewöhnen. Er fror und kicherte leise in sich hinein bei dem Gedanken, wie schwach er geworden war. Sogar in einer milden Hochsommernacht war ihm kalt, während er einst –

Solche nutzlosen Gedanken unterdrückend, lief er zum Gartentor hinüber und betrat den Hof, indem er den Riegel mit peinlicher Sorgfalt anhob und wieder senkte, denn er wollte keinerlei Risiko eingehen, auch wenn es in Wahrheit überhaupt keines gab. Er blickte sich um und atmete tief durch. Alles war still und ruhig. Der Wind hatte sich gelegt, und der Mond stand in blasser, geisterhafter Pracht über den leeren schwarzen Flächen der Felder und Moore. Er kannte sie alle. Er kannte sie gut. Jeden Gipfel und jeden Hang, jede vom Regen ausgewaschene Spalte. Jeden Felsblock, jedes Blatt. Das war seine Heimat. Hier, an einem nicht allzu weit entfernten Tag, würde er sterben. Und wenigstens würde er, nach der Arbeit dieser Nacht, mit einem ruhigen Gewissen sterben.

Im hohen Alter sehnt man sich ebenso sehr nach Sicherheit wie nach Ruhe. Er wartete länger als nötig auf die Gewißheit, die durch sein Frösteln in ihn hineinkroch. Dann marschierte er über den Hof und schob sich durch das halbgeöffnete Tor in die Scheune. Dann blieb er wieder stehen. Die Dunkelheit war undurchdringlich, aber erst kurz nach seinem Eintreten drängte sich ihm das Schweigen auf. Egal. Das Kratzen war unverkennbar gewesen. Es war eine Haselmaus. Nichts weiter. Sie würde sich nicht mehr rühren, solange er hier war. Und er würde nicht lange bleiben.

Er schaltete die Taschenlampe an und ließ ihren Lichtstrahl über den oberen Teil der linken Wandseite gleiten und zählte dabei die Dachbalken. Dort stand die Leiter, gegen die Wand gelehnt. Und dort, zwischen dem fünften Balken und dem Strohdach eingeklemmt, war das, weswegen er gekommen war. Tristrams Briefe aus Spanien, die vor fünfzig Jahren geschrieben worden waren. Sein Bekenntnis. Seine Rechtfertigung. Sein Geheimnis.

Frank ging hinüber zur Leiter und rückte sie ein Stück weiter, bis sie knapp vor dem fünften Balken stand. Dann nahm er die Taschenlampe in die rechte Hand, richtete ihren Strahl auf seine Füße und begann hinaufzuklettern, indem er jeweils beide Füße auf die Sprosse stellte, bevor er weiterstieg. Nach fünf Sprossen konnte er das Versteck erreichen. Er hob die Taschenlampe, leuchtete in den Spalt und erkannte den vertrauten Umriß und das metallene Leuchten der Plätzchendose, die er benutzt hatte. Darin waren einmal Butterkekse gewesen, ein Weihnachtsgeschenk von Beatrix. Jetzt enthielt sie ein Stück seiner eigenen Vergangenheit und die Lüge eines anderen, aufbewahrt in Tinte und Papier, verpackt mit Schnur und Verschwiegenheit.

Er wechselte die Taschenlampe in die linke Hand und ergriff mit der rechten die Dose, dann stieg er die Leiter wieder hinunter. So leicht war seine Last, so einfach seine Aufgabe: Schon bald würde sie erledigt sein. Die nächste Sprosse war die letzte. Dann mußte er nur noch –

Er wurde so plötzlich und so brutal von der Leiter gezogen, daß er auf dem strohbedeckten Boden aufschlug, ehe er auch nur begriff, was geschah. Die Taschenlampe war links von ihm hingefallen, die Dose war seiner Hand entglitten. Als er versuchte aufzustehen, wurde er von dem hellen Schein einer Taschenlampe geblendet, die viel kräftiger war als seine, dann wurde sein Kopf von einer behandschuhten Hand zur Seite gerissen. Über ihm gab es eine Bewegung, ein Stolpern, einen Fluch, eine gebeugte, kaum erkennbare Gestalt, eine schwarze Bewegung vor schwarzem Hintergrund, ein bogenförmiges Aufblitzen eines Lichtes, dann ein Kratzen von Metall auf Stein. Wer das auch war, er wollte die Dose und das, was er darin vermutete. Und jetzt hatte er es gefunden.

Frank richtete sich auf einem Ellbogen auf und sah ein paar Meter

161

von sich entfernt den Mann am Boden kauern, er drückte etwas gegen seine Brust. Es geschah zu schnell, als daß er hätte einschreiten können. Es geschah, und er verlor das, was er niemals hätte aufheben sollen. Sein Alter und seine Unentschlossenheit verfluchend, begann er sich mühsam aufzurappeln. »Halt!« brüllte er. »Halt, du verdammter Kerl!« Plötzlich konnte er nichts mehr sehen, geblendet von weißem, grellem Licht. Er konnte nichts sehen und kaum etwas hören. Er versuchte sich umzudrehen, um in dem Moment zu fliehen, wenn er erkennen würde, in welcher Richtung er, der Mann und die Tür zueinander stünden. Aber es war zu spät. Nach all den Augenblicken, die er vergeudet hatte, seit der Brief angekommen war, konnte er keinen weiteren mehr erbitten. Er wußte das. Es war das einzige, was er wußte.

Etwas schlug ihm mit solcher Kraft auf die Brust, daß er rückwärts zu Boden ging. Der Augenblick seines Sturzes war zu kurz, als daß er an irgend etwas anderes hätte denken können als an die brennende Scham seiner Dummheit. Dann schlug er gegen die Wand.

ZWEITER TEIL

1

Madrigueras, 29. Juli 1937

Liebe Sis!

Nun, ich habe es getan, nicht wahr? Es ist genau das, was Du immer vermutet hast, ich weiß es, auch wenn Du es niemals gesagt hast. Aber wir müssen nicht miteinander sprechen, um uns zu verständigen, nicht wahr? Du und ich, wir verstehen einander. Das war immer so und wird immer so sein. Auch dann, wenn uns das, was wir verstehen, nicht gefällt.

Der Schriftstellerkongreß war eine größere Farce, als ich angenommen hatte, und das will etwas heißen. Die übliche Karawanserei von Schwätzern und Säufern, die mit schwachem Verstand Beleidigungen und Ermahnungen austauschten und mit geballten Fäusten herumfuchtelten. Wenn ich nicht bereits vorgehabt hätte, mich zu melden, als ich hierherkam, ich glaube, ihre Geisteshaltung hätte mich davon überzeugt, es zu tun. Ich hätte mich bereits im vergangenen Herbst freiwillig bei der Internationalen Brigade melden sollen. Ich hätte es getan, wenn Mary und der Junge nicht gewesen wären. Nun, besser spät als nie.

Ich will nicht so tun, als wären wir nicht Dilettanten und ineffizient. Ich erhebe sicherlich keinen Anspruch darauf, angemessen ausgebildet zu sein, und es ist auch nicht sehr wahrscheinlich, daß ich anständig ausgerüstet und bewaffnet sein werde, wenn die Zeit zum Kämpfen da ist. Aber darauf kommt es auch nicht an, oder? Es kommt lediglich darauf an, etwas zu tun – irgend etwas – und nicht nur untätig herumzusitzen und den Faschisten zuzuschauen. Alle Argumente – alle Verzögerungstaktiken – der Welt werden sie nicht aufhalten. Vielleicht kann gar nichts sie aufhalten. Tatsache ist, daß ich keinen

Penny auf uns wetten würde. Aber wir haben wenigstens eine Chance – zu kämpfen. Das ist das einzige, worauf es wirklich ankommt.

Ich weiß, was Du jetzt denken wirst. Ich weiß es, weil ich es selbst oft denke. Ist es ein Versuch, nach Lionels Vorbild zu leben – oder zu sterben? Versuche ich, es denjenigen zu zeigen, die glauben, ich würde auch nur große Worte machen? Nun, vielleicht. Vielleicht, und warum zum Teufel auch nicht? Ich bin nicht Byron oder Brooke oder Cornford. Noch nicht jedenfalls. Wenn ich hier getötet werde, werde ich wohl auch eine Art der Unsterblichkeit erlangen; aber Dichter sollten meiner Meinung nach lieber im Kampf sterben als im Rollstuhl.

Was sagst Du dazu, Sis? Schließlich ist Deine Meinung mehr wert als meine. Das war ja immer so, seit Du mir diese Idee zum ersten Mal in den Kopf gesetzt hast. Wann war das eigentlich, erinnerst Du Dich? Vor neun Jahren oder vor zehn? Auf jeden Fall ist es schon lange her. Eine zu lange Zeit, würden manche sagen, um in einer Lüge zu leben. Und ich würde ihnen beipflichten. Auch wenn die Lüge der Wahrheit oft nähergekommen ist als die sogenannten Tatsachen. Ich kann nicht damit weitermachen. Ich weiß das. Aber wie damit aufhören? Wie und wann? Vielleicht wollte ich vor der Antwort davonlaufen, indem ich hierhergekommen bin. Ich weiß, Du wärst nicht davongelaufen. Du wärst damit einverstanden gewesen, was immer ich entschieden hätte. Aber Du bist stärker als ich, und Du mußtest diese Heuchelei nicht wie ich die ganze Zeit mit Dir herumschleppen wie eine unsichtbare, an meine Füße gekettete Kugel, die mich zurückzieht, mich zu Boden drückt, mich daran erinnert, daß jede Auszeichnung leer ist, jeder Triumph eine verborgene Niederlage. Wie passend, daß mein dichterisches Debüt den Titel »Mit verbundenen Augen« trägt, denn eine Augenbinde haben meine Leser unwissentlich während all der Jahre getragen. Ich frage mich, ob sie jemals entfernt werden wird.

Der Junge ist das Problem, Sis. Maurice Tristram Abberley. Gerade vier Monate alt, und ich habe bereits das Gefühl, daß er mir Vorwürfe macht. Freunde, Geliebte, Kritiker. Dichter und das ganze große leichtgläubige Leserpublikum wären mir egal. Sogar Marys arglose, vertrauende Natur scheint mein Gewissen nicht belastet zu haben. Auf jeden Fall nicht einmal halb so sehr wie mein Sohn, der eines Tages ein erwachsener Mann sein wird und die Wahrheit über seinen Vater wird wissen wollen.

Die Wahrheit für den Augenblick ist, daß ich meinen Teil für Spanien tue, das heißt für die verlorene Sache der sozialistischen Brüderschaft, und ich bin stolz darauf. Furcht, Ärger, Frustration und enttäuschte Hoffnung warten ohne Zweifel vor der Tür, sogar während ich diese Worte schreibe; aber sie haben die Tür noch nicht zertrümmert, und wenn sie es tun, dann kann ich ihnen bestimmt gegenübertreten, ohne mich wie ein Betrüger zu fühlen.

Mach Dir keine zu großen Sorgen um Deinen kleinen Bruder. Hebe Dir all Dein Mitgefühl für Mary auf, die es viel mehr verdient als ich. Wahrscheinlich werde ich früher zurückkommen, als ich erwarte, betreten und ärgerlich über das vorzeitige Ende meines absurden Abenteuers.

Dann kannst Du mir sagen, was für ein Narr ich gewesen bin. Oder vielleicht werde *ich* es *Dir* sagen.

Sobald ich kann, werde ich Dir wieder schreiben.

Alles Liebe
Tristram

2

Als Charlotte schließlich aufwachte, hatte sie den schläfrigen Eindruck, daß es bereits eine ganze Weile an der Tür geklingelt hatte. Laut ihrem Wecker war es erst kurz nach sieben und deshalb sogar für den Briefträger zu früh. Nachdem sie aus dem Bett geklettert war und einen Morgenrock übergeworfen hatte, ging sie zum Fenster und spähte durch die Lücke zwischen den Vorhängen hinaus, um zu sehen, wer zu dieser Zeit etwas von ihr wollte.

Es war Frank Griffith. Sie erkannte seinen Landrover, der in der Einfahrt parkte, bevor sie ihn unten stehen sah, wie er ungeduldig auf den Klingelknopf drückte. Einen Moment war sie von seinem Anblick, der hier so völlig unangebracht erschien, völlig überwältigt. Dann zog sie die Vorhänge zurück, öffnete das Fenster und lehnte sich hinaus.

»Frank!«

Sein Kopf hob sich ruckartig. Dabei wurde ein Stück weißen Verbandes unter seinem Hutrand sichtbar und ein blasser Schatten von grauen Bartstoppeln an seinem Kinn. Er sah müde und ungepflegt aus. In seinen Augen lag ein Hauch Verzweiflung.

»Was... Was um Himmels willen machen Sie hier?«

»Wissen Sie das nicht?«

»Natürlich nicht.«

Er holte tief Luft, als ob er sich selbst beruhigen wollte, dann sagte er: »Kann ich reinkommen?«

»Was ist los?«

»Ich erzähle es Ihnen drinnen.«

»Na gut. Können Sie warten, bis ich mir was angezogen habe?«

»Ich warte.«

Ein paar Minuten später öffnete sie ihm die Haustür. Aus der Nähe sah er sogar noch abgerissener und verzweifelter aus, mit dunklen Schatten unter den Augen und einem Schweißfilm auf dem Gesicht. Er hatte seinen Hut abgenommen und hielt ihn unbeholfen und zerknautscht in den Händen. Der Verband verlief rund um seinen Kopf und war hinter seinem rechten Ohr von getrocknetem Blut braun gefärbt.

»Was ist passiert?« fragte sie. »Hatten Sie einen Unfall?«

»Keinen Unfall.«

»Dann... was?«

»Sie sagten, wir könnten drinnen reden.«

»Natürlich. Tut mir leid. Kommen Sie herein.«

Sie trat zurück, und er ging an ihr vorbei in den Flur. Dabei schoß ihr der Gedanke durch den Kopf, daß er bereits lange vor Tagesanbruch in Hendre Gorfelen aufgebrochen sein mußte, um so früh hier anzukommen.

»Kann ich Ihnen... Tee anbieten... oder Kaffee?«

»Wasser, wenn Sie haben.« In seiner Stimme war keine Spur von

Sarkasmus festzustellen, aber sein Ton hatte sich ohne Frage seit ihrem letzten Treffen geändert. Sein Mißtrauen war wieder spürbar, und sie konnte den Grund dafür nicht verstehen.

»Kommen Sie mit in die Küche.« Sie ging voraus und goß ihm Wasser in ein Glas, das er in drei Schlucken austrank. »Sagen Sie mir, was eigentlich los ist, Frank. Bitte.«

»Die Briefe sind gestohlen worden.«

»Welche Briefe?«

Einen Augenblick zuckte ein ärgerlicher Ausdruck über sein Gesicht, dann setzte er das Glas ab und sagte: »Ich habe sie nicht vernichtet. Das haben Sie doch gewußt. Oder etwa nicht?«

»Vermutet, ja. Oder gehofft. Aber... Sie sagen, sie wurden gestohlen?«

»Gestern hat mich Derek Fairfax besucht.«

»Fairfax? Woher wußte er –« Als Frank sie vorwurfsvoll ansah, unterbrach sie sich. »Ich habe ihm nichts erzählt. Gott ist mein Zeuge.«

Er starrte sie einen Moment an, dann sagte er: »Fairfax machte mir bewußt, wie tollkühn es war, die Briefe aufzuheben. Letzte Nacht holte ich sie aus ihrem Versteck in der Scheune. Ich wollte sie verbrennen, was ich bereits an dem Tag, als sie ankamen, hätte tun sollen. Aber jemand hat mir aufgelauert.«

»Wer?«

»Ich habe kein Gesicht gesehen. Er hat mich überrascht. Mich gegen die Wand geworfen.« Er zeigte auf den Verband an seinem Kopf. »Ich muß ein paar Sekunden bewußtlos gewesen sein. Als ich wieder zu mir kam, war er weg. Und mit ihm die Briefe.«

»O mein Gott.« Charlotte hielt sich die Hand vor den Mund und bemühte sich zu verstehen, was Frank gesagt hatte. Tristrams Briefe gab es also tatsächlich. Und sie waren wichtig genug für jemanden, Gewalt anzuwenden bei dem Versuch, sie zu stehlen. Als sie Frank anschaute, erkannte sie, daß nicht Mißtrauen, sondern Scham ihn erfaßt hatte. Dann bemerkte sie wieder den Blutfleck auf dem Verband. »Waren Sie beim Arzt?«

»Nein.«

»Das müssen Sie aber. Vielleicht haben Sie eine Gehirnerschütterung. Und zumindest müssen Sie die Wunde –«

»Dafür ist jetzt keine Zeit!« rief er so laut, daß Charlotte sofort verstummte. Als er ihre bestürzte Reaktion sah, fügte er hinzu: »Es tut mir leid. Ich bin direkt hierhergefahren, nachdem ich mich saubergemacht hatte.«

»Weil Sie dachten, ich hätte den Diebstahl veranlaßt?«

Ihre Blicke trafen sich und kämpften kurz miteinander. Dann sagte er: »Nein. Aber ich dachte, Sie hätten jemandem erzählt – oder ihn in dem Glauben gelassen –, daß ich die Briefe noch habe.« Als diese Worte heraus waren, wurde Charlotte rot und sah weg, denn ihr wurde heiß und kalt bei dem Gedanken, daß ihre Dummheit dazu geführt haben könnte. »Es sieht so aus, als ob ich recht hätte«, sagte Frank.

»Nein... Das heißt... Ich habe Derek Fairfax nichts erzählt.«

»Wer dann?«

»Ich weiß es nicht.«

»Maurice?«

»Unmöglich. Außerdem...«

»McKitrick?«

»Nein. Das würde er nicht tun. Sie haben nicht einmal –« Sie schaute Frank an und zwang sich dazu, ruhig und logisch zu bleiben. »Ich habe Maurice und Emerson erzählt, was Sie mir erzählt haben. Möglicherweise haben sie nicht geglaubt, daß Sie die Briefe wirklich vernichtet haben. Ich selbst habe es auch nicht geglaubt. Was Derek Fairfax angeht, so habe ich keine Ahnung, wie er davon gehört haben könnte.«

»Von einem von Ihnen.«

»Vermutlich. Es sieht nur nicht so aus...« Sie schüttelte den Kopf. »Wer es ihm auch gesagt hat, ich kann mir kaum vorstellen, daß er Sie angegriffen haben soll.«

»Mir geht es ebenso. Aber irgend jemand war es. Jemand, der diese Briefe unbedingt haben wollte. Fairfax, weil er dachte, sie könnten seinem Bruder helfen. McKitrick, weil er es nicht ertragen konnte, daß ihm der Einblick in Tristram Abberleys Gedanken verwehrt wurde, den ihm die Briefe hätten vermitteln können.«

»Welchen Einblick könnten sie ihm vermitteln?«

»Einen, der zur Zerstörung seiner sorgfältig ausgearbeiteten –« Frank unterbrach sich jäh und starrte geradeaus.

168

»Also haben Sie sie gelesen?« Charlotte kam näher. »Was stand darin, Frank? Was war es, das Beatrix mit solchem Aufwand zu verbergen suchte?«

Er schaute sie an. Einen Augenblick war sie sich sicher, daß er es ihr sagen würde. Dann schloß sich sein Mund zu einer entschlossenen Linie. »Alles, was ich wissen will, ist, wie ich Fairfax und McKitrick finden kann.«

»Ich kann Ihnen nicht helfen, wenn ich es nicht verstehe.«

»Wieso glauben Sie, daß ich es verstehe? Wenn es so wäre, hätte ich Beatrix' Wunsch erfüllt und alles verbrannt... verbrannt...« Der Satz wurde stotternd beendet, und Frank lehnte sich schwer gegen die Arbeitsfläche hinter ihm. Er war plötzlich blaß geworden. Seine Hand zitterte, als er sie an seine Schläfe hob.

»Was ist los?«

»Ich weiß... nicht...« Er schüttelte den Kopf und blinzelte mehrere Male. »Es tut mir leid. Mir war einen Augenblick schwindlig. Aber... jetzt ist es vorbei.«

»Sie brauchen ärztliche Hilfe. Ich werde Sie ins Krankenhaus bringen.«

»Nein. Ich muß –« Er trat einen Schritt ins Zimmer hinein, dann blieb er stehen, beugte den Kopf nach vorne und zog eine Grimasse, als ob er Schmerzen hätte. Als er zu schwanken begann, eilte Charlotte an seine Seite, um ihn zu stützen.

»Sie müssen ins Krankenhaus. Sofort.«

»Ich kann nicht... kann nicht...« Die Grimasse verschwand. Er hob seinen Kopf und schien wieder etwas Farbe zu bekommen. Aber er war noch immer wacklig auf den Beinen, und sein Arm, den Charlotte hielt, zitterte. »Ich wünschte, ich wäre jünger.«

»Bitte lassen Sie mich Sie ins Krankenhaus bringen, Frank. Alles andere kann warten, bis es Ihnen wieder besser geht.«

»Kann es das?«

»Es muß wohl.«

Sie konnte die äußeren Anzeichen seines inneren Aufruhrs sehen: das Zucken in seinem Gesicht, seine umherschießenden Augen. Aber sie bemerkte auch seine plötzliche Schwäche, die seine Entschlossenheit untergrub. »Also gut«, murmelte er. »Sie haben gewonnen.«

Charlotte führte ihn durch die Tür hinaus. Als sie langsam den Flur hinuntergingen, schüttelte er mehrere Male den Kopf und sagte einmal aus keinem ersichtlichen Grund: »Tut mir leid.« Charlotte antwortete nicht. Sie hatte den Eindruck, daß Frank Griffiths Entschuldigung nicht an sie gerichtet war, sondern an jemand vollkommen anderen, jemand, der nicht mehr am Leben war.

3

Colin Fairfax' zweiter Auftritt vor den Richtern in Hastings war, wenn möglich, noch kürzer als sein erster. Er sprach nur einmal, um seinen Namen zu bestätigen. Aber trotz seiner Rolle auf der Anklagebank sah es so aus, als hätte er mit dem Verfahren nichts zu tun, schien er lediglich ein verstimmter Beobachter dessen zu sein, was in Wirklichkeit ein weiterer, sehr wichtiger Abschnitt seines Verschlungenwerdens durch das Gesetz war. Er glich dem Opfer einer riesigen Pythonschlange, das hilflos und am Stück verschluckt wird, sich seiner Zwangslage bewußt, aber auch der Tatsache, daß jeglicher Widerstand ihn nur noch tiefer hinunter zu den Verdauungssäften bringen würde.

Während er zu ihm hinübersah, dachte Derek darüber nach, wie schnell und leicht er vergessen hatte, was er wegen dieses Mannes während all der vergangenen Jahre durchgemacht hatte. Die Lügen, Schwindeleien und Betrügereien. Der Undank, der Spott und die Herablassung. All das spielte jetzt keine Rolle mehr. Es war vorbei und vergessen und mit ihm der Bluff und das Geschrei, neben dem der Angeklagte Colin Neville Fairfax nur noch ein weiterer schwacher und sich windender Mensch war, unfähig, sein Schicksal zu verstehen. Und natürlich war er Dereks einziger Bruder.

Die Anklagepunkte wurden verlesen. Der Staatsanwalt forderte kurzen Prozeß, und Albion Dredge stellte sich dem nicht entgegen. Ein Packen Aussagen wurde übergeben. Man erwähnte siebzehn Beweisstücke, vor allem die gestohlenen Teile der Tunbridge-Sammlung, die auf einem Beistelltisch standen. Und daraufhin wurde Colin auferlegt, sich vor dem Richter und den Geschworenen des Lewes Crown Court zu verantworten.

Ehe Derek dies verdaut hatte, hatte Dredge noch einmal Freilassung gegen Kaution beantragt, was abgelehnt wurde. Colin wurde weggebracht, das Gericht erhob sich, und Derek wurde inmitten einer Menge von Rechtsanwälten und Polizisten aus dem Raum geschoben. Er hatte das unbestimmte Gefühl, daß Dredge ihm aus dem Weg ging. Auf jeden Fall schien der Kerl nicht geneigt, seine lächelnde Unterhaltung mit seinem Kollegen zu beenden, um mit ihm zu sprechen. Nachdem er eine Weile in seiner Nähe herumgestanden hatte, ohne Dredges Blick aufzufangen, beschloß Derek, ihn in Ruhe zu lassen. Er drehte sich um und ging zum Ausgang. Als er die Tür des Haupteingangs aufstieß, bemerkte er eine Frau, die am Fuß der wenigen Stufen stand. Sie sah auf, als er herunterkam, und in diesem Augenblick erkannte er sie. Es war Charlotte Ladram. Er blieb stehen. »Miss... Miss Ladram«, sagte er lahm, während er herauszufinden versuchte, was diesmal so anders war an ihr. Sie war nicht so schick angezogen, das stimmte, mit Hosen und einer einfachen Bluse, und sie trug eine Sonnenbrille, während vorher ihre großen, braunen, leicht erschrocken wirkenden Augen immer klar zu sehen gewesen waren. Aber es hatte sich noch etwas anderes verändert, etwas, das weniger offensichtlich, aber dafür, so schien es ihm, viel tiefgreifender war. »Ich... Ich hatte keine...«

»Guten Tag, Mr. Fairfax.« Sie nahm die Brille ab und blickte ihn direkt an, aber sie lächelte nicht. »Hätten Sie ein paar Minuten Zeit?«

»Natürlich.«

»Vielleicht könnten wir uns in meinem Wagen unterhalten.«

»Natürlich.«

Sie drehte sich um und lief rasch in Richtung Parkplatz. Er mußte sich anstrengen, um mit ihr Schritt zu halten.

»Geht es... um meinen Brief?«

»Eigentlich nicht.«

»Worum denn?«

Sie erwiderte die Frage mit einer anderen. »Ich nehme an, Ihr Bruder wurde einem Gericht überstellt?«

»Ja. Das stimmt.«

»Es gab keinen Beweis in letzter Minute, ihn davor zu bewahren?«

»Nein.« Er runzelte die Stirn. »Wie wäre das möglich gewesen?«

»Ich nehme an, Sie haben nichts unversucht gelassen, um irgend etwas zu finden.«

Plötzlich durch ihren Ton irritiert, schlug er zurück: »Was ist so falsch daran?«

Sie warf ihm einen Blick zu, zu kurz, als daß er ihre Gedanken hätte erraten können, dann sagte sie, indem sie nach vorn zeigte. »Der Peugeot dort ist meiner.«

Sie erreichten das Auto, und Derek trat auf die Beifahrerseite. Charlotte blickte ihn kurz über das Dach hinweg an, dann schloß sie das Auto auf. Sie stiegen nebeneinander ein, und Derek wollte gerade seinen Sicherheitsgurt anlegen, als ihm einfiel, daß sie nirgendwohin fahren würden. Verlegen ließ er ihn in seine Halterung zurückgleiten.

»Wissen Sie... ich habe wirklich gemeint, was ich in dem Brief geschrieben habe.«

»Ohne Zweifel.«

»Ich versuche lediglich –«

»Wer hat Ihnen von Frank Griffith erzählt?« Die Frage fiel scharf wie ein Schwert zwischen seine Worte.

»Ich... weiß nicht, was –«

»Sie haben ihn gestern in Hendre Gorfelen aufgesucht und nach Tristrams Briefen an Beatrix gefragt, nicht?«

»Nun... ja.«

»Also, wer gab Ihnen die Information?«

Spät, aber nicht zu spät, holten seine Gedanken seine Reaktionen ein. »Warum sollte ich Ihnen das erzählen – wenn Sie mir überhaupt nichts erzählen?«

Ihr Kopf sank auf die Brust. Er hörte sie seufzen, aber er konnte nicht beurteilen, ob aus Müdigkeit oder Verzweiflung. »Es tut mir leid«, sagte sie in einem sanfteren Ton. »Ich habe kein Recht, Sie auszufragen. Außerdem glaube ich, daß ich die Antwort schon kenne, bevor ich die Frage gestellt habe. Sie haben die Briefe nicht gestohlen, nicht wahr?«

»Sie gestohlen? Sie meinen, es hat wirklich –«

»Welche gegeben? Ja. Es sei denn, der Dieb hat sie bereits vernichtet.«

»Dann, was... was steht drin?«

»Ich weiß es nicht. Frank Griffith kam heute in aller Frühe in schlechter Verfassung zu mir. Er war angegriffen worden. Es geschah letzte Nacht, als er die Briefe aus ihrem Versteck holte. Ihr Besuch hat ihn veranlaßt, sie verbrennen zu wollen, worum Beatrix ihn ja gebeten hatte. Aber er hatte keine Gelegenheit mehr dazu. Jetzt ist er im Kent-and-Sussex-Krankenhaus und erholt sich von einer Gehirnerschütterung. Er hat mir nicht erzählt, was in den Briefen steht oder warum Beatrix wollte, daß sie vernichtet werden. Vermutlich nicht zuletzt deshalb, weil er mich für das verantwortlich macht, was passiert ist, und in gewisser Weise bin ich es wohl auch.« Sie hatte ihre Hände auf das Lenkrad gelegt, und Derek bemerkte, wie ihr Griff fester wurde. »Er hat mir vertraut, und ich habe ihn enttäuscht. Und deshalb möchte ich wissen, wer es Ihnen gesagt hat.«

»Ich habe versprochen, seine Identität nicht zu verraten.«

»Es war Emerson McKitrick, nicht wahr?«

»Wer?«

»*Emerson McKitrick*.« Sie wandte sich ihm zu und starrte ihn an.

»Aber... Sie meinen... Tristram Abberleys Biograph?«

In Charlottes Gesichtsausdruck war die Skepsis deutlich zu lesen. »Wollen Sie mir sagen, er war es nicht?«

»Natürlich nicht. Ich kenne ihn nicht. Ich habe sein Buch gelesen. Weiter nichts.«

Charlotte runzelte die Stirn. »Dann... muß es Maurice gewesen sein.«

Während Derek noch mit sich kämpfte, ob er lügen sollte oder nicht, wurde ihm klar, daß es sinnlos war. Seine Unfähigkeit, jemanden zu täuschen, war ihm niemals so klar bewußt geworden wie gerade jetzt, als jemand, dessen Vertrauen er so sehr gewinnen wollte, ihm keine Chance gab.

»Er war es, oder?«

»Ja. Er hat mich gebeten, ihn am Mittwoch bei Ladram Avionics aufzusuchen, und mir dann alles über Frank Griffith und die Briefe erzählt.«

»Warum? Was hat er Ihnen als Grund dafür angegeben?«

»Er sagte, er sei sich nicht mehr so sicher, daß mein Bruder schuldig sei, könne aber nichts deswegen unternehmen, ohne den Unmut der Familie heraufzubeschwören.«

»Damit meinte er mich?«

»Ich vermute es. Unter ande...«

»Das ist lächerlich!« Sie schlug ärgerlich auf das Lenkrad ein. »Aua!«

»Was ist los?«

»Nichts.« Sie zuckte zusammen und schüttelte ihre rechte Hand, bevor sie sie untersuchte. »Nun, vielleicht gibt es einen blauen Fleck. Vermutlich verdiene ich ihn, weil ich Maurice in dem Glauben ließ, ich würde nicht –« Sie unterbrach sich und fuhr dann in einer völlig anderen Stimmung fort. Derek hatte den Eindruck, daß sie mehr für sich als für ihn weiterfuhr. »Außer Ihnen hatte nur Emerson McKitrick einen zwingenden Grund, die Briefe zu stehlen. Das ist die Wahrheit, ganz egal, ob Maurice Sie dazu angestiftet hat, nach Hendre Gorfelen zu fahren oder nicht. Und ich war diejenige, die Emerson erzählt hat, daß ich glaubte, Frank hätte sie dort versteckt. Also, wie auch immer, es ist meine Schuld. Weil ich es zugelassen habe, daß er mich für dumm verkauft hat. Weil ich mein Wort gebrochen habe. Weil –« Sie verstummte und lehnte sich in ihrem Sitz zurück, und während sie durch die Windschutzscheibe hinausstarrte, massierte sie ihr Handgelenk.

»Miss Ladram, wenn ich irgend etwas tun kann... um Ihnen zu helfen, ich meine...«

»Das könnten Sie tatsächlich. Besuchen Sie Frank Griffith. Erzählen Sie ihm, was Sie mir erzählt haben. Sagen Sie ihm, daß ich, falls Emerson McKitrick die Briefe hat... Nun, sagen Sie ihm nur, daß ich es heute auf jeden Fall herausfinden werde, wie auch immer.«

»Wie?«

»Überlassen Sie das mir.« Sie sah ihn an und gleich darauf an ihm vorbei. Er wollte ihr eigentlich viel mehr sagen, als er konnte oder sollte, und er war sich bewußt, wie unwesentlich seine eigenen Sorgen waren im Vergleich mit denen Charlottes. »Ich muß jetzt los«, fügte sie in leicht ungeduldigem Ton hinzu. »Wirklich.«

4

Erst als sie über die Brücke bei Cookham gefahren und nach Riversdale abgebogen war, war sie sich ihrer Sache nicht mehr so sicher. Bis dahin hatte ihre Entrüstung über ihre Scham gesiegt. Aber jetzt, als ihre Konfrontation mit Emerson McKitrick nahe bevorstand, änderte sich ihre Stimmung. Sie stoppte ihr Auto mehrere Zufahrtsstraßen von Swans' Meadow entfernt und bog den Rückspiegel zu sich herunter, um sich darin betrachten zu können, dann musterte sie sich, die verquollenen Augen, die geröteten Wangen, die bebenden Lippen. Auf Hals, Nase und Stirn lag ein zarter Film von Schweiß, und als sie ihre Hand vom Spiegel zurückzog, stellte sie fest, daß sie zitterte.

Sie kurbelte das Fenster herunter und atmete mehrere Male tief durch. Aber die kühle und frische Luft war verschwunden und jetzt am Nachmittag von einer dunstigen und drückenden Stille verdrängt worden. Sie mußte den nötigen Mut in sich selbst finden. Zumindest das war klar.

Aber nichts in Charlottes Leben hatte sie auf eine solche Situation vorbereitet. Eine behütete Kindheit und eine Jugend ohne Abenteuer hatten sie nicht gut ausgerüstet, um ihre Gefühle zu verstehen, geschweige denn, mit ihnen umzugehen. Nicht die Tatsache, daß Emerson sie wahrscheinlich getäuscht hatte, verletzte sie, sondern vielmehr die wachsende Gewißheit, daß sie für ihn nur ein Mittel zum Zweck gewesen war, daß sie tatsächlich so uninteressant und unansehnlich war, wie sie schon lange befürchtet hatte.

Sie blickte in den Spiegel und sah, wie ihr die Tränen in die Augen schossen, sie schluckte trocken und stieg unvermittelt aus dem Auto. Wenn sie noch länger zögerte, wäre sie nicht mehr in der Verfassung, ihr Vorhaben auszuführen. Und sie mußte es tun. Sie ging schnell auf Swans' Meadow zu und biß dabei die Zähne zusammen; in Gedanken wiederholte sie alles, was gesagt und getan werden mußte, wenn sie erst einmal vor ihm stehen und in seinem Gesicht nach Anzeichen einer Lüge suchen würde.

Niemand öffnete auf ihr Klingeln. Das war das letzte, was Charlotte erwartet hatte. Als sie durch das runde Türfenster in den Flur spähte, konnte sie kein Lebenszeichen erkennen, aber trotzdem fiel es ihr schwer zu glauben, daß niemand zu Hause war. Es war kaum möglich, daß alle weggegangen waren. Sie hatte angenommen, daß Emerson eventuell nicht da wäre, aber sie war davon ausgegangen, daß sonst jemand zu Hause wäre, um sie hineinzulassen. Sie klingelte noch einmal und wartete. Noch immer keine Reaktion.

Charlotte drehte sich um und blickte die Einfahrt entlang. Sie wußte – falls sie es jemals bezweifelt hätte –, daß es nicht in Frage kam, nach Tunbridge Wells zurückzukehren, ohne etwas erreicht zu haben. Wie sollte sie sonst Frank Griffith gegenübertreten? Und wie, so gesehen, würde sie vor sich selbst dastehen? Nein. Sie mußte so lange wie nötig bleiben, wo sie war. Emerson McKitrick durfte ihr nicht entwischen.

Sie ging ums Haus herum und betrat den Garten durch den mit Geißblatt bewachsenen Bogen, wobei sie sich fragte, ob sie wohl auf Samantha stoßen würde, die trotz mangelnder Sonne auf dem Rasen lag. Aber der Rasen war leer. Es gab kein Anzeichen von Samantha oder irgend jemand anderem.

Sie ging weiter bis zur Gartenlaube und griff in die schattige Nische über dem Eingang. Wie erwartet hing der Reservehausschlüssel an dem Nagel auf seinem Platz. Sie nahm ihn herunter, ging denselben Weg zurück bis zur Küchentür und schloß sie auf. Sie ließ den Schlüssel auf eine der Arbeitsflächen fallen und ging weiter in Richtung Wohnzimmer, denn sie dachte, dies sei der geeignetste Ort zum Warten. Als sie den Flur erreichte, hatte sie plötzlich das Gefühl, daß etwas nicht stimmte – eine Veränderung der Atmosphäre –, und blieb stehen. Eine Sekunde später, als sie ihre Empfindung schon als Beweis für ihre Angespanntheit abtun wollte, hörte sie von oben ein Geräusch, das wie ein Schlag klang, dann einen Schrei, der auch ein Lachen war, und dann... die Stimmen von Emerson und Ursula, weder besonders laut noch gedämpft, so natürlich und zwanglos wie die zweier Menschen, die annahmen, allein zu sein.

»Komm wieder ins Bett«, sagte Emerson. »Wer das auch war, er hat längst aufgegeben und ist gegangen.«

»Ja«, antwortete Ursula, in deren Stimme noch die Spur eines Kicherns lag. »Du hast recht.«

»Ich habe immer recht.«

»Du meinst, in bezug auf das, was eine Frau wie ich wirklich will?«

»Das besonders.«

»Dann überrascht es mich, daß du vorschlägst, ich solle wieder ins Bett kommen.« Es folgte eine Pause, die von dem Geräusch eines Kusses erfüllt war, wenn auch nicht, wie Charlotte spürte, von Mund zu Mund. »Hier am Fenster ist es kühler.« Charlotte spähte die Treppen im leeren Korridor hinauf und erhaschte einen Blick auf zwei Schatten, die sich an der Wand abzeichneten. Sie hielt sich am Pfosten des Geländers fest, unfähig, sich zurückzuziehen oder weiterzugehen, durch die Akustik des Hauses zum Zuhören gezwungen, da das Schlimmste, was sie befürchtet hatte, durch die Wirklichkeit noch in den Schatten gestellt wurde.

»Du bist wirklich unersättlich, Emerson!«

»Genau wie du.«

»Auch egal.«

»Bück dich.«

Eine Sekunde verging, dann eine weitere, dann stöhnte Ursula: »O mein Gott, ist das schön.«

»Es wird noch besser.«

»Verschon mich... mit deinen Witzeleien... aber... sonst mit nichts...«

Ihre Worte verloren sich in keuchenden Atemzügen, die gemeinsam schneller wurden, was Charlotte ebensowenig verhindern wie sich ihm entziehen konnte. Sie stand immer noch auf demselben Fleck und versuchte, die Bilder zu den Geräuschen, die sie hörte, aus ihrem Kopf zu verbannen. Das Vergnügen, das sie sich gegenseitig bereiteten, war unleugbar und irgendwie noch schlimmer als das Wissen darum, was sie taten. Genauso wie die Geräusche ihres Beischlafs schlimmer waren, als der Anblick ihrer miteinander verbundenen und nackten Körper jemals sein konnte.

Dann kam der Höhepunkt, das Stöhnen und Fallen, das feuchte Lösen ihrer schweißnassen Glieder, die feuchten und bedeutungslosen Küsse, das heisere, herzlose Lachen.

»Besser?« fragte Emerson.

»Als Maurice sich jemals vorstellen könnte.«

»Und Charlie?«

»Du bist zu gut für sie. Viel zu gut.«

»Aber nicht für dich?«

»Aber nein. Ich verdiene nur das Beste. Und ich weiß es zu schätzen.«

»Wow.« Emerson kicherte. »Davon bin ich überzeugt.«

In Charlottes Kopf kämpften zwei Impulse miteinander. Hinaufzugehen und ihnen gegenüberzutreten, wo sie lagen. Oder sich umzudrehen und wegzuschleichen. Für ersteres hatte sie nicht genügend Mut, aber sie hatte genug, um dem zweiten zu widerstehen. Sie ging zurück in die Küche, blieb vor dem Spiegel neben der Uhr stehen, um ihr Gesicht in Ordnung zu bringen, öffnete dann die Tür zum Garten und knallte sie mit solcher Kraft zu, daß die Gläser im Küchenschrank klirrten. Für die nächsten Sekunden herrschte absolute Stille. Sie dauerte genau so lange, wie sie brauchte, um in den Flur zurückzukehren. Als sie aufblickte, tauchte Emerson oben an der Treppe auf und band gerade den Gürtel seines Bademantels zu. Er war barfuß und atemlos, und seine Augen verengten sich zu dem falschesten Lächeln.

»Charlie! Hast du geläutet? Ich habe gerade geduscht und konnte über dem Wasserrauschen nichts hören.« Aber seine Haare waren trocken. Als ob er sich dieses Widerspruchs bewußt wäre, begann er, es mit der Hand in Ordnung zu bringen.

»Wie bist du... ähm... hereingekommen?«

»In der Gartenlaube gibt es einen Ersatzschlüssel.«

»Oh... richtig.« Er stieg die Stufen hinunter.

»Wo sind die anderen?«

»Oh... ähm... Sam besucht Freunde, denke ich. Und Aliki hat ein langes Wochenende.«

»Was ist mit Ursula?«

Er war jetzt unten angekommen und blickte ihr direkt ins Gesicht, seine Verstellung wurde mit jeder Sekunde perfekter. Wenn sie wirklich gerade erst hereingekommen wäre, hätte sie sich reinlegen lassen – wieder einmal. »Ursula?« sagte er lächelnd. »Keine Ahnung. Irgendwohin gegangen, vermute ich.«

»Spielt keine Rolle. Ich wollte dich sehen.«

»Du siehst irgendwie beunruhigt aus. Was ist los?« Er streckte den Arm nach ihr aus und wurde von der Schnelligkeit überrascht, mit der sie sich ihm entzog. »Charlie?«

»Rühr mich nicht an.«

»Was?«

»Du hast mich verstanden.«

»Ich habe keine...« Kurz drohte sein Blick zur Treppe abzuschweifen. Befürchtete er, daß Ursula erschienen war, im Negligé, mit einem beiläufigen Grinsen? Wenn dem so war, so meisterte er seine Furcht mit Bravour. »Ich habe keine Ahnung, worum es eigentlich geht, Charlie. Warum sagst du es mir nicht?«

Tristrams Briefe waren wichtiger als der Ärger und die Demütigung, die Charlottes Inneres aufwühlten. Sie wußte das, aber es machte ihre Aufgabe nicht leichter. »Frank Griffith wurde letzte Nacht überfallen.«

»Überfallen?«

»Die Briefe wurden gestohlen.«

»Du meinst, Tristrams Briefe?« War er ein so guter Schauspieler. daß er den Schock vortäuschen konnte, der in seinem Gesicht zu sehen war? Charlotte wußte es nicht.

»Du hast sie entwendet, nicht wahr?«

Er schüttelte den Kopf. »Nein.«

»Du hast mit mir getrunken und gegessen und geflirtet und mir Komplimente gemacht, bis du dir sicher warst, daß er sie noch hatte, versteckt auf Hendre Gorfelen.«

»Nein.«

»Warum hättest du denn sonst deine kostbare Zeit mit mir verbracht? Doch bestimmt nicht wegen meiner angenehmen Gesellschaft. Das ist mir jetzt klar.«

»Was meinst du damit?«

»Warum gibst du nicht einfach zu, daß du sie hast? Ich kann doch nichts dagegen tun.«

»Weil ich sie nicht gestohlen habe. Vielleicht hätte ich es getan, wenn ich gewußt hätte, wo sie waren – oder sicher gewesen wäre, daß sie noch existierten. Wie auch immer, wenn ich sie hätte, säße ich längst in einem Flugzeug nach Boston, nicht? Würde nicht hier auf dich warten, damit du mich als Dieb brandmarken kannst.«

Das war ein einleuchtender Punkt, und zum ersten Mal begann

Charlotte die Möglichkeit in Betracht zu ziehen, daß doch jemand anders für den Diebstahl verantwortlich war, derselbe, der auch Beatrix ermordet hatte, jemand, dessen Namen und Motiv sie noch längst nicht entdeckt hatte.

»Hat Frank Griffith zugegeben, daß er die Briefe aufgehoben hat?« fragte Emerson.

»Ja.«

»Und hat er dir erzählt, was sie enthalten? Welch großes Geheimnis er für Beatrix bewahren sollte?«

Sie sah ihn an und erkannte, wie sehr er von seiner beruflichen Neugier überwältigt worden war. Sein Gesichtsausdruck war lebendiger als je zuvor, und jetzt endlich fühlte sie, daß sie ihn verstand. Alles, was er seit seiner Ankunft in England unternommen hatte, war darauf ausgerichtet gewesen, die Wahrheit über Tristram Abberley zu erfahren. Nichts anderes zählte. Das Spiel mit Charlottes Gefühlen hatte ihm nicht mehr bedeutet als die Verführung von Ursula. Und das war genaugenommen gar nichts. »Was wolltest du von ihr erfahren?« fragte sie, als sie ihn anschaute.

Er runzelte die Stirn. »Von wem?«

Charlotte trat näher zu ihm und senkte ihre Stimme zu einem Flüstern. »Ich weiß, daß Ursula oben ist. Und ich weiß auch, warum. Ich habe alles gehört. Jedes Wort.« Sie schloß die Augen, öffnete sie dann wieder. »Jedes Geräusch.«

Unbegreiflicherweise lächelte Emerson. »In Ordnung«, flüsterte er zurück. »Ich verstehe.«

»Ist das alles, was du sagen kannst?«

»Sie bedeutet mir nichts, Charlie. Glaub mir.«

»Ich glaube dir. Das macht das Ganze ja so verachtenswert.«

»Okay. Vielleicht hast du recht. Aber hör mir zu. Weißt du, was in den Briefen steht?« Sein Lächeln blieb, keine Spur beschämt oder peinlich berührt. »Ich muß es herausfinden.«

Sie trat zurück mit dem sicheren Gefühl, daß er unschuldig war. In bezug auf den Diebstahl der Briefe wie auf alles andere.

»Du widerst mich an«, schnauzte sie.

Er zuckte die Schultern. »Das ist ein Berufsrisiko.«

»Geh mir aus dem Weg.« Sie lief zur Vordertür, aber er trat ihr in den Weg, und sie blieb stehen. Er lächelte noch immer.

»Soll ich dir sagen, was dich wirklich anwidert, Charlie?«

»Wenn es sein muß.«

»Daß du mich immer noch willst.« Er streckte die Hand aus und strich über ihren Busen, bevor Charlotte ihn aufhalten konnte. »Daß du mich jetzt vielleicht noch mehr begehrst, weil du nun weißt, was möglich ist.«

Es war das Quentchen Wahrheit in seiner Bemerkung – der unbestreitbare Aufruhr der Begierde, den sie gespürt hatte, während sie dastand und lauschte –, was am meisten schmerzte. Warum mußte er so abscheulich sein und sie trotzdem so gut verstehen?

»Was steht in den Briefen? Du würdest es nicht bedauern, wenn du es mir erzählst. Das garantiere ich dir.«

Sie stieß seine Hand weg und starrte ihn an. »Ich würde bedauern, dir irgendwas erzählt zu haben. Das kann *ich* dir garantieren.«

»Harte Worte, Charlie.«

»Aber genauso gemeint. Aufrichtig gemeint. Nicht so wie deine. Kann ich jetzt endlich gehen?«

»Natürlich. Ich halte dich nicht auf.« Er hob seine Handflächen in einer Geste der Auslieferung. »Geh, wohin du willst.«

Und das tat sie. Sie lief schnell, ohne zurückzuschauen, die Einfahrt hinauf. Sie nahm alle Kraft zusammen, hielt ihre Tränen zurück, bis sie die Geborgenheit ihres Autos erreicht hatte und sich nicht länger beherrschen mußte. Dann holte sie zwischen Schluchzern aus ihrer Handtasche die Karte des Blumenladens, die er ihr geschickt hatte. Die ersten schweren Tropfen eines Wolkenbruchs fielen, als sie das Fenster hinunterkurbelte und die zerrissenen Fetzen hinauswarf. Dann ließ sie den Motor an und fuhr davon.

5

All die Stärke und Selbstsicherheit, die Frank Griffith ausgestrahlt hatte, wenn man ihm auf seinem heimischen Terrain begegnet war, war in der antiseptischen Umgebung des Kent-and-Sussex-Krankenhauses verschwunden. Derek sah einen zerbrechlichen, ausgemergelten alten Mann vor sich, gestützt von einer Menge Kissen, in einem gestreiften Schlafanzug, der bis zum Hals zugeknöpft war –

tatsächlich kaum zu unterscheiden von den dösenden, sabbernden Insassen der anderen Betten im Zimmer. Seine Augen waren seit ihrem letzten Treffen trüber geworden und seine Stimme rauher.

»Ich habe die Briefe nicht gestohlen, Mr. Griffith.«

»Ich weiß.«

»Und auch niemand anderen dafür bezahlt.«

»Auch das weiß ich. Wenn Sie es getan hätten, wäre Ihnen jetzt klar, daß Sie Ihrem Bruder nicht helfen können.«

»Vielleicht. Ich hoffe nur, irgend etwas kann ihm helfen.«

»Warum? Warum machen Sie sich Sorgen um ihn?«

»Weil er mein Bruder ist, komme, was wolle.«

»Ich habe auch einmal gedacht, ich hätte Brüder. Hunderte. Tausende.« Griffiths Blick traf Derek und ging durch ihn hindurch. »Ich hätte es besser wissen sollen.«

»Aber Blut ist dicker als Wasser.«

»Nicht in meinem Alter. In keinem Alter, wenn –« Er schaute Derek wieder an. »Was, haben Sie gesagt, machen Sie beruflich?«

»Ich bin Buchhalter.«

Griffith nickte. »Bilanz ziehen.«

»Manchmal.«

»Aber diese Bilanzen sind längst erledigt.«

»Nicht unbedingt.«

»Doch. Glauben Sie mir.«

»Wie kann ich das, wenn Sie mir nicht sagen wollen, was ich wissen muß?«

Griffith schwieg einen Augenblick. Ein kehliges Lachen war zu hören und verhallte weiter hinten im Krankenzimmer. Dann sagte er: »Welche Art Mann ist Ihr Bruder. Mr. Fairfax?«

»Colin? Wie Sie wissen, ist er Antiquitätenhändler. Ein bißchen zwielichtig, vermute ich. Ich sollte mich nicht um seine Angelegenheiten kümmern.«

»Aber welche Art *Mann?*«

»Charmant. Unterhaltsam. Überzeugend. Liebenswert, in gewisser Weise. Aber auch eingebildet, nicht vertrauenswürdig und durch und durch unzuverlässig.«

»Und trotzdem versuchen Sie, ihm zu helfen?«

»Wer sonst würde es tun, wenn nicht ich?«

»Würde er das gleiche für Sie tun?«

»Ich weiß es nicht. Die Situation hat sich nie ergeben. Außer vielleicht...«

»Außer?«

»Als wir Jungen waren, in Bromley, damals in den vierziger Jahren, hat mein Vater einen Swimmingpool im Garten angelegt. Er fand, wir sollten beide schwimmen lernen. Ich konnte mich zwar nie sehr dafür begeistern, während Colin... Nun, eines Tages, als Mom und Dad beide nicht da waren, es muß in dem Sommer gewesen sein, als ich fünf war, fiel ich hinein, als ich am Rand des Beckens herumalberte, und stieß mir den Kopf an. Ich muß das Bewußtsein verloren haben, denn ich kann mich an nichts mehr erinnern, nachdem ich aufs Wasser aufgeschlagen war. Colin kletterte gerade im hinteren Teil des Gartens auf einen Baum. Es war eine große alte Eiche. Er sah, was geschehen war, sah mich mit dem Gesicht nach unten im Pool treiben und muß erkannt haben, daß ich dabei war zu ertrinken. Er kletterte hinunter, rannte herüber, sprang in den Pool und zog mich heraus. Er hat mir das Leben gerettet. Wenn er nicht gewesen wäre, säße ich jetzt nicht hier.«

»Also betrachten Sie es als Rückzahlung einer Schuld?«

»Nein. Bestimmt nicht. Das ist es nicht. Ich würde es auch tun, egal ob –« Eine Veränderung in Griffiths Gesichtsausdruck – ein Abschweifen seiner Augen nach links – ließ Derek mitten im Satz innehalten. Als er sich umdrehte, sah er Charlotte Ladram langsam durch den Krankensaal auf sie zukommen. Ihr Gesicht war gerötet, und sogar für Derek war offensichtlich, daß sie geweint hatte. »Miss Ladram«, sagte er, indem er sich erhob, um ihr seinen Stuhl anzubieten, »was ist –«

»Emerson McKitrick hat die Briefe nicht genommen«, sagte sie in gleichgültigem, seltsam nüchternem Ton.

»Können Sie da sicher sein?« fragte Griffith.

»Vollkommen.« Sie sank auf den Stuhl, und Derek holte sich einen anderen. »Bitten Sie mich nicht, es zu erklären.«

»Er ist also noch hier?« sagte Griffith. »In England?«

»Ja.«

»Dann bin ich Ihrer Meinung. Er kann sie nicht genommen haben, nicht wahr?«

»Nein. Wenn er es getan hätte, wäre er sofort zurück nach Boston geflogen. Das hat er mir selbst gesagt.« Sie seufzte. »Es tut mir leid, Frank. Wirklich.« Dann seufzte sie noch einmal. »Wie geht es Ihnen? Sie haben mir gesagt, Sie würden lediglich als Vorsichtsmaßnahme dabehalten.«

»Zur Beobachtung.«

»Stimmt.«

Er knurrte. »Es gefällt mir nicht, beobachtet zu werden.«

»Und es wird Ihnen nicht gefallen, was ich gleich sagen werde. Aber es muß gesagt werden.«

»Was ist es?«

Derek sah, wie sich ihre Hände zu Fäusten ballten, und vermutete, daß sie diese Rede lang und oft geprobt hatte. »Ich werde alles tun, was in meiner Macht steht, um Ihnen zu helfen, die Briefe wiederzufinden, aber wenn Sie mir nicht erzählen, was darin steht – was Beatrix' Geheimnis war –, gibt es nichts, was ich tun kann.«

»Sie wollen zuviel.«

»Wir müssen zusammenhalten, zu gleichen Bedingungen, oder überhaupt nicht.«

»Aber Sie verstehen die Bedingungen nicht.«

»Dann helfen Sie mir dabei.«

»Würde es die Dinge vereinfachen«, mischte sich Derek ein, »wenn ich gehen würde?«

»Vielleicht«, sagte Charlotte.

Aber Griffith schüttelte den Kopf. »Nein. Wenn ich es Ihnen erzählen muß, dann sollten Sie beide es wissen.«

»Das ist eine Familienangelegenheit«, sagte Charlotte. »Wäre es nicht das Beste –«

»Nein.« Griffith bestand darauf. »Es ist viel zu lange eine Familienangelegenheit gewesen. Lassen Sie ihn hier bleiben. Vielleicht hilft es seinem Bruder ja tatsächlich, wenn er versteht, was Tristram und Beatrix getan haben.«

»Also gut«, sagte Charlotte und sah Derek an.

Die bevorstehende Enthüllung lag wie eine elektrische Ladung in der Luft. Sie rückten in ihren Stühlen nach vorn, als ob sie erwarteten, daß Griffith ihnen das Geheimnis ins Ohr flüstern würde. Aber als er schließlich sprach, hatte sich seine Lautstärke nicht verändert.

Jetzt, da er sich entschlossen hatte, alles zu erzählen, schien er beschlossen zu haben, dies laut zu tun.

6

Bujaraloz, 7. September 1937

Liebe Sis!

Ich habe die Front erreicht. Ich bin als würdig eingestuft worden, die Gefahren und Entbehrungen des aktiven Militärdienstes auf dem windgebeutelten und hitzedurchglühten Schlachtfeld von Aragón mit den anderen zu teilen. Es liegt fast ein Stück Poesie darin, findest du nicht? Aber nicht genug. Bei weitem nicht genug. Es war natürlich immer so. Der Gedanke. Die Vorstellung. Und jetzt die Ausführung. Aber niemals die wahre und funkelnde Genauigkeit der richtigen und vollkommenen Welt. Es sei denn, es ist ein Requiem. Vielleicht kann ich wenigstens darauf hoffen, zu dichten – oder vielleicht zu inspirieren.

Ich muß meine Worte sorgfältig wählen. Es ist spät, um so eine Lektion zu lernen, meinst Du nicht? Aber so ist es nun mal. Aus naheliegenden Gründen kann ich nicht viel davon berichten, was wir hier tun oder wie erfolgreich unsere Bemühungen sein mögen. Was ich sagen kann, ist, daß es trostlos und verrückt und vielleicht sogar sinnlos ist. Aber es ist auch phantastisch und wunderbar und lobenswerter als alles, was ich jemals vorher getan habe. Das Bataillon wurde beträchtlich mit Spaniern verstärkt, trotzdem bleibt seine britische Identität bestehen. Im Mittelpunkt stehen nicht die Offiziere mit ihren unwirklichen Ansprüchen, ihren Privatschulakzenten und unversehrten kommunistischen Zeugnissen. O nein. Es gibt so viel Schaumschlägerei. Was dieses Bataillon zusammenhält – was seine Wunden verbindet und seine Kräfte stärkt –, ist die rauhe, widerstandsfähige, ungehobelte Arbeiterklasse. Die Jungs aus Glaswegian und Geordie, aus Scouser und Swansea, die ihr Stempelgeld zurückgelassen haben, um hierherzukommen und für die Freiheit zu kämpfen.

Es ist seltsam und verwirrend, manchmal fast beschämend, herauszufinden, was es bedeutet, Prinzipien in die Praxis umzusetzen. Keine Belehrungen und kein Verfassen von Flugblättern. Und auch kein Gedichteschreiben. Nichts so Einfaches oder Bequemes. Es bedeutet marschieren, wenn du durstig bist, Lasten schleppen, wenn du hungrig bist, kämpfen, wenn du weiter nichts willst als schlafen. Es bedeutet herauszufinden, aus welchem Holz du eigentlich geschnitzt bist. Und sich der Antwort nicht zu schämen.

In meiner Kompanie ist ein Feldwebel namens Frank Griffith. So hart wie Granit. Strahlend wie ein Diamant. Selbstbewußt. Unsicher darüber, was wir hier eigentlich machen. Genau gesagt, hat er die Nase voll. Aber er zeigt es nie. Kein Dummkopf. Kein Held. Aber die beste und einzige Sorte Mann, die du neben dir haben willst in Zeiten wie diesen. Er wird nicht abhauen. Er wird nicht wegrennen. Er wird dich niemals im Stich lassen.

Kannst Du Dir vorstellen, welches Buch er in seinem Gepäck hat? Die anderen Kameraden haben es mir erzählt, und ich habe es in der Zwischenzeit selbst gesehen, obwohl er nichts davon weiß. *Gratwanderung.* Ja, es stimmt. Jener Balanceakt zwischen Lüge und Wahrheit. Bringt es Dich nicht zum Lachen? Oder zum Weinen?

Ich bin froh, daß er es mir nicht gezeigt hat. Ich bin froh, daß er kein Autogramm von mir verlangt oder mir erzählt hat, daß »Falsche Götter« sein absolutes Lieblingsgedicht ist.

Die Lüge ist hier überflüssig, weißt Du, so wie jede andere vorgefaßte Meinung. Es wäre nicht dienlich. Es ist nicht genug. Es ist weniger, als Männer wie Frank Griffith verdienen. Ich würde Witze darüber machen. Ich würde an der Lüge ersticken, die ich zehn Jahre lang perfektioniert habe. Ich könnte es einfach nicht.

Bete, daß er nichts sagt, Sis. Bete um meinet- und um Deinetwillen. Denn wenn er es tut, muß ich ihm die Wahrheit sagen. Ich muß ihm erzählen, wer die Gedichte wirklich geschrieben hat, jedes einzelne, jeden Vers. Meine liebe, weltfremde, vernachlässigte Schwester, die weder Anerkennung noch Ruhm beansprucht. Nicht ich. Nicht das Scheinbild eines Dichters, das man Tristram Abberley nennt. Sondern Du. Die übersehene, vierundzwanzigkarätige Wirklichkeit des Gedichtes und des Verstandes.

Beunruhige Dich nicht zu sehr. Wahrscheinlich wird es niemals geschehen. Er wird nichts sagen und ich ebensowenig. Unser Geheimnis ist sicher. Ich werde weiterhin das verkörpern, was Du niemals sein kannst und für das man mich hält: einen Soldaten *und* einen Dichter.

Ich schreibe wieder, sobald ich kann.

Alles Liebe
Tristram

7

»Nun?« Frank Griffith schaute sie abwechselnd an, und in seinem Blick lag ein wenig Trotz. »Wollen Sie gar nichts sagen? Sie wollten Tristrams Geheimnis erfahren. Jetzt kennen Sie's.«

Derek runzelte die Stirn. »Er war also in Wirklichkeit gar kein Dichter?«

Charlotte hörte die Bemerkung deutlich, aber sie schien nachzuhallen, als ob sie sie durch ein Sprachrohr aus einem entfernten Zimmer erreichen würde. Es sah so aus, als ob ihre Hoffnungen jedesmal zerstört, ihre Vermutungen umgeworfen wurden. Emerson McKitrick konnte man nicht vertrauen. Auf Ursula konnte man sich nicht verlassen. Und alles, was Beatrix jemals über ihren jüngeren, gefeierten Bruder gesagt hatte, konnte man nicht glauben. »Beatrix hat die Gedichte geschrieben?« murmelte sie. »Alle?«

»Jedes einzelne«, antwortete Frank mit unerbittlicher und nachdrücklicher Stimme, als ob er beschlossen hätte, ihr kein Stück der Wahrheit zu ersparen, nachdem sie darauf bestanden hatte, sie zu erfahren. »Tristrams Geist war voller Ideen und Vorstellungen, aber er besaß nicht die Fähigkeit, sie in eine poetische Form zu bringen. Beatrix dagegen war phantasielos, aber technisch brillant. Zusammen konnten sie Gedichte schreiben. Getrennt waren sie nur ein Träumer und seine nüchterne Schwester.«

»Wann haben Sie es herausgefunden?«

»Als ich im März achtunddreißig in Tarragona ankam und er im Sterben lag. Da hat er es mir erzählt. Es war seine Beichte auf dem Totenbett. Er wollte keinen Priester, der ihn lossprach. Er wollte mich – einen seiner Leser.«

»Und haben Sie ihn losgesprochen?«

»Soweit ich es konnte. Ich war natürlich erschüttert, aber ich fühlte mich nicht betrogen. Ich hatte ihn als den Mann kennen- und liebengelernt, der er wirklich war, und nicht als den Dichter, der er nicht war. Die Gedichte waren nur Worte, während er aus Fleisch und Blut bestand. Die Tatsache, daß er sie nicht geschrieben hatte, konnte unsere Freundschaft nicht auslöschen und sein Andenken, das ich mir bewahren wollte, nicht herabsetzen. Tristram Abberley war ein guter Mensch. Sogar damals verstand ich, daß dies wichtiger war, als ein guter Dichter zu sein.«

»Aber warum? Warum haben sie es getan?«

»Es begann als Spaß, während Tristrams Zeit in Oxford. Sie reichten ›Mit verbundenen Augen‹ zur Aufnahme in die Anthologie ein, die Auden als Experiment herausgab, um zu sehen, ob es gelobt oder verspottet werden würde. Beatrix hatte sich absichtlich über den Stil von Audens Kreis lustiggemacht und prophezeit, daß das Gedicht gut aufgenommen würde, solange man glaubte, es sei das Werk einer Person. Nun, sie hatte recht. Es fand mehr Anklang, als sie erwartet hätten. Der Titel war ein Teil des Scherzes. ›Zieh die Binde fest, laß draußen das Licht.‹ ›Wer stellt sich der Welt? Wessen Hand hält den Stift?‹ Es gab praktisch in jeder Zeile Hinweise und Doppeldeutigkeiten, aber niemand bemerkte oder verstand sie. Das Experiment war ein voller Erfolg.«

»Und so beschlossen sie, es zu wiederholen?«

»Nein. Es sollte damit zu Ende sein, als Spaß, den sie genießen und teilen konnten. Und so wäre es auch gewesen, wenn sie sich nicht mit ihrem Vater entzweit hätten. Als sie im Winter zweiunddreißig ohne einen Penny aus dem Haus geworfen wurden, überlegte sich Beatrix, daß es einen Versuch wert wäre, mit der Dichterei ihren Lebensunterhalt zu verdienen. Tristrams Ruf in Oxford war alles, worauf sie sich stützen konnten, also stellten sie *Gratwanderung* zusammen und veröffentlichten den Band unter seinem Namen. Von da an war es zu spät für eine Änderung. Niemand hätte hören wollen, daß Beatrix die Gedichte schrieb, wenn Tristram doch so viel besser dazu paßte. Und er genoß die Aufmerksamkeit, die ihm zuteil wurde, während Beatrix keine wünschte. Die zweite Gedichtsammlung schrieb sie nur widerwillig. Sie waren nicht mehr knapp bei Kasse. Es war lediglich Tristrams Stellung in der literarischen Welt, die von ihm forderte, weiterhin Gedichte zu produzieren. Beatrix gehorchte ungern.«

»Hat meine Mutter es gewußt?«

»Nicht zu Tristrams Lebzeiten. Und er bat mich, es ihr auch nach seinem Tod nicht zu sagen. Schließlich war es Beatrix, die es ihr Jahre später beibrachte, als die *Spanien-Gedichte* erschienen.«

Charlottes Reaktionen blieben hinter ihrem Verständnis zurück. Plötzlich wurde ihr klar, daß die Veröffentlichung von Tristrams postumen Werken nicht nur auf einer, sondern auf mehreren Lügen beruhte. »Es wurden keine Gedichte aus Spanien an meine Mutter geschickt, nicht wahr?«

»Nein. Natürlich nicht.«

»Dann...«

»Geld ist wichtig. Nur diejenigen, die niemals ohne auskommen mußten, werden Ihnen etwas anderes erzählen. Nun, im Nachkriegsengland gab es wenig davon. Die Firma Ihres Vaters strampelte sich ab, und Tristrams Gedichte brachten zu dem Zeitpunkt praktisch nichts ein. Beatrix hatte die Idee zu den *Spanien-Gedichten*, um ihren Angehörigen zu helfen. Und mir. Es war nicht so gut wie die früheren Sachen. Beatrix erkannte das. Ohne die Inspiration ihres Bruders war das, was sie produzierte, mechanisch, irgendwie ohne Gefühl. Wie schade, daß er das niemals erfahren hat. Daß er nicht wußte, meine ich, daß er in gewisser Weise wirklich ein Dichter war. Aber die *Spanien-Gedichte* erfüllten ihren Zweck. Sie belebten Tristrams Ansehen von neuem. Die früheren Gedichtsammlungen wurden nachgedruckt. Die Leute sprachen wieder von ihm, lasen sein Werk, trieben einen Kult um den Dichter, der in Spanien gestorben war. Mit den Einnahmen konnte die Ladram Aviation wieder auf die Beine gestellt werden, zumindest eine Zeitlang. Und Beatrix kaufte Hendre Gorfelen für mich. Sie sehen also, ich bin ein Teil der Verschwörung.«

Die besorgten Familienkonferenzen, von denen Onkel Jack berichtet hatte, bekamen nun einen Sinn. Und ebenso die Verzögerung der Veröffentlichung der *Spanien-Gedichte*. Charlotte dachte an die Erklärung ihrer Mutter, daß es für sie anfangs zu schmerzhaft gewesen sei, über eine Veröffentlichung nachzudenken, und sie zuckte zusammen, als ihr klar wurde, daß sie gelogen hatte. Es hatte nichts gegeben, was man hätte veröffentlichen können – bis Beatrix es geschrieben hatte. Sie fragte sich, wie weit die Lügen noch führen würden. Wie viele waren ihr im Laufe ihres Lebens erzählt worden? »Wer wußte davon, Frank? Sie, Beatrix und offensichtlich meine Mutter. Wer noch?«

»Ihr Vater. Sonst niemand. Damals nicht.«

»Und seitdem?«

»Ich weiß es nicht. Keinem von uns konnte es irgendwie nützen, wenn er das Geheimnis mit einem Außenstehenden teilte. Ihre Eltern wußten nicht einmal, daß ich dazugehörte. Soweit es sie betraf, bestand das Geheimnis nur zwischen ihnen und Beatrix.«

Charlotte nickte und focht in ihrem Inneren einen Kampf aus, um die Konsequenzen dessen, was Frank erzählt hatte, zusammenzutragen und zu erkennen. Sie alle hatten das Geheimnis bewahrt. Das war klar. Was bedeutete, daß Beatrix Emerson McKitrick niemals von den Briefen erzählt haben würde. Wer also hatte es ihm erzählt? Als sie aufblickte, stellte sie fest, daß Franks Augen auf ihr ruhten und er, wie es schien, ihre Gedanken erriet.

»McKitrick hat gelogen. Ich wußte das sofort, als ich seine Geschichte hörte. Beatrix hätte ihm nicht einmal die Abfahrtszeiten der Züge nach London anvertraut. Er wurde von jemandem auf die Idee gebracht, der wußte, daß die Briefe existierten, aber nicht, wo sie sich befanden; der sie finden mußte, es sich aber nicht leisten konnte, daß andere den Grund dafür herausbekamen.«

»Und der hat auch in Jackdaw Cottage eingebrochen«, warf Derek ein, »und Beatrix bei seiner Suche nach den Briefen umgebracht.«

»Ich denke schon«, sagte Frank.

Charlotte warf zuerst Derek, dann Frank einen Blick zu. War es möglich, fragte sie sich, daß sie bereits zu dem Schluß gekommen waren, zu dem sie sich gerade mit Widerwillen durchgerungen hatte? Die Person, von der sie sprachen, konnte nur von Ronnie oder

Mary Ladram von den Briefen erfahren haben. Und er konnte nur dann Emerson McKitrick benutzt haben, um seine schmutzige Arbeit zu erledigen, wenn er zwischen Beatrix' Tod und Emersons Ankunft in England in den Vereinigten Staaten gewesen war. »Sie denken an Maurice, nicht wahr?« fragte sie zögernd.

»Nun«, sagte Frank, »er ist der einzige, der in Frage kommt, nicht wahr? Vielleicht war Ihre Mutter der Meinung, daß er ein Recht darauf hätte, die Wahrheit über seinen Vater zu erfahren.«

»Ja, aber –« Charlottes Instinkt sagte ihr, sie müßte Maurice verteidigen, aber sie brauchte Zeit, um herauszufinden, ob ihr Instinkt recht hatte. Wäre Maurice in der Lage, so etwas zu tun? Wenn ja, was war sein Motiv? Wenn er keines hatte, wer sonst könnte es gewesen sein? Wenn Maurice auszuschließen war, wer mußte einbezogen werden? Gerade als sie die Fragen in ihrem Kopf gestellt hatte, löste sich alles in einer entschlossenen Behauptung auf. »Ich kann nicht glauben, daß mein Bruder ein Mörder ist.«

»Halbbruder«, verbesserte Derek sie.

Sie drehte sich zu ihm um und funkelte ihn an. »Wo ist der Unterschied?«

»Vielleicht kennen Sie ihn nicht so gut, wie Sie denken.«

»So gut, wie Sie *Ihren* Bruder kennen, meinen Sie wohl?«

»Ja, ich nehme an, Sie könnten –«

»Maurice ist ein weitaus ehrenhafterer Mann als Ihr Bruder. Mr. Fairfax. Das kann ich Ihnen versichern. Ich kenne ihn, solange ich lebe. Er ist liebenswürdig, intelligent, fleißig und absolut bewundernswert.«

»Charlotte«, sagte Frank, »alles, was ich versuche zu –«

»Welchen Grund könnte er wohl haben, das zu tun, was Sie ihm unterstellen? Warum sollte er seinen Vater als Betrüger entlarven wollen? Warum sollte er riskieren, seine Tante zu ermorden, um die ganze Familie in Mißkredit zu bringen? Es ist grotesk, absurd, unvorstellbar.«

Charlotte errötete wegen der Heftigkeit ihres Ausbruchs, und anfangs schienen Derek und Frank zu verblüfft darüber zu sein, um etwas zu sagen. Die paar wenigen Kranken im Zimmer, die dazu in der Lage waren, schauten zu ihr herüber und starrten sie an. Dann sagte Frank ruhig: »Ich weiß. Das ist alles richtig, was Sie sagen. Aber

Beatrix *ist* umgebracht worden. Und ich liege hier mit aufgeschlagenem Kopf. Die Briefe *sind* verschwunden. All diese Ereignisse sind keine Einbildung. Sie werden sich nicht in nichts auflösen. Wie erklären Sie sich das alles? Ich kann es nicht.«

»Nein. Ich auch nicht. Aber vielleicht kann es Maurice.«

8

Sobald sie in Ockham House angekommen war, rief Charlotte bei Ladram Avionics an. Zu ihrer Erleichterung hatte Maurices Sekretärin noch nicht Feierabend gemacht.

»Was kann ich für Sie tun, Miss Ladram?«

»Es geht um Maurices Aufenthalt in den Vereinigten Staaten. Wann wird er zurückerwartet?«

»Am Mittwoch.«

»Morgens?«

»Sein Flug soll um... lassen Sie mich nachschauen... halb zehn in Heathrow eintreffen. Ich denke, er wird dann gleich hierherkommen.«

»Vielen Dank.« Nur vier Tage trennten sie also von der Bestätigung, die Maurice ihr, da war sie ganz sicher, geben würde. Er tat ihr leid. Von Ursula betrogen. Von Frank Griffith verleumdet. Und er hatte keine Ahnung von all dem und konnte sich in keiner Weise verteidigen. »Es stimmt doch«, fuhr sie fort, »daß er gestern nach New York geflogen ist?«

»Natürlich. Haben Sie das nicht gewußt?«

»Doch, doch. Aber jemand... jemand, den wir beide kennen... dachte, er hätte ihn gesehen... in London... letzte Nacht.«

»Unmöglich, Miss Ladram. Mr. Abberley flog gestern früh mit der Concorde um halb elf. Ich habe den Platz selbst für ihn reserviert.«

»Offensichtlich ein Irrtum.« Eine Woge der Erleichterung schlug über Charlotte zusammen. Die Idee, daß Maurice die Briefe in Hendre Gorfelen gestohlen haben sollte, war immer weit hergeholt gewesen. Jetzt war es praktisch unmöglich. »Danke für Ihre Hilfe. Auf Wiederhören.«

Sie legte den Hörer auf, ging ins Wohnzimmer und schenkte sich einen großen Gin Tonic ein, dann goß sie etwas Gin nach. Mit dem ersten Schluck verschwand ein Teil ihres Schmerzes, mit dem zweiten wurde die Erinnerung schwächer. Emersons Blumen standen noch immer in schönster Blüte in verschiedenen Vasen im ganzen Zimmer herum, aber wenn sie sich genügend Mühe gab, konnte sie die meisten seiner Worte auslöschen und praktisch alle Geräusche, die sie gehört hatte. Aber nicht alles. Sogar wenn sie die Flasche austrinken würde, würde das bittere Gefühl ihrer eigenen Leichtgläubigkeit bleiben, die schreckliche, grausige Wahrheit seiner letzten Stichelei. »*Soll ich dir sagen, was dich wirklich anwidert, Charlie?*«

»Nein«, murmelte sie in ihr Glas. »Bitte nicht.«

Die Türklingel läutete, durch das Schweigen des Hauses verstärkt, und erschreckte Charlotte so, daß sie etwas von ihrem Drink auf den Ärmel ihrer Bluse verschüttete und sich auf die Lippen beißen mußte, um nicht laut loszuschreien. Sie setzte das Glas ab und lief in die Halle, darauf hoffend, daß der Besucher, wer immer es sein mochte, sie bald wieder allein lassen würde.

Es war Derek Fairfax. Er lächelte verlegen. »Miss Ladram«, begann er, »es tut mir leid... entschuldigen Sie, wenn ich...«

»Was wollen Sie?«

»Kann ich hereinkommen?«

»Warum?«

»Ich muß Ihnen etwas sagen... Sie etwas fragen... Es könnte sehr wichtig sein.«

Charlotte spürte, daß sie keine Lust mehr auf irgendwelche Argumente hatte. »Also gut«, sagte sie, öffnete die Tür und trat beiseite. »Kommen Sie herein.« Sie ging ihm voraus ins Wohnzimmer und drehte sich dann nach ihm um, fest entschlossen, ihm weder etwas zu trinken anzubieten noch ihn aufzufordern, Platz zu nehmen, damit er keine Entschuldigung hatte, sich lange hier aufzuhalten.

»Also?«

»Es tut mir leid, wenn das, was ich gesagt habe... im Krankenhaus ... Sie gekränkt hat.«

»Wie könnte ich nicht gekränkt sein durch eine Mordanschuldigung gegenüber meinem eigenen Bruder?« Sie machte eine Pause. »Halbbruder, wie Sie hervorgehoben haben.«

»Ich habe nur gemeint –«

»Zufällig habe ich bestätigt bekommen, daß er zu dem Zeitpunkt, als Frank überfallen wurde, bereits in New York war. Sie müssen sich also woanders nach einem Verdächtigen umsehen.«

»Nicht unbedingt.«

»Wie meinen Sie das?«

»Als Sie bereits weg waren, fiel mir eine mögliche Erklärung für das Ganze ein. Es wird Ihnen nicht gefallen, aber ich denke, Sie sollten es wissen.«

»Was für eine Erklärung?«

»Wieviel an Tantiemen wirft Tristram Abberleys Nachlaß jedes Jahr ab?«

»Wie bitte?«

»Tristrams Gedichte. Wieviel sind die Rechte wert?«

Charlotte starrte ihn einen Augenblick an, während sie versuchte, seine Dreistigkeit mit seiner Schüchternheit in Einklang zu bringen, dann sagte sie: »Was könnte Sie das wohl angehen?«

»Fünfzigtausend? Sechzigtausend? Noch mehr?«

»Ich wiederhole: Was geht das Sie an?«

»Sie streiten nicht ab, daß es eine beträchtliche Summe ist?«

»Nein.«

»Und auch nicht, daß Ihr Halbbruder den größten Teil davon bekommt?«

»Natürlich bekommt er das meiste. Er ist Tristrams Sohn.« Der Tod von Charlottes Mutter, gefolgt von dem von Beatrix, bedeutete in Wirklichkeit, daß jetzt alle Tantiemenerträge an Maurice fielen. Aber Charlotte hatte nicht die Absicht, das Derek Fairfax zu erzählen, solange sie nicht wußte, worauf er eigentlich hinauswollte. »Was soll das?«

»Das Urheberrecht wird bald auslaufen, nicht wahr? Die Rechte an Tristram Abberleys Werk werden Ende des nächsten Jahres frei werden. Natürlich gibt es eine Verlängerung für die Gedichte, die nach seinem Tod veröffentlicht wurden, aber Ihr Bruder muß dann ohne den Hauptanteil der Tantiemen auskommen.«

»Das bedeutet?«

»Das bedeutet, daß eine große und regelmäßige Geldquelle versiegen wird.«

»Maurice ist auch ohne das ein wohlhabender Mann. Ladram Avionics ist eine sehr erfolgreiche Firma. Er wird den Verlust kaum bemerken.«

»Meine Erfahrung als Buchhalter, Miss Ladram, sagt mir, daß niemand so einen Verlust einfach wegstecken kann. Sie sagt mir auch, daß die finanziellen Verhältnisse der Leute nicht immer so gesichert sind, wie sie andere glauben machen wollen. Vielleicht braucht er das Geld viel dringender, als Sie annehmen.«

»Das bezweifle ich«, sagte Charlotte schnippisch. »Aber auch wenn es so wäre, gibt es nichts, was er –«

»Das ist der springende Punkt!« Fairfax wurde plötzlich lebhaft, fast vergnügt bei der Aussicht, seine Theorie zu entwickeln. »Es *gibt* etwas, das er tun kann. Haben Sie das nicht gemerkt? Die Briefe beweisen, daß Beatrix die Verfasserin – oder zumindest die Mitverfasserin – aller Gedichte Tristrams war. Wenn das veröffentlicht würde, müßte die Literaturwelt ihre Rolle dabei anerkennen. Und ebenso die Gesetzeswelt.«

»Die *Gesetzes*welt?«

»Ich habe mich um die Steuerangelegenheiten eines Dramatikers gekümmert, der bei einigen seiner Werke mit einem anderen Stückeschreiber zusammenarbeitete. Als Folge davon mußte ich mich mit den Copyright-Gesetzen vertraut machen, besonders mit denen, die die Fälle von Mitautorenschaft betreffen.«

»Ich verstehe immer noch nicht, worauf Sie hinauswollen.«

»Copyright, Miss Ladram! Eine einträgliche Sache, soweit es die Gedichte von Tristram Abberley betrifft. Und das Urheberrecht läuft fünfzig Jahre nach dem Tod des Autors aus. Wenn es jedoch zwei oder mehr Autoren gibt, die gemeinsam geschrieben haben, läuft es fünfzig Jahre nach dem Tod desjenigen ab, der am längsten gelebt hat. Wenn Beatrix Abberley als Autorin oder Mitautorin der Gedichte ihres Bruders anerkannt wird, wird das Copyright des Gesamtwerkes um fünfzig Jahre nach *ihrem* Tod verlängert werden. Mit anderen Worten, fünfzig Jahre ab *jetzt*. Auf jeden Fall profitiert Ihr Halbbruder davon. Die Tantiemen werden bis ans Ende seines Lebens gezahlt werden, an ihn und ausschließlich an ihn. Er ist der einzige lebende Erbe sowohl von Tristram als auch von Beatrix, nicht?«

»Ja«, antwortete Charlotte mit freudloser Gleichgültigkeit. »Das ist er.«

»Wenn er von Ihrer Mutter erfahren hat, daß Beatrix die Gedichte geschrieben hat, wenn er in Erfahrung brachte, daß sie die Briefe besaß, die das beweisen, wenn ihm der Vorteil bewußt wurde, den die Veröffentlichung dieser Tatsache für ihn bedeutete, wenn Beatrix nicht damit einverstanden wäre –«

»Aber er war in der vergangenen Nacht in New York. Und wahrscheinlich hat er ein genauso gutes Alibi für die Nacht, in der Beatrix starb.«

»Hat Brian Spicer auch ein Alibi?«

»Wer?«

»Spicer. Der ehemalige Chauffeur Ihres Bruders.«

»Was ist mit ihm? Maurice hat ihn bereits vor Monaten gefeuert.«

»Aber er wurde am fünfundzwanzigsten Mai in Rye gesehen. Was hat er dort gemacht?«

»Woher soll ich das wissen?«

»Vorbereitungen getroffen, um in Jackdaw Cottage einzubrechen, meinen Sie nicht? Es gäbe keinen besseren Weg, um zu zeigen, daß keinerlei Verbindung zwischen ihm und Ihrem Bruder besteht, als wenn er von ihm rausgeworfen wurde. Aber ist ihm wirklich gekündigt worden – oder hat er lediglich einen besser bezahlten Job vom selben Arbeitgeber bekommen?«

»Das ist lächerlich.«

»Es war Ihr Bruder, der mir erzählt hat, daß Frank Griffith die Briefe besitzt. Indem ich nach Hendre Gorfelen gefahren bin und verlangt habe, die Briefe zu sehen, habe ich die Spuren desjenigen verwischt, der vorhatte, sie zu stehlen. Und ich habe Frank dazu gebracht, daß er sie aus ihrem Versteck holte, worauf der Dieb geduldig gewartet hat. Wieder Spicer, meinen Sie nicht?!«

»Nein.« Charlotte wandte sich ab und schaute aus dem Fenster, wobei sie sich auf den geschnittenen und gepflegten Teil des Gartens konzentrierte. Es war unvorstellbar, das zu glauben, was Fairfax unterstellte, aber es einfach abzutun war unmöglich. Sie brauchte Zeit und Ruhe und Einsamkeit. Und vor allem brauchte sie Maurice, der sie bei der Hand nahm und zurückführte zu Gelassenheit und Normalität. »Mein Bruder könnte so etwas nie tun. Oder andere dafür bezahlen. Er hat genug Geld. Auch wenn es anders wäre, hätte er Beatrix niemals getötet, um... einfach nur um...«

»Erinnern Sie sich an das, was Frank Griffith gesagt hat! Diese Vorfälle sind nicht frei erfunden. Wir können sie nicht einfach fortwünschen.«

Bei dieser Bemerkung fuhr sie herum, ein flüchtiger Gedanke gab ihr wieder Zuversicht. »Wenn Sie recht haben, Mr. Fairfax, werden wir es ja bald wissen, nicht wahr? Maurice muß nur die Briefe veröffentlichen, um Ihre Theorie zu beweisen.«

»Aber er könnte damit länger als ein Jahr warten. Wenn nötig, könnte er sogar warten, bis das Copyright abgelaufen ist. Er kann sich den richtigen Moment aussuchen. Er kann behaupten, er hätte die Briefe gefunden, sei zufällig darüber gestolpert, hätte sie anonym mit der Post erhalten. Er kann sich alles mögliche ausdenken. Was Frank Griffith oder ich auch denken – was immer Sie denken –, wir werden nicht in der Lage sein, es zu beweisen. Und mein Bruder wird im Gefängnis sitzen.«

»Sie glauben, Maurice ist schuld an seiner Misere?«

»Ich glaube, daß er es getan haben könnte. Die Tantiemen sind etwas Greifbares, nicht? Sind fünfzigtausend im Jahr so aus der Luft gegriffen? Wenn nicht, sind das in zehn Jahren eine halbe Million. Wenn man das mit einem günstigen Zinssatz anlegt, würde es –«

»Ich will es gar nicht wissen!« Sie schrie die Worte fast, und dann, als sie heraus waren, merkte sie, wie fürchterlich zutreffend sie waren. Sie wollte es nicht wissen. Aber sie mußte. »Haben Sie dies auch Frank Griffith erzählt?«

»Nein. Ich dachte, ich sollte zuerst mit Ihnen reden.«

»Zumindest dafür vielen Dank. Bitte sagen Sie ihm nichts. Noch nicht. Nicht bis ich Maurice gesehen und mich davon überzeugt habe, daß Sie unrecht haben.«

»Er wird kaum etwas zugeben.«

»Nein. Aber ich werde es merken, wenn er lügt.«

»Und wenn er lügt?«

»Dann ist mein nächster Verwandter – in vieler Hinsicht mein engster Freund – ein Dieb und Mörder.«

Fairfax trat näher an sie heran. »Miss Ladram, ich... es tut...«

197

»Sagen Sie bitte nicht, daß es Ihnen leid tut.«

»Aber es ist so. Ihnen solchen Kummer zu bereiten, Anschuldigungen gegen die vorzubringen, die Sie lieben...«

»Machen Sie sich nichts draus.« Charlotte lächelte störrisch. »Sie müssen tun, was Sie können, um Ihrem Bruder zu helfen. Genau wie ich.« Sie wußte, sie konnte diese Fassade an Selbstkontrolle nur noch kurze Zeit aufrechterhalten. Sie mußte diesen Mann loswerden, mit seinen sanften, fragenden Augen, seinen zögerlichen Mutmaßungen, die schlimmer waren, als wenn er das Kind gleich beim Namen nennen und mit Schmutz werfen würde. Unwillentlich führte er ihr ihr eigenes Wesen vor Augen. »Maurice kommt am Mittwoch aus New York zurück. Ich werde ihn abfangen, sobald er das Flugzeug verlassen hat, und ihn mit allem, was Sie mir erzählt haben, konfrontieren. Sobald ich seine Antwort gehört habe, werde ich Ihnen sagen, wie meine Folgerungen aussehen. Danach müssen Sie tun, was Sie für richtig halten. Aber wollen Sie mir bis dahin versprechen, daß Sie über all das Stillschweigen bewahren und nichts unternehmen werden? Es gibt keinen Grund, warum Sie mir das zugestehen sollten, aber vielleicht als persönlichen Gefallen...«

»Ich bin einverstanden.« Feierlich streckte er seine Hand aus. »Sie haben mein Wort, Miss Ladram.«

Es war seltsam, dachte Charlotte, als sie ihm ihre Hand gab, daß sie überhaupt noch ein Versprechen verlangen oder akzeptieren sollte nach den Enttäuschungen, die sie in letzter Zeit durchgemacht hatte. Aber sie hatte eines verlangt. Und sie hatte es akzeptiert.

9

Albacete, 30. Oktober 1937

Liebe Sis!

Der Angriff auf Aragón ist vorüber, und ich habe mein erstes Gefecht überlebt. Mit einiger Auszeichnung, wie mir versichert wurde, obwohl ich mich damit nicht brüsten will, das mußt Du mir glauben. Ich genieße einen großen Vorteil gegenüber den meisten meiner Kameraden. Dies war meine erste und nicht die x-te Erfahrung eines militärischen Sieges. Und ich bin noch nicht soweit, daß ich ihre ohne Zweifel berechtigte zynische Sicht der Intrigen und Intendanturen teile, die unser Schicksal bestimmen.

Während wir uns hier ausruhen und versuchen, uns zu erholen, bleibt genug Zeit, um über die angenehmen Dinge eines Soldatenlebens nachzudenken, egal ob er auf der Seite der Gewinner oder der Verlierer steht, auf der richtigen oder der falschen. Das Schönste von allem ist die unvergleichliche Freundschaft, die in der Gefahr und Härte des Krieges entsteht. Fast einen ganzen Tag habe ich gefangen im Niemandsland verbracht, zusammen mit zwei Männern, die ich noch nie zuvor gesehen hatte, bis wir uns alle in diese chaotische Angelegenheit verwickelt fanden, und, so verrückt es auch klingen mag, ich bin allein aus diesem Grund schon froh, daß ich mich freiwillig gemeldet habe.

Vielleicht triffst Du Frank Griffith eines Tages, und ich bin sicher, Du wirst ihn genauso mögen, wie ich es tue. Er wird niemals auf eine Cocktailparty nach Bloomsbury eingeladen werden – es sei denn, ich veranstalte eine ihm zu Ehren –, aber Du könntest ihm Dein Leben anvertrauen und würdest nicht enttäuscht werden. Es gibt keine höhere Auszeichnung als diese, meinst Du nicht auch?

Vicente Ortiz ist durch und durch Anarchist. Aber er sieht auch die Mängel seiner Partei. Er weiß – und er hat es mir gesagt –, welche Fehler ihre Führer machen und wie sie ihre Stellung in der republikanischen Bewegung untergraben haben. Ihm ist auch bewußt, daß er durch seine Ideologie gezeichnet ist, im besten Fall ist er ein Ärgernis, im schlimmsten eine Zielscheibe. Aber er scheint sich nichts daraus zu machen. Ihm ist alles egal. Ihm ist nur wichtig, die Faschisten zu bekämpfen, nicht ideologische Standpunkte anzugleichen. Wenn nur mehr Republikaner so dächten! Erinnerst Du Dich daran, was mit der POUM geschah?

Aber sicher willst Du nicht von mir in das unentwirrbare Dickicht der republikanischen Gruppen geführt werden. Vielleicht wußtest Du, daß die Leidenschaft, die wir vor sechs Jahren in Madrid empfanden, hierzu führen würde. Vielleicht hast

Du es mir sogar gesagt. Aber es würde gar nicht zu mir passen, wenn ich Dir zugehört hätte, nicht wahr?

Nachdem der Herbst nun endgültig eingekehrt ist, gehen meine Gedanken zu Mary und dem Jungen. Wie geht es dem kleinen Kerl? Er muß jetzt sieben Monate alt sein und wächst sicher schnell. Um ihn mache ich mir mehr Sorgen als um seine Mutter. Es macht mich ganz nervös, wenn ich daran denke, was für ein Mann er werden und wie mein Vorbild ihn beeinflussen wird. Es ist nicht weit her damit, nicht wahr? Nicht, daß Du jemandem wünschen würdest, sein Leben so zu gestalten. Was, denkst Du, wird er über mich sagen, wenn ich tot und begraben bin? Wird er mir danken oder mich verfluchen, mein Andenken bewahren oder es verunglimpfen? Wenn wir das nur wüßten, was, Sis? Wenn wir nur die Möglichkeit hätten, die Auswirkungen zu verändern, die wir auf die Zukunft haben und auf die Menschen, die darin leben. Nun, wenn man darüber nachdenkt, ist es vielleicht besser so, wie es ist. Wir haben genug damit zu tun, uns um das Hier und Jetzt zu kümmern. Warum sollten wir Energie auf das Zukünftige verschwenden?

Mach Dir keine Sorgen um mich. Ich bin nicht halb so bedrückt, wie dieser Brief klingt. Und ich werde so bald wie möglich wieder schreiben.

Alles Liebe
Tristram

10

»Es ist erstaunlich, Charlie. Wirklich erstaunlich. Ich weiß wirklich nicht, was ich sagen soll.« Maurice runzelte die Stirn und schüttelte den Kopf und nippte beunruhigt an seinem Kaffee. Und Charlotte beobachtete ihn.

Sie befanden sich in der klimatisierten Lobby eines der niedrigen Hotels im nördlichen Teil des Flughafens Heathrow, saßen in riesigen, quietschenden Ledersesseln, umgeben von Topfpflanzen mit glänzenden Blättern und Wänden aus Rauchglas, berieselt von leiser Musik. Einen verwirrenderen Ort für ihre Unterhaltung hätte sich Charlotte nicht vorstellen können, aber als sie Maurice damit überrascht hatte, daß sie ihn von seinem Flug aus New York abholte, konnte sie schlecht ablehnen, als er ihr anbot, seine Rückkehr zu Ladram Avionics aufzuschieben.

»Diese Geschichte, daß Beatrix Tristrams Gedichte geschrieben haben soll... Nun, ich hätte gesagt, das wäre so ungefähr die verrückteste Unterstellung, die ich jemals gehört habe. Ich würde es immer noch sagen. Aber wenn die Briefe keinen Zweifel daran lassen...«

Derek Fairfax hatte sein Versprechen gehalten, und Frank Griffith war nach seiner Entlassung aus dem Krankenhaus in sein Haus nach Wales zurückgekehrt. Deshalb war Charlotte zuversichtlich, daß Maurice über das, was sie ihm sagen mußte, nicht vorgewarnt worden war. Sie hatte sich vier Tage lang auf ihre Begegnung vorbereitet, ihr Gedächtnis nach Hinweisen auf die Wahrheit abgesucht, die Beatrix vielleicht herausgerutscht waren, nach logischen Fehlern gesucht, die Maurices Verdacht wecken könnten. Sie hatte sein Gesicht mit der Gründlichkeit eines Suchscheinwerfers studiert, seine Worte mit dem Eifer eines Inquisitors geprüft. Und noch immer war sie sich nicht sicher. War seine Bestürzung echt? War er ein so guter Schauspieler, daß er sie täuschen konnte, ohne auch nur Gelegenheit gehabt zu haben, sich vorzubereiten? Oder war er wirklich so erstaunt, wie er den Eindruck zu erwecken schien?

»Ich kann es einfach nicht begreifen, Charlie. Ich kann gar nicht alle Möglichkeiten durchdenken. Ich nehme an, Griffiths Erklärungen haben einen Sinn, aber bist du sicher, daß man ihm glauben kann?«

»Ich glaube ihm.«

»Das genügt mir.« Er atmete langsam und nachdenklich aus. »Die Frage ist: Warum sollte jemand diese Briefe stehlen wollen? Was könnte er dadurch gewinnen?«

»Ich weiß es nicht. Aber ich kann mir vorstellen, was Derek Fairfax dazu sagen würde.«

»Ich auch.« Maurice legte seine Hand auf ihre. »Es war richtig von dir, auf diesen besonderen Punkt hinzuweisen. Ich muß dir wohl kaum sagen, daß er jeglicher Grundlage entbehrt.«

»Natürlich.«

Er zog seine Hand zurück. »Mir ist klar, daß Fairfax aus Sorge um seinen Bruder das Ganze nur allzu gern glauben möchte. Schließlich kennt er mich nicht. Er kennt *uns* nicht. Es ist die Art, wie ein Buchhalter denkt. Er zählt alles zusammen, auch wenn es in jeder Hinsicht falsch ist. Ich habe Spicer seit dem Tag, als ich ihn rausgeschmissen habe, nicht mehr gesehen. Ich weiß nichts über die Briefe. Und der Verlust der Tantiemen wird meine Finanzen in keiner Weise beeinflussen.«

Die Anstrengung, sich auf jede kleinste Nuance von Maurices Reaktionen zu konzentrieren und gleichzeitig den Wunsch zu unterdrücken, ihm zu vertrauen, machte sich langsam bei Charlotte bemerkbar. Sie dachte an seine Großzügigkeit, seine flüchtigen Aufmerksamkeiten und großherzigen Gesten. Sie dachte an die vielen Male, als er sie beruhigt und getröstet hatte, an die Liebe, die er ihr immer bewiesen hatte. Einen heimlichen Zweifel an ihm zu hegen, ihn auszutesten, während sie sich ihm gegenüber loyal erklärte, war in sich ein betrügerischer Akt.

»Aber um nichts von all dem geht es wirklich, nicht wahr? Auch wenn ich nur noch einen Penny hätte, wäre ich nicht in der Lage, das zu tun, was Fairfax annimmt. Es ist eine Frage der Erziehung, nicht wahr, Charlie? Eine Frage von richtig und falsch. Heimlich planen, Beatrix zu ermorden? Kannst du dir vorstellen, wie viele Bedenken und Widerstände überwunden werden müßten, um diese Möglichkeit überhaupt nur in Erwägung zu ziehen? Ich kann es nicht.«

»Weil du es niemals in Betracht gezogen hast?«

»Genau. Mein einziger Fehler war, Fairfax von Frank Griffith zu erzählen. Und warum? Weil ich der Meinung war, er hätte ein Recht darauf, es zu wissen. Um Gottes willen, ich wollte ihm doch nur helfen! Und was ist der Dank dafür? Daß ich beschuldigt werde, Beatrix ermordet zu haben wegen irgendwelcher armseliger Rechte, von denen ich nicht einmal wußte, daß sie ihr zustehen.« Er wurde verständlicherweise langsam verärgert. Die Entrüstung wich dem Erstaunen. »Mein Gott, Fairfax hat vielleicht Nerven, so etwas zu versuchen. Erwartet er wirklich, seinem Bruder dabei zu helfen, seinen Kopf aus der Schlinge zu ziehen, indem er mich in dieser Weise verleumdet?«

»Ich denke, das glaubt er wirklich, Maurice. Wie du selbst gesagt hast, er kennt dich nicht. Und so vieles... scheint dafür zu sprechen.«

Er runzelte die Stirn. »Zum Beispiel?«

»Du hast ihn dazu gebracht, Hendre Gorfelen aufzusuchen.«

»Das habe ich dir doch gerade erklärt! Ich habe versucht, ihm zu helfen.«

»Und Emerson McKitrick hat mit dir Kontakt aufgenommen.«

»Na und?«

»Nun, er muß gelogen haben, oder etwa nicht? Wegen der Briefe, meine ich. In Anbetracht dessen, was wir jetzt über ihren Inhalt wissen, ist es unvorstellbar, daß Beatrix sie ihm gegenüber erwähnt haben sollte.«

»Das stimmt.« Maurice sah sie scharf an. »Daran hatte ich gar nicht gedacht. Hast du ihn danach gefragt?«

»Nein. Ich wollte nichts unternehmen, bevor ich nicht mit dir gesprochen hatte.« Charlotte bemühte sich, aus ihrem Gesichtsausdruck jeden Hinweis darauf zu streichen, daß es andere Gründe gegeben haben könnte, warum sie Emerson McKitrick meiden wollte.

»Braves Mädchen.« Maurice ergriff ihre Hand und drückte sie. »Er wird mir einiges erklären müssen. Ich werde ihn sofort aufsuchen.«

»Meinst du, er kennt des Rätsels Lösung?«

»Vielleicht. Wenn es eine Lösung gibt. Wenn nicht alles nur ein unglaublicher Zufall ist.«

»Wie das?«

»Ganz einfach.« Er schaute sie an. »Ist das nicht sonnenklar? McKitrick hat vielleicht nur sein Glück versucht. Unbestimmt über alte Briefe geredet, um herauszufinden, was er für seine verdammte Neuausgabe der Tristram-Biographie aufdecken kann. Wenn er Glück hatte, gab es *tatsächlich* irgendwelche alten Briefe. Zumindest behauptet Griffith das. Bevor ich sie nicht gesehen und gelesen habe, glaube ich nicht daran, daß sie wirklich existieren.«

»Du unterstellst, daß McKitrick die Briefe gestohlen hat?«

»Oder Griffith hat das Ganze nur geträumt. Wie auch immer, es hat wahrscheinlich nichts mit Beatrix' Tod zu tun. Sie starb, weil ein kleiner Ganove in ihr Haus eingebrochen ist, angestiftet von Colin Fairfax-Vane.«

Maurice wich Charlottes Blick aus, weil er vor den Folgen zurückschreckte, die das Akzeptieren auch nur eines Teils von Derek Fairfax' Theorie nach sich ziehen würde. Das war nur natürlich, aber es war auch mit einer anderen Deutung seines Benehmens zu vereinbaren. Er hatte versucht, Zeit zu gewinnen, als er unerwartet damit konfrontiert worden war. Jetzt hatte er sich eine Strategie ausgedacht, die er verfolgen wollte. »Wenn Griffith recht hat – und es ist ein großes Wenn –, dann kommt McKitrick am ehesten als Dieb in Frage.« Ob er wohl ein Alibi für Donnerstag nacht hatte? fragte sich Charlotte. War es eines, das Maurice noch unangenehmer wäre als Fairfax' Anschuldigungen? »Und nachdem der Inhalt der Briefe – ihr *angeblicher* Inhalt – seine Darstellung von Tristrams Karriere auf den Kopf stellt, hat er sie wahrscheinlich längst vernichtet.«

»Das glaube ich nicht.«

»Nein? Nun, wir werden sehen.« Zum ersten Mal lächelte Maurice. Wie Charlotte sehen konnte, kehrte seine Zuversicht zurück und schenkte seinem Blick Wärme und seinen Gedanken Schnelligkeit. »Überlaß das mir, altes Mädchen. Ich habe vor, einiges wieder an seinen alten Platz zu rücken.«

»Du denkst wirklich, das könntest du?«

»O ja.« Maurice hatte seine Selbstsicherheit zurückgewonnen. Er war weder so arrogant wie Emerson McKitrick noch so zurückhaltend wie Derek Fairfax. Charlotte hatte gehofft, daß er von Anfang an so sein würde. Das hätte alle ihre Zweifel ausgeräumt. Wie seltsam, daß die Zweifel nun blieben, hartnäckig und nachdrücklich und viel größer, als sie vorher gewesen waren. »Das hast du gut gemacht, Charlie. Und ich bin dir dankbar. Aber ich denke, nun werde ich lieber gehen. Und du?«

11

Dereks zweites Fernbleiben vom Geschäft wurde von David Fithyan mit Schweigen bedacht, was noch unheilverkündender war als jedes tadelnde Gespräch. Daher hatte Derek die ersten drei Tage der folgenden Woche wie ein Wilder geschuftet und sich bemüht, niemals anders als fleißig bei der Arbeit angetroffen zu werden. Er wußte genau, daß Charlotte Ladram ihren Halbbruder am Mittwochmorgen treffen würde, aber erst am frühen Abend konnte er Fithyan & Co. mit gutem Gewissen verlassen und sich zu Ockham House begeben, das in seiner grünen Umgebung hoch und kühl über der Stadt stand.

Als er die Einfahrt hinauffuhr, sah er Charlotte sofort, die in einer Ecke des Rasens, wo die untergehende Sonne noch verweilte, in einem Korbstuhl saß. Sie trug ein cremefarbenes Trägerkleid und eine dunkelblaue Strickjacke, die um ihre Schultern geschlungen war, und auf dem Kopf einen breitrandigen Strohhut, der sie jünger und sorgloser aussehen ließ, als sie – wie er wußte – in Wirklichkeit war. In seinem zerknitterten Büroanzug kam er sich furchtbar schäbig vor und höchst unpassend gekleidet. Aber neben Charlotte stand ein zweiter, leerer Stuhl, und als er näher kam, schien sie zu lächeln. Er wurde erwartet und konnte wenigstens sicher sein, nicht weggeschickt zu werden, wenn er schon nicht willkommen war.

»Miss Ladram... ich...«

»Sie kommen später, als ich dachte, Mr. Fairfax.«

»Es tut mir leid. Es war etwas... schwierig.«

»Bitte nehmen Sie Platz. Kann ich Ihnen vielleicht etwas zu trinken anbieten?«

Für seine Begriffe war sie zu höflich, insgesamt zu vernünftig. In ihrem Gesichtsausdruck lag eine gewisse Verlegenheit, die nicht zu dem entspannten Tonfall paßte. Was es bedeutete, konnte er nicht erraten. »Nein. Nichts, danke.« Er setzte sich. »Sie... ähm... haben Ihren Bruder getroffen?« Er zwang sich, das Wort ohne Vorsilbe zu verwenden, und fragte sich, ob sie es überhaupt bemerken oder vielleicht übelnehmen würde.

»Ja. Ich habe ihn getroffen.«

»Als wir vergangenen Freitag miteinander sprachen...« Aber der vergangene Freitag schien ein Jahr her zu sein. Genauso wie der Waffenstillstand, den sie sich beinahe erklärt hätten. Er war damals überzeugt gewesen, daß sie aufrichtig sein wollte, mit ihm und mit sich selbst. Jetzt war er sich nicht mehr so sicher. »Bei unserem letzten Gespräch versprachen Sie, alle Punkte, die ich aufgeworfen hatte, anzusprechen –«

»Das habe ich getan.«

Sie starrten sich einen Augenblick lang schweigend an. Dann

sagte Derek: »Zu welchem Schluß sind Sie gekommen ... wenn ich fragen darf?«

»Maurice ist für keines der Verbrechen verantwortlich.« Aber ihr Blick hatte sich verändert. Sie sah zu Boden und wieder weg und blinzelte ins Sonnenlicht. »Ich bin mir sicher. Mr. Fairfax. Absolut. Er ist ebenso unfähig, so etwas zu tun, wie ich.«

»Das kann ich kaum glauben.«

Nur ihre zusammengepreßten Lippen zeigten ihre Verärgerung. »Ich habe Ihnen versprochen, Ihnen meine Schlußfolgerungen mitzuteilen, und das habe ich getan.«

»Aber die Umstände, Miss Ladram. Sie sind einfach zu –«

»Zufall! Weiter nichts. Ich weiß, daß Sie lieber etwas anderes glauben wollen, aber Sie haben unrecht.« Die Gelassenheit, die sie an den Tag legt, verrät sie, dachte Derek. Wenn sie Maurice wirklich vertraute, würde sie ihn mit Zähnen und Klauen verteidigen und nicht so gelassen.

»Es tut mir leid, wirklich, aber es ist –«

»Hallo, Charlie!« Die Stimme, hoch und schleppend, klang über den Rasen zu ihnen herüber. Derek blickte sich um und sah einen großen, breitschultrigen Mann auf sie zukommen. Dunkles Haar und ein gestutzter Bart umrahmten ein markantes, lächelndes Gesicht. Er trug einen lässigen beigen Anzug und ein Hemd, das am Kragen offenstand, und zeigte mit seiner linken Hand wie mit einer Pistole auf Charlotte, mit erhobenem Daumen und ausgestrecktem Zeigefinger. »Hast nicht damit gerechnet, daß ich dich einholen würde, nicht wahr?«

»Emerson!« Charlottes Ausruf und der amerikanische Akzent bestätigten Derek, daß das Emerson McKitrick war. Als er groß neben ihnen stand, vermittelte er den Eindruck, daß er mehr als nur angetrunken war.

»Wer ist dein Freund hier?«

»Derek Fairfax.«

»Oho! Verbünden wir uns jetzt mit dem Feind? Zumindest Maurices Feind.«

»Ich weiß nicht, was du meinst. Wir sitzen hier nur –«

»Spar dir die Einzelheiten für den großen Bruder auf. Ich will sie nicht wissen.«

»Was willst du hier, Emerson?« Charlottes Stimme klang spröde.

»Hatte die Nase voll von Swans' Meadow. Dachte, ich könnte ein paar Nächte hier verbringen, bevor ich nach Boston zurückfliege. Ich wohne im ›Hotel Spa‹. Willst du nicht mit mir essen gehen?«

»Ich glaube kaum.«

»Dein Problem, mein Schatz.«

»Ich bin nicht dein Schatz.«

»Obwohl du es gern wärst, was? Wärst gern eine meiner Eroberungen. Ich hätte dich in der ersten Nacht haben können.«

Als Charlotte bei diesen Worten voller Scham zurückzuckte, stand Derek auf. »Das ist genug.«

»Genug?« bellte McKitrick. »Ich habe noch nicht einmal angefangen. Warum kriechen Sie nicht zurück in Ihr Kontor. Fairfax? Überlassen Sie Charlie und mich dem Turteln und Gurren wie ein Pärchen Liebesvögel, das wir nicht sind.« Er war nicht nur betrunken, sondern auch wütend, obwohl es keineswegs klar war, ob auf Charlotte oder Derek oder jemand ganz anderen.

»Ich möchte nicht, daß Sie gehen«, sagte Charlotte und schaute Derek bittend an.

»Sei dir nicht so sicher«, sagte McKitrick. »Vielleicht willst du nicht, daß er hört, was ich dir zu sagen habe. Es wird Zeit, daß du die Wahrheit über Bruder Maurice erfährst, weißt du. Und ich wette, du legst keinen Wert darauf, das mit anderen zu teilen, geschweige denn mit deinem zahmen Buchhalter.«

»Er ist nicht *mein* Buchhalter.«

»Nein? Nun, vielleicht sollte er es sein. Ganz bestimmt brauchst du einen für diese Zukunft voller Überfluß, die sich Maurice für dich ausgedacht hat.«

»Wovon redest du eigentlich?«

»Erzähl mir bloß nicht, daß du nicht deinen Teil davon abbekommst. Ist es nicht das, womit er dich ruhigstellen will?«

»Einen Teil wovon?«

»Die Tantiemen, Charlie. Die Rechte, die nächstes Jahr nicht auslaufen werden. Maurice hat mir alles darüber erzählt. Er mußte es tun, obwohl er genau wußte, daß ich dadurch herausbekommen würde, worauf er aus war. *Er* hat Kontakt mit *mir* aufgenommen, nicht umgekehrt. *Er* hat mir von den Briefen erzählt. Nicht Beatrix.

Er wußte, ich würde der Verlockung von neuem Material über Tristram nicht widerstehen können. So hat er mich dazu gebracht. Er sagte, wir müßten seine Rolle in der ganzen Geschichte geheimhalten, um sicherzugehen, daß du mitmachen würdest, und als Erbin von Beatrix' Besitz brauchten wir dich. Natürlich stimmte ich nur zu gern zu. Ich hätte mit Vergnügen fast alles getan, um endlich diese Briefe in die Hände zu bekommen. Zum Wohle der Gelehrsamkeit, darf ich hinzufügen. Nicht wegen des Geldes.« Er grinste. »Nun, nicht nur wegen des Geldes.« Hier machte er eine Pause und lehnte sich gegen die Rückseite von Charlottes Stuhl.

»Du sagst, Maurice hat dich dazu angestiftet?« Charlotte starrte ihn an mit vor Sorge weitaufgerissenen Augen, was er noch enthüllen würde.

»Natürlich, Charlie. Du hast es begriffen. Er behauptete, er wolle, daß die Biographie seines Vaters so vollständig und gewissenhaft recherchiert sei wie nur möglich. Das habe ich natürlich nie geschluckt. Ich erwartete einen Handel, nachdem wir die Briefe gefunden hätten. *Wenn* wir sie finden würden. Was ich nicht erwartet hatte, war, daß Maurice ein doppeltes Spiel spielte, um höhere Gewinnquoten, als ich mir jemals vorgestellt hatte. Wir haben die Briefe für ihn gefunden, du und ich. Und jetzt hat er sie uns unter der Nase weggeschnappt. Ich bin mir nicht sicher, wie er es angestellt hat, aber ich weiß verdammt genau, warum. Damit er sich nicht einschränken muß, wenn das Copyright ausläuft. Weil es nämlich nicht auslaufen wird, nicht wahr? Nicht nur, daß er beweisen kann, daß Beatrix die wirkliche Dichterin war. Nicht nur, daß er meine Arbeit über das Leben seines Vaters als Lug und Trug hinstellen kann, aufgebaut auf einer Lüge, die er nur zu gern aufdecken wird. Kannst du dir vorstellen, was das für meinen Ruf, meinen akademischen Rang bedeutet? Hast du auch nur die leiseste Ahnung? Ich werde eine Witzfigur sein: Kichernde Studenten in meinen Seminaren, Kollegen, die hinter meinem Rücken flüstern. Meine ganze Karriere kann den Bach hinuntergehen. Und warum? Um der Wahrheit zu dienen oder die Toten zu ehren? Zur Hölle, nein. Nicht für etwas so Hohes. Nur, um Maurices Tantiemenkonto bis zum Ende seines Lebens aufzufüllen.« Er stieß sich vom Stuhl ab, schwankte leicht, dann schlug er sich mit der Hand vor die Stirn.

»Man hat mich zu einer Karussellfahrt mitgenommen, Charlie. Und mich aus der Kabine gestoßen, als das Riesenrad ganz oben war. Deshalb mußt du entschuldigen« – er starrte Derek an –, »wenn ich nicht sehr höflich bin.«

Charlotte hatte ihre Augen fest geschlossen gehalten, solange McKitrick sprach. Jetzt öffnete sie sie langsam und schaute Derek an, mit blassem Gesicht, geöffneten Lippen und weißen Fingerknöcheln, weil sie die Armlehnen ihres Stuhles umklammert hielt. Dann glitt ihr Blick an ihm vorbei, und sie sagte: »Ich hatte keine Ahnung... Ich wußte nichts... von all dem.«

»Dann bist du ein noch größerer Dummkopf, als ich angenommen hatte«, sagte McKitrick. »Zwar kein so großer, wie ich sein werde. Das heißt, in einiger Zeit. Wenn es Maurice beliebt.«

Derek starrte sie abwechselnd an. McKitrick log nicht, und Charlotte wußte es. Und die Wahrheit dessen, was er gesagt hatte, führte zu einer anderen Wahrheit, einer noch gewaltigeren und bis dahin besser geheimgehaltenen. In Charlottes Gesicht konnte er erkennen, wie sie Formen annahm. Er spürte förmlich, wie sie sich ausbreitete. »Warum hat Beatrix sich solche Mühe gegeben, um die Briefe zu verstecken?« fragte er.

»Weil sie gewußt haben muß, was Maurice vorhatte«, sagte McKitrick. »Gewußt und sich dagegen gesträubt. Vielleicht wollte sie Tristrams Ruf nicht besudeln oder ihren Teil in dem Betrug nicht offenlegen. Oder vielleicht wollte sie Maurice auch nur ärgern. Wie auch immer, sie wollte nicht nachgeben. Also beschloß Maurice, sich... über ihre Einwände hinwegzusetzen.«

»Sie umzubringen, meinen Sie?«

»Vermute ich, Sie nicht? Er hat wohl gedacht, es würde genügen, die alte Dame auf den Kopf zu schlagen und einen Einbruch vorzutäuschen, dann das Ganze Ihrem Bruder unterzuschieben und die Briefe einzustecken. Nur, Beatrix hatte sie aus seiner Reichweite entfernt, also mußte er mich einsetzen, um sie zu finden. Und natürlich dich, Charlie. Wie fühlst du dich als eine seiner Schachfiguren?«

Charlotte schaute McKitrick nicht an, als sie antwortete. »Was sollen wir deiner Meinung nach jetzt tun?« murmelte sie.

»Es gibt nichts, was ich tun könnte. Das ist das Schlimmste an der ganzen Sache. Oder das Beste, aus der Sicht von Maurice. Meine Beweisführung würde für keine Doktorarbeit genügen, geschweige denn vor Gericht.«

»Warum erzählst du mir dann all das?«

»Damit du Bescheid weißt, wenn er in einem Jahr die Briefe veröffentlicht und behauptet, er hätte sie gefunden oder sie seien ihm geschickt oder verkauft worden, oder was für eine verdammte Geschichte er sich auch ausdenkt – damit du dann und für immer weißt, wie die Wahrheit aussieht. Daß Beatrix umgebracht, der Bruder dieses Mannes ins Gefängnis gesteckt und ich ruiniert wurde, nur um Maurice einen ruhigen Lebensabend zu verschaffen. Und dir natürlich auch. Ich bezweifle nicht, daß er sich großzügig zeigen wird. Das kann er sich jetzt ja leisten, nicht wahr?«

»Bitte geh.« Auch jetzt schaute sie die beiden kaum an. »Bitte geht jetzt, alle beide.«

»Mit Vergnügen.« Unerwartet trat McKitrick nach vorn, nahm Charlottes Hand von der Stuhllehne und küßte sie. »Bis bald, *Schatz*.« Mit diesen Worten drehte er sich um und entfernte sich mit schnellen Schritten über den Rasen. Derek hörte, wie Charlotte einen tiefen Seufzer ausstieß, und beobachtete, wie sie sich langsam die Hand, die McKitrick geküßt hatte, an ihrem Kleid abwischte.

»Sie möchten, daß ich ebenfalls gehe?«

»Ich wäre Ihnen dankbar.« Sie sprach leise und präzise und betonte jede Silbe gleich.

»Ohne weitere Diskussion?«

»Was gibt es da noch zu diskutieren?«

»Sie haben gehört, was er gesagt hat. Es beweist, daß ich recht hatte.«

»Vielleicht.«

»Wie können Sie daran zweifeln?«

»Maurice ist ein wohlhabender Mann.« Sie war wie in Trance und schien davon überzeugt, daß diese Phrasen, wenn man sie nur oft genug wiederholte, seine Schuld abschwächen würden. »Er hatte es nicht nötig, das zu tun. Nichts von alledem.«

»Aber er hat es getan. Sie wissen, daß es wahr ist.«

Endlich schaute sie ihn an. »Und jetzt, Mr. Fairfax? Was machen wir jetzt?«

»Ich… ich werde meinen Bruder informieren… und seinen Rechtsanwalt… aber…«

»Ja?«

»Wir können nichts beweisen. McKitrick hat recht.«

»Genau. Wir können nichts beweisen.« Sie hob eine Hand an ihre Stirn. »Können Sie nicht verstehen, daß dies für mich ebenso schrecklich ist wie für Sie?«

»Ehrlich gesagt, nein.«

»Weil auch nichts *widerlegt* werden kann. So oder so, wir wissen nichts sicher. Ihr Bruder ist nicht der einzige, der im Gefängnis sitzt, Mr. Fairfax. Von jetzt an sitzen wir alle in einem.«

12

Ein Sommerregen, sanft, aber stetig, machte die Welt grau und grün. Charlotte stand am Fenster ihres Schlafzimmers, sah dem Regen zu und wünschte, er würde nie mehr aufhören. Sie lauschte seinem Plätschern und Klopfen gegen das Glas und wünschte, daß die Flecken jedes sonnigen Tages aus ihrem Gedächtnis gewaschen würden.

Hope Cove, in der Morgendämmerung ihrer Kindheitserinnerung: der Sand zwischen ihren Zehen; die winzigen Krebse, die in den Pfützen zwischen den Steinen herumkrabbelten; ihre Mutter mit ihrem warmen Duft und immer lächelnd; ihr Vater, ausgelassen und lachend; und Maurice als Teenager, selbstbewußt und mißtrauisch, unsicher, ob er beim Spiel am Strand mitmachen oder lieber abseits stehen und spotten sollte. Damals hatte die Sonne geschienen, die ganzen vierzehn Tage. Und die Lüge hatte bereits begonnen.

Charlotte senkte den Kopf und berührte mit dem Kinn den beruhigend kühlen Stoff ihres Bademantels. Sie schloß die Augen und versuchte, den verwickelten Untergrund der lange vergangenen Vorfälle zu durchdringen auf der Suche nach den Diskrepanzen, die sie bemerkt haben müßte, nach den Ungereimtheiten und Widersprüchen, aus denen das Lügengebäude entstanden sein mußte. Aber es gab keine. Sie waren immer loyal zueinander gewesen. Ihnen war nichts herausgerutscht, nichts deutete darauf hin, nichts enthüllte die Unaufrichtigkeit, auf der sie alles aufgebaut hatten. »*Das ist ein Foto von Tristram Abberley, Charlie.*« »*Das ist ein Buch mit seinen Gedichten.*« »*Das sind die Gedichte, die dich ernährt und gekleidet haben, Charlie.*« »*Das ist das Geheimnis, das wir niemals preisgeben werden.*«

Sie wandte sich ab und ging ins Badezimmer, wo die Wanne bereits halb voll war. Sie schaute in den Spiegel und verfluchte ihre Schwäche, die sich in ihren tief geröteten Augen zeigte. Sie konnte den übermächtigen Drang nicht loswerden, zu schluchzen, zu weinen und sich der Bitterkeit zu überlassen, die sie fühlte. Eine Nacht war vergangen, seit Emerson McKitrick sie dazu gezwungen hatte, sich mit der Möglichkeit auseinanderzusetzen, daß alle Behauptungen, die gegen Maurice sprachen, wahr sein könnten, eine Nacht, seit Maurice sie angerufen und versucht hatte, sie zu beruhigen.

»*Möglicherweise wird sich McKitrick bei dir melden, Charlie. Er sinnt auf Rache, und ich wollte dich davor warnen, das, was er dir erzählen wird, nicht ernst zu nehmen.*«

»*Was will er mir denn erzählen, Maurice?*«

»*Daß ich ihm von den Briefen erzählt hätte. Das stimmt natürlich nicht. Ich wußte ja gar nicht, daß es welche gibt. Aber er wird alles versuchen, damit er nicht zugeben muß, wie er davon erfahren hat.*«

»*Dann hast du also nicht herausbekommen, wer ihn auf diese Fährte gesetzt hat?*«

»*Ich würde wetten, daß er ganz allein darauf gekommen ist. Ich würde behaupten, daß er die Briefe gestohlen und vernichtet hat und jetzt jeden beschuldigen würde, wenn er glaubt, es würde ihm helfen, seine Spuren zu verwischen.*«

»*Du meinst, er würde dich beschuldigen?*«

»*Genau. Vielleicht schafft er es sogar, ein paar Leute von seiner Geschichte zu überzeugen.*«

Maurice hatte eine Pause gemacht, als ob er auf Charlottes Versicherung wartete, daß sie McKitrick auch nicht im entferntesten Glauben schenken würde, was er ihr auch sagen mochte. Sie trat vom Spiegel zurück und drehte die Wasserhähne zu, während sie sich daran erinnerte, wie sie ihn mit ihrem Schweigen gequält hatte.

»*Charlie?*«

»*Ich bin noch da, Maurice. Mach dir keine Sorgen. Wenn sich Emerson McKitrick mit mir in Verbindung setzt, weiß ich, wie ich mit ihm umgehen muß.*«

»*Nun, diese Amerikaner sind ganz groß in Verschwörungstheorien. Sie können nur dann erfolgreich sein, wenn die Leute daran glauben wollen.*«

»*Klar. Ich verstehe sehr gut, glaub mir.*«

»*Ich wollte nur sichergehen.*«

»*Dann sage ich jetzt gute Nacht. Es ist schon spät, und ich bin sehr müde.*«

Aber sie war nicht müde gewesen. In ihrem Kopf wimmelte es von widerstreitenden Gedanken, die versuchten, die Wahrheit zu finden. Damals schien Erschöpfung, die sie jetzt in jedem Knochen spürte, ein Zustand zu sein, den sie nie wieder erfahren würde. Nachdem sie Maurice verabschiedet hatte, hatte sie das ganze Haus nach Zeugnissen aus der Vergangenheit ihrer Familie durchsucht: Schnappschüsse, Postkarten, Briefe, Glückwunschkarten, Bücher, Papiere, Ausschnitte, Notizen. Die Reste und Überbleibsel, die zurückgelassen und übersehen werden, hatte sie gefunden, aber nicht die Antwort, nach der sie noch immer verbissen suchte.

Charlotte ließ ihren Bademantel zu Boden fallen und stieg in die tröstliche Wärme der Badewanne, schloß die Augen und streckte sich aus, während sich ihre Muskeln in der Wärme entspannten und der Dampf in ihre Sinne drang. Es gab keine Alternative zu dem Weg, zu dem sie sich entschlossen hatte. Sie hatten ihr keinen anderen übriggelassen nach einem Leben voller Täuschungen und Ausflüchte. Ihr Leben war auf *ihren* Lügen aufgebaut. Jetzt mußte sie es wissen. Sie mußte sicher sein. Für sie selbst war es wichtig, daß diese Angelegenheit endlich zu Ende gebracht wurde.

Eine Stunde später stieg sie sauber und äußerlich ruhig in die Halle hinunter, schaute auf die Uhr, nahm den Telefonhörer ab und wählte die Nummer von Swans' Meadow.

»'allo?«

»Aliki, hier spricht Charlie. Ist Ursula da?«

»Oh, 'allo, Charlie. Ja, Messus Abberley ist 'ier. Ich stelle durch.«

Eine längere Pause. Charlotte betrachtete sich im Spiegel. Ihr Gesicht war ein Vorbild an Selbstbeherrschung. So weit, so gut.

»Hallo, Charlie. Das ist eine Überraschung.« Nur die Redewendung, nicht der Ton wies auf die Ironie hin. »Was kann ich für dich tun?«

»Du könntest mit mir zu Mittag essen.«

»*Heute?*« Fehlendes Verständnis schien ein größeres Hindernis zu sein als Charlottes vorgebliches Nichtwissen über ihre Affäre mit Emerson McKitrick. »Ich fürchte, ich kann heute leider nicht. Ich habe zu viel am Hut.«

»Als ich das letzte Mal in Swans' Meadow war, hattest du noch nicht einmal einen Hut auf. Wenn du nicht willst, daß ich Maurice haarklein erzähle, wovon ich bei dieser Gelegenheit Zeuge wurde, ist es wohl besser, wenn du mit mir zum Mittagessen gehst.« Mehrere Sekunden verstrichen, bevor Ursula antwortete. »Also gut, Charlie, gehen wir essen. So eine unerwartete Freude.«

13

Charlotte und Ursula trafen sich in dem Restaurant am See in Godalming. Es war angeblich deshalb als Treffpunkt ausgesucht worden, weil es ziemlich genau in der Mitte zwischen Bourne End und Tunbridge Wells lag, aber abgesehen von diesen geographischen Gründen schien sich ein neutraler Ort auch besser zu eignen. Nicht daß Ursulas Gelassenheit zu wünschen übriggelassen hätte. Sie brachte es fertig, einen Monolog über die Festvorbereitungen für die Party zu Samanthas zwanzigstem Geburtstag zu halten, die am ersten Samstag im September in Swans' Meadow stattfinden sollte, bis sie ihre Aperitifs getrunken hatten und zu ihrem Tisch gebracht worden waren, der direkt neben dem kleinen Fischteich stand, wo die kunstvollen Wasserkaskaden für größere Intimität sorgten. Als sie ihre Schwägerin über das jungfräuliche Tischtuch und das glänzende Kristall hinweg ansah, konnte Charlotte eine gewisse Bewunderung nicht unterdrücken, in der, wie sie wußte, eine Spur Neid lag. Die gesträhnten Haare, das einfache, aber vorteilhafte Kleid, der diskret glitzernde Schmuck und die ebenso luxuriöse wie unpraktische Klemmtasche: all das und die kirschrote Kombination von Lippenstift und Nagellack zeigte eine gepflegte Sinnlichkeit innerhalb der Grenzen der Etikette der Grafschaften.

»Schluß mit dem Geplauder«, bemerkte Ursula schließlich, nachdem sie ein herzförmiges Stück Avocado gegessen hatte. »Du wolltest dich doch bestimmt nicht mit mir treffen, um zu erfahren, wie hoch die Miete für ein Festzelt ist.«

»Nein.«

»Also warum?«

Charlotte trank einen Schluck Wein und rief sich ins Gedächtnis, wie wichtig Haltung und Genauigkeit waren. »Ich möchte gern genau wissen, wie Maurices finanzielle Verhältnisse aussehen.«

Ursula ließ ihre Gabel in einem Bissen Avocado stecken und starrte Charlotte an. »*Was* willst du wissen?«

»Du hast mich verstanden.«

»Natürlich habe ich dich verstanden, Charlie. Aber ich traue meinen Ohren kaum. Maurices finanzielle Verhältnisse? Man sollte meinen, du wüßtest darüber genauso gut Bescheid wie ich.«

»Wohl kaum.«

»Du bist Aktionärin bei Ladram Avionics. Lies den Jahresbericht, und du wirst –«

»Ich bin an seinen persönlichen Ausgaben interessiert.«

Ursulas Augenbrauen schossen in die Höhe. »Tatsächlich.« Sie senkte ihre Stimme. »Geht es dir gut, Charlie?«

»Ich möchte wissen, wieviel er ausgibt und wofür er es ausgibt. Ich möchte wissen, ob sein augenblickliches Einkommen mehr als ausreichend für seine Ausgaben ist – oder kaum genügt.«

»Ich verstehe.« Ursula betrachtete Charlottes Teller, dann ihren eigenen, zog ihre Gabel aus der Avocado und winkte dem Kellner. »Ich denke, wir sind damit fertig, vielen Dank.«

Die Teller wurden fortgenommen, ihre Gläser wieder mit Chablis gefüllt. Ursula zündete sich eine Zigarette an und nahm mehrere Züge, indem sie den Rauch wie Wein in ihrem Mund bewegte, während sie Charlotte mit einer Mischung aus Verachtung, Überraschung und Belustigung ansah.

»Ich muß wohl kaum betonen, daß die finanziellen Verhältnisse meines Mannes dich nichts angehen.«

»Ich muß wohl kaum betonen, daß er schockiert sein wird, wenn er erfährt, was sich am vergangenen Freitagnachmittag in seinem Schlafzimmer abgespielt hat. Und ohne Zweifel an mehreren anderen Nachmittagen.«

»Eigentlich nur am Freitag.« Ursula lächelte. »Nichts wird durch Wiederholung besser.« Das Lächeln verschwand. »Eine Drohung gewiß nicht.«

»Ich werde es ihm sagen, wenn es nötig ist.«

»Ja. Ich denke wirklich, du würdest es tun.«

»Also?«

Ihr Lächeln kehrte zurück. »Wie kommst du darauf, ich wüßte darüber Bescheid?«

»Du bist seine Frau.«

»Ah ja. Seine Frau. Ich vermute, das ist wirklich der Grund, weshalb du das denkst – du, die du niemals verheiratet gewesen bist.«

»Und es auch nie sein wirst? Ist das dein nächster Schlag, Ursula?« Charlottes Gesicht war rot geworden. Sofort bedauerte sie, daß sie den Köder geschluckt hatte. Aber zum Glück wurde gerade für Ablenkung gesorgt.

Die Hauptgerichte wurden serviert, und mehrere Minuten herrschte Waffenstillstand, solange Gemüse verteilt und Gläser nachgefüllt wurden.

Als das Zwischenspiel vorüber war, probierte Ursula ihren Lachs und nahm ein paar Schlucke Wein, ehe sie das Schweigen brach. »Ich denke, du gerätst nach deinem Vater, Charlie. Ich habe ihn zwar nie kennengelernt, aber Maurice zufolge war er absolut unpraktisch und unglaublich naiv, was die Absichten anderer Leute betraf. Fast so wie du.« Sie aß eine kleine Kartoffel. »Den Kopf entweder in den Wolken oder im Sand.«

»Wirst du mir die Auskunft nun geben?«

»Ich werde dir sagen, was du wissen *mußt*. Und das ist eine Lektion, die ich bereits in sehr jungen Jahren gelernt habe. Der Schlüssel für den Erfolg im Leben ist der Kompromiß. Vielleicht nicht der Schlüssel für das Glück, aber ich denke, daß dieser Zustand überschätzt wird. Wenn du meinen Rat willst –«

»Deswegen bin ich nicht hergekommen.«

Ursula schaute Charlotte prüfend an, dann sagte sie: »Nein.

Nein, natürlich nicht.« Sie lächelte. »Du bist gekommen, weil unser gemeinsamer Freund Emerson McKitrick dich davon überzeugt hat, daß seine Behauptungen, meinen Mann betreffend, möglicherweise wahr sein könnten. Und weil du dir ausgerechnet hast, daß nur finanzielle Probleme Maurice dazu gebracht haben könnten, das zu tun, was Emerson behauptet. Nun, so wird es sein. Ich habe einen teuren Geschmack, wie du wohl weißt. Ich schränke mich nicht ein.« Das Lächeln wurde fast schwermütig. »In keiner Hinsicht.« Dann schien ihre Konzentration noch einen Gang zuzulegen. »Aber Ladram Avionics geht es gut, sehr gut sogar. Als leitender Direktor verdient Maurice so viel, daß es kein Problem für ihn ist, Sam und mich in gewohnter Weise zu unterhalten. Tristrams Tantiemen bedeuten lediglich ein Zubrot für seine Bedürfnisse.«

»Wenn das so ist...«

»Es ist so.« Ihr Mund verzog sich spöttisch. »Oder würde so sein. Wenn Sam und ich die einzigen wären, die von Maurice abhängig sind. Aber das ist nicht der Fall, weißt du.«

»Was willst du damit sagen?«

»Ich hatte schon lange einen Verdacht in dieser Hinsicht, aber erst kürzlich habe ich den Beweis dafür erhalten. In einem Briefumschlag, der am dreiundzwanzigsten Juni in Gloucester abgeschickt wurde, um genau zu sein.«

»Beatrix' Brief?«

»Ja. Es waren keine leeren Blätter darin.«

»Was dann?«

»Der Bericht einer Privatdetektei, beauftragt von Beatrix, über dasselbe Thema, das du hier mit mir besprechen wolltest: die finanziellen Verhältnisse von Maurice. Es scheint, als hätte die alte Hexe –« Sie unterbrach sich mit einem Grinsen. »Es tut mir leid. Was ich sagen wollte, ist, daß die liebe, charmante Tante von Maurice ihn beobachten ließ. Und offensichtlich der Ansicht war, ich sollte das Ergebnis erfahren. Es war, gelinde gesagt, sehr aufschlußreich.« Sie machte eine Pause. »Bist du sicher, daß du es hören willst? Es läßt Maurice nicht gerade in einem sehr guten Licht erscheinen. Und da ich weiß, daß du immer sehr viel von ihm gehalten –«

»Ich will es wissen!«

»Also gut. Maurice verbringt geschäftlich sehr viel Zeit in Amerika. Die Firma unterhält ein Apartment für ihn in New York. Aber er benutzt es selten. So wie es aussieht, besitzt er bereits eine andere Wohnung an der Fifth Avenue und ein Wochenendhaus in Hudson Valley.«

»Ich wußte nicht –«

»Ich auch nicht. Das weiß ich nur aus dem Bericht und auch, was ihn der Unterhalt von beidem kostet. Und natürlich der Unterhalt seiner Geliebten, die mit ihm dort wohnt. Es sieht so aus, als ob sie sogar einen noch teureren Geschmack hat als ich. Sie heißt Natascha van Ryneveld.«

»Van Ryneveld?«

»Ja. Nicht van Ryan, wie Lulu sich falsch erinnert hat. Im Bericht standen kaum persönliche Einzelheiten, wofür ich dankbar war. Er befaßte sich nur damit, wie Maurice das Geld für eine so kostspielige Verpflichtung aufbringen kann. Die Antwort besteht darin, daß er von einer Reihe persönlicher Kapitalanlagen Geld abzieht, vor allem von dem Tantiemenkonto.«

»Du meinst –«

»Ich meine, daß Maurice, wenn die Rechte am Werk seines Vaters auslaufen, einige unangenehme Entscheidungen darüber treffen muß, was er sich leisten kann und was nicht. Er wird sich einschränken müssen. Aber glaub mir, ich bin absolut nicht bereit dazu. Er wird sich woanders nach Sparmöglichkeiten umsehen müssen.«

Charlotte schaute Ursula mit wachsendem Entsetzen an. Es war unbegreiflich, daß ihr die Auswirkungen dessen, was sie gerade erzählt hatte, egal waren. Dieser Bericht bewies, daß Maurice tatsächlich ein einleuchtendes Motiv dafür hatte, dem Auslaufen der Rechte vorzubeugen – in der Tat ein Motiv für den Mord. Aber das schien Ursula nicht zu kümmern. Offensichtlich war ihr viel wichtiger, daß das Taschengeld für ihre persönlichen Bedürfnisse sichergestellt war. »Hat... hat Maurice eine Ahnung davon, daß du all das weißt?«

»Nein. Obwohl er vielleicht einen Verdacht hat. Ich kann mir nicht denken, daß er jemals von der Geschichte mit den leeren Blättern überzeugt war.«

»Aber wenn er es nicht weiß...«

»Warum ich es dir dann erzähle? Um zu verhindern, daß du dich zum Trottel machst, natürlich. Mein kleiner Seitensprung mit Emerson ist wohl kaum mit Maurices Verhältnis in New York zu vergleichen, nicht wahr?«

»Hast du es deshalb getan? Aus Rache?«

Ursula lachte schallend und beugte sich über den Tisch. »Sex betreibt man zum Spaß, Charlie, nicht aus Rache. Hat dir das denn niemand mal erklärt? Emerson war in dieser Hinsicht tatsächlich ziemlich gut. Besser, als ich erwartet hatte.« Sie senkte ihre Stimme zu einem Flüstern. »Und außerdem größer.« Sie grinste verschmitzt und setzte sich zurück. »Du hättest es selbst herausfinden sollen, solange du die Chance dazu hattest. Es wäre eine hilfreiche Erfahrung für dich gewesen.«

Charlotte schloß die Augen und redete sich ein, daß Ursula nicht wichtig war. Ebensowenig wie Emerson McKitrick. Wichtig war nur, ob Maurice wirklich getan hatte, was sie noch immer nicht glauben konnte. Sie öffnete die Augen wieder. Ursula hatte ihren Teller beiseite geschoben und zündete sich gerade eine neue Zigarette an. »Würde es dir etwas ausmachen, mir den Bericht zu zeigen?«

Ursula schüttelte den Kopf. »Sei nicht albern, Charlie. Das ist *meine* Rückversicherung, nicht deine. Ich werde sie verwenden, wenn ich dazu gezwungen werde, sonst nicht. Das habe ich mit dem Kompromiß gemeint. Maurice ist vielleicht kein treuer Ehemann, aber ein großzügiger Zahlmeister. Solange er großzügig bleibt, werde ich nicht kleinlich sein.«

»Aber siehst du denn nicht, was der Bericht beweist? Erkennst du nicht, warum Beatrix ihn in Auftrag gab? Sie muß befürchtet haben... vermutet haben...«

»Ich sehe gar nichts. Es sei denn, ich will es sehen. Ich werde Maurice erzählen, daß wir uns getroffen haben – und warum. Aber sonst werde ich ihm nichts erzählen. Wenn er sich mit dir in Verbindung setzt – und ich vermute, deine Neugier auf seine finanziellen Verhältnisse wird ihn dazu bewegen –, so kann ich dir nur raten, ihn deines absoluten Vertrauens in seine Loyalität und Integrität zu versichern.«

»Und wenn ich deinen Rat nicht befolge?«

»Wärst du ziemlich töricht. Denk daran, ich habe eine Rückversicherung. Du nicht.«

»Und das bedeutet?«

»Das bedeutet, daß es besser ist, schlafende Hunde nicht zu wecken. Und tote Tanten.« Ursula drückte ihre Zigarette aus und leerte ihr Glas. »Und nun, warum bestellst du nicht die Rechnung? Ich habe das komische Gefühl, daß keine von uns noch einen Nachtisch will.«

14

Derek Fairfax' Mittagessen war eine schlichte Angelegenheit gewesen: ein mit Käse und Tomaten belegtes Brot und als Nachtisch ein Apfel, was er auf einer Bank im Calverley Park verzehrt hatte. Nicht daß ihm etwas Üppigeres lieber gewesen wäre. Er hatte zuviel im Kopf, als daß er sich darum kümmern konnte, was er aß oder trank.

Das gleiche konnte man von David Fithyan nicht behaupten, der kurz vor drei von seinem Mittagessen zurückkehrte und mit der Schwerfälligkeit und dem roten Gesicht eines Mannes aus seinem Jaguar kletterte, für den Essen und Trinken eine große Rolle spielten. Derek beobachtete ihn von seinem Bürofenster aus, bemerkte den typischen finsteren Blick eines bevorstehenden Ausbruchs und beschloß, ihn für den Rest des Tages zu meiden. Unglücklicherweise hatte er keinen Einfluß darauf. Weniger als zehn Minuten später wurde er zu Fithyan gerufen.

»Ich habe nichts zu Ihrem Fehlen letzte Woche gesagt, Derek, nicht wahr?« Er sprach mit einem unartikulierten Knurren, das darauf hindeutete, daß er ebenso entrüstet wie angetrunken war. »Sie werden mir sicher zustimmen, daß das sehr großzügig war.«

»Ähm... ja. Ich denke, das war es. Ich –«

»*Äußerst* großzügig.«

»Nun...«

»Ich bin ein duldsamer Mensch. Immer gewesen.«

»Wirklich? Nun, ich bin nicht sicher –«

»Wir mußten Rowlandson in diese Firma nach Sevenoaks schicken, um Sie zu decken. Er hat großen Mist gebaut.«

»Ich weiß. Es tut mir leid, daß –«

»Aber ich habe nichts gesagt. Und warum? Weil ich dachte, wir würden einander verstehen.«

»Das stimmt auch. Ich –«

»Nein, es stimmt nicht!« Fithyan schlug mit der flachen Hand heftig auf seine Unterschriftenmappe. »Aber wir werden uns verstehen, ehe Sie dieses Zimmer verlassen.«

»Ich bin nicht sicher, daß ich –«

»Ich habe mit Adrian Whitbourne zu Mittag gegessen.«

»Ach ja?«

»Whitbourne & Pithey ist einer unserer wichtigsten Klienten.«

»Ich weiß.«

»Gut. Ich freue mich, daß Sie das wissen, Derek. Vielleicht wissen Sie auch, wer einer ihrer besten Kunden ist.«

»Wie bitte?«

»Ladram Avionics. Sagt Ihnen das irgendwas?«

»Nun, natürlich. Ich –«

»Halten Sie den Mund! Seien Sie still und hören Sie zu!«

Fithyans Zeigefinger wies drohend auf Derek. »Whitbourne hat heute ziemlich unmißverständlich zum Ausdruck gebracht, daß, wenn ein bestimmter Mitarbeiter unserer Firma nicht aufhört, den leitenden Direktor von Ladram Avionics zu belästigen und zu verärgern – wie es geschehen ist –, Whitbourne & Pithey sich gezwungen sieht, sich nach einem neuen Wirtschaftsprüfer umzusehen.«

»Oh.« Derek schaute an Fithyan vorbei über die Baumwipfel, die sich hinter dem Fenster bewegten, und erkannte seine Naivität. Maurice Abberley hatte natürlich gewisse Beziehungen, die er spielen ließ, wenn er herausgefordert wurde. Es war ebenso offensichtlich, wie es voraussehbar hätte sein sollen. »Ich verstehe«, murmelte er.

»Wenn wir einen so wichtigen Klienten verlieren, müssen wir wahrscheinlich noch einmal über unseren Personalstand nachdenken. Wir brauchten nicht mehr so viele Leute, nicht wahr?«

»Vermutlich nicht.«

»Aber wir werden Whitbourne & Pithey nicht verlieren, oder?«

»Ich hoffe nicht.«

»Wir werden sie nicht verlieren, weil der leitende Direktor von

Ladram Avionics keinen Grund mehr haben wird, sich jemals wieder über uns bei Whitbourne zu beschweren, nicht wahr?«

Derek schaute Fithyan an und erkannte die totale Hoffnungslosigkeit, an seine bessere Einsicht zu appellieren. Seiner Ansicht nach unterschieden sich die Mitglieder der menschlichen Rasse nicht durch Herkunft, Glauben oder politische Meinung, sondern dadurch, ob sie Einfluß hatten oder nicht, ob sie Macht ausübten oder von ihr beherrscht wurden. Auf der einen Seite stand Maurice Abberley. Auf der anderen Seite standen Derek und sein Bruder. Die Frage nach richtig oder falsch war deshalb irrelevant. Ein einflußreicher Mann hatte gesprochen. Und Fithyan gehorchte.

»Nun, wird er Grund haben?«

Derek schüttelte den Kopf. »Nein. Bestimmt nicht. Wenn ich eine Ahnung gehabt hätte, daß das die Firma in Verlegenheit bringen könnte, hätte ich –«

»Ich möchte, daß es ... was es auch sein mag ... beendet wird. Ist das klar?«

»Ja. Vollkommen. Das wird es. Sie haben mein Wort.« Aber schon als er es sagte, überlegte sich Derek ein Hintertürchen, das er sich offenhalten konnte. Ein Versprechen, das man David Fithyan gab, war genausoviel wert wie ein Versprechen, das er gab. Da bestand kein Unterschied.

15

Je weiter ihre Kindheit zurücklag, um so öfter kehrte Charlotte in ihren Träumen in sie zurück. Nicht als das Kind, das sie einst gewesen war, sondern vielmehr als die Erwachsene, die sie jetzt war, jedoch in einem wesentlich jüngeren Körper, beschränkt in dem, was sie tun und sagen konnte, aber dennoch mit all dem Wissen und der Traurigkeit ausgestattet, die sie während der vergangenen Jahre überwältigt hatten.

Beatrix machte vor dem Kamin in Jackdaw Cottage ein Nickerchen, mit einem Buch in den Händen, einem Schal um ihren Schultern und dem Ausdruck tiefster Zufriedenheit auf ihrem Gesicht. Und Charlotte versuchte, sie aufzuwecken. Sie mußte ihr etwas er-

zählen, etwas sehr Wichtiges, etwas Furchtbares, aber Undefinier-
bares, das Beatrix unbedingt würde wissen wollen, wenn sie sie nur
wach bekommen könnte. Aber obwohl sie sie kräftig schüttelte und
ihr ins Ohr schrie, schienen Charlottes Anstrengungen vergeblich
zu sein. Beatrix' Augen wollten sich nicht öffnen. Ihr Gesichtsausdruck änderte sich nicht. Und dann, als Charlotte nicht lockerließ,
spürte sie plötzlich eine Hand auf ihrer eigenen Schulter, und eine
Stimme bat lautstark um Aufmerksamkeit.

»*Charlie! Hör mir zu, Charlie. Schau mich an.*«

Sich umzudrehen und zu schauen war so, als ob sie sich aus einer
erstickenden, aber willkommenen Umarmung befreien müßte. Sie
wollte es nicht, aber sie wußte, sie mußte es tun.

»*Charlie!*«

Bei diesem Ruf drehte sie sich um. Und wachte auf. Und erstarrte
voller Entsetzen. Maurice saß auf der Bettkante, seine Hand lag auf
ihrem Unterarm, ein Lächeln zuckte um seinen Mund.

»Es ist in Ordnung, Charlie. Ich bin es nur.« Sein Lächeln wurde
breiter, und Charlotte entspannte sich nach einem kurzen Augenblick, der ausreichte, um ihren Geist und ihren Körper zu befreien.
Es war der Morgen nach dem Mittagessen mit Ursula. Sonnenlicht
drang durch einen Spalt zwischen den Vorhängen ins Zimmer. Als
sie auf den Wecker schaute, stellte sie fest, daß es erst kurz nach halb
acht war. Und Maurice war hier, über und neben ihr.

»Ich habe geklingelt, aber du hast es wohl nicht gehört. Deshalb
habe ich meinen Ersatzschlüssel benutzt. Tut mir leid, wenn ich dich
erschreckt habe.«

Sie hätte es gehört. Da war sie ganz sicher. Sie stützte sich auf die
Ellenbogen auf, schüttelte den Kopf und schaute ihn verständnislos
an. Warum war er hier? Was wollte er?

»Ich glaube, du hast geträumt.« Er erhob sich vom Bett und setzte
sich in einen Stuhl. Er trug einen leichten Anzug, eine helle Krawatte und sah so gepflegt und gelassen aus, als wäre dieser Besuch
ein ganz normaler Teil seiner Fahrt zur Arbeit.

»Übrigens habe ich dir Frühstück mitgebracht.« Er wies auf ein
Tablett auf dem Nachttisch. »Orangensaft, Müsli und schwarzer
Kaffee. Ist das recht?«

»Ja«, hörte sie sich antworten. »Vielen Dank.«

»Das ist wohl eine seltsame Zeit für einen Besuch.«

»Nun...«

»Aber ich bin heute sehr beschäftigt. Also blieb mir nichts anderes übrig, als früh von zu Hause aufzubrechen und dich auf dem Weg einzuplanen, um es mal so auszudrücken.«

»Mich einzuplanen? Ich verstehe nicht –«

»Ursula hat mir von eurem Mittagessen gestern erzählt. Von deiner... Forderung nach Informationen.«

»Oh.« Charlotte nahm das Glas mit Orangensaft und trank davon.

»Ich verstehe.«

»Wirklich, Charlie? Tust du das wirklich? Ich habe das Gefühl, daß du vielleicht überhaupt nicht siehst – und daß es mein Fehler ist, daß du es nicht kannst.«

»Wie bitte?«

Maurice streckte die Beine aus, verschränkte die Hände im Nakken und blickte zur Zimmerdecke hinauf. »Ich war vierzehn Jahre alt, als du geboren wurdest. Das ist ein großer Altersunterschied. Deshalb habe ich dich länger als Kind betrachtet, als es für einen Bruder normalerweise üblich ist. Als dein Vater starb, warst du erst zwölf, während ich bereits sechsundzwanzig war, und so *fühlte* ich mich nicht nur verantwortlich für dein Wohlergehen, sondern ich war es auch. Alles, was ich seitdem getan habe, geschah nur, um dich genauso zu unterstützen wie meine eigene Familie. Ich habe dich niemals als Außenstehende betrachtet, nur weil dein Nachname nicht Abberley ist. Das weißt du, nicht wahr?«

»Ich habe es nie bezweifelt.«

»Gut.« Er blickte kurz zu ihr hinüber, dann wieder an die Decke. »Ladram Aviation war ein Fiasko, bis ich die Firma übernommen habe. Dein Vater war ein liebenswerter Mann, aber er hatte keine Ahnung vom Geschäft. Die Erträge aus den Rechten *meines* Vaters waren das einzige, was *deinen* Vater geschäftlich über Wasser hielt. Ich sage das nicht aus Ärger. Ich sage es nur, um dich daran zu erinnern, wie viele mühselige Arbeit ich in die Firma stecken mußte, um sie – und die Familie – wieder auf die Beine zu bringen. Damals, als ich mich über unsere finanziellen Verhältnisse informierte und herausfand, wie sehr wir von Tristrams Tantiemen abhängig waren, erzählte mir Mutter die Wahrheit über seine Gedichte. Sie mußte es tun. Andernfalls hätte ich vielleicht wissen wollen, warum so viel von den Rechteeinnahmen an Beatrix ging, die wer weiß was damit anstellte.« Er lachte in sich hinein. »Jetzt wissen wir es, nicht wahr? Ein Alterssitz für Lulu Harrington. Ein Bauernhof für Frank Griffith. Und vermutlich eine Menge anderer Geschenke für Leute, von denen wir nicht einmal gehört haben. Beatrix war eine großzügige Frau, nicht wahr? Auf jeden Fall großzügig gegenüber Fremden.«

»Maurice –«

»Bitte hör mir zu, Charlie. Ich habe es noch niemals vorher gesagt, und ich will es nie wieder sagen. Ein Sohn vergöttert seinen Vater entweder, oder er haßt ihn. So ist die menschliche Natur. Nun, ich vergötterte Tristram. Er war tot, er war ein Dichter, er war ein Krieger. Was könnte sich ein Sohn sonst noch wünschen? Kannst du dir vorstellen, wie es ist, wenn man erfährt, daß er überhaupt kein Dichter war? Wenn man erfährt, daß seine Schwester jedes Wort an seiner Stelle geschrieben hat? Wenn man –« Er unterbrach sich und fuhr dann in gemäßigterem Ton fort. »Nun, das ist schon lange her. Ich erspare dir die Gewissensprüfung, die ich durchmachte, wie ich sie dir auch damals erspart habe. Ich wurde davon überzeugt, daß das Geheimnis bewahrt werden müßte, aber gegen mein besseres Wissen. Als ich Bescheid wußte, wollte ich, daß wir reinen Tisch machen sollten, daß die Welt die Wahrheit über Tristram Abberley erfahren sollte. Aber Beatrix ließ es nicht zu. Sie fürchtete sich davor, als Betrügerin und Schwindlerin gebrandmarkt zu werden, und vielleicht hatte sie recht damit. Auf jeden Fall konnte ohne ihre Mithilfe nichts unternommen werden. Ich hätte einen Idioten aus mir gemacht, wenn ich ohne die Spur eines Beweises der Welt unser Geheimnis preisgegeben hätte und dann von Beatrix widerlegt worden wäre. Gar nicht zu reden von meiner Mutter. Wie hätte sie die Veröffentlichung der *Spanien-Gedichte* erklären sollen, ohne ihre Rolle bei dem Betrug einzugestehen? Nein, die Wirklichkeit sah so aus, daß sie recht hatten. Das Geheimnis mußte bewahrt werden.«

Er erhob sich und schlenderte zum Fenster, während Charlotte geistesabwesend an ihrem Kaffee nippte und ihn beobachtete. Er war der einzige von all denen, von denen er gesprochen hatte, der noch lebte. Er konnte über sie erzählen, was er wollte, und ihnen alle Motive und Absichten unterschieben, die für seine Darstellung der Ereignisse am günstigsten waren. Als er die Vorhänge weit öffnete und sich umdrehte, um sie anzuschauen, war es, als ob er ein Bühnenbild seiner eigenen Vergangenheit enthüllte, in dem die Darsteller sich nach dem Drehbuch, das er für sie geschrieben hatte, bewegten und sprachen.

»Aber Mutter und Beatrix sind tot, Charlie. Wir könnten jetzt die Sache in Ordnung bringen. Denkst du nicht auch, daß wir das tun sollten? Meinst du nicht, die Welt hat ein Recht darauf, die Wahrheit über Tristram Abberley zu erfahren?«

»Ähm... Ja. Ich glaube, du hast recht.«

»Ich hätte es dir schon früher gesagt, aber um ehrlich zu sein, hoffte ich, daß es mir erspart bleiben würde, zuzugeben, daß ich dich all die Jahre angelogen hatte. Deshalb habe ich mit Emerson McKitrick Kontakt aufgenommen. Ich dachte, wenn du und er die Briefe zusammen finden würdet, könnte die Wahrheit ans Licht kommen, ohne daß meine Rolle in der ganzen Geschichte aufgedeckt würde. Es war töricht und dumm von mir. Ich weiß das jetzt. Kannst du mir verzeihen?«

Sie stellte die Kaffeetasse zurück auf das Tablett und brachte ein schwesterliches Lächeln zustande. »Natürlich.« Er ging zu seinem Stuhl zurück und ließ sich darauf nieder.

»Was ist deine Absicht – jetzt, da du sie hast?«

»Sie veröffentlichen. Vielleicht nächstes Jahr. Zum fünfzigsten Todestag meines Vaters.«

»Dir ist klar, was einige Leute sagen werden, nicht wahr?«

»Daß ich nur auf das Geld aus bin? Natürlich. Kleinkrämer werden immer solche Dinge sagen. Aber du und ich, wir wissen, daß sie unrecht haben. Es war ungezogen von dir, Ursula zu befragen und nicht mich.« Er hob seinen Finger zu einem gutgelaunten Tadel. »Aber mach dir nichts draus. Vielleicht hat sie dich bei Aspekten überzeugt, wo es mir nicht möglich gewesen wäre. Wie Ursula dir erklärt hat, habe ich eine Stellung im Leben erreicht, in der Geld keine Rolle mehr spielt.«

Charlotte fragte sich, ob sie Maurice geglaubt hätte, wenn Ursula ihr wirklich erzählt hätte, daß ihm Geld nichts bedeutete. Vermutlich nicht. Aber es war egal. Sie wußte jetzt, daß sie ihm kein einziges Wort glauben konnte. Er änderte seine Selbstdarstellung, wie er einen Anzug wechseln würde. Wenn die eine nicht geeignet erschien, gab es immer eine andere, gebügelt und fix und fertig im Schrank. Geld *war* sein wahres Motiv. Und die Zeit *war* knapp geworden. Tatsächlich hätte er sich einschränken müssen, wenn Beatrix nicht gestorben wäre. Bei diesem Gedanken lief Charlotte ein Schauder über den Rücken. Der bezahlte Dieb mußte Spicer sein, dem vermutlich vor mehr als sieben Monaten gekündigt worden war. Dies bedeutete, daß Maurice das Ganze bereits damals geplant hatte. Und seine Pläne schlossen die Ermordung von Beatrix mit ein. Darüber gab es ebensowenig Zweifel, wie es Beweise dafür gab.

»Ist dir kalt, Charlie?«

»Nein.«

»Ich dachte, ich hätte gesehen, daß du zitterst.«

»Nun... vielleicht ein bißchen.«

»Ich werde dich lieber allein lassen, damit du dich anziehen kannst.« Er warf einen Blick auf seine Uhr. »Ich muß sowieso gehen. Die Pflicht ruft.« Er stand auf, lächelte und kam auf sie zu. »Trotzdem bin ich froh über diese kleine Unterhaltung.«

»Ich auch.«

»Es reinigt die Luft. Sorgt dafür, daß wir beide wissen, woran wir sind.«

»Ja.«

Er beugte sich über sie, eine Hand auf das Kopfteil des Bettes gestützt, die andere schwebte über der Bettdecke. »Er war *mein* Vater. Charlie. Nicht der eines anderen. Ich denke, ich kann am besten beurteilen, wie er in Erinnerung bleiben sollte. Was meinst du?«

Sie schaute zu seinem Gesicht auf und zwang sich zu lächeln, indem sie an die vielen Male dachte, da sie ihm vertraut hatte – was sie nie wieder tun würde. »Oh, ich denke, du hast recht, Maurice. Vollkommen recht.«

»So kenne ich dich.« Er tätschelte ihre ausgestreckte Hand. »Überlaß nur alles mir.« Dann beugte er sich tiefer und küßte sie sanft auf die Stirn. Und irgendwie, mit einer Anstrengung, die sie sich nicht zugetraut hätte, schaffte sie es, nicht zu schreien oder zurückzuweichen, sondern statt dessen weiterzulächeln, um ihn glauben zu machen, daß er sie überzeugt hatte. Was er auch hatte. Nur zu gut.

16

Alfambra, 1. Januar 1938

Liebe Sis!

Ich konnte das neue Jahr nicht begrüßen, ohne Dir einen längst überfälligen Brief zu schreiben, obwohl, um aufrichtig zu sein, die Reservestellung einen nicht gerade zu jahreszeitlich bedingten Betrachtungen ermutigt, während die Schlacht, an der wir vielleicht teilnehmen sollen, sich weiter in den Süden verlagert. Ebensowenig, um auch das zu erwähnen, trägt dieses eiskalte Pueblo, in dem wir einquartiert sind, etwas dazu bei. Wenn es gerade nicht schneit, herrscht eine die Knochen durchdringende Kälte, und unser eigentliches Hauptanliegen ist nicht der Stand des Krieges oder die Aussichten auf Frieden, sondern wie wir uns warm und trocken halten können. Meine guten Freunde Frank Griffith und Vicente Ortiz scheinen sich besser anpassen zu können als ich, aber allmählich lerne ich ihre Geheimnisse! Ich weiß natürlich nicht, was die englischen Zeitungen über den Angriff auf Teruel geschrieben haben, aber wir nehmen an, daß die Generäle darauf hoffen, daß der republikanische Erfolg dort (der zur Zeit zu Ende zu gehen scheint) Franco dazu bewegen wird, einen Waffenstillstand anzubieten. Wenn das stimmt, machen sie die Rechnung ohne den Wirt, denn Franco ist einfach nicht der Typ für Kompromisse. Außerdem herrscht hier ein eisiger Wind. Laut Vicente, der die Stadt kennt, ist Teruel der kälteste Ort der Erde (womit er in Wirklichkeit die Iberische Halbinsel meint), und sehr wahrscheinlich hat er recht. Wenn ja, werden die guten Nachrichten, die wir von den Einheiten, die dort in Stellung sind, bekommen, den Winter nicht überdauern. Vicente hat auch gehört, daß einer der Obersten auf der faschistischen Seite ein blutrünstiger Teufel namens Delgado ist, und diese Tatsache scheint ihn ungeheuer zu bedrücken.

Anfang des letzten Monats hatten wir Besuch von drei hohen Tieren der Labour-Partei. Ohne Zweifel wirst du davon gelesen haben. Clem Attlee, Ellen Wilkinson und Philip Noel-Baker aßen mit dem Bataillon zu Abend, verdammten das Nichteingreifen, langten kräftig zu, sangen *The Red Flag* und verschwanden unter einem Chor von unaufrichtigem Hurrageschrei wieder, unaufrichtig, weil die meisten Kerle hier mit Freuden mit ihnen zurückgekehrt wären, viel lieber als einen zweiten Winter im Kampf gegen die Faschisten vor sich zu haben. Natürlich ist es mein erster, deshalb habe ich keine Entschuldigungen. Trotzdem muß ich sagen, daß ich durch dieses Ereignis keinen außerordentlichen moralischen Auftrieb erhielt.

Nicht daß ich eine Aufmunterung gebraucht hätte. Trotz all der Entbehrungen möchte ich nirgendwo sonst sein als hier, wenn der Krieg zu Ende ist. Ich möchte sehen und hören und fühlen und verstehen, was geschieht. Ich möchte ein Teil davon sein. Und das werde ich. Und gerade deshalb kann ich Dir, ohne die kleinste Spur von Ironie, das allerglücklichste neue Jahr wünschen.

Alles Liebe
Ttistram

17

Noch vor sechs Wochen war Charlottes Leben vernünftig und normal gewesen. Beatrix hatte noch gelebt, und Maurice schien noch der perfekte Halbbruder zu sein, liebevoll, aber nicht anmaßend. Und Tristram Abberley war noch der Dichter, an den sich die eine als Bruder und der andere als Vater erinnerte.

Sogar noch vor einer Woche war Charlottes Weltsicht in Ordnung gewesen. Beatrix war tot, und in der Folge waren seltsame Entdeckungen gemacht worden. Aber grundsätzlich hatte sich nichts geändert. Für Charlotte war die Vergangenheit ebenso leicht verständlich gewesen wie die Gegenwart. Oder zumindest hatte sie das gedacht.

Jetzt nicht mehr. Jetzt war alles anders geworden, hatte sich in ein Chaos verwandelt, aus dem es nie wieder befreit werden konnte. Es war, als ob ein Puzzle, das sie vor Jahren fertiggestellt hatte, plötzlich umgedreht worden wäre, und während sie auf dem Boden kniete, um es wieder zusammenzufügen, mußte sie feststellen, daß die Stücke nicht mehr so waren wie vorher, daß ein neues, alptraumhaftes Bild das alte, beruhigende ersetzt hatte und daß dies vielleicht schon lange vorher stattgefunden hatte, ohne daß sie es auch nur bemerkt hatte.

Noch eine Stunde nachdem Maurice Ockham House wieder verlassen hatte, konnte sie sich kaum rühren, geschweige denn denken. Ihr Körper und ihr Geist waren wie betäubt von dem Schock über das, was er gesagt hatte, und es war viel aufschlußreicher gewesen, als er je beabsichtigt haben konnte. Sie ging unruhig von einem Zimmer ins nächste und starrte hinaus in die Helligkeit des Morgens, während Angst und Ungläubigkeit in ihr fürchterlich miteinander rangen.

Schließlich gab sie ihrem Bedürfnis, körperlich zu fliehen, nach. Sie verließ das Haus und fuhr in westliche Richtung. Damit vollzog sie zumindest anfangs die Reise nach, mit der sich die Räder, die für ihr augenblickliches Elend verantwortlich waren, in Bewegung gesetzt hatten. Aber sie hielt nicht an in Cheltenham. Lulu konnte in beneidenswerter Unkenntnis gelassen werden. Statt dessen raste sie weiter nach Wales und erreichte in der Hitze des frühen Nachmittags erneut Hendre Gorfelen.

Der Hof war ruhig und lag in windstiller Trance. Der Hund und die Hühner waren nicht zu sehen. Die Haustür stand offen, und auf Charlottes Klopfen erfolgte keine Reaktion. Als sie hineinging, sagte ihr etwas in der Luft des Flures, daß Frank Griffith nicht zu Hause war. Und das war, wie sie sich überlegte, vielleicht ganz gut so.

Sie betrat den Raum auf der rechten Seite: Franks Arbeitszimmer. Die Luft war muffiger als früher, und vereinzelte Anzeichen von Staub wiesen auf Vernachlässigung hin. Auf dem Kaminsims standen keine Blumen, und die Asche eines lang erloschenen Feuers bedeckte den Feuerrost. Als Charlotte näher trat, entdeckte sie eine halbleere Wodkaflasche, die neben einem der Sessel stand. Auf der breiten Armlehne lag ein Buch. Charlotte mußte sich hinunterbeugen, um den Titel auf dem verschlissenen, ausgebleichten Schutzumschlag zu entziffern. *Gratwanderung* von Tristram Abberley. Die Erstausgabe von 1932. Sie hätte es wissen können.

Sie nahm das Buch und öffnete es an der Stelle, die mit einer Karte markiert worden war, und bereits bevor sie es gesehen hatte, wußte sie, daß sie auf dieser Seite das Gedicht »Falsche Götter« finden würde. Und genauso war es auch. Tristram Abberleys bestes Gedicht. Und Frank Griffiths liebstes.

Streck die Hand aus und bitte um Arbeit für morgen.
Sie versprechen dir alles und ersparen dir Sorgen.
Die Erfüllung ihrer Wahrheit ist fern,
Und deine Zukunft steht unter einem ungünstigen Stern.
Wenn nötig, mußt du die Götter aus Blech verehren,
Doch laß dir von ihnen deine Erbsünde erklären,
Aber niemals –

Plötzlich schweifte Charlottes Blick von den vertrauten Versen auf die Karte, die sie zwischen den Fingern hielt. In der linken oberen Ecke stand mit Bleistift geschrieben ein Datum: 23. Dezember '38. Als sie die Karte umdrehte, sah sie, daß es in Wirklichkeit ein Paßfoto von Beatrix war. Sie lächelte herzlich in die Kamera und sah jung genug aus, um das Datum auf der Rückseite zu bestätigen, als Frank mit ihr in Rye gewesen war – und, wie es schien, zumindest eine Erinnerung daran mitgenommen hatte.

Charlotte starrte ungefähr eine Minute lang auf eine Beatrix, an die sie selbst sich nicht erinnern konnte – auf eine selbstsichere und selbstbeherrschte Frau, die genauso alt war wie sie jetzt –, dann schob sie das Foto wieder an seinen Platz, schloß das Buch und legte es zurück auf die Armlehne des Sessels. Es war nicht mehr länger nötig, zwischen den Zeilen zu lesen und zwischen Buchseiten herumzusuchen. Das wußte sie jetzt. Was würde Frank Griffith tun, wenn sie ihm all das erzählte, was sie über ihren Bruder zu wissen glaubte? Sie mußte nicht lange darüber nachdenken. Ganz bestimmt würde er nicht untätig dasitzen und darauf warten, daß

Tristrams Briefe veröffentlicht wurden. Das war klar. Was hatte sie sich eigentlich gedacht? Was hatte sie sich erhofft?

Sie ging zum Schreibtisch, fand ein Blatt Papier und schrieb darauf eine hastige Nachricht.

Frank,
ich war hier, aber Sie waren nicht zu Hause, und ich konnte nicht warten. Ich wollte Ihnen folgendes mitteilen: Ich bin jetzt sicher, daß Emerson McKitrick doch die Briefe gestohlen und sie vernichtet hat, nachdem ihm klar geworden war, was sie für sein Buch bedeuten würden. Das Ergebnis ist also genau so, wie Sie es wollten. Das ist doch auch tröstlich, nicht wahr? Rufen Sie mich an, wenn Sie darüber sprechen wollen. Ich hoffe, Ihrem Kopf geht es besser.

Charlotte

Sie klemmte den Zettel unter den Tunbridge-Briefpapierkasten in der Mitte des Schreibtisches, wo er auf jeden Fall gefunden werden würde, sah sich noch einmal im Zimmer um, um sicher zu sein, daß sie sonst nichts in Unordnung gebracht hatte, und eilte dann hinaus, während sie betete, daß es ihr gelänge zu verschwinden, bevor Frank zurückkehrte, und gleichzeitig über die Verrücktheit ihres Besuches den Kopf schüttelte. Ihr Gebet wurde erhört. Er war nirgendwo zu sehen. Sie stieg in ihren Wagen und fuhr, so schnell sie sich traute, den Weg zurück, blickte weder nach rechts noch nach links und konnte an nichts anderes denken als an die Ereignisse vor fünfzig Jahren, worüber Beatrix ihr offensichtlich nichts hatte erzählen wollen. Hör auf, dich einzumischen. Sorg dafür, daß die Schlechten wenigstens nicht schlimmer werden. Und laß die Guten, die Toten und all die anderen in dem Frieden, den sie vielleicht gefunden haben.

18

Albion Dredge lehnte sich unbeholfen in seinem Stuhl zurück und stieß das Fenster hinter sich noch weiter auf, obwohl die stehende Luft dafür sorgte, daß seine Anstrengung nichts dazu beitragen würde, die Hitze in seinem Ofen von Büro zu mindern. Er hatte bereits seine Jacke ausgezogen, und seine Grimassen, als er seinen Hemdkragen lockerte, deuteten daraufhin, daß es seiner Krawatte ebenso ergangen wäre, wenn er allein gewesen wäre. Wie es aussah, hielt ihn die Anwesenheit eines Mandanten davon ab, obwohl Derek den Eindruck hatte, daß dies so ungefähr das einzige Zugeständnis war, das er ihm machen würde.

»Ich möchte ja kein Spielverderber sein, Mr. Fairfax«, sagte Dredge, indem er seine Bemühungen um eine bessere Belüftung aufgab, »aber ich muß realistisch bleiben. Die Theorie, die Sie vorgebracht haben −«

»Es ist mehr als nur eine Theorie!«

»Schon möglich. Aber wenn Sie es auch glauben mögen, *ich* muß es beweisen. Lassen Sie mich also noch einmal klarstellen, was Sie mir erzählt haben. Erstens −« Er hielt einen seiner Wurstfinger in die Höhe. »Die verstorbene Miss Abberley schrieb die Gedichte Ihres Bruders an seiner Stelle. Zweitens −« Er hob den nächsten Finger. »Ihr Neffe wollte, daß sie diese Tatsache der Öffentlichkeit kundtat, damit sich das Urheberrecht verlängerte und die Tantiemen auch weiterhin an ihn gezahlt würden. Drittens −« Ein dritter Finger gesellte sich zu den beiden anderen. »Miss Abberley weigerte sich, also beschloß er, ihre Einwände zu überwinden, indem er sie umbrachte. Und viertens −« Sein kleiner Finger stellte sich neben den anderen senkrecht. »Er sorgte dafür, daß Ihr Bruder den Kopf für den Mord hinhalten mußte, indem er ihn nach Jackdaw Cottage lockte und ihm später die gestohlenen Tunbridge-Stücke in sein Geschäft schmuggelte.«

»Richtig.«

Dredge seufzte. »Nun, es ist eine interessante Theorie. In der Tat sehr interessant. Wenn es wahr wäre −«

»Es ist wahr. Zweifellos.«

»Ich bin mir sicher, daß Sie nicht daran zweifeln, Mr. Fairfax, aber Leute, die weniger – wie soll ich es ausdrücken? – weniger darauf aus sind, Gründe für die Unschuld Ihres Bruders in Erwägung zu ziehen, könnten es bei den vorliegenden Beweisen für abstrus und völlig unhaltbar ansehen.«

»Wie können Sie das sagen? Frank Griffith wird bezeugen, daß die gestohlenen Briefe beweisen, daß Beatrix die Autorin der Gedichte war.«

»Auf mich macht Mr. Griffith nicht gerade den Eindruck eines zuverlässigen Zeugen, Mr. Fairfax. Haben Sie mir nicht erzählt, daß er früher geisteskrank war?«

»Ja, aber –«

»Das, zusammen mit den Jahren, die er als Einsiedler in der Wildnis von Wales verbracht hat, und dem Schlag auf den Kopf, den er kürzlich erhalten hat, würde dazu verwendet werden, seine Glaubwürdigkeit zu erschüttern – falls das noch nötig wäre trotz fehlenden unterstützenden Beweismaterials. Außerdem haben Sie zugegeben, daß Mr. Abberley zur Tatzeit in New York war.«

»Ich habe niemals behauptet, er hätte die Briefe persönlich gestohlen. Ich bin überzeugt, er benutzte seinen ehemaligen Chauffeur Spicer. um die Straftaten zu verüben.«

»Und Ihr Beweis dafür ist, daß Spicer fast einen Monat vor der Ermordung von Miss Abberley in einem Pub in Rye gesehen wurde.«

»Nun... ja...«

Dredge schnalzte wie ein tadelnder Schulmeister mit der Zunge. »Wofür es auch eine ganz einfache Erklärung geben könnte.«

»Es war ihm ganz offensichtlich peinlich, daß er dort gesehen wurde.«

»Ihr Zeuge –« Dredge studierte seine Aufzeichnungen. »Der Ehemann von Miss Abberleys Haushälterin *dachte*, Spicer versuche, ihm aus dem Weg zu gehen. Ich würde nicht sagen, daß er sich *sicher* war.«

»Und was würden Sie dann sagen?« Derek wurde langsam ärgerlich. Nachdem er von Fithyan unter Druck gesetzt worden war, brauchte er eine Ermutigung und nicht Dredges schwerfällige Kleinlichkeit.

»Daß Ihre Theorie schlüssig ist, Mr. Fairfax, und sogar sehr verlockend. Aber sie ist bisher noch nicht erhärtet.« Dredge lächelte. »Besser, ich zeige Ihnen die Schwächen jetzt auf, als daß Sie falsche Hoffnungen hegen – oder bei Ihrem Bruder erwecken.«

»Wie können wir die Theorie erhärten?«

»Machen Sie Spicer ausfindig. Stellen Sie fest, wo er sich an den fraglichen Tagen aufgehalten hat. Und überprüfen Sie seine finanziellen Verhältnisse, ob es irgendwelche Hinweise darauf gibt, daß er dafür bezahlt wurde, Miss Abberley zu ermorden, Ihrem Bruder die Sache anzuhängen und Mr. Griffith die Briefe zu stehlen.«

»Aber er kann wer weiß wo sein.«

»Genau. Wir brauchten dafür einen Spezialisten für Nachforschungen und Überwachungen. Ich kann Ihnen einen empfehlen. Ich kann ihn sogar in Ihrem Auftrag engagieren. Aber ich muß Sie warnen: Seine Dienste sind teuer und könnten in diesem Fall zu absolut nichts führen.«

»Also was dann?«

»Nichts.« Dredge breitete seine Arme aus. »Soviel ich sehen kann, können wir nichts dadurch gewinnen, daß wir Mr. Abberleys Aktivitäten überwachen. Wenn Sie recht haben, wird er sich bestimmt so lange ruhig verhalten, bis die Zeit für die Veröffentlichung der Briefe gekommen ist. Wenn es ein schwaches Glied in der Kette gibt, dann den Mann, den er dazu benützt hat, die Verbrechen für ihn zu begehen. Wenn es Spicer war, haben wir noch eine Chance, wenn auch nur eine kleine. Wenn nicht –«

»Dann haben wir überhaupt keine Chance. Ist es das, was Sie sagen wollen?«

»Ich fürchte ja, Mr. Fairfax. Und das bringt mich wieder zu Ihrer Anfangsfrage.«

»Ob ich es meinem Bruder erzählen soll?«

»Genau.« Dredge lehnte sich zurück und verschränkte die Hände über seinem üppigen Bauch. »Es ist natürlich Ihre Entscheidung, aber ich möchte Ihnen raten, die Folgen sehr sorgfältig zu überlegen. Ich habe den Eindruck, daß er sich mit seiner Situation abgefunden hat, daß er sich auf das Schlimmste eingestellt hat. Wenn Sie die Hoffnung in ihm erwecken, daß es eine realistische Aussicht für ihn gibt, freigesprochen zu werden, wenn es in Wirklichkeit keine gibt...«

»Ich werde das berücksichtigen, Mr. Dredge. Ich werde darüber nachdenken. Nun, was das Auffinden von Spicer betrifft –«

»Sie wollen, daß ich damit weitermache?«

»Ja. Das möchte ich.«

»Also gut. Ich werde alles Nötige veranlassen.«

»Noch etwas anderes.« Dereks Selbstachtung wehrte sich gegen das, was er jetzt sagen mußte. »Ich möchte, daß Sie große Sorgfalt darauf verwenden, daß Mautice Abberley auf keinen Fall Wind davon bekommt, daß ich diese Nachforschungen veranlaßt habe.«

»Niemand möchte, daß er davon erfährt, Mr. Fairfax. Und trotzdem kann ich es Ihnen nicht mit absoluter Sicherheit garantieren.«

»Nein. Natürlich nicht.«

»Haben Sie einen bestimmten Grund dafür, dies zu erwähnen?«

»Indirekt übt er ziemlich großen Einfluß auf meinen Arbeitgeber aus.«

»Aha. Darum geht es. Dafür habe ich Verständnis. In Anbetracht dessen, daß ein negatives Ergebnis sehr wahrscheinlich ist, ist das Risiko, das Ganze in Gang zu setzen – ich meine das Risiko für Ihre Karriere –, die Sache vielleicht gar nicht wert.«

»Vielleicht nicht.« Dredge hatte in Erwartung seiner nächsten Bemerkung die Augenbrauen hochgezogen. Aber Derek hatte bereits lange und ausführlich hin und her überlegt. Er würde sich nicht unterkriegen lassen, wenn es auch nur allzu leicht war zu glauben, daß dies der beste und klügste Weg wäre. »Aber ich beabsichtige, das Ganze bis zum bitteren Ende durchzustehen. Und ich bin darauf vorbereitet, solche Risiken auf mich zu nehmen.«

19

Samstag, der erste August, war ein klarer und sonniger Tag, und eine frische Brise war gut dazu geeignet, die Faulheit zu vertreiben, wenn schon nicht die Niedergeschlagenheit. Charlotte, die sich nach der Wiederherstellung von Ordnung und Normalität in ihrem Leben sehnte, schien es wichtig, das wenige, was sie tun konnte, ohne Aufschub zu unternehmen. Deshalb verwendete sie übertriebene Sorgfalt auf ihre Kleidung und ihre Erscheinung, bevor sie das Haus

verließ, und sie hielt in Tunbridge Wells an, um ein akribisch aufge-
listetes Sortiment notwendiger Dinge für den Haushalt zu kaufen,
bevor sie in südöstlicher Richtung auf Rye und eine weit anspruchs-
vollere Aufgabe zufuhr, die sie sich selbst gestellt hatte.

Jackdaw Cottage war wie gewöhnlich sauber und gut gelüftet.
Charlotte ging langsam um das Haus herum, während sie sich selbst
zuredete, es als Besitztum anzusehen und nicht als Hort von Träumen und Bedauern. Sie war überrascht davon, wie erfolgreich sie
dabei war, wie gut sie ihre Gefühle unter Kontrolle hatte. Es mußte
einfach einen Weg geben, wie sie mit den Entdeckungen fertig werden konnte, die sie in der vergangenen Woche gemacht hatte, und
sie war fest entschlossen, ihn zu finden. Bis jetzt konnte sie sich als
Lösung lediglich vorstellen, sich von Maurice zurückzuziehen, sich
von der Erinnerung an Beatrix zu lösen und von jedem nur möglichen Gedanken daran, wie wichtig sie in ihrer Welt waren. Und bis
jetzt schien das ganz gut zu klappen.

Von Jackdaw Cottage ging sie direkt zu einem Immobilienmakler
in der High Street, wo sie einen Schlüssel hinterließ und alles veranlaßte, damit das Haus geschätzt und so bald wie möglich für den
Verkauf vorbereitet würde. Dann besuchte sie die Mentiplys und
erzählte ihnen, was sie getan hatte. Sie waren keineswegs überrascht. Tatsächlich hatten sie mit einer solchen Ankündigung schon
lange gerechnet. Sie überredeten Charlotte, mit ihnen Kaffee zu
trinken, und während Mrs. Mentiply ihn in der Küche zubereitete,
fragte sie Mr. Mentiply so beiläufig wie möglich, ob er sich ganz sicher sei, daß er Spicer am 25. Mai in Rye gesehen hätte.

»Er war es ganz bestimmt. Gar kein Zweifel. Aber woher wissen
Sie, daß ich ihn gesehen habe? Ich habe das nur diesem Bruder von
Fairfax-Vane erzählt. Meine Frau war der Ansicht, ich hätte das
nicht tun sollen. Hat er Sie belästigt?«

»Eigentlich nicht.«

»Ärger gemacht? Schien der Typ dafür zu sein.«

»Ich denke, das kann man so sagen. Aber machen Sie sich keine
Sorgen. Ich werde damit fertig.«

Diese Redewendung setzte sich in Charlottes Kopf fest und nahm
im Laufe des Tages einen schuldigen Beigeschmack an. Nachdem sie
Rye verlassen hatte, fuhr sie nach Maidstone und machte die Straße

ausfindig, wo sie geboren worden war und wo ihre Eltern die geheime Vereinbarung mit Beatrix getroffen hatten. Die Häuser waren heruntergekommener, als sie sie in Erinnerung hatte, es gab mehr parkende Autos als früher, die aber weniger gepflegt aussahen. In ihrem Elternhaus waren die schlaffen Vorhänge schon jetzt, an diesem heißen Nachmittag, zugezogen, und ohrenbetäubende Musik drang aus dem einzigen geöffneten Fenster. Dafür war sie merkwürdigerweise dankbar. Nostalgie und Lärm schlossen sich gegenseitig aus. Und Nostalgie konnte sie jetzt überhaupt nicht brauchen.

Gerade als die Abendkühle die Hitze des Tages etwas milderte, kehrte sie nach Tunbridge Wells zurück. Sie dachte daran, was sie zu Mr. Mentiply gesagt hatte, wie sehr es der Wahrheit entsprach und wie beschämend es doch war. Sie dachte daran, wie unerträglich es doch wäre, wenn sie Woche für Woche weiterhin so tun würde, als ob Derek Fairfax und sein inhaftierter Bruder nicht existierten. Und dann beschloß sie, sich nicht mehr gegen ihre spontanen Regungen zu wehren. Er wohnte in Speldhurst, einem Vorort für Gutsituierte im Nordwesten der Stadt. Charlotte fuhr direkt dorthin und fand Farriers ohne Schwierigkeiten, eine Sackgasse mit Bungalows, die in großzügigem Abstand erbaut worden waren. Aber in Haus Nummer sechs rührte sich auf ihr Klingeln hin niemand, und sie trat den Rückzug an, unschlüssig, ob sie enttäuscht sein sollte oder nicht. Als sie ein paar Minuten später zum zweiten Mal an dem Pub mitten in der Siedlung vorüberkam, warf sie einen Blick in den Wirtshausgarten und erkannte eine einsame Person, die an einem der Tische neben dem Zaun saß. Es war Derek Fairfax.

Charlotte schoß über die Parkplatzeinfahrt hinaus und mußte auf der Straße ein paar Meter rückwärts fahren, um sie zu erreichen. Dieses Manöver, das Fairfax deutlich sehen konnte, hätte eigentlich seine Aufmerksamkeit erregen müssen, aber er schaute nicht einmal auf, als sie sich seinem Tisch näherte. Er war leger gekleidet und kritzelte mit einem Kugelschreiber auf einer Papierserviette herum, während er sein Bierglas an die Wange drückte und, wie es schien, völlig in seine Gedanken versunken war.

»Mr. Fairfax?«

Er errötete heftig, und als er zu ihr aufblickte, bemerkte sie, wie er die Serviette zerknüllte und in den Aschenbecher warf. »Miss Ladram, ich hatte... es tut mir leid, ich hätte Sie nicht...« Er runzelte die Stirn. »Haben Sie mich gesucht?«

»Ja. Ich war gerade bei Ihrem Haus.«

»Wirklich? Warum?«

»Ich bin mir nicht sicher. Ich...«

»Möchten Sie etwas trinken?« Er stand auf und lächelte verlegen.

»Ja. Ja bitte. Einen Gin Tonic.«

»Nehmen Sie bitte Platz. Ich werde ihn holen.« Er trank sein Glas aus und ging damit durch den Garten. Charlotte setzte sich und beobachtete ihn, bis er im düsteren Inneren des Pubs verschwunden war. Dann, während sie nervös ihre Lippen befeuchtete, holte sie mit spitzen Fingern die zusammengeknüllte Serviette aus dem Aschenbecher und glättete sie auf dem Tisch. Sie sah eine graphische Darstellung aus bekannten und unbekannten Namen, die nach Prinzipien nebeneinandergestellt worden waren, die sie nicht auf Anhieb verstehen konnte.

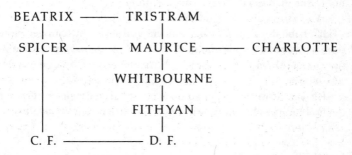

Sie erkannte, daß D. F. und C. F. für Derek und Colin Fairfax standen, und sie wußte, daß Fithyan & Co. die Steuerberatungsfirma war, für die Derek arbeitete, aber sie hatte keine Ahnung, wer Whitbourne sein könnte. Sie für ihren Teil, ganz abgesehen von den anderen, in gewisser Hinsicht nicht mehr als ein Anhängsel von Maurice, konnte sich nicht entscheiden, ob sie erleichtert oder beleidigt sein sollte. Sie konnte auch keine ausgedehntere Überprüfung des Diagramms riskieren, denn Fairfax war bereits wieder in der Tür des Pubs aufgetaucht. Sie preßte die Serviette in ihrer Hand zusammen und legte sie wieder in den Aschenbecher, dann schaute sie hoch und in Dereks Augen. Sie wollte eigentlich lächeln, um ihm so zu verstehen zu geben, daß seine Sorgen auch die ihren waren. Aber statt dessen bedankte sie sich lediglich mit undeutlichem Murmeln für das Getränk.

»Also, warum wollten Sie mich treffen?« Während er sich hinsetzte, nahm er einen Schluck von seinem Bier.

»Um... Um Sie zu fragen, ob Sie getan haben, was Sie vorhatten.«

»Meinem Bruder und seinem Anwalt erzählen, daß ich glaube, daß *Ihr* Bruder für den Tod von Beatrix Abberley verantwortlich ist, meinen Sie?«

»Nun... Ja.«

»Ich habe es dem Anwalt erzählt. Sie werden sicher erleichtert sein zu hören, daß es ihn nicht sehr beeindruckt hat.« Er trank in großen Schlucken von seinem Bier, und Charlotte erkannte eine Spur Sarkasmus in seinen Äußerungen, die sich mit Hilfe von Alkohol leicht in Bitterkeit verwandeln konnte.

»Was ist mit Ihrem Bruder?«

»Ich habe ihn heute im Lewes-Gefängnis besucht. Um genau zu sein, ich komme gerade von dort. Dieser Ausflug hat das Bedürfnis nach einem Drink in mir geweckt. Nach mehreren Drinks, genaugenommen.«

»Ich kann mir vorstellen, daß es ein deprimierender Ort ist.«

»Ja. Das ist wahr. Aber heute war es noch schlimmer als sonst.«

»Warum?«

»Weil ich ihn angelogen habe.«

»Was?«

»Ich habe ihn angelogen. Er fragte mich, ob ich etwas herausgefunden hätte. Und ich sagte, ich hätte nichts herausgefunden.«

»Warum haben Sie das getan?«

»Was denken Sie wohl?« Er setzte sein Glas ab und lehnte sich über den Tisch zu ihr hinüber. »Weil es keinen Beweis gibt, Miss Ladram. Keine Spur davon. Ich weiß, was Ihr Bruder getan hat. Und Sie wissen es auch. Aber ich kann es nicht beweisen. Ich kann nicht einmal davon sprechen, ohne...«

»Ohne was?«

»Vergessen Sie's.« Er wedelte eine Mücke beiseite und nahm wieder einen Schluck Bier. Auch dieses Glas würde bald leer sein. »Ihr Bruder ist aus allem heraus. Und Sie auch. Was wollen Sie noch mehr?«

»Warum sagen Sie, *ich* sei aus allem heraus?«

»Weil Sie ohne einen Beweis seiner Schuld so tun können, als sei er unschuldig, nicht wahr? Und Sie können von seinem Verbrechen profitieren.«

»Profitieren? In welcher Hinsicht?«

»Ich nehme an, etwas von den Tantiemenzahlungen werden auch Sie bekommen.«

»Da sind Sie auf dem Holzweg.« Charlotte spürte, wie sie rot wurde. »Meine Mutter hat all ihre Tantiemenansprüche an Maurice vererbt. Genau wie Beatrix.«

»Na wunderbar.« Er lächelte humorlos. »Das beruhigt Ihr Gewissen sicher sehr, oder nicht?«

»Es muß nicht beruhigt werden.« Aber Charlotte wußte es besser. Fairfax hatte recht. Indirekt war sie gezwungen, in gewisser Weise davon zu profitieren. Vielleicht hatte sie es bereits getan, denn Maurice hatte sie niemals dazu gedrängt, wie er es vernünftigerweise eigentlich hätte tun müssen, entweder Ockham House zu verkaufen oder ihm seinen Teil auszuzahlen. Der Verkauf von Jackdaw Cottage würde dieses Problem natürlich lösen, aber wenn Beatrix noch lebte, stünde es Charlotte nicht zu, das Haus zu verkaufen. »Was wollen Sie eigentlich von mir. Mr. Fairfax? Wie Sie bereits sagten, gibt es keinen Beweis für Ihre Theorie.«

»Und was, wenn es doch einen gibt?«

»Das würde –« Sie unterbrach sich, denn ihr fiel ein, daß Fairfax nicht wußte – und auch nicht zu wissen brauchte –, warum es für Maurice so wichtig war, daß die Tantiemenzahlungen weiterliefen. »Aber es gibt keinen«, sagte sie mit sturer Bestimmtheit. »Und es kann auch keinen geben, denn Maurice hat das gar nicht getan, was Sie offensichtlich von ihm annehmen.«

»Das müssen Sie natürlich sagen. Aber Sie glauben es nicht, oder?« Seine Augen sahen sie in offener Herausforderung an.

»Natürlich glaube ich das.« Sie schaute zur Seite und wußte genau, was er daraus schließen würde: daß sie nicht in der Lage war, ihn anzusehen. »Ich denke, daß Emerson McKitrick Frank Griffith die Briefe gestohlen und sie vernichtet hat, um seine Darstellung von Tristram Abberleys Leben zu schützen. Ich habe Frank das gesagt. Und jetzt sage ich es Ihnen.«

»Wie hat Frank darauf reagiert?«

»Er hat –« Sie zwang sich, ihn anzuschauen. »Ich habe nicht mit ihm gesprochen. Ich habe in Hendre Gorfelen eine Nachricht für ihn hinterlassen, als ich gestern dort war. Er war nicht da.«

»Hätten Sie nicht warten können?«

»Ich denke schon. Aber es ist ein langer –«

»Sie wollten gar nicht warten, nicht wahr? Sie waren froh, daß Sie ihn nicht angetroffen haben.« Er trank von seinem Bier. »Vielleicht hätten Sie mir ebenfalls eine Nachricht hinterlassen sollen. Auf Papier sagt es sich so viel leichter, nicht wahr? Es ist viel... bequemer.«

Die Wahrheit seiner Worte und die Falschheit der eigenen traf Charlotte tief. Wenn sie bliebe, würde sie entweder ihre Lüge noch bekräftigen oder alles beichten, und das einzige, was sie sicher wußte, war, daß sie weder das eine noch das andere tun durfte. »Es gibt nichts mehr zu sagen, nicht wahr?« Sie stand auf. »Ich denke, es ist besser, wenn ich jetzt gehe.«

»Das denke ich auch.« Fairfax stellte sein Glas auf den Tisch und erhob sich, sein wütender Blick verwandelte sich plötzlich in einen verzweifelten, flehenden Gesichtsausdruck. »Es tut mir leid, wenn ich Sie gekränkt habe. Mir ist klar, daß Sie sich in einer unangenehmen Lage befinden. Aber sie ist trotzdem noch ein gutes Stück besser als die meines Bruders, nicht?«

»Ja. Und –« Der Blick, den sie in diesem Augenblick austauschten, war von verwirrender Selbsterkenntnis, so als ob jeder seine eigenen Schwächen ganz klar im anderen erkannt hätte. »Mir tut es auch leid. Aber Traurigkeit hilft nicht weiter, nicht wahr?«

»Kein bißchen.«

»Auf Wiedersehen, Mr. Fairfax.« Sie war versucht, ihm die Hand zu geben, aber dann entschied sie, daß jeder Anflug von Übereinstimmung zwischen ihnen – von gemeinsamen Zielen – am besten unterdrückt würde.

»Auf Wiedersehen, Miss Ladram.«

Sie drehte sich um und ging rasch durch den Garten davon. Als sie bei ihrem Wagen ankam und zurückblickte, sah sie, daß er bereits auf dem Weg zur Tür des Pubs war, mit gebeugtem Kopf und dem leeren Glas in der Hand. Sie würden sich nicht mehr wiedersehen. Wenn es zufällig doch einmal geschehen sollte, würden sie so tun, als kennten sie sich nicht. Das war das Ende, das jeder von ihnen von dem Augenblick an befürchtet hatte, als Frank Griffith eingewilligt hatte, sein Geheimnis preiszugeben. So sah es also aus, wenn man die Wahrheit kannte und wußte, daß sie nicht geändert werden konnte.

20

Tarragona, 20. Februar 1938

Liebe Sis!

Ich weiß nicht, welche Berichte Dich erreicht haben, aber ich hoffe, daß dieser Brief Dich beruhigen wird, denn Dein kleiner Bruder weilt immer noch im Land der Lebenden, obwohl ich noch nicht wirklich wieder auf den Beinen bin. Tatsächlich erhole ich mich gerade von einer Schußwunde im linken Oberschenkel, nicht wegen, sondern trotz der rauhen Behandlungsmethoden der Ärzte, die sich in diesem großen freudlosen Krankenhaus um uns kümmern. Wie es passiert ist? Nun, um ehrlich zu sein, ich weiß es nicht genau. Meine Kompanie war in ein ziemlich aussichtsloses Gefecht verwickelt, um zu verhindern, daß das kanadische Bataillon auf den Hügeln außerhalb von Teruel abgeschnitten wurde. In seinem Verlauf waren wir Gewehrschüssen ausgesetzt, die von erhöhten Stellungen auf uns abgefeuert wurden, und ich wurde verwundet. Du siehst, es geschah alles ziemlich willkürlich. Nichts Persönliches oder auch nur ansatzweise Brutales in der ganzen Situation. Nur ein Mißgeschick des Krieges.

Und vielleicht ist es nicht einmal so ein Pech. Ein freundlicher Sanitäter bringt mir englische Zeitungen, so oft er kann, und deshalb weiß ich, daß Dir mehr als klar sein muß, wie ausgesprochen – und vorhersehbar – schlecht der Teruel-Einsatz lief. Es geht das Gerücht um, daß die letzte Schlacht um die Stadt bereits begonnen hat, und, ehrlich gesagt, es kann nur ein Resultat geben. Du wirst also sicher verstehen, daß ich mir mehr Sorgen um meine Freunde und Kameraden mache, die sich noch dort befinden, als um meine eigene Verfassung, die viel besser zu sein scheint, als ich erwarten durfte.

Frank Griffith und Vicente Ortiz wissen beide, daß die Generäle in Teruel unsere Köpfe in die Schlinge gesteckt haben, und in vielerlei Hinsicht wünsche ich, die beiden hätten es an meiner Stelle geschafft, dem Ganzen mit nichts Schlimmerem als einer Fleischwunde zu entkommen, denn schließlich war ich es immer, der sich nach Aufregungen sehnte. Wie es ihnen ergangen ist, seit ich evakuiert worden bin, wage ich mir nicht auszumalen. Ich kann nicht aufhören, daran zu denken, ob ich sie jemals wiedersehen werde. Falls nicht, so wird das nicht das Ende der ganzen Angelegenheit sein, denn – Aber lassen wir das. Es reicht wohl, wenn ich sage, daß mein Wunsch zu kämpfen für immer und ewig gestillt ist. Was auch immer hiernach geschehen wird, ich beabsichtige, Schluß zu machen, soweit es die Internationale Brigade betrifft. Was dann kommen wird, weiß ich nicht. Als ich mich im vergangenen Jahr freiwillig gemeldet habe, habe ich nicht weit vorausgeschaut, und ich kann es immer noch nicht tun. Aber es sieht ganz so aus, als wäre ich in wenigen Monaten wieder in England, um meinem Ansehen als Dichter einen weiteren Riß hinzuzufügen und mit alles anderen als leuchtenden Augen in die Zukunft zu schauen.

Ich weiß nicht, welche Art von Eindruck meine Briefe über die sieben Monate, die ich in Spanien verbracht habe, bei Dir hinterlassen haben. Ungenau und lückenhaft, würde ich sagen, genauso unbeholfen und mißgestaltet wie jene Gedichtentwürfe, die Du normalerweise so geschickt in Verse verwandelst. Wenn wir uns zusammensetzen und alles besprechen können, wirst Du natürlich das wahre Bild erhalten. Dann werde ich Dir alles erzählen können einschließlich all der Dinge, die der Post nicht anvertraut werden können. Und dann wirst Du es verstehen, ich verspreche es Dir. Dann wirst Du alles mit meinen Augen sehen.

Hier ist das Leben ziemlich ereignislos, wie Du Dir sicher vorstellen kannst. Diesmal findet alles woanders statt. Und diesmal bin ich dankbar dafür. Aber sobald es etwas zu berichten gibt, werde ich mich wieder melden. Oder vielleicht sehe ich Dich vorher auch von Angesicht zu Angesicht wieder. Wer weiß? Die Zukunft ist eine unsichere Angelegenheit. Du denkst, Du hast sie erwischt, aber plötzlich ist sie Dir entwischt.

Vielleicht sollten wir lieber einfach abwarten, was sie uns bringen wird.

Alles Liebe
Tristram

ZWISCHENSPIEL

Es ist ein später Augusttag im Jahre 1928. Beatrix Abberley ruht im Wintergarten in Indsleigh Hall im Haus ihres Vaters in Staffordshire, auf einem gepolsterten Sofa aus Weidengeflecht. Sie ist sechsundzwanzig Jahre alt und ledig und sieht nicht gerade hübsch, aber unnachgiebig aus; ihre Frisur – in der Mitte gescheitelt und über den Ohren zusammengerollt – und ihr Kleid – mit eckigem Ausschnitt, kurzen Ärmeln und knöchellang – sind ein paar grausame Jahre hinter der Mode zurück. Trotzdem ist an ihrem energischen Kinn und ihrem entschlossenen Blick leicht abzulesen, daß sie eine willensstarke und intelligente Frau ist. Tatsächlich hat sie bereits verschiedentlich ihrem Unmut über die Welt und deren Funktionsweise und den ihr darin zugewiesenen Platz Ausdruck verliehen.

Beatrix glaubt – und nur wenige können es bestreiten –, daß sie ihre Fähigkeiten schlicht verschwendet in den Aufgaben, die sie seit dem Tod ihrer Mutter vor zwölf Jahren pflichtbewußt, wenn auch widerwillig ausübt, als Haushälterin ihres Vaters und Hauslehrerin ihres jüngeren Bruders Tristram. Sie sehnt sich danach, in einem größeren Umfeld eine Rolle zu spielen, aber sie weiß genau, daß die Chance dafür – falls es sie überhaupt jemals gab – bereits vorbei ist. Ihre Talente würden sich viel besser für eine politische oder literarische Karriere eignen als für die Hauswirtschaft und das beschränkte soziale Leben des ländlichen Staffordshire. Aber beide Bereiche sind ihr verschlossen und werden es wahrscheinlich auch immer bleiben.

Langsam schwinden auch ihre Hoffnungen, in der Laufbahn ihres Bruders Trost zu finden, und das bringt ihre Frustration auf den Höhepunkt. Tristram hat all die gesellschaftlichen und erzieherischen Vorteile genossen, die ihr verweigert worden waren. Seit seiner Kindheit hat sie ihn dazu ermutigt, einen ebenso unabhängigen wie scharfsinnigen Geist zu entwickeln, wie sie selbst ihn besitzt, die Welt kritisch zu betrachten und sich selbst darin einen passenden

Platz zu suchen. Aber jetzt, in den Ferien zwischen seinem zweiten und dritten Jahr in Oxford, kann sie einfach nicht mehr daran glauben, daß sie damit erfolgreich war. Denn Tristram hat zwar einen schnellen und schlagfertigen Geist, ist jedoch mit Trägheit und Oberflächlichkeit geschlagen, zwei Eigenschaften, die durch Oxford, oder eigentlich vielmehr durch den Umgang, den er dort hat, nur noch verschärft wurden. Sein Eifer, andere zu beeindrucken, ist zu einer Bereitschaft, anderen zu gefallen, geworden. Seine Anschauungen sind seinen Zuhörern zum Opfer gefallen.

Ein Beweis dafür ist das dreimal gefaltete Blatt Papier, mit dem Beatrix sich an diesem schwülen, unbeständigen Nachmittag Luft zufächelt. Tristram ist während des Sommertrimesters, das soeben zu Ende gegangen ist, in einen Kreis von Dichtern und Wichtigtuern hineingeraten. Beatrix zufolge sind sie mehr Wichtigtuer als Dichter. wenn die Auswahl ihrer Arbeiten, die Tristram ihr gezeigt hat, repräsentativ ist. Der gute Junge hat sich eingebildet, er könnte ihnen nacheifern, hat während der Hundstage dieses faulen Sommers zaghaft zur Feder gegriffen und nun seine Schwester um ihre objektive Beurteilung dessen gebeten, was er zustande gebracht hat. Er wird schon bald vom Krocketrasen zurückkehren, wo er, wie sie hören kann, unkonzentriert ein paar Tore schlägt, um sich ihre Einschätzung anzuhören. Und sie weiß nicht, was sie ihm sagen soll. Die Wahrheit wird ihn kränken, aber höfliches Herumgerede entspricht nicht ihrer Natur. Deshalb muß sie sich wohl zur Wahrheit durchringen. Es sei denn –

Sie faltet das Blatt Papier auseinander und wirft noch einmal einen Blick auf die Reihe von Versen. So unbeholfen und schlecht sie auch ohne Frage sind, sind sie doch nicht völlig ohne guten Ansatz. Tristram hat die Fähigkeit, sich ein passendes Bild auszudenken, aber leider auch eine bedauerliche Neigung, es jeglicher Poesie zu berauben, während er es zu Papier bringt. Und das Ganze ist ohne Ziel und Eleganz. Der Ausgangspunkt, ein namenloser Mann, der in einem namenlosen Land auf seine Hinrichtung wartet, ist stark, aber die Ausarbeitung ist schwach. Die letzte Strophe müßte vollständig neu geschrieben und der Rest gründlich überarbeitet werden. Das Thema des Ganzen könnte eine gelungene, prägnante Spitze gegen die politische Selbstgefälligkeit sein. Tatsächlich ist sie der Ansicht, daß sie, wenn sie diese Idee gehabt hätte, etwas daraus hätte machen können.

Beatrix legt ihren Kopf einen Augenblick zurück in die Kissen. Sie runzelt vor Konzentration die Stirn, öffnet leicht den Mund und fährt sich mit der Zunge über die Vorderzähne. Dann streckt sie die Hand nach einem niedrigen Tisch aus, der neben dem Sofa steht, und greift nach dem Bleistift, mit dem sie zuvor das Kreuzworträtsel im *Daily Telegraph* gelöst hat. Sie liest Tristrams Gedicht noch einmal, während sie den Stift zwischen Zeigefinger und Daumen hin und her bewegt, und sagt die Verse leise vor sich hin. Dann lächelt sie leicht, setzt den Stift an und streicht den Titel durch. »The Firing Squad« ist viel zu spezifisch. Es verlangt nach etwas Metaphorischerem. In dicken Großbuchstaben schreibt sie den Titel, den sie gewählt haben würde, nieder: »Mit verbundenen Augen«. Dann hält sie inne. Warum nicht noch weitergehen? Warum nicht das ganze Gedicht neu schreiben? Es würde nicht sehr schwierig sein, da Tristram bereits gute Vorarbeit geleistet hat. Vielleicht hätte er sogar Spaß an diesem Scherz, denn Ichbezogenheit gehört nicht zu seinen Fehlern. Ja, warum eigentlich nicht? Es ist schließlich keine große Sache. In dieser Stimmung beginnt Beatrix zu schreiben.

Am selben Tag, jedoch fast sechzig Jahre später. Weit von Staffordshire entfernt wacht Beatrix Abberleys Neffe Maurice in einem klimatisierten Schlafzimmer hoch über der Fifth Avenue von New York von einem kleinen Schläfchen nach dem Liebesakt auf, bemerkt die kühle Sanftheit der Seidenlaken und fängt einen Blick seines eigenen Gesichtes ein, das ihm aus einem der zahlreichen Spiegel entgegenschaut, die seine Geliebte angebracht hat, damit ihre Schönheit auf keinen Fall übersehen werden kann.

Er ist allein, obwohl er nicht damit rechnet, daß dies lange so bleiben wird. Er hört ein schwaches Rauschen aus dem Badezimmer, das ihm sagt, daß Natascha duscht und bald zurückkommen wird, erfrischt und empfänglich für alles, was er im Sinn haben mag. Auf dem Fußboden sieht er einen ihrer schwarzen Strümpfe, der noch genau da liegt, wo er hingefallen sein muß, nachdem er ihn von ihrem Bein gestreift und beiseite geworfen hatte. In Erwartung des Kommenden wie in Erinnerung an das Gewesene lächelt er. Ein zweiter Biß in den Apfel – um es mal so auszudrücken – könnte sogar noch genußreicher sein als der erste – und auf jeden Fall viel geruhsamer. Nach einer Abwesenheit von mehreren Wochen – die er vor allem damit verbringen mußte, Ursulas sarkastisches Grinsen und ihre zweideutigen Seitenhiebe zu ertragen – hatte er an diesem Nachmittag kaum das Apartment betreten, als er Natascha auch schon in Richtung Schlafzimmer drängte, um sie wie rasend zu lieben, wovon er sich gerade erholt. Seit seiner Ankunft haben sie viel Atem verschwendet, aber nicht für das, was man ein gutes Gespräch nennen könnte.

Deshalb steht Natascha Maurices zuversichtliche Behauptung noch bevor, daß alle Hindernisse für den Erfolg seiner Pläne beseitigt worden seien. Während er sich genüßlich zwischen den Bettlaken streckt, erinnert er sich daran, was er erreicht hat. Fairfax-Vane sitzt im Gefängnis, und sein Bruder wurde ruhiggestellt. Spicer ist ausgezahlt, und McKitrick wurde weggeschickt. Charlotte wurde getäuscht und Ursula besänftigt. Und Beatrix, die noch aus dem Grab heraus versucht hatte, ihm mit ihren postumen Tricks zu trotzen, ist besiegt. Sie war besser vorbereitet, als er erwartet hatte, und hinterhältiger, als er jemals vorausgesehen hatte. Und trotzdem war sie ihm nicht gewachsen gewesen. Es war ein reizvoller Wettkampf, aber das alte Mädchen hätte es wirklich besser wissen sollen, als sich darauf einzulassen. Sie hätte die Bedingungen, die er ihr letzte Weihnachten angeboten hatte, akzeptieren und dankbar sein sollen.

In Momenten der Selbstzufriedenheit wie diesem ist Maurice fähig einzugestehen, daß Habgier nicht der einzige Grund dafür war, daß er es darauf anlegte, seine Tante zu überlisten. Natürlich werden ihm die Tantiemen dabei helfen, Natascha auch weiterhin den Luxus zu bieten, den sie verlangt, aber das war niemals der einzige Grund gewesen. Es war ebenso eine Frage des Stolzes gewesen, daß er nicht bereit war, ein Nein gelten zu lassen. Beatrix hatte kein Recht, ihn zurückzuweisen, vor allem dann nicht, wenn ihre einzigen Gründe dafür Selbstsucht und Boshaftigkeit waren. So wie es jetzt aussieht, kann er nicht umhin, sich zu wünschen, sie wüßte, wie vergeblich ihr Widerstand letztlich gewesen ist. Mit einer Handbewegung, die er in den vergangenen Wochen öfters gemacht hat, streckt Maurice seinen Arm aus und holt seine Brieftasche aus der Innentasche seines Jacketts, das über einer Stuhllehne hängt. Dann zieht er ein fest gefaltetes Stück Papier aus einem der Brieftaschenfächer heraus. Es ist die Quittung eines Bankiers für ein versiegeltes Päckchen, das ihm während Maurices letztem Besuch in New York zur Aufbewahrung anvertraut wurde. Die Zeit ist noch nicht gekommen, es wieder abzuholen, und er würde noch viele Monate darauf warten müssen. Und bis es soweit ist, muß dieses dünne Pro-forma-Dokument als einziges Zeichen seines Sieges dienen. Aber es ist ausreichend, denn seine Geduld war schon immer stärker als seine Habgier. Außerdem steht ein besserer Trost bereit. Genauer gesagt, wenn das Aussetzen des Rauschens im Badezimmer irgendein Hinweis ist, wird er schon bald *vor* ihm stehen. Maurice grinst sein Ebenbild im Spiegel an, schiebt die Quittung zurück in seine Brieftasche und streckt sich, um sie wieder an ihren Platz im Jackett zu stecken.

Im gleichen Augenblick, auf der anderen Seite des Atlantiks, sitzt Derek Fairfax in seinem Büro bei Fithyan & Co. in Tunbridge Wells und überprüft ebenfalls ein Dokument, wenn auch mit genau entgegengesetzten Gefühlen. Es ist eine Kopie, die Albion Dredge ihm zugeschickt hat, von einem Bericht eines Privatdetektivs über den Verbleib und die Unternehmungen von Brian Andrew Spicer, der bis Ende letzten Jahres Chauffeur bei Maurice Abberley war. Und es lohnt sich nicht gerade, ihn zu lesen.

Spicer kündigte bei seiner Vermieterin in Marlow mit einwöchiger Frist und zog aus, bevor die Zeit abgelaufen war. Er hinterließ keine Nachsendeadresse. Er sagte, er werde bei einem ehemaligen Kameraden von der Königlichen Marine in dessen Mietwagengeschäft in Manchester einsteigen. Das scheint jedoch eine Lüge gewesen zu sein. Es gibt keinerlei Anzeichen dafür, daß er seitdem als Chauffeur gearbeitet hat. Keiner seiner Freunde hat von ihm gehört. Er ist verschwunden.

Derek seufzt und wendet sich wieder Dredges Begleitbrief zu. Obwohl nur kurz und neutral gehalten, ist die Meinung des Rechtsanwaltes mehr als deutlich.

Es erhebt sich die Frage, ob Sie die Nachforschungen fortgesetzt sehen wollen in Anbetracht dessen, daß bis heute keine
Fortschritte gemacht wurden und die Kosten anwachsen (siehe
beigefügte Zwischenabrechnung).

Derek läßt den Brief, den Bericht und die Zwischenabrechnung auf
seine Schreibunterlage flattern, lehnt sich in seinem Stuhl zurück,
nimmt die Brille ab und streicht mit einer Hand über sein Gesicht.
An diesem Punkt kommen seine Anstrengungen für seinen Bruder
zu ihrem überfälligen und vergeblichen Ende, wie er befürchtet hat.
An diesem Punkt beschließt er, daß es genug sein muß. Er hat alles
getan, was Colin vernünftigerweise von ihm verlangen kann, und
jetzt ist die Zeit gekommen, Schluß zu machen. Er setzt seine Brille
wieder auf, nimmt ein Blatt Konzeptpapier und beginnt, eine Antwort zu entwerfen.

Sehr geehrter Herr Dredge!
Vielen Dank für Ihren Brief vom 26. August. Ich habe die
Sachlage sehr sorgfältig bedacht und beschlossen –

Er unterbricht sich und schaut zum Fenster hinüber, wo die Sonnen-
strahlen durch die schmutzige Scheibe fallen. Wenn es irgend etwas
gäbe, was er sinnvollerweise für Colin tun könnte, würde er es tun.
Das weiß er genau. Aber Colin weiß es nicht. Und jetzt wird er es nie
erfahren. Auch das weiß Derek genau. Er schaut auf das Blatt Papier
und hebt seinen Stift.

Ich habe die Sachlage sehr sorgfältig bedacht und beschlossen,
daß es keinen Sinn hätte, die Angelegenheit noch weiter zu
verfolgen. Deshalb wäre ich Ihnen dankbar...

Während Derek Fairfax schreibt, was er viel lieber bleiben lassen
würde, öffnet sich Meilen entfernt von ihm das erste Mal seit vierzehn Tagen eine Tür, und Charlotte Ladram kehrt widerwillig von
einem alles andere als erfolgreichen Urlaub zurück. Sie ist müde,
verschwitzt und mit Gepäck beladen, aber nichts davon ist es, was sie
veranlaßt, sich schwer gegen eine Wand in der Eingangshalle von

Ockham House fallen zu lassen, ihre Augen zu schließen und niedergeschlagen zu seufzen.

Eine alte Schulfreundin, Sally Childs, verheiratete Boxall, hatte Charlotte schon oft eingeladen, sie und ihren Mann, einen Vollblut-Europapolitiker, in ihrem neuen Haus in der Nähe von Brüssel zu besuchen. Diesmal hatte Charlotte die Einladung angenommen, denn sie bot ihr eine Zuflucht, als sie gerade dringend eine benötigte. Sie hatte gehofft, daß zwei Wochen Sightseeing und Gespräche von alten Zeiten in einem Land, von dem sie praktisch nichts wußte, die Gedanken an Beatrix, Maurice und Derek Fairfax aus ihrem Kopf vertreiben würden. Aber diese Hoffnung hatte sich leider nicht erfüllt. Und sie würde sich wohl auch nicht erfüllen. Sallys endlose Monologe über belgische Schokolade, die Karriere ihres Mannes und die Eheschließungen und Mutterschaften von einem Dutzend ehemaliger Schulkameradinnen, an die sie sich nur undeutlich erinnerte, waren nur insofern erfolgreich gewesen, als sie Charlottes Sorgen in schlichte Erleichterung verwandelt hatten.

Sie beugt sich nieder, um einen Haufen Post von der Fußmatte aufzusammeln, und geht weiter in den Flur, wo ihr der Geruch entgegenschlägt, der jedem Gebäude eigen und bei jedem anders ist, weder Duft noch Gestank, und der nur nach mehreren Tagen der Abwesenheit zum Vorschein kommt. Er erinnert Charlotte daran, wie sie als Kind nach offensichtlich ungetrübt fröhlichen Ferien mit der Familie in dieses Haus zurückkehrte. Sie ärgert sich über diese Erinnerung, legt die Post auf den Telefontisch und beginnt damit, sie durchzusehen auf der Suche nach einer Ablenkung. Aber das, worauf sie schließlich stößt, ist in vielerlei Hinsicht schlimmer als das, was sie danach suchen ließ. Ein Brief, vor drei Tagen aufgegeben, in Ursulas unverkennbarer Handschrift an sie adressiert. Normalerweise eine korrekte Verwenderin des Brieföffners, greift sie bei dieser Gelegenheit auf ihren Daumen zurück und zerreißt den Umschlag beinahe in zwei Teile, als sie den Inhalt herausholt.

Es ist eine aufwendig gedruckte Einladung zu einer Party anläßlich Samanthas zwanzigstem Geburtstag, die am Samstag in einer Woche in Swans' Meadow stattfinden soll. Bis jetzt hat Charlotte dieses Ereignis erfolgreich aus ihrem Gedächtnis verbannt. Bis jetzt hat sie angenommen, daß viele Wochen, wenn nicht Monate, vergehen würden, bevor sie gezwungen ist, Maurice von Angesicht zu Angesicht gegenüberzutreten und so zu tun, als ob alles zwischen ihnen in bester Ordnung sei. Aber das ist ein Irrtum. Eine Konfrontation ist unausweichlich. Und da ist auch eine gekritzelte Notiz von Ursula in einer Ecke der Einladung: *Charlie – Hoffe, daß Du kommen kannst – Alles Liebe, U.*

Die Verursacherin von Charlottes Kummer mustert sich gerade im Spiegel eines Anproberaumes im hinteren Teil einer exklusiven Boutique in Beauchamp Place, Knightsbridge. Mehrere Kleider liegen auf der Rückenlehne eines Stuhles, aber die schmeichelnde petrolblaue Kreation, die sie gefährlich gut kleidet, ist, wie ihr Ausdruck andeutet, diejenige, die sie nehmen wird. Sie ist sowohl dramatisch als auch vorteilhaft und sollte jede Menge Aufmerksamkeit bei den gutaussehenden jungen Männern erwecken, die auf der Gästeliste ihrer Tochter eine so große Rolle spielen.

Als Ursula aus dem Kleid heraussteigt, schaut sie auf das Preisschild und lächelt zustimmend. Wenn es zu billig gewesen wäre, wäre sie in Versuchung gekommen, es doch nicht zu kaufen, wie vollkommen es auch sein mochte. Aber es ist weit entfernt davon, billig zu sein, sogar für ihre Verhältnisse. Und genau so, folgert sie, muß es sein. Wenn Maurice so große Risiken auf sich nimmt, um sein Einkommen aus den Tantiemen zu schützen, und genauso sieht es aus, ist das wenigste, was sie tun kann, sicherzustellen, daß seine Anstrengungen nicht umsonst waren.

Was also könnte noch nötig sein, um ihre Kleidung zu vervollständigen? Sie denkt darüber nach, während sie ihren Rock vom Bügel nimmt. Vielleicht ein Paar dieser ausgesprochen kleinen elfenbeinfarbenen seidenen Höschen, die ihr schon vorher ins Auge gefallen sind, zusammen mit passendem Strumpfhalter und trägerfreiem BH? Aber dann brauchte sie auch noch hauchdünne Nylonstrümpfe. Doch warum sich damit aufhalten, wenn der Abend warm genug sein würde, um die Beine nackt zu lassen? Natürlich deshalb, weil man einfach nicht wissen konnte, welche Gelegenheiten sich ergeben würden. Da Beatrix so freundlich gewesen war, sie über Maurices New Yorker Verhältnis in Kenntnis zu setzen, fühlte sich Ursula auf köstliche Weise von jeder Verantwortung befreit. Dementsprechend kann der fünfte September mit all seinen Möglichkeiten für ihren Geschmack gar nicht früh genug kommen. Bei der Aussicht darauf kann sie sich gerade noch beherrschen, sich nicht die Lippen zu lecken.

Während Ursula über das sexuelle Potential seidener Damenunterwäsche nachdenkt, trifft ihre Tochter Samantha die bedeutsame Entscheidung, sich bei ihrem Sonnenbad im Garten von Swans' Meadow auf die andere Seite zu drehen. Das tut sie mit einer gekonnten Bewegung, die dafür sorgt, daß weder Sonnenbrille noch Walkman verrutschen. Dann langt sie nach hinten auf ihren Rücken, um den Verschluß ihres Bikinioberteils zu lösen.

Dabei schaut sie hoch und genießt den Blick auf die Trauerweiden und den friedlichen Fluß, auf dessen anderer Seite die Dächer von Cookham zu erkennen sind. Am gegenüberliegenden Ufer sind ein paar Kinder, die die Enten füttern, und außerdem steht dort ein einsamer dunkelhaariger junger Mann in Jeans und einem weißen Hemd. Er hält etwas, das wie ein Fernglas aussieht, in seiner rechten Hand und schaut mit leerem Blick in ihre Richtung.

Samantha starrt den Mann einige Sekunden lang an und fragt sich, ob er vielleicht der muskulöse Fremde sein könnte, der sie gestern in der Station Road angehalten und nach dem Weg nach Cookham Dean gefragt hat. Sein Akzent und seine olivfarbene Haut legten nahe, daß er aus einem Mittelmeerland stammte – aus Italien oder Spanien. Ja, stellt sie fest, er könnte es tatsächlich sein. Vermutlich verbringt er seine Ferien in dieser Gegend. Ob er wohl, überlegt sie, sein Fernglas dazu benutzt hat, sie anzuschauen? Wenn ja, so hofft sie, daß ihm gefällt, was er gesehen hat. Nicht daß es eine Rolle spielt. Die Chancen, ihn wiederzutreffen, sind gering. Sie legt den Kopf auf ihre Arme und gibt sich der Musik hin, die in ihren Ohren dröhnt.

Eine halbe Stunde ist vergangen, seit Beatrix Abberley damit begonnen hat, das Gedicht ihres Bruders umzuschreiben. Sie ist noch immer mit dieser Aufgabe beschäftigt, als sich die Tür des Wintergartens öffnet und Tristram Abberley verbindlich lächelnd hereinkommt.

Er ist ein schlanker, gutaussehender junger Mann von einundzwanzig Jahren, bekleidet mit zu weiten beigen Flanellhosen, einem weißen Hemd und einer gestreiften Krawatte. Sein Haar ist jungenhaft zerzaust, aber er hat bereits die erhobenen Augenbrauen und das energische Kinn des aufstrebenden Ästheten, obwohl man unmöglich sagen kann, ob sein Benehmen seine Persönlichkeit eher zeigt oder versteckt.

»Also, Sis«, sagt er, »wie lautet das Urteil?«

»Das mußt du mir sagen«, antwortet Beatrix und gibt ihm das Blatt Papier, an dem sie gearbeitet hat.

Tristram sinkt lässig in einen Stuhl und mustert das Blatt, während seine Augenbrauen nach unten wandern und sich zu einem Stirnrunzeln zusammenziehen. »Du... Du hast es abgeändert.«

»Verbessert, hoffe ich.«

»Aber... Aber es war...« Er verstummt. Ungefähr eine Minute verstreicht, dann schaut er auf und sagt: »Das ist wirklich die Höhe.«

»Warum?«

»Weil du es *wirklich* verbessert hast. Unvergleichlich. Es... Nun, es ist... Es ist wirklich gut, nicht wahr?«

»Ich freue mich, daß du das denkst.«

»Es läßt meine Bemühungen ziemlich jämmerlich aussehen.«

»Nicht ganz. Die Idee stammt schließlich von dir. Ohne sie hätte ich nichts verbessern können.«

»Vielleicht nicht, aber... Was soll ich den Jungs denn jetzt sagen? ›Ich bin eine Flasche, aber ich habe eine Schwester, die die meisten von euch in die Tasche stecken kann‹?«

»Ich glaube nicht, daß sie das gut finden würden, Tristram. Du bist genau so, wie sie sich einen Dichter vorstellen. Ich nicht.«

»Du erlaubst mir nicht, daß ich ihnen das hier zeige?«

»Oh, das darfst du gerne tun. Solange du das Verdienst für dich in Anspruch nimmst. Oder die Schuld, natürlich.«

»Aber es ist nicht von mir.«

»Was spielt das für eine Rolle? Sie brauchen das nicht zu wissen.«

»Nicht?« Tristram verzieht sein Gesicht in spöttischer Empörung. »Du erstaunst mich, Sis. Dein Vorschlag ist absolut unehrenhaft.«

Beatrix lächelt. »Nun, ich werde dich nicht dazu zwingen. Wenn es deine künstlerische Integrität beleidigt, solltest du –«

»Das habe ich nicht gesagt. Nein, nein.« Tristram reibt sich nachdenklich das Kinn. »Schließlich, was kann aus einer kleinen Absprache zwischen Bruder und Schwester schon Schlechtes entstehen?«

»Überhaupt nichts.«

»Bist du sicher?«

»Vollkommen.«

Tristram grinst. »Dann... Warum warten wir nicht ab, was geschieht?«

Und Beatrix grinst zurück. »Warum nicht?«

DRITTER TEIL

1

Sechs Wochen waren seit Charlottes letztem Besuch in Swans' Meadow vergangen. Der einfache Vorgang, sich von Tunbridge Wells nach Bourne End auf den Weg zu machen, war ausreichend, sich an jede Kleinigkeit zu erinnern, die sie an diesem Nachmittag gesehen und gehört hatte. Sie konnte nur hoffen – ohne große Zuversicht –, daß die Bombenstimmung von Samanthas Geburtstagsparty ihr helfen würde, die Erinnerungen zu unterdrücken.

Es war warm und sonnig und absolut windstill. Charlotte stellte fest, daß sie sogar diesen Teil des Glücks ihrer Verwandten haßte. Bei anderen würden sich dunkle Wolken zusammenziehen, und es würde regnen, aber niemals bei Maurice und seiner Familie. Für sie herrschte immer Hochsommer. Während für sie – Sie umfaßte das Lenkrad fester, und es gelang ihr, den Gedanken zu verscheuchen. Sie wußte, daß Ärger nutzlos war, es sei denn, er führte zu einer Lösung. Und für ihr Dilemma gab es keine Lösung.

Sie hatte ihre Ankunft auf eine halbe Stunde nach Beginn der Party berechnet, weil sie darauf zählte, daß dann die Gastgeber mit anderen Gästen beschäftigt waren und sie sich so leicht unter die anderen mischen und mit etwas Glück bald wieder verschwinden konnte. Sie hatte mit Absicht Kleidungsstücke gewählt, die wahrscheinlich die allgemeine Einschätzung von ihr als Samanthas altjüngferlicher unverheirateter Tante verstärken würden – ein Kleid mit Blumenmuster und eine schlichte Strickjacke. Sie wollte nicht geliebt oder bewundert werden. Und vor allem wollte sie sich nicht amüsieren.

Sie war so damit beschäftigt, sich gedanklich auf das, was vor ihr lag, vorzubereiten, daß sie keinen Blick flußabwärts verschwendete, als sie über die Cockham Bridge fuhr; und so wunderte sie sich auch nicht, warum keine Partygäste in Grüppchen um ein Festzelt auf dem Rasen von Swans' Meadow herumstanden und warum es überhaupt kein Festzelt gab. Die Stille und Leere der Szene wurde ihr erst bewußt, als sie in die Auffahrt zum Haus einbog und feststellte, daß keine anderen Wagen dort parkten, keine fröhlich gekleideten Menschen auf den Garten zu strömten, keine Jazzkapelle sie zusammenrief und auch keine gemieteten Lakaien sie begrüßten, keine knallenden Champagnerkorken und kein Stimmengewirr, keine bunten Fähnchen, keine Luftballons, nichts.

Als sie den Wagen angehalten hatte und ausgestiegen war, fragte sie sich einen Augenblick, ob sie vielleicht am falschen Tag oder zur falschen Zeit erschienen war, obwohl sie sicher war, daß dies nicht der Fall sein konnte. Sie zog die Einladung aus ihrer Handtasche, um sich zu vergewissern. *Mr. und Mrs. Maurice Abberley bitten Sie zu Ehren des zwanzigsten Geburtstags ihrer Tochter um Ihre werte Teilnahme an einer Feier, die am Samstag, dem fünften September, um drei Uhr nachmittags in Swans' Meadow, Riversdale, Bourne End, Buckinghamshire, stattfinden wird. UAwg.* Und hier stand sie, in Swans' Meadow, am fraglichen Tag. Und als sie auf ihre Armbanduhr schaute, stellte sie fest, daß es zweiunddreißig Minuten nach drei war.

Aber es gab keinerlei Anzeichen für eine Party.

Da sie einen bizarren Streich vermutete, marschierte Charlotte zur Eingangstür und läutete. Keine Antwort. Sie läutete noch einmal und wollte gerade ein drittes Mal klingeln, als die Tür plötzlich aufgerissen wurde.

»Charlie!« Es war Ursula, bekleidet mit bequemen Hosen und einem lockeren Baumwolloberteil. Sie trug weder Schmuck noch Make-up. Ihre Haare waren zerzaust, und auf ihrer linken Wange waren noch Spuren von Tränen zu erkennen. Sie sah der gepflegten, gefühllosen Frau, die Charlotte kannte, so wenig ähnlich, daß sie eine Sekunde lang dachte, sie wäre wirklich jemand anders.

»Ursula... Was... Was ist passiert?«

»Ich wünschte, ich wüßte es.« Ursula drückte die Rückseite ihrer Hand gegen ihre Wange. »Warum bist du gekommen?«

»Wegen der Party.«

»O mein Gott! Haben wir nicht... Zum Teufel, ich habe die Familie vergessen. Wenn man es eine Familie nennen kann.«

»Was ist eigentlich los?«

»Es gibt keine Party, Charlie. Du kannst genausogut wieder nach Hause fahren. Dort bist du am besten aufgehoben, glaub mir –« Sie unterbrach sich und drehte sich um, von einem Schluchzen geschüttelt.

»Was ist los?« Charlotte trat einen Schritt auf sie zu, unsicher, ob ihr Trost gewünscht würde, da er vorher nie verlangt worden war. Schließlich legte sie Ursula zögernd eine Hand auf die Schulter.

»Was ist los?« Ursula wich in die Halle zurück und distanzierte sich so von der Geste, indem sie einen Teil ihrer üblichen Selbstbeherrschung zeigte. »Maurice ist an allem schuld. Was war ich nur für eine verdammte Idiotin, daß ich ihm sogar dabei vertraut habe.«

»Wobei? Ich verstehe kein Wort.«

»Nein, natürlich nicht, wie solltest du. Nun, vielleicht wäre es besser. Er ist schließlich dein Bruder. Und weißt du, was für einen Bruder du hast, Charlie? Ich meine, weißt du das wirklich?« Sie stolperte aufs Wohnzimmer zu und verbot Charlotte weder, ihr zu folgen, noch ermutigte sie sie dazu. Also folgte sie ihr. Dort angekommen, goß Ursula mehr Gin als Tonic in ein Glas und trank mindestens ein Viertel davon in einem Zug. Dann holte sie eine Zigarette aus der Schachtel, wobei ihre Hand so sehr zitterte, daß sie Schwierigkeiten hatte, sie anzuzünden. Charlotte starrte sie in äußerster Verwunderung an. Sie hatte ihre Schwägerin noch nie in einem solchen Zustand gesehen.

»Ich muß es einfach jemandem erzählen«, sagte sie und zog heftig an ihrer Zigarette. »Und wer wäre dafür geeigneter als du? Vielleicht war es eine Freudsche Fehlleistung, daß ich dich nicht benachrichtigt habe, daß die Party nicht stattfindet. Vielleicht wollte ich –« Sie lief zum Fenster und starrte hinaus in den Garten. »Mein Gott, war für ein Riesendurcheinander!«

»Warum wurde die Party abgesagt, Ursula?«

»Weil Sam nicht hier ist.«

»Wo ist sie?«

»Ich weiß es nicht. Niemand weiß es. Außer –«

»Außer wem?«

»Sie ist entführt worden.«

»Was?«

»Entführt. Weggeholt. Fortgebracht. Nenn es verdammt noch mal, wie du willst. Von Teufeln mitgenommen, die Maurice mit seinen ach so schlauen Plänen herbeigerufen hat. Es ist alles seine Schuld. Oder vielleicht bin ich schuld, weil ich zugelassen habe, daß er –« Sie drehte sich mit Schwung um und starrte Charlotte an, die an ihren angespannten Kiefermuskeln sehen konnte, welche Anstrengung es sie kostete, nicht zu weinen. »Setz dich hin, Charlie. Setz dich hin, und ich werde dir in Kurzform erzählen, was dein Bruder uns angetan hat.«

Charlotte ließ sich im nächstbesten Stuhl nieder und beobachtete, wie Ursula sich langsam gegen das Fensterbrett lehnte und sich mit der freien Hand daran festklammerte, während sie in der anderen die Zigarette hielt.

»Sam ist seit Dienstag verschwunden. Ich war in Maidenhead, und Aliki war einkaufen. Sie hinterließ eine Nachricht, daß sie bis Freitag fortbleiben würde, aber nicht, warum und wohin sie ging. Sie hat ein paar Kleider mitgenommen, wenn auch nur etwa für drei Tage. Ich habe alle ihre Freunde angerufen, aber keiner wußte etwas. Maurice hatte die Idee von einem geheimnisvollen Freund, und ich dachte... Nun, vielleicht war es so. Was hätte ich sonst auch denken sollen? Ich machte mir Sorgen, natürlich, aber ich nahm an, daß sie alles erklären würde, wenn sie wieder da wäre. Es ging ja nur um drei Tage. Junge Mädchen proben gerne den Aufstand. Also mach dir nichts draus. Das hat Maurice gesagt. Das habe ich auch mir gesagt. Mach dir nichts draus. Warte einfach ab. Und alles wird wieder in Ordnung kommen. Aber so ist es nicht, nicht wahr? Nichts ist in Ordnung. Und Maurice – Entschuldige. Du willst wissen, was passiert ist, in der richtigen Reihenfolge. Also, am Donnerstagnachmittag wurde Maurice in der Firma von einem Mann mit ausländischem Akzent angerufen, der sagte, er wolle mit ihm über Sam sprechen. Du kannst dir ihre Unterhaltung anhören, wenn du willst. Maurice besitzt ein Gerät, mit dem er alle Telefonanrufe aufzeichnen kann, wenn er will. Er hat auch hier eines installiert, so daß er niemals im Zweifel ist über Vereinbarungen, die er getroffen, und Geschäfte, die er abgeschlossen hat. Ich spiele dir das Band vor.«

Ursula ging hinüber zum Hi-Fi-Schrank, entfernte eine Kassette aus einem der Geräte und steckte eine andere hinein, dann drückte sie einen Knopf.

»Er hat erst eingeschaltet, als sie schon miteinander sprachen, aber du wirst schon bald verstehen, worum es geht.«

Es war ein Knacken zu hören, dann die Stimme von Maurice mitten in einem Satz: »– es eigentlich geht.«

»Es geht um Ihre Tochter, Mr. Abberley.« Der andere Mann war zweifellos ein Ausländer, aber er sprach hervorragend Englisch, jedoch mit einer völlig ausdruckslosen Stimme. »Ich rufe im Namen derer an, die Ihre Tochter festhalten.«

»Sie festhalten? Was wollen Sie damit sagen? Sie ist –«

»Unsere Gefangene, Mr. Abberley.«

»Das glaube ich Ihnen nicht.«

»Dann hören Sie mit eigenen Ohren. Hören Sie zu.«

Die Qualität der Aufnahme wurde plötzlich schlechter, aber nicht so sehr, daß Charlotte bezweifelt hätte, daß es Samanthas Stimme war, die sie hörte. »Mom und Dad, ich bin es, Sam. Mir geht es gut. Ich weiß nicht, wo ich bin oder wer diese Leute sind, aber sie haben mir nichts getan. Sie wollen mich nur... nicht gehen lassen.« Sie klang ängstlich, aber nicht hysterisch und irgendwie viel jünger als gewöhnlich. »Tut, was sie verlangen, und sie werden mich freilassen. Ich weiß nicht, was sie wollen, aber bitte, Dad, gib es ihnen. Ich will nur –«

Die Stimme des Mannes unterbrach sie. »Glauben Sie mir jetzt, Mr. Abberley?«

»Ja.«

»Gut.«

»Was wollen Sie?«

»Aha, Sie werden langsam vernünftig. Das klingt doch schon viel besser.«

»Wieviel wollen Sie?«

»Kein Geld. Wir wissen, daß Sie eine Menge davon haben. Aber wir wollen nichts davon.«

»Was dann?«

»Die Papiere, die Sie Frank Griffith gestohlen haben, Mr. Abberley.«

»Wie bitte?«

»Sie haben mich verstanden. Die Papiere, die Sie Frank Griffith gestohlen haben.«

»Sie meinen... die Briefe meines Vaters... an meine Tante?«

»Alles, was er ihr jemals geschickt hat. Alle Papiere.«

»Das darf doch wohl nicht Ihr Ernst sein.«

»Ist es aber. Unser völliger Ernst.«

»Es muß sich um einen... Irrtum handeln. Ich habe nicht... Ich hatte niemals...«

»Streiten Sie nicht ab, daß Sie sie gestohlen haben, Mr. Abberley. Wir wissen, daß Sie sie haben. Wenn Sie sich weigern, sie herauszugeben, wird Ihre Tochter getötet.«

»Um Gottes willen.«

»Verstehen wir uns, Mr. Abberley?«

Maurice gab keine Antwort.

»Mr. Abberley?«

»Ja. In Ordnung. Ich verstehe.«

»Wir vermuten, daß Sie die Briefe in New York aufheben. Ist das richtig?«

»Woher wissen Sie – Ja. Das ist richtig.«

»Dann hören Sie jetzt genau zu. Sie fliegen morgen früh nach New York. Sie holen die Papiere ab und kehren mit dem Pan-Am-Flug zurück, der am Samstagmorgen um sieben Uhr fünfzig in Heathrow eintreffen wird. Gehen Sie um neun Uhr zu der Drogerie auf der Ebene 4, zur Waltham Pharmacy. Stellen Sie sich außen neben den Ständer mit den Sonnenbrillen. Ein Mann wird zu Ihnen kommen. Er wird Ihnen einen Umschlag mit einem Foto Ihrer Tochter geben, das Ihnen beweist, daß sie am Leben ist und daß es ihr gut geht.«

»Wie? Wie soll es das beweisen können?«

Aber Maurices Einwand wurde nicht beachtet. »Im Austausch dafür werden Sie ihm die Papiere in einem einfachen gelbbraunen Umschlag geben. Dann werden Sie gehen. Ihre Tochter wird innerhalb von vierundzwanzig Stunden freigelassen werden.«

»Was ist, wenn der Flug Verspätung hat?«

»Wir werden es wissen, wenn das der Fall ist, und wir werden Sie entsprechend später zu unserer Verabredung erwarten. Aber wir werden keine andere Entschuldigung gelten lassen.«

»Wie kann ich sicher sein, daß Sie Sam wirklich freilassen werden?«

Auch diese Unterbrechung wurde ignoriert. »Wenn Sie zur Polizei gehen, wird sie getötet. Ist das klar?«

»Einen Augenblick. Ich muß —«

»Ist das klar?«

»Ja. Natürlich ist das klar.«

»Sind Sie mit unseren Bedingungen einverstanden?«

»Ja. Verdammt noch mal, ja, ich bin einverstanden.«

»Dann ist unsere Besprechung zu Ende. Guten Tag, Mr. Abberley.«

Es war ein Klicken zu hören, als sich das Gerät selbständig ausschaltete. Ursula drückte ihre Zigarette aus und zündete sich eine andere an, während Charlotte stur geradeaus schaute und versuchte, in ihrem Kopf all die Konsequenzen dessen zu bedenken, was sie gehört hatte. Zum Schluß war jedoch die einzige Frage, die sie formulieren konnte, die einfachste von allen: »Was habt ihr unternommen?«

»Was hat Maurice unternommen, meinst du wohl. Ich nehme an, ich muß dankbar sein, daß er mir überhaupt von dem Telefongespräch erzählt hat, aber er mußte es einfach tun, nicht wahr? Andernfalls wäre ich zur Polizei gegangen, wenn Sam gestern nicht aufgetaucht wäre.«

»Ihr habt die Polizei nicht benachrichtigt?«

»Maurice wollte nichts davon hören. Um fair zu sein, ich war genauso dagegen wie er, wenn auch nicht aus dem gleichen Grund. Ich wollte einfach nur meine Tochter wiederhaben. Und wenn es dafür nötig war, die Briefe auszuhändigen, dann mußte es eben so sein. Maurice war meiner Meinung. Zumindest hat er das gesagt. Wie eine Idiotin glaubte ich, Sams Sicherheit wäre ihm wichtiger als diese verdammten Tantiemen. Ich hätte es besser wissen sollen, nicht? Nichts bedeutet deinem Bruder mehr als sein eigenes verfluchtes Leben.«

»Was meinst du damit? Hat er die Briefe denn nicht übergeben?«

»Ja und nein. Am Donnerstagabend haben wir Stunden damit zugebracht, all die Leute von der Gästeliste anzurufen, um ihnen mitzuteilen, daß es keine Party geben wird. Als Familienmitglied warst du natürlich nicht auf der Liste. Ich vermute, deshalb haben wir dich auch vergessen. Wir schickten Aliki für einige Wochen nach Zypern. Weil wir ihr den Flug bezahlt haben, hat sie nicht lange nachgefragt. Dann flog Maurice nach New York, wie vereinbart. Offensichtlich hatte er die Briefe dort in einer Bank deponiert. Heute am späten Morgen kam er wieder zurück und erzählte mir, der Tausch sei ohne Schwierigkeiten über die Bühne gegangen, und gab mir das Foto von Sam, das sie uns versprochen hatten. Schau es dir selbst an.«

Ursula ging zu dem Sekretär, der in einer Zimmerecke stand, holte einen mittelgroßen braunen Umschlag und gab ihn Charlotte. Darin befand sich ein Foto von Samantha in einem viel zu großen T-Shirt und in Jeans, die vor einer weißgetünchten Wand stand und ein Exemplar der *International Herald Tribune* so in den Händen hielt, daß das Datum auf der Titelseite gut lesbar war: Freitag, 4. September. Samantha sah müde, abgespannt und ungekämmt aus, aber auch gesund, zwar sicherlich verwirrt und erschüttert, aber wahrscheinlich nicht mißhandelt.

»Maurice nahm an, daß wir weiter nichts tun müßten, als darauf zu warten, daß wir von ihrer Freilassung hörten. Er war zuversichtlich, daß es kein Problem geben würde. Und ich ebenfalls.«

»Aber es gab ein Problem?«

»O ja. Es war Maurices Habgier, weißt du, sein verdrehter, windiger, hinterhältiger Geist. Das hatte ich übersehen. Vor ein paar Stunden ist er weggegangen. Er sagte, er müßte nachdenken. Wie sich herausstellte, gibt es jede Menge, worüber er nachdenken sollte. Gegen drei Uhr klingelte das Telefon. Schon als ich den Hörer abhob, wußte ich, daß sie es waren – die Entführer. Ich spürte es einfach. Ich hatte recht. Auf der anderen Kassette kannst du hören, was gesprochen wurde.«

Ursula ging wieder zum Hi-Fi-Gerät, entfernte die Kassette, die sie gerade abgespielt hatte, und legte eine andere ein. Eine Sekunde später war ihre eigene Stimme zu hören, laut und leicht verzerrt durch das Band.

»Wer ist da?«

»Mrs. Abberley?« Es war derselbe Mann, der mit Maurice gesprochen hatte.

»Ja.«

»Ich spreche im Namen derer, die Ihre Tochter festhalten, Mrs. Abberley.«

»Haben Sie sie freigelassen?«

»Nein.«

»Warum nicht? Wir hatten doch vereinbart –«

»Ihr Mann hat unsere Vereinbarung nicht eingehalten, Mrs. Abberley.«

»Wie bitte? Das glaube ich Ihnen nicht.«

»Es ist die Wahrheit.«

»Das kann nicht sein. Er würde –«

»Das hat er aber. Die Papiere, die er heute morgen übergeben hat, waren nicht vollständig. Er hält etwas zurück.«

»Das ist unmöglich.«

»Es ist dumm, aber nicht unmöglich. Sehr, sehr dumm. Er hat sein Wort gebrochen.«

»Nein. Das kann er nicht getan haben.«

»Aber er hat es getan. Fragen Sie ihn, und urteilen Sie selbst. Sagen Sie ihm auch, daß wir ein solches Benehmen nicht sehr schätzen.«

»Was... Was meinen Sie damit?«

»Wir werden in vierundzwanzig Stunden wieder miteinander telefonieren, und dann bekommen Sie Instruktionen für die Übergabe der restlichen Papiere. Wenn Sie noch einmal irgendwelche Tricks versuchen, wird Ihre Tochter getötet. Haben Sie verstanden?«

»Um Himmels willen –«

»Um Ihrer Tochter willen, Mrs. Abberley, sollten Sie dafür sorgen, daß Ihr Mann diesmal tut, was man ihm sagt. Es ist Ihre letzte Chance. Keine weiteren Tricks. Guten Tag.«

Erst ein Klicken, dann Stille. Charlotte schaute zu Ursula, als suchte sie Bestätigung. »Ist das wahr? Hat er etwas zurückgehalten?«

»Was denkst du, Charlie? Du kennst ihn schon länger als ich.«

»Das würde er nicht tun. Nicht, wenn Sam –«

»So habe ich auch reagiert. Als ich den Hörer aufgelegt hatte, sagte ich zu mir: Das kann Maurice nicht getan haben. Das kann

er Sam nicht angetan haben. Und mir auch nicht. Es war einfach unmöglich. Niemand konnte so etwas tun. Nicht, wenn das Leben der
eigenen Tochter auf dem Spiel stand. Aber ich mußte sichergehen,
nicht wahr? Du verstehst das, oder nicht?«

»Ja«, sagte Charlotte vorsichtig.

»Dann komm mit.«

Ursula ging in den Flur und marschierte die Treppe hinauf, Charlotte folgte ihr. Sie betraten das große Schlafzimmer, wo eine Ak-
tentasche aus Leder offen auf dem Boden stand. Darum herum lagen
verstreute Papiere, Stifte und Aktendeckel.

»Das ist die Aktenmappe, die Maurice mit nach New York
nahm«, sagte Ursula. »Ich habe sie durchsucht, nur um ganz sicher
zu sein.«

»Was hast du gefunden?«

»Schau in die Reißverschlußinnentasche.«

Charlotte kniete sich neben die Tasche auf den Boden. In der Ta-
sche befand sich eine große Innentasche mit Reißverschluß. Sie öff-
nete sie, steckte ihre Hand hinein und zog einen durchgescheuerten
Umschlag heraus. Er war in zittriger Handschrift adressiert an *Miss
Beatrix Abberley, Jackdaw Cottage, Watchball Street, Rye, East
Sussex, Inglaterra.* Und der kaum noch leserliche Poststempel be-
seitigte die letzten Zweifel daran, wer der Absender war. *Tarragona,
República Española, 17. März 1938.*

»Es ist der letzte Brief, den Tristram an Beatrix geschickt hat«,
sagte Ursula. »Maurice muß gehofft haben, daß die Entführer denken würden, daß der Briefwechsel bereits vorher zu Ende war. Auf
diese Weise konnte er beides haben. Sam in Freiheit. Und trotzdem
einen Brief, um zu beweisen, daß Beatrix die Gedichte geschrieben
hat. Dieser verdammte Idiot!«

»Wie konnten sie wissen, daß es noch einen weiteren Brief gab?«

»Wie konnten sie überhaupt von den Briefen wissen? Aber sie
wissen es. Jede kleinste Einzelheit. Jede Bewegung, die wir machen.
Es hat keinen Sinn zu versuchen, sie zu täuschen. Aber Maurice
mußte es versuchen, nicht wahr? Er konnte einfach nichts dagegen
tun.«

»Es tut mir so leid, Ursula. Wirklich.«

»Mach dir nichts draus. Es ist Maurice, der sich entschuldigen sollte. Bei uns allen. Und ich werde dafür sorgen, daß er es tut. Aber zuerst muß er mit der Lügerei aufhören. Ein für allemal.«

»Darf ich den Brief lesen?«

»Natürlich. Maurice hätte sicher nichts dagegen. Schließlich hast du es ihm zu verdanken, daß du das tun kannst.«

2

Tarragona, 15. (oder 16.) März 1938

Sis!

Ich bin zu schwach, um viel zu schreiben, also werde ich es kurz machen. Seit mehreren Tagen geht es mir jetzt schon schlecht. Eine Blutvergiftung scheint das Problem zu sein. Eigentlich keine Überraschung. Die Spanier haben es mehr mit der Ehre als mit der Hygiene. Wo noch Leben ist usw., also gib die Hoffnung nicht auf, es sei denn – Nun, Du weißt schon. Was ich eigentlich sagen will, ist folgendes. Ich schicke Dir ein Dokument, das ich für einen Freund aufgehoben habe. Ich habe ihm versprochen, ich würde es seinen Verwandten geben, wenn ich sie finden könnte, wie auch immer, hebe es auf für den Fall, daß er es schafft, hier herauszukommen. Er dachte, ich wäre schon bald auf dem Weg nach England, weißt Du. Das dachte ich auch. Jetzt bin ich nicht mehr so sicher. Und ich muß tun, was ich kann, um mein Versprechen zu halten, solange ich noch dazu in der Lage bin. Nach allem, was ich höre, ist er wahrscheinlich bereits tot. Vielleicht kannst Du es herausfinden. Ich weiß nicht. Entscheide selbst, was das Beste ist, wenn Du es gelesen hast. Ich weiß, daß ich Dir darin vertrauen kann. Das konnte ich immer. Ich denke, die Gedichte waren Deine einzige bedeutsame Fehleinschätzung. Wir hätten die Welt niemals in dem Glauben lassen sollen, daß ich sie geschrieben hätte, wo doch jedes Wort von Dir stammt. Du hättest die Anerkennung dafür bekommen sollen. Vielleicht wird das jetzt geschehen. Erhebe Anspruch darauf, meinen Segen dafür hast Du, Sis. Alles scheint jetzt so sinnlos zu sein. Was für eine törichte Vorstellung, in doppelter Bedeutung, nicht? Wenn das meine letzten Worte zu diesem Thema sein sollten, tut es mir leid, daß sie so sehr nach falschem Pathos klingen, aber genauso fühle ich. Vielleicht ist Anmaßung der passendere Ausdruck. Ich weiß nicht. Und ich bin zu müde, um noch weiterzuschreiben.

Alles Liebe
Tristram

3

»*Um Ihrer Tochter willen, Mrs. Abberley, sollten Sie dafür sorgen, daß Ihr Mann diesmal tut, was man ihm sagt. Es ist Ihre letzte Chance. Keine weiteren Tricks. Guten Tag.*«

Als das Band zu Ende war, erhob sich Maurice, ging langsam zum Kassettenrecorder hinüber und schaltete ihn aus. Charlotte beobachtete, wie er aus dem Fenster blickte und die Zähne zusammenbiß, bevor er sich wieder umdrehte und Ursula ansah. Er hatte etwas Zeit gewonnen, indem er sich geweigert hatte, irgendwelche Fragen zu beantworten, bevor er nicht die Kassette gehört hatte. Aber jetzt war die Frist abgelaufen.

»Es ist unmöglich, daß sie gewußt haben, daß ein weiterer Brief existiert.« Sein Leugnen war ebenso stur wie sinnlos. »Wenn ich gedacht hätte, es gäbe –«

»Du denkst zuviel, Maurice, das ist dein Problem!« Ursulas Einwurf war fast ein Schrei. »Du kannst einfach nicht aufhören mit deinen Tricks und Intrigen, und genau deshalb ist jetzt Sams Leben in Gefahr.«

»Nein. Nein. Soweit wird es nicht kommen.«

»Es ist schon soweit! Denkst du vielleicht, diese Leute spielen ein verdammtes Gesellschaftsspiel?«

»Natürlich nicht. Aber ich konnte ihnen den letzten Brief nicht überlassen. Du mußt verstehen –«

»Ich verstehe, alles klar. Ich verstehe, daß unsere Tochter entbehrlich für dich ist, wenn es darum geht, diese verdammten Tantiemen zu schützen.«

»Das hat mit den Tantiemen überhaupt nichts zu tun.« Maurice sah verletzt aus, daß man ihm so etwas auch nur zutraute, und plötzlich hatte Charlotte das Gefühl, sie würde hinter das schauen, was einst undurchsichtig gewesen war, aber jetzt klar zwischen den Zahnrädern und Windungen im Kopf ihres Bruders zum Vorschein kam. Sie erkannte, daß die Mechanik seiner betrügerischen Natur arbeiten würde, egal, was er wirklich fühlte, daß das Fließband seiner Lügen stets weiterlaufen würde, auch wenn es längst keinen Grund mehr dafür gab. »Ich bin nur auf Nummer Sicher gegangen«, protestierte er. »In diesem Brief ist von einem Dokument die Rede, das Tristram an Beatrix geschickt hat, ein Dokument, das ich nicht habe. Ich habe befürchtet, die Entführer würden denken, ich hielte es zurück. Deshalb schien es mir klüger zu sein –«

»So ein Quatsch!« schrie Ursula. »Ich weiß, warum du diesen Brief behalten hast, und du weißt, daß ich es weiß.«

»Nun gut, wenn du mir nicht zuhören willst...«

»Du hörst *mir* zu, Maurice!« Ursula trat ganz nah vor ihren Mann hin und schaute ihn mit festem Blick an. Charlotte sah, wie ihre Hand, die die Zigarette hielt, zitterte, diesmal wohl eher vor Wut als vor Angst. »Mir ist ganz egal, wer diese Leute sind oder warum sie die Briefe haben wollen, aber wenn sie morgen wieder anrufen, dann wirst du all ihren Forderungen zustimmen, ganz egal, was es ist. Habe ich mich klar ausgedrückt?«

»Was sollte ich sonst machen?«

»Ich weiß es nicht. Ich kann es mir nicht vorstellen. Aber ich kann mir auch nicht vorstellen, warum du Sams Leben aufs Spiel gesetzt hast.«

»Ich habe es dir doch gerade erklärt.«

»Laß mich dir etwas erklären! Wenn dank dir meiner Tochter etwas passiert, werde ich dafür sorgen, daß die ganze Welt jede kleinste Einzelheit darüber erfährt, wie und warum sie überhaupt in diese Situation geraten ist.«

»Was meinst du damit?«

»Was könnte ich wohl meinen? Ich habe lange genug nicht wahrhaben wollen, was du da treibst. Aber damit ist jetzt Schluß. Und ich werde alles sagen, was ich weiß, es sei denn, Sam ist in Kürze gesund und munter wieder hier.« Damit drehte Ursula sich auf dem Absatz um und marschierte aus dem Zimmer, nicht ohne ihm noch ein »Ich brauche Luft!« hinzuwerfen, bevor sie verschwand.

Maurice starrte ihr einen Augenblick nach. Dann, als die Hintertür zuschlug, schaute er Charlotte an. In dem Schweigen, das zwischen ihnen hing, war eine flüchtige Offenheit zu spüren, ein Eingeständnis all ihrer schlimmsten Befürchtungen, ein Zeichen, daß Maurice jetzt vielleicht dazu bereit war, alles zuzugeben. Dann zog er sich wieder zurück. »Ich fürchte, Ursula ist ziemlich außer sich«, sagte er und versuchte ein Lächeln. »Das ist natürlich verständlich, aber es bedeutet, daß sie im Augenblick nicht sehr vernünftig ist.«

»Das kannst du wohl auch kaum von ihr erwarten.«

»Stimmt. Das heißt, daß ich an ihrer Stelle einen klaren Kopf bewahren muß. Ich kann es mir nicht leisten, meine Gefühle die Oberhand gewinnen zu lassen. Du verstehst das doch, nicht wahr?«

»Ich... denke schon. Aber...«

»Wer sind sie, Charlie? Das muß ich mich doch fragen. Wer sind sie, und was wollen sie eigentlich?«

»Sie wollen die Briefe. Und zwar alle.«

»Aber warum? Wenn ich nur ihre Beweggründe verstehen würde, dann könnte ich versuchen zu... zu verhandeln... um eine Art von ... Kompromiß zu erreichen.«

»Warum willst du ihnen nicht einfach geben, was sie haben wollen?«

»Weil ich nicht sicher bin, was das eigentlich ist.« Er nahm den Brief vom Sekretär. »Dieses Stück Papier im Austausch für Sams Leben? Das ergibt keinen Sinn.«

Charlotte spürte, er war jetzt verletzlich, viel verletzlicher, als er vermutlich je wieder sein würde. Wenn es überhaupt einen richtigen Zeitpunkt gab, sein Vertrauen zu gewinnen, dann war er jetzt gekommen. »Warum hast du ihn nun wirklich behalten, Maurice?«

Er war versucht, das spürte sie, in seiner ganzen Schwachheit und Verzweiflung, ihr seine Sünden anzuvertrauen, seine Geheimnisse preiszugeben. Aber seine Natur war stärker als sein Gewissen, sein Instinkt mächtiger als sein Verstand. Er legte den Brief auf den Sekretär zurück. »Wer wußte davon, Charlie?« sagte er, während er auf den Brief starrte. »Wer wußte, daß ich sie hatte? Du, Frank Griffith und Emerson McKitrick. Und natürlich Fairfax. Aber der hat nicht die Nerven für so etwas. Und McKitrick auch nicht. Und außerdem konnte keiner von beiden wissen, wie viele Briefe es gab.«

»Willst du damit etwa andeuten, daß Frank Griffith Sam entführt hat?«

»Nein. Natürlich nicht. Ich habe ihn... überprüft, um es mal so auszudrücken. Er ist in Hendre Gorfelen – allein.«

»Woher weißt du das?«

»Spielt keine Rolle.« Charlotte erkannte, daß Unverwüstlichkeit der Schlüssel für Maurices Dasein war. Er konnte vollständig vernichtet sein, aber niemals für lange Zeit. Er konnte besiegt werden, aber niemals entmutigt. »Es tut mir leid, daß du in das Ganze hineingezogen worden bist, Charlie.«

»Ich habe mir das nicht ausgesucht.«

»Nein. Das ist natürlich richtig.«

»Was willst du jetzt unternehmen?«

»Das, was Ursula wünscht. Warten, bis sie sich wieder melden. Und wenn sie es tun, ihren Bedingungen zustimmen.«

»Und dich an ihre Forderungen halten?«

Aber Maurice überhörte die Frage. »Ich wäre dir dankbar, wenn du bis dahin hier bleiben würdest. Ursula würde deine Gesellschaft sicher gut tun.« Das würde auch bedeuten, wie Charlotte sehr wohl wußte, daß alles, was geschah, unter diesem Dach bleiben würde, daß ihre Meinung darüber, was passieren sollte oder auch nicht, zusammen mit der Ursulas behandelt werden konnte. »Willst du das für mich tun, Charlie?«

Sogar jetzt tat er ihr leid, und sie war nicht in der Lage, in ihrem Gehirn all das zu berücksichtigen, was er ihrer Meinung nach getan hatte. Es war verrückt, aber sie konnte noch immer nicht den schwesterlichen Instinkt, ihm zu helfen, unterdrücken. »Ja, Maurice. Ich werde bleiben.«

4

Es schien Charlotte, als ob sie in dieser Nacht überhaupt nicht geschlafen hätte, obwohl ihre folgenden Erinnerungen an Träume von Telefonaten und geisterhaften Stimmen etwas anderes nahelegten. Auf jeden Fall war sie bereits beim ersten schwachen Licht der Morgendämmerung wach. Und das leise Geräusch einer Bewegung von unten sagte ihr, daß sie nicht die einzige war.

Als sie den Flur erreicht hatte, wurde ihr klar, daß das Geräusch aus dem Arbeitszimmer kam. Während sie ihre Schritte dorthin lenkte, warf sie einen Blick in die Küche und sah auf die Küchenuhr. Es war Viertel vor sechs, und da es Sonntag war, schien es noch früher zu sein. Die Welt war noch nicht aufgewacht.

Maurice saß seitlich hinter seinem Schreibtisch, hatte die Füße auf den Heizkörper unter dem Fenster gelegt, eine Hand spielte mit seiner Unterlippe, während die andere über die Schreibtischunterlage wanderte. Er war vollständig angezogen, sein Hemd war so zerknittert, daß es fast so aussah, als ob er überhaupt nicht im Bett gewesen wäre. Vor ihm auf dem Tisch lag etwas, das komischerweise wie ein Reisekatalog aussah.

»Maurice?«

Er schreckte zusammen und fuhr herum, erbleichte sichtlich, erholte sich dann aber. »Ach, du bist es, Charlie«, sagte er und fuhr sich mit einer Hand über die Stirn.

»Tut mir leid. Habe ich dich erschreckt?«

»Nein. Das heißt... Wegen des Morgenrocks habe ich gedacht... nur für einen Augenblick...«

»Ursula hat ihn mir geliehen.«

»Es ist ein alter von Sam.«

»Mein Gott. Es tut mir so leid. Wenn ich gewußt hätte –«

»Ist schon gut. Schlecht geschlafen?«

»Ja. Du auch?«

»Ich habe es gar nicht versucht. Ich habe nachgedacht.«

»Über die Entführer?«

»Du hast die Bänder doch auch gehört. Könnte es sein, daß der Kerl, der angerufen hat, Spanier ist? Jener in Heathrow hat kein Wort gesagt. Er hat mir nur das Foto von Sam übergeben, dann nahm er die Briefe und ging davon. Er war jung. Mitte zwanzig, würde ich sagen. Und knallhart. Dunkelhaarig, mit blassem Teint.«

»Vielleicht sind es ja Spanier. Auf jeden Fall Ausländer.«

»Aber Spanien, das ist es, nicht wahr? Vor über fünfzig Jahren ist im Spanischen Bürgerkrieg eine Schlinge geknüpft worden, die sich heute um unsere Hälse legt.«

»Bestimmt nicht.«

»Das hier habe ich gestern nachmittag aus einem Reisebüro in

Marlow mitgenommen.« Er hob den Katalog hoch. »Darin stehen die Überfahrten mit der Autofähre von Plymouth nach Santander, an die spanische Nordküste – die einzige direkte Verbindung. Es gibt zwei pro Woche – Montag und Mittwoch. Die Überfahrt dauert vierundzwanzig Stunden.«

»Was soll das?«

»Ich habe es herausgefunden, Charlie. Warum haben sie zwei Tage lang gewartet, bevor sie sich gemeldet haben? Sam verschwand am Dienstag. Sie haben aber erst am Donnerstagnachmittag angerufen. Nun, ich vermute, sie haben sie nach Spanien gebracht. Ich meine, sie haben sie dorthin gefahren, gefesselt im Kofferraum eines Wagens. Entweder auf der Autofähre von Plymouth nach Santander oder über den Kanal und durch ganz Frankreich hindurch. Sie mußten warten, bis sie in Spanien waren, bevor sie sich melden konnten. Das würde auch erklären, warum sie für das Foto die *International Herald Tribune* benutzten. Eine spanische Zeitung hätte alles verraten, und eine englische wäre veraltet gewesen. Es würde auch erklären, warum sie sie erst so spät nach der Übergabe der Briefe freilassen wollten.«

»Wäre ein Auto nicht durchsucht worden?«

»Meines ist am Kanalhafen nie durchsucht worden. Und ich kann mir nicht vorstellen, daß sie es an der französisch-spanischen Grenze sehr genau nehmen.«

»Dann, ja, ich denke, es ist möglich. Aber –«

»Und noch etwas. Hast du niemals gehört, daß Onkel Jack von einem Spanier erzählt hat, der im Sommer 1939 Jackdaw Cottage besucht hat, während wir dort waren?«

Doch, Charlotte hatte davon gehört. Tatsächlich war ihr Jacks Bericht während dieser Nacht mehrere Male in den Sinn gekommen. *»Hat mir zwar nicht gerade das Leben vermiest, sah aber so aus, als ob er ein paar anderen das Leben vermiest hätte.«* Es gab keinen Grund dafür, diesen weit zurückliegenden Besuch mit dem in Verbindung zu bringen, was jetzt aufgetaucht war, aber Charlotte konnte den Verdacht nicht unterdrücken, daß es eine solche Verbindung gab. Und offensichtlich hatte Maurice genau das gleiche Gefühl. »Onkel Jack hat mir erst kürzlich von ihm erzählt«, sagte sie. »Aber du willst doch wohl nicht sagen –«

275

»Er kannte Tristram. Und er schloß ein Geschäft mit Mutter und Beatrix ab. Was für ein Geschäft? Wer war er? Was wollte er?«

»Das werden wir wohl nie erfahren, Maurice. Es ist fast fünfzig Jahre her. Wahrscheinlich ist er schon lange tot.«

»Vielleicht. Vielleicht auch nicht.« Sein Blick verlor sich in der Ferne. »In dem Brief hat Tristram geschrieben: ›Ich schicke dir ein Dokument, das ich für einen Freund aufgehoben habe.‹ Hat er damit gemeint, daß er es in dem Brief mitschickt? Oder daß er es getrennt schickt? Oder vorhat, es später zu schicken?«

»Auch das werden wir nie erfahren.«

»Aber was ist, wenn sie dieses Dokument haben wollen, Charlie? Und gar nicht die Briefe?«

»Dann hätten sie es gesagt, meinst du nicht?«

Maurice schaute sie an. »Wenn es eine Verbindung *gibt*, dann verhandle ich mit –« Er unterbrach sich, und sein Blick schweifte zu dem Autofährenkatalog hinunter. Seine rechte Hand war über dem Hochglanzumschlag ausgebreitet, seine Finger streckten sich nach einem unerreichbaren Ziel. »Ist egal«, murmelte er. »Ich habe keine andere Wahl, als es durchzuziehen. Spekulationen sind sinnlos.«

»Möchtest du eine Tasse Kaffee? Ich denke, ich werde einen kochen.«

»Ja.« Maurice seufzte. »Laß uns abwarten und Kaffee trinken.«

Charlotte war froh, daß sie eine Entschuldigung gefunden hatte, ihn zu verlassen und sich in der Küche nützlich zu machen. Samanthas Entführung hatte sie seltsamerweise ungerührt gelassen, und sie konnte nicht verstehen, warum. Vielleicht wäre es anders gewesen, wenn sie von konventionellen Kidnappern entführt worden wäre, die mehrere Millionen Pfund Lösegeld verlangt hätten. Oder vielleicht, wie Charlotte sich zögernd eingestehen mußte, billigte ein Teil von ihr insgeheim diesen Schlag gegen Maurices Habgier und Ursulas Selbstgefälligkeit.

Außerdem war im Gefolge von Samanthas Entführung zu vieles offengelegt worden, als daß man es wieder hätte vergessen können, egal, wie schnell sie wieder zurückkam. Sechs Wochen lang hatte Charlotte die Vorstellung aufrechterhalten, daß ihr Verdacht gegenüber Maurice irgendwie unterdrückt werden könnte. Aber er hatte es jetzt selbst bestätigt, und es war zu offensichtlich, als daß sie es noch länger hätte ignorieren können. Wenn und falls Samantha ihrem Vater wieder zurückgegeben würde, würde er mit einer anderen Art von Anspruch fertig werden müssen. Ob ihm das klar war, wußte Charlotte nicht. Aber ihr war es klar. Und dieses Wissen ließ sie wünschen, daß ihre Qualen bald zu Ende sein würden. Denn sie waren nur die Vorboten für den Beginn anderer.

»Erinnerst du dich an das letzte Mal, als wir genauso zusammen gewartet haben, Charlie?« Das kochende Wasser im Kessel hatte das Geräusch von Maurices Schritten übertönt, und Charlottes Herz machte einen Satz, als sie erkannte, daß er so nahe bei ihr stand, daß er fast ihre Gedanken hätte lesen können.

»Das... Das letzte Mal?«

»Ich meine, als Mutter starb.«

»Oh... Natürlich. Ja.« Das war vor weniger als einem Jahr gewesen, obwohl es ihr viel länger her zu sein schien, daß sie während der langen trostlosen Stunden, die Mary Ladram gebraucht hatte, um zu sterben, zusammen in Ockham House gewesen waren. Damals war er noch der Maurice gewesen, den Charlotte immer gekannt hatte, der Maurice, den sie als Bruder geliebt und dem sie als Freund vertraut hatte. Und er war es immer noch. Der einzige Unterschied bestand darin, daß sie ihn jetzt verstand. Aber Maurice Abberley zu verstehen bedeutete auch, ihn zu fürchten und ihn zu verabscheuen. Im Augenblick war Charlotte weder zum einen noch zum anderen in der Lage. Aber sie fühlte bereits jetzt, daß es am Ende darauf hinauslaufen würde. »Seither hat sich eine Menge verändert«, sagte sie. »Nicht wahr?«

»Denkst du das wirklich?«

Der Wasserkessel begann zu pfeifen. Dankbar für die Ablenkung streckte sie die Hand aus, um die Herdplatte auszuschalten.

»Ich bin mir nicht sicher, was ich denke«, antwortete sie. Sie tat mit einem Löffel Pulverkaffee in zwei Tassen und langte nach dem Wasserkessel. »Nur –« Aber Maurice kam ihr zuvor. Überrascht trat sie einen Schritt zurück, als sie seine Finger zwischen ihren spürte, die sich um den Griff legten.

»Entschuldigung.« Er lächelte sie beruhigend an. »Diese Ungewißheit geht einem auf die Nerven, nicht wahr?«

»Ja. Das stimmt.«

»Aber es wird nicht mehr lange dauern. Sobald Sam wieder frei ist, wird das Leben wieder zur Normalität zurückkehren.«

»Tatsächlich?«

»Aber ja.« Er füllte die Tassen und stellte den Wasserkessel auf den Herd zurück. »Dafür werde ich sorgen.«

»Und wie?«

»Genauso, wie ich es immer getan habe.« Er schaute ihr geradewegs in die Augen, als ob er sie kraft seines Blickes davon überzeugen könnte, alles zu vergessen, was sie seit dem Tod von Beatrix über ihn erfahren hatte. »Vertrau mir, Charlie. Das ist alles, was du tun mußt.«

5

»Bourne End 88285.«

»Mr. Abberley?«

»Am Apparat.«

»Guten Tag, Mr. Abberley. Ich spreche im Namen derjenigen, die Ihre Tochter –«

»Ich weiß, wer Sie sind, verdammt noch mal.«

»Gut. Dann werden Sie auch wissen, wie dumm es von Ihnen war, zu versuchen, uns zu täuschen.«

»Ich habe niemals –« Maurice unterbrach sich und fuhr dann in ruhigerem Ton fort: »Es tut mir leid, das hätte ich nicht tun sollen. Und ich werde es nicht noch einmal tun.«

»Nein. Das werden Sie nicht. Denn diesmal werden wir uns gegen Ihr Doppelspiel schützen.«

»Wie meinen Sie das?«

»Sie werden folgendes tun. Schauen Sie in der amtlichen topographischen Karte Nummer 174 nach. Fahren Sie zum Parkplatz und Aussichtspunkt auf der westlichen Seite von Walbury Hill, Koordinatenpunkt 370 Ost, 620 Nord. Seien Sie heute um Mitternacht dort. Kommen Sie allein. Und bringen Sie alles mit, was Sie Frank Griffith noch gestohlen haben.«

»Es gibt da ein Problem. Ich –«

»Das einzige Problem ist, daß wir Ihre Tochter töten werden, wenn Sie nicht genau das tun, was wir Ihnen sagen.«

278

»*Das werde ich. Es ist nur –*«

»*Verstehen Sie die Anweisungen?*«

»*Ja, aber –*«

»*Dann gibt es nichts weiter zu sagen. Guten Tag, Mr. Abberley.*«

Das Band schaltete sich ab, und Charlotte schaute hinüber zu Maurice, der die maßgebliche Landkarte auf seinem Schoß ausgebreitet hatte. Ursula stand hinter seinem Stuhl. »Hast du es gefunden?« fragte sie.

»Ja. Ein paar Meilen südwestlich von Newbury. Ungefähr dreißig Meilen von hier entfernt.«

»Wann wirst du fahren?«

»Es ist eine Fahrt von weniger als einer Stunde. Aber sicherheitshalber werde ich um halb elf losfahren.«

»Zehn Uhr ist besser. Ich möchte nicht, daß du aus irgendeinem Grund zu spät kommst. Überprüfe das Auto heute nachmittag. Reifen, Benzin, Öl, einfach alles. Diesmal soll es ohne Probleme über die Bühne gehen.«

»Wird es auch. Mach dir keine Sorgen.«

»Es ist noch nicht zu spät, die Polizei einzuschalten«, mischte sich Charlotte ein und machte eine Pause, um die Reaktionen der beiden zu beobachten. Sie waren genauso, wie sie es erwartet hatte. Ursula wollte ihre Tochter um jeden Preis wiederhaben, und es spielte für sie keine Rolle, welche Risiken Maurice auf sich nehmen mußte, um das zu erreichen. Maurice dagegen hatte seine eigenen Gründe, um eine Einmischung der Polizei abzulehnen. »Ich sage nicht, daß ihr sie einschalten müßt. Ich meine nur –«

»Sam ist meine Tochter, nicht deine«, fuhr ihr Ursula über den Mund. »Ich habe kein Interesse daran, dem SoKo 13 zu gestatten, unsere Chancen, sie wiederzubekommen, zunichte zu machen. Alles, was sie wollen, ist dieser verdammte Brief, und wir werden ihn ihnen geben. Habe ich mich klar ausgedrückt?«

»Ja. Natürlich.«

»Gut.«

Ursula stolzierte aus dem Zimmer, während Maurice die Landkarte zusammenfaltete und Charlotte anlächelte. »›*Meine* Tochter.‹ Hast du das bemerkt, Charlie? Nicht *unsere*.«

»Sie ist außer sich.«

279

»Sind wir das nicht alle? Aber ich bin derjenige, der heute nacht auf dem Walbury Hill warten wird und nichts anderes in der Hand hat als den letzten Brief meines Vaters an seine Schwester, um Sams Freiheit zu erkaufen.«

»Genau deshalb habe ich die Polizei erwähnt. Du hast selbst gesagt, die Entführer könnten –«

»Nein! Damit muß ich allein fertig werden. Es gibt keinen anderen Weg. Es war ein Fehler den Brief zurückzuhalten. Das muß ich jetzt wiedergutmachen.«

»Aber Maurice –«

»Sag nichts mehr, Charlie.« Er hob seine Hand, um sie zum Schweigen zu bringen. »Nicht, bis Sam wieder gesund und munter bei uns ist. Dann kannst du sagen, was du willst.«

Der Nachmittag und der Abend schienen mit quälender Langsamkeit zu verstreichen, aber als es für Maurice Zeit wurde zu gehen, schien es Charlotte trotzdem, als hätte sich dieser Zeitpunkt herangeschlichen und sie völlig überrascht. Seit dem Telefonanruf war kaum noch etwas gesprochen worden. Jeder hatte seine Gedanken für sich behalten. Charlotte hatte keine Ahnung, was Ursula und Maurice wirklich dachten. Sie war weder mit Furcht noch mit Angst erfüllt, sondern eher mit einer fatalistischen Unfähigkeit, die Zukunft vorherzusehen. Was geschehen würde, würde geschehen. Samantha könnte in den frühen Stunden des Montagmorgens wieder zu Hause sein. Oder sie würden benachrichtigt werden, daß sie irgendwann später an diesem Tag in einer Polizeiwache Hilfe gesucht hatte. Oder sie würde sie aus einer Telefonzelle an einer einsamen Stelle anrufen. Oder –

Sie beobachtete aus dem Fenster des unbeleuchteten Treppenabsatzes, wie Maurice in seinen Mercedes stieg, wie dessen hintere Lichter angingen und der Doppelauspuff Abgaswolken in die neblige Nacht ausstieß. Die Nacht war bewölkt und mondlos. Oben im Hügelland würde es so dunkel wie schwarzer Samt sein. Sie sah, wie er den Umschlag aus seiner Tasche zog und Ursula den Brief darin zeigte. Es gab keinen Abschiedskuß, lediglich ein Nicken gegenseitigen Verständnisses. Obwohl sie wußte, daß er es nicht verdiente, konnte Charlotte ihr Mitgefühl für ihn nicht unterdrücken. Sie konnte sich des Eindrucks nicht erwehren, daß Ursula, trotz allem, was er getan hatte, für ihn ein Wort oder eine Geste der Ermutigung hätte übrig haben können. Aber nichts dergleichen geschah. Als er den Wagen anließ und wegfuhr, drehte sie sich um und ging zurück ins Haus. Charlotte hörte, wie die Vordertür geschlossen wurde, und ihr wurde klar, daß sie die einzige war, die beobachtete, wie die weißen Scheinwerfer die Einfahrt hinunterwanderten. Die Bremslichter leuchteten plötzlich rot auf, als der Wagen die Straße erreicht hatte. Dann bog er in die Riversdale ab und verschwand zwischen den Bäumen.

6

Sie hatten ihn nicht vor ein Uhr zurückerwartet. Deshalb war es bereits zwei Uhr, als sie anfingen, sich Sorgen zu machen, und versuchten, ihn über das Autotelefon anzurufen – nur um festzustellen, daß es abgeschaltet worden war. Um drei Uhr waren beide sicher, daß etwas nicht in Ordnung war, und es entstand eine nervöse Diskussion darüber, was jetzt zu tun sei. Charlotte schlug vor, die Polizei einzuschalten, aber davon wollte Ursula nichts wissen. Ihr eigener Vorschlag lautete, beim ersten Morgenlicht Maurices Fahrt nachzuvollziehen, für den Fall, daß er eine Panne gehabt hatte oder in einen Unfall verwickelt war. Zögernd stimmte Charlotte zu, obwohl sie der Ansicht war, daß er sich in einem solchen Fall längst mit ihnen in Verbindung gesetzt hätte. Sie wußte nicht, ob Ursula ihr ungutes Gefühl teilte, das immer stärker wurde. Und sie traute sich auch nicht, sie zu fragen.

Um halb sechs machten sie sich in Charlottes Wagen auf den Weg. Der Morgen war grau und kühl, die Straßen praktisch leer. Charlotte hätte sich gewünscht, daß mehr Verkehr geherrscht hätte. Der Lärm und die Geschäftigkeit der werktätigen Bevölkerung hätte ihre Fahrt normaler erscheinen lassen. Ihr Ziel wartete auf dem höchsten Punkt des Hügellandes geduldig auf sie, während sie sich unterhalb, durch das breite grüne Kennet-Tal, auf kurvigen Straßen und durch schlummernde Dörfer langsam näherten. Dann blieben die Ansiedlungen hinter ihnen zurück, als sie sich zwischen

Abhängen voller Dornensträucher und Eichen an den Aufstieg machten. Und plötzlich, wie die Route, die Ursula auf der Karte ausgesucht hatte, versprochen hatte, erreichten sie den höchsten Punkt und sahen den Wagen von Maurice, der am hintersten Ende des Parkplatzes stand, wo er hatte warten sollen, kastanienbraun und einsam vor der blassen Weite des kalkigen Rasens.

Charlotte verließ die Straße und hielt an. Der Mercedes war ungefähr dreißig Meter von ihnen entfernt, er stand mit Blickrichtung auf das Tal und hatte den Gipfel von Walbury Hill hinter sich. Auf dem Fahrersitz saß ein Mann, er hatte sich gegen die Kopfstütze gelehnt und gab mit keiner Bewegung zu erkennen, daß er sie gesehen hatte. Aber wer konnte dies sein außer Maurice? Als sie Ursula einen Blick zuwarf, bemerkte sie, daß sie den Mann ebenfalls gesehen hatte.

»Ist es Maurice?« flüsterte sie.

»Er muß es sein«, antwortete Ursula.

»Warum hat er uns nicht gesehen?«

»Vielleicht schläft er. Hup mal.«

Charlotte gehorchte, aber die einzige Reaktion darauf kam von einem Schaf hinter dem nahe gelegenen Zaun, das überrascht aufschaute. Der Insasse des Autos rührte sich nicht. Ursula lehnte sich hinüber und betätigte selbst dreimal die Hupe, aber noch immer regte sich nichts.

»Irgend etwas stimmt da nicht.«

»Sollen wir hingehen und nachsehen?«

»Nein.«

»Wie bitte?« Charlotte schaute Ursula an und bemerkte einen gefrorenen Ausdruck von Entsetzen auf ihrem Gesicht. »Was ist los?«

»Geh du, Charlie. Bitte. Ich kann nicht... Bitte geh hin und sieh nach, ob er in Ordnung ist.«

Der flehende Klang ihrer Stimme ließ Charlotte keine Wahl.

»Also gut«, sagte sie. Dann, voller Furcht, daß ihre Nerven sie auch im Stich lassen würden, beeilte sie sich, löste ihren Sicherheitsgurt und stieg aus.

Die Welt außerhalb der Grenzen des Wagens war schweigsam, aber nicht mehr still. Ein Windstoß zerzauste ihre Haare und wehte Büschel fliegender Wolle auf den Draht des Zaunes. Die verblühten

Blüten in einer Gruppe Disteln zwischen ihr und dem Mercedes schienen zu winken. Und sie folgte ihnen mit den Augen den Abhang mit den verstreuten Feuersteinen hinauf, über die Wellen des Hügellandes, die sich in dieser Höhe und zu dieser Stunde wie die Krümmung der Erde unter ihren Füßen anfühlte.

Sie schaute nicht zu Ursula zurück oder hinunter ins Tal, sondern hielt den Blick nach vorne gerichtet, auf das Innere des Mercedes und den dunklen Umriß seines Insassen, da mit jedem Schritt die Gefahr größer wurde, daß die Gewißheit ihre Illusion zerstören würde.

Es *war* Maurice. Sie erkannte seine karierten Hosen und den flaschengrünen Pullover. Aber sie konnte sein Gesicht nicht sehen, das vom Schatten und durch den schiefen Winkel, in dem er sein Auto abgestellt hatte, verdeckt wurde.

Sie wich vom Weg ab und lief in einem Halbkreis um die Kühlerhaube des Wagens herum. Die Windschutzscheibe reflektierte den bewölkten Himmel als weiße Fläche. Erst als sie auf der anderen Seite des Wagens stand und erst als sie sich bis auf wenige Meter genähert hatte, hatte sie klare Sicht auf Maurice.

Plötzlich lösten sich die Schatten auf, und die Spiegelungen wichen zurück. Plötzlich lag die Wahrheit vor ihr, grauenhaft und unzweideutig. Maurice war tot, seine Kehle aufgeschlitzt in einer Masse geronnenen Blutes. Er wurde durch seinen Sicherheitsgurt in einer zurückgelehnten Haltung festgehalten, mit zurückgebogenem Kopf und offenem Mund, seine Augen starrten ans Dach des Wagens, sein rechter Arm hing herunter, sein linker lag auf dem Schalthebel. All das sah Charlotte mit einem einzigen Blick. Ein weiterer zeigte ihr die dunklen Flecken auf seiner Brust, auf dem Armaturenbrett und der Windschutzscheibe. Als sie näher trat, zeigte ihr ein dritter Blick, daß sein Mund, obwohl er offenstand, nicht leer war. Irgend etwas steckte zwischen seinen Zähnen und drückte sie auseinander.

Sie lehnte sich an den Kotflügel, atemlos und zitternd, und fragte sich, ob sie schreien oder sich erbrechen würde. Sie mußte verhindern, daß Ursula all das sah, auf jeden Fall mußte sie sie darauf vorbereiten. Sie durfte die Kontrolle nicht verlieren. Sie durfte sich nicht gehen lassen.

283

Es kostete sie große Anstrengung, den Blick zu heben und noch einmal hinzuschauen. Sie erinnerte sich daran, daß nichts berührt oder verändert werden durfte. Trotzdem konnte sie ihrem Bruder einen Dienst erweisen, den alle Toten in Anspruch nehmen durften. Seine blicklosen Augen sollten geschlossen werden. Und sie sollte das jetzt erledigen, bevor Ursula herbeigerannt kam oder ihre Hände zu sehr zitterten, um ihr zu gehorchen. Sie öffnete die Tür und blickte zur Seite, während sie für eine Sekunde dem Gesang einer Feldlerche im Wind lauschte. Dann atmete sie tief ein, lehnte sich in den Wagen und drückte ihm mit Zeigefinger und Daumen ihrer rechten Hand die Augen zu, schaudernd, als sie die eisige Kälte seines Fleisches berührte. Und dann, als sein Gesicht nicht mehr als einen Fuß von ihrem entfernt war, sah sie, was in seinen Mund gezwängt worden war. Es war ein Bündel frisch gedruckter Banknoten.

7

Für den Rest des Tages fühlte Charlotte sich weit von der Wirklichkeit entfernt und betrachtete alle Ereignisse wie durch eine unsichtbare Scheibe, die alle extremen Gefühle abschwächte. Die Trauer und das Entsetzen, die sie eigentlich erwartet hatte zu fühlen, waren irgendwie abgestumpft, obwohl sie nicht wußte, wie lange das anhalten würde. Sie begann zu vermuten, daß ihr Gehirn keinen Platz für solche Gefühle hatte, solange es noch dringendere Dinge zu erledigen gab, und sie fragte sich, ob sie sie wohl plötzlich überwältigen würden, wenn sie allein und ruhig war. Das heißt, falls sie jemals wieder allein und ruhig sein würde.

Die Zeit, da sie der Einsamkeit am nächsten kam, war diejenige, die verstrich, nachdem sie sich dazu gezwungen hatte, die Nummer 999 auf Maurices Autotelefon zu wählen. Sie und Ursula standen mit dem Rücken zu dem, was sie vorgefunden hatten, auf dem Grat über dem Kennet-Tal und sagten kaum etwas, als der frühe Morgen langsam heraufzog. Erst als das erste Sirenenheulen von unten zu ihnen heraufklang, stellte Ursula fest: »Ich nehme an, wir müssen ihnen alles erzählen.«

»Ich denke, das wird das Beste sein, nicht wahr?« antwortete Charlotte.

»Ich weiß nicht, was ich denke. Außer daß ich zu Gott bete, daß sie Sam gehen lassen.«

Charlotte erwiderte nichts, obwohl sie immer noch dachte, es sei eine schwache Hoffnung. Maurice hatte den Entführern nicht gegeben, was sie gewollt hatten. Die Ereignisse schienen keine andere Deutung zuzulassen. Und was den nächsten Schritt der Entführer betraf, so war sie verwirrt, aber pessimistisch. Wenn sie bereit waren, einmal zu töten, dann würden sie das sicherlich auch ein zweites Mal tun. Aber sie hatte nicht die Absicht, dies Ursula gegenüber auszusprechen. Um so besser, wenn sie an die Möglichkeit von Samanthas baldiger Freilassung glaubte.

Als die Polizisten eintrafen, erwiesen sie sich als Musterbeispiele an Tüchtigkeit und Dienstbeflissenheit. Charlotte und Ursula wurden auf das Polizeirevier nach Newbury gebracht, wo Valerie Finch, eine Kriminalbeamtin mit koboldhaftem Gesicht, ihre Aussagen aufnahm. Ursula wollte nur betonen, daß es ihr einzig um die Sicherheit ihrer Tochter ging, und sie wurde ungeduldig über die methodische Vorgehensweise ihrer Befragung. Charlotte wußte, daß es so sein mußte. Dann kehrte der verantwortliche Beamte, Detective Chief Inspector Golding, vom Tatort zurück und überredete sie, ihm zuliebe alles zu wiederholen. Obwohl er sich bemühte, sein Mitgefühl auszudrücken, hatte er etwas Skeptisches in seinem Ton, was Ursula fürchterlich reizte, so daß ihr Ärger schon bald an Hysterie grenzte. An diesem Punkt entschied Golding, daß sie nach Swans' Meadow zurückgebracht werden sollten, begleitet von Valerie Finch und einem schwermütigen Detective Sergeant namens Barrett. Er versicherte ihnen, daß sie ständig über den Stand der Dinge auf dem laufenden gehalten würden. Ursula wirkte ruhiger, als sie zu Hause war, nicht zuletzt, weil sie nun innerhalb der Hörweite des Telefons war, denn sie glaubte noch immer, es könnte jeden Augenblick klingeln und ihr Neuigkeiten von Samantha bringen. Valerie Finch ermutigte sie, über Samantha zu sprechen, was sie auch ausgiebig tat, während Barrett unzählige Tassen Tee und Kaffee kochte. Am Nachmittag kam Golding mit seinem Vorgesetzten, Detective Superintendent Miller, und einem Trupp Techniker, die sofort begannen, komplizierte Manipulationen am Telefon vorzunehmen, um etwaige Anrufe mitzuhören. Barrett überwachte diesen Arbeitsgang, während Valerie Finch nur danebensaß. Miller und Golding befragten Ursula und Charlotte im Wohnzimmer.

Millers Ankunft schien auf eine andere Vorgehensweise in dem Fall hinzuweisen. Er war ein massiger, zerknitterter, rotgesichtiger Endvierziger mit riesigen Händen und einer Stimme wie ein Nebelhorn. Er hielt sich nicht mit Einzelheiten auf. Er stammte offensichtlich aus einfacheren Verhältnissen als Golding mit seinen guten Manieren und der sanften Stimme. Bei verschiedenen Gelegenheiten spürte Charlotte ein Gefühl gegenseitiger Abneigung zwischen den beiden, obwohl ihre Partnerschaft die meiste Zeit hinlänglich funktionierte.

»Warum haben Sie nicht mit uns Kontakt aufgenommen, sobald Sie erfahren hatten, daß Ihre Tochter entführt worden war?« lautete Millers unverblümte Frage, auf die Charlotte bereits den ganzen Tag gewartet hatte.

»Weil mein Mann der Ansicht war, daß er selbst mit der Angelegenheit fertig würde«, antwortete Ursula. »Er bestand darauf, daß wir es geheimhalten sollten.«

»Die Verzögerung macht das Sammeln von Beweismaterial schwieriger«, sagte Golding. »Ihre Nachbarn haben möglicherweise an dem Tag, als Ihre Tochter entführt wurde, etwas beobachtet. Aber sie hatten bereits eine halbe Woche Zeit, es zu vergessen.«

»Ich bin sicher, daß uns allen bewußt ist, was für ein fürchterlicher Fehler das war«, sagte Charlotte. »Mein Bruder glaubte, in Sams Interesse zu handeln. Und wir auch.«

»Natürlich«, murmelte Golding.

»Was ich gerne wissen möchte«, sagte Ursula, »ist, was Sie nun zu unternehmen beabsichtigen.«

Millers Gesicht wurde für einen Augenblick dunkler. Dann sagte er: »Die Ermordung Ihres Mannes wird gemeldet werden, aber was die Entführung betrifft, werden wir die Presse heraushalten. Danach werden wir warten müssen, bis sie sich wieder bei Ihnen melden. Wenn sie sich überhaupt melden –«

»Und wenn nicht?«

Miller schwieg. Sein Gesichtsausdruck deutete an, daß dies nicht sein Problem wäre. Golding antwortete an seiner Stelle. »Wenn die Entführer nicht das bekommen haben, was sie wollen, Mrs. Abberley, dann werden sie sich bestimmt wieder melden.«

»Sind Sie sicher, daß es keine Geldforderung gab?« erkundigte sich Miller.

»Wenn es sie nur gegeben hätte«, sagte Ursula. »Wenigstens hätte es keine Zweifel über unsere Zahlungsfähigkeit gegeben. Während es mit der Beschaffung dessen, *was* sie verlangten...«

»Einen Briefwechsel zwischen dem Dichter Tristram Abberley und seiner Schwester«, sagte Golding zögernd. »Das habe ich doch richtig verstanden, nicht wahr?«

»Ja. Das stimmt.«

»Chief Inspector Golding hält sich für so etwas wie einen Experten in Lyrik«, sagte Miller mit einem leicht spöttischen Lächeln. »Der einzige Reim, den ich kenne, lautet Knall und Fall.«

»Tristram Abberley war ein hervorragender Dichter«, sagte Golding, der sich offensichtlich nicht provozieren ließ. »Aber ich verstehe nicht ganz, warum dieser Briefwechsel so... wertvoll gewesen sein soll.« Er blätterte in seinen Notizen. »Wollen Sie mir wirklich erzählen, daß er beweist, daß seine Schwester die eigentliche Verfasserin der Gedichte war?«

»Genau das«, sagte Charlotte.

»Unglaublich.«

»Und ebenso bedeutungslos«, sagte Miller. »Ich bin sicher, daß die beiden Damen nicht erwarten, daß wir glauben, daß es das ist, was hinter der ganzen Sache steckt.«

»Nein«, sagte Charlotte. »Der Brief, den Maurice in der vergangenen Nacht mitgenommen hat, bezog sich auf ein anderes Dokument, das er jedoch nicht besaß. Er befürchtete wohl nur zu recht, daß es das war, was sie wirklich haben wollten.«

»Kein Geld?«

»Ich habe es Ihnen doch schon gesagt, Superintendent«, fuhr Ursula ihn an. »Es war keine Frage des Geldes.«

»Wie erklären Sie sich dann das Bündel Pfundnoten in seinem −« Miller machte eine kurze Pause und dämpfte seine Stimme. »Wir fanden fünftausend Pfund bei Ihrem Mann, Mrs. Abberley. Was sollen wir davon halten?«

»Ich denke, Maurice hoffte, sie damit auszahlen zu können, falls der Brief sie nicht zufriedenstellen würde«, sagte Charlotte. Sie warf Ursula, die in widerwilliger Zustimmung nickte, einen Blick zu. »Ich fürchte, das ist genau seine Argumentationsweise. Ganz eindeutig, wenn Geld das Motiv der Entführer gewesen wäre...«

»Dann hätten sie es wohl kaum in einer so verächtlichen Art und Weise zurückgelassen«, sagte Golding. »Völlig richtig.«

»Also gut«, sagte Miller mit einem Seitenblick auf seinen Kollegen. »Vielleicht wären Sie jetzt so freundlich, Peter, das, was wir bis jetzt herausgefunden haben, auch den beiden Damen zu erzählen.«

»Natürlich, Sir.« Golding lächelte Ursula und Charlotte abwechselnd an. »Wir können erst nach der Obduktion einen endgültigen Todeszeitpunkt feststellen, aber wir gehen von der Annahme aus, daß es kurz nach dem Zeitpunkt war, der für die Verabredung vereinbart worden ist – Mitternacht. Kalkfußabdrücke im hinteren Teil des Wagens deuten darauf hin, daß zwei Männer zu Mr. Abberley gestoßen sind und auf dem Rücksitz Platz nahmen. Die Erdmenge, die wir gefunden haben, führt zu dem Schluß, daß sie eine längere Strecke zu Fuß zurückgelegt haben, vielleicht von dem Parkplatz auf der anderen Seite des Walbury Hill. Wenn diese Annahme richtig ist, dann ging es vermutlich darum, Mr. Abberley zu überraschen. Der Brief, den er bei sich trug, ist verschwunden. Das Geld... haben wir bereits erwähnt. Unsere Rekonstruktion der Ereignisse geht von einer Unterhaltung aus, die mit einem Streit und Mr. Abberleys Ermordung endete. Es sieht so aus, als ob er von hinten festgehalten wurde und ihm mit Hilfe eines Messers... Nun, ich muß wohl nicht fortfahren.«

»Irgendeine Idee, mit wem wir es zu tun haben?« fragte Miller.

»Verrückte«, lautete Ursulas lakonische Antwort.

»Maurice dachte, es wären Spanier«, sagte Charlotte.

»Weil sein Vater im Spanischen Bürgerkrieg getötet wurde?« erkundigte sich Golding.

»Im Prinzip ja. Aber auch wegen der Verzögerung, mit der sie Kontakt mit der Familie aufnahmen. Und die Verwendung der *International Herald Tribune* auf Sams Foto.«

»Haben wir das?« Miller schaute zur Kriminalbeamtin Finch hinüber.

»Ja, Sir.« Valerie Finch gab Miller das Foto, der einen flüchtigen Blick darauf warf, es an Golding weitergab und brummte: »Könnte überall sein.«

»Der Mann, der angerufen hat, sprach auf jeden Fall mit einem ausländischen Akzent«, betonte Charlotte.

»Ach ja, die Bänder«, sagte Miller und rollte mit den Augen. »Höchste Zeit, daß wir sie uns anhören, denke ich. Irgendwelche Einwände, Mrs. Abberley?«

»Natürlich nicht.«

Miller nickte Valerie Finch zu, die sich erhob und zum Hi-Fi-Schrank hinüberging, wo die drei Kassetten bereitstanden. Sie legte die erste ein und drückte den Abspielknopf. Einige Sekunden lang erwartete Charlotte, die aufgenommene Stimme von Maurice zu hören. Dann erkannte sie, daß etwas nicht stimmte. Valerie Finch holte die Kassette aus dem Gerät, starrte darauf, legte sie wieder ein und versuchte es noch einmal. Aber das Ergebnis war das gleiche: das schwache Surren einer leeren Kassette.

»Was ist los?« wollte Miller wissen.

»Ich weiß es nicht, Sir. Das sind die Kassetten, die Mrs. Abberley mir vorhin gezeigt hat.«

Ursula schüttelte verwirrt den Kopf und eilte zu ihr hinüber. Dann, als sie die Kassette untersuchte, verwandelte sich ihre Verwirrung in Verblüffung. »Das ist die richtige«, beharrte sie.

»Versuchen Sie die anderen«, schlug Golding vor.

Aber bereits bevor sie es probiert hatten, wußte Charlotte, was sie finden würden. Sie wußte es, weil sie, wenn auch zu spät, endlich ihren Bruder verstand. Maurice war ebenso vorsichtig wie klug. Gewesen, verbesserte sie im stillen. Die Bänder waren ein Beweis dafür, daß er in den Diebstahl des Briefes verwickelt war und damit in den Mord an Beatrix. Er hatte tatsächlich befürchtet, sie könnten nach Samanthas Freilassung gegen ihn verwendet werden. Deshalb hatte er getan, was ihm unabdingbar erschien, um sich selbst zu schützen.

»Ich verstehe das nicht«, sagte Valerie Finch, als sie, während Ursula, Miller und Golding um sie herumstanden, erfolglos alle drei Kassetten beidseitig abspielte, »es ist nichts drauf.«

»Nichts?« knurrte Miller.

»Mein Gott!« Ursula wandte sich ab und fing zufällig Charlottes Blick auf. »Er hat sie gelöscht.«

Charlotte nickte. »Ich glaube auch.«

Golding starrte Ursula an. »Sie meinen, Ihr Mann hat diese Aufnahmen absichtlich gelöscht?«

»Ich fürchte ja, Chief Inspector.«

»Warum?«

»Weil sie der Beweis dafür waren, daß er die Briefe gestohlen hatte«, sagte Charlotte mit dumpfer Stimme, die sie kaum als ihre eigene erkannte. »Es waren belastende Beweise.«

»Aber sie waren auch das einzige Beweismaterial, was die Identität der Entführer anbelangt«, protestierte Golding.

»Ich weiß.«

»Damit wir uns richtig verstehen«, mischte sich Miller ein. »Die Briefe wurden den Entführern ausgehändigt. Die Bänder wurden gelöscht. Und abgesehen von einem so gut wie nutzlosen Foto ist alles, was wir haben –«

»Maurices Leiche«, murmelte Ursula. »Und eine verschwundene Sam.«

8

Der Schock über den Tod von Maurice überwältigte Charlotte schließlich, als der Schlaf ihre Abwehr untergrub. Als sie am Dienstagmorgen im Morgengrauen in Swans' Meadow im Bett lag, spürte sie den aufwühlenden Schmerz mehr körperlich als geistig. Ihre Augen standen voller Tränen, ihre Hände zitterten, ihre Handflächen waren feucht. Und das Grauen darüber, wie Maurice gestorben war, konnte sie nicht beiseite schieben, auch nicht, wenn sie wach war. Immer wenn sie sich nicht konzentriert mit etwas anderem beschäftigte, sprang es wieder in den Vordergrund ihrer Gedanken.

Aber abgesehen davon war sie sich einer viel komplizierteren Reaktion bewußt. Sie verspürte kein Verlangen, den Mord an ihrem Bruder zu rächen. Vielmehr billigte ein Teil von ihr diese Art Gerechtigkeit. Maurice hatte Beatrix umgebracht, wenn auch nicht mit eigenen Händen. Er hatte ihren Tod veranlaßt, um seine Habgier und seinen Stolz zu befriedigen. Er hatte sie ausgelöscht, weil er glaubte, daß seine Bedürfnisse und Wünsche wichtiger seien als ihre. Und jetzt hatte er das, was er getan hatte, bezahlen müssen.

Aber warum? Hier kamen ihre Vermutungen zu einem jähen Ende. Nichts in Tristrams Brief konnte eine solche Antwort provoziert haben. Auf jeden Fall nichts, was ihr aufgefallen wäre. Und da die Briefe nun einmal weg waren, war es zu spät, darin nach Hinweisen zu suchen. Sie konnte sich nicht einmal genau daran erinnern, wie Tristram seine Bemerkung über das Dokument formuliert hatte, das er Beatrix schicken wollte. Kein Wunder, daß Superintendent Miller sich aufgeregt hatte. Seine letzten Bemerkungen in der vergangenen Nacht ließen deutlich erkennen, daß er ihnen nichts von dem glaubte, was sie ihm erzählt hatten. Und wer konnte es ihm unter diesen Umständen verdenken?

Nicht daß sich seine Skepsis wegen der Briefe noch lange halten konnte, denn Chief Inspector Golding wollte heute nach Wales fahren, um Frank Griffith zu befragen. Trotzdem sah Charlotte keine Möglichkeit, ihre Nachforschungen voranzutreiben. Ursula klammerte sich an ihre Überzeugung, daß Samantha bald freigelassen würde. Sie interessierte sich nur für die Sicherheit ihrer Tochter. In vielerlei Hinsicht wäre es ihr lieber, die Identität oder das Motiv der Entführer nicht zu erfahren. Wenn die Zeit ihr Vertrauen in eine Freilassung untergraben würde, wäre es sicher anders, aber bis dahin...

Charlotte stieg aus dem Bett, warf den geliehenen Morgenmantel über, ging hinüber zum Fenster und zog die Vorhänge zurück. Die Nacht hatte einen Teppich tauperlenbedeckter Spinnweben über den Rasen geworfen, und vom Fluß zog der Nebel herauf. Der Herbst löste den Sommer ab und mit ihm die sonnenvergoldete Vorstellung von Samantha, der letzten und unschuldigsten aller Abberleys. Würde sie jemals wieder barfuß in ihrem Bikini über das Gras laufen? Oder ihre Glieder recken und über die Sorgen der Erwachsenen lachen? Wie lange, fragte sich Charlotte, während sie sich auf die Lippe biß, um die Tränen zu unterdrücken, würde diese Frage offenbleiben?

Derek Fairfax erfuhr durch eine Schlagzeile in der *Financial Times* vom Tod von Maurice Abberley: Direktor ermordet – Ladram-Aktien gefallen. Es war eine so unerwartete Nachricht, daß er zuerst nichts weiter als Verwunderung verspürte. Er kaufte ein halbes Dutzend andere Zeitungen und las jedes Wort, das sie darüber gebracht hatten. Aber er wurde nicht viel schlauer. *Maurice Abberley, der fünfzigjährige Vorsitzende und leitende Direktor von Ladram Avionics, fiel vorgestern nacht in seinem Wagen auf einem Parkplatz in der Nähe von Newbury, Berkshire, einem Mordanschlag zum Opfer. Dem Polizeibericht zufolge wurde ihm mit einem Messer die Kehle durchgeschnitten. Seine Frau und seine Schwester hatten ihn gestern morgen tot aufgefunden.*

Derek überlegte hin und her, ob er Charlotte Ladram anrufen und ihr sein Beileid aussprechen sollte, aber schließlich entschied er sich, es nicht zu tun. Er wollte nicht, daß sie dachte, er sei schadenfroh. Später begann er sich zu fragen, ob sie jetzt, da ihr Bruder tot war, dazu bereit wäre, der Polizei zu erzählen, daß höchstwahrscheinlich er seine Tante hatte umbringen lassen. Wenn ja, dann sicherlich erst nach einer angemessenen Trauerzeit. Er mußte ihr Zeit geben, sich von dem Schock zu erholen, bevor er sich mit ihr in Verbindung setzte. Selbst dann würde sie auf seinen Vorschlag vielleicht nicht sehr positiv reagieren. Aber Colin zuliebe mußte er es versuchen.

Soweit sich Derek überhaupt Gedanken machte, wer Maurice Abberley ermordet haben könnte – oder warum –, vermutete er, daß ein verrückter Anhalter dafür verantwortlich sein mußte. Er kam gar nicht auf die Idee, daß seine Ermordung mit den Briefen seines Vaters zusammenhängen könnte.

Charlotte und Ursula hatten in Swans' Meadow keine Zeit zum Grübeln. Polizeibeamte verschiedenster Dienstgrade und Spezialgebiete gingen den ganzen Tag über ein und aus, befaßten sich mit der Spurensicherung, fingen einige Telefongespräche ab und hörten mit. Ständig riefen Freunde und Geschäftspartner von Maurice an. Einige von ihnen wurden als vertrauenswürdig genug eingestuft, von Samanthas Entführung zu erfahren. Andere nicht. Onkel Jack gehörte auch dazu, aber Ursula lehnte sein Hilfsangebot energisch ab. Die Polizei zog die nächsten Nachbarn aus reiner Notwendigkeit ins Vertrauen, da sie darauf hoffte, daß jemand am vergangenen Dienstag etwas Wichtiges gesehen oder gehört hatte; aber das war nicht der Fall. Ursulas Sorge um Samantha schien jede Trauer um Maurice in den Schatten zu stellen. Nur zu gern überließ sie es Charlotte, sich um das Standesamt, den Untersuchungsbeamten und das Beerdigungsinstitut zu kümmern, mit denen Charlotte nur allzu vertraut war. Der Pathologe war mit der Untersuchung von Maurices Körper fertig, der nun in der Aufbahrungskapelle des Bestattungsunternehmens in Maidenhead lag und auf die Entscheidung wartete, wann und wo die Beerdigung stattfinden sollte. Charlotte war der Meinung, es wäre an Ursula, dies festzulegen, aber Ursula konnte nur an ihre Tochter denken, nicht an ihren toten Mann.

Am Nachmittag fuhr die Kriminalbeamtin Finch Charlotte zum Polizeirevier in Newbury, damit sie ihr Auto abholen konnte. Sie hatte den Eindruck, es sei fast ebenso gründlich untersucht worden wie der Wagen von Maurice. Es schien, als würde Superintendent Miller jeden Stein – oder jede Fußmatte – umdrehen.

Sie kehrte auf einem umständlichen Weg über Nebenstraßen nach Bourne End zurück. Zusammen mit der grauen Stille des frühen Herbstes wirkten die gewundenen Straßen beruhigend auf sie. Aber die flüchtige Erinnerung an eine Negerpuppe, die Maurice ihr zu ihrem fünften Geburtstag geschenkt hatte, machte diesen Effekt in einer Sekunde wieder zunichte, und so erreichte sie Swans' Meadow mit rotgeweinten Augen und fleckignassem Gesicht und fand Ursula zu ihrer Überraschung in einem ähnlichen Zustand vor.

»Es ist, weil ich so viele Lügen erzählen muß, Charlie. Es ist so anstrengend, sich ständig daran zu erinnern, wer es weiß und wer nicht. Freunde von Sam haben angerufen und wollten sie sprechen, weil sie ihr ihr Beileid aussprechen wollten. Und ich muß dauernd sagen, sie ist nicht da, beschäftigt, ausgewandert, im Bad.«

»Also gibt es noch keine Neuigkeiten über ihre Freilassung?«

»Nein, und langsam beginne ich mich zu fragen, ob es jemals dazu kommen wird.« Sie goß sich einen Gin Tonic ein und nahm eine Haltung ein, die ihr seit der Entführung schon zur Gewohnheit geworden war – sie stand am Wohnzimmerfenster, starrte hinaus in den Garten, hielt das Glas mit der rechten Hand fest umschlossen und drückte es wie ein kleines Kind an ihre Brust, die linke Hand mit der Zigarette streckte sie nach oben, der Mund war halb geöffnet, die Augen konzentriert auf einen weit entfernten, unsichtbaren Gegenstand gerichtet. »Jeder ist so verdammt freundlich. Ich denke, das macht es nur noch schlimmer. So verständnisvoll, so *besorgt*.«

»Sie versuchen nur zu helfen.«

»Sogar Spicer hat angerufen. Kannst du dir das vorstellen? Sogar er dachte, er müßte –«

»*Spicer?*«

»Unser versoffener ehemaliger Chauffeur. Du erinnerst dich doch sicher an ihn?«

»Er hat angerufen? Heute?«

»Ja.«

»Was wollte er?«

»Sein Beileid aussprechen, nehme ich an, worauf ich gut hätte verzichten können. Genau gesagt, war es ziemlich schwierig, ihn wieder loszuwerden. Er wollte alles ganz genau wissen. Wie? Wann? Warum? Man hätte denken können –«

»Von wo hat er angerufen?«

»Aus irgendeiner Telefonzelle. Oder von einem Münzfernsprecher in irgendeinem Pub. Ich weiß es nicht. Spielt das eine Rolle?«

»Vielleicht. Verstehst du, ich –«

»Warte!« Beim ersten Läuten der Türglocke fuhr Ursula herum und gab Charlotte ein Zeichen, still zu sein. »Vielleicht sind das Neuigkeiten von Sam. Ich gehe.« Fast rannte sie, um schnell in den Flur zu gelangen. Charlotte hörte, wie sie die Vordertür aufriß und ausrief: »Chief Inspector Golding! Gibt's was Neues wegen Sam?«

»Ich fürchte, nein, Mrs. Abberley. Kann ich hereinkommen?«

Ursulas Antwort war nicht zu verstehen. Kurze Zeit später erschien sie wieder im Wohnzimmer, und Golding folgte ihr.

»Aha, Miss Ladram«, sagte er und lächelte Charlotte an. »Ich freue mich, daß Sie auch hier sind.«

»Ich dachte, Sie wären in Wales, Chief Inspector.«

»Ich bin gerade zurückgekommen. Tatsache ist, daß ich direkt hierherkam.«

»Frank Griffith hat Ihnen alles über die Briefe erzählt?«

»So würde ich es nicht ausdrücken. Darum bin ich hier. Es gibt einen bedeutenden Unterschied zwischen Ihrer Aussage und seiner.«

»*Einen Unterschied?*« fuhr Ursula ihn an. »Was für einen verdammten Unterschied?«

»Vielleicht wäre es zutreffender, von einem Widerspruch zu sprechen.«

»Um Gottes willen, sagen Sie endlich, was Sie meinen«, sagte sie barsch.

»Also gut. Mr. Griffith hat einen bissigen Charakter, wie Ihnen sicherlich bekannt ist. Nicht sehr mitteilsam, um es milde auszudrücken. Aber auf einem Punkt bestand er. Er weiß nichts von irgendwelchen Briefen von Tristram Abberley an seine Schwester.«

»Sie machen Witze.«

»Nein.«

Charlotte starrte Golding an und hoffte, sie hätte ihn mißverstanden. »*Er weiß nichts?* Hat er das gesagt?«

»Er streitet ab, daß er jemals solche Briefe gelesen oder besessen hat. Und folglich hat er auch bestritten, daß sie ihm gestohlen wurden. Von Mr. Abberley oder sonst jemand.«

»Aber wir haben sie gesehen«, rief Ursula und drückte ihre Zigarette so heftig aus, daß der Aschenbecher wackelte. »Zumindest *einen* haben wir gesehen.«

»Das haben Sie gesagt.« Goldings Stimme klang flach, so als ob er eigentlich etwas anderes hätte sagen wollen.

Charlotte schaute ihn an. »Glauben Sie uns nicht, Chief Inspector?«

»Es ist sicher schwer vorstellbar, warum Sie sich so eine komplizierte Geschichte ausdenken sollten.«

»Wir haben sie uns nicht ausgedacht.«

Er lächelte schwach. »Nun, das bleibt abzuwarten, nicht wahr? Als Kriminalbeamter muß ich jeder Theorie nachgehen, jede Möglichkeit in Betracht ziehen.«

»Einschließlich der, daß wir lügen?«

»Genau so ist es, Miss Ladram. Einschließlich der Möglichkeit, daß Sie lügen.«

9

Der erste Telefonanruf, den Derek Fairfax am Mittwoch in seinem Büro entgegennahm, bewies genau das, was er bereits vermutet hatte: daß hinter dem Tod von Maurice Abberley bedeutend mehr steckte, als die Zeitungen aufgedeckt hatten.

»Fairfax.«

»Guten Morgen, Mr. Fairfax. Mein Name ist Golding. Detective Chief Inspector vom Thames-Valley-Kriminalkommissariat.«

»Thames Valley?«

»Ich untersuche den Mord an Maurice Abberley. Vielleicht haben Sie davon gelesen.«

»Ähm... Ja, das habe ich.«

»Miss Charlotte Ladram, die Schwester des Ermordeten, hat mir Ihren Namen genannt und gesagt, Sie könnten gewisse Aspekte des Beweismaterials untermauern, die sie uns unterbreitet hat.«

»Tatsächlich? Welches Beweismaterial?«

»Ich würde gern persönlich mit Ihnen darüber sprechen. Wäre das möglich?«

»Nun... Ja, natürlich. Aber –«

»Kann ich Sie später aufsuchen? Vielleicht heute nachmittag?«

»Sie meinen... hier?«

»Wenn es Ihnen nicht unangenehm ist.«

»Nein, nein. Ich bin nur nicht sicher –«

»Paßt Ihnen halb drei?«

»Nun... also gut.«

»Bis halb drei also. Auf Wiederhören, Mr. Fairfax.«

Derek legte den Telefonhörer langsam auf und runzelte die Stirn. Wenn er nicht so überrumpelt gewesen wäre, hätte er einen anderen Treffpunkt vorgeschlagen. Aber jetzt war es zu spät. Was schwebte Golding vor? fragte er sich. Warum wollte ihn Charlotte Ladram nun hineinzuziehen, wo sie doch kurze Zeit vorher so bemüht gewesen war, ihn von allem auszuschließen? Spontan griff er nach dem Telefonbuch, schlug ihre Nummer nach und wählte sie. Aber niemand hob ab.

Zehn Minuten später versuchte er es erneut, dann in halbstündigen Abständen den ganzen Vormittag lang. Aber Charlotte Ladram war nicht zu Hause.

In Wirklichkeit fuhr Charlotte gerade die M4 in westlicher Richtung nach South Wales entlang mit der Absicht, aus Frank Griffith irgendeine Erklärung herauszulocken, warum er Chief Inspector Golding irregeführt hatte. Gegen Mittag war sie auf der Umfahrungsstraße von Brecon, und weniger als eine Stunde später steuerte sie ihr Auto behutsam zwischen den Furchen des holprigen, gewundenen Pfades hindurch nach Hendre Gorfelen. Als sie sich der letzten Anhöhe näherte, bevor das Haus in Sicht kam, mußte sie plötzlich auf die Bremse treten, weil ein Landrover um die Kurve geschleudert kam. Die beiden Fahrzeuge kamen praktisch Stoßstange an Stoßstange zum Stehen. Es gab nicht genügend Platz zwischen den trockenen Steinwällen, als daß sie aneinander hätten vorbeifahren können. Und da, ohne ein Lächeln und bewegungslos, saß Frank Griffith und starrte Charlotte aus der Fahrerkabine des Landrovers an.

Charlotte schaltete die Zündung aus und stieg aus. Der Motor des Landrovers lief weiter, als sie um den Wagen herum zur Fahrertür lief und darauf wartete, daß er sie ansah. Als sie schon dachte, er würde es nie tun, schaltete er schließlich den Motor aus.

»Frank?«

Er sah weiterhin stur geradeaus.

»Sie müssen mich erwartet haben.«

Noch immer keine Antwort.

»Warum haben Sie die Polizei angelogen?«

Jetzt endlich nahm er ihre Anwesenheit mit einem schwachen Nicken und einem störrischen Vorwölben seiner Unterlippe zur Kenntnis. »Ich habe nur getan, was Sie von mir verlangt haben«, sagte er.

»Was ich von Ihnen verlangt habe?«

»Vergessen Sie das Ganze. Lassen Sie die Finger davon. Hören Sie auf, für sich und Ihre Familie Ärger heraufzubeschwören.«

»Das habe ich niemals gesagt.«

»Aber gemeint.« Er warf ihr einen Blick zu. »Weshalb hätten Sie mir sonst jene Nachricht hinterlassen sollen? Sie haben nicht geglaubt, daß McKitrick die Briefe gestohlen hat, nicht wahr? Es war

297

eine Lüge. Bevor Sie also fragen, warum *ich* gelogen habe, sollten Sie mir vielleicht erzählen, warum *Sie* gelogen haben.«

»Also gut.« Sie ließ den Kopf hängen. »Es schien keine Möglichkeit zu geben zu beweisen, was Maurice getan hatte. Und auch nicht, ihn davon abzuhalten, die Briefe zu veröffentlichen. Deshalb dachte ich ... Ich dachte, es wäre das Beste, Sie... Sie...«

»Mich abzulenken?«

»Ja.« Sie zwang sich dazu, ihm in die Augen zu schauen, um so offen wie möglich einzugestehen, daß seine Anschuldigungen der Wahrheit entsprachen. »Aber jetzt ist alles anders geworden, wissen Sie das nicht?«

»Nein. Weiß ich nicht.«

»Hat Golding Ihnen denn nicht von meiner Nichte erzählt?«

»Ja. Hat er.«

»Sie ist in Gefahr, Frank. In großer Gefahr. Wollen Sie denn nicht alles unternehmen, um ihr zu helfen?«

»Es gibt nichts, was ich tun könnte.«

»Sie können die Polizei davon überzeugen, daß es die Briefe wirklich gibt. Daß sie es sind, worum es hier geht.«

»Aber das stimmt nicht. Die Briefe haben nichts damit zu tun.«

»Es muß aber so sein. Alles andere ergibt keinen Sinn. In seinem letzten Brief hat sich Tristram auf ein Dokument bezogen, das er Beatrix schickte – oder schicken wollte. Und die Entführer forderten alles, was Maurice Ihnen gestohlen hat. Sie müssen damit auch dieses Dokument gemeint haben, aber Maurice hatte es nicht.«

»Weil ich es nicht hatte. Beatrix hat mir die Briefe geschickt, und das ist alles. Sie hat niemals davon gesprochen, daß sie noch etwas anderes von Tristram bekommen hätte, weder mit seinem letzten Brief noch später.«

»Haben Sie denn gar keine Ahnung, was es sein könnte?«

»Nicht die geringste. Außerdem ergibt es für mich mehr Sinn zu glauben, daß Ihr Bruder das Opfer eines der vielen Feinde geworden ist, die er sich im Laufe seines Lebens geschaffen hat. Und was Ihre Nichte betrifft...«

»Ja, Frank? Was ist mit Sam? Sie ist erst zwanzig Jahre alt. Jünger, als Sie waren, als Sie nach Spanien gegangen sind. Jünger, als Beatrix war, als sie das erste Gedicht für Tristram schrieb.«

Sein Gesichtsausdruck blieb so unnachgiebig wie immer. »Ich kann ihr nicht helfen.«

»Wollen Sie es nicht wenigstens versuchen?«

»Beatrix hat mich gebeten, ihr Geheimnis zu bewahren. Der Tod Ihres Bruders bedeutet, daß ich dazu in der Lage bin. Es ist eine zweite, unverdiente Chance. Und ich habe nicht vor, sie zu verschenken.«

»Was ist mit Sam?«

»Ich will mit Ihrer Familie nichts mehr zu tun haben.« Er sah unbeirrt durch die Windschutzscheibe. »Ich vergesse alles, was ich jemals über sie gewußt habe. Ich tue jetzt das, was ich gleich am Anfang hätte tun sollen.«

»Und was ist das?«

»An mich selbst denken.« Er wandte den Kopf und schaute sie an. »So, und warum fahren Sie jetzt nicht rückwärts bis zur Brücke? Dort können Sie umdrehen. Und dann können wir beide getrennt unserer Wege gehen.«

10

Dereks Erfahrung im Umgang mit der Polizei hatte sich darauf beschränkt, einige technische Punkte für das Betrugsdezernat zu klären, als ein Mandant von Fithyan & Co. wegen Steuerhinterziehung verhaftet wurde. Damals war er mit ausgesuchter Höflichkeit, ja beinahe respektvoll behandelt worden. Deshalb hatte er das gleiche von seinem Gespräch mit Chief Inspector Golding erwartet. Aber seine Erwartungen sollten sich nicht erfüllen.

Golding war ein schlanker, nach außen hin träge wirkender Mann ungefähr in Dereks Alter, flott gekleidet mit einem dunklen Anzug, gestreiftem Hemd und einer Krawatte mit Monogramm. Dies und sein Ausdruck von Skepsis, der seine Augenlider erschlaffen ließ, ließen ihn eher wie ein Börsenmakler erscheinen, der in Eton studiert hatte, als wie ein Polizist. Es befähigte ihn dazu, die unverblümtesten Fragen in äußerst höflichem Ton zu stellen und seine Meinung hinter dem verbindlichsten Lächeln zu verbergen. Als er Derek bat, die Existenz von Tristram Abberleys Briefen an seine

Schwester zu bestätigen, war es unmöglich, den Zweck seiner Nachforschungen zu vermuten. Und als Derek hervorhob, wozu er fest entschlossen war, daß der Inhalt der Briefe die Unschuldsbeteuerungen seines Bruders unterstützen würde, ließ Golding ihn mit geduldiger Unergründlichkeit ausreden. Erst als ihre Unterhaltung ihrem Ende entgegenzugehen schien und Derek kein bißchen schlauer war, worum es überhaupt gegangen war, legte Golding eine schärfere Gangart ein.

»Warum, glauben Sie, streitet Mr. Griffith ab, die Briefe besessen zu haben, Mr. Fairfax?«

»Ich glaube nicht, daß er das tun würde.«

»Aber er hat es getan. Das ist ja das Problem. Er hat es rundheraus abgestritten. Und Sie haben niemals einen mit eigenen Augen gesehen, oder?«

»Nein, aber —«

»Also können Sie, um es direkt zu sagen, Miss Ladrams Bericht nicht erhärten, nicht wahr?«

»Das kann ich ganz sicher. Sie —«

»Weshalb, glauben Sie, wurde Mr. Abberley umgebracht?«

»Ich weiß es nicht.«

»Wegen der Briefe?«

»Das hätte ich nicht angenommen, aber andererseits, da Sie darauf hingewiesen haben... ich weiß ja nicht, was sie enthalten.«

»Offensichtlich etwas, das es wert ist, Mr. Abberleys Tochter zu entführen.«

»Wie bitte?«

»Mr. Abberleys Tochter wurde entführt und wird noch immer vermißt. Als Lösegeld wurden die Briefe gefordert. All das geschah natürlich, bevor wir hinzugezogen wurden.« Derek war von dieser Enthüllung sehr betroffen, und das war auch die Absicht gewesen, wie er wußte. »Ich muß Sie bitten, fürs erste niemandem etwas darüber zu erzählen.«

»Natürlich... Natürlich nicht.«

»Das Motiv der Entführer ist uns ein völliges Rätsel. Normalerweise geht es dabei um Geld. Fünfzig Jahre lang versteckte Briefe scheinen die Mühe kaum zu lohnen, nicht wahr?«

»Ich denke nicht.«

»Könnten diese Briefe irgendeinen Wert besitzen?«

»Nein. Ich kann mir nicht vorstellen –« Derek bemühte sich, seine Gedanken zu ordnen. »Nur für Maurice Abberley.«

»Weil mit ihrer Hilfe fünfzig weitere Jahre Tantiemenzahlungen für Tristram Abberleys Gedichte fällig wären?«

»Ja.«

Golding schwieg einen Augenblick, während er nachdenklich an seinem linken Ohrläppchen zog. Dann sagte er: »Wenn die Briefe nicht wieder auftauchen, ist die Verteidigung Ihres Bruders bereits zu Ende, bevor sie überhaupt aufgebaut wurde, richtig?«

»Ja.« Diese Folgerung war Derek noch gar nicht bewußt geworden, aber nichtsdestoweniger war sie richtig. Er fühlte sich hilflos, überwältigt von einer Woge von Ereignissen, die er nicht verstand.

»Und wenn sie gefunden werden, dann ist es zu spät für Maurice Abberley, von ihrer Veröffentlichung zu profitieren, nicht wahr? Die Tantiemen würden an seine Witwe und an seine Tochter fallen?«

»Das nehme ich an.«

»Oder nur an seine Witwe, wenn seine Tochter nicht lebend freigelassen wird.« Goldings Stimme wurde immer leiser, so als ob er mehr zu sich selbst als zu Derek sprechen würde. »Da muß etwas sein, was wir übersehen haben. Etwas, was mit den vermißten Briefen und gelöschten Bändern zusammenhängt, den Lügen, den Widersprüchen, den glatten –«

»Gelöschte Bänder?«

Golding blickte Derek überrascht an. »Was?«

»Sie haben irgendwelche Bänder erwähnt.«

»Habe ich das? Eigenartig. Nun, kümmern Sie sich nicht darum.« Er lächelte. »Ich werde Sie lieber nicht mehr länger aufhalten. Nur noch eine letzte Frage.«

»Ja?«

»Wo waren Sie in der vergangenen Sonntagnacht?«

»Zu Hause.«

»Allein?«

»Ja.«

»Es gibt niemanden, der das bestätigen könnte?«

»Nein. Warum fragen Sie?«

»Weil Sie Maurice Abberley beschuldigen – oder beschuldigt haben –, für die Verhaftung Ihres Bruders verantwortlich zu sein. Das haben Sie zugegeben. Mit anderen Worten, Sie haben zugegeben, daß Sie ein Motiv für seine Ermordung haben.«

»Ich habe nichts dergleichen getan.«

»Sie haben es zugegeben.« Golding grinste ihn an. »Ich habe nur versucht, Sie von Anfang an als Täter auszuschließen. Wie schade, daß es nicht möglich ist.« Sein Grinsen wurde breiter. »Nicht wahr?«

Nachdem Golding gegangen war, versuchte Derek noch ein paarmal, Charlotte anzurufen. Als klar wurde, daß sie nicht zu Hause war, beschloß er – gegen besseres Wissen –, es in Swans' Meadow zu probieren, die Nummer fand er im Telefonbuch. Diesmal wurde abgehoben, aber von der Person, vor der er sich gefürchtet hatte.

»Hallo?« Er erkannte sofort, daß es die Stimme von Ursula Abberley war, aber er wußte, daß es besser war, so zu tun, als hätte er keine Ahnung.

»Könnte ich bitte mit Charlotte Ladram sprechen?«

»Wer ist da?«

»Ähm... Derek Fairfax.«

»Derek Fairfax? Hier spricht Ursula Abberley, Mr. Fairfax. Charlotte ist nicht da. Auch wenn sie hier wäre, glaube ich kaum, daß sie mit Ihnen sprechen wollte.«

»Es tut mir leid, daß ich Sie störe... in dieser traurigen Situation, Mrs. Abberley... aber es ist sehr...«

»Wenn es Ihnen wirklich leid täte, mich zu stören, dann hätten Sie es nicht getan, nicht wahr?«

»Nun, ich –«

»Auf Wiederhören, Mr. Fairfax. Bitte rufen Sie nicht wieder an.«

Als Charlotte am späten Nachmittag in Swans' Meadow eintraf, müde und entmutigt von ihrer Fahrt nach Wales, fand sie Ursula im nächsten Stadium ihrer Gewöhnung an den Tod von Maurice und Samanthas Verschwinden vor. Es äußerte sich eher in schwermütigem Bedauern als in unruhiger Besorgnis und hatte sie ins Zimmer ihrer Tochter geführt, wo sie die Preisrosetten für Springreiten sortierte, die Samantha während ihrer pferdeverrückten Teenagerjahre angehäuft hatte.

»Es gibt nichts Neues, Charlie«, sagte sie traurig.

»Ich wünschte, ich könnte sagen, ich hätte etwas in der Richtung erwartet.«

»Warum halten sie sie noch fest? Wir haben ihnen alles gegeben, was sie wollten.«

»Du meinst alles, was wir hatten. Aber das wissen sie nicht. Sie müssen denken, daß wir sie hinhalten wollen. Deshalb haben sie Maurice getötet.«

»Aber wer sind sie? Und wenn sie noch etwas anderes wollen – was das auch sein mag –, warum sagen sie es dann nicht?«

»Ich weiß es nicht. Vielleicht warten sie darauf, daß die Polizei das Interesse verliert.«

»Dann werden sie wohl lange warten müssen. Valerie Finch war heute wieder hier, fragte nach meiner Gesundheit, überwachte jede meiner Bewegungen, schnüffelte herum, untersuchte alles.«

»Das ist ihr Beruf.«

»Macht es ihr etwa keinen Spaß? Mich zu bespitzeln ist ja viel lustiger, als den verdammten Verkehr zu regeln.« Ursulas Stimmung schlug wieder um und verwandelte sich in Ärger und Ungeduld. Sie stand vom Bett auf, auf dem sie die Preisrosetten ausgebreitet hatte, ging mit großen Schritten zum Fenster und starrte hinunter in den Garten. »Sie hören jedes Telefongespräch mit, weißt du, egal, ob ich angerufen werde oder selbst anrufe. Sie werden alle aufgenommen, eingetragen und zurückverfolgt.«

»Für den Fall, daß eines davon von den Entführern kommt.«

»Oder an die Entführer geht. Sie denken, daß wir mehr wissen, als wir Ihnen sagen, Charlie. Wie können wir sie bloß vom Gegenteil überzeugen?«

»Das können wir nicht. Frank Griffith hat sie dazu gebracht, sich zu fragen, ob es die Briefe wirklich gibt. Und es gibt nichts, womit ich ihn dazu bringen könnte, etwas anderes zu sagen.«

»Dann sind wir in unsere eigene Falle gegangen. Wenn die Polizei denkt, daß wir sie nur erfunden haben, dann denkt sie wahrscheinlich das gleiche von den Kassetten, vielleicht sogar über die Entführung selbst.«

»Bestimmt nicht.«

»Genau so arbeiten ihre Gehirne.«

»Aber sie wissen, daß Sam verschwunden ist. Sobald die Entführer wieder Kontakt mit uns aufnehmen –«

»Genau!« Ursula drehte sich um und schaute sie an. »*Sobald sie wieder Kontakt aufnehmen.* Aber was ist, wenn sie es nicht tun? Was ist, wenn wir niemals wieder von ihnen hören? Was ist dann, Charlie? Was wird die Polizei dann denken?«

11

Im Laufe der Zeit läßt die Anspannung nach, ganz egal wie unerträglich sie am Anfang gewesen ist. Der Mensch paßt sich trotz allem an und verwandelt Anormales in eine Art Gewöhnung. So geschah es, daß Charlotte am Donnerstagmorgen bei sich ein Nachlassen der Unruhe feststellen konnte, einen gewissen Fatalismus, ein schleichendes Akzeptieren, daß Samanthas Abwesenheit genauso endgültig sein könnte wie die Maurices.

Ein ähnlicher Prozeß bei Ursula erklärte vermutlich ihre Bereitschaft, sich zum ersten Mal mit Charlotte über die Beerdigung zu unterhalten, die, darin waren sie sich einig, so bald wie möglich stattfinden sollte. Charlotte wollte gerade den Bestattungsunternehmer anrufen, um alles Nötige zu veranlassen, als sie durch das Klingeln des Telefons davon abgehalten wurde.

»Hallo?«

»Wer spricht da bitte?« Die Stimme war tief und rauchig, aber eindeutig weiblich.

»Charlotte Ladram. Wer –«

»Hier ist Natascha van Ryneveld. Ich weiß, wer Sie sind, Charlotte. Haben Sie eine Ahnung, wer ich bin?«

»Ja.«

»Ich dachte, Sie wüßten es, obwohl Maurice es vorzog, etwas anderes zu glauben. Ich habe von seinem Tod erfahren, als ich versuchte, ihn bei Ladram Avionics anzurufen. Es war ein Schock. Mir wäre es lieber gewesen, ich hätte es etwas weniger... schroff erfahren. Aber vielleicht denken Sie, ich hätte kein Recht darauf.«

304

»Vielleicht.«

»Wie geht es Ursula?«

»Sie... trägt es mit Fassung.«

»Kann ich mit ihr sprechen?«

»Da bin ich nicht sicher.« Tatsächlich hatte es soeben an der Tür geläutet, und Ursula war hingegangen, um zu öffnen.

Charlotte war erleichtert, daß sie ganz ehrlich sagen konnte: »Ehrlich gesagt, fürchte ich, es ist nicht möglich.«

»Was ist passiert, Charlie? Darf ich Sie Charlie nennen? Maurice hat Sie immer so genannt. Wie konnte so etwas Schreckliches geschehen? Unter welchen Umständen wurde er ermordet?«

»Ich kann Ihnen das jetzt nicht erzählen.«

»Warum nicht?«

»Es ist... zu kompliziert.« Charlotte hörte Superintendent Millers barsche Stimme im Flur. »Ich muß jetzt Schluß machen. Ich werde Ursula sagen, daß Sie angerufen haben.«

»Aber –«

Charlotte legte auf und war sehr dankbar, daß sie keine Gelegenheit hatte, sich über diese Unterhaltung Gedanken zu machen. Als sie aufblickte, kam Ursula ins Zimmer, mit Superintendent Miller, Chief Inspector Golding und Kriminalbeamtin Finch im Schlepptau. Die drei Beamten machten grimmige Gesichter. Sie begrüßten Charlotte mit einem beiläufigen Nicken.

»Wir hatten gerade eine Besprechung, Mrs. Abberley«, begann Miller. »Und wir haben uns entschieden, ganz anders an diesen Fall heranzugehen.«

»Wir sind gehemmt durch einen völligen Mangel an Beweismaterial«, sagte Golding. »Der einzige Weg, wie wir neue Hinweise bekommen könnten, ist, weitere Fakten zu veröffentlichen.«

»Deshalb schlage ich vor«, sagte Miller. »heute nachmittag eine Pressekonferenz abzuhalten, auf der ich bekanntgeben werde, daß wir es nicht nur mit einem Mord, sondern auch mit einer Entführung zu tun haben.«

»Sie *schlagen vor*«, entgegnete Ursula. »Bitten Sie um meine Zustimmung?«

Golding lächelte sie an. »Natürlich hoffen wir, daß Sie einsehen, wie sinnvoll ein solcher Schritt ist. Ehrlich gesagt hoffen wir, daß

Sie einwilligen werden, an der Pressekonferenz teilzunehmen und Fragen zu beantworten.«

»Stattfinden wird sie auf jeden Fall«, knurrte Miller. »Ich brauche Ihr Einverständnis nicht.«

»Wird dies die Entführer nicht abschrecken?« erkundigte sich Charlotte.

»Die Nachrichtensperre hat sie auch nicht gerade animiert, nicht wahr?« erwiderte Golding. »Wir brauchen eine Reaktion der Öffentlichkeit. Beobachtungen. Vermutungen. Tips. Wir brauchen Informationen.«

»Sollten Sie nicht noch ein wenig warten?«

»Neun Tage sind lange genug«, mischte sich Miller ein.

»Die Leute vergessen schnell, Miss Ladram«, sagte Golding. »Wir können uns eine weitere Verzögerung nicht leisten.«

»Also gut«, sagte Ursula. »Halten Sie Ihre Pressekonferenz ab.«

»Werden Sie daran teilnehmen?« fragte Golding.

»Ja.«

Charlotte beobachtete die beiden Beamten, als Ursula antwortete. Sie sah, wie sie sich einen kurzen Blick zuwarfen und ein verschwörerisches Hochziehen der Augenbrauen austauschten, gekrönt von einem leichten Nicken Millers. Ursulas Beteiligung würde ihre Erfolgschancen offensichtlich vergrößern. Aber sie war sich nicht mehr sicher, ob sie wußte, was Erfolg für sie bedeutete.

Derek schaute an diesem Abend beunruhigt die Sechs-Uhr-Nachrichten an. Schon bald wurde seine Aufmerksamkeit durch die Erwähnung des Namens Abberley gefesselt, der während der Einleitung zu einem Beitrag über eine Pressekonferenz fiel, die am Nachmittag auf dem Newbury-Polizeirevier abgehalten worden war. Der Reporter sprach von sensationellen Entwicklungen im Mordfall Abberley. Dann schwenkte die Kamera auf die aggressive Erscheinung von Superintendent Miller, der in abgehackter und zurückhaltender Polizeisprache schilderte, wie die zwanzigjährige Samantha Abberley vor neun Tagen entführt worden war. Wer am Dienstag, dem 1. September, in der Nähe ihres Hauses etwas Verdächtiges gesehen oder gehört hatte, wurde gebeten, sich mit dem Thames-Valley-Kriminalkommissariat in Verbindung zu setzen. Ein Foto des verschwundenen Mädchens wurde gezeigt, das überhaupt nicht mit Dereks einziger Erinnerung an sie übereinstimmte. Dann, mit Chief Inspector Golding im Hintergrund, bat Ursula Abberley persönlich um die Freilassung ihrer Tochter.

Sie verhielt sich – vor allem bei der Beantwortung von Fragen – nicht so wie andere Frauen, die Derek in einer ähnlichen Situation gesehen hatte. Da war nichts von den üblichen Tränen zu erkennen, kein Hinweis auf händeringende Verzweiflung. Statt dessen sprach sie ruhig und vernünftig, mehr wie ein Vermittler als wie eine Mutter. Alle ihre Worte waren richtig plaziert – »*Das würde ich meinem schlimmsten Feind nicht wünschen*«; »*Mir geht es nur um Sams Sicherheit*«; »*Ich rufe die Öffentlichkeit dazu auf, in jeder nur erdenklichen Weise mitzuhelfen*«; »*Ich bitte diejenigen, die sie festhalten, sie freizulassen*« –, aber ihr Herz schien nicht bei der Sache zu sein.

Derek wartete gespannt darauf, daß Superintendent Miller Tristram Abberleys Briefe erwähnen würde, aber er tat es nicht. Man erfuhr nicht genau, was die Entführer verlangten. Es gab keinen Hinweis darauf, was die Polizei erwartete. Und am Ende war Derek verwirrter als zuvor.

Charlotte und Ursula sahen sich die Sendung zusammen in Swans' Meadow an. Ursula trank einen Gin Tonic. Als die Sendung vorüber war, ging sie zum Fernseher, schaltete ihn aus, drehte sich zu Charlotte um und sagte: »Ich höre mich an wie ein gefühlloses Miststück.«

»Niemand wird so etwas denken.«

»O doch, das werden sie. Heutzutage erwartet man von einem, daß man sich wie in einer Seifenoper benimmt. Tränenströme. Sturzbäche von Gefühlen. Selbstbeherrschung wird einem übelgenommen.«

»Vielleicht hättest du nicht daran teilnehmen sollen.«

»Wie hätte ich mich denn weigern können? Stell dir nur vor, welche Schlußfolgerungen Miller und Golding gezogen hätten, wenn ich nein gesagt hätte.«

»Sie versuchen nur, uns zu helfen, Ursula.«

»Tun sie das? Ich glaube kaum. Ich denke, daß sie genau das Gegenteil davon versuchen.«

»Ach, komm schon.« Charlotte zwang sich zu einem Lächeln. »Es ist ihre Pflicht, Sam zu finden – und sie zu beschützen.«

»Nein. Es ist ihre Pflicht, jemanden zu finden, den sie des Mordes an Maurice anklagen können.«

»Ist das nicht dasselbe?«

»Ihrer Meinung nach nicht. Komm mit mir in den Garten.«

»Warum?«

»Komm mit mir hinaus, und ich erkläre es dir.«

Charlotte zuckte die Schultern, erhob sich und begleitete Ursula durch die Küche hinaus in den Garten, wo ein ruhiger, malerischer Abend lange Schatten und goldene Rechtecke auf den Rasen zauberte.

»Siehst du den Mann, der auf der anderen Flußseite die Enten füttert?« Ursula deutete zum Cookham-Ufer hinüber, wo ein unauffälliger Mann in mittleren Jahren in einem braunen Anorak einem quakenden und spritzenden Kreis von Enten Brotkrumen hinwarf. »Erkennst du ihn?«

»Nein.«

»Er ist ein Polizist.«

»Woher willst du das wissen?«

»Weil ich ihn vor Montag noch nie in meinem Leben gesehen habe und seitdem ständig sehe. Ihn und ein paar andere, die alle vom selben Schlag sind. Sie suchen nicht nach Sam, Charlie. Sie suchen nach den Mördern von Maurice. Und sie denken, daß sie sie gefunden haben. Hier. In diesem Haus.«

»Das ist doch lächerlich.«

»Ja. Aber das erkennen sie nicht. Und es gibt nichts, was wir tun könnten, damit sie es merken. Und während sie uns dabei beobachten, wie wir sie beobachten...« Ihre Stimme verlor sich in Schweigen. Ihr Kinn sank nach unten. Die Tränen, die sie ergreifend im Fernsehen hätte vergießen sollen, kamen jetzt, deutlich zu sehen, ihre Augen standen voll, und sie war unsagbar schön im schrägen Sonnenlicht.

»Während sie ihre verdammten törichten Spiele spielen und uns dazu zwingen, das gleiche zu tun...«, sie schluckte und schaute Charlotte in die Augen, »...wird die Chance, daß Sam hier lebend herauskommt, immer kleiner.« Dann hob sie ihren Kopf und schrie laut genug, daß der Mann auf der anderen Seite des Flusses zu ihnen herschaute: »*Mit jedem Tag, den sie verschwenden*...«, um murmelnd hinzuzusetzen: »...wird der seidene Faden, an dem Sams Leben hängt, dünner und dünner.«

12

Am Freitag fuhr Charlotte nach Hause. Sie rechtfertigte ihre Abreise damit, daß es nun, da das Begräbnis von Maurice für Montag festgesetzt und alles Nötige veranlaßt war, nichts mehr gab, was sie in Swans' Meadow tun könnte. Ursula machte keinen Versuch, sie zu überreden, doch noch zu bleiben, wofür sie dankbar war. Unter Druck hätte sie vielleicht verraten, wie begierig sie war, wegzukommen, denn obwohl sie Zweifel geäußert hatte über Ursulas Theorie im Hinblick auf die Polizei, hatte sie für sie wahrer geklungen, als sie zugeben wollte. Was sie am meisten beunruhigte, war, daß sie ebenso unter Verdacht stehen könnte. Indem sie nach Ockham House zurückkehrte, konnte sie sich von den Ereignissen distanzieren und ein beruhigendes Maß an Privatleben zurückgewinnen.

Natürlich konnte sie dem Ganzen nicht völlig entkommen, wie eine Menge Telefonanrufe schnell bewiesen. Verschiedene Bekannte und ehemalige Kollegen hatten die Fernsehsendung gesehen und wollten ihr Mitgefühl und ihre Ratschläge loswerden, was im allgemeinen ebenso gut gemeint wie nutzlos war. Onkel Jack rief an, um sich zu beschweren, daß er über das Ganze im dunkeln gelassen worden war, obwohl – was Charlotte nicht bewußt war – seine Sachkenntnis auf diesem Gebiet höchst wertvoll sein könnte. Und Lulu Harrington rief an, um ihrer Bestürzung über das, was geschehen war. Ausdruck zu verleihen, was Charlotte in die Lage versetzte, etwas zu verifizieren, was Ursula bereits gefolgert hatte.

»Die Person in New York, der Sie im Auftrag von Beatrix einen Brief geschickt haben – könnte ihr Name van Ryneveld gewesen sein statt van Ryan?«

»Warum, ja, natürlich, das könnte sein. Wie kommen Sie darauf?«

»Sie hat sich gemeldet. Aber von Madame V aus Paris haben wir noch nichts gehört. Ich nehme nicht an, daß Ihnen ihr Name eingefallen ist?«

»Ich fürchte nein. Ich habe mir den Kopf zerbrochen, aber in meinem Alter ist das schwierig. Ich kann mich noch immer nicht an mehr als den ersten Buchstaben erinnern.«

»Lassen Sie es mich wissen, wenn es Ihnen einfällt?«

»Ganz bestimmt.«

Nachdem Lulu eingehängt hatte, dachte Charlotte über die vier Briefe nach, die Beatrix ihr überlassen hatte, und darüber, daß der Inhalt von zwei noch immer ein völliges Rätsel war. Maurice mußte gewußt haben, was in dem an seine Geliebte stand. Zumindest mußte er gewußt haben, was sie ihm davon erzählt hatte. Aber sie konnte vermutlich genauso gut lügen wie Ursula. Und trotzdem hatte ihr Tonfall angedeutet, daß sie nichts von Samanthas Entführung wußte – oder davon, was ihre Entführer für ihre Freilassung gefordert hatten. Wenn dem so war –«

Das Klingeln des Telefons, neben dem Charlotte immer noch stand, unterbrach ihre Gedanken. In gereizter Hast griff sie danach.

»Ja?«

»Ähm... Miss Ladram?«

»Ja.«

»Hier spricht Derek Fairfax.« Bei seinen Worten fühlte Charlotte sich schuldig. Am Dienstag hatte sie Golding seinen Namen gegeben, aber seither keinerlei Anstrengung unternommen, sich mit ihm in Verbindung zu setzen, um die Situation zu erklären. »Ich versuche seit Tagen, Sie anzurufen. Die Polizei war bei mir.«

»Ja. Das war vorauszusehen. Es tut mir leid. Das war meine Schuld.«

»In der Zwischenzeit habe ich die Fernsehsendung wegen Ihrer Nichte gesehen. Im Fernsehen wurde kein Lösegeld erwähnt, aber der Polizeibeamte, der mich befragt hat, Chief Inspector Golding, sagte, daß Tristram Abberleys Briefe gefordert wurden. Ist das wahr?«

»Ja.«

»Aber ich verstehe das nicht. Wer... Wer hätte –«

»Keiner von uns versteht es, Mr. Fairfax. Wenn wir es nur verstehen könnten.«

310

»Und Frank Griffith hat bestritten, daß die Briefe jemals existierten?«

»Ja. Aber wir können das jetzt nicht diskutieren.« Trotzdem hatte Charlotte das Bedürfnis, mit ihm darüber zu reden. Und plötzlich wurde ihr klar, daß Derek Fairfax zu den wenigen Menschen gehörte, die die Dinge im gleichen Licht sahen wie sie. »Vielleicht könnten wir uns treffen.«

»Natürlich. Gerne.«

»Wollen Sie morgen zum Mittagessen kommen?«

»Ja.«

»Also, abgemacht. Wie wäre es um zwölf?«

»Schön, wir sehen uns dann.«

»Ja. Auf Wiederhören, Mr. Fairfax.«

Charlotte legte den Hörer auf und dachte darüber nach, warum sie eine solche Einladung ausgesprochen hatte. Es wäre doch eine Torheit, ihm gerade dann Hoffnungen zu machen, wenn der Verlust der Briefe sie tatsächlich zunichte gemacht hatte. Trotzdem brauchte sie dringend einen Verbündeten, einen Freund, der zuhören und raten würde. Warum gerade Derek Fairfax? Weil, so vermutete sie, es niemand anderen gab. Er war ihre letzte Zuflucht, wie für seinen Bruder.

Sie wanderte in die Küche und begann, eine Einkaufsliste zusammenzustellen. Für einen Gast Mittagessen zu kochen könnte ihre Gedanken wenigstens eine Zeitlang von Samanthas Entführung ablenken. Als das Telefon wieder läutete, wollte sie erst nicht abnehmen. Aber als es überhaupt nicht aufhören wollte zu klingeln, gab sie nach.

»Hallo?«

»Miss Ladram?«

»Ja.« Die Stimme des Anrufers kam ihr bekannt vor, abgehackt und förmlich mit einem leichten Akzent.

»Ich spreche im Namen derer, die Ihre Nichte festhalten, Miss Ladram.«

»Was?«

»Sie haben richtig gehört. Und ich denke, Sie verstehen. Die Überwachung hat uns davon abgehalten, mit Ihrer Schwägerin Kontakt aufzunehmen. Deshalb wenden wir uns jetzt an Sie.«

»Wen vertreten Sie?«

»Es ist besser, wenn Sie das nicht wissen.«

»Warum haben Sie Maurice getötet?«

»Weil er nicht alle Papiere abgeliefert hat. Und weil er die Unverschämtheit besaß, statt dessen Geld anzubieten.«

»Er hat Ihnen alles gegeben, was er hatte.«

»Es gibt noch mehr. Und wir wollen es haben.«

»Wir haben es nicht.«

»Dann finden Sie es. Wir wissen, daß Beatrix Abberley hatte, was wir fordern. Deshalb muß es in Ihrer Macht stehen, es ausfindig zu machen und uns zu geben.«

»Sagen Sie mir, wonach wir suchen sollen.«

»Ein Dokument, das Tristram Abberley im März 1938 an seine Schwester geschickt hat, geschrieben in katalanischer Sprache.«

»Welche Art von Dokument?«

»Ich habe genug gesagt. Wir sind geduldig, aber nicht unbegrenzt. Wir werden Ihre Nichte noch einen Monat am Leben lassen, von heute an gerechnet. Sie haben bis zum elften Oktober Zeit, das Dokument zu beschaffen. Wenn Sie es haben, geben Sie eine Anzeige mit folgendem Wortlaut unter ›Persönliches‹ in der *International Herald Tribune* auf: *Brieffreunde können sich wiedersehen. Orwell wird zahlen.*« Er machte eine kurze Pause. »Haben Sie das?«

Charlotte las ihre hingekritzelte Notiz vom Notizblock neben dem Telefon ab. »Brieffreunde können sich wiedersehen. Orwell wird zahlen.«

»Richtig. Wenn diese Nachricht am oder vor dem elften Oktober erscheint, werden wir Kontakt mit Ihnen aufnehmen.«

»Sie müssen mir mehr Informationen geben.« Charlotte wußte, sie sollte soviel wie möglich herausfinden, aber ihr Gehirn schien träge und einfallslos zu sein. »Wir werden alles tun, um Sam wiederzubekommen.«

»Alles, was Sie tun müssen, ist, unsere Forderungen zu erfüllen, vollständig und pünktlich. Erzählen Sie der Polizei nicht, daß wir uns bei Ihnen gemeldet haben. Wenn sie in unsere Nähe kommt, werden wir Ihre Nichte ohne Zögern töten.«

»Wie... Wie geht es Sam?«

»Sie lebt.«

»Kann ich mit ihr sprechen?«

»Genug geredet. Sind Sie mit unseren Bedingungen einverstanden?«

»Natürlich. Aber –«

»Dann ist unser Gespräch zu Ende. Guten Tag, Miss Ladram.«

13

Als Derek am Samstag kurz vor Mittag in Ockham House eintraf, bestand seine erste Überraschung darin, daß das Mittagessen ausfiel. Charlotte Ladram war offensichtlich viel nervöser, als er sie je erlebt hatte, und bekannte, daß es ihr widerstrebte, im Haus zu bleiben, geschweige denn etwas zu kochen. Sie schlug einen Spaziergang in freier Natur vor, und er war nur zu gern dazu bereit. Ihre Bereitschaft zu reden war beinahe zwanghaft. Nach all seinen vorangegangenen Versuchen, ihr Vertrauen zu gewinnen, wobei er nicht viel erreicht hatte, wußte er, daß er eine solche Gelegenheit nicht ungenutzt verstreichen lassen durfte.

Sie fuhren in die Gegend von Ashdown Forest, und bereits ehe sie einen geeigneten Parkplatz gefunden hatten, begann Charlotte, die Ereignisse der vergangenen Woche in allen Einzelheiten wiederzugeben, so daß offensichtlich war, daß sie nichts unterschlug. Sie ging, ohne daß sie es zu bemerken schien, dazu über, Derek mit seinem Vornamen anzureden, und nach anfänglicher Verlegenheit tat er dasselbe. Der Tod ihres Bruders hatte anscheinend eine Schranke zwischen ihnen beseitigt. Es war nicht mehr länger nötig, so zu tun, als wüßten sie weniger oder mehr, als es der Fall war. Die Pflicht, ehrlich miteinander umzugehen, hatte zum ersten Mal mehr Gewicht als alles, was sie jemand anderem schuldeten.

Sie parkten in der Nähe von Camp Hill und wanderten zwischen den Wochenendvätern, die mit ihren Söhnen Drachen steigen ließen, und den kopftuchbedeckten Frauen, die ihre Labradorhunde spazierenführten, ziellos über die Heide. Die Alltagsverpflichtungen schienen niemals weiter entfernt zu sein, die Gegenwart niemals wirklicher als jetzt.

»Ich nehme an, Sie denken, ich sollte es der Polizei erzählen«, sagte Charlotte, nachdem sie den Telefonanruf geschildert hatte, mit dem die Entführer ihrer Nichte ihr Schweigen gebrochen hatten.

»Befürchten Sie nicht, daß sie Ihnen nicht glauben werden?«

»Ich würde ihnen keine Vorwürfe machen, wenn sie es nicht täten. Sie haben bis jetzt nichts gesehen oder gehört, was sie überzeugt hätte. Soviel sie wissen, könnte Sams Entführung eine Ausgeburt unserer Phantasie sein.«

»Aber sie *ist* verschwunden.«

»Oder versteckt sich. Woher sollen sie wissen, was die Wahrheit ist?«

»Wenn Sie es der Polizei nicht erzählen wollen, was wollen Sie dann tun?«

»Versuchen, das Dokument zu finden, das die Entführer haben wollen. Es ihnen im Austausch für Sams Freilassung anbieten.«

»Aber wo könnte man noch danach suchen? Sie haben sich wieder und wieder durch den gesamten Besitz von Beatrix gewühlt. Und ich kann nicht glauben, daß Frank etwas zurückhalten würde, von dem er annehmen kann, es könnte das Leben eines jungen Mädchens retten.«

»Ich auch nicht. Und damit sind wir bei den beiden anderen Personen, die Briefe von Beatrix empfangen haben.«

»Von denen wir eine noch immer nicht kennen.«

»Ja. Aber eine kennen wir. Natascha van Ryneveld.«

»Die Geliebte von Maurice? Warum sollte Beatrix ein Dokument, das ihr Bruder ihr vor fünfzig Jahren anvertraut hat, an die Geliebte ihres Neffen schicken?«

»Ich weiß auch keinen Grund dafür. Aber etwas hat sie ihr geschickt. Soviel ist sicher.«

»Bestimmt hat Maurice gewußt, was es war – und es den Entführern ausgehändigt.«

»Nicht unbedingt. Natascha hat ihn vielleicht belogen – genauso wie Ursula. Schließlich hätte Beatrix ihr nichts geschickt, wenn sie nicht davon hätte ausgehen können, daß Maurice es nicht erfahren würde. Und ich bin mir ziemlich sicher, daß Natascha nichts von der Entführung wußte. Wahrscheinlich wollte Maurice nicht riskieren, daß sie gegen die Auslieferung von Tristrams Briefen protestierte.

Deshalb kann sie nicht wissen, daß das, was sie von Beatrix bekam, vielleicht das ist, was die Entführer wollen, nicht wahr?«

»Es klingt trotzdem nicht sehr wahrscheinlich.«

»Das finde ich auch. Aber wäre es nicht zumindest einen Versuch wert?«

»Ich denke schon. Was wollen Sie tun? Sie in New York besuchen?«

»Nun, ich bezweifle, daß sie hierherkommen wird. Es gibt ein paar unangenehme Fragen, die sie vermutlich nicht beantworten möchte.«

»Worüber?«

»Über Ihren Bruder, Derek. Wer hat ihn im Mai angerufen, um die Verabredung in Jackdaw Cottage mit ihm zu treffen? Offensichtlich nicht Beatrix. Aber es war eine Frau, nicht wahr?«

»Natascha van Ryneveld?«

»Wer sonst?«

Sie erreichten Airman's Grave und legten neben der Mauer eine Pause ein; dann betrachteten sie schweigend das Denkmal für ein Opfer eines längst vergangenen Konflikts. Und doch lag er noch nicht so weit zurück wie derjenige, der erst kürzlich seine unbarmherzige Hand nach ihrem Leben ausgestreckt hatte, schoß es Derek durch den Kopf.

»Chief Inspector Golding hat mich darauf hingewiesen...«, begann er zögernd.

»Auf was hingewiesen?«

»Daß Colins Verteidigung, wie die Dinge nun mal stehen, ohne Tristrams Briefe vollständig in sich zusammenfällt.« Er schaute sie an und versuchte ein Lächeln. »Tut mir leid«, murmelte er.

»Sie brauchen sich nicht zu entschuldigen. Ich bin es, die sich bei Ihnen – und Ihrem Bruder – für das entschuldigen müßte, was Maurice getan hat.«

»Was Colin mir bedeutet, hat Maurice Ihnen bedeutet. Wir können uns unsere Brüder nicht aussuchen. Oder aufhören, uns um sie zu sorgen.«

»Sie haben mich einmal daran erinnert, daß Maurice nur mein Halbbruder ist – war.«

»Vielleicht habe ich mich genau dafür entschuldigt.« Bevor die

315

Vorsicht ihn davon abhalten konnte, legte er seine Hand über ihre, mit denen sie sich auf der niedrigen Mauer vor ihnen aufstützte. Sie machte keinen Versuch, sie abzuschütteln. »Sie wissen, daß ich mit Ihnen fühle. Ganz ehrlich.«

Sie schaute ihn an. Ein Lächeln spielte um ihre Lippen. »Vielen Dank«, sagte sie sanft.

Derek zog seine Hand zurück, froh darüber, daß er den Zeitpunkt dafür selbst bestimmen durfte. »Glauben Sie wirklich, daß es um den Spanischen Bürgerkrieg geht?« wollte er wissen.

»Das Dokument stammt aus jener Zeit, und es ist auf spanisch geschrieben – besser gesagt auf katalanisch. Worum könnte es sonst gehen?«

»Ich weiß es nicht. Und genau das beunruhigt mich.«

»In welcher Hinsicht?«

»Wenn das – was immer es ist – noch fünfzig Jahre danach so wichtig ist, daß Menschen dafür töten und entführen...«

»Ja?«

»Dann sollten Sie vorsichtig sein. Sehr vorsichtig.«

»Vorsicht wird Sam nicht helfen.«

»Vielleicht nicht. Ich kenne Sam nicht, ich kenne nur Sie. Ich mache mir nur um Sie Sorgen.«

»Tun Sie das nicht.«

»Wenn es irgend etwas gibt, was ich tun kann... um zu helfen...«

»Da gibt es nichts.« Sie schüttelte den Kopf. »Wenn Natascha mit jemandem sprechen wird, dann mit mir.«

»Was ist mit Ursula?«

»Zwischen ihnen würden zu große Spannungen bestehen. Außerdem paßt die Polizei zu gut auf sie auf. Natürlich werde ich ihr sagen, was ich vorhabe. Wenn sie darauf besteht, die Polizei zu informieren, dann soll es so sein. Aber das wird sie nicht. Verlassen Sie sich darauf. Sie wird mir recht geben, daß es das Beste ist, wenn ich nach New York fliege – allein.«

Charlotte wandte sich ab und begann, zur Straße wieder hinaufzusteigen. Als Derek sie eingeholt hatte, ging ihm ein Gedanke durch den Kopf, den er sofort aussprechen mußte. »Ist Natascha die einzige Person, die Sie in den USA aufsuchen wollen?«

»Wen sollte ich sonst noch besuchen?«

»Ich weiß es nicht. Es ist nur...« Er biß die Zähne zusammen, wild entschlossen, ihr gerade gefundenes Vertrauen zueinander auf die Probe zu stellen. »Ich habe nachgedacht. Warum haben die Entführer nicht schon früher versucht, das Dokument zu bekommen? Warum haben sie fünfzig Jahre lang gewartet?«

»Weil sie nicht wußten, wo es war.«

»Aber jetzt wissen sie es. Oder sie glauben es zumindest. Irgend etwas – oder irgend jemand – hat ihre Aufmerksamkeit auf Tristrams Briefe gelenkt. Wer? Nur wenige Menschen wissen darüber Bescheid: Sie, ich, Maurice, Ursula, Frank Griffith – und Emerson McKitrick.«

Charlotte antwortete nicht sofort. Ungefähr eine Minute lang gingen sie schweigend nebeneinander her, dann sagte sie: »Wenn Sie mir wirklich helfen wollen, Derek, dann stellen Sie keine Fragen über Emerson McKitrick.«

»In Ordnung. Werde ich nicht. Aber er ist auch ein Grund dafür, warum Sie vorsichtig sein sollten.«

»Ich verspreche, daß ich es sein werde.« Sie blieb stehen und sah ihn an. »Zufrieden?« Es war keine sarkastische Bemerkung. Ihr Gesichtsausdruck veränderte sich – und Derek vermutete, daß es bei ihm ähnlich war – und gab ihren inneren Kampf wieder. Sollte sie zugeben, was keiner von ihnen richtig glauben mochte?

»Nicht wirklich, Charlotte, nein«, sagte er lächelnd.

Sie lächelte zurück. »Meine Freunde nennen mich Charlie.«

»Könnte ich eine Ausnahme sein?«

»Ja, natürlich.«

»Dann denke ich, das wäre mir lieber.«

Auf halbem Weg nach Tunbridge Wells sagte Charlotte plötzlich: »Ich möchte in eine Buchhandlung gehen.« Als sie Dereks verwunderten Blick bemerkte, fügte sie hinzu: »Sie haben den Spanischen Bürgerkrieg erwähnt, und ich habe über die Nachricht nachgedacht, mit der ich mich mit den Entführern in Verbindung setzen soll.«

»Brieffreunde können sich wiedersehen. Orwell wird zahlen.«

»Es muß sich um George Orwell handeln, nicht wahr? Hat er nicht in Spanien gekämpft?«

»Vielleicht.«

»Dann hat er bestimmt auch darüber geschrieben. Stellen Sie das Auto am Bahnhof ab, wir versuchen es bei Hatchard's.«

Eine halbe Stunde später suchten sie bei Hatchard's die Regale mit den Autobiographien durch. Orwell war vertreten mit *Erledigt in Paris und London* und einem anderen Buch, dessen Titel sofort ihre Aufmerksamkeit auf sich zog: *Mein Katalonien.* Charlotte zog es aus dem Regal, und sie lasen gemeinsam den Text auf der Rückseite. *»In Orwells berühmtem Bericht über seine Erfahrungen als Milizsoldat im Spanischen Bürgerkrieg zeigt er auf...«*

»Orwell huldigt Katalonien«, murmelte Derek vor sich hin.

Charlotte nickte, blätterte am Anfang des Buches und deutete auf das Erscheinungsjahr.

»1938. Das Jahr, in dem Tristram gestorben ist.«

»Und das Jahr, in dem er Beatrix ein Dokument in katalanischer Sprache anvertraute. Maurice hatte recht.«

Charlotte ging zur Kasse und bezahlte das Buch. Derek wartete, bis sie wieder im Freien standen und die Samstagnachmittagkäufer geschäftig an ihnen vorübereilten, dann fragte er: »Womit hatte Maurice recht?«

»Vor über fünfzig Jahren ist im Spanischen Bürgerkrieg eine Schlinge geknüpft worden, die sich heute um unsere Hälse legt! Genau das hat er gesagt. Damals habe ich es verächtlich abgetan. Und weniger als vierundzwanzig Stunden später war er tot.« Sie drehte sich zu Derek um. »Er hat es gespürt, wissen Sie? Und jetzt spüre ich es auch.«

14

Maurices Beerdigung war in vielerlei Hinsicht kaum von Beatrix' Begräbnis zu unterscheiden. Beide waren gut besucht und gut inszeniert. Beide Trauerzüge bewegten sich langsam von der sonnendurchfluteten Kirche zum gepflegten Krematorium. Und beide schienen bereits vorüber zu sein, bevor sie richtig angefangen hatten. Trotzdem gab es auch ein paar bezeichnende Unterschiede. Die meisten, die zu Beatrix' Beerdigung gekommen waren, hatten es aus Zuneigung getan, während für das Kader von Ladram Avionics eindeutig das Pflichtbewußtsein die treibende Kraft war, gemeinsam von Maurice Abschied zu nehmen. Das gleiche konnte man auch von Miller, Golding und Valerie Finch behaupten, die es fertigbrachten, eher wie Angestellte des Bestattungsunternehmers auszusehen als wie Polizeibeamte, geschweige denn wie Freunde des Dahingegangenen. Und bei den Reportern und Fotografen, die den Friedhof von Cookham belagerten und dem Leichenzug zum Slough-Krematorium und wieder zurück folgten, gab es nicht einmal eine vorgetäuschte Trauer. Auch bei den wenigen, die Ursula anschließend aus Pflichtgefühl nach Swans' Meadow einlud, herrschte keine Stimmung liebevoller Erinnerung. Aliki war rechtzeitig aus Zypern zurückgekehrt, um bei diesem Anlaß zu bedienen, aber niemand zeigte bei dem Essen, das sie zubereitet hatte, viel Appetit, und die meisten verschwanden, sobald es der Anstand zuließ. Die einzige Ausnahme bildete Onkel Jack, der ganz offensichtlich beabsichtigte, noch ein paar weitere Whiskys zu trinken, als Charlotte auf Ursulas Bitte darauf bestand, ihn zum Bahnhof zu bringen und in den Zug nach London zu setzen.

Als sie nach Swans' Meadow zurückkehrte, stellte sie fest, daß Ursula damit begonnen hatte, sich zu betrinken und keine Anstalten machte, sie in den Garten zu begleiten, der für Charlotte der einzig sichere Ort war, wo sie ihr mitteilen konnte, was passiert war. Aber schließlich ging sie doch mit ihr. Und als sie Charlottes Neuigkeiten hörte, wurde sie sofort wieder nüchtern.

»Du weißt, was das bedeutet, nicht wahr?« antwortete sie, und ein plötzlicher Hoffnungsschimmer ließ ihr Gesicht aufleuchten.

»Es bedeutet, daß Sam noch eine Chance hat.«

»Aber nur, wenn wir das Dokument finden«, warnte Charlotte. »Deshalb, denke ich, würde es sich auszahlen, wenn ich nach New York fliege.«

»Gott sei Dank kannst du das, Charlie. Ich könnte nirgendwohin reisen, ohne daß die Polizei davon Wind bekäme. Und das dürfen sie nicht, das dürfen sie auf keinen Fall.«

»Der Meinung bin ich auch.«

»Wann wirst du fliegen?«

»Sobald du mir Nataschas Adresse und Telefonnummer gegeben hast.«

»Du willst sie vorwarnen?«

»Ich kann es nicht riskieren, daß sie nicht da ist. Und ich glaube kaum, daß sie sich weigern wird, mich zu sehen, oder?«

»Ich habe wirklich keine –« Ursula machte einen Schmollmund und unterdrückte ihre offensichtliche Verärgerung. »Nein, ich denke nicht.«

»Ist der ... ähm ... der Bericht, den Beatrix in Auftrag gab, hier?«

»Ja. Du kannst ihn ebensogut mitnehmen. Schließlich muß ich mich ja jetzt nicht mehr gegen Maurices Tücken absichern, nicht wahr?« Ursula schnippte etwas Zigarettenasche vom Ärmel ihres schwarzen Kleides und fügte noch ein »Armer Maurice« hinzu, bevor sie sich umdrehte und auf das Haus zuging.

Während Charlotte ihr folgte, schoß es ihr durch den Kopf, daß diese beiläufige Bemerkung das Netteste war, was Ursula seit dem Tag, als sie ihn tot aufgefunden hatten, über den Mann gesagt hatte, mit dem sie mehr als zwanzig Jahre verheiratet gewesen war. Es war ihr gelungen, ihn mit der schwächsten Lobrede zu vernichten.

Charlotte las den Bericht erst, als sie wieder in Ockham House war. Sie fragte sich, wie Beatrix wohl auf die Enthüllung reagiert hatte, daß Maurice ein Doppelleben führte. War es die letzte Bestätigung ihres Verdachtes gewesen? Und als sie ihn gelesen hatte, war ihr da zum ersten Mal klar geworden, daß er sie umbringen wollte? Wenn ja, hatte sie sich viel gründlicher darauf vorbereitet, als er sich je hätte vorstellen können. Und das mußte sie auch, denn sie hatte gewußt – was Maurice nicht wußte –, daß sehr viel mehr auf dem Spiel stand als Tristrams Tantiemen, viel mehr. Armer Maurice, wie seine Witwe ganz richtig gesagt hatte. Er hatte erwartet, daß jeder sich an die Regeln halten würde, die für sein eigenes Leben galten. Er hatte erwartet, daß die Schwäche der Stärke weichen würde. Er hatte erwartet, daß Geld alle Bedürfnisse erfüllen würde. Ohne Zweifel hatte er sogar am Ende, als er die Messerklinge im Mondlicht aufblitzen sah, angenommen, daß seine Mörder seine Leiche berauben würden. Aber das hatten sie nicht getan. Statt dessen hatten sie ihn mit der einzigen Nahrung gefüttert, die er kannte.

Dann weinte Charlotte, viel ungehemmter als je zuvor seit seinem Tod. Sie weinte um alle – Tristram, Beatrix, Maurice und Samantha. Und schließlich weinte sie auch um sich selbst. Dann trocknete sie ihre Tränen und las laut das Motto, das Orwell für *Mein Katalonien* ausgewählt hatte, um sicherzugehen, daß ihre Stimme sie nicht im Stich lassen würde.

»›Antworte dem Narren nicht nach seiner Narrheit, daß du ihm nicht auch gleich werdest. Antworte aber dem Narren nach seiner Narrheit, daß er sich nicht weise lasse dünken.‹« Sie wurde an eine Bemerkung Tristams in seinem letzten Brief an Beatrix erinnert – ›Was für eine törichte Vorstellung, in doppelter Bedeutung, nicht?‹ –, und sie fragte sich, ob sie im Begriff war, einer ähnlichen Versuchung zu erliegen. Etwas anzufangen, was sie nicht zu Ende bringen konnte. Zu mehr den Anstoß zu geben, als sie sich eigentlich bewußt war. »Egal«, sagte sie zu sich selbst, als sie in den Flur ging. »Es muß sein.« Sie hob den Telefonhörer ab und wählte die Nummer, die in dem Bericht für Maurices Apartment in der Fifth Avenue aufgeführt war.

»Ja?« Die Stimme klang weit entfernt und wurde von einem Widerhall begleitet, der sie ziemlich entstellte.

»Natascha van Ryneveld?«

»Wer spricht da?«

»Charlotte Ladram.«

»Nanu, Charlie, Sie überraschen mich.« Oberflächlich betrachtet hatte sie einen amerikanischen Akzent, aber darunter schien eine andere Sprache zu stecken, die am Ende jedes Satzes fast zum Vorschein kommen wollte. »Ich hatte keine... Warum rufen Sie an?«

»Maurice wurde heute eingeäschert.«

»Ah ja. Tatsächlich? Ich dachte mir, daß es ungefähr jetzt stattfinden würde. Wenn nur... Aber Sie haben noch nicht gesagt, warum Sie anrufen.«

»Ich denke, wir sollten uns treffen.«

Es entstand eine längere Pause, ehe Natascha antwortete. »Zu welchem Zweck?«

»Sie haben mich nach den Umständen von Maurices Tod gefragt.«

»Und Sie wollen mir davon erzählen?«

»Ja.«

»Sie wollen hierherkommen?«

»Ja.«

»Nur um Ihre Neugier über die Geliebte Ihres Bruders zu befriedigen? Ich glaube kaum, Charlie.«

»Wenn Sie hören, was ich Ihnen zu sagen habe, werden Sie es verstehen. Und ich hoffe, daß Sie mir helfen werden.«

»Helfen? Wobei?«

»Wir müssen uns treffen, wenn ich es Ihnen erklären soll.«

Natascha seufzte hörbar und sagte so lange nichts, daß Charlotte schon befürchtete, sie hätte aufgelegt. Aber das war nicht der Fall. Und als sie schließlich sprach, geschah es so plötzlich und entschlossen, daß Charlotte bei ihren Worten ihr Herz schlagen hörte. »Also, kommen Sie, Charlie. Vielleicht ist es ja nach allem an der Zeit, daß wir uns kennenlernen.«

15

Charlotte hatte vorher noch nie den Atlantik überquert. Als es passierte, schien es so schnell und leicht zu gehen, daß sie sich fragte, warum sie so lange damit gewartet hatte. Aber als das Taxi sie vom JFK-Airport über Schnellstraßen ohne besondere Merkmale unter einem metallisch blaugrauen Himmel dahintrug, fiel ihre Verwunderung von ihr ab. Dies war eine fremde Landschaft, in ihrer Gesamtheit in einem Ausmaß künstlich, das sie nicht begreifen konnte. Als das Taxi aus einem Tunnel unter dem East River mitten zwischen Manhattans riesigen Glaswänden wieder auftauchte, fühlte sie sich der Aufgabe, die sie sich selbst gestellt hatte, plötzlich nicht mehr gewachsen. Sie war zu klein, zu schwach, zu lange behütet worden vor der Rauheit der Welt.

Aber wie ungeeignet und schlecht vorbereitet sie sich auch fühlte, so wußte sie doch, daß sie jetzt nicht mehr zurückkonnte. Sie waren bereits auf der Fifth Avenue, mit der offenen Weite des Central Park auf der einen und einer Phalanx eleganter Apartmenthäuser auf der anderen Seite. Bei einer violetten Markise, die bis zum Rand des Bürgersteiges reichte, hielt das Taxi. Sie überprüfte die Hausnummer auf der polierten Messingtafel und wußte, daß sie ihr Ziel erreicht hatte. Als sie aus dem Auto gestiegen war und sich dem Haus näherte, wurde die Tür von innen geöffnet. Ein Portier in Uniform lächelte ihr grüßend zu und bestätigte, daß Miss van Ryneveld sie erwartete. Und so betrat sie einen weiteren verborgenen Teil des Lebens ihres Bruders.

Natascha wartete an der Tür des Apartments, als Charlotte aus dem Fahrstuhl trat. Sie war eine dunkelhaarige Frau mittlerer Größe mit einem leicht asiatischen Einschlag in der Augenpartie und ihrem Teint. Sie trug ihren Kopf hoch und strahlte, sogar noch ehe sie sich bewegte, etwas katzenhaft Anmutiges und Träges aus. Sie trug ein locker gegürtetes graues Kleid, schwarze hochhackige Schuhe und außer einem Gagatanhänger um ihren Hals nur sehr wenig Schmuck. Charlotte wurde durch diesen Hinweis auf Trauer sofort aus der Fassung gebracht und war daher dankbar, als Natascha lächelte und zurücktrat, um sie so zum Eintreten aufzufordern.

»Kommen Sie herein, Charlie. Sie sind sehr pünktlich. Genau wie ich es von Maurices Schwester erwartet hatte.«

»Halbschwester, um genau zu sein.«

»Natürlich.« Ihr Lächeln gefror. »So ein feiner, aber schwerwiegender Unterschied.«

Sie führte ihren Gast durch einen kurzen gewundenen Flur ins Wohnzimmer – ein riesiger, teppichausgelegter Raum in Blau und Gold, der im Sonnenlicht zu leuchten schien, das durch drei hohe Fenster hereinflutete. Sofas und Sessel, so groß wie Betten, waren umgeben von griechisch-römischen Statuen und orientalischen Vasen. Auf jeder freien Fläche sprossen Blumen aus Vasen, und ihre Blüten wurden von gewaltigen Spiegeln mit vergoldeten Rahmen vervielfacht. Und als Charlotte nach oben schaute, sah sie überrascht, daß die Decke mit einer riesengroßen wogenden Wolkenlandschaft bemalt war. Natascha ging entschlossen über Orientteppiche, die zweifellos Maurice bezahlt hatte. Charlotte schätzte, daß sie ungefähr ebenso alt und groß wie Ursula war, aber mit einer schmaleren Taille, breiteren Hüften und einem größeren Busen. Sie bewegte sich in einer Art und Weise, die ihren Körper voll zur Geltung brachte. Es war nicht zu übersehen, was Maurice an ihr geliebt hatte.

»Möchten Sie einen Tee, Charlie?«

»Ähm... Ja, bitte.«

Natascha läutete mit einer kleinen Glocke, und beinahe sofort kam ein Dienstmädchen durch eine andere Tür herein. Sie wechselten ein paar Worte, vermutlich auf spanisch. Dann zog sich die Hausangestellte zurück.

»Wollen Sie sich nicht setzen?«

»Vielen Dank.«

Charlotte wählte einen der weniger pompösen Stühle, nur um festzustellen, als sie ihre Hand auf die Armlehne legte, daß sie in Form einer nackten, nach vorn gebeugten Frau geschnitzt war, zwischen deren vergoldeten Gesäßhälften einer ihrer Finger baumelte. Sie zog ihn hastig weg und fühlte, wie sie rot wurde.

»Eines von Maurices Lieblingsstücken«, sagte Natascha mit einem Lächeln. »Ich sehe, Sie billigen es nicht.«

»Ich bin nicht . . . Es steht mir nicht zu, hier etwas zu billigen oder zu mißbilligen.«

»Das ist nett, daß Sie das sagen. Aber ich bin sicher, ich weiß, was Sie denken.«

»Ich bin nicht hierhergekommen, um über die Vergangenheit zu sprechen, Natascha. Ich bin nicht gekommen, um darüber zu streiten, was Sie für Maurice bedeutet haben.«

»Gut. Denn ich habe ihm sehr viel bedeutet. Mehr als nur das, was man für Geld kaufen könnte.«

»Gut möglich. Aber Maurice ist tot. All das ist zu Ende.«

»Ja. Und Sie haben versprochen, mir zu erzählen, warum und wie es endete. Nun, Charlie, ich möchte es gern wissen.« Sie spielte mit dem Gagatanhänger. »Sogar eine Geliebte hat ein Recht darauf, ihren Schmerz zu verstehen.«

Das Dienstmädchen kam mit einem Teetablett zurück. Während sie einen Tisch zwischen Charlotte und den Stuhl, auf dem Natascha Platz genommen hatte, rückte, das Geschirr darauf stellte und dann Tee eingoß, schwiegen sie. Während dieses Zwischenspiels rief sich Charlotte die verschiedenen Bluffs und Täuschungen ins Gedächtnis zurück, die sie praktizierten. Würde Natascha zugeben, daß sie von Anfang an von Maurices Plan gewußt hatte? Oder würde sie vorgeben, niemals etwas von den Briefen gehört zu haben? Wie viele Lügen sollte Charlotte unwidersprochen hinnehmen? Wieviel sollte sie preisgeben, wie wenig voraussetzen?

Als sei sie entschlossen, die Initiative zu ergreifen, sagte Natascha, sobald das Dienstmädchen gegangen war: »Ich war erschüttert, als ich von Sams Entführung hörte. Ursula muß vor Sorge außer sich sein.«

»Ja. Das ist sie.«

»Maurice hat mir nichts davon erzählt, wissen Sie. Kein Wort.«

»Wirklich?«

»Nun, er hatte wohl auch kaum mehr Gelegenheit dazu, nicht wahr?«

»Er flog am vierten nach New York, hat er Sie denn da nicht besucht?«

»Nein. Ich habe ihn im August das letzte Mal gesehen. Ich hatte keine Ahnung, daß er seitdem hier war.« Aber sie hätte überraschter sein müssen, als sie klang. Sie erwiderte Charlottes Blick und nippte an ihrem Tee, offensichtlich zufrieden mit der unverhohlenen Heuchelei.

»Er hat die Briefe übergeben, Natascha. Alle. Sie waren das Lösegeld – oder ein Teil davon.«

»Welche Briefe?« Ihre erhobenen Augenbrauen zeigten an, daß die Heuchelei bis zum Äußersten ging.

»Tristrams Briefe an Beatrix. Die Briefe, die beweisen, daß Beatrix die Gedichte geschrieben hat.«

»Ich bin im Nachteil, Charlie. Über all das weiß ich nichts.«

»Ich bin nicht hier, um Sie zu beschuldigen, Natascha. Ich denke, wir wissen beide ganz genau, wer Colin Fairfax-Vane im Mai angerufen und sich für Beatrix ausgegeben hat. Aber da es unmöglich ist, die Identität dieser Person zu beweisen –«

»All das ist zu hoch für mich.«

»Vielleicht. Vielleicht auch nicht. Wie auch immer, ich hoffe, Sie tun, was Sie können, um uns zu helfen, meine Nichte zu retten.«

»Sie meinen, Ihre Halbnichte.« Natascha lächelte. »Mir ist nicht klar, welche Hilfe ich anbieten könnte.«

»Dann lassen Sie es mich erklären.« Während sie das tat, fühlte Charlotte eine wachsende Ungeduld über den versteckten Sarkasmus, dem sie sich ausgeliefert fühlte. Natascha schaute sie mit einem Gesichtsausdruck an, in dem Vorsicht und Verachtung sich die Waage hielten. Es ließ sich nicht sagen, ob die Not eines Mädchens, das sie nie kennengelernt hatte, auf sie überhaupt einen Eindruck machte. Charlotte spürte, daß, sogar wenn es so war, ihre Antwort davon bestimmt werden würde, wie ihre eigenen Interessen am besten geschützt werden könnten.

Als Charlotte damit geendet hatte, daß sie betonte, wie unerläßlich es war, das Dokument zu finden, das die Entführer forderten, schenkte Natascha ihnen beiden Tee nach. Als sie schließlich sprach, klang sie sehr reserviert. »*Wenn* Maurice diese... diese fürchterlichen Dinge getan hat... dann geschah es ohne mein Wissen. Er erwähnte mir gegenüber nie irgendwelche Briefe. Und auch kein damit in Verbindung stehendes Dokument. Er hat nichts hier zurückgelassen.«

»Die fürchterlichen Dinge, auf die Sie sich beziehen, geschahen in der Absicht, sicherzustellen, daß Sie weiterhin hier leben können – in der Art, wie Sie es offensichtlich gewohnt sind.«

»Dieses Apartment ist mein Eigentum. Ein Geschenk von Maurice, das ist wahr, aber keines, das ich verlieren könnte.«

»Ich kann mir vorstellen, daß er viel Geld für Sie ausgegeben hat. Und er hatte vor, das auch weiterhin zu tun.«

»Ohne jeden Zweifel. Schade, daß er es nicht mehr kann. Schade für ihn und für mich.«

»Aber wenigstens sind Sie am Leben.«

»Ja.« Ihre Augen blickten kühl. »Ich hätte niemals erwartet, daß Maurice so sterben würde. Indem er sich für seine Tochter opferte...« Sie schüttelte verblüfft den Kopf.

»Würden Sie mir dabei helfen, daß dieses Opfer nicht vergeblich war?«

»Wenn ich es nur könnte.«

»Er muß einiges hier aufbewahrt haben. Kleider. Bücher. Papiere. Irgendwelche Dinge, die ihm gehörten.«

»Nur Kleider. Und nicht sehr viele. Natürlich können Sie sie gern untersuchen.«

»Ich bin Ihnen sehr dankbar.«

»Hier entlang, bitte.« Sie erhoben sich, und Natascha führte Charlotte hinaus in einen kurzen Gang. An seinem Ende erhaschte sie durch eine geöffnete Tür einen flüchtigen Blick auf ein Schlafzimmer, das mit pfirsichfarbenem Stoff ausgekleidet war und durch noch mehr Spiegel optisch vergrößert wurde; in einem davon sah sie die Spiegelung eines großen Ölgemäldes. Das Motiv war eine Nackte, die aufreizend auf einem Bett ausgestreckt lag. Das Bild war so realistisch, daß es sogar eine Fotografie hätte sein können. Charlotte war zu weit weg, als daß sie sich über die Identität der Nackten vollkommen sicher hätte sein können. Natascha trat vor, schloß die Tür und drehte sich leise lächelnd um. »Maurice hat das hier benutzt.« Sie schob auf der linken Seite die Türen eines eingebauten Kleiderschrankes zurück und enthüllte ein paar Anzüge und ein paar Hosen, die an einer Kleiderstange hingen. »Das ist alles, was er hier hatte.«

Während Charlotte die Taschen überprüfte, wußte sie, daß sie nichts finden würde. Aber sie hatte keine Ahnung, ob da jemals etwas zu finden gewesen war. Sie hatte so wortgewandt, wie sie nur konnte, um Hilfe gebeten. Sie hatte es unterlassen, Natascha zu kritisieren, geschweige denn, sie zu verurteilen. Aber ihre Beherrschung hatte ihren Zweck verfehlt, vielleicht weil Natascha wirklich nicht in der Lage war zu helfen; vielleicht aber auch deshalb, weil sie zuviel Angst davor hatte. Sie gingen ins Wohnzimmer zurück, aber diesmal machte Charlotte keine Anstalten, sich zu setzen.

»Es tut mir leid, daß Sie Ihre Zeit verschwendet haben, Charlie.«

»Gibt es denn gar nichts, was mir weiterhelfen könnte?«

»Nur, daß Sie es noch im Firmenapartment an der Park Avenue versuchen könnten. Vielleicht hat Maurice dort irgendwelche Papiere aufgehoben.«

»Ich werde anschließend dort vorbeigehen. Ehrlich gesagt habe ich vor, dort zu übernachten.«

»Bevor Sie wieder nach England fliegen?«

»Nicht unbedingt.«

»Ich hatte nicht angenommen, daß es für Sie einen Grund gibt, noch länger zu bleiben.«

Plötzlich riß Charlotte der Geduldsfaden. »Sie wissen, worum es hier geht, Natascha. Warum geben Sie das nicht zu? Maurice hat Sie von Anfang an ins Vertrauen gezogen.«

»Wie können Sie sich da so sicher sein?«

»Beatrix ist tot. Maurice ebenfalls. Geben Sie es um Gottes willen auf! Ein unschuldiger Mann sitzt im Gefängnis, und ein unschuldiges junges Mädchen ist verschwunden. Bedeutet Ihnen das denn gar nichts?«

»Ich habe sie nie kennengelernt.«

»Was hat Beatrix Ihnen geschickt?«

»Wie bitte?«

»Sie hat Ihnen postum einen Brief zukommen lassen. Was war darin?«

»Meinen Sie das Bündel unbeschriebener Seiten? Maurice vermutete, daß es von seiner Tante war. Es hat für mich keinen Sinn ergeben.«

»Unbeschriebene Seiten?«

»Ja. Verrückt, nicht wahr? In der Tat wirklich unglaublich.« Natascha grinste, und ihr Gesichtsausdruck ließ erkennen, daß sie wußte, welchen Schluß Charlotte aus dieser Wiederaufbereitung von Ursulas Lüge ziehen würde.

»Sie haben Ursula ihren Ehemann gestohlen. Wollen Sie nicht verhindern, daß sie auch noch ihre Tochter verliert?«

»Ich habe Ursula nichts gestohlen, und ganz bestimmt nicht Maurice. *Er* hat *mich* gefunden, nicht umgekehrt. Und was er gefunden hat, war eine Frau, die ihn sehr viel besser verstanden hat, als dies seiner Frau jemals gelang.«

»Das kann sein. Aber –«

»Wenn Sie denken, daß Maurice Ursula je geliebt hat, dann sind Sie auf dem Holzweg. Er hat nie jemanden außer sich geliebt. Oh, und vielleicht Sie, Charlie. Vielleicht hat er Sie geliebt. Ich habe das auf jeden Fall immer angenommen.«

»Was Maurice getan hat – wobei Sie ihm geholfen haben –, war falsch. Wenn Sie mir helfen würden, würden Sie etwas davon wiedergutmachen.«

»Aber ich kann Ihnen nicht helfen, Charlie. Ich kann es nicht, und das ist die Wahrheit.«

»Beatrix war eine großartige Frau. Sie hätte niemals so sterben dürfen. Fairfax-Vane ist nichts weiter als ein schlagfertiger Antiquitätenhändler. Er verdient keine lange Gefängnisstrafe. Und Sam ist ein lebhaftes Mädchen an der Schwelle zum Erwachsenwerden. Meinen Sie nicht, daß sie herausfinden sollte, was es bedeutet? Anstatt aus einem Grund zu sterben, den sie nicht einmal versteht?«

»Ich verstehe den Grund auch nicht.«

»Das behaupte ich ja auch gar nicht. Aber wenn Sie nur für eine Sekunde aufhören würden zu lügen, dann könnten wir –«

»Das reicht!« Die wahre Natascha hatte sowohl ihre Stimme als auch ihren Gesichtsausdruck wiedergefunden. Sie war wütend und zitterte vor Zorn – und vielleicht auch aus Schuld. »Sie haben kein Recht, hierherzukommen – in meine Wohnung – und mich eine Lügnerin zu nennen.«

»Ich denke doch. Ich halte es für meine Pflicht. Genauso wie ich es für Ihre Pflicht halte, mir alles zu erzählen, was Sie wissen.«

»Verschwinden Sie! Verschwinden Sie auf der Stelle!« Natascha lief in den Flur und riß die Wohnungstür weit auf. »Ich hätte mich niemals darauf einlassen sollen, Sie zu treffen. Ich werde den gleichen Fehler nicht noch einmal machen.«

Es war nutzlos, noch länger zu bleiben oder zu protestieren. Charlotte konnte an Nataschas Gesichtsausdruck erkennen, daß sie das Gegenteil von dem bewirkt hatte, was sie wollte, daß sie die Beherrschung verloren hatte. Langsam ging sie auf die Tür zu und bemühte sich, ihre Selbstbeherrschung wiederzufinden.

Als sie nebeneinanderstanden, sagte Natascha: »Ich habe Maurice einmal gefragt, warum er so viel von Ihnen hielt, Charlie. Wissen Sie, was er sagte? ›Weil sie sich ein naives Vertrauen in die menschliche Natur erhalten hat.‹ Nicht gerade ein Kompliment, nicht wahr? Aber er hat es so gemeint. Und er hat getan, was er konnte, um Ihnen das Vertrauen zu erhalten. Jetzt, wo er tot ist, denke ich, sollten Sie zugeben, wie falsch das immer war.«

»War es das?«

»Aber natürlich. Sehen Sie, Charlie, Sie sind die Lügnerin, nicht ich. Sie bestehen weiterhin auf etwas, von dem Sie genau wissen, daß es unmöglich ist. Sie tun weiterhin so, als ob etwas unternommen werden könnte. Um Sam zu retten. Um Fairfax-Vane zu befreien. Um die Erinnerung an Maurice reinzuwaschen. Aber es ist unmöglich. Wir können nichts tun. Rein gar nichts.«

»Sind Sie sicher?«

»Genauso sicher wie ich bin, daß Sie New York so verlassen werden, wie Sie gekommen sind – mit leeren Händen.«

16

Das Apartment an der Park Avenue, das Ladram Avionics gehörte, war klein, aber komfortabel und zeitgemäß eingerichtet. Es war weder gemütlich noch luxuriös, und Charlotte bezweifelte, daß Maurice in den vergangenen Monaten zu etwas anderem hierhergekommen war, als die Post abzuholen. Trotzdem machte sie sich daran, die Wohnung methodisch zu durchsuchen, um genau das zu finden, was sie erwartet hatte: nichts. Ein paar Häuserblocks entfernt entdeckte sie jedoch ein italienisches Restaurant, in dem sie zu Abend aß, und sie legte Wert darauf, ausreichend Chianti zu trinken, um gut schlafen zu können, denn ihre Pläne für den folgenden Tag legten nahe, daß sie ausgeruht sein mußte. Sie war noch nicht dazu bereit, sich geschlagen zu geben und nach England zurückzukehren. Eine List blieb noch übrig, die wollte sie zuerst ausprobieren.

Sie schlief länger, als sie beabsichtigt hatte, und wachte auf, als es bereits heller Morgen war und das Telefon aufdringlich klingelte. Als sie nach dem Hörer griff, vermutete sie, daß es Ursula sein würde, und sie fragte sich, ob es Neuigkeiten wegen Samantha gab. Aber ihre Vermutung war falsch gewesen.

»Charlie? Hier ist Natascha. Ich bin froh, daß ich Sie noch erwische.«

»Warum?«

»Weil ich über das, was Sie sagten, nachgedacht habe und... Können wir uns nochmals sehen, bevor Sie abreisen?«

»Hat das denn einen Sinn?«

»Ganz bestimmt.«

»Also gut, natürlich können wir uns sehen.«

»Kennen Sie die Frick-Sammlung?«

»Natürlich habe ich davon gehört.«

»Sie ist an der Fifth Avenue, an der Ecke der East Seventieth. Sie können von dort, wo Sie sind, zu Fuß hingehen. Wir treffen uns in einer Stunde dort.«

Erst als sie dort eintraf, wurde Charlotte klar, daß die Frick-Sammlung in neunzehn getrennten Räumen im Erdgeschoß der Villa des verstorbenen Sammlers untergebracht war. Da Natascha nicht angegeben hatte, in welchem Raum sie sich treffen wollten, blieb ihr nichts anderes übrig, als durch alle Räume zu gehen, die Gemälde zu ignorieren und sich nur mit den anderen Besuchern zu befassen.

Sie war halb durch und begann bereits, sich Sorgen zu machen, als sie das Fragonard-Zimmer betrat und sich sofort in einen französischen Salon des achtzehnten Jahrhunderts versetzt fühlte. Fragonards Gemäldezyklus *The Progress of Love* hing in diesem Raum. Unter einem der Bilder – auf dem ein Mädchen, das neben einer Statue saß, sich aus Furcht, entdeckt zu werden, umschaute, während ihr Liebhaber auf die Gartenmauer kletterte – stand Natascha, offensichtlich in ihre Gedanken verloren. Sie trug eine kurze Kaschmirjacke, unter der der Gagatanhänger in tintenschwarzer Symbolik schimmerte. Charlotte mußte sie am Ellenbogen berühren, um ihre Aufmerksamkeit auf sich zu lenken.

»Na so was, Charlie!« Sie lächelte. »Natürlich wieder pünktlich, wie könnte es anders sein. Wenn auch für ein ziemlich andersgeartetes Treffen als das da.« Sie nickte in Richtung der ängstlichen Liebenden. »Ich komme oft hierher. In diesem Raum, meine ich, nicht in die anderen. Die Franzosen verstehen die Liebe. Besser als die Amerikaner auf jeden Fall und mit Sicherheit besser als die Briten.«

»Ich habe nicht viel Zeit. Könnten wir –«

»Sie haben genügend Zeit, sich in Fragonards Welt zu verlieren, Charlie. Wie wir alle. Putten und Tauben toben im immerwährenden Sommer herum. Versuchung. Verfolgung. Erfüllung. Sehnsucht. Bedauern. Abschied. All das ist hier auf diesen Gemälden.«

»Schon möglich. Aber –«

»Schauen Sie sich doch einen Augenblick um. Bitte.«

Gereizt betrachtete Charlotte die Bilder. An jeder Wand bestätigte sich Nataschas Argument. Der Mann, der anbot, was das Mädchen vorgab, nicht zu wollen. Der Mann, der ihr Herz mit Geschenken und Schmeicheleien gewann. Dann das Mädchen allein mit seiner Schwermut. Aber all das war an Charlotte völlig verschwendet. »Wenn Sie mir etwas sagen wollen, Natascha, wäre ich Ihnen dankbar, wenn –«

»Ich erzähle es Ihnen gerade. Das hier gehört dazu. Sogar hier gibt es Briefe.« Sie zeigte auf eines der Gemälde an der Südwand, auf dem das Mädchen auf einer Steinbank unter sich neigenden Bäumen saß und einen Liebesbrief las, während sein Verfasser seine Arme um ihre Mitte schlang und seinen Kopf an ihren Nacken lehnte. »Ist er wirklich da? Ich frage mich das manchmal. Oder ist er in ihrer Phantasie, während sie liest? Ist er vielleicht bereits woanders und betrügt sie, bereit, sie zu verlassen? Sie verkörpert den Trugschluß und das Schicksal jeder Frau. Sie würde besser daran tun, den Brief ungelesen wegzuwerfen, nicht wahr?«

»Vielleicht.«

»So wie Beatrix es mit Tristrams Briefen aus Spanien hätte machen sollen.«

»Aber das hat sie nicht.«

»Nein. Und jetzt müssen andere darunter leiden.« Sie schaute Charlotte eindringlich an. »Ich beabsichtigte nicht, dazuzugehören.«

»Warum haben Sie mich dann gebeten, Sie zu treffen?«

»Um Ihnen etwas zu geben. Um großzügiger als gewöhnlich zu handeln. Kommen Sie mit, und ich werde es Ihnen erklären.«

Natascha führte sie noch durch einige andere Räume, bis sie im Mittelpunkt der Villa in einem offenen Innenhof mit Säulen herauskamen, wo ein Springbrunnen zwischen tropischen Pflanzen vor sich hin plätscherte. Sie setzten sich auf eine Marmorbank neben dem Springbrunnen, und Natascha starrte in sein plätscherndes Wasser, als sie zu sprechen begann.

»Ich war zwölf Jahre lang die Geliebte von Maurice. Er hat mich gut behandelt. Wie Sie sicherlich wissen, war er ein großzügiger Mann. Er machte mir klar, daß seine Familie niemals von mir erfahren dürfte, und ich habe das auch nicht erwartet. Ich war sein Geheimnis. Oder eines davon. Er hatte natürlich viele. Viel mehr, als Sie oder ich jemals wissen werden. Aber ich habe sein eigentliches Geheimnis vor langer Zeit entdeckt. Ich fand heraus, was in ihm vorging.«

»Was war es?«

»Das größte Vergnügen, das ihm unser Verhältnis bereitete, bestand in der Geheimnistuerei, der Tatsache, daß niemand von mir wußte. Von allem, was wir miteinander anstellten, bedeutete das die höchste Erregung für ihn.«

»Aber Beatrix hat es herausbekommen.«

»Ja. Das stimmt.« Natascha seufzte. »Ich werde nichts zugeben, Charlie. Ich werde mich nicht selbst belasten. Was Maurice getan hat, hat er getan. Sie werden mich nicht dazu bringen zu sagen, daß ich daran beteiligt war.«

»Das versuche ich ja gar nicht.«

»Gut. Dann stellen Sie nichts in Frage, was ich Ihnen jetzt gleich erzählen werde. Nichts davon.«

»In Ordnung.«

»Lassen Sie uns ein paar Schritte gehen.« Natascha erhob sich unvermittelt und begann einen langsamen Rundgang im Hof mit Charlotte an ihrer Seite. »Wenn Maurice das gehabt hätte, was die Entführer wollen, dann hätte er es ihnen gegeben. Ich bin mir darüber absolut sicher. Er hat nichts Derartiges bei mir gelassen und auch niemals so ein Dokument erwähnt. Ich vermute, Sie haben in der Park Avenue alles durchsucht?«

»Ja.«

»So sieht es also aus. Nein, ich fürchte, ich kann Ihnen bei dieser Suche nicht helfen.« Sie blickte sich nach Charlotte um. »Ehrlich. Sie können mir glauben.«

»Wenn es so ist –«

»Was kann ich Ihnen sagen? Erstens möchte ich mich dafür entschuldigen, daß ich gestern wütend geworden bin. Wir hätten uns nicht dort treffen sollen. Dort gibt es zu viele Erinnerungen an Maurice. Hier kann ich ruhig bleiben. Zweitens will ich Ihnen erzählen, was Beatrix mir wirklich geschickt hat. Natürlich keine leeren Seiten, sondern eine Kassette, auf der sie eine Unterhaltung aufgenommen hatte, die sie ein paar Wochen vor ihrem Tod mit Maurice geführt hatte. Es ist sogar ihre letzte persönliche Unterhaltung. Dabei konfrontiert sie ihn mit Beweismaterial über ein Komplott gegen sie, das sie entdeckt hat, und beschuldigt ihn, hinter dem Ganzen zu stecken. Maurice wußte natürlich nicht, daß ihre Unterhaltung aufgezeichnet wurde. Und ich habe es ihm niemals erzählt. Ich habe ihn mit der gleichen Lüge abgespeist wie Ursula. Er wußte nicht, wem von uns er glauben sollte oder nicht. Ich denke, jetzt be-

333

dauere ich es, daß ich es vor ihm verheimlicht habe. Aber vielleicht ist es besser so. Er hätte das Band bestimmt vernichtet.«

»Warum haben Sie es vor ihm verheimlicht?«

»Weil das Band ein Beweisstück war, das ich gegen ihn verwenden konnte. Wenn es nötig gewesen wäre. Oder wenn ich es gewollt hätte. Und Geliebte rechnen immer damit, verlassen zu werden. Im Gegensatz zu Fragonards blauäugigen Fräuleins haben wir ständig ein Auge auf die Zukunft gerichtet. Beatrix muß das gewußt haben. Sie war eine kluge alte – Nun, lassen wir es dabei, daß sie klüger war, als Maurice dachte, wenn auch nicht so klug, wie sie hätte sein müssen. Oder vielleicht waren ihre Freunde nicht so schlau. Wenn sie genau das getan hätten, worum sie gebeten worden waren, dann hätte sie Maurice völlig ausmanövriert, so wie sie es geplant hatte. Darum hat sie mir die Kassette geschickt. Denn ohne die Tantiemen hätte er mich sitzen lassen. Aber mit der Kassette wäre ich in der Lage gewesen, ziemlich viel Geld aus ihm herauszuholen, so wie Beatrix es sich ausgerechnet hatte. Es wäre eine todsichere Sache gewesen. Schlau, nicht wahr?«

»Ja. Aber so war Beatrix. Sehr schlau.«

»Mit dem Bericht des Privatdetektivs über die Finanzen von Maurice *und* dem Band müßte es Ihnen gelingen, Fairfax-Vane freizubekommen. Ich fürchte, er ist der einzige, dem ich helfen kann. Aber für mich hat das Band jetzt keinen Wert mehr, also kann er genausogut davon profitieren.« Sie zog eine Minikassette aus ihrer Tasche und schob sie Charlotte in die Hand. »Vielleicht hilft mir das, dem Fegefeuer zu entkommen.«

»Ich werde dafür sorgen, daß es in die Hände seines Rechtsanwalts gelangt. Das ist... sehr nett von Ihnen.«

»Das ist nichts weiter. Bei allem, was Sie in der Hand haben, gibt es nicht die Spur eines Beweises gegen mich. Ich bin nicht dumm. Aber ich bin auch nicht rachsüchtig.« Sie machten auf der Bank, die sie vorher verlassen hatten, eine Pause, nachdem sie den Innenhof einmal vollständig umrundet hatten. Natascha befeuchtete ihre Lippen, es schien, als wäre sie unsicher, wie sie ihre Begegnung beenden sollte. »Wohin wollen Sie von hier aus gehen, Charlie?«

»Nach Boston.«

»Aha. Ich nehme an, um Emerson McKitrick aufzusuchen.«

»Ja.«

»Es wird eine vergebliche Reise sein.«

»Vielleicht.«

»Aber Sie werden trotzdem hinfahren?«

»Ja.«

»Seien Sie vorsichtig.«

»Das sagen mir die Leute in letzter Zeit ständig.«

»Weil es ein guter Ratschlag ist. Auf der Kassette sagt Beatrix etwas, auf das ich nicht groß geachtet habe, als ich sie das erste Mal hörte. Sie versuchte Maurice davor zu warnen, daß er mit dem Feuer spielt. Aber er hörte nicht darauf. Er hat sie nicht ernst genommen. Und ich auch nicht. Aber jetzt nehme ich sie ernst. Und Sie sollten es auch.«

»Ich bin gezwungen, alles zu versuchen, um Sam zu helfen.«

Natascha warf Charlotte einen Blick zu und schüttelte den Kopf.

»Maurice sagte immer, Sie hätten nicht nur seine Tugenden, sondern auch eigene. Ich wünsche Ihnen viel Glück.«

»Vielen Dank.«

»Was mich betrifft –« Sie schaute wehmütig auf den Springbrunnen. »Ich denke, ich werde die Fragonards noch einmal betrachten, bevor ich wieder gehe. Er starb in Armut, wie die meisten Künstler. Das habe ich nicht vor. Aber ich bin kein Künstler. Sorgen Sie dafür, daß Sie auch keiner werden, Charlie – wie der Vater von Maurice. Es zahlt sich auf lange Sicht nicht aus. Wie Maurice herausgefunden hat. Nur zu spät.« Sie lächelte, tätschelte Charlottes Arm und ging langsam davon, das Klappern ihrer Absätze auf dem Marmorboden war auch dann noch zu hören, als sie um eine Ecke gebogen und nicht mehr zu sehen war.

17

BEATRIX: Komm ins Wohnzimmer und mach es dir bequem, Maurice. Hast du eine angenehme Reise gehabt?

MAURICE: So la la. Zu viele Sonntagsfahrer für meinen Geschmack.

BEATRIX: Natürlich, es ist ja Sonntag. Weißt du, ich hätte es fast vergessen. In meinem Alter neigt man dazu.

MAURICE: Wirklich? Das verbirgst du aber gut, Tante, ich muß schon sagen.

BEATRIX: Jetzt schmeichelst du mir. Aber es ist wahr. Mein Gedächtnis läßt mich im Stich. Namen. Gesichter. Daten. Alles weg. Ist heute zum Beispiel der dreißigste oder der einunddreißigste Mai?

MAURICE: Der einunddreißigste, und ich nehme an, das weißt du genau. Morgen fährst du nach Cheltenham. Ich bin sicher, daß du das nicht vergessen hast.

BEATRIX: Nein, nein. Und deshalb wollte ich ja, daß du heute nachmittag kommst. Damit wir uns treffen konnten, bevor ich fahre.

MAURICE: Du hast gesagt, wir hätten etwas Wichtiges zu besprechen.

BEATRIX: Ziemlich wichtig. Oh! Der Wasserkessel kocht. Würde es dir etwas ausmachen, das Wasser in die Teekanne zu gießen, Maurice? Tee ist bereits drin. Dann kannst du das Tablett hereinbringen.

MAURICE: Überlaß das nur mir.

BEATRIX: Vergiß nicht die Keksdose. Ich habe ein paar von diesen Fruchtkeksen, die du so magst.

MAURICE *(etwas entfernt):* Ich hoffe, du hast sie nicht extra meinetwegen gekauft. Das wäre nicht nötig gewesen.

BEATRIX: Aber ich wollte es. Und ich mache immer, was ich will. Das ist eines der wenigen Sonderrechte des Alters.

MAURICE: Versuchst du, mir etwas mitzuteilen, Tante?

BEATRIX: Stell das Tablett hier ab. Ich werde die Zeitschriften wegnehmen.

MAURICE: Als du anriefst, dachte ich, du hättest es dir anders überlegt.

BEATRIX: Was anders überlegt?

MAURICE: Das weißt du genau.

BEATRIX: Tatsächlich? Wie ich bereits sagte, werde ich immer vergeßlicher. Ich hätte es nicht gern, wenn wir beide aneinander vorbeiredeten. Warum hilfst du mir nicht auf die Sprünge?

MAURICE: Das hast du gar nicht nötig.

BEATRIX: Mir zuliebe, Maurice.

MAURICE *(seufzend):* Ich dachte, du hättest deine Meinung wegen der Veröffentlichung der Briefe geändert.

BEATRIX: Du meinst Tristrams Briefe? Die, die er mir aus Spanien geschickt hat? Die, die beweisen, daß ich die Gedichte für ihn geschrieben habe?

MAURICE: Ja, Tante. Diese Briefe.

BEATRIX: Nun, ich wollte nur Mißverständnisse vermeiden.

MAURICE: Es gibt keine. Hast du nun deine Meinung geändert?

BEATRIX: Würdest du mir etwas Tee einschenken? Ich möchte nicht, daß meiner bitter wird... Danke dir.

MAURICE: Also?

BEATRIX: Er ist perfekt. Genau so, wie ich ihn mag.

MAURICE: Um Gottes willen!

BEATRIX: Trink deinen Tee, Maurice. Und nimm dir Kekse. Jetzt hör mir zu. Es ist wichtig, daß du mich nicht unterbrichst.

MAURICE: Unterbrichst?

BEATRIX: Genau das meine ich. Wie du weißt, bin ich keine zitternde Untergebene bei Ladram Avionics. Also, schenkst du mir deine Aufmerksamkeit?

MAURICE: Ungeteilt.

BEATRIX: Hervorragend. Es ist jetzt beinahe sechs Monate her, seit du das Thema angeschnitten hast. Während all dieser Monate hast du mir oft genug erklärt, auf welche Art und Weise wir beide davon profitieren würden, wenn wir der Literaturwelt preisgeben würden, welchen Streich Tristram und ich ihr gespielt haben. Und ich habe dir oft genug erklärt, daß Ruhm und Reichtum in meinem Alter nicht mehr viel bedeuten. Auf jeden Fall viel weniger als der gute Name meines verstorbenen Bruders, den ich für wichtiger erachte als jede wie auch immer geartete finanzielle Unannehmlichkeit, die dir durch das Auslaufen der Tantiemen entstehen könnte. Nicht daß ich dir die Tantiemen deines Vaters nicht gönnen würde. Weit gefehlt. Es ist nur einfach so, daß ich nicht bereit bin, ihn als Betrüger und Scharlatan gebrandmarkt zu sehen, nur damit du noch länger die Tantiemen erhältst.

MAURICE: Also hast du deine Meinung nicht geändert?

BEATRIX: Ich habe dich gebeten, mich nicht zu unterbrechen, oder?

MAURICE *(seufzend):* Entschuldige.

BEATRIX: Ich will fortfahren. Vor ungefähr zehn Tagen hat mich ein Antiquitätenhändler namens Fairfax-Vane aufgesucht mit der Behauptung, er hätte eine Verabredung mit mir, um meine Tunbridge-Sammlung zu schätzen. Er hat ein Geschäft in Tunbridge Wells. Vielleicht erinnerst du dich an ihn. Ah ja, ich sehe, es ist so. Die arme Mary, unklug wie sie war, hat ihm vergangenes Jahr ein paar Möbel verkauft. Nun, natürlich hatte ich keine Verabredung mit ihm vereinbart. Ich nahm an, er hätte es einfach mal probiert. Also habe ich ihn wie einen begossenen Pudel abziehen lassen. Dann, letzten Montag, wen sehe ich, wie er sich am Church Square herumdrückt – ja, ich denke, herumdrücken ist das passende Wort. Niemand anderen als deinen ehemaligen Chauffeur. Mr. Spicer, den Alkoholiker. Er räumte schleunigst das Feld, als er mich näher kommen sah, aber er war nicht schnell genug. Du siehst überrascht aus, und das ist dein gutes Recht, wenn deine Überraschung auch mehr seiner Unfähigkeit gelten sollte als seiner Anwesenheit in Rye. Denn das, da bin ich ganz sicher, dürfte kaum eine Neuigkeit für dich sein.

MAURICE: Ich habe keine Ahnung, wovon du redest.

BEATRIX: Sei bitte still, Maurice, und hör genau zu, was ich dir sage. Mr. Spicer war nicht in Rye, um dort einen Urlaub am Meer zu verbringen. Ich denke, wir können mit Sicherheit davon ausgehen, daß er dort ein Geschäft zu erledigen hatte. Ein Geschäft, das vorbereitendes Auskundschaften erforderlich machte. Diesen Schluß habe ich auf jeden Fall daraus gezogen. Er wurde mir durch ein Telefongespräch mit Mr. Fairfax-Vane bestätigt, der mich davon überzeugte, daß tatsächlich eine Verabredung mit ihm getroffen worden war, hierherzukommen – und zwar von einer Frau, die deutlich jünger sein muß als ich und mit einem leichten amerikanischen Akzent sprach. Und ich erkannte, daß die Verabredung so gelegt worden war, daß Mrs. Mentiply auf jeden Fall zusammen mit mir hier sein würde. Als Zeugin sozusagen. Ich fing an, in all den rätselhaften Ereignissen ein Muster zu erkennen, eine deutliche und beunruhigende Tendenz. Vielleicht hätte ich nichts gemerkt, wenn ich nicht vor kurzem zufällig Informationen über deine finanziellen Verhältnisse bekommen hätte. Wie auch immer, seit –

Maurice: Meine was?

Beatrix: Deine finanziellen Verhältnisse. Und sei so gut und brülle nicht. Es sollte dir wirklich nicht so absonderlich vorkommen, daß ich deine Angelegenheiten untersucht habe – wenn ich es so ausdrücken darf. Deine Beharrlichkeit – nein, deine Heftigkeit – wegen Tristrams Briefen legte nahe, daß du die Tantiemen viel dringender brauchtest, als du je zugeben würdest. Als ich einen Privatdetektiv damit beauftragte, diese Hypothese zu überprüfen –

Maurice: Einen *Privatdetektiv*?

Beatrix: Es besteht kein Grund, alles, was ich sage, zu wiederholen. Ich bin sicher, daß du gut hörst und mich verstehst. Der Bericht, den ich in Auftrag gegeben hatte, war sehr interessant zu lesen. Besonders im Hinblick auf die Geliebte, die du dir in New York hältst. Ohne Zweifel sind ihre Reize ebenso beachtlich wie teuer.

Maurice: Mein Gott, das ist –

Beatrix: Wozu du mich gebracht hast. Es hat keinen Sinn, dich so aufzuspielen. Ich will nur sicherstellen, daß wir beide wissen, woran wir sind. Ich habe eine Theorie entwickelt, um die kürzlichen Vorfälle in dem Licht dessen zu sehen, was ich über dich erfahren habe. Möchtest du sie hören?... Ich deute dein begeistertes Schweigen als Zustimmung. Wenn Mr. Spicers Entlassung wegen Trunkenheit letzte Weihnachten eine Farce war; wenn er vielmehr weiterhin von dir beschäftigt wird, wenn auch nicht als Chauffeur; wenn deine amerikanische Geliebte Mr. Fairfax-Vane angerufen und hierhergelockt hat; wenn es geschehen sollte, daß ich das Opfer eines Einbruchs werde, der scheinbar im Auftrag von Mr. Fairfax-Vane verübt wird, um in den Besitz meiner Tunbridge-Sammlung zu gelangen, aber in Wirklichkeit von Mr. Spicer ausgeführt wird, um meinen Tod zu verursachen; wenn mein Ableben dich in den Besitz der Briefe deines Vaters bringt, so daß du sie nach Belieben veröffentlichen kannst... nun, wenn ich mit all dem recht habe – und ich denke schon –, dann hast du beschlossen, dich über meine Einwände gegen die Veröffentlichung auf die wirkungsvollste und zugleich herzloseste Art und Weise hinwegzusetzen, hab' ich recht?

MAURICE: Natürlich habe ich das nicht. All das – jedes einzelne Wort davon – ist völlig absurd und verrückt.

BEATRIX: Ist es das? Wirklich?

MAURICE: Ja. Und wenn der einzige Grund dafür, daß du mich hierherbestellt hast, der ist, mich damit zu behelligen –

BEATRIX: Aber das ist nicht der einzige Grund. Nicht ganz auf jeden Fall.

MAURICE: Warum also dann?

BEATRIX: Um dich zu bitten, mir noch etwas Zeit zu lassen, um meine Haltung zu überdenken. Ich möchte es mir noch einmal überlegen, während ich in Cheltenham bin. Um meine Prinzipien gegen das Risiko abzuwägen, das ich anscheinend eingehe.

MAURICE: Du gehst kein Risiko ein!

BEATRIX: Du solltest dich freuen, daß ich anders darüber denke. Es bedeutet, daß du vielleicht bekommst, was du willst, ohne zu schrecklichen Mitteln greifen zu müssen.

MAURICE: Nun, wenn du dich anders besinnen solltest...

BEATRIX: Verlaß dich nicht darauf. Ich werde dich anrufen, sobald ich aus Cheltenham zurück bin. Man muß vieles dabei berücksichtigen. Mehr, als dir bewußt ist. Viel mehr. Wenn sich alles nur um das Ansehen deines Vaters drehen würde, wäre ich vielleicht nicht so unnachgiebig gewesen. Aber es geht nicht nur darum, glaube mir. Es geht um ganz andere Größenordnungen. Du würdest gut daran tun, dich davor zu hüten.

MAURICE: Wie kann ich mich davor hüten, wenn ich nichts darüber weiß?

BEATRIX: Du kannst es nicht, wenn du dich weiterhin so stur verhältst, wie du es dein ganzes Leben lang getan hast.

MAURICE: Moment mal –

BEATRIX: Nur aus Interesse, kannst du mir nicht erzählen, was das Ganze eigentlich soll? Es muß dabei um mehr gehen als nur um Geld. Was ist es? Einfach nur deine Unfähigkeit zu akzeptieren, daß deine Wünsche nicht immer vor denen anderer Leute Vorrang haben?

MAURICE: Mein Gott –

BEATRIX: Was ist? Willst du schon gehen?

MAURICE: Ich freue mich, daß du noch einmal darüber nachdenken willst, Tante, aus welchem Grund auch immer. Ich warte darauf, nach deinem Urlaub von dir zu hören, hoffentlich etwas Gutes. Aber in der Zwischenzeit bin ich nicht bereit, mir noch mehr Beleidigungen von dir anzuhören.

BEATRIX: Wie du willst. Ich denke, wir haben uns alles Nötige gesagt. Ich denke, daß wir uns jetzt verstehen.

MAURICE: Vielleicht hast du recht.

BEATRIX: Vergiß nicht, was ich dir gesagt habe. Es steht mehr auf dem Spiel, als du ahnst.

MAURICE: Das ist Gewäsch, und du weißt es.

BEATRIX: Ich weiß, daß du das denkst. Aber du hast unrecht. Nicht daß ich erwartet hätte, daß du meiner Warnung Beachtung schenken würdest. Ich wäre darüber sogar überrascht gewesen.

MAURICE: Und Überraschungen sind nicht gut für zarte alte Damen, nicht wahr?

BEATRIX: Sie sind nicht so schlimm wie nächtliche Eindringlinge.

MAURICE: Nein. Aber *dagegen* kannst du Sicherheitsvorkehrungen treffen, nicht wahr?

BEATRIX: Du meinst, indem ich mich mit deinen Bedingungen einverstanden erkläre.

MAURICE: Indem du vernünftig bist.

BEATRIX: Ich werde mich bestimmt darum bemühen.

MAURICE: Gut.

BEATRIX: Findest du allein hinaus?

MAURICE: Ja. Natürlich.

BEATRIX: Dann auf Wiedersehen.

MAURICE *(entfernt):* Vielen Dank für den Tee. Wir sprechen uns bald. Ich wünsche dir eine schöne, *nachdenkliche* Zeit in Cheltenham, Tante.

BEATRIX: Da bin ich ganz sicher.

MAURICE *(entfernt):* Tschüs.

BEATRIX *(mit gedämpfter Stimme):* Auf Wiedersehen, Maurice. Ich danke dir ganz herzlich für deine Mitarbeit. Sie ist unbezahlbar.

18

Charlotte hatte sich einen Kassettenrecorder gekauft, bevor sie New York verlassen hatte, und hörte sich während ihrer fünfstündigen Eisenbahnfahrt nach Boston das Band mit dem Gespräch zwischen Beatrix und Maurice immer wieder an. Manchmal konnte sie sich vorstellen, sie sei in einem angrenzenden Raum in Jackdaw Cottage und würde ihre Unterhaltung belauschen. Dann wieder ließ der Gedanke, daß beide jetzt tot waren, ihre Worte entfernt und ätherisch wirken. Aber die Bedeutung veränderte sich niemals. Beatrix hatte Maurice eine Falle gestellt, und er war direkt hineingelaufen. Niemand, der die Kassette abhörte, konnte an seiner Schuld zweifeln. Er hatte sogar das Datum seines unbewußten Geständnisses angegeben. Natascha hatte recht. Es würde ziemlich sicher genügen, um Colin Fairfax freizusprechen. Zumindest er würde frei sein.

Aber Samanthas Freiheit schien noch immer weit entfernt zu sein. »*Es steht mehr auf dem Spiel, als du ahnst*«, hatte Beatrix gesagt. Und die folgenden Ereignisse hatten gezeigt, wieviel mehr. Aber was war es? Was hatte sie während so vieler Jahre treuhänderisch verwaltet und als Geheimnis bewahrt? Was hatte ihren und Tristrams literarischen Betrug im Vergleich damit belanglos werden lassen? Charlotte sehnte sich danach, sie zu fragen, sich an sie zu wenden und alle Fragen sofort beantwortet zu bekommen, alle Probleme wie durch Zauberhand gelöst. Aber es gab sie nicht mehr. Nur ihre Stimme hallte noch in Charlottes Ohr. Und was sie sagte, konnte niemals verändert werden. Es konnte durch Knopfdruck abgehört werden. Aber es würde immer dasselbe sein.

Charlotte quartierte sich in einem Hotel im Zentrum Bostons ein und arbeitete sich in ihrem Zimmer durch das Telefonbuch hindurch, sobald der Gepäckträger gegangen war. Emerson McKitricks Adresse war leicht zu finden, er wohnte in South Lincoln. Morgen würde sie ihn ausfindig machen, dort oder wo er sich auch versteckt hatte. Morgen würde sie die Demütigung vergessen müssen, die ihr durch ihn widerfahren war, und ihn bei einer hoffnungslos anmutenden Aufgabe um Hilfe bitten.

Dem nächsten Tag trat Charlotte mit so viel Tüchtigkeit und Ent-schlossenheit gegenüber, wie sie nur aufbringen konnte. Sie kaufte einen Stadtplan, mietete ein Auto und fuhr nervös nach Cambridge, wo die Eröffnungswoche des Herbstsemesters in Harvard in vollem Gange war. Schließlich fand sie das Institut für Englische Literatur, trat ein und fragte den ersten Studenten, der ihr über den Weg lief, wo sie Dr. McKitrick finden könnte.

»Hier nicht. Freitags arbeitet er meistens zu Hause. Wollen Sie seine Adresse?«

»Nein, vielen Dank«, antwortete Charlotte. »Das wird nicht nötig sein.« Ehrlich gesagt war sie erleichtert zu hören, daß er nicht hier war. Wenn sie ihm in seiner häuslichen Umgebung gegenüberste-hen würde, wäre es für ihn schwieriger, sie einfach so abzuspeisen.

Eine Stunde später hatte sie Drumlin Hill, South Lincoln, erreicht, eine üppig mit Bäumen bestandene Sackgasse mit Wohnhäusern für leitende Angestellte etwas außerhalb der westlichen Vororte von Boston. McKitricks Haus stand an einer ahorngesäumten Erhö-hung, elegant und modern, mit einer Giebelwand, in die ein riesiges rundes Fenster eingelassen war, das wie ein starres Auge unver-wandt auf sie hinuntersah. Die Tür wurde von einer schlanken, blonden Frau ungefähr ihres Alters geöffnet, sie trug Jeans, Turn-schuhe und ein Hemd in Bonbonfarben, das mehrere Nummern zu groß für sie war. Mit ihrem angewinkelten Bein hielt sie einen auf-geregten Setter zurück und zeigte ein strahlendes Lächeln. »Hallo! Was kann ich für Sie tun?«

»Guten Morgen«, wagte Charlotte zu sagen. »Ich suche Emerson McKitrick.«

»Er ist im Augenblick nicht da.«

»Wann wird er zurückkommen?«

»Ich nehme an, jede Minute. Was... Erwartet er Sie?«

»Nein.«

»Sie sind Engländerin, nicht wahr?«

»Ja. Entschuldigung. Mein Name ist Charlotte Ladram.«

»Ladram? Kenne ich das nicht? Ladram Avionics, richtig? Die Firma von Maurice Abberley.«

»Maurice Abberley ist – war – mein Bruder.«

»Ihr *Bruder*? Kommen Sie doch herein.« Sie öffnete die Tür ganz und hielt den Hund zurück, dessen Schwanz ungestüm gegen die Wand hinter ihm schlug. »Es ist okay. Er ist nur zu aufgeregt. Kommen Sie ruhig herein.«

Charlotte trat in die Diele und grinste zu dem Hund hinunter. »Hallo, mein Junge.«

»Gehen Sie durch. Ich will nur diese Bestie loswerden.« Die Frau führte den Hund weg und überließ es Charlotte, einen langen kieferngetäfelten Raum zu betreten, mit einem gewaltigen Kamin am hinteren Ende und einem Panoramafenster zu ihrer Rechten, das einen Blick auf den terrassenförmig angelegten Vorgarten und die gewundene Zufahrt bot, die sie heraufgekommen war. Die Sitzgelegenheiten waren niedrig und nachgiebig und die Innenausstattung weitgehend einem riesengroßen abstrakten Ölgemälde untergeordnet, das an der längsten Wand hing. Charlotte schaute noch auf seine ziellose Farbexplosion, als ihre Gastgeberin zurückkam und ihr, noch immer breit lächelnd, eine Hand zur offiziellen Begrüßung hinstreckte.

»Tut mir leid wegen des Hundes. Ich bin übrigens Holly McKitrick.« Vermutlich brachte Charlottes verwundertes Stirnrunzeln sie dazu, sofort hinzuzufügen: »Emersons Frau.«

»Oh, ich verstehe.« Sofort nach dem Händeschütteln wandte Charlotte sich ab, denn sie mußte dringend woanders hinschauen, um mit der einfachen Tatsache fertig zu werden, daß er verheiratet war. Er hatte darüber ebenso gelogen wie über fast alles andere, und sie wußte, daß sie weder verletzt noch überrascht sein sollte. Aber in Wirklichkeit war sie beides. »Sie haben... ähm... ein wunderschönes Haus«, sagte sie und schaute Holly McKitrick kurz an, die sie mit ihren blauen Augen forschend ansah.

»Schön, daß es Ihnen gefällt.«

»Ich nehme an, Sie... ähm... fragen sich, was mich hierher führt.«

»Nun, wir haben von Emersons englischem Verleger vom Tod Ihres Bruders gehört. Es klang schrecklich. Und seine Tochter wurde entführt, stimmt das? Sie ist Ihre Nichte, richtig?«

»Ja.«

»Wenn Sie in so einer Zeit hierhergekommen sind...«

»Es ist, weil Emerson uns vielleicht dabei helfen kann, Sams Freilassung zu erreichen.«

»Sie haben ihn kennengelernt, als er im Juli wegen Nachforschungen über Tristram Abberley drüben war?«

»Ja, genau.«

»Nun, ich bin sicher, daß er alles tun wird, um Ihnen zu helfen, aber ehrlich gesagt, weiß ich nicht –«

»Wir müssen alles versuchen.«

»Ja. Natürlich.« Sie lächelte. »Möchten Sie einen Kaffee, solange Sie warten?«

»Ähm... Ja, vielen Dank.«

»Es dauert nur eine Sekunde.«

Als sie allein war, wanderte Charlotte langsam das Zimmer hinunter und überlegte hin und her, wie viel oder wie wenig Holly McKitrick wissen mochte. Als sie den Kamin erreicht hatte, begann sie sich außerdem zu fragen, ob Maurice gewußt hatte, daß McKitrick verheiratet war. Wenn ja – Aber ihre Vermutungen fanden ein Ende, als sie sich umdrehte, um wieder zurückzugehen, und dabei einen roten Sportwagen erblickte, der soeben die Zufahrt heraufkam. Sie ging zum Fenster und beobachtete, wie er anhielt. Emerson McKitrick stieg aus, lässig gekleidet mit Jeans und einem Tennishemd. Er sah entspannt und sorglos aus und sang leise vor sich hin, als er eine prall gefüllte Papiertüte vom Rücksitz nahm und dann aufs Haus zumarschierte. Aber irgend etwas brachte ihn dazu, zum Wohnzimmerfenster heraufzuschauen, als er näher kam. Und der Anblick von Charlotte, die zu ihm hinunterstarrte, ließ ihn auf der Stelle stehenbleiben.

Das Folgende war für Charlotte eine erniedrigende und letztendlich frustrierende Erfahrung. Eigentlich hatte sie an Emersons besseres Ich appellieren wollen oder, wenn das fehlschlug, den Standpunkt vertreten, daß er ihr jeden nur möglichen Beistand schuldete als Ausgleich für die Täuschung, die er ihr angetan hatte. Aber wegen Hollys Anwesenheit konnte sie weder das eine noch das andere tun. Statt dessen war sie gezwungen, Emersons Lüge über ihre Bekanntschaft gutzuheißen. Er erzählte mit grinsender Unverfrorenheit davon, während er seiner Frau ostentativ den Arm um die Taille gelegt hatte. Da es Charlotte unmöglich war, ihm zu widersprechen, fühlte er sich sicher, denn sie wußte – ebenso wie er –, wem von ihnen beiden Holly glauben würde.

Das Schlimmste daran war, daß Charlotte beabsichtigt hatte, zu betonen, daß sie auf der Suche nach Informationen zu ihm gekommen war, nicht um eine Auseinandersetzung zu führen. Aber die Lügen, die Emerson erzählt hatte, entpuppten sich als Hindernis zwischen ihnen, unüberwindlich, da sie nicht eingestanden werden konnten. Als sie erklärte, hinter was die Entführer her waren, und ihn fragte, ob er irgendeine Idee hätte, was für ein Dokument das sein oder wo es sich befinden könnte, war seine Antwort, wie vorherzusehen gewesen war, negativ. Wenn man es im Zusammenhang mit seinem und Hollys überschwenglichem Mitgefühl betrachtete, klang es sehr nach der Wahrheit. Aber Charlotte hätte mit ihm allein und alle Differenzen hätten beseitigt sein müssen, um ganz sichergehen zu können. Und genau das schien er vermeiden zu wollen.

»Ich kann Ihnen nicht helfen, Charlie. Ich habe noch nie etwas darüber gehört. Ein katalanisch geschriebenes Dokument, das Tristram von einem Freund anvertraut wurde. Was für ein Freund? Worüber? Und warum hätte es, nach all diesen Jahren, plötzlich eine so große Bedeutung erlangt?«

»Ich weiß es nicht, aber die Entführer wissen über die Briefe Bescheid. Also müssen sie von jemandem davon erfahren haben. Sie sind einer der wenigen, die von ihrer Existenz wußten. Wenn Sie es einem Kollegen gegenüber erwähnten oder –«

»Aber ich habe es niemandem gesagt. Holly hier ist die absolut einzige, der ich es anvertraut habe. Die Briefe haben mein Buch über Tristram durcheinandergebracht. Warum sollte ich ihre Existenz erwähnen?«

»Charlie sagt doch gar nicht, daß du das getan hast, Liebling«, mischte sich seine Frau ein. Sie lächelte Charlotte an. »Sie überprüfen lediglich jede Möglichkeit, nicht wahr?«

»Ja. Es stand ... ähm ... nicht in den Zeitungen, aber die Entführer haben die Frist auf den elften Oktober festgesetzt, bis zu der das Dokument übergeben werden muß.«

Emerson zog die Augenbrauen hoch. »Und wenn nicht?«

»Sie sagen, sie werden Sam töten.«

»Mein Gott«, murmelte Holly.

»Sie sehen also –«

»Das ist hart«, sagte Emerson. »Sie ist ein liebes Mädchen. Es wäre eine Tragödie, wenn...« Er schüttelte den Kopf. »Wenn es irgendeine Möglichkeit gäbe, Ihnen zu helfen, dann würde ich es tun, glauben Sie mir.«

»Aber es gibt keine?«

»Nein.« Er schaute Charlotte einen Augenblick in die Augen, und es schien ihr, daß er wenigstens hierbei ehrlich war. »Absolut keine.«

Als sie ging, bot Emerson an, sie zu ihrem Wagen am Fuß der Auffahrt zu begleiten. Charlotte stellte fest, daß er ihre Begegnung noch immer inszenierte, indem er Holly ins Spiel einbezog oder außen vorließ, wie und wann es ihm paßte. Jetzt, da die Zeit begrenzt war, in der er noch mit ihr sprechen mußte, war es zweckmäßig – vielleicht sogar unbedingt erforderlich –, dies ungestört von einer dritten Person zu tun.

Sie hatten kaum das Haus verlassen, als er in einem Ton, der sich vollkommen von dem unterschied, den er in Hollys Gegenwart gebraucht hatte, sagte: »Du hättest nicht hierherkommen sollen, Charlie, es wäre besser gewesen. Du hättest anrufen können. Es gab keinen Grund zu kommen.«

»Ich wollte dir von Angesicht zu Angesicht gegenüberstehen.«

»Nun, das hast du ja jetzt getan. Was hast du dadurch gewonnen?«

»Nichts. Es sei denn, daß ich dich bei einer weiteren Lüge erwischt habe.«

»Es war die Idee von Maurice, daß ich so tun sollte, als sei ich ungebunden. Er glaubte, es würde dich leichter... zugänglich machen.«

»Es ist leicht, das jetzt zu behaupten, wo er tot ist, nicht wahr? Leicht, ihm alles in die Schuhe zu schieben.«

»Ja. Das stimmt, aber es ist wahr. Er trägt die Schuld für das, was er angefangen hat, was das auch sein mag, und das Sams Entführer jetzt zu Ende führen wollen.«

»Und du hast wirklich keine Ahnung, was es sein könnte?«

»Nicht den kleinsten Anhaltspunkt. Meine Nachforschungen

über Tristrams Zeit in Spanien waren auf die Auswirkungen auf seine Gedichte ausgerichtet. Sie haben so etwas niemals auch nur im entferntesten berührt. Und ich bin froh darüber, wenn das, was Maurice zugestoßen ist, ein Anhaltspunkt ist. Ich rate dir nur –« Sie waren unten an der Auffahrt angekommen und blieben stehen. »Alles, was ich über den Spanischen Bürgerkrieg weiß, ist, daß er eine Menge Wunden hinterließ, die nie geheilt sind. Fehden. Blutrachen. Ehrenschulden. Und ziemlich viel Blut. Wenn es Maurice geschafft hat, irgend etwas davon aufzurühren...«

»Ja?«

»Dann ist das einzig Gescheite, ihm aus dem Weg zu gehen. Laß die Finger davon.«

19

Charlotte hatte am Freitag spät in der Nacht Derek aus Boston angerufen, um ihn zu fragen, ob er sie am Samstagmorgen in Heathrow vom Flugzeug abholen könnte. Natürlich war er einverstanden gewesen. Erst später war ihm der Gedanke gekommen, sich zu fragen, ob er sich über Charlottes besorgte Stimme beunruhigen oder sich geschmeichelt fühlen sollte, daß sie ihn um Rat fragen wollte. Irgend etwas an diesem Geheimnis schien sie unbedingt herausbekommen zu wollen, und das erregte und fesselte ihn gleichermaßen. Das heißt, bis er sich wieder daran erinnerte, was mit Maurice Abberley geschehen war, dann schmetterte die Soll-und-Haben-Abteilung seines Gehirns ihre Warnung hinaus. Und manchmal war er sogar geneigt, darauf zu hören.

Jedoch nicht, als ihm Charlotte in einem unheimlich leeren Flughafencafé gegenübersaß und ihre Erlebnisse in den Vereinigten Staaten beschrieb, während sie ihn mit einem Gesichtsausdruck ansah, der andeutete, was er am liebsten glauben wollte: daß sie ihm uneingeschränkt vertraute. Es war ein Wunder, wenn man bedachte, wie oft in der letzten Zeit ihr Vertrauen enttäuscht worden war. Aber es war ein Wunder, wie er wohl wußte, das aus der Verzweiflung geboren war.

»Ich wollte mit Ihnen sprechen, bevor ich Ursula sehe«, endete sie, »weil sie vielleicht dagegen ist, daß ich Ihnen den Bericht des Privatdetektivs über Maurices finanzielle Verhältnisse gebe.«

»Den geben Sie mir?«

»Ja. Und die Kassette, die ich von Natascha erhalten habe.«

»Aber warum?«

»Weil Sie mit ihrer Hilfe die Polizei von der Unschuld Ihres Bruders überzeugen können. Oder wenigstens werden sie danach an seiner Schuld zweifeln.«

»Ja. Das sollten sie. Aber Sie zahlen dafür mit dem Namen *Ihres* Bruders.«

»Da kann man nichts machen. Maurice hat es sich selbst eingebrockt.« Sie preßte ihren Mund entschlossen zusammen. Ihre Entscheidung symbolisierte die endgültige Preisgabe einer lebenslangen Treue und durfte nicht auf die leichte Schulter genommen werden. Denn auch wenn es stimmte, daß Maurice sich das Ganze selbst eingebrockt hatte, so hatte er es gleichzeitig auch ihr eingebrockt. Und sie verdiente es nicht, seinetwegen zu leiden.

»Ich bin Ihnen sehr dankbar. Und Colin wird es bestimmt ebenfalls sein. Aber was ist mit Ursula? Sie wird kaum darüber begeistert sein, daß Sie den Namen ihres verstorbenen Mannes verunglimpfen.«

»Dann wird sie mich eben verfluchen. Ich möchte auf jeden Fall alle Folgen von Maurices Plan aus der Welt schaffen. Und bei dieser Sache wird es mir gelingen.« Sie griff in ihre Reisetasche, holte einen großen gelbbraunen Umschlag heraus und schob ihn über den Tisch. »Der Bericht.« Dann zog sie den Reißverschluß ihrer Handtasche auf, nahm die Kassette heraus und legte sie auf den Umschlag. »Und das Band. Sie gehören Ihnen. Unter einer Bedingung.«

»Und die wäre?«

»Verwenden Sie sie nicht, bevor Sam frei ist oder... Nun, noch ein paar Wochen mehr im Gefängnis werden für Ihren Bruder nicht viel bedeuten, aber sie sind vielleicht für meine Nichte wichtig. Ich will die Polizei nicht ermutigen, noch irgendwelche weiteren Fragen zu stellen. Und ich will sie auch nicht anlügen müssen. Die Entführer haben uns für die Übergabe des Dokuments eine Frist bis zum elften Oktober eingeräumt, und bis dahin werde ich die Hoffnung nicht aufgeben, es zu finden. Aber wenn die Polizei herausfindet, daß ich in Amerika war, wird sie wissen wollen, warum. Und wenn ich mich weigere, es ihnen zu sagen, werden sie Verdacht schöpfen.«

»Machen Sie sich keine Sorgen. Ich werde gut auf diese Dinge aufpassen. Aber ich werde bis nach dem elften Oktober kein Wort darüber verlieren.«

Charlottes Gesichtsausdruck wurde plötzlich finster. »Ich habe gerade darüber nachgedacht. Ab morgen sind es nur noch drei Wochen. Ich frage mich, was in diesen drei Wochen wohl geschehen wird.«

»Ihre Nichte wird wohlbehalten nach Hause zurückkehren.«

»Wirklich? Im Augenblick wüßte ich nicht, wie.«

»Während Sie fort waren, ist mir etwas wieder eingefallen, das vielleicht hilfreich sein könnte.« Das Aufblitzen der Hoffnung in ihren Augen ließ ihn wünschen, er könnte ihr eine bedeutendere Entdeckung bieten als den kläglichen Geistesblitz, den er liefern konnte. »Das Dokument ist in Katalanisch abgefaßt, richtig? Also vermutlich von einem Katalanen geschrieben. Die Hauptstadt von Katalonien ist Barcelona. Tristrams letzter Brief an Beatrix deutete an, daß ihm das Dokument von einem Freund anvertraut worden war. Welche Freunde, abgesehen von anderen Brigademitgliedern aus allen möglichen Ländern, hatte er in Spanien? Wie zum Beispiel Frank Griffith und –«

»Vicente Ortiz!«

»Ja. Ortiz. Frank zufolge stammte er aus Barcelona.«

Charlotte lehnte sich in ihrem Stuhl zurück. »Sie haben recht. Ortiz muß es geschrieben haben.«

»Genau das habe ich mir überlegt. Ich bin natürlich nicht sicher, ob es uns sehr viel weiter bringen wird. Ortiz ist schon lange tot.«

»Nicht unbedingt.«

»Aber Frank hat gesagt –«

»Er hat nicht gesehen, daß sie ihn getötet haben.« Sie war so darauf erpicht, die Chance, daß Ortiz noch am Leben sein könnte – daß er den Schlüssel für Samanthas Freiheit in Händen halten könnte –, wahrzunehmen, daß sie die Worte fast schrie und damit die Kellnerin auf ihrem Stuhl neben der Kasse aus ihren Träumen riß. Sie

350

wurde rot und senkte die Stimme. »Wir müssen es Frank erzählen«, flüsterte sie. »Das ändert alles.«

»Vielleicht ist er nicht einverstanden. Und selbst wenn –«

»Können Sie mich zu ihm begleiten? Vielleicht morgen?«

Unsicher, ob er zugeben sollte, wie sehr er sich darüber freute, daß sie ihn um Hilfe bat, sagte er bloß: »Wenn Sie möchten.«

»Ich möchte es. Sehr sogar.«

»Dann komme ich natürlich mit.«

Für einen Augenblick sah sie unsicher aus. »Sie müssen aber nicht.«

»Ich weiß.«

»Wenn Sie nur wegen der Kassette und des Berichts dazu bereit sind, dann wäre es mir lieber, wenn Sie sich weigern würden. Ich möchte dafür nichts als Gegenleistung.«

»Auch das weiß ich. Aber trotzdem möchte ich gern mit Ihnen fahren.« Und da er viel von seiner eigenen Zurückhaltung bei Charlotte erkannte, fügte er hinzu: »Es wird mir eine Ehre sein.«

»Danke.« Sie lächelte vorsichtig. »Ich glaube, gerade jetzt brauche ich...«

»Jemanden, der Ihnen hilft?«

»Ja.«

»Dann hören Sie auf zu suchen.« Er streckte seinen Arm aus, um ihre Hand, die auf dem Tisch lag, zu berühren. »Sie haben ihn gefunden.«

20

»Was hast du getan?«

Ursulas heftige Reaktion überzeugte Charlotte, daß es klug gewesen war, Derek Fairfax zu treffen, bevor sie nach Swans' Meadow fuhr. Niemals hätte sie ihr Einverständnis dafür bekommen, ihm die Kassette zu geben, ganz zu schweigen von dem Bericht des Privatdetektivs. Vielleicht wäre es anders gekommen, wenn Charlotte von ihrem Amerikaausflug irgendeinen Erfolg hätte mitbringen können. Aber so wie die Dinge lagen, war das nicht der Fall. Die Hoffnungen, die Ursula während ihrer Abwesenheit gehegt hatte, waren zunichte gemacht worden. Das allein, ohne Charlottes letzte Enthüllung, war schon schlimm genug.

»Du hast sie *Fairfax* gegeben?«

»Er hat ein Anrecht darauf, Ursula. Sein Bruder ist absolut unschuldig.«

»Genau wie Sam, falls du das vergessen haben solltest.«

»Das habe ich nicht. Aber das hat nichts mit —«

»Wie, meinst du wohl, wird sie sich fühlen, wenn sie erfährt, daß du mitgeholfen hast, ihren Vater als Mörder zu brandmarken?«

»Vermutlich schlecht. So wie ich mich gefühlt habe, als ich herausfand, was er getan hat.«

»Aber es war mein Bericht. Beatrix hat ihn mir geschickt, nicht dir.«

»Und du warst bereit, Fairfax-Vane ins Gefängnis wandern zu lassen, obwohl du in der Lage gewesen wärst, es zu verhindern. Das wäre vielleicht noch zu entschuldigen gewesen, solange Maurice lebte, aber jetzt nicht mehr.«

»Das hat nichts mit Maurice zu tun.« Ihre Stimme wurde leiser. Ihre Augen verengten sich. »Oder mit einem dahergelaufenen Antiquitätenhändler. Du hast das getan, um *mich* zu verletzen, nicht wahr?«

»Natürlich nicht.«

»Doch, das hast du. Das ist deine Art, dich wegen Emerson an mir zu rächen.«

»Mach dich nicht lächerlich. Ich versuche lediglich, etwas von dem Schaden wiedergutzumachen, den die Habgier von Maurice verursacht hat.«

»Und ich vermute, du weißt überhaupt nicht, was Habgier ist. Oder Neid. Oder Lust. Das sind völlig fremde Begriffe für dich, habe ich recht, Charlie? Sie haben niemals deinen tugendhaften Weg durchs Leben gekreuzt.« Sie trat näher. »Was bist du doch für eine widerliche kleine Miss Perfect.«

»Wenn du mich beleidigst, wird das Sam nicht gerade weiterhelfen.«

»Nein. Aber es wird ihr auch nicht helfen, wenn ich es zulasse, daß mein Leben von deinem Gewissen regiert wird. Ich habe dir in bezug auf diesen Bericht vertraut – und in bezug auf die Informationen, die er enthält. Wenn ich gewußt hätte, was du damit vorhast, hätte ich dir niemals von seiner Existenz erzählt.«

»Dann bin ich nur froh, daß du es nicht wußtest.«

Ein schmerzhafter Schlag von Ursulas Handrücken traf Charlottes Mund, bevor sie auch nur erkannte, was passierte. Sie geriet ins Wanken und hielt sich am Sekretär fest. »Was... Was machst du?« schrie sie.

»Verschwinde aus diesem Haus, Charlie! Geh mir verdammt noch mal aus den Augen!«

»Aber... Wir müssen... Wir müssen miteinander reden.«

»Ich habe nichts mit dir zu bereden. Das ist das absolut letzte, was ich tun muß. Und jetzt verschwinde um Gottes willen!«

»Was ist mit Sam?«

»Laß das meine Sorge sein!«

»Aber es gibt so viel –«

»Ich werde mich allein darum kümmern, wie ich es von Anfang an hätte tun sollen, ohne die Einmischung deines verdammten Gewissens!« Einen Augenblick starrten sie sich an, dann fügte Ursula hinzu, indem sie jedes einzelne Wort betonte: *»Verlaß bitte mein Haus. Sofort!«*

Charlotte fiel keine Antwort ein. Plötzlich schien es zwischen ihnen nichts mehr zu geben als den lodernden Haß in Ursulas Augen. Der Vertrag, den sie nach dem Tod von Maurice schweigend geschlossen hatten, entpuppte sich als Heuchelei. Ihr Bündnis war zu Ende. Wenn es überhaupt jemals eines gegeben hatte. Ohne ein weiteres Wort drehte Charlotte sich um und verließ eilends den Raum.

Fast blind vor Tränen, die der Schock und die Wut in ihr ausgelöst hatten, fuhr sie über die Brücke nach Cookham hinein. Auf einem Parkplatz hielt sie an, um die Augen zu trocknen und sich das Blut von einem Riß in ihrem Mundwinkel abzuwischen. Sie vermutete, daß Ursulas diamantbesetzter Memoire-Ring ihr diese Wunde zugefügt hatte, und sie erinnerte sich, wie er ihr vor beinahe zehn Jahren das erste Mal gezeigt worden war. *»Schau nur, was Maurice mir geschenkt hat«,* hatte Ursula gejubelt und Charlotte ihren Ringfinger zur Bewunderung unter die Nase gehalten. *»Er ist so ein Schatz,* *nicht wahr?«* Alles in jenen fernen Tagen war falsch und trügerisch gewesen, jedes Geschenk, jedes Lächeln, jede Erklärung von Liebe und Treue. Trotzdem wünschte Charlotte in Zeiten wie diesen, sie könnte noch immer all die Lügen glauben, die man ihr erzählt hatte. Sie waren so viel bequemer als die Wahrheit, mit der sie statt dessen konfrontiert war.

21

Derek holte Charlotte am Sonntagmorgen in Ockham House ab. Er hatte sich auf die lange Fahrt nach Wales gefreut, weil er sie als Gelegenheit betrachtete, ihre Freundschaft zu vertiefen und abzuwägen, ob sie in normalere Bahnen zu lenken sei als die, in denen sie begonnen hatte. Aber das Ganze stellte sich als illusorisch heraus. Charlotte schien zu beunruhigt zu sein, um ihm viel Aufmerksamkeit zu schenken. Sie geizte mit jedem Wort und mußte zu jedem Lächeln überredet werden. Schließlich kam er gegen ihre gedrückte Stimmung nicht mehr an und verfiel in Schweigen.

Als sie sich jedoch Hendre Gorfelen näherten, verwandelte sich Charlotte plötzlich wieder in die aufgeweckte und zuversichtliche junge Frau, die Derek zu kennen geglaubt hatte. Sie entschuldigte sich sogar dafür, daß sie während der Fahrt eine so schlechte Gesellschafterin gewesen sei. »Ich muß über so vieles nachdenken. Zu viel, habe ich manchmal das Gefühl, um damit fertig zu werden.« Derek versicherte ihr, daß er das verstand. Und so war es auch. Aber es war auch offensichtlich, daß sie ihn bei all ihren Sorgen lediglich als zeitweiligen Verbündeten betrachtete und kaum als Freund.

Der Hund war im Hof und bellte, um halbherzig ihre Ankunft zu melden, machte jedoch keinen Versuch, sie davon abzuhalten, ins Haus zu gehen. Die Tür war offen, und von irgendwo aus dem Haus drang Orchestermusik aus dem Radio. Charlotte klopfte an und rief dann: »Frank!« Das Radio verstummte, aber niemand antwortete. Der Lärm war aus der Küche gekommen, und Charlotte führte Derek dorthin, wo Frank Griffith bei den Resten seines Mittagessens, bestehend aus Brot und Käse, saß und rauchte. Er schaute sie schweigend an und machte ihnen seine Meinung lediglich durch die verständnislose Kälte seines Blicks klar.

»Das Dokument, das die Entführer haben wollen, muß von Vicente Ortiz geschrieben worden sein«, sagte Charlotte hastig. »Wir wollen Sie um Hilfe bitten.« Franks Augenbrauen zogen sich zu einem Stirnrunzeln zusammen, aber noch immer sagte er kein Wort.

»Es ist wahr«, sagte Derek. »Die Entführer haben angegeben, daß das Dokument von einem Freund Tristram Abberleys auf katalanisch geschrieben worden sei. Wer außer Ortiz könnte dies sein?«

»Vicente ist tot«, erwiderte Frank schließlich. »Laßt ihn in Frieden ruhen.«

»Vielleicht ist er nicht tot«, fügte Charlotte hinzu und erntete einen vernichtenden Blick von Frank.

»Wenn Sie versuchen, den armen Vicente mit der Entführung Ihrer Nichte in Verbindung zu bringen...«

»Das behauptet niemand«, sagte Derek. »Aber wir müssen alles tun, um vor dem elften Oktober das zu finden, was er Tristram gegeben hat.«

»An diesem Tag werden Sie Sam töten, haben sie gesagt«, erklärte Charlotte, »es sei denn, sie bekommen das Dokument.«

»Sie *töten*? Wegen etwas, das Vicente *vielleicht* vor fast fünfzig Jahren geschrieben hat?«

»So lauten ihre Bedingungen.«

»Das ergibt keinen Sinn.«

»Das wissen wir«, sagte Derek. »Aber das sind die Bedingungen.«

Frank starrte ihn an. »Was für ein Interesse haben *Sie* an dem Ganzen?«

»Ich versuche nur zu helfen. Wollen Sie nicht das gleiche tun?«

»*Bitte*, Frank«, sagte Charlotte.

Frank schaute sie beide abwechselnd an, dann seufzte er. »Ich kann nicht. Sie kommen hierher und erzählen mir etwas über Vicente Ortiz, über ein Dokument, das er vielleicht oder vielleicht auch nicht Tristram gegeben hat und das Tristram vielleicht oder vielleicht auch nicht Beatrix geschickt hat. Es ist ohne Bedeutung und lange her und weit weg und –« Er klopfte seine Pfeife heftig in einer Untertasse aus. »Sie sind alle tot, um Gottes willen, jeder einzelne von ihnen. Was spielt das noch für eine Rolle? Für wen spielt es eine Rolle?«

»Hat Vicente Ihnen gegenüber jemals irgend etwas erwähnt?«

fragte Derek. »Oder Tristram? Oder Beatrix? Hat nicht irgendeiner von ihnen einmal etwas angedeutet oder erwähnt – wie unbestimmt auch immer –, das all das erklären könnte?«

Frank dachte einen Augenblick nach, dann sagte er: »Nein. Falls sie ein Geheimnis miteinander teilten, dann haben sie es vor mir verborgen. Vielleicht mit Absicht. Vielleicht –«

»Im Sommer... 1939 besuchte ein Spanier Beatrix in Rye«, unterbrach Charlotte ihn. »Onkel Jack hat mir von ihm erzählt. Er hat nach etwas gesucht. Er muß etwas gesucht haben. Könnte es sich dabei um das Dokument gehandelt haben?«

»Beschreiben Sie ihn«, sagte Frank.

»Unnahbar und streng, Onkel Jack zufolge. Groß und hager, mit einer Hakennase. Und ein bißchen wie ein Nazi.«

»Klingt wie ein Faschist«, murmelte Frank. »Auf keinen Fall Vicente. Ihr Onkel Jack hätte ein Mordstheater um ihn gemacht.«

»Sagt Ihnen die Beschreibung irgend etwas?« fragte Derek.

»Nein«, antwortete Frank. »Aber wie sollte sie auch? Er könnte irgend jemand gewesen sein. Oder niemand. Es sieht so aus, als ob...« Seine Worte verloren sich. Er lehnte sich in seinem Stuhl zurück und steckte sich die unangezündete Pfeife in den Mund, indem er den Pfeifenhals mit seinem seltsamen, aber charakteristischen Griff zwischen Zeige- und Mittelfinger seiner linken Hand hielt.

Charlotte warf Derek einen fragenden Blick zu. Der zuckte die Schultern, dann sagte sie forschend: »Frank?«

Er hob seine rechte Hand, um sie zum Schweigen zu bringen, und starrte weiterhin auf die Tischplatte vor sich, den Kopf auf die Seite gelegt. Volle zwanzig Minuten vergingen, bevor er die Pfeife aus dem Mund zog und sagte: »Ich habe keine Ahnung, was in dem Dokument steht. Offensichtlich etwas Wichtiges. Etwas Gefährliches. Vicente hat es Tristram vielleicht deshalb anvertraut, weil er aus Teruel evakuiert wurde und man erwartete, daß er bald nach England zurückfahren würde. Und Tristram hat es vielleicht an Beatrix geschickt, als er merkte, daß er sterben würde. Keiner von ihnen hat mir davon erzählt. Keiner von ihnen hat auch nur ein Wort darüber verloren. Nicht einmal Tristram. Ich nehme an, er dachte, es wäre bei Beatrix gut aufgehoben. Und vermutlich war es das auch. Bis Maurice seinen hirnrissigen Plan ausheckte. Was also hat sie damit angestellt? Mir geschickt? Nein. An Maurices Frau geschickt? Ich glaube kaum.«

»Sie hat es auch nicht an Natascha van Ryneveld geschickt«, fügte Charlotte hinzu. »Das ist die, an die Lulu sich fälschlicherweise als van Ryan erinnerte. Die Geliebte von Maurice in New York. Ich habe mit ihr gesprochen – und auch gesehen, was in dem Brief von Beatrix an sie war. Es ist nicht das, was wir brauchen.«

»Dann muß es Madame V in Paris sein, nicht wahr?«

»Ja. Aber wer ist das, Frank?«

»Ich weiß es nicht. Wie sollte ich auch? Ich habe auch keine Möglichkeit, es herauszufinden.«

»Wir auch nicht. Deshalb sind wir ja gekommen.«

»Dann haben Sie wohl leider Ihre Zeit verschwendet.« Bei diesen Worten machte Charlotte ein niedergeschlagenes Gesicht. Derek sah es und bemerkte auch den widerwilligen Schatten von Mitleid, der über Franks Gesicht huschte. Der alte Mann erhob sich, ging zur Hintertür, stieß sie auf und sog die Luft tief ein. Dann sagte er, ohne sich umzudrehen: »Es tut mir leid, daß ich die Polizei angelogen habe. Ich denke, das hätte ich nicht tun sollen. Aber ich hatte von Ihrer Familie die Nase voll und wollte einfach mit der ganzen verdammten Angelegenheit nichts mehr zu tun haben. Und ich wollte das Versprechen halten, das ich Beatrix gegeben hatte. Nicht daß sie von mir erwartet hätte, daß ich mich jetzt noch daran halte, wo es so weit gekommen ist. Zweifellos würde sie gewollt haben, daß ich Ihrer Nichte helfe. Das Problem ist nur, daß ich es nicht kann. Keiner von uns kann es. Ihre einzige Hoffnung besteht darin, Madame V zu finden – und Sie sollten darum beten, daß der Brief, den Beatrix an sie geschickt hat, das enthält, was die Entführer wollen.«

»Und wenn nicht?« fragte Charlotte lustlos und müde. »Oder wenn wir sie nicht finden?«

Franks einzige Antwort bestand darin, den Kopf zu schütteln und zu seufzen. Auch Derek sagte kein Wort. Ehrlich gesagt, gab es darauf auch keine Antwort, außer der einen, die ihnen noch nicht über die Lippen kommen wollte: daß sie Samantha nicht helfen konnten.

Sie kehrten über Cheltenham nach Tunbridge Wells zurück, wo sie bei Lulu Harrington Tee tranken, die sich immer wieder dafür entschuldigte, daß sie sich einfach nicht an den vollständigen Namen und an die Adresse von Beatrix' viertem Brief erinnern konnte. Irgend etwas nicht zu Kurzes und nicht zu Langes, das mit V begann. Irgendwo in oder in der Nähe von Paris, obwohl das auch von der Zoneneinteilung der französischen Post abhängig war. Außerdem gab es auch noch die Möglichkeit, daß es sich eher um eine Mademoiselle V als um eine Madame handelte. Sie bestand lediglich darauf, daß es sich bei dem Empfänger des Briefes um eine Frau handelte. Oder vielleicht doch nicht? Je mehr sie auf sie einredeten, desto verwirrter wurde sie. Als sie gingen, waren sie um nichts schlauer als vorher. Genaugenommen wußten sie nun überhaupt nicht mehr, wie es weitergehen sollte. In jeder Richtung landeten sie in einer Sackgasse. Sogar der Weg, dem sie bis hierher gefolgt waren, schien nun hinter ihnen versperrt worden zu sein.

22

Charlotte verbrachte eine bedrückende und so gut wie schlaflose Sonntagnacht, da sie ihre Gedanken nicht davon abhalten konnte, immer wieder die Hinweise durchzugehen, die doch immer wieder nur zu der hoffnungslosen Schlußfolgerung führten. Der Montagmorgen zog still und neblig herauf und versprach herbstlichen Sonnenschein. Ob sie in den grauen Himmel hinausblickte, der langsam blau wurde, oder ziellos in den Zeitungsrubriken Politik, Mode, Wirtschaft oder Sport herumblätterte, Charlotte fühlte stets eine benommene Entferntheit von der übrigen Welt. Die Erde würde sich weiterdrehen und sich weder um den elften Oktober noch um das kümmern, was dann kam. Und irgendwann in diesen bedrohlich näher rückenden Wochen würde Platz gefunden werden für das, was mit Samantha Abberley, der einzigen Tochter des kürzlich verstorbenen Vorsitzenden und geschäftsführenden Direktors von Ladram Avionics, geschehen war. WUNDERBARE RETTUNG. RÄTSELHAFTE BEFREIUNG. NOCH IMMER VERMISST. TOT AUFGEFUNDEN. Charlotte hatte beinahe den Verdacht, daß die Schlagzeile bereits ausgewählt und das Erscheinungsdatum bereits festgelegt worden war. Es schien so, als ob nur sie noch nicht wüßte, welche es sein würde. Als kurz vor zehn Uhr die Türklingel läutete, dachte sie, es sei der Briefträger, und als sie öffnete, war sie überhaupt nicht auf das Gesicht vorbereitet, dem sie sich gegenüber sah. Es gehörte Chief Inspector Golding. Und er lächelte nicht.

»Haben Sie eine Minute Zeit, Miss Ladram?«

»Selbstverständlich. Kommen Sie herein.«

Sie gingen ins Wohnzimmer. Eine Tasse Kaffee – und sogar ein Stuhl – wurde abgelehnt.

»Was kann ich für Sie tun, Chief Inspector?«

»Ich werde gleich zur Sache kommen, Miss. Ihre Schwägerin, Mrs. Abberley, hat uns in Kenntnis gesetzt, daß Sie vor kurzem mit den Entführern ihrer Tochter Kontakt hatten.«

Charlotte war sich bewußt, daß Golding sie aufmerksam beobachtete, um ihre Reaktion abzuschätzen. Sie konnte nicht verhindern, daß sie rot wurde, obwohl das eher durch Ärger als durch Unbehagen verursacht wurde. Wie besorgt Ursula auch sein mochte, dafür gab es keine Entschuldigung. Wenn sie darauf bestanden hätte, die Polizei zu informieren, hätte Charlotte sich dem nicht entgegengestellt. Aber es auf diese Weise zu bewerkstelligen, geschah nur, um sie als Übeltäterin hinzustellen.

»Gehe ich recht in der Annahme, daß Sie nicht abstreiten, mit ihnen gesprochen zu haben?«

»Nein. Ich streite es nicht ab.«

»Oder daß Sie versucht haben, Mrs. Abberley dazu zu überreden, es für sich zu behalten?«

»Wir waren uns einig... in Anbetracht der Zweifel, die Sie äußerten...«

»Die Zweifel, die *ich* äußerte?« Golding schenkte ihr einen verächtlichen Blick. »Ist Ihnen eigentlich klar, wie verantwortungslos Sie sich benommen haben, Miss Ladram? Mrs. Abberley steht unter großem Streß. Wenn Sie Ihren verletzlichen Zustand ausnützen –«

»Ich habe das nicht ausgenützt. Und ich habe sie auch nicht dazu überredet, etwas gegen ihren Willen zu unternehmen. Verantwortungslos oder nicht, es war eine gemeinsame Entscheidung.«

»Mrs. Abberley hat mir das aber ganz anders erzählt.«

»Da bin ich sicher.«

Er blickte sie stirnrunzelnd an. »Haben Sie sich... gestritten?«

359

»Ja, so könnte man es nennen.«

»Darf ich fragen, worüber?«

»Vermutlich wissen Sie es bereits.«

»Aha! Sie meinen den Bericht des Privatdetektivs und die Kassettenaufnahme, was Sie beides, wie Mrs. Abberley sagte, Mr. Fairfax gegeben haben?«

»Ja.«

»Ich verstehe.« Er überlegte einen Augenblick und sagte dann: »Wer auch wen überredet hat, Tatsache ist, daß Sie sich beide sehr töricht benommen haben.«

»Vielleicht haben Sie recht, aber –«

»Ganz abgesehen vom kriminellen Aspekt. Sie könnten wegen Behinderung der Polizei in Ausübung ihrer Pflicht angeklagt werden.«

Charlotte wollte antworten, fühlte sich aber plötzlich wegen all dessen, was sie gezwungen worden war mitzumachen, verzweifelt und lustlos. Mit einer müden kleinen Kopfbewegung wandte sie sich ab und setzte sich in einen Sessel, während sie Golding bedeutete, das gleiche zu tun. Nach kurzem Zögern folgte er ihrer Einladung.

»Nun«, sagte er dann in gemäßigterem Ton als vorher, »natürlich wird es keinerlei Anklagen geben. Aber es ist ganz gut, daß Mrs. Abberley reinen Tisch gemacht hat, besonders weil die Bandaufnahme bestätigt – das hat sie mir erzählt –, daß es die Briefe wirklich gibt, was... was von gewissen Personen in Frage gestellt worden war.«

»Ja. Das stimmt.«

»Ich muß Sie um Ihre Versicherung bitten, daß sich dieses Verhalten nicht wiederholen wird.«

»Sie haben mein Wort.«

»Und daß Sie bei der Überwachung aller zukünftigen Gespräche unter dieser Nummer mit uns zusammenarbeiten werden.«

»Auch das verspreche ich Ihnen.«

»Und zum Schluß muß ich darum bitten, daß mir sofort der Bericht und die Kassette ausgehändigt werden.«

»Beides hat Mr. Fairfax.«

»Ja, ich weiß. Aber ich dachte, Sie würden es ihm gern selbst erklären wollen, warum er darauf verzichten muß. Das ist Ihnen sicher lieber, als wenn ich es tue.«

»Vielen Dank. Sie haben recht.«

»Sehr gut. Wenn Sie und Mr. Fairfax heute nachmittag um« – er warf einen Blick auf seine Armbanduhr – »vier Uhr in mein Büro kommen und diese beiden Dinge mitbringen, werden wir diesen Fall des Zurückhaltens von Beweismaterial als erledigt betrachten. Sind wir uns da einig?«

»Ja. Vollkommen.«

»Ich kann nur meiner Hoffnung Ausdruck verleihen, daß Sie durch Ihr Verhalten nicht das Leben Ihrer Nichte gefährdet haben.«

»Das hoffe ich ebenfalls.«

»Ich muß natürlich einen vollständigen Bericht über Ihren Kontakt mit den Entführern von Ihnen verlangen.«

»Ich werde ihn heute nachmittag verfassen.«

»Gut. Nun...«

»Gibt es noch etwas?«

»Nein. Nichts weiter.« Er stand auf. »Also dann bis vier Uhr.«

»Ja, Chief Inspector. Ich werde da sein.«

»Ich finde allein hinaus, Miss.« Charlotte wartete, bis sie hörte, wie sich die Haustür hinter ihm schloß. Dann eilte sie in den Flur und hob den Telefonhörer ab mit der Absicht, Ursula anzurufen und eine Erklärung zu verlangen. Aber bereits als sie die Worte formulierte, verließ sie ihr Selbstvertrauen. Was hatte eine Gegenbeschuldigung noch für einen Sinn, da doch Ursulas Motiv klar auf der Hand lag? Die Kassette – und ihre Enthüllung seiner Existenz – würde ihr Goldings Vertrauen einbringen. Es würde seine Aufmerksamkeit auf das konzentrieren, was ihr wichtig war: Samantha zu finden. Bis zu diesem Punkt war es verständlich, was sie getan hatte. Und daß sie Charlotte die Schuld dafür in die Schuhe geschoben hatte, war nichts weiter als ein Nebeneffekt, fast eine nachträgliche Idee, wenn auch eine, die sie sicher sehr genossen hatte. Warum sollte sie ihr die Genugtuung geben, sie wissen zu lassen, daß ihr Trick Erfolg gehabt hatte? Warum sollte sie ihr irgend etwas geben?

Charlotte drückte die Gabel herunter und wählte dann die Nummer von Fithyan & Co.

23

Ein frühzeitiges Mittagessen und ein vergeblicher Versuch, anschließend ins Büro zurückzukehren, war nicht gerade das, womit Derek die Woche bei Fithyan & Co. hatte beginnen wollen. Als er jedoch von Charlottes Zwangslage gehört hatte, die sie ihm in einer ruhigen Ecke der »Beau Nash«-Taverne in Mount Ephraim erklärt hatte, wurde ihm klar, daß es keine andere Möglichkeit gab. Obwohl er sich nur ungern von dem Beweismaterial trennte, das er so lange gesucht hatte, um Colin zu entlasten, wußte er doch, daß es bedeutend besser war, es freiwillig herzugeben, als es weggenommen zu bekommen. Deshalb fuhr er mit Charlotte direkt nach dem Essen im »Beau Nash« zu sich nach Hause. Dort holten sie den Bericht und die Bandaufnahme – und Derek telefonierte noch schnell mit Carol, um ihr eine fadenscheinige Entschuldigung für seine Abwesenheit zu geben. Dann fuhren sie nach Newbury.

Im Polizeirevier wurden sie in einer verwirrenden Mischung von barsch und höflich empfangen. Golding bat darum, mit Charlotte allein sprechen zu dürfen, und Derek wurde auf einem unbequemen Stuhl in einem geschäftigen Flur zurückgelassen, wo er mehr als eine Stunde lang das Poster SCHÜTZEN SIE SICH VOR DIEBSTAHL! studierte, bevor er zu ihnen hineingerufen wurde. Goldings Büro war grau und trostlos und besaß die irritierende Eigenschaft, daß es wesentlich höher als breit war. Die einzige Farbquelle war eine bunte Jalousie, vor der Golding an seinem Schreibtisch saß, neben sich eine Polizistin. Auf der anderen Seite des Tisches saß Charlotte. Neben ihr stand ein leerer Stuhl, auf den Golding hinwies.

»Nehmen Sie Platz, Mr. Fairfax.«

»Ähm... Danke.« Derek schaute Charlotte an, während er sich setzte, aber sie brachte lediglich ein dünnes Lächeln zustande.

»Entschuldigen Sie bitte, daß ich Sie so lange warten ließ. Aber es gab eine ganze Menge zu besprechen, das können Sie sich sicher vorstellen. Aber ich denke, nun verfüge ich über einen Gesamteindruck. Würden Sie mir da nicht zustimmen, Miss Ladram?«

»Ich habe Ihnen ganz bestimmt alles erzählt, was ich weiß, Chief Inspector.«

»Sehr richtig. Besser spät als nie.« Golding grinste sarkastisch. »Ich habe mir die Bandaufnahme angehört, und ich habe den Bericht gelesen. Ich nehme an, Sie ebenfalls, Mr. Fairfax?«

»Ja.«

»Ich untersuche nicht den Mord an Miss Beatrix Abberley, aber ich werde sicherlich meine vorläufigen Schlußfolgerungen an die Polizei in Sussex weiterleiten. Sie könnten leicht zu dem Schluß kommen, daß die Anklage gegen Ihren Bruder durch das, was jetzt ans Licht gekommen ist, nicht länger haltbar ist. Dieser Kerl...« Er überflog ein paar Notizen. »Spicer. Der ehemalige Chauffeur des verstorbenen Mr. Abberley.«

»Er hat Ursula an dem Tag angerufen, als in den Zeitungen über die Ermordung von Maurice berichtet wurde«, sagte Charlotte und warf Derek einen Blick zu. »Ich hatte es bis jetzt vergessen.«

»Das bedeutet, wir können herausfinden, von wo er angerufen hat«, sagte Golding. »Zu der Zeit wurde Mrs. Abberleys Telefon bereits überwacht. Alle Anrufe wurden automatisch zurückverfolgt.«

»Ich verstehe.«

»Ich werde einen meiner Männer beauftragen, sich darum zu kümmern. Wir werden das Ergebnis bald haben.«

»Ähm... Gut. Ich... Ich bin Ihnen dankbar.«

»Ich denke, Sie können sich darauf verlassen, daß meine Kollegen in Sussex energisch an diesem Fall arbeiten werden. Es verspricht, viel einfacher zu sein« – er grinste – »als meine eigenen Nachforschungen.«

»Wie wird es damit... weitergehen?«

»Ich kann Ihnen im Augenblick noch nichts Genaues sagen, Mr. Fairfax. Aber ganz bestimmt werden wir die spanische Polizei einschalten, da es ganz so aussieht, als ob alles in Spanien begonnen hätte. Vielleicht bitten wir auch die französische Polizei, uns bei der Suche nach Madame V behilflich zu sein. Aber das ist eigentlich ganz schön viel verlangt. Wir haben nicht mehr viel Zeit, und es gibt noch eine Menge, was wir noch immer nicht wissen.«

»Ich habe mich bereits dafür entschuldigt, daß ich Informationen zurückgehalten habe, Chief Inspector«, sagte Charlotte nervös. »Bereits mehrere Male.«

»Das ist richtig. Trotzdem –« Er wurde durch ein Klopfen an der

Tür unterbrochen. Ein Mann mittleren Alters trat herein. »Was gibt es, Barrett?«

»Wir haben den Anruf zurückverfolgt. Er hat am Dienstag, dem achten, kurz vor Mittag angerufen. Stellte sich als Spicer vor. Und so hat ihn auch Mrs. Abberley angeredet. Er telefonierte von einem Münzfernsprecher aus einem Pub in Burnham-on-Crouch in Essex. ›The Welcome Sailor.‹«

»The Welcome Sailor«, sagte Golding nachdenklich. »Und der vermißte Chauffeur. Vielen Dank, Barrett.« Die Tür schloß sich wieder. »Nun, Mr. Fairfax, wie Sie sehen, haben wir bereits größere Fortschritte gemacht, als Sie allein zustande brachten.«

»Ja. So sieht es aus. Ich –«

»Mr. Fairfax hat nur das getan, worum ich ihn gebeten hatte«, stellte Charlotte klar. »Er hat mich ebensowenig überredet, wie ich Ursula überredet habe.«

»Möglich.« Der Sarkasmus verschwand aus Goldings Gesicht und wurde durch stählernen Ernst ersetzt. »Aber ich möchte Ihnen beiden klarmachen – ebenso wie Mrs. Abberley –, daß jeder Hinweis, auf den Sie in bezug auf diesen Fall stoßen, sofort an uns weitergegeben werden muß. Wenn das noch einmal geschieht, werden wir nicht mehr so tolerant sein. Es darf nichts mehr im Alleingang unternommen werden.«

»Ich bin sicher –«, begann Derek, bevor er von Charlotte unterbrochen wurde.

»Ganz bestimmt nicht, Chief Inspector.«

»Gut, denn –« Golding verstummte, machte eine vage Handbewegung und sagte: »Nun, vielleicht ist ja wirklich alles klar.« Er seufzte. »Sie können jetzt gehen, Mr. Fairfax. Nur Miss Ladram muß noch hier bleiben, um ihre Aussage zu unterschreiben.«

»Oh, natürlich. Ich . . .« Derek stand auf, sah Charlotte unschlüssig an und drehte sich dann zu Golding um, der ihn mit schlaffen Gesichtszügen anstarrte. »Also dann, vielen Dank, Chief Inspector.«

»Keine Ursache. Das gehört zu meiner Arbeit.« Sein Blick wurde härter. »*Meiner* Arbeit. Nicht Ihrer.«

Derek wartete auf dem Parkplatz auf Charlotte. Als sie herauskam, müde und verzweifelt, machte er verschiedene tröstende Bemerkungen, aber die meisten davon schien sie gar nicht zu hören. Sie war in Gedanken versunken, vielleicht als Reaktion auf Goldings Befragungsmethoden. Aber was auch der Grund dafür war, sie entzog sich Dereks Einfluß. Er konnte nur geduldig darauf warten, daß sie sich ihm wieder öffnen würde.

»Wollen Sie nach Hause, Charlotte?«

»Noch nicht. Es sei denn, daß Sie dringend zurück möchten.«

»Nein.«

»Könnten wir dann vielleicht auf den Walbury Hill fahren? Er ist nur ein paar Meilen entfernt.«

»Wo Ihr Bruder... Wo Sie ihn gefunden haben?«

»Ja.«

»Sind Sie sicher, daß Sie *dorthin* möchten?«

»Ganz sicher.«

Es war ein kühler, windiger Abend mit klarer Luft und grenzenloser Fernsicht. Auf dem Parkplatz am Walbury Hill standen nur wenige andere Wagen, und ihre Besitzer hatten sich zerstreut. Von dem Anblick, dem Charlotte und Ursula vor zwei Wochen ausgesetzt gewesen waren, gab es kein Zeichen und keine Spur mehr. Charlotte stand mit bis zum Hals zugeknöpftem Mantel und um den Hals gewickeltem Schal auf dem Fleck, wo Maurices Wagen an jenem Morgen gestanden hatte, und schaute nach Norden. Sie sah aus, als ob ihr kalt wäre, und Derek hätte gern seinen Arm um sie gelegt, um sie zu wärmen und zu trösten. Aber er trat neben ihr nur unruhig von einem Fuß auf den anderen und unterbrach mit einer banalen Bemerkung das Schweigen.

»Golding scheint ein fähiger Mann zu sein. Ich bin sicher, er wird sein Bestes geben.«

»Es gibt nichts, was er tun kann.« Charlotte hatte ihre Antwort nicht als Tadel formuliert, aber sie hatte fast die gleiche Wirkung.

»Sie sind die Fachleute.«

»Nicht für das, was Sam widerfahren ist. Sie werden Frank noch einmal befragen und vielleicht Lulu. Sie werden sich mit der spanischen Polizei in Verbindung setzen. Die Zeit wird vergehen. Und wenn der elfte Oktober kommt, werden sie kein bißchen mehr wissen als wir heute.«

»Sie dürfen die Hoffnung nicht aufgeben.«

»Warum nicht?« Sie drehte sich um und schaute ihn an. »Ich denke über Sam schon genauso wie vor kurzem über Maurice und Beatrix. Nicht mehr da. Und unwahrscheinlich, daß sie zurückkehren wird.«

»Aber Sam ist nicht tot.«

»Noch nicht. Das macht es noch schlimmer. Ich kann mir nicht helfen, Derek. Wenn wir nichts mehr tun können, um sie zu retten, dann wünschte ich beinahe, sie wäre bereits tot.« Ihr Kinn sank nach unten. »Da, jetzt habe ich es gesagt. Ich habe ausgesprochen, was ich nicht einmal hätte denken sollen.«

»Das ist nur verständlich.«

»Nein, ist es nicht. Nichts ist geschehen, seit . . .« Sie wandte sich heftig um und betrachtete den Pfad aus Kalk und Gras, wo der Mercedes gestanden hatte. »Seit Maurice sie in jener Nacht kommen hörte.«

»Es tut mir leid, Charlotte.« Vorsichtig berührte Derek ihren Ellenbogen. »Wirklich, es tut mir so leid.«

Sie entzog sich ihm. »Heute ist der einundzwanzigste September«, erklärte sie. »Heute in drei Wochen wird alles vorbei sein. Maurices Verrücktheit wird ihren Lauf genommen haben.« Ihr Ton veränderte sich, als sie Derek anschaute. »Ich möchte gern auf den Gipfel steigen. Es ist nur eine kurze Strecke den Weg entlang. Wollen Sie im Wagen auf mich warten?« Sie wollte nicht, daß er sie begleitete. Sie brauchte ihn nicht. Das war deutlich. Er murmelte etwas Zustimmendes und beobachtete, wie sie zum Reitweg hinüberging und auf die kuppelartige Spitze zulief. Er fragte sich, ob der Pfad wohl hier endete. War es mehr als nur eine zeitweilige Trennung ihrer Wege? Der Wind zog an ihren Haaren, denen die untergehende Sonne einen falschen, flüchtigen Goldschimmer verlieh. Sein Bruder würde eine zweite Chance erhalten. Aber für ihren Bruder konnte es keine Begnadigung geben. Auf dem Gipfel stand sie im Schatten. Und im Schatten der Dinge, die noch kommen würden. Und die konnte Derek weder ändern noch verhindern.

VIERTER TEIL

1

Jeder Morgen war gleich. Samantha wachte auf und bildete sich für den Bruchteil einer Sekunde ein, sie wäre noch zu Hause, noch frei, sich zu strecken und aufzustehen und zu laufen und sich zu waschen, hätte noch Zeit, auf ihre Wünsche zu achten und ihren Launen nachzugeben. Dann legte sich die Wirklichkeit wie eine eiskalte Hand auf sie, und sie dachte an ihre Gefangenschaft als an eine nahtlose Reihe von Tagen, die alle genau wie dieser begonnen hatten.

Die Luft war kühl. Als sie ausatmete, konnte sie ihren Atem sehen. Jeden Tag ging die Sonne später auf, und jeden Tag wurde sie schwächer, und mit ihr schien auch ihre Stärke zu vergehen. Ebenso wie die Hoffnung, in einer nicht allzu fernen Zukunft nicht mehr an all das gebunden zu sein: die rauhen Decken, die an ihrem Kinn rieben, die spinnwebenbedeckte Zimmerdecke über ihrem Kopf, das winzige Fenster, der Tisch in der Ecke, der harte Holzstuhl, der abgewetzte Teppich, der mit Wachs verstopfte Kerzenhalter, der Eimer, das Kruzifix, die Kette, die sich vom Bettpfosten zu ihrem Handgelenk unter den Decken zog. Als sie sich bewegte, klirrten die schweren Glieder in einem vertrauten Geräusch aneinander.

Was für ein Tag war heute? Mittwoch, der dreißigste September, oder Donnerstag, der erste Oktober? Am Anfang hatte sie soviel Vertrauen in ihr Zeitgefühl gehabt, aber jetzt begann es sie zu verlassen. Sie konnte Felipe fragen, aber er würde wahrscheinlich nur mit den Schultern zucken und so tun, als wüßte er es nicht. Und was Miguel betraf, er würde sie lange mit seinen seelenvollen Augen anschauen und etwas murmeln, was sie nicht verstand.

Nicht daß es wirklich wichtig wäre. Wie das genaue Datum auch lauten würde, sie wußte doch, daß sie bereits mehr als einen halben Monat hier verbracht hatte, eingesperrt in dieses eingefallene Schäferhäuschen mitten in den Bergen. Welche Berge, war eine andere

Frage, aber sie konnten nicht allzuweit von der Küste entfernt sein, wenn sie daran dachte, wie lange sie gebraucht hatten, um von dem Hafen, wo sie angekommen waren, hierher zu fahren. Nordspanien wohl, was die ständig fallenden Temperaturen zu bestätigen schienen. Auf jeden Fall Spanien. Damit war Miguel schon bald herausgerückt.

»*Du bist in España, Señorita.*«

»*Wo? Wo in Spanien?*«

»*Du wirst hier bleiben – bei uns –, bis wir das haben, was wir wollen.*«

»*Was ist das? Was wollt ihr?*«

Er hatte nicht geantwortet, weder jetzt noch später. Ging es um Geld? Wenn ja, dann hätte ihr Vater sicher schon längst gezahlt. Oder ihre Mutter hätte ihn dazu gebracht. Auf jeden Fall wäre ein Lösegeld kein Problem gewesen. Trotzdem gab es unzweifelhaft ein Problem. Die ersten paar Tage waren sie ruhig und entspannt gewesen. Dann änderte sich etwas. Nachts kam ein Mann, den sie noch niemals zuvor oder seitdem gesehen hatte. Er war hager, sprach leise und rauchte eine teure Zigarre. Er hatte sie gefragt, wie es ihr ginge. Er hatte gelächelt. Er war ein Beispiel an Höflichkeit gewesen. Trotzdem hatte er sich mit Miguel gestritten. Natürlich auf spanisch. Sie hatte kein Wort verstanden. Außer ihren Namen. Abberley. Der wurde immer wieder wiederholt.

»*Was hat er gesagt?*«

»*Er hat gesagt, daß du hier bleiben wirst.*«

»*Wie lange?*«

Keine Antwort. Keine Antwort auf diese oder irgendeine andere Frage. Sie blieb, und sie warteten. Jeden Tag dasselbe. Oder beinahe. Gelegentlich nahm José, ein dritter Mann, Felipes Platz für achtundvierzig Stunden ein, aber Felipe kehrte immer wieder zurück. Während seiner Abwesenheit war sie ängstlicher als gewöhnlich. José starrte sie mit gierigen Augen an und berührte sie und unterbreitete ihr murmelnd Vorschläge, die keiner Übersetzung bedurften. Miguel war oft stundenlang ununterbrochen fort, aber niemals, wenn José da war.

Vielleicht machte er sich ebenfalls Sorgen, was passieren würde, wenn er es täte.

Nach dem Erscheinen des Mannes in der Nacht war Miguel niedergeschlagen und nachdenklich geworden. Auch er starrte sie viel an, aber, wie es schien, aus Mitleid, nicht aus Begierde. Was Felipe betraf, so war seine Unwissenheit vielleicht doch nicht vorgetäuscht. Sie spielten Schach und Dame miteinander, und sie half ihm dabei, sein Englisch zu verbessern. Er war fröhlich und gutmütig. Aber sogar er wurde zermürbt durch den ereignislosen Ablauf der Tage.

»*Was habt ihr mit mir vor?*«

»*Mach dir keine Sorgen. Es wird alles gut werden.*«

»*Hat mein Vater das Lösegeld gezahlt?*«

»*Ich weiß nichts über Lösegeld. Ich weiß über nichts etwas.*«

»*Warum wollt ihr mich nicht gehen lassen?*«

»*Wir spielen wieder Schach, ja?*«

»*Ich will kein verdammtes Schach spielen!*«

»*Aber du wirst es tun, ja? Mir zuliebe.*«

Während sie sich fragte, wie lange es noch dauern würde, bevor Felipe mit ihrem Frühstück hereinkommen würde, hob sie die Hände über ihren Kopf, ergriff die Messingstangen am Kopfteil des Bettes und drückte sie fest. Er und Miguel waren auf. Sie konnte hören, wie sie gähnten und husteten, während sie herumliefen. Wie sie die ermüdende Vertrautheit dieser Geräusche haßte. Wenn sie doch nur rechtzeitig gemerkt hätte, was da vor sich ging. Ihre einzige Chance zu fliehen wäre am Anfang gewesen, als Miguel bedrohlich näher gekommen war, als sie im Garten lag. Sie hätte schreien oder wegrennen können. Er hatte eine Waffe, natürlich, aber jetzt dachte sie, er hätte sie nicht benützt. Zumindest vielleicht nicht. Sie hätte sich weigern können, ihren Eltern diese Nachricht zu schreiben oder zum Auto zu laufen und in das Boot zu steigen. Sie hätte... Aber sie war so verängstigt gewesen, so schockiert, so durcheinander bei dem plötzlichen Eingriff in ihr Leben. Und sie wollte am Leben bleiben.

Die Furcht hatte während der ersten paar Stunden und Tage ihren Höhepunkt erreicht. Es war die Furcht vor dem Tod und den verschiedenen Möglichkeiten, wie er stattfinden könnte: durch Erschießen, Erdrosseln, Ersticken. Nachts träumte sie noch immer von den endlosen, betäubenden Stunden, die sie durchgeschüttelt und schlingernd in der Dunkelheit des Kofferraums zugebracht hatte, die Stunden der Bewegung an Land und auf dem Wasser, deren sie sich nur undeutlich bewußt war. Alles, was sie ihr erlaubten, war die Erbärmlichkeit und die Abgeschiedenheit dieses Zimmers, in dem sie sie gefangenhielten, und das Zimmer gegenüber, und der Hof draußen, in dem sie sie manchmal herumlaufen ließen, und die leere Bergseite, und die weißgetünchte Wand der Scheune, vor der sie mit der Ausgabe der *International Herald Tribune* vom vierten September gestanden hatte, um fotografiert zu werden. Sogar der vierte September schien jetzt schon eine Ewigkeit her zu sein und Teil einer illusionären Vergangenheit, als sie noch geglaubt hatte, ihre Entführung wäre ein einfaches Verbrechen aus Gewinnsucht, als sie noch gedacht hatte, ihre Freilassung stünde unmittelbar bevor, die Wiederherstellung des verwöhnten Lebens, das sie geführt hatte, wäre lediglich eine Frage von Zeit und Geld. Jetzt wußte sie es besser.

»*Wann werdet ihr mich endlich gehen lassen, Miguel?*«

»*Wenn es uns gesagt wird.*«

»*Habt ihr mit meinem Vater gesprochen?*«

»*Du stellst zu viele Fragen, Señorita.*«

»*Er würde euch viel Geld geben, wenn ihr mich freilaßt.*«

»*Dafür ist es zu spät.*«

»*Was meinst du damit?*«

»*Ich meine... Wir warten so lange, wie es sein muß.*«

»*Aber wie lange?*«

Immer dieselbe Unterhaltung, die sich im Kreis drehte und, mit allen Abwandlungen, wieder dorthin zurückführte, wo sie angefangen hatte und wo sie wahrscheinlich bleiben würde. Sie setzte sich im Bett auf, rieb sich den Schlaf aus den Augen und blies sich gereizt eine Haarsträhne aus dem Gesicht. Sie wußte, es war schmutzig und vermutlich auch verlaust. Genauso wie ihre Kleider. Genauso wie ihr ganzer Körper. Wenn sie an die Schaumbäder dachte, in denen sie sich zu Hause geräkelt hatte, an die duftenden Seifen und dicken Handtücher, an die Parfums und die Lotionen, dann wollte sie am liebsten schreien. Wenigstens gab es hier keinen Spiegel, der ihr zeigte, wie sie aussah. Obwohl ihr dieser Gedanke wenig Trost spendete, als sie ihre Arme betrachtete und die frischen roten Flohbisse dieser Nacht bemerkte. Warum war sie immer noch hier? Warum hatte ihr Vater sie noch nicht freigekauft oder befreit?

»Worauf wartest du noch?« murmelte sie und stellte sich sein Gesicht mit einem hartnäckigen Stirnrunzeln vor. »Hol mich hier raus. Bitte. Um Gottes willen. Ich glaube nicht, daß ich noch viel mehr aushalten kann. Worauf wartest du, Dad? Was ist los?«

Unvermittelt öffnete sich die Tür, und Felipe kam mit einem Tablett herein. Er lächelte sie an und sagte so munter »Buenos dias, Señorita« zu ihr, als ob er ihr in einem Costa-del-Sol-Hotel das Frühstück aufs Zimmer brächte. Er setzte das Tablett auf dem Tisch ab, und sie erkannte die vorhersehbaren Zutaten: Kaffee in einer Schale und ein Stück Brot mit Honig.

»Gib es irgend etwas Neues, Felipe?«

»Bilbao hat letzte Nacht gewonnen.«

»Was?«

»*El fútbol.*« Er grinste.

»In bezug auf mich!«

»Aha!« Er kratzte sein Stoppelkinn. »*Lo siento.* In bezug auf dich gibt es keine Neuigkeiten.«

»Wie lange wird es noch dauern?«

»Ich habe keine Ahnung.«

»Du mußt es doch ungefähr wissen.« Er beachtete sie nicht und drehte sich weg. »Was für ein Datum haben wir heute, Felipe? Den dreißigsten September oder den ersten Oktober?« Er schaute sie an und zuckte die Schultern. »Warum willst du es mir nicht verraten? Es ist doch keine große Sache.«

»*La fecha?* Ich weiß es nicht.«

»Eins von beiden ist richtig, nicht wahr? Welches ist es?«

Sein Gesichtsausdruck ließ erkennen, daß er schwach wurde. Sie beschloß, nicht lockerzulassen. »Bitte, Felipe. Nur das Datum.«

Er trat an die Seite des Bettes und beugte sich über sie. Sie roch Zigarettenrauch und muffigen Knoblauch in seinem Atem.

»Du wirst Miguel nichts erzählen?« flüsterte er.

»Nichts. Ich verspreche es dir.«

Er überlegte noch einen Augenblick, dann sagte er: »*Es el primero de octubre.*«

2

»Ich fürchte, Chief Inspector Golding ist weggegangen, Miss Ladram«, ertönte Valerie Finchs Stimme aus dem Telefon. »Kann ich Ihnen vielleicht helfen?«

»Ich rufe nur an, um zu fragen, ob es etwas Neues gibt.«

»Ich fürchte nein. Hat Mrs. Abberley Sie denn nicht auf dem laufenden gehalten?«

»Ich wollte sie nicht damit belästigen.«

»Ach so. Ich verstehe. Nun, bis jetzt gibt es noch keine Antwort auf den Aufruf an Madame V in den französischen Zeitungen, sich zu melden. Und auch in Spanien hat sich noch nichts ereignet. Deshalb...«

»Sind wir kein bißchen schlauer.«

»Das würde ich nicht sagen. Die Nachforschungen werden fortgesetzt. Es werden keine Mühen gescheut.«

»Das glaube ich gern, aber inzwischen ist ein Monat vergangen, seit meine Nichte entführt wurde, nicht wahr?«

»Ähm... Ja. Ja, das stimmt.«

»Und immer noch nichts.«

»Möchten Sie, daß Chief Inspector Golding Sie anruft, wenn er zurückkommt?«

»Nein, vielen Dank. Ich muß jetzt selbst weg. Ich werde nochmals anrufen. Später.«

Sie taten, was sie konnten, das wußte Charlotte. Aber das war bedauernswert wenig. Als sie den Telefonhörer aufgelegt hatte, ging sie zur Tür. Eine Fahrt nach Rye lag vor ihr. Sie war nicht mehr in Jackdaw Cottage gewesen, seit sie es vor zwei Monaten zum Verkauf hatte ausschreiben lassen, aber jetzt hatte der Immobilienmakler einen Käufer gefunden, der so bald wie möglich einziehen wollte. Deshalb konnte sie das Ausräumen des Hauses nicht mehr länger aufschieben, und sie hatte sich entschieden, das Ganze ohne weitere Verzögerung in die Hand zu nehmen. Zum Teil war sie froh, eine praktische Aufgabe zu haben. Es war eine Ablenkung, die ihr Geist dringend benötigte.

Im Besucherzimmer des Lewes-Gefängnisses, das ansonsten verlassen war, schenkte Colin Fairfax seinem Bruder über den blanken Tisch hinweg ein breites Grinsen. »Es spricht sich herum«, verkündete er. »Ich kann hier praktisch alles machen, was ich will. Sie wissen, daß ich nicht mehr lange bleiben werde.«

»Wenn man Dredge glauben darf«, erwiderte Derek, »dann sieht es wirklich vielversprechend aus.«

»Vielversprechend? Das will ich meinen. Spicer ist verhaftet worden, nicht wahr? Jetzt ist es nur noch eine Frage der Zeit, bis sie einen Beweis gefunden haben, der ihn mit dem Schauplatz des Verbrechens in Verbindung bringt.«

»Hat Dredge dir das erzählt?«

»Sie wissen, daß er es war, Derek. Woher hatte er das Geld, um sich mit einer Jacht in das verdammte Burnham-on-Crouch abzusetzen, wenn er es nicht von Maurice Abberley für geleistete Dienste erhalten hatte?«

»Mich mußt du nicht überzeugen.«

»Nein. Aber ich muß mich bei dir bedanken. Dredge versuchte, die Ehre für sich in Anspruch zu nehmen, aber mir ist klar, wem sie wirklich gebührt. Dir. Du hast mehr für mich getan, als ich je verdient habe. Wenn ich bloß daran denke, daß ich dein Engagement bezweifelte! Du bist ein prima Kerl, Derek. Ich wäre stolz auf dich, wenn ich dir nicht so dankbar wäre.«

»Du mußt dich nicht bei mir bedanken.«

»Doch, das muß ich. Deshalb war ich so froh, daß du heute kommen konntest.«

»Ich war auf dem Weg zu einer Buchprüfung in Newhaven. Es war kein Problem, hier Station zu machen.«

»Harter Job, nicht wahr?«

»Nicht besonders.«

»Warum siehst du denn so niedergeschlagen aus? Nach deinem Gesichtsausdruck zu urteilen, mußt du gedacht haben, ich wäre gerade zum Tod durch den Strang verurteilt worden und nicht, daß man mir eine Rettungsleine zugeworfen hat.«

»Weil... Nun, es war Charlotte Ladram, die mir die Bandaufnahme und den Bericht des Privatdetektivs beschafft hat. Ohne dies hätte die Polizei sich niemals auf die Suche nach Spicer begeben.«

373

»Und es ist gut zu wissen, daß wenigstens ein Mitglied dieser Familie ein Gewissen hat. Aber was soll das?«

»*Was das soll?*« Derek war entrüstet. »Sie hat nicht nur ihren Bruder, sondern auch ihre Tante verloren, Colin. Und ihre Nichte ist entführt worden. Nichts davon war ihre Schuld.«

»Meine auch nicht.« Colin setzte sich in seinem Stuhl zurück und legte den Kopf auf die Seite. »Dieses Mädchen hat es dir wirklich angetan, nicht wahr?«

»Natürlich nicht. Ich würde nur gern eine Möglichkeit finden, ihre Großzügigkeit zu vergelten.«

»Indem du auf einem weißen Roß hinausreitest und ihre Nichte befreist?«

Derek blickte seinen Bruder scharf an. »Wie ich sehe, hat das Gefängnisleben deinem Sarkasmus nicht geschadet.«

Colin hob in gespielter Kapitulation die Hände. »Tut mir leid. Es geht mich ja nichts an. Wenn du und sie... Nun, was *kannst* du denn tun, um zu helfen?«

»Nichts.«

»Daher also die gedrückte Stimmung?«

»Vermutlich. Außerdem...« Derek lehnte sich vor und senkte seine Stimme. »Es wurde nicht öffentlich berichtet, aber die Entführer haben gesagt, sie würden das Mädchen töten, falls sie bis zum elften Oktober nicht das bekommen haben, was sie wollen.«

Colin pfiff durch die Zähne. »Und heute ist der erste.«

»Genau. Die Zeit läuft davon. Viel zu schnell.«

3

Charlotte hatte gerade angefangen, sich vorzustellen, was aus Jackdaw Cottage weggebracht werden mußte, als Mrs. Mentiply kam, die beabsichtigte, ihren Pflichten als Haushälterin bis zum bitteren Ende nachzukommen. So wohlmeinend sie zweifellos war, so hatte Charlotte doch gehofft, ihr aus dem Weg gehen zu können, denn seit dem Tod von Maurice hatten sie einander nicht mehr gesehen, und man konnte sich darauf verlassen, daß Mrs. Mentiply ebenso neugierig wie teilnahmsvoll war. Letztlich war es einfacher, sich ihrer Wißbegierde zu beugen, sie für beide Kaffee kochen zu lassen und dann so gut wie möglich ihre unzähligen Fragen zu beantworten.

»Mr. Mentiply und ich waren erschüttert, als wir das von Ihrem Bruder hörten, meine Liebe. Und natürlich auch von Ihrer Nichte. Wie erträgt Mrs. Abberley diese schreckliche Belastung?«

»Bemerkenswert gut unter diesen Umständen.«

»Gibt es immer noch keine Neuigkeiten von dem Mädchen?«

»Nein, ich fürchte nicht.«

»Vielleicht ist es ein Segen, daß die liebe alte Miss Abberley diese traurigen Zeiten für ihre Familie nicht mehr miterleben muß.«

»Vielleicht ist es das.«

»Ich weiß nicht, was sie von den Leuten halten würde, die hier leben werden. Haben Sie sie kennengelernt?«

»Nein. Aber der Immobilienmakler hat gesagt –«

»Hochnäsiges Volk. Haben nichts von Miss Abberleys Vornehmheit. Ich hätte kein Interesse, für die zu arbeiten, auch nicht, wenn sie mich darum bitten würden.«

»Nun, das müssen natürlich Sie entscheiden. Aber sie haben ein gutes Angebot gemacht. Ich konnte nicht –«

»Oh, ich wollte nicht sagen, daß Sie es hätten ablehnen sollen. Nicht meinetwegen. Sie haben wirklich mehr als genug, worum Sie sich Sorgen machen müssen, ohne meinen Vorlieben und Abneigungen nachzugeben.«

»Wir haben zur Zeit tatsächlich viele Sorgen.«

»Natürlich. Und wenn es irgend etwas gibt, was ich tun kann – oder Mr. Mentiply –, was es auch ist, dann brauchen Sie mir bloß ein Wort zu sagen.«

»Das ist sehr nett von Ihnen, aber –«

»Hat die Polizei denn überhaupt keine Hinweise, was aus dem armen Mädchen geworden ist?«

»Herzlich wenige.«

»Oder warum sie entführt wurde?«

»Sie versuchen gerade, die Empfängerin eines Briefes, den Beatrix abgeschickt hat, ausfindig zu machen. Eine Frau in Frankreich, deren Nachname mit V beginnt. Sie denken, sie könnte vielleicht etwas wissen.«

375

Mrs. Mentiply schnalzte mit der Zunge. »Klingt wie die berühmte Suche nach der Nadel im Heuhaufen.«

»Das ist leider richtig.«

»Ich meine, in welcher Gegend von Frankreich?«

»Oh, in oder in der Nähe von Paris. Es grenzt die Suche nicht sehr ein, nicht wahr? Wenn Beatrix jemals erwähnt hätte, daß sie jemanden in Paris kennt, dann wäre es etwas anderes, aber das hat sie nicht. Ich nehme nicht an, daß sie Ihnen gegenüber je eine Madame V erwähnt hat?«

»Nein. Ich fürchte, das hat sie nicht. V, sagen Sie?«

»Der Name beginnt mit V.«

»In Paris?«

»Ja.«

Mrs. Mentiply schüttelte traurig den Kopf. »Das sagt mir gar nichts.« Dann lächelte sie sie an. »Möchten Sie noch eine Tasse Kaffee?«

»Nein, vielen Dank.«

»Es tut mir leid, daß ich keine Kekse mitgebracht habe. Wenn ich gewußt hätte, daß Sie kommen...«

»Das macht wirklich nichts.«

»Nur, daß es immer so nett ist, wenn man zu seinem Kaffee einen Keks hat, nicht wahr, oder ein Stück Schok –« Mrs. Mentiply verstummte.

»Ist etwas nicht in Ordnung?«

»Oder ein Stück Schokolade«, sagte sie langsam.

»Geht es Ihnen gut, Mrs. Mentiply?«

»Was?« Sie schaute erst Charlotte an, dann hinunter auf ihre leere Kaffeetasse. »Aber ja, ich hatte nur gerade einen verrückten Gedanken.«

»Was denn?«

»Miss Abberley hat mir immer diese Schokoladentäfelchen gegeben, wissen Sie, zu Weihnachten und Ostern, so regelmäßig wie ein Uhrwerk. ›Nehmen Sie sie‹, pflegte sie zu sagen. ›Sie sind von einer Freundin. Ich bringe es nicht übers Herz, ihr zu sagen, daß ich das Zeug nicht mag.‹ Nun, wie Sie wissen, war sie keine Süße, sie nicht, aber ich – Solange ich mich erinnern kann, erhielt sie sie zweimal im Jahr mit der Post. Ein Geschenk einer Freundin.«

»Ich verstehe nicht ganz –«

»Es war französische Schokolade, Miss Ladram. Aus einem Pariser Geschäft. Und der Name des Geschäftes begann mit einem V. Da bin ich mir ganz sicher.«

Charlotte fühlte, wie ihre Gedanken plötzlich zu rasen begannen, fast wie eine körperliche Empfindung. Sie rutschte auf ihrem Stuhl nach vorne und ergriff Mrs. Mentiply am Handgelenk. »Wie war der Name?«

»Vac... Val... Vass... Irgend etwas in der Richtung.«

»Sie müssen sich erinnern. Um Gottes willen!«

»Ich glaube nicht, daß ich das kann.«

Charlotte schloß einen Augenblick ganz fest die Augen, um die Enttäuschung abzuwehren. »Bitte, versuchen Sie es«, sagte sie, als sie sie wieder öffnete. »Es ist unbedingt –« Dann hielt sie inne. Mrs. Mentiply lächelte.

»Es ist nicht notwendig, daß ich mich daran erinnere. Sie waren in hübsche kleine Dosen verpackt, und im Deckel war ein Schildchen, auf dem der Name und die Adresse des Ladens stand.«

»Gut möglich. Aber –«

»Sie waren zu schön, als daß ich sie hätte wegwerfen können, nachdem die Schokoladentäfelchen aufgegessen waren!« Mrs. Mentiplys Lächeln wurde breiter.

»Sie meinen...«

»Zu Hause habe ich mehrere davon. Ich benutze sie für allen möglichen Krimskrams. Und ich bin sicher, daß die Schildchen noch drin sind.«

Als sie bei dem Bungalow ankamen, war Mr. Mentiply bereits aufgebrochen, um im »Greyhound Inn« seinen mittäglichen Drink einzunehmen. Ohne sich auch nur die Zeit zu nehmen, ihren Mantel abzulegen, eilte Mrs. Mentiply ins Wohnzimmer, zog die Klappe des Sekretärs auf und holte eine runde Dose heraus, deren Durchmesser ungefähr fünfzehn Zentimeter betrug. Sie war dunkelgrün und mit Gold eingefaßt. In ihrem Eifer, den Deckel zu öffnen, verstreute sie das meiste des Inhalts auf dem Boden – Füller. Bleistifte, Radiergummis und Büroklammern. Aber sie schenkte dem keine Beachtung und hielt den Deckel hoch, damit Charlotte es sehen konnte. Darin war ein Schildchen, wie versprochen, mit schwarzer Schrift auf goldenem Grund, verkratzt und tintenbeschmiert, aber deutlich lesbar.

CONFISERIE VASSOIR
17, RUE DE TIVOLI
75008 PARIS

Der Besuch bei Colin hatte Derek unsicherer als zuvor zurückgelassen, wie er die Kluft, die zehn Tage gegensätzlichen Glücks zwischen ihm und Charlotte Ladram aufgetan hatte, überbrücken könnte. Er wollte ihr helfen und sie unterstützen, aber bei Licht betrachtet gab es nichts, was er ihr anbieten konnte. Auch konnte er es nicht verhindern, daß Charlotte durch ihn immer wieder an die hoffnungsvolle Wende erinnert wurde, die Colins Fall genommen hatte – eine Wende, zu der sie wesentlich beigetragen hatte –, während das Elend ihrer Nichte mit jedem Tag schlimmer zu werden schien. Aber trotzdem widerstrebte es ihm zuzulassen, daß die Ereignisse ihre aufkeimende Freundschaft erstickten, bevor sie überhaupt richtig begonnen hatte. Es war genau die Art von Fehler, die er in der Vergangenheit schon zu oft begangen hatte und die der Grund dafür waren, daß er am Rande einsamer Jahre in der Mitte des Lebens stand. Während er an diesem Nachmittag von Newhaven nach Tunbridge Wells zurückfuhr, mußte er immer nur an das leere Haus und an den einsamen Abend denken, die ihn in Farriers erwarteten, und so warf er alle Vorsicht über Bord und riskierte einen Umweg über Ockham House.

Aber diese kleine Unbedachtsamkeit brachte ihm nicht einmal eine bescheidene Belohnung ein. Charlotte war nicht zu Hause. Er konnte sich nicht vorstellen, wo sie sein könnte, und die Kluft zwischen ihnen schien sich spürbar zu vergrößern, während er in der hereinbrechenden Dämmerung eine trübselige Stunde wartend in seinem Wagen verbrachte. Als er schließlich aufgab und davonfuhr, drückte ihn die bleischwere Überzeugung nieder, daß er nie wieder zurückkommen würde.

4

Charlottes Reaktion auf ihre Entdeckung war so instinktgesteuert und ihr Handeln, zu dem sie sich veranlaßt sah, so dringend, daß sie bereits am späten Nachmittag in einem Zug saß, der sie immer näher auf Paris zutrug. Erst dann begann sie, die Schwierigkeiten und möglichen Konsequenzen der Aufgabe zu betrachten, die sie sich selbst gesetzt hatte. Schließlich hatte sie ja Chief Inspector Golding versprochen, ihm jede Information, die sie erhalten würde, sofort weiterzugeben. In diesem Fall jedoch hatte sie nicht einmal einen Gedanken daran verschwendet. Statt dessen hatte sie Mrs. Mentiply schwören lassen, daß sie nichts verraten würde, war nach Tunbridge Wells zurückgefahren, um ihren Paß zu holen, und dann nach Dover gerast, wo sie gerade noch rechtzeitig eintraf, um am frühen Nachmittag das Luftkissenboot nach Boulogne zu erwischen.

Vor sich selbst hatte sie ihr Verhalten so gerechtfertigt, daß die Polizei viel langsamer und viel sorgfältiger zu Werke gegangen wäre. Ihre schwerfällige Annäherung könnte auch Madame Vassoir – wenn es eine solche Person überhaupt gab – von einer Zusammenarbeit abschrecken, während Charlotte als Nichte von Beatrix und Tante von Samantha unübertrefflich gut geeignet war, sie im Namen der ganzen Familie darum zu bitten. Aber wie sie erkannt hatte, gab es auch noch ein weniger ehrenvolles Motiv, das sie antrieb. Sie wollte die Lösung des Rätsels allein herausfinden und es denen unter die Nase halten, die ihre Fähigkeit – oder ihr Recht –, das zu tun, bezweifelt hatten. Sie wollte das zu Ende führen, was Maurice begonnen hatte.

Wollen und erreichen war jedoch zweierlei. Sie hatte nicht weiter vorausgeplant als bis zum Auffinden der Confiserie Vassoir, wobei sie ihrem Glück und den französischen Ladenöffnungszeiten vertraute, daß sie noch offen sein würde, wenn sie ankam. Der Zug war um halb sieben in Paris. Nieselregen und Abenddämmerung lagen über der Stadt, und der bevorstehende Einbruch der Dunkelheit begann sofort an ihrer Zuversicht zu nagen. Doch es gelang ihr, dieses Gefühl in Schach zu halten. Auf dem Gare du Nord nahm sie ein

Taxi und gab ihr Fahrziel als *Dix-sept, Rue de Tivoli* an. Glücklicherweise war es nicht weit. In einer ruhigen Nebenstraße in der Nähe der Madeleine wurde sie abgesetzt. Die meisten Geschäfte schienen bereits geschlossen zu sein, und ihr sank das Herz, als sie das unbeleuchtete Schaufenster von Nummer siebzehn erkannte. Sie konnte lediglich niedergeschlagen auf das Schild starren, das innen an der Tür hing – CONFISERIE VASSOIR: Ouvert 9.30–18.30 Mardi à Samedi –, dann auf ihre Uhr, die ihr bestätigte, daß sie fünfzehn Minuten zu spät dran war.

Plötzlich sah es so aus, als sei doch noch nicht alles zu spät. Im hinteren Teil des Geschäftes war ein Lichtschimmer zu sehen. Aus einem Raum im Hintergrund betrat ein stämmiger Mann den Laden und begann unter dem Ladentisch nach etwas zu suchen. Sie klopfte mit den Knöcheln ans Schaufenster. Er schaute auf, machte eine abwehrende Handbewegung und gab sich wieder seiner Suche hin. Sie klopfte noch einmal und schrie »*Monsieur Vassoir!*« und betete, daß er wirklich Monsieur Vassoir war und sie hören konnte. Aber er hatte offensichtlich gefunden, wonach er gesucht hatte, runzelte nur die Stirn und bedeutete ihr noch einmal zu gehen. »*Monsieur Vassoir!*« brüllte sie und schlug so fest gegen die Scheibe, daß sie befürchtete, sie könnte zerbrechen. »*S'il vous plaît! Très important!*« Er starrte sie an, dann ging er mit einem deutlichen Ausdruck von Widerwillen zur Tür, schob den Riegel zurück und öffnete sie.

»*Nous sommes fermés, madame!*« Er war ein kleiner Mann in mittleren Jahren mit schütterem Haar, einem borstigen schwarzen Schnurrbart und einer barschen Stimme. Er war sichtlich verärgert.

»*Monsieur Vassoir?*«

»*Oui, mais –*«

»Hoffentlich sprechen Sie Englisch. Ich suche Madame Vassoir. Vielleicht Ihre Frau? Es ist äußerst wichtig, daß ich sie finde. Eine Frage von Leben und Tod.« Sein Stirnrunzeln vertiefte sich. »Mein Name ist Charlotte Ladram. Ich –«

»Meine Frau kennt Sie nicht«, erwiderte er scharf.

»Nein. Aber ich denke, sie kennt – kannte – meine Tante.«

»Bitte gehen Sie.« Er wollte die Tür schließen.

Verzweifelt drückte Charlotte ihre Schulter in den Türspalt. »Beatrix Abberley!« schrie sie. »Meine Tante war Beatrix Abberley.«

Er öffnete die Tür wieder und warf einen kurzen Blick auf sie, während er seine Unterlippe in einer Mischung aus Aggressivität und Überlegung vorwölbte.

»Im Juni hat sie einen Brief an eine Französin geschickt. Ich sollte wohl besser sagen, sie hat veranlaßt, daß er geschickt wurde, sofort nach ihrem Tod. Der Name dieser Frau begann mit V. Falls Ihre Frau die Empfängerin war, dann muß ich mit ihr sprechen. Soweit ich weiß, gab es hier in den Zeitungen einen Aufruf, daß Madame V sich melden soll. Aber bestimmt wurde nicht erklärt, warum es so dringend ist. Meine Nichte ist entführt worden, und in dem Brief liegt vielleicht der Schlüssel für ihre Befreiung. Es geht um ihr Leben!«

»Wie kommen Sie darauf, daß meine Frau diese... Madame V ist?«

»Sie hat Beatrix jedes Jahr zu Weihnachten und zu Ostern Schokolade geschickt. Sie war eine Freundin. Beatrix hat das gesagt. Das Schildchen in einer der Dosen hat mich hierher geführt.«

Er zögerte noch einen Moment, dann knurrte er und öffnete die Tür so weit, daß Charlotte eintreten konnte. Als er die Tür hinter ihr schloß, stieg aus der Düsterkeit, die sie umgab, der Duft von schwerer Schokolade auf. Die Ladentische und Vitrinen waren bis auf ein paar der unverwechselbaren grüngoldenen *Confiserie-Vassoir-Dosen* leer.

»Was hat der Brief – falls es einen solchen gibt – zu tun mit der... Entführung Ihrer Nichte?«

»Es handelt sich um den Brief, den ihre Entführer haben wollen.«

»Das haben sie gesagt?«

»Nicht ausdrücklich. Aber als ich mit ihnen sprach –«

»Sie haben mit ihnen gesprochen?«

»Ja.«

»Was wissen Sie über sie?«

»Nichts – außer daß sie Spanier sind.«

»*Espagnol?*«

»Ja. Bestimmt.«

»*Espagnol*«, wiederholte er in einem ungläubigen Murmeln. »Warten Sie hier, Madame. Ich werde meine Frau anrufen.« Er eilte in den rückwärtigen Raum. Charlotte hörte, wie er wählte, und einen Augenblick später, wie er sich meldete: »*Ma chérie? C'est moi. Oui. Au magasin. Écoute bien.*« Er sprach schneller, so daß Charlotte nichts mehr verstehen konnte, aber sie erkannte ihren Namen – und den von Beatrix – verschiedene Male. Im Laufe des Gesprächs sprach Vassoir weniger und hörte mehr zu. Dann wurde es mit Ausdrücken wie »*Oui, oui*« und »*Immédiatement*« beendet. Er legte den Hörer auf und kam mit ernstem Gesichtsausdruck zu ihr in den Laden zurück. »Meine Frau möchte, daß ich Sie zu ihr bringe, Madame. Sie ist in unserem Haus in Suresnes. Es ist nicht weit. Erlauben Sie mir, daß ich Sie dorthin fahre?«

»Sie ist die Madame V, an die Beatrix geschrieben hat?«

»*Oui.*«

»Ja, dann bringen Sie mich bitte zu ihr. Auf direktem Weg.«

»Mein Auto steht auf der Rückseite. Kommen Sie bitte hier entlang.«

»Noch eines, Monsieur. Es schien viel auszumachen, daß ich Spanien erwähnte. Warum?«

»Weil meine Frau Spanierin ist.«

»Ich verstehe.« Reine Vermutung veranlaßte sie hinzuzufügen: »Wie war ihr Mädchenname?«

»*Pardon?*«

»Ihr Familienname – vor ihrer Heirat.«

»*Ah, je comprends.*« Zum ersten Mal lächelte er. »Ortiz. Isabel Ortiz.«

»Und Vicente Ortiz war...«

»Ihr Vater.«

5

Die Wohnung der Vassoirs lag auf zwei Etagen eines trostlosen Stadthauses westlich der Seine. Charlotte bemerkte, wenn auch nur am Rande, hohe Decken und dunkle Gänge und große Zimmer, die mit einer an Strenge grenzenden Zurückhaltung eingerichtet waren. Irgendwie erschien ihr bei ihrem Verlangen, etwas zu erfahren, die Umgebung verschwommen. Die Antwort war jetzt schon ganz nahe, und die Minuten, die noch verstrichen, bevor sie ihr enthüllt wurde, waren schwerer zu ertragen als all die Tage und Wochen zuvor.

Isabel Vassoir war eine schlanke, elegant gekleidete Frau Ende Fünfzig mit grauem Haar, das zu einem Knoten geschlungen war. Ihre untadelige Haltung strahlte etwas zwischen Zartheit und Zerbrechlichkeit aus. Sie empfing Charlotte in einem Salon voller Pflanzen und Bilder, in dem ein eingelassener Bluthund vor einem lodernden Feuer döste. Die Ehe mit einem Franzosen schien ihre spanische Herkunft vollständig ausgelöscht zu haben. In ihrer prononcierten metallischen Stimme war kein südlicher Einschlag mehr zu hören. Sie sprach viel besser Englisch als ihr Mann und betrachtete Charlotte mit eindringlichem Blick. Henri Vassoir ließ sie allein, und Charlotte fühlte wachsendes Unbehagen, als sie erklärte, wie und warum sie nach Paris gekommen war. Als sie mit der Frage schloß, ob Madame Vassoir den Brief von Beatrix noch habe und ob sein Inhalt Samanthas Entführung ausgelöst haben könnte, schenkte ihre Gastgeberin jedem von ihnen ein Glas Sherry ein, bevor sie antwortete. »Ja, Charlotte, der Brief – und das, was dabeilag – beantwortet all ihre Fragen. Ebenso, wie das, was Sie mir erzählt haben, meine beantwortet. Ich habe den Aufruf, daß sich Madame V melden soll, in den Zeitungen gelesen, aber es stand nichts über eine Entführung oder ein Lösegeld darin. Trotzdem werden Sie sich wundern, warum ich nicht darauf reagiert habe. Nun, wenn Sie gelesen haben, was mir Beatrix geschickt hat, werden Sie es verstehen. Ich gebe es Ihnen nur, um Ihnen zu helfen, Ihre Nichte zu retten. Sonst hätte ich mich geweigert. Sonst wäre es sicherer gewesen, es versteckt zu halten.«

»Warum?«

»Zuerst muß ich Ihnen erzählen, woher ich Beatrix kenne. Sie war eine gute und großzügige Person. Sie war liebenswürdig zu mir und zu Henri und zu meiner Mutter. Wie es aussieht, war sie sogar zu liebenswürdig, uns zu sagen, daß sie keine Schokolade mochte.«

»Ich kann mich nicht erinnern, daß sie jemals von Ihnen gesprochen hätte.«

»Ganz sicher nicht. Sie behandelte ihre Freundschaft mit uns als Geheimnis. Warum? Weil, wie sie sagte, ihre Familie das nicht gutheißen würde. Gut, das mag die Wahrheit gewesen sein, aber seit ich ihren Brief erhalten habe, weiß ich, daß es einen anderen Grund gegeben hat. Aber ich muß mit dem Anfang beginnen. Ich wurde 1929 in Barcelona geboren. Mein Vater. Vicente Ortiz, war Lastwagenfahrer und Mechaniker. Ich kann mich kaum an ihn erinnern, und das meiste von dem, was ich Ihnen erzähle, hat mir meine Mutter berichtet. Sie ist vor acht Jahren gestorben, hier, bei uns. Wenn man ihr glauben durfte, dann war er schlauer, als ihm selbst gut tat. Ein gutherziger Onkel, der selbst keine Kinder besaß, hatte seine Ausbildung bezahlt, aber das bewirkte nur, daß er mit seinem Schicksal und seinem Leben unzufrieden war. Er arbeitete für eine Möbelfabrik und war aktives Mitglied des CNT, der anarchistischen Gewerkschaft. Als im Juli 1936 der Militäraufstand begann, trat er in die Bürgerwehr des CNT ein und ging fort, um zu kämpfen. Von da an haben wir ihn kaum noch gesehen.

Sie müssen wissen, daß ich Spanien vor meinem zehnten Geburtstag verlassen habe und seitdem nie wieder dort war. Dieses Land ist für mich fast ebenso fremd wie für Sie. Ich habe seine Geschichte studiert, weil es mein Geburtsland ist, und ich denke, ich kenne es gut, aber nur als Studierende, nicht als Patriotin, noch nicht einmal als jemand, der im Exil lebt. Für meine Mutter war es anders. Sie sah sich vor allem als Katalanin. Sie blieb ihr ganzes Leben lang loyal gegenüber den Dingen, die Franco zunichte gemacht hat. Sie hat gejubelt an dem Tag, als er starb. Wenn sie gekonnt hätte, hätte sie auf seinem Grab getanzt. Der Bürgerkrieg war für sie nie zu Ende. Er hat in ihrem Kopf immer weiter gebrannt. Für mich ist er nur eine Kindheitserinnerung von Lärm und Durcheinander.

Wir haben mit den Eltern meiner Mutter im Bezirk Gracia gelebt. Meine Mutter arbeitete als Näherin in der Fabrik Fabra und Coats. Meine Großmutter wusch fremder Leute Wäsche und kümmerte sich um mich und meinen Großvater. Er ging am Stock und hinkte auf einem Bein. Es war bei einem Unfall in den Lokomotivwerken verletzt worden, wo er in seiner Jugend angestellt gewesen war. Wir waren arm, aber glücklich, zumindest soweit es mich betraf. Nach dem Aufstand haben die Arbeiter in Barcelona die Macht übernommen. Die Revolution war ausgebrochen. Oder es schien wenigstens so. Meine Familie hat es sicherlich geglaubt. Auf jeden Fall bis zum folgenden Frühling, als alles wegen Streitereien und Kämpfen zwi-

schen den einzelnen Gruppen auseinanderzubrechen begann. Die
Stalinisten und Trotzkisten und Anarchisten befehdeten sich in erster Linie untereinander und kämpften erst in zweiter Linie gemeinsam gegen den Faschismus. Ungefähr zur gleichen Zeit wurden die
Lebensmittel knapp. Franco begann, die Schlinge um Katalonien zu-
zuziehen. Ein kalter Winter und großangelegte Bombenangriffe erledigten den Rest.

So hat es mir meine Mutter erzählt, und in den Geschichtsbü-
chern steht dasselbe. Als das Militär losschlug, haben sich die Angehörigen der Arbeiterklasse vereinigt, um sich selbst zu verteidigen –
und die Gesellschaft zu verändern. Aber sie waren in keinem von
beiden erfolgreich. Deutschland und Italien haben die Nationalisten
bezahlt und ausgerüstet. Um sie zu bekämpfen, mußte die republikanische Regierung bei den Russen Hilfe suchen. Und Rußlands
Preis dafür war die Unterdrückung der sozialistischen Revolutio-
näre. Die Anarchisten waren eine der Gruppen, gegen die sie vor-
gingen. Also kam mein Vater dabei ums Leben, als er für eine andere Sache kämpfte als die, die er hatte verteidigen wollen.

Ich weiß überhaupt nichts darüber. Meine Erinnerungen an Barcelona bestehen in einem Durcheinander von hupenden Autos und
wehenden Fahnen, pfeifenden Bomben und verfallenen Häusern,
Lebensmittelschlangen und Ratten und zerlumpten Kleidern und
meinen Händen, die im letzten Winter, den wir dort verbrachten,
vor Kälte ganz blau wurden. Kurz vor Weihnachten kam mein Vater. Zu dem Zeitpunkt war er zu dem Rest des Britischen Bataillons
der Internationalen Brigade versetzt worden. Ich weinte die ganze
Nacht, als er zur Armee zurückging. Genau wie meine Mutter. Wir
haben ihn niemals wiedergesehen. Im März kam die Nachricht, daß
er während des Rückzugs aus Teruel gefangengenommen und
wahrscheinlich getötet worden war. Das war die Art von Nachricht,
die viele Frauen und Töchter erhielten. Die ganze Republik befand
sich auf dem Rückzug. Und die Menschen starben nicht nur an der
Front. Im Februar 1938 begannen die Italiener, Barcelona zu bom-
bardieren. Ich erinnere mich an den furchtbaren Schrecken dieser
Angriffe, des Anblicks von Toten, die auf der Straße lagen, daß ich
Dinge miterlebt habe, die kein neunjähriges Mädchen jemals sehen
sollte. Es war der Anfang vom Ende. Aber das Ende brauchte lange.

Und in der Zwischenzeit geschah etwas Seltsames. Meine Mutter bekam einen Brief. Von einer Frau in England, von der sie noch nie gehört hatte.«

»Von Beatrix?«

»Ja. Von Beatrix. Er traf ungefähr zwei Monate nach der Nachricht über meinen Vater ein, obwohl ich erst sehr viel später erfuhr, was darin stand. Beatrix schrieb, daß ihr Bruder mit meinem Vater gedient hatte und daß er sie in seinem letzten Brief vor seinem Tod gebeten hatte herauszufinden, ob sein alter Kamerad noch am Leben sei.«

»Das stimmt. Genau das stand in dem einzigen Brief von Tristram an Beatrix, den ich gelesen habe. Er war Mitte März 1938 in Tarragona aufgegeben worden.« Charlotte runzelte die Stirn. »Moment mal. Woher wußte Beatrix ihre Adresse?«

»Sie sagte, Tristram hätte sie ihr gegeben.«

»Nein, nein«, widersprach Charlotte. »Das hat er nicht. Davon stand nichts in seinem Brief.«

»Sie stand in dem Dokument, das dem Brief beilag. Sie werden es sehen.« Isabel Vassoir lächelte. »Lassen Sie mich meine Geschichte fertig erzählen. Dann werden Sie verstehen, wie all die Teile zueinander passen. Meine Mutter schrieb an Beatrix, daß mein Vater höchstwahrscheinlich tot war. Sie erwartete nicht, noch einmal von ihr zu hören. Aber Beatrix schrieb noch einmal und sprach uns ihr Mitgefühl aus – und bot ihre Hilfe an, wenn wir sie brauchten. Nun, wir brauchten sie bestimmt. Katalonien war damals vom Rest der Republik abgeschnitten und wurde langsam zu Tode gewürgt. Aber was konnte eine Engländerin, die wir niemals zuvor getroffen hatten, für uns tun? Meine Mutter antwortete nicht. Sie erzählte mir später, sie hätte keinen Sinn in so einem Briefwechsel gesehen. Und ich vermute außerdem, daß sie nicht an meinen Vater erinnert werden wollte. Also kümmerte sie sich nicht mehr um das Ganze.

Im Herbst starb mein Großvater. völlig erschöpft, aufgerieben vom Kampf ums Überleben. Dann, kurz nach Weihnachten, gingen die Nationalisten zum letzten Angriff gegen Katalonien über. Mitte Januar 1939 standen sie schon kurz vor Barcelona. Die Bombenangriffe wurden heftiger, und Panik begann sich auszubreiten. Jeder, der irgendwie mit der republikanischen Sache in Verbindung stand, würde unter den Faschisten in Lebensgefahr sein. Francos Unbarmherzigkeit war berühmt. Also drehten sich alle Gedanken darum, wie man fliehen könnte. Als Witwe eines bekannten Anarchisten mußte meine Mutter verschwinden. Frankreich hatte seine Grenze für Flüchtlinge geöffnet, und die Menschen strömten nach Norden, um dorthin zu gelangen. Wir schlossen uns ihnen an, meine Mutter, meine Großmutter und ich, und nahmen unsere wenigen Besitztümer auf einem Handwagen mit. Die Reise muß eine Qual für sie gewesen sein, obwohl es für mich ein erlösendes Durcheinander war. Wir stapften schlammige Straßen entlang, suchten Schutz vor deutschen Kampfflugzeugen, und ich wachte schneebedeckt im Wagen auf, den meine Mutter und meine Großmutter an der Deichsel zogen.

Als wir in Frankreich ankamen, wurden wir in ein überfülltes, ungeschütztes Lager gesteckt. Genau gesagt war es die Zollstelle in Le Boulou, aber niemand hatte damals eine Ahnung, wo wir waren oder wohin wir gehen sollten. Nach ein paar Tagen wurden wir in ein Lager für Frauen und Kinder nördlich von Perpignan gebracht, wo es Essen und Unterkunft gab, wenn auch nicht genug für alle. Meine Großmutter wurde krank, und manchmal sagte meine Mutter, wir hätten in Barcelona bleiben sollen. Sie konnte nicht sehen, daß das Leben im Lager mit all seinem Schmutz und seiner Härte jemals zu Ende gehen würde. Dann, in ihrer Verzweiflung, erinnerte sie sich an das Angebot von Beatrix. Sie schrieb ihr einen Brief und bat sie, uns auf jede erdenkliche Weise zu helfen. Sie überredete einen Vertreter des Roten Kreuzes, ihn zu befördern. Natürlich wußte sie nicht, ob er Beatrix jemals erreichen würde, und auch nicht, ob sie antworten würde, wenn sie ihn bekäme.«

»Aber sie hat ihn bekommen?«

»Ja. Und sie antwortete auch, wenn auch leider zu spät für meine Großmutter, die kurz vor Ostern starb. Ein paar Wochen später erschien Beatrix im Lager und brachte uns weg.«

»Einfach so?«

»Für meine Mutter war es, als ob ein Gebet erhört worden wäre, für mich, als ob ich vom Paradies geträumt hätte und aufgewacht wäre, um festzustellen, daß ich bereits dort war. Eine große, schick gekleidete Engländerin nahm mich an der Hand, setzte mich in einen Wagen mit Chauffeur, und plötzlich, nach drei Monaten Gefangenschaft hinter Stacheldrahtzäunen, fuhren wir davon, durch die Sperre und die Straßen hinunter, die der Frühling leuchtend mit Blättern und Blüten geschmückt hatte. Ich weinte und lachte und schaute und konnte nicht glauben, daß dies wirklich geschah. Aber so war es.«

Charlotte kam in den Sinn, was Onkel Jack über den Verbleib von Beatrix im Frühling 1939 gesagt hatte. »*Sie war für einige Monate an der französischen Riviera – oder vielleicht waren es auch die Schweizer Alpen – oder vielleicht auch beides.*« Jetzt wußte sie, daß nichts davon stimmte. Isabel Vassoir hatte recht. All die Teile begannen zueinander zu passen.

»Ich weiß nicht, wie Beatrix unsere Freilassung bewerkstelligte. Aber ich kann mir vorstellen, daß die Behörden jedem dankbar waren, der ihnen ein paar Flüchtlinge ab- und die Verantwortung für sie übernahm. Und genau das hat sie getan. Sie mietete in Perpignan eine Wohnung für uns und kaufte uns Lebensmittel und Kleidung. Sie blieb einen Monat bei uns, während wir uns erholten, und übernahm das Kochen und Waschen, bis meine Mutter sich stark genug fühlte, es allein zu tun. Sie war unsere Retterin. Sie war meine gute Fee. Sie bezahlte meiner Mutter Französischstunden und half ihr, als Näherin bei verschiedenen Textilgeschäften Arbeit zu finden. Sie half uns wieder auf die Beine und ermöglichte uns, wieder zu leben. Wir schuldeten ihr alles. Das war einer der Gründe, warum ich in der Schule so eifrig Englisch lernte: damit ich ihr in ihrer eigenen Sprache sagen konnte, wie dankbar ich ihr immer sein würde.«

Eine weitere Nutznießerin der Großzügigkeit von Beatrix war aus ihrer Verborgenheit aufgetaucht und saß Charlotte jetzt leise lächelnd in einem französischen Salon gegenüber. Beatrix hatte Vicente Ortiz' einzige lebende Verwandte von den Nachwirkungen des Krieges erlöst. Sie hatte getan, was niemand von ihr hätte erwarten können. Und sie hatte es heimlich getan. »Hat sie Ihnen von Frank Griffith erzählt?« fragte Charlotte, nachdem sie einen Augenblick nachgedacht hatte. »Hat sie Ihnen erzählt, wie Ihr Vater sich geopfert hat, um Frank zu retten?«

»Ja. Und sie sagte uns auch, daß sie nicht wüßte, wo Frank sei. Sie sagte, sie hätte ihn aus den Augen verloren. Sogar wenn meine

Mutter mit ihm hätte Kontakt aufnehmen wollen, gab es also keine –«

»Aber das entsprach nicht der Wahrheit!«

»Genau. Beatrix half uns, aber sie belog uns auch. Oder vielleicht sollte ich eher sagen, sie vertraute uns nicht alles an, was sie wußte. Aber wem vertraute sie schon in *jeder* Beziehung?«

»Niemandem«, antwortete Charlotte. »Aber... Warum? Warum all diese Geheimnisse?«

»Wenn Sie gelesen haben, was sie mir schickte, Charlotte, dann werden Sie es verstehen. Solange meine Mutter lebte, verriet sie uns nichts davon. Sie blieb unsere Freundin und Ratgeberin. Sie schickte Geld für meine Ausbildung. Als ich Henri heiratete, zeigte sie sich ihm gegenüber ebenfalls großzügig und unterstützte ihn finanziell, damit er eine Confiserie in Perpignan eröffnen konnte. Und auch als wir später nach Paris zogen, half sie uns wieder. Sie sehen, wir schuldeten ihr viel mehr, als wir mit einer Schachtel Schokolade hin und wieder gutmachen konnten. Aber das war alles, was sie von uns annahm.«

»Was hat sie Ihnen geschickt?« Charlotte bemerkte den Anflug von Ungeduld in ihrer Stimme, aber sie konnte es nicht unterdrükken.

»Ein Dokument, das mein Vater ihrem Bruder gegeben hatte. In ihrem Begleitbrief schrieb Beatrix, es würde im Falle ihres Todes von einer Freundin an mich geschickt werden. Sie bat mich inständig, mich nicht mit ihrer Familie in Verbindung zu setzen. Sie schrieb, sie hätte das Dokument deshalb so lange zurückgehalten, weil sie fürchtete, es würde bei meiner Mutter alte Wunden aufreißen, und weil sie sicher war, daß es für uns besser wäre, wenn wir seinen Inhalt nicht kennen würden.«

»Und was war der Inhalt?«

»Sehen Sie selbst. Das Original ist Katalanisch, aber Tristram hat es ins Englische übersetzt. Ich werde jetzt beide Fassungen holen, und Sie können die Übersetzung lesen. Ich denke, es ist Zeit dafür. Höchste Zeit.«

Madame Vassoir erhob sich und ging ruhig aus dem Zimmer, nachdem sie Charlotte im Vorübergehen kurz die Hand auf die Schulter gelegt hatte. Die Tür fiel hinter ihr ins Schloß, und Charlotte lauschte konzentriert dem Ticken der Uhr und dem rhythmischen Schnarchen des Bluthundes. Es würde jetzt nicht mehr lange dauern. Ein Bruchteil der feuchten Pariser Nacht – ein Stück der von schweren Vorhängen begrenzten Einsamkeit – stand einzig zwischen ihr und der Wahrheit. Wenn sich die Tür wieder öffnete, würde sie das letzte Geheimnis von Beatrix erfahren.

6

Ich bin Vicente Timoteo Ortiz, ein gebürtiger Katalane. Früher hätte auch gesagt, ich sei ein Befürworter der Ideale des Anarchosyndikalismus. Aber jetzt, da die Bedrohung des Todes nahe ist, bin ich mir keiner politischen Philosophie mehr sicher. Ich schreibe dies auf einem kleinen Bauernhof in der Nähe von Alfambra, ungefähr zwanzig Kilometer nördlich von Teruel, der Hauptstadt des unteren Aragonien. Ich wurde hier zusammen mit den anderen Mitgliedern eines Zuges des Britischen Bataillons der Fünfzehnten Internationalen Brigade einquartiert. Wir schreiben Anfang Januar 1938, und wir erwarten jeden Tag, abgerufen zu werden, um an der Schlacht um Teruel teilzunehmen, die, von uns aus gesehen, südlich stattfindet. Ich habe eine Vorahnung, daß es für mich das letzte Gefecht dieses Krieges sein wird, das letzte von zu vielen. Teruel ist ein kalter, trauriger Ort. Es ist Wahnsinn, mitten im Winter zu versuchen, es einzunehmen. Aber vielleicht ist seine Eroberung gar nicht das Angriffsziel. Manche sagen, die Regierung hoffe, Franco durch den Angriff zu einem Waffenstillstand zu zwingen. Wenn das stimmt, hofft sie vergebens. Franco wird nichts anderes als eine Kapitulation akzeptieren. Und dann wird er diejenigen hinrichten, die sich ergeben haben.

Ich habe mich länger als ein Jahr gefragt, ob ich diese Geschichte erzählen soll. Ich habe gezögert und es hinausgeschoben, immer mit gutem Grund. Vor zwei Wochen, als meine Frau vermutlich das letzte Mal in meinen Armen lag, habe ich es ihr beinahe erzählt. Aber ich habe mich zurückgehalten. Und jetzt bin ich froh darüber. Ihr sollte die Gefahr erspart bleiben, das zu wissen, was ich weiß. Genau wie allen Spaniern. Deshalb schreibe ich es jetzt nieder.

Denn nur ein Ausländer kann vernünftig darüber entscheiden, was man mit diesem Wissen anfangen soll. Und unter den Ausländern, in deren Reihen ich nun kämpfe, gibt es zumindest einen, dem ich in dieser Beziehung voll und ganz vertrauen kann.

Mein ganzes Leben lang habe ich gewußt, daß diejenigen keine Gnade kennen würden, die es darauf anlegen, die Arbeiterklasse dieses Landes zu unterdrücken. Ich wurde Anarchist, weil ich daran glaubte, daß wir nur mit Gewalt in der Lage sein würden, unsere Ketten abzuwerfen. Ich wurde 1905 in Barcelona geboren. General Martinez Anido, der jedem *pistolero* ein Kopfgeld für die Ermordung eines Anarchisten zahlen würde, aber jeden Anarchisten, der sich selbst verteidigte, einsperren und dann auf der Flucht erschießen würde, war Gouverneur, als ich zum Mann heranwuchs. Ich erinnere mich an das Schicksal von Salvador Segui und an den Mitternachtsschlag der Somaten. Ich erinnere mich an das Maschinengewehrfeuer auf die Streikenden in der Calle de Mercaders und daran, wie die belagerten Anarchisten in der Casas Viejas bei lebendigem Leibe verbrannten. Und ich erinnere mich auch an Bueneventura Durruti und an Francisco Ascaso. Ich gedenke ihrer. Ich lobe ihre Leistungen. Ich sehne mich nach keinem König. Trotzdem wird die schwarzrote Flagge nicht mein Leichentuch sein. Wenn es zu Ende geht, werde ich nicht nach einem Priester der Kirche dieses Landes rufen. Aber ich werde auch nicht »¡*Viva la Anarquía!*« schreien, denn ich würde an diesen Worten ersticken.

Es ist noch nicht einmal zwei Jahre her, daß ich an einem Sonntagmorgen das Geräusch der Fabriksirenen über Barcelona hörte und wußte, daß der Militäraufstand begonnen hatte, aber der 19. Juli 1936 wirkt heute wie ein Datum aus der Vorgeschichte. Denn damals glaubte ich, ich wäre ein Mann, dessen Vertrauen noch intakt wäre. Ich tauschte meine CNT-Mitgliedskarte gegen ein Gewehr und schloß mich auf der Plaça de Catalunya dem Angriff an. Ich war einer von denen, die in den Straßen tanzten und sangen, als das Militär aufgab. Und ich war ein Mitglied der Durruti-Kolonne, als sie ausrückte, um Saragossa einzunehmen und die Revolution über ganz Aragonien zu verbreiten. Aber Saragossa ist niemals gefallen. Und auch die Revolution hat niemals Wurzeln gefaßt. Vor uns lagen nur Tod und Desillusionierung.

Ich erkenne jetzt, daß es für uns in diesem Krieg nur eine einzige Hoffnung gegeben hat. Das war ganz am Anfang, als wir die Gesellschaft hätten angreifen sollen und nicht Francos Armee. Wir hätten Spanien außerhalb seiner Reichweite verändern sollen. Wir hätten die Kirche und jede andere Stütze des Feudalismus beseitigen sollen. Wir hätten allen die Revolution aufzwingen sollen. Statt dessen versuchten wir, einen militärischen Feldzug zu Francos Bedingungen durchzuführen. Wir gruben uns ein und organisierten uns. Wir mißachteten unsere eigenen Prinzipien, weil wir dachten, daß der Sieg eine beliebige Anzahl von Kompromissen rechtfertigen würde. Aber wir hatten unrecht. Wir hätten nur gewinnen können, wenn wir uns nicht auf Kompromisse eingelassen hätten. Nur wenn wir von Anfang an darauf bestanden hätten, hätten wir das, was wir wollten, erreichen können.

Der Schlüssel für unsere Niederlage war, daß wir russische Hilfe angenommen haben. Das scheint pervers zu sein, nicht wahr? Hitler und Mussolini haben Franco mit Soldaten, Gewehren und Flugzeugen ausgerüstet. War es deshalb nicht logisch, Stalin um Hilfe zu bitten, wenn uns sonst niemand zu Hilfe kommen wollte? Meine Antwort lautet nein. Es *schien* nur logisch zu sein. Denn Stalin ist ein ebenso großer Feind der Arbeiterklasse wie Franco. Jetzt erkenne ich es ebenso wie andere. Natürlich ist es jetzt zu spät. Es ist immer zu spät. Ich habe noch einen anderen, persönlicheren Grund, den Tag zu verfluchen, an dem Rußland in Spanien intervenierte. Anfang Oktober 1936 wurde bekannt, daß Stalin eingewilligt hatte, die Republik mit Waffen zu unterstützen. Genug Panzer, Artillerie, Kampfflugzeuge und Bomber, zusammen mit den nötigen Leuten, um sie zu bedienen, daß wir Franco überwältigen konnten. Oder zumindest hofften wir das. Ich war ebenso dankbar wie alle anderen. Ich will nicht behaupten, daß ich damals gesehen hatte, wohin es führen würde. Die Waffen sollten in Cartagena an der Küste eintreffen, und die Russen sollten in der Umgebung Stützpunkte einrichten. Damit war viel Entladen und Transport verbunden. Da ich ein erfahrener Fahrer und Mechaniker war, wurde ich gebeten, mich den republikanischen Empfangsstreitkräften in Cartagena anzuschließen. Ich ging freudig dorthin. Ich wußte nicht, was mich dort erwarten würde.

Ich und mein Freund Pedro Molano aus Barcelona, der mich begleitete, hatten in Cartagena jede Menge zu tun. Nachdem die Ausrüstung eingetroffen war, brachten wir und die anderen Fahrmannschaften sie mit Lastwagen zu den russischen Stützpunkten nach Archena und Alcantarilla. Die einzige Unterbrechung dieser Routine war, als wir halfen, eine Zugladung von Frachtkisten vom Verschiebebahnhof in eine große, gut bewachte Höhle außerhalb der Stadt zu bringen. Man hatte uns nicht gesagt, worin diese Fracht bestand. Es lag etwas Geheimnisvolles über ihrer Ankunft und ihrem endgültigen Ziel. Es hieß, die Kisten enthielten möglicherweise die Kunstschätze des Prado, die zur sicheren Aufbewahrung aus Madrid geschickt worden waren. Ich glaubte das nicht. Aber ich hätte auch die Wahrheit nicht geglaubt.

Pedro und ich waren bei einer Fleischerfamilie in Cartagena einquartiert. Die meisten Abende verbrachten wir in einer nahe gelegenen Bar und tauschten Gerüchte über den Fortgang des Krieges aus, die uns zu Ohren gekommen waren. Eines Nachts schlossen wir uns einem andalusischen Anarchisten namens Jaime Bilotra an. Er war ein großer, aufrichtiger, liebenswürdiger Bursche, der die Dinge genauso sah wie wir – oder es zumindest behauptete. Was er in Cartagena machte, verriet er uns erst, als wir uns schon mehrere Male getroffen hatten und ihn als unseren Freund betrachteten. Dann bat er uns, mit ihm einen Spaziergang unten am Hafen zu machen, damit er ohne unerwünschte Zuhörer mit uns reden konnte. Wir gingen mit. Es schien nichts dabei zu sein.

Bilotra erzählte uns, daß er als Geheimagent für den FAI arbeitete, den militanten Bund anarchistischer Gruppen. Ein Informant aus dem Finanzministerium in Madrid, Luis Cardozo, hatte den FAI auf einen Plan aufmerksam gemacht, demzufolge die gesamten nationalen Goldreserven nach Rußland verschifft werden sollten, um zu verhindern, daß die Faschisten sie in die Hände bekamen, falls sie die Stadt einnehmen sollten, und um damit die Kosten für gegenwärtige und zukünftige Waffenlieferungen zu decken. Das war die geheime Fracht, mit der wir zu tun gehabt hatten. Cardozo war einer der Beamten, die sie nach Cartagena begleitet hatten, um die Verschiffung nach Rußland zu überwachen, die jetzt unmittelbar bevorstand. Wir waren entsetzt. Wir waren der Meinung gewesen,

Stalin hätte der Republik aus ideologischen Gründen seine Hilfe angeboten, aber es sah ganz so aus, als sei er keinen Deut besser als andere Waffenhändler. In mancher Beziehung war er sogar schlimmer, denn, wie Bilotra hervorhob, wenn das Gold erst einmal in seinen Händen war, wäre er in der Lage, der republikanischen Regierung die Politik zu diktieren. Und er war kein Freund des Anarchismus. Das stand fest. Bereits bei der Militarisierung der CNT-Bürgerwehr wurde seine Art von Kommunismus deutlich spürbar. Am Schluß würde der Anarchismus vernichtet werden. Auch das war sicher.

Was konnten wir tun? Nichts, so wie es aussah. Aber Bilotra hatte einen Plan. Richtig, wenn die Regierung auf so einer Torheit bestand, konnten wir sie nicht verhindern. Aber wir konnten einen geringen Anteil des Goldes abzweigen – der immer noch ein beträchtliches Vermögen darstellte – und nach Barcelona schicken, damit das FAI unabhängig die Bürgerwehr ausrüsten konnte. Pedro und ich würden einen der Lastwagen fahren, wenn das Gold von seinem jetzigen Standort zum Verladen in den Hafen gebracht werden würde. Cardozo konnte einfach unsere Wagenladungen von der amtlichen Zählung ausnehmen. Dann wären wir in der Lage, sie zu einer großen, verschließbaren Garage zu liefern, die Bilotra zu diesem Zweck gemietet hatte. Später könnten sie zu einem sicheren Ort gebracht werden, bevor sie nach Barcelona transportiert wurden. Die Frage war nur: Würden wir uns darauf einlassen? Ohne uns wäre Bilotra nicht in der Lage, die Preisgabe von Spaniens wertvollstem Vermögen zu verhindern: Goldbarren im Wert von ungefähr zwei Billionen Peseten. Mit unserer Hilfe konnte etwas davon gerettet werden, um den Kampf der Anarchisten voranzutreiben. Bilotra brauchte unsere Antwort innerhalb von vierundzwanzig Stunden. Wir konnten nicht die Zustimmung oder Meinung von irgend jemand anderem einholen, ohne sowohl Bilotra als auch Cardozo in Gefahr zu bringen. Er vertraute uns, daß wir das Richtige tun würden. Er legte die Zukunft des Anarchismus in unsere Hände.

Wir waren einverstanden. Es klingt unglaublich naiv, wenn ich diese Worte niederschreibe, aber weder Pedro noch ich zweifelten an Bilotras Ehrlichkeit. In jenen frühen Kriegsmonaten war in den Herzen derjenigen, die für die Revolution kämpften, eine Unschuld, die einen Habgier und Bestechlichkeit vergessen ließ. Zudem ergab das, was er erzählt hatte, einen Sinn. Wir konnten uns eine solche Gelegenheit, unsere Sache zu unterstützen, einfach nicht entgehen lassen. Und Geheimhaltung war unbedingt erforderlich. So stimmten wir ohne Zögern zu, unsere Rolle zu übernehmen.

In der folgenden Nacht brachte Bilotra Cardozo mit, damit wir ihn kennenlernten. Er war ein nervöser junger Mann, ein Staatsbeamter bis in die Fingerspitzen. Aber er erklärte, ein ebenso aufrichtiger Anarchist zu sein wie wir, und er war bereit, ebenso viele Risiken auf sich zu nehmen. Wir besichtigten die Garage und besprachen Einzelheiten unseres Plans. Cardozo sagte, daß das Gold in drei aufeinanderfolgenden Nächten vor der Verschiffung am 25. Oktober transportiert werden sollte. Wir würden vermutlich drei- oder viermal pro Nacht fahren müssen, aber er schlug vor, wir sollten jede Nacht nicht mehr als eine Wagenladung abzweigen. Bilotra wollte mehr, aber Cardozo bestand darauf, daß er aus Sicherheitsgründen nicht mehr als eine Ladung aus den Papieren streichen konnte. Das war also beschlossene Sache.

Es lief alles nach Plan. Da in Cartagena wegen einer möglichen Bombardierung Verdunkelungszwang herrschte, bestand keine Gefahr, daß uns jemand bei unserer Extratour zu der Garage sehen würde. Der Weg von der Lagerhöhle dorthin war nicht so weit wie zum Hafen, und wir verbrachten die gesparte Zeit damit, die Kisten mit Bilotras Hilfe zu entladen. Am Ende war die Garage mit ungefähr 150 Kisten vollgepackt.

Am Sonntag, dem 25. Oktober, segelten die Schiffe unter russischer Flagge nach Odessa. Pedro und ich beobachteten sie beim Auslaufen, wir waren zwei von den wenigen Leuten in Cartagena, die wußten, was sie geladen hatten. Der Transport des Goldes nach Rußland erschien uns damals – und auch heute kommt es mir noch so vor – als verbrecherischer Wahnsinn. Aber die spanische Bürgerschaft ist an ein solches Verhalten von seiten ihrer Regierungen gewöhnt. Das ist einer der Gründe, warum wir uns im Bürgerkrieg gegenseitig fertiggemacht haben. Und es ist einer der Gründe, warum wir verlieren werden, was auch dabei herauskommt.

Nach Beendigung der Operation hatten die Lastwagenmannschaften achtundvierzig Stunden frei, so daß Pedro und ich in der

Lage waren, Bilotra bei der nächsten Stufe seines Plans zu unterstützen. Er hatte in einem nahe gelegenen Steinbruch einen schweren Lastwagen gemietet, der groß genug war, die Hälfte der versteckten Kisten aufzunehmen, und er hatte ungefähr fünfzig Kilometer nordwestlich von Cartagena in den Bergen ein geeignetes Versteck ausfindig gemacht. Es handelte sich dabei um eine schon lange stillgelegte Kupfermine, die man auf einem holprigen, aber befahrbaren Pfad erreichen konnte. In der Nacht nach der Abfahrt der russischen Schiffe beförderten wir die Hälfte des Goldes dorthin und in der folgenden Nacht den Rest. Das Auf- und Abladen war eine ermüdende Arbeit, aber wir wurden damit fertig. Bilotra wies uns auf den Fahrten den Weg. In der Dunkelheit hatten Pedro und ich nur eine schwache Vorstellung davon, wo wir uns befanden. In der zweiten Nacht brachte Bilotra Dynamit mit, das er dazu benutzte, um mit einer kleinen Explosion den Zugang zu der Mine zu verschütten. Er sagte uns, damit würde sichergestellt, daß das Gold nicht gefunden würde, bis wir es abholen konnten.

In den frühen Morgenstunden des 27. Oktober, einem Dienstag, bat Bilotra uns auf halbem Weg nach Cartagena, den Lastwagen anzuhalten und von der Straße abzufahren. Wir befanden uns am Ende der Welt. Ich dachte, er wolle austreten, und folgte, ohne richtig nachzudenken, seinem Wunsch. Dann richtete er ein Gewehr auf uns und befahl uns, auszusteigen. Sein Benehmen hatte sich vollständig geändert. Es war offensichtlich, daß er uns die ganze Zeit an der Nase herumgeführt hatte. Und als er uns vom Lastwagen wegführte, war es ebenso offensichtlich, daß er uns töten wollte. Wir wollten den Grund dafür wissen, aber er gab uns keine Antwort. Dann, als ob er uns vor dem Ende noch reizen wollte, sagte er zu uns: »Das Gold wird Franco bekommen.«

Allein der Gedanke daran bewirkte, daß unser Ärger unsere Angst besiegte. Wir stürzten uns auf ihn. Er schoß, und Pedro stürzte zu Boden. Aber bevor er noch einmal schießen konnte, entwand ich ihm die Waffe. Pedro war tot, und ich hätte Bilotra auf der Stelle umgebracht, wenn mir nicht klar gewesen wäre, daß nur er wußte, wo sich das Gold befand. In seiner Tasche hatte er eine Karte, auf der er die genaue Stelle eingezeichnet hatte. Ich zwang ihn, sie mir zu geben. Dann sagte er etwas, das mich ebenso erstaunte wie entsetzte: »Ich habe euch wegen Franco angelogen. Cardozo denkt, daß das Gold für die Faschisten bestimmt ist, aber das stimmt nicht. Sie wissen überhaupt nichts davon. Niemand weiß etwas außer dem nationalistischen Offizier, mit dem Cardozo in Kontakt steht, Oberst Delgado. Er hat mich hierhergeschickt, um für die Zeit nach dem Krieg soviel wie möglich für unseren persönlichen Gebrauch zu beschaffen. Aber ich bin nicht unvernünftig. Du könntest an dem Reichtum ebenfalls teilhaben, Vicente. Wir haben Goldbarren im Wert von ungefähr dreißig Millionen Peseten in dieser Mine versteckt. Nur du und ich wissen, wo es ist. Morgen abend um neun Uhr soll ich Cardozo treffen. Warum schießen wir ihm nicht eine Kugel durch den Kopf und hoffen darauf, daß einer von deinen Leuten Delgado erschießt, bevor dieser Wahnsinn vorbei ist? Dann können wir beide wie die Könige leben. Wir können gewinnen, während alle anderen verlieren. Was sagst du dazu, Vicente?«

Was habe ich gesagt? Nichts. Es gab nichts zu sagen, da doch mein Freund tot neben mir lag und unser törichter Versuch, die Sache der Anarchisten zu unterstützen, nur auf Blut und Betrug und Bestechung hinausgelaufen war. Ich erschoß Bilotra an dem Fleck, an dem er stand. Ich schoß *ihm* eine Kugel durch den Kopf. Und dann versuchte ich nachzudenken. Wenn ich zu den Behörden ging, würde es böse für mich aussehen. Das FAI wußte nichts davon und würde jeglichen Kontakt mit mir abstreiten, während die Regierung würde verhindern wollen, daß die Russen herausfanden, daß sie um einen Teil des Goldes betrogen worden waren. Es würde für alle eine Blamage sein. Und von da war es nur noch ein kleiner Schritt, als Verräter verurteilt und entsprechend behandelt zu werden. Nein, es war lebenswichtig, daß meine Rolle in dieser Angelegenheit nicht bekannt würde. Tatsächlich war es lebenswichtig, daß die ganze Angelegenheit nicht bekannt würde.

Ich nahm die Karte und das Gewehr an mich, ließ die beiden Toten Pedro und Bilotra neben dem Lastwagen liegen und machte mich davon. Es gab nichts, was ich für Pedro tun konnte, ohne zu riskieren, entdeckt zu werden. Und es gab nichts, was ich für Bilotra tun wollte.

Ich erreichte Cartagena in der Morgendämmerung. Als ich mich an diesem Morgen nach einer Abwesenheit von achtundvierzig

Stunden zum Dienst zurückmeldete, berichtete ich meinen Vorgesetzten, daß Pedro verschwunden war. Sie waren nicht besonders interessiert und erwarteten, daß er noch vor Ablauf des Tages wieder auftauchen würde. Andernfalls würde er als Deserteur ausgeschrieben werden. Ich wußte nicht, wie lange es dauern würde, bis der Lastwagen gefunden und die beiden Leichen daneben identifiziert sein würden – *falls* sie überhaupt identifiziert werden konnten. Aber bevor das geschah, mußte ich mit Cardozo sprechen. Bilotra hatte gesagt, daß er sich um neun Uhr abends mit ihm treffen sollte, und ich nahm an, daß sie den gleichen Treffpunkt vereinbart hatten wie zuvor. Ich hatte recht. Cardozo wartete bereits, als ich eintraf.

Als ich ihm erzählte, was geschehen war, wollte er es nicht glauben. Mir war klar, warum. Der Wandel der Ereignisse war für ihn genauso verheerend wie für mich. Ich mußte ihm erst drohen, ihn zu erschießen, bevor er bereit war, mir die Wahrheit zu erzählen. Er war ein Carlisten-Sympathisant mit traditionellen Ansichten, der alles, wofür die Republik stand, haßte. Seit dem Ausbruch des Bürgerkriegs hatte er seinem Kontaktmann, Oberst Marcelino Delgado, Informationen weitergegeben. Delgado hatte ihn angewiesen, Bilotra in jeder nur denkbaren Weise zu unterstützen. Das hatte er getan. Bilotra hatte vorgeschlagen, sich für Anarchisten auszugeben, um Pedro und mich zu überzeugen, bei ihnen mitzumachen. Cardozo gab zu, an dem Betrug an uns beteiligt gewesen zu sein, aber er wollte nicht glauben, daß er ebenfalls betrogen worden war. Er konnte und wollte es einfach nicht akzeptieren.

Ich hätte ihn gleich dort erschießen sollen. Damit wäre das Geheimnis sicher gewesen und ich ebenfalls. Aber ich war nicht mehr wütend. Ich verachtete ihn nicht, wie ich Bilotra verachtet hatte. Irgendwie hatte ich Mitleid mit ihm. Er glaubte ebenso sehr an sein Spanien-Modell wie ich an meines. Er hatte nach seinen Prinzipien gehandelt, genau wie ich. Und sogar jetzt konnte er es nicht fassen, daß wir beide betrogen worden waren, daß unser Vertrauen in die entgegengesetzten Ideale, für die wir einstanden, enttäuscht worden war.

Ich zögerte. Ich ließ die Waffe sinken. Er erkannte, daß er eine Chance hatte, und er ergriff sie. Er rannte davon, und ich ließ ihn gehen. Ich Narr, der ich war, ließ ihn am Leben. Ich bedauerte es beinahe auf der Stelle. Ich bedauere es noch heute, obwohl ich manchmal froh darüber bin, daß ich der Hinrichtung Bilotras nicht einen weiteren Mord hinzugefügt habe.

Am folgenden Morgen wurde ich über Pedros Verschwinden befragt. Als ich wissen wollte, warum sie plötzlich so großes Interesse zeigten, sagten sie, daß ein Staatsbeamter, der zusammen mit einer Abordnung des Finanzministeriums diese Gegend besucht hatte, ebenfalls verschwunden sei. Es war Cardozo. Er hatte sich entschlossen zu fliehen. Aber wohin? Ich vermutete nach Burgos, entweder um Delgado zu denunzieren oder, wenn er immer noch der Meinung war, daß ich log, um zu berichten, was geschehen war. Wie auch immer, als Besitzer von Bilotras Karte und als der einzige Überlebende, der wußte, wo das Gold versteckt war, befand ich mich in Lebensgefahr. Ich konnte die republikanischen Behörden nicht informieren, ohne als Verräter verhaftet – und vermutlich erschossen – zu werden. Wenn ich von den Nationalisten gefangengenommen und meine Identität bekannt wurde, würde mich das gleiche Schicksal erwarten, wenngleich erst, nachdem sie mich gefoltert hätten, bis ich das Versteck des Goldes preisgegeben hätte. Ich war zwischen zwei Schleifsteine geraten und wußte instinktiv, daß es keine Möglichkeit gab zu entkommen.

Mein Dilemma verschlimmerte sich, als ich ein paar Tage später hörte, daß die Regierung umgebildet worden war und Vertreter der Anarchisten dazugehörten, mit Kataloniens eigenem Garcia Oliver als Justizminister. Es war ein völliger Widerspruch zu allem, was wir Anarchisten eigentlich repräsentiert hatten, eine verhängnisvolle Abschwächung unserer revolutionären Prinzipien. Und es vernichtete auch die kleinste Chance, die ich gehabt hatte, das FAI davon zu überzeugen, daß ich in ihrem eigenen Interesse gehandelt hatte. Mein Schicksal war besiegelt.

Aber für den Augenblick konnte ich noch darauf hoffen, ihm zu entgehen. Anfang November führten die Nationalisten ihren Angriff auf Madrid aus, und ich wurde zur Durruti-Kolonne zurückgerufen, die in Aragonien bereitstand, um bei der Verteidigung der Stadt zu helfen. Die Nachforschungen über das Verschwinden eines Staatsbeamten und des Kameraden eines anarchistischen Lastwagenfahrers in Cartagena wurden bald von bedeutsameren Ereignissen überholt. Ich weiß nicht, ob Pedros Leiche jemals gefunden und anständig beerdigt wurde. Ich hoffe es. Und was Bilotra betrifft, so hoffe ich, daß die Fliegen sich um das gekümmert haben, was die Ratten von ihm übriggelassen haben.

Madrid wurde nicht eingenommen. Ich bin stolz auf das, was wir und meine anarchistischen Gesinnungsgenossen zu seiner Rettung unternommen haben, wenn auch unser Kommandant dabei ums Leben gekommen ist. Aber ich bin nicht stolz auf das streitende und sich verfeindende Durcheinander, das während des folgenden Winters über die anarchistische Bewegung hereinbrach. Ich bin froh, daß Durruti das nicht miterleben mußte. Jetzt bedauere ich nur noch, daß ich nicht mit ihm sterben durfte und mir so die Bestätigung all meiner schlimmsten Befürchtungen erspart blieb.

Ich habe weder die Zeit, noch bringe ich es übers Herz, die heimtückische Art zu beschreiben, in der sich Rußland mit Hilfe seiner Marionette, des PSUC, anstrengte, die Revolution zu unterdrükken, von der wir angenommen hatten, daß die Ereignisse des Juli 1936 sie in Gang gebracht hatten. Die kläglichste Auswirkung des Ganzen war das Unvermögen des CNT, sich mit der einzigen unabhängigen kommunistischen Gruppe, der POUM, zu verbinden. Statt dessen lagen sie während des ganzen Frühlings 1937 mit ihnen im Streit. Sogar als beide Gruppen Anfang Mai auf die Straßen Barcelonas flüchteten, verhielt sich der CNT noch immer zurückhaltend. Vereinte, gemeinsame Aktionen waren die einzige Möglichkeit, die Revolution aufrechtzuerhalten. Aber dazu war der CNT unfähig. Ich war mit dem Rest der Durruti-Kolonne in Barbastro stationiert. Viele von uns wollten nach Barcelona marschieren und den reaktionären Kräften gegenübertreten. Aber Garcia Oliver verbot es, und Ricardo Sanz, unser Befehlshaber, fügte sich. Wir blieben, wo wir waren. Die POUM wurde zerschlagen. Und später, in Stalins bester Zeit, wurde der CNT aufgehoben. Das Scheitern des Anarchismus als Instrument der Revolution war für mich das Ende. Ich ging zu Sanz und sagte ihm, daß ich nicht mehr länger unter ihrem Banner kämpfen konnte. Er bot mir an, mich zu den Internationalen Brigaden zu versetzen, die Verstärkung dringend nötig hatten. Ich war einverstanden. Und so habe ich seit Juni 1937 nicht mehr mit meinen katalonischen Kameraden gedient, sondern mit

Ausländern, die sich freiwillig gemeldet hatten, um den spanischen Sozialismus zu verteidigen, ohne zu wissen, was für eine Heuchelei und welch ein Schwindel er geworden ist. Ich habe unter diesen britischen Verfechtern der Freiheit ein paar gute Freunde gewonnen. Ich beabsichtige, diesen Bericht einem von ihnen anzuvertrauen, wenn ich den Augenblick für gekommen halte. Es handelt sich um Tristram Abberley, den Dichter, und ich hoffe, er wird seinen bekannten Namen dafür benützen können, um sicherzustellen, daß die Wahrheit über das, was im Oktober 1936 in Cartagena geschehen ist, überall bekannt wird.

Ich erwarte nicht herauszufinden, ob es ihm gelingen wird. Ich erwarte nicht einmal, die Schlacht um Teruel zu überleben. Ich habe zu lange Glück gehabt. Jetzt spüre ich, daß mein Glück vorbei ist. Vielleicht sollte ich sagen, daß ich weiß, daß es vorbei ist. Ich habe in diesem Krieg verschiedentlich von Oberst Marcelino Delgado gehört. Er ist bekannt dafür, ein grausamer und unbarmherziger Gegner zu sein. Er ist unter den Befehlshabern der nationalistischen Streitkräfte, die bei Teruel stehen. Bis jetzt bin ich ihm aus dem Weg gegangen. Aber nicht mehr länger. In Teruel ist es uns bestimmt, daß sich unsere Wege kreuzen.

Cardozo muß zu ihm und nicht zu Franco gegangen sein. Wenn Franco von der Verschiffung des Goldes nach Rußland erfahren hätte, hätte er es der ganzen Welt verkündet. Aber man hat kein Wort darüber gehört. Und Delgado dient noch immer in seiner Armee und verrottet nicht als Verräter in einem Grab. Deshalb muß er sich Cardozos Schweigen erkauft haben, vermutlich durch seinen Tod. Und deswegen muß er wissen, daß er nur, indem er mich ausfindig macht, hoffen kann, sein Geheimnis zu bewahren und gleichzeitig das Gold in die Hände zu bekommen, das ihn zu einem der reichsten Männer Spaniens machen würde.

Seit ich sie ihm weggenommen habe, liegt Bilotras Karte in einer nässegeschützten Brieftasche in meinem Tornister. Ich werde sie zusammen mit diesem Bericht Tristram geben. Sie wird der endgültige Beweis dafür sein, daß alles, was ich geschrieben habe, in jedem Punkt wahr ist.

Meine Chancen, lebend den Trümmern der Republik zu entkommen, sind gering. In vielerlei Hinsicht will ich es auch gar nicht mehr. Es wäre besser, im Kampf zu sterben, bei Teruel oder sonstwo, als die Vergeltung mit ansehen zu müssen, die Franco an den Spaniern verüben wird, die es wagten, ihm zu widerstehen.

Sollte ich in Delgados Hände fallen – oder in die Hände eines anderen, der über das Gold Bescheid weiß und versucht, mir das Geheimnis über seinen Verbleib zu entreißen –, so werde ich es nicht preisgeben. Ich werde bis zum bitteren Ende Stillschweigen bewahren. Das wird mein Sieg sein, in dem Bewußtsein zu sterben, daß Tristram die Wahrheit in der ganzen Welt verbreiten wird.

Wenn er das tut, werde ich fast mit Sicherheit tot sein. Denjenigen, der das hier liest, möchte ich nur um eines bitten. Meine Frau Justina weiß nichts von all dem, was ich hier aufgeschrieben habe. Sie und mein Liebling, meine Tochter Isabel, sind nicht verantwortlich für jegliche Schuld, die mir zugeschrieben werden kann. Sie leben mit Justinas Eltern Alberto und Rosa Polanco in der Passatge de Salbatore 78 im Bezirk Gracia in Barcelona. Laß sie nicht meinetwegen leiden. Gib ihnen so viel Hilfe, wie dein Herz nur vermag. Tu es um ihret-, nicht um meinetwillen. Ich werde tot sein. Wenn dieser Krieg vorüber ist, sind nur noch die Lebenden wichtig. Und natürlich die Wahrheit, denn die Wahrheit ist immer wichtig. Und deshalb habe ich das hier aufgeschrieben.

7

Charlotte legte die Blätter zur Seite und schaute Isabel Vassoir an, die leicht nickte, als ob sie bestätigen wollte, was sie noch nicht ausgesprochen hatte. »Darum wurde Sam entführt, nicht wahr? Wegen des Goldes, von dem nur Ihr Vater wußte, wo es sich befindet.«

»Das befürchte ich wirklich, Charlotte.«

»Was bedeutet, daß dieser Mann... Delgado... dafür verantwortlich sein muß.«

»Es sieht ganz danach aus, ja.«

»Er will die Karte haben.«

»Ja. Wie mein Vater sagte, sie ist der endgültige Beweis dafür, daß das, was er schrieb, wahr ist.«

»Sie haben sie?«

»Wenn es nur so einfach wäre«, murmelte Madame Vassoir und schüttelte den Kopf.

»Sie wollen sie doch bestimmt nicht zurückhalten, wenn sie die Freiheit meiner Nichte garantieren kann?«

»Es liegt nicht an mir, sie zurückzuhalten.«

»Wie meinen Sie das?«

Sie faltete ein paar Papiere auseinander, die sie in der Hand gehalten hatte, solange Charlotte las. »Hier ist der Brief von Beatrix, der zusammen mit der Stellungnahme meines Vaters hier eintraf«, sagte sie. »Er wird mein Problem besser erklären, als ich es könnte.« Charlotte nahm den Brief und erkannte sofort die Handschrift von Beatrix. »Wie Sie sehen können, trägt er kein Datum«, fuhr Madame Vassoir fort. »Aber dem Briefumschlag zufolge wurde er am dreiundzwanzigsten Juni in Gloucester eingeworfen.«

Jackdaw Cottage
Watchbell Street
Rye
East Sussex
England

Meine liebste Isabel!

Ich habe Vorsorge getroffen, daß Dir dieser Brief im Falle meines Todes zugeschickt wird. Ich nehme an, daß er unmittelbar bevorsteht. Du warst so nett, meinen Wunsch zu respektieren, daß meine Familie nichts von unserer Freundschaft erfahren soll, und ich möchte Dich bitten, daß Du auch jetzt, da ich tot bin, nicht mit ihr in Kontakt trittst. Eine Situation ist eingetreten, die mich zwingt, etwas zu tun, was ich vielleicht schon vor langer Zeit hätte tun sollen, nämlich Dir ein Dokument zu übergeben, das Dein Vater meinem Bruder 1938 in Spanien anvertraut hat. Wenn Du es gelesen hast, wirst Du vielleicht Verständnis dafür haben, warum ich es Euch all die Jahre vorenthalten habe. Wenn nicht, dann bitte ich Dich um Verzeihung. Ich habe das getan, was ich für das Beste hielt.

Mein Bruder hat mir das Dokument zusammen mit seinem letzten Brief geschickt, den er kurz vor seinem Tod im März

1938 in Tarragona geschrieben hat. Der Bürgerkrieg war noch im Gange, als ich ihn bekam, und ich hatte keine Möglichkeit festzustellen, ob Dein Vater noch am Leben oder tot war. Das war der Grund für meinen ersten Brief an Deine Mutter nach Barcelona. Bei dem stürmischen Zustand Spaniens zu jener Zeit hielt ich es für klüger, ihr nichts über das Dokument oder seinen Inhalt zu sagen. Indem ich ihr anbot, ihr, wo immer ich konnte, zu helfen, hoffte ich, alle Versprechen, die mein Bruder eventuell Deinem Vater gegeben hatte, einzulösen, Versprechen, die er wegen seines vorzeitigen Todes nicht selbst einlösen konnte.

Als mich fast ein Jahr später der Brief Deiner Mutter aus dem Flüchtlingslager in Frankreich erreichte, hatte ich Frank Griffith kennengelernt und erfahren, wie Dein Vater sich selbst geopfert hatte, um Frank während des Rückzugs von Teruel zu retten. Sein tapferes Verhalten erscheint noch eindrucksvoller, wenn man weiß, was er von Colonel Delgado befürchten mußte. Du kannst sehr stolz auf ihn sein.

Ich habe Frank nichts von dem Dokument erzählt, weder damals noch später. Und auch Deiner Mutter habe ich nichts davon gesagt. Warum? Weil es mir schien, als müßten beide ihre Erfahrungen in Spanien endlich hinter sich lassen. Wenn sie entdeckt hätten, wie das Schicksal Deines Vaters vermutlich ausgesehen hat, dann hätten sie ihn rächen, Delgado aufspüren und den Skandal um das gestohlene Gold aufdecken wollen. Natürlich hätten sie mit all dem keinen Erfolg gehabt. Dafür hätte Francos eiserne Regel schon gesorgt. Aber sie hätten vermutlich bei diesem Versuch ihr Leben vergeudet. Und dafür wollte ich auf keinen Fall verantwortlich sein. Im Laufe eines langen Lebens habe ich gelernt, daß es wirksamer ist, etwas Gutes heimlich zu tun, als auffällige Wohltätigkeit zu betreiben. Von den meisten derjenigen, die mich zu kennen glauben – einschließlich meiner Familie –, werde ich als abgebrühte und einzelgängerische Individualistin betrachtet. In Wirklichkeit sieht es etwas anders aus. Ich habe einen kleinen Kreis enger Freunde – zu dem auch Du gehörst –, deren Leben ich, wie ich glaube, über all die Jahre bereichert habe. Ich habe allen dabei geholfen, die Ketten der Vergangenheit abzuwerfen, um die Gegenwart zu genießen und nur über die Zukunft nachzudenken. Dabei habe ich ihre ausrangierten Vorgeschichten gesammelt und war ihnen als ihre objektive Verwalterin nützlich. Aber auch Verwalter müssen einmal abtreten. Jetzt ist die Zeit gekommen, daß meine Sammlung auseinandergenommen werden muß, und einige der Stücke müssen ihren rechtmäßigen Besitzern zurückgegeben werden.

Vielleicht hätte ich Deiner Mutter die Wahrheit sagen sollen. Natürlich nicht 1939. Ich meine zu einem späteren Zeitpunkt, wenn sie in der Lage gewesen wäre, alles in einem anderen Licht zu sehen und ruhig und ernsthaft darüber nachzudenken. Aber wie so viele andere Menschen bin auch ich nicht immun gegen die Untugend, nach Ausflüchten zu suchen. Je länger ich damit wartete, um so schwieriger würde es werden zu erklären, warum ich überhaupt so lange gewartet hatte. Und sie schien so glücklich zu sein, so stolz auf deine und Henris Karriere. Außerdem mußte ich auch an Frank denken. Sogar jetzt bin ich mir nicht sicher, wie er auf diese Enthüllungen reagieren würde. Ist Colonel Delgado tot? Ich weiß es nicht. Aber ich befürchte sehr, daß Frank es als seine Pflicht erachten würde, es herauszufinden.

Zudem ist das Hinausschieben eine schädliche Angewohnheit. Es wird immer schlimmer, je älter man wird. Ohne Zweifel wäre ich ihr auch weiterhin erlegen, aber wegen bestimmter unvorhersehbarer Konsequenzen meiner eigenen Vergangenheit, die jetzt spürbar werden, ist dieses Dokument bei mir nicht mehr länger in Sicherheit. Die Zeit ist reif, es in Deine Hände zu geben.

Ich habe meine Neugierde befriedigt, indem ich die Einzelheiten des Berichtes Deines Vaters, so gut ich konnte, nachgeprüft habe. Sie stimmen vollständig mit anderen Aufzeichnungen wie zum Beispiel Überlebenslisten überein. Üblicherweise wird der Wert des Goldes, das im Oktober 1936 nach Rußland verschifft wurde, auf 1,6 Milliarden Peseten geschätzt. Bilotras Übertreibung der Gesamtsumme ist vielleicht nicht verwunderlich, aber die korrekte Summe bleibt trotzdem atemberaubend. Die Gesamtzahl der betroffenen Kisten war ungefähr 8000, obwohl es Diskrepanzen zwischen den spanischen und den russischen Zählungen gibt. Stalin hat natürlich niemals auch nur eine davon zurückgegeben, deshalb mußte es so aussehen, als ob diese Diskrepanzen, falls Franco sich jemals damit beschäftigt hat, dem Doppelspiel der Russen zuzuschreiben wären. Wir beide wissen, daß es einen anderen Grund dafür gegeben hat.

An dieser Stelle muß ich eine Warnung aussprechen und eine Vorsichtsmaßnahme erklären, die ich mich gezwungen sah zu treffen. Das gestohlene Gold wurde niemals vermißt. Deshalb stellt es – wie gebrauchte Banknoten – ein unauffindbares Vermögen dar. Und in diesem Falle ein Vermögen von kolossalem Ausmaß. Soweit ich in der Lage bin, es auszurechnen, bedeuten 150 Kisten zwischen sieben und acht Tonnen Gold. Und bei dem heutigen Kurs würde eine solche Menge Gold ungefähr vierzig Millionen Pfund wert sein. Können wir annehmen, daß ein solches Vermögen noch immer in den Bergen nordwestlich von Cartagena verborgen liegt? Ich glaube, wir müssen. Aber ist es nötig? Ich bin mir nicht so sicher.

Dein Vater sagte, Bilotras Karte sei der endgültige Beweis seiner Worte. Er hatte recht. Es ist der einzige Schlüssel zu einer Tür, die ich seit fast fünfzig Jahren verschlossen hielt. Ich zögere, ihn aus der Hand zu geben. Es ist in Ordnung, daß Du die Geschichte Deines Vaters in seinen eigenen Worten lesen sollst. Aber ich möchte ungern das dazulegen, was ebenso eine Gefahr wie ein Fluch sein kann. Lebt Delgado noch? Oder Cardozo? Falls einer von ihnen noch am Leben ist, wären sie imstande zu töten, um dieses alte und zerknitterte Papier in die Hände zu bekommen. Ich kann es mir nicht leisten, dieses Risiko einzugehen. Ich will Dir diese Last nicht aufbürden. Ich kann es nicht behalten, aber ich kann auch nicht hergeben. Deshalb werde ich die Karte vernichten. Halte die großartigen Worte Deines Vaters immer in Ehren, Isabel. Überlasse es mir, sein Geheimnis zu versiegeln.

Ich verbleibe Deine Dich stets liebende Freundin

Beatrix

»Sie hat die Karte vernichtet?« fragte Charlotte ungläubig, als sie den Brief zurückgab.

Isabel Vassoir schaute sie an. »Davon müssen wir ausgehen. Beatrix schrieb, daß sie es vorhätte, nicht wahr? Und sie meinte immer, was sie sagte.«

»Aber... ohne sie...«

»Können Sie den Entführern nicht das aushändigen, was sie wollen. Genau.«

»Sie werden es niemals glauben. Sie werden denken, daß wir versuchen, sie auszutricksen.«

»Wahrscheinlich schon.« Madame Vassoir schaute auf Beatrix' Brief hinunter. »Es tut mir leid, Charlotte. Als ich es zum ersten Mal gelesen und mich von dem Schock erholt hatte, war ich froh darüber, daß Beatrix die Karte vernichtet hatte. Es ließ die Versuchung gar nicht erst aufkommen – ich meine die Versuchung, einen alten Skandal zu enthüllen, nicht, hinter einem verborgenen Schatz herzurennen. Es bedeutete, daß ich keine Entscheidung treffen mußte. Es sagte mir genau so viel, wie ich wissen wollte – nicht mehr. Es war ebenso passend wie endgültig.« Sie seufzte. »Aber jetzt...«

»Die Karte war ebenso der Schlüssel zu Sams Freiheit wie zur Vergangenheit Ihres Vaters«, murmelte Charlotte. »Und Beatrix hat sie weggeworfen.«

8

»Was haben Sie jetzt vor. Charlotte?«

Es war am nächsten Morgen in Suresnes.

Charlotte hatte bei den Vassoirs übernachtet, und als sie sich jetzt fertigmachte, um zu gehen, stellte ihr Madame Vassoir diese Frage, die sie sich bereits mehrere Male selbst gestellt hatte – ohne eine Antwort zu finden.

»Es ist natürlich Ihre Entscheidung. Sie müssen die Darstellung meines Vaters mitnehmen, sowohl das Original wie auch die Übersetzung. Nehmen Sie auch den Brief von Beatrix mit. Sie haben meinen Segen, all das für die Freilassung Ihrer Nichte zu verwenden. Ich hoffe nur, es wird ausreichend sein. Aber ich fürchte, ohne die Karte hat das alles nicht viel Zweck.«

»Das fürchte ich auch«, antwortete Charlotte. »Sie wollten wissen, was ich jetzt machen werde, und die Wahrheit ist, daß ich es nicht weiß. Wenn ich die Karte hätte, dann wäre ich versucht, mich mit den Entführern in Verbindung zu setzen, ohne die Polizei zu informieren. Das wäre der beste Weg, um Sams sichere Freilassung zu erreichen. Aber ich habe sie nicht, und ich kann sie auch nicht bekommen.«

»Dann wollen Sie also zur Polizei gehen?«

»In der Hoffnung, daß die spanischen Behörden Delgado – oder Cardozo – finden können, ehe das Ultimatum abläuft?« Charlotte nickte. »Es scheint das Beste zu sein.«

»Aber Sie haben Zweifel. Das sehe ich Ihnen an.«

»Ja. Ich habe Zweifel.« Charlotte stand auf und ging zum Fenster. Draußen schien ein grauer Morgen voll unendlicher Ruhe auf ihre Entscheidung zu warten. Nichts rührte sich, außer einer Taube, die sich auf ihrer Stange unter dem Mansarddach des gegenüberliegenden Hauses bewegte. Sie wußte, sie sollte sich sofort auf den Weg machen, wenn sie am Nachmittag wieder in England sein wollte. Aber Zweifel lähmten ihre Beine ebenso wie ihre Gedanken. Es mußte einen Weg geben, um Samantha – und alle anderen – aus den Klauen der Vergangenheit zu befreien. Aber wenn es einen gab, dann konnte sie ihn nicht sehen.

»Ich wünschte, ich könnte Ihnen einen Rat geben«, sagte Madame Vassoir und stellte sich neben sie ans Fenster. »Aber ich kann es nicht. Ich weiß nicht genug, um beurteilen zu können, was das Beste wäre.« Sie seufzte. »Wenn es nur jemanden gäbe, der das wüßte.«

»Ja«, sagte Charlotte.

Sechs Stunden später fuhr Charlotte aus Dover heraus nach Westen, und ein gelbbrauner Umschlag mit Vicente Ortiz' Darstellung und Beatrix' Brief lagen auf dem Beifahrersitz neben ihr. Sie fuhr rasch durch den lästigen dichten Freitagnachmittagsverkehr, als ob sie ein dringendes Ziel vor Augen hätte, als ob die Zweifel schon lange der Eile Platz gemacht hätten. Aber so war es nicht. Newbury,

um Chief Inspector Golding alles zu erzählen, was sie wußte; oder
Bourne End, um Ursula die Entscheidung darüber zu überlassen,
was jetzt getan werden sollte; oder Tunbridge Wells, um noch ein
wenig länger über ihrem Dilemma zu brüten: Selbst sie hatte noch
keine Ahnung, welches Ziel sie schließlich wählen würde.

Als Derek Fairfax spät an diesem Nachmittag nach Hause kam,
müde und niedergeschlagen, wollte er sich nicht lange aufhalten.
Ursprünglich wollte er direkt ins »George and Dragon« fahren, aber
er vermutete, daß er, wenn er erst einmal dort wäre, zu viel trinken
würde, so daß er es für klüger hielt, zuerst sein Auto loszuwerden.
Zu seiner Verwunderung, wenn man bedachte, wie wenig Besuch er
in der Regel bekam, parkte vor seiner Garage in Farriers ein Wagen.
Und zu seinem größeren Erstaunen war es Charlotte Ladrams Peugeot.

Sie wartete auf ihn, saß bei heruntergekurbeltem Fenster im
Auto, während aus dem Autoradio Kammermusik tönte. Sie sah sogar noch müder aus, als er sich fühlte, mit hängenden Haaren und
dunklen Schatten unter den Augen. Sie lächelte nicht, als er näher
kam, hob lediglich den Blick und schaute ihn mit einem seltsamen
Ausdruck von Offenheit und Mutlosigkeit an.

»Charlotte! Ich hätte nicht... Was ist los?«

»Kann ich mit Ihnen reden, Derek? Ich brauche Ihren Rat.«

Eine Stunde später brachen sie gemeinsam nach Wales auf. Charlottes Argument war, daß Frank Griffith außerordentlich gut dafür geeignet wäre zu entscheiden, was zu tun wäre. Er hatte in Spanien gekämpft und gelernt, das Land und seine Bewohner zu verstehen. Er
hatte Vicente Ortiz gekannt und ihn von Colonel Delgado sprechen
hören. Er war Tristrams Freund gewesen – und ebenso der Beatrix'.
Deshalb besaß er das Recht zu entscheiden. Derek hatte sich dem
nicht widersetzt, auch wenn er es nicht billigte. Er spürte, daß Charlotte einfach noch mal mit Frank sprechen mußte, bevor sie das, was
sie entdeckt hatte, denjenigen übergeben konnte, deren Verant-
wortlichkeit es war, ihre Nichte zu befreien. Morgen um die gleiche
Zeit, so stellte er sich vor, hätten sie das Problem in die Hände der
Polizei gelegt. Er würde erleichtert sein, wenn das geschehen war,

obwohl er sich über diese unerwartete Chance freute, ihre Freundschaft zu retten. Soweit es ihn betraf, war das das einzig Gute, das ihre Fahrt nach Wales wahrscheinlich hervorbringen würde, der einzige Neuanfang, der dabei herauskommen würde.

9

Das Kaminfeuer in Hendre Gorfelen war schon ziemlich heruntergebrannt, aber Frank Griffith schien es nicht zu bemerken. Charlotte betrachtete sein zerfurchtes schmales Gesicht, während er las, seine tief in den Höhlen liegenden Augen und die hervorstehenden Backenknochen, die von den flackernden Schatten der schwachen Flammen betont wurden. Neben ihr, erschöpft von der langen Fahrt von Kent hierher, saß Derek schlafend in seinem Stuhl, das Kinn war ihm auf die Brust gesunken. Aber Charlotte hatte das Gefühl, als ob sie nie wieder schlafen könnte. Die Erwartung, wie Frank auf die Geschichte seines toten Freundes reagieren würde, hielt ihre Sinne wach und ihre Gedanken in höchster Erregung. Für sie war es nur ein Bruchstück einer Vergangenheit, die sie nicht zu verstehen hoffen konnte. Aber für diesen alten Mann war es ein Flüstern aus vergangener Zeit. Seine knotigen Finger, die jetzt die Seiten hielten, hatten einmal den Abzug eines Gewehrs betätigt, das bei Teruel auf den Feind gerichtet war. Die Augen, die jetzt auf diese Worte starrten, hatten einst zugesehen, wie ihr Verfasser auf den Hügeln von Aragonien in seinen Tod lief. Aber erst jetzt hatten sie die Wahrheit berührt und einen Blick auf ihre Bedeutung geworfen.

Charlotte hob den Kopf, schaute auf die Uhr und war überrascht, daß Mitternacht bereits vorüber war, obwohl sie sich nicht daran erinnern konnte, die Uhr schlagen gehört zu haben. Es war Samstag, der dritte Oktober, und sie wußte, daß sie nach ihrer Entdeckung entschlossen etwas hätte unternehmen sollen. Aber statt dessen ... Sie schaute Frank wieder an und fuhr überrascht zusammen, denn er blickte zu ihr hinüber und hielt die zusammengefalteten Seiten in der Hand. Er hatte fertig gelesen.

»Warum haben Sie mir das gebracht?« fragte er mit einer Stimme, die kaum lauter war als ein Murmeln.

»Weil Vicente Ihr Freund war. Er ist für Sie gestorben. Sie hatten ein Recht darauf –«

»Ein Recht?« Er verzog sein Gesicht, als hätte er Schmerzen. Er schloß einige Sekunden die Augen, dann sagte er: »Beatrix kannte mich viel zu gut. Vielleicht kannte sie alle von uns zu gut. Ihre Entscheidung war genau die richtige. Es wäre besser gewesen, wenn Vicentes Geschichte nicht erzählt worden wäre. Aber für Ihren Bruder...«

»Es hätte gereicht. Das ist mir klar. Maurice war ein Narr. Er hatte keine Ahnung, in was er sich da einmischte. Aber keiner von uns wußte das, oder? Außer Beatrix.«

»Außer Beatrix«, echote Frank, zog ihren Brief an Isabel Vassoir unter den anderen Papieren hervor und schaute ihn an. »Ich liebte sie, wissen Sie.«

»Ja, ich denke, ich weiß das.«

»Aber sie hat mich nicht geliebt. Sie kümmerte sich um mich, natürlich, sie mochte mich, half mir. Aber ihre Zuneigung war zu... zu allgemein... für das, was ich wollte. Außerdem verlangt Liebe Vertrauen. Und sie hatte zu viele Geheimnisse. Viel zu viele.«

»Frank, wegen meiner Nichte –«

»Sie glauben, sie wurde deshalb entführt?« Er tippte mit dem Zeigefinger auf die Seiten.

»Sie nicht?«

Er dachte einen Augenblick nach, mit vor Konzentration gerunzelter Stirn, dann erwiderte er: »Ja. Das muß es sein.«

»Delgado?«

»Vielleicht. Wenn er noch lebt. Oder jemand, dem er sein Wissen hinterlassen hat. Oder der zufällig darauf stieß. Ganz klar, sie haben erst vor kurzem herausgefunden, daß Beatrix das aufbewahrte, was sie all die Jahre haben wollten. Maurice muß irgendwie ihre Aufmerksamkeit auf sich gezogen haben. Andernfalls –«

»Spielt es eine Rolle, wie sie es herausbekommen haben? Wichtig ist doch nur, daß sie es taten.«

»Vielleicht spielt es eine Rolle. Vielleicht nicht.« Er starrte sie an. »Was haben Sie jetzt vor, Charlotte?« Es war die gleiche Frage, die Isabel Vassoir gestellt hatte – in genau denselben Worten.

»Ich hoffe, Sie werden es mir sagen.«

»Ich?«

»Sie waren dort, in Spanien. Sie kannten Vicente. Sie haben gehört, wie er von Delgado sprach. Sie wissen besser als ich, wie solche Leute denken.«

»Weiß ich das?« Er schnitt eine Grimasse und griff nach seinem Glas, das neben seinem Stuhl auf dem Boden stand. Aber es war leer. Mit einem Grunzen erhob er sich und ging hinüber zum Tisch, wo die Wodkaflasche wartete.

»Finden Sie nicht, Sie hätten genug getrunken?« sagte Charlotte und bereute sofort ihre Unverschämtheit.

»Nein, finde ich nicht«, knurrte er und goß sich einen ordentlichen Schluck ein. »Mein Gedächtnis funktioniert noch, sehen Sie. Das Lächeln auf Vicentes Gesicht. Sein fatalistisches Schulterzukken, als er die Scheune verließ und den Hang hinunterkletterte, um sich zu ergeben. Und eine Frage, die Tristram mir in Tarragona gestellt hat, als er im Sterben lag. ›Gehörte die Patrouille, die Vicente mitgenommen hat, zu Delgados Mannschaft, Frank?‹ Das wußte ich natürlich nicht. Und ich wußte auch nicht, warum es wichtig war.« Er trank von seinem Wodka. »Bis heute.« Dann drehte er sich um und schaute sie an. »Wenn ich es gewußt hätte – wenn Vicente sich mir und nicht Tristram anvertraut hätte –, hätte ich es trotzdem zugelassen, daß er sich opferte?«

»Ich... Das kann ich nicht sagen.«

»Nein. Ich auch nicht.« Er kehrte zu seinem Stuhl zurück und ließ sich müde hineinsinken. »Ich bin für Sie nicht von Nutzen, Charlotte. Ich war es auch für Vicente nicht. Fragen Sie nicht mich, was Sie tun sollen.« Verletzter Stolz und ein beunruhigtes Gewissen ließen sein Blut in den Adern gerinnen und ertränkten ihn in Selbstmitleid und Verzweiflung. Plötzlich wurde Charlotte klar, daß sie ihm einen Schock versetzen mußte, um ihn von seinem Selbstmitleid zu befreien.

»Ich frage Sie aber! Ich frage Sie, weil sonst niemand da ist. Helfen Sie mir. Frank, um Gottes willen.«

Derek wurde mit einem plötzlichen Ruck wach und schaute sich um. »Was... Es tut mir leid, ich muß ein...«

»Sie haben geschlafen«, sagte Frank. »Aber nicht so lange wie ich.«

»Sie... Sie haben alles gelesen?«

»Ja.«

»Was... Was denken Sie?«

Frank schaute Charlotte an, als er antwortete. »Ich denke, Sie haben drei Möglichkeiten. Und sie sind vielleicht alle falsch. Die offensichtlichste ist wahrscheinlich die klügste. Gehen Sie zur Polizei. Erzählen Sie ihr alles. Wenn Delgado noch am Leben ist – oder Cardozo –, dann sollten die spanischen Behörden in der Lage sein, ihn zu finden. Aber wer das organisiert hat, ist kein Dummkopf. Er wird nicht geduldig mit dem gefesselten Mädchen in seinem Wohnzimmer sitzen. Sie wird gut versteckt sein. Und er hat seine Spuren gut verwischt. Es ist mehr als wahrscheinlich, daß es der Polizei nicht vor dem Elften gelingen wird, ihn festzunageln. Oder falls es ihr gelingt, erschreckt sie ihn vielleicht so sehr, daß er zu... verzweifelten Mitteln greift.«

»Sie meinen, er wird Sam töten?«

»Darin besteht das Risiko. Es kann nicht anders sein.«

»Aber die Polizei hat mit solchen Dingen Erfahrung«, mischte sich Derek ein. »Sie weiß genau, was sie tut.«

Franks Blick war noch immer auf Charlotte gerichtet. »Wie lautet die zweite Möglichkeit?« fragte sie.

»Geben Sie in der *International Herald Tribune* die Anzeige auf. Wenn sich die Entführer bei Ihnen melden, erklären Sie ihnen das Problem. Versuchen Sie, sie davon zu überzeugen, daß es nicht möglich ist, die Karte zu beschaffen – für Sie nicht und für niemanden sonst. Appellieren Sie an ihre Vernunft. Aber denken Sie daran: Sie haben nur eine kleine Chance. Wenn die Anzeige erscheint, wird die Polizei sie ebenso bemerken wie die Entführer. Und vielleicht reagiert sie schneller darauf. Dann wird vielleicht die zweite Möglichkeit gegen Ihren Willen zur ersten Möglichkeit.«

»Dann ist es sicher am vernünftigsten, sofort reinen Tisch zu machen«, sagte Derek. Aus den Augenwinkeln bemerkte Charlotte, daß er sie anschaute, aber sie wandte ihren Blick nicht von Frank.

»Wie lautet die dritte Möglichkeit?«

»Angenommen, Delgado ist dafür verantwortlich. Finden Sie ihn selbst. Verhandeln Sie mit ihm persönlich. Machen Sie ihm klar, daß es einen Skandal auslösen wird, wenn er das Mädchen tötet, der

413

seinen Ruf zerstören wird. Für einen guten Faschisten ist seine Ehre wichtiger als Geld. Beten Sie, daß Delgado keine Ausnahme ist.«

»Aber wir wissen bereits, daß er eine ist«, sagte Derek. »Andernfalls hätte er nicht versucht, das Gold für sich zu behalten. Er hätte es für die Sache gestiftet.«

»Richtig«, räumte Frank ein.

»Außerdem haben wir keine Ahnung, wo sich Delgado aufhält, und auch keine Mittel, dies festzustellen. Wir wissen nicht einmal, ob er noch lebt.«

»Nicht richtig«, sagte Frank und verstärkte seinen Blick auf Charlotte. »Ich denke, ich kann herausfinden, ob er noch lebt und, wenn ja, wo er lebt.«

»Das können Sie?«

»Ja. Die Frage ist: Wollen Sie das?«

10

Als sie den Stadtrand von Swansea erreichten, wurde es immer schwieriger, mit Franks Landrover mitzuhalten, und Dereks Vorbehalte gegen ihre Fahrt wurden immer größer. Für ihn schien es klar zu sein, daß man nur eines tun konnte: zur Polizei zu gehen, die das notwendige Personal hatte, die entsprechenden Mittel, Kontakte und Erfahrung, während Frank Griffith lediglich fünfzig Jahre alte Erinnerungen besaß und ein Übermaß an Hartnäckigkeit. Er hatte es noch nicht einmal für nötig gehalten, ihnen zu erklären, warum sie nach Swansea fuhren oder in getrennten Fahrzeugen saßen.

Charlotte hatte offen zugegeben, daß sie nicht die leiseste Ahnung hatte. Aber sie hatte beschlossen, Frank freie Bahn zu lassen. Und Derek mußte ihr, wohin auch immer, folgen – auch gegen sein besseres Wissen. Ihre Freundschaft war ihm wichtiger als Logik oder Verantwortung. Sie hatte bereits mehrere Krisen überstanden, und er war darum bemüht, sie nicht vielleicht einer Krise zuviel auszusetzen. Charlotte vertraute Frank. Deshalb war Derek – zumindest für den Augenblick – gezwungen, das gleiche zu tun.

Zum Glück mußten sie nicht mehr allzu lange an den Rockschößen des alten Mannes hängen. Das hatte Charlotte zumindest ver-

414

sprochen, bevor sie heute morgen Hendre Gorfelen verlassen hatten. »Ich möchte nur wissen, was er vorhat, Derek. Er wirkt so zuversichtlich, daß er etwas über Delgado herausfinden kann. Ist es nicht wert zu erfahren, was es ist?«

»Bevor wir die Polizei benachrichtigen?«

»Ja. Natürlich. Es sei denn...«

»Es sei denn, was?«

»Ich weiß nicht. Geben wir ihm einfach eine Chance, ja?«

»Aber was sollen wir ausgerechnet in Frank Griffiths Heimatstadt über einen spanischen Faschisten herausfinden?«

»Ich habe schon gesagt, ich weiß es nicht. Aber ich begleite ihn auf jeden Fall. Kommen Sie mit?«

»Ja, natürlich.«

Und hier waren sie jetzt und fuhren unter einem finsteren Himmel durch graue Vororte nach Süden. Auf der rechten Seite zogen sich graue Häuserreihen die Berge hoch, und links zeichneten Fabriken und verlassene Grundstücke die auseinandergezogene Linie des Flusses Tawe nach. Irgendwo dort, inmitten all dessen, was Derek so hart und fremd erschien, hatte Frank Griffith den größeren Teil seines Lebens verbracht. Und zu irgend etwas, was sich hier befand, kehrte er jetzt zurück.

Durch das samstägliche Chaos des Stadtzentrums gelangten sie zum Strand und folgten dann dem westlichen Verlauf der Bucht bis zum weit entfernten Leuchtturm auf Mumbles Head. Ihre Umgebung änderte sich nach und nach und führte sie in eine freundlichere Welt der Strandgästehäuser und Eisdielen, der kleinen Golfplätze und Seen zum Bootfahren. Dann bog Frank in eine steile, kurvenreiche Straße ein, in der Pinien und Rhododendren die Vorderseiten der dezenten viktorianischen Villen verdeckten. Und eine davon war ihr Ziel: das Seniorenheim Owlscroft House.

»Wir werden einen Freund von mir aufsuchen«, erklärte Frank auf dem Parkplatz. »Lew Wilkins und ich haben als Fünfzehnjährige gemeinsam bei den Dyffryn-Tinplate-Werken in Morriston angefangen. Neun Jahre später sind wir an einem Samstagnachmittag in den Zug nach London gestiegen, haben uns zu dem Rekrutierungsbüro der Kommunistischen Partei in der Mile End Road durchgeschlagen und uns für Spanien anwerben lassen.«

»Kannte er Vicente auch?« wollte Charlotte wissen.

»Nein. Und auch nicht Tristram. Er wurde bereits Anfang siebenunddreißig bei Jarama verwundet und wegen Dienstuntauglichkeit nach Hause entlassen.«

»Warum –«, begann Derek. Aber Frank verschwendete keine Zeit damit, ihm zuzuhören. Er marschierte bereits auf den efeuumrankten Eingang zu, während Derek und Charlotte sich anlächelten und ihm folgten.

Das Zimmer von Lew Wilkins war klein, aber hell tapeziert, und man hatte von dort einen schönen Blick hinaus in den Garten und konnte zwischen den Baumwipfeln hindurch sogar einen Blick auf die ferne Bucht werfen. Wilkins war ein zierlicher, verschrumpelter alter Mann, der sich nicht aus seinem Sessel erheben konnte, um sie zu begrüßen, und dessen Stimme im Takt mit seinen zitternden Händen bebte. Aber in seinen Augen brannte das gleiche Feuer wie bei Frank Griffith, das nicht durch Alter und Gebrechlichkeit ausgelöscht werden konnte.

»Welcher Wind hat dich denn hierher geblasen, Frank?« fragte er. »Und wer sind diese reizenden Menschen?«

»Freunde von mir, Lew.«

»Freunde? Nun, dann scheint es wohl für dich bergauf zu gehen.«

»Nicht unbedingt. Hör zu, ich kann nicht lange bleiben.«

Lew kicherte. »Nicht länger als sonst auch.«

»Ich wollte dich etwas wegen Sylvester Kilmainham fragen.«

»Kilmainham? Ich dachte, du hättest geschworen, du wolltest nie mehr etwas mit ihm zu tun haben.«

»Ich habe meine Meinung geändert.«

»Du hast in all den Jahren, seit ich dich kenne, niemals deine Meinung geändert. Und das müssen sechzig oder mehr sein. Also, was soll das Ganze?«

»Ich kann es dir jetzt nicht erklären. Aber ich muß mit ihm sprechen. Wirst du mir helfen?«

»Er wird eine Menge Fragen stellen. Er wird in Dingen herumstöbern, mit denen du, wie du mir gesagt hast, nichts mehr zu tun haben willst.«

»Ich weiß. Trotzdem...«

»Mach, was du willst. Das hast du immer getan.« Lew schaute Derek an. »Sehen Sie den Topf auf dem Sekretär, junger Freund? Schauen Sie doch mal darin nach. Irgendwo zwischen den Wettscheinen müßte Kilmainhams Visitenkarte stecken.«

Derek ging zum Sekretär hinüber, hob den Deckel von einem bauchigen Tontopf und holte nacheinander den Inhalt heraus. Da war der angekündigte Packen von Wettscheinen, zusammen mit mehreren Kärtchen mit Arztterminen, verschiedene Rechnungen und Belege, ein paar unidentifizierbare einzelne Tabletten... und die elegant gedruckte Visitenkarte von Sylvester C. Kilmainham, Esq., komplett mit Adresse und Telefonnummer.

»Hier ist sie«, verkündete Derek und hielt sie hoch.

Frank kam zu ihm herüber und nahm ihm die Karte aus der Hand.

»Gut«, sagte er, während er die Aufschrift überflog. »Er lebt in London. Wir können heute nachmittag dort sein. Gibt es unten ein Telefon, das ich benutzen kann, Lew?«

»Ungeduldig, nach all den Jahren, was?« Lew grinste. »Ja, es gibt ein Telefon, das du benutzen kannst. Frag die Oberschwester.«

»Wer ist Mr. Kilmainham?« wollte Charlotte wissen.

»Wissen Sie das nicht?« fragte Lew. »Hat Ihnen das denn mein alter Kumpel nicht gesagt?«

»Nein«, erwiderte Frank. »Hat er nicht. Warum ersparst du mir das nicht, Lew?«

»Wie du meinst. Sylvester Kilmainham ist ein passionierter Forscher. Sein Spezialgebiet ist der Spanische Bürgerkrieg. Er war mehr als einmal hier, um mein Gedächtnis leer zu fragen. Wissen Sie, er stellt gerade sein Lebenswerk fertig. Geht schon seit Jahren. Ein biographisches Lexikon der gesamten Auseinandersetzung. Jeder, der in Spanien gekämpft hat, wie unehrenhaft auch immer, egal auf welcher Seite. Er behauptet, die umfassendste Sammlung an biographischem Material zu besitzen, die es gibt, obwohl er es, als der Perfektionist, der er ist, erst dann als vollständig betrachten kann, wenn auch der letzte Fußsoldat und Mitläufer aufgenommen ist. Und noch immer gibt es ein paar – wie Frank –, die sich ihm nach wie vor entziehen. Bei verschiedenen Gelegenheiten mußte ich mich zusammenreißen, daß ich kein Mitleid mit ihm bekam und Franks Adresse verriet, aber –«

»Seine Sammlung enthält auch die beteiligten Spanier?« unterbrach ihn Charlotte.

»Sicherlich eine große Anzahl.«

»Was ist mit Offizieren der nationalistischen Armee?« fragte Derek. »Zum Beispiel Oberste?«

»Müssen drin sein. Jeder einzelne von ihnen, würde ich meinen.«

»Genau darauf hoffe ich«, sagte Frank.

11

Charlotte wußte nicht, ob sie froh sein sollte oder nicht, daß Sylvester Kilmainham zu Hause gewesen war, als Frank ihn von Owlscroft House angerufen hatte. Wenn er zufälligerweise nicht zu Hause gewesen wäre, hätte sie mit dem, was sie wußte, unverzüglich zur Polizei gehen können, weil jede weitere Verzögerung gefährlich sein konnte. Aber so wie es aussah, hatte sie, nachdem sie mit Frank bereits so weit gekommen war, keine andere Chance, als auch den nächsten Schritt zu tun. Ihre Verabredung mit Kilmainham sollte um vier Uhr stattfinden. Anschließend, versprach sie sich selbst, würde sie die Vorgehensweise wählen, die Derek ihr so dringend nahelegte. Was sie auch erfahren würden, sie würde jetzt nicht mehr länger zögern.

Kilmainham besaß eine Erdgeschoßwohnung in einer ruhigen Straße irgendwo auf der unbestimmten Grenze wischen Hampstead und Cricklewood. Er war ein massiger, um nicht zu sagen korpulenter Mann Mitte Vierzig mit einer Mähne lockiger Haare in der Farbe und Beschaffenheit von Stahlwolle und mit einem Silberblick, der vielleicht auch eine Täuschung war, hervorgerufen durch seine dikken Brillengläser. Er trug einen riesigen, locker gestrickten Pullover, der so lang und unförmig war, daß er auch gut als Kittel hätte durchgehen können, und auf dem erst vor kurzem irgend etwas – Essen oder Farbe – verschüttet worden war. Die Freude, mit der er Frank begrüßte, war die eines Eisenbahnfans, der endlich einen Blick auf eine lang gesuchte Lokomotive werfen konnte. Sie ließ Charlotte und Derek völlig in der Versenkung verschwinden, und es blieb ihnen nichts anderes übrig, als die Begegnung zu beobachten.

»Mr. Griffith! Welch ein seltenes und unerwartetes Vergnügen. Ich hatte schon fast die Hoffnung aufgegeben, Sie jemals kennenzulernen.«

»Lew Wilkins erzählte mir, Sie wären begierig darauf, mit mir zu sprechen.«

»Was für eine Untertreibung. Sie sind eines der wenigen britischen Mitglieder der Internationalen Brigaden, die mir durchs Netz geschlüpft sind. Deshalb sind Sie mir so außerordentlich willkommen, daß ich es kaum beschreiben kann. Kommen Sie herein, kommen Sie herein.«

Für Charlotte und Derek hatte er kaum mehr als ein Kopfnicken übrig, während er sie in ein großes, schlecht gelüftetes Vorderzimmer brachte. Es gab kaum einen Fleck, an dem nicht etwas stand, an jeder Wand standen Regale, die bis unter die Decke reichten, ganz abgesehen von einer Anordnung grauer Aktenschränke und einem soliden Tisch, der überfüllt war mit Schuhschachteln. Jede war vollgestopft mit eselsohrigen Karteikarten, an denen oft Notizen auf Durchschlagpapier hingen, die bei ihrem Eintreten durch den Luftzug ins Flattern gerieten. Mit einem fetten Filzstift waren auf die Seiten der Schachteln Benennungen hingeschmiert worden, die Charlotte nicht darüber im Zweifel ließen, daß es sich hierbei um das legendäre Archiv ihres Gastgebers über den Spanischen Bürgerkrieg handelte. REPUBLIKANER E-G, RUSSEN M-R, JOURNALISTEN D-F, VERSCHIEDENES A-D. Und griffbereit nach vorne gezogen der Kasten BRITEN F-H.

»Ich überlege mir gerade, das Ganze auf EDV umzustellen«, verkündete Kilmainham. »Aber ich habe damit angefangen, bevor es diese Technologie gab, und jetzt ... Nun, irgendwie muß ich damit vor 2011 fertig werden, nicht wahr?« Er grinste.

»Warum vor 2011?« fragte Charlotte.

»Das ist der fünfundsiebzigste Jahrestag des Ausbruchs. In diesem Jahr möchte ich das Buch veröffentlichen. Ursprünglich hatte ich den fünfzigsten Jahrestag angepeilt, aber das erwies sich ... als zu optimistisch. Möchten Sie Tee?«

»Ich würde gern zuerst das Geschäftliche erledigen«, sagte Frank.

»Eine bewundernswerte Einstellung, Sir. Ihre Karteikarte wartet bereits auf Sie.« Kilmainham ergriff eine hervorstehende Karte aus dem Kasten BRITEN F-H, setzte sich vor dem Tisch auf einen Hocker und fuchtelte mit einem Stift herum. »Sollen wir zuerst das wenige durchgehen, das ich bereits habe? Geboren 1912 in Swansea. Stimmt das?«

»Nicht so schnell. Zuerst möchte ich ein paar Auskünfte von *Ihnen*, bevor ich welche gebe.«

Kilmainham runzelte die Stirn. »Nun... Das ist etwas ungewöhnlich. Ich –«

»Alles, was Sie an Informationen über zwei Spanier haben, im Austausch für das, was Sie von mir wissen wollen.«

»Ich verstehe.« Das Stirnrunzeln verwandelte sich in ein resigniertes Lächeln. »Gut... Warum nicht? Um wen handelt es sich?«

»Einen republikanischen Staatsbeamten namens Cardozo und einen nationalistischen Oberst namens Delgado.«

»Cardozo und Delgado? Kommen mir nicht bekannt vor, aber...« Er deutete auf die Schuhschachteln. »Das hat kaum etwas zu bedeuten. Dann wollen wir mal sehen, was wir über sie haben.« Er schlug mit dem Stift gegen seine Zähne, zog dann eine der Schachteln zu sich heran und blätterte die Karten durch, während er zwischen den Zähnen vor sich hin murmelte.

»Cab... Cal... Can... Cap... Car... Cardozo. Aha!« rief er. »Das muß er sein. Luis Antonio Cardozo, Staatssekretär im Finanzministerium von Februar bis Oktober 1936. Ich fürchte, über ihn ist nicht viel bekannt.«

»Was *ist* denn bekannt?« fragte Frank.

»Nun...« Kilmainham lutschte an seinen Zähnen. »Geboren 1910 in Madrid. Sohn eines Staatsbeamten – hatte offensichtlich die Bürokratie im Blut. Ausbildung am Augustinerkolleg in El Escorial. Machte an der Universität von Salamanca sein Examen in Jura. Trat 1932 in den Staatsdienst ein. Dann eine Reihe von Anstellungen bis zu der letzten im Finanzministerium.« Er machte eine Pause, dann fügte er hinzu. »Kein gutes Ende, fürchte ich.«

»Was meinen Sie damit?«

»Verschwand am 27. Oktober 1936 in Cartagena, während er dem Staatsminister, Mendez Aspe, bei der Überwachung der Verschiffung der nationalen Goldreserven nach Rußland assistierte. Es wird angenommen, daß er zu den Nationalisten übergelaufen ist.

Später wurde behauptet, er hätte seit Ausbruch des Bürgerkriegs für sie spioniert. Wenn das wahr ist, haben sie sich nicht gerade erkenntlich gezeigt, fürchte ich. Es wird angenommen, daß er zu den sechs Gefangenen gehörte, die auf Befehl von Oberst M. A. Delgado am 7. November 1936 in Burgos hingerichtet wurden. Aha! Delgado. Na, so ein Zufall!« Dann grinste er. »Der Name ist mit einem Sternchen versehen, das bedeutet, ich habe einen Eintrag über ihn. Soll ich nachschauen?«

»Wenn Sie so freundlich wären.«

Kilmainham zog eine andere Schachtel zu sich heran, blätterte die Karten durch und holte eine heraus. »Hier ist er. Marcelino Alfonso Delgado, Oberst in der Armee der Nationalisten. Ich habe einiges über ihn zusammengetragen.« Er sah die Blätter, die hinten an die Karte gesteckt waren, flüchtig durch. »Wollen Sie alles wissen?«

»Ja, bitte.«

»Also gut.« Er rückte seine Brille zurecht und räusperte sich. »1899 in Sevilla geboren. Sohn eines Zahnarztes – aber kein Talent zum Zähneziehen, wie es scheint. Ausbildung an der Infanterieakademie in Toledo. Ging von dort direkt zum Militär. 1919 nach Marokko abkommandiert. Wurde regelmäßig befördert bis zum Rang eines Hauptmanns. Verwundet im Oktober 1925 während des Feldzugs gegen die Riffs. Amputation der rechten Hand. Scheußlich, was?« Er unterbrach sich und schaute sich um, als ob er eine Reaktion erwartete. Da keine kam, zuckte er die Schultern und fuhr fort. »Kehrte nach Spanien zurück und wurde zum Major befördert. Abkommandiert nach Corunna in die Mannschaft des Militärgouverneurs von Galicien. Eine ruhige Sache, nehme ich an, in Anbetracht seiner Behinderung. Aber es scheint kein Hindernis für seine romantischen Ziele gewesen zu sein. Heiratete 1927 eine galicische Erbin, Cristina Vasconcelez, und erwarb dadurch einen beträchtlichen Besitz, Pazo de Lerezuela, in der Nähe von Santiago de Compostela. Ein Sohn, Anselmo, geboren 1930. Als im Juli 1936 der Militäraufstand begann, ergriff Delgado mit den Rebellen Partei gegen den Gouverneur Caridad Pita. Eine kluge Entscheidung, denn die Rebellen eroberten Galicien mit Leichtigkeit, und Caridad Pita wurde anschließend hingerichtet. Delgado wurde zum Oberst befördert und zu der Mannschaft der nationalistischen Junta nach

Burgos berufen, wo er eine Truppe zur Informationsbeschaffung gründete. Daher vermutlich seine Verbindung mit Cardozo. Es hieß jedoch, daß Franco nicht viel von ihm gehalten haben soll.« Er schnalzte mit der Zunge. »Das erklärt wahrscheinlich auch seine Überstellung zu einem Feldkommando Anfang 1937 und das Ausbleiben weiterer Beförderungen. General wurde er erst lange nach Ende des Bürgerkrieges, kurz vor seiner Pensionierung. Er war im Einsatz in Jarama, Guadalajara, Teruel und am Ebro. Machte seine Sache gut, war berühmt für seine Grausamkeit, sowohl gegen seine eigenen Leute als auch gegen den Feind. Aber der Generalissimus mochte ihn einfach nicht, also mußte er 1939 zum Garnisonsdienst nach Galicien zurückkehren. Ende der Geschichte.«

»Weiter gibt es nichts?«

»Nur ein paar Anmerkungen zu seiner Familie. Nichts, was den Bürgerkrieg betrifft.«

»Lebt er noch?«

»Wenn nicht, hätte ich davon erfahren. Aber dem ist nicht so, also, ja, er lebt wohl noch. Und das ist mehr, als ich von seinem Nachwuchs behaupten kann. Der Sohn, Anselmo, ging wie sein Vater zum Militär und wurde Major. Er wurde ins Baskenland abkommandiert, wo er sich als Stachel im Fleisch der ETA, der baskischen Separatistengruppe, hervortat. Sie entfernten diesen Stachel in der ihnen eigenen Art – als er seine Frau und seine Kinder an einem Sonntag im November 1972 in die Kirche fuhr, explodierte eine Autobombe. Abgesehen von seiner jüngsten Tochter Yolanda wurden alle getötet. Delgados Frau starb im darauffolgenden Jahr, also nehme ich an, daß der alte Mann seine Enkeltochter allein großziehen mußte. Klingt alles ziemlich mitleiderregend, nicht wahr?«

»Ja«, sagte Charlotte, die von dem Bild, das Kilmainham gezeichnet hatte, ziemlich bewegt war, obwohl sie wußte, daß sie es nicht hätte sein sollen. »Wirklich.«

Frank schaute sie kühl an und sagte dann: »Und er lebt immer noch auf dem Besitz, den er von seiner Frau geerbt hat?«

»Ich nehme es an«, antwortete Kilmainham.

»Ich werde mir die Adresse aufschreiben, wenn ich darf.«

»Gestatten Sie...« Kilmainham notierte die Daten auf einer leeren Karteikarte und gab sie Frank. »Jetzt, was Ihren Eintritt in...«

»Dürfte ich Sie bitten, zuerst noch eine andere Person nachzuschlagen?«

»Ist das denn nötig?« unterbrach Charlotte, die plötzlich ahnte, um wen es sich handelte. »Wir wissen doch bereits genug.« Derek sah sie stirnrunzelnd an, aber sie beachtete ihn nicht. Franks Gründlichkeit begann sie zu beunruhigen. Die Namen und Daten aus Kilmainhams Aufzeichnungen – die katalogisierten Tatsachen sprudelten so frisch aus seiner Kartei, daß die Ereignisse, auf denen sie beruhten, viel wirklicher und neuer zu sein schienen als alle möglichen Erinnerungen – befriedigten eine lange gehegte Sehnsucht. Nicht nach Gerechtigkeit, sondern, wie sie stark befürchtete, nach Rache.

»Ich denke, es ist notwendig«, sagte Frank.

»Aber –«

»Und wenn unser Gastgeber nichts dagegen einzuwenden hat, warum sollten Sie etwas dagegen haben?«

Kilmainham warf ihnen beiden einen kurzen Blick zu. »Ich... ähm... Ich habe... keine Einwände.«

»Gut«, sagte Frank. »Was haben Sie über Vicente Ortiz, einen katalanischen Anarchisten?«

Diesmal sah Kilmainham seine Schuhschachteln schweigend durch; das Vergnügen, das er daraus gewonnen hatte, seine Schätze zu zeigen, war von ihm gewichen. Charlotte hoffte, daß er nichts finden würde, aber allein die riesige Menge des gesammelten Materials deutete auf das Gegenteil hin. Und es erwies sich als richtig. Er zog eine Karte heraus und las sie mit beleidigend monotoner Stimme vor.

»Vicente Timoteo Ortiz, katalanischer Anarchist. Geboren 1905 in Barcelona. Lastwagenfahrer und Mechaniker. Aktives Mitglied des CNT. Von Juli 1936 bis Juni 1937 Mitglied der Durruti-Kolonne. Dann versetzt zum Britischen Bataillon der 15. Internationalen Brigade.« Er warf Frank einen Blick zu, bevor er fortfuhr. »Gefangengenommen im März 1938 während des Rückzuges von Teruel. Laut Bericht bei einem Verhör durch... in Montalban am oder um den 16. März 1938 gestorben.«

»Warum haben Sie gezögert?« wollte Frank wissen.

»Einfach... Einfach so.«

»Kann ich die Karte sehen?«

»Nun... Ich gebe sie ungern...« Aber bevor er noch dagegen protestieren konnte, wurde sie ihm schon aus der Hand gerissen.

»Wie ich mir dachte. ›Laut Bericht bei einem Verhör durch Oberst M. A. Delgado in einem militärischen Hauptquartier gestorben.‹« Franks Stimme verlor sich in einem Murmeln. »›In Montalban, am oder um... den 16. März...‹« Die Karte entglitt seinen Fingern und flatterte auf den Tisch. »...›1938‹.« Charlotte sah, wie seine Kiefermuskeln arbeiteten und seine Augen sich verengten. »Ende der Geschichte.«

»Frank –«

»Ich kann jetzt nicht mit Ihnen reden, Mr. Kilmainham«, platzte er heraus. »Ich muß gehen.«

»Aber... Sie haben versprochen...«

»Tut mir leid. Ich habe andere Versprechungen gemacht, die Vorrang haben. Ich wohne in Hendre Gorfelen, bei Llandovery, in Dyfed. Suchen Sie mich irgendwann einmal dort auf, und ich werde Ihnen alles erzählen, was Sie wissen wollen. Wenn ich dann noch dort zu finden bin.« Er wandte sich zur Tür.

»Das ist unerhört«, schrie Kilmainham und sprang auf. »Ich bin irregeführt worden. Kommen Sie auf der Stelle zurück, Mr. Griffith. Ich bestehe darauf.« Aber es war zu spät. Frank eilte bereits aus der Wohnung.

»Entschuldige mich bitte bei Mr. Kilmainham, Derek«, sagte Charlotte. »Ich muß ihm nach.« Mit diesen Worten rannte sie aus dem Zimmer und sah gerade noch, wie sich die Wohnungstür hinter Frank schloß. Er war auf der Eingangstreppe und marschierte auf seinen Landrover zu, als sie ins Freie trat.

»Frank! Frank! Um Gottes willen, bleiben Sie doch stehen!«

Er hielt an und drehte sich zu ihr um. »Was ist los?«

»Wir müssen miteinander reden. Wir müssen entscheiden, was jetzt geschehen soll.«

»Ist das nicht offensichtlich? Ich habe herausgefunden, wo sich Delgado aufhält, wie ich es gesagt hatte. Jetzt suchen wir ihn auf.«

»Das geht nicht. Es ist zu riskant. Das ist Aufgabe der Polizei.«

»Da bin ich anderer Ansicht.«

»Sam ist meine Nichte, nicht Ihre. Ich muß beurteilen, was das Beste für sie ist.«

»Hier geht es nicht mehr um Ihre Nichte.«

»Nein, nicht wahr? Nicht was Sie betrifft. Für Sie geht es um Vergeltung. Und das ist genau das, was Beatrix fünfzig Jahre lang zu verhindern versucht hat.«

Die Erwähnung von Beatrix' Namen schien seine Abwehrhaltung zu durchdringen. Er zögerte einen Augenblick. Sein Entschluß geriet ins Wanken.

»Sie haben genug getan. Überlassen Sie es jetzt anderen. Es ist alles so lange her. Und er hat seit damals genauso gelitten.«

»Gelitten?« Frank starrte sie an, und sie erkannte, daß sie einen Fehler gemacht hatte. Mit dieser einen Bemerkung – diesem einen Vergleich – hatte sie für ihn die Entscheidung getroffen. »Er hat noch nicht einmal damit angefangen.«

»Wir müssen der Polizei alles erzählen. Wir müssen es ihr überlassen, die richtigen Maßnahmen zu ergreifen. Das ist die einzige –«

»Machen Sie verdammt noch mal, was Sie wollen!«

Seine Stimme klang heftig, und der Zorn kochte hinter seinen Augen. »Ich werde auf jeden Fall zu ihm gehen. Es wird Zeit, daß Delgado für seine Taten geradesteht, für die gestrigen wie die heutigen. Ich habe die Absicht, dafür zu sorgen. Und nichts wird mich aufhalten.«

12

Derek benötigte volle zehn Minuten, um Sylvester Kilmainham zu beruhigen. Zum Schluß ermöglichte nur die Preisgabe seiner Adresse und Telefonnummer einen unbelästigten Rückzug. Als er auf die Straße trat, war er bestürzt, als er Charlotte wartend neben seinem Auto vorfand, während Frank zwei Parkplätze dahinter mit steinernem Gesicht in seinem Landrover saß.

»Was ist hier los?« fragte er.

»Frank ist einverstanden, heute in Ockham House zu übernachten«, antwortete Charlotte. »Ich schlage vor, daß wir jetzt sofort nach Tunbridge Wells aufbrechen. Frank fährt hinter uns her.«

»Gehen wir denn nicht zur Polizei?«

»Ich erkläre es Ihnen auf dem Weg.«

Derek versprach sich selbst, daß dies das letzte Mal wäre, daß er seine Einwände unterdrückte, und stieg ins Auto. Er fuhr in Richtung Finchley Road und vergewisserte sich, daß Frank ihm folgte, bevor er es wagte, eine weitere Frage zu stellen. »Gibt es ein Problem?«

»Ja.«

»Und das wäre?«

»Das Problem ist Frank. Ich weiß nicht, was ich mit ihm machen soll.«

Derek schaute sie von der Seite an. »Das müssen Sie mir erklären, Charlotte. Ich verstehe kein Wort.«

»Ja. Natürlich. Tut mir leid. Frank beabsichtigt, Delgado aufzusuchen. Zu ihm hinzugehen und ihn mit all dem zu konfrontieren. Angeblich, um Sams Freilassung zu fordern. Aber ich glaube nicht, daß das der wirkliche Grund ist.«

»Warum dann?«

»Um Vicente Ortiz zu rächen. Haben Sie denn nicht bemerkt, wie er ausgesehen hat, als er den Eintrag auf dieser Karte gelesen hat?«

»Ja, natürlich, aber er würde doch niemals... Ich meine, es wäre der glatte Wahnsinn.«

»Rache ist eine Form des Wahnsinns. Beatrix befürchtete, daß Frank anfällig dafür sein könnte. Und ich fürchte sehr, daß sie recht hatte.«

»Mein Gott«, Derek schaute in den Rückspiegel und sah den Landrover hinter sich, in dem Frank gebeugt und mit ausdruckslosem Gesicht hinter dem Steuer saß. »Denkt er denn nicht an die Sicherheit Ihrer Nichte?«

»Er sagt, eine direkte Konfrontation mit Delgado wäre der beste Weg, sie zu retten. Vielleicht ist das wahr, obwohl ich weiß, daß Sie nicht damit einverstanden sind. Aber sogar wenn es wahr wäre...«

»Ja?«

»Ich habe Angst vor dem, was passieren wird, wenn sie aufeinandertreffen. Delgado hat das Blut von Vicente Ortiz an seinen Händen – und das Blut von wer weiß wie vielen anderen Männern, mit denen Frank vor fünfzig Jahren Seite an Seite gekämpft hat. Wird Frank ganz ruhig über Sams Freilassung verhandeln? Ich glaube kaum. Er kennt sie nicht einmal. Aber er kennt einige von Delgados

Opfern. Sie waren seine Freunde. Und er wird sich an sie erinnern, wenn er ihrem Henker ins Gesicht schaut.«

»Dann dürfen wir es ihm nicht erlauben. Er darf nicht dorthin fahren.«

»Und wie sollen wir das verhindern?«

Derek hielt hinter einer Schlange wartender Autos an, die in die Finchley Road einbiegen wollten, und studierte noch einmal Franks sphinxähnliche Haltung im Rückspiegel. »Gehen Sie zur Polizei. Warnen Sie sie davor, daß er ihre Untersuchungen behindern könnte.«

»Das kann ich nicht. Er hat vor, morgen loszufahren. Wenn ich mich mit der Polizei in Verbindung setze, wird er seinen Aufbruch lediglich beschleunigen. Ich bin mir nicht einmal sicher, ob sie so eine Warnung ernst nehmen würden.«

»Wir müßten sie einfach davon überzeugen. Wir können nicht zulassen, daß Frank *und* die Polizei Delgado jagen. Sie müssen sich ja gegenseitig im Weg stehen. Das Ergebnis könnte –«

»Verheerend für Sam sein. Genau.«

»Was schlagen Sie also vor?«

»Daß ich ihn begleite.«

»Das kann doch wohl nicht Ihr Ernst sein.«

»Doch. Es muß jemand bei ihm sein, Derek, jemand, der ihn zur Vernunft bringt. Eigentlich denke ich, daß es funktionieren könnte. Aber nur, wenn er nicht durchdreht.«

Derek schaute sie an. »Ich werde Sie nicht gehen lassen, Charlotte.« Er war selbst überrascht über die Heftigkeit, mit der er gesprochen hatte, über seine Sicherheit, daß er in diesem Punkt, wenn auch in keinem anderen, Befehle geben könnte.

»Frank ebensowenig.« Sie starrte nach vorne. »Er hat etwas angesprochen, das ich übersehen hatte. Was auch geschieht, wir müssen vielleicht mit den Entführern auf der von ihnen vorgeschriebenen Art und Weise Kontakt aufnehmen. Und wenn wir das tun, dann muß ich an einem Ort sein, wo ich ihren Anruf entgegennehmen kann.«

»Ich bin froh, daß er wenigstens über gewisse Dinge vernünftig denkt.« Derek steuerte auf die Kreuzung zu und wartete auf eine Lücke im Verkehr.

427

»Es sei denn, Sie wären bereit, den Anruf entgegenzunehmen«, sagte Charlotte zögernd. »Ich meine, wenn es notwendig werden sollte.« Sie sah ihn an, wie es schien, unsicher, ob sie ihre Bitte offen aussprechen sollte.

»Ich?«

»Wen sonst könnte ich darum bitten?«

»Aber... Sie werden Sie als Gesprächspartnerin erwarten. Wie werden sie auf einen Fremden reagieren?«

»Ich weiß es nicht. Ich gebe Ihnen recht, es ist ein Risiko, aber wir müssen es auf uns nehmen, wenn ich Frank begleiten soll.«

»Aber Sie sollen ihn nicht begleiten.« Eine Lücke, groß genug für zwei Autos, tat sich in dem Verkehrsstrom nach Süden auf, und er scherte ein und überprüfte im Rückspiegel, ob der Landrover ihm folgte. »Wollen Sie denn gehen?«

»Ich muß. Er ist entschlossen zu gehen, und ich kann ihn nicht aufhalten. Aber ich kann ihn auf keinen Fall allein fahren lassen. Welche Wahl habe ich also, als mitzugehen?«

»Das kommt nicht in Frage. Ich könnte es nicht zulassen.«

Charlotte hob eine Hand an ihre Schläfe. »Ich bin Ihnen dankbar für all Ihre Hilfe, Derek, wirklich. Und ich weiß Ihre Sorge um mein Wohlergehen zu schätzen. Aber das ist etwas, was ich einfach tun muß. Ich frage Sie nicht um Erlaubnis.«

Derek hätte nicht angeben können, welches der ausschlaggebende Punkt war, der ihn dazu brachte, so zu reagieren, wie er es tat. Eine flüchtige Rebellion gegen ein Leben voller Vorsicht? Die Weigerung, wieder an den Rand von Charlottes Gedanken gedrängt zu werden? Das Verlieren der Geduld mit der Unaufhaltsamkeit der Ereignisse? Oder die Kapitulation vor ihrer Logik? Was auch immer der Grund war, er betätigte den Blinker, fuhr in einem Bogen an den Straßenrand, blieb mit einem Ruck stehen und sagte: »Verdammt noch mal! Wenn der alte Narr darauf besteht zu gehen, dann werde *ich* ihn begleiten.«

Charlotte schaute ihn verwundert an. »Nein, nein. Ich wollte nicht... Sie dürfen nicht gehen.«

»Und warum nicht? Sie müssen hier bleiben, und *er*« – Derek wies nach hinten – »muß gehen. Also, wie Sie schon sagten, welche Wahl habe ich?«

»Aber... Sam ist nicht *Ihre* Nichte.«

»Nein. Und Vicente Ortiz war nicht mein Freund. Vielleicht ist das ganz gut so.«

»Aber ich möchte das nicht. Es ist nicht –«

»Ich bin fest entschlossen!« Zu Dereks Überraschung wirkte seine Bestimmtheit wie eine Droge und erfüllte ihn mit Selbstvertrauen. »Wir regeln es gleich endgültig, ja?« Er stieß die Autotür auf und lief nach hinten auf den Landrover zu, während er die dröhnenden Hupen und ärgerlichen Blicke der blockierten Autofahrer ignorierte. Frank blickte ihn stirnrunzelnd an und kurbelte das Fenster hinunter.

»Was ist das für ein Spiel, meine Junge?«

»Ihres, Frank. Aber nicht nach Ihren Spielregeln. Charlotte erzählte mir, Sie seien wild entschlossen, Delgado aufzuspüren.«

»Was hat das mit Ihnen zu tun?«

»Eine ganze Menge. Denn wissen Sie, ich werde mit Ihnen kommen.«

»Nein, das werden Sie nicht.« Frank schüttelte stur den Kopf. Aber Derek konnte ebenfalls hartnäckig sein. »Machen Sie sich ohne mich auf den Weg, und ich werde dafür sorgen, daß Ihnen die Polizei im Nacken sitzt, bevor Sie auch nur in Spanien angekommen sind.«

»Das würden Sie nicht tun.«

»Ich würde es tun, das können Sie mir glauben. Wir werden Reisegefährten sein, Frank. Und falls es Sie tröstet, mir gefällt diese Vorstellung auch nicht viel besser als Ihnen.«

13

Früh am nächsten Morgen, als die Morgendämmerung durch das Fenster noch kaum wahrnehmbar war, verabschiedeten sich Charlotte und Derek nach dem Frühstück, bei dem beide wenig Appetit gehabt hatten, in der Küche voneinander. Beide sahen genauso aus, wie sie sich fühlten: müde, nervös, unsicher, ob das, worauf sie sich geeinigt hatten, das Beste war, unwillig, ihre Zweifel zu äußern, da sie fürchteten, sie könnten auf zu große Resonanz stoßen. Jede Minute konnte Frank hereinkommen und verkünden, daß der Landrover bereit war, um seine Tausend-Meilen-Fahrt nach Galicien anzutreten. Sehr bald schon mußten sie sich voneinander trennen. Trotzdem konnte sich keiner von ihnen dazu überwinden, die ungeheure Bedeutung dieses Augenblicks einzugestehen. Voller Angst, zuviel zu sagen, waren sie in Gefahr, zuwenig zu sagen.

»Sie hätten fliegen sollen«, bemerkte Charlotte mit einem nervösen Lächeln. »Es wäre viel schneller gegangen. Und Sie hätten später aufbrechen können.«

»Ganz meine Meinung. Aber Frank wollte davon nichts wissen. Er sagt, Flugzeuge machen ihm angst.«

»Das kann ich kaum glauben.«

»Ich auch nicht, aber... Nun, es sieht so aus, als müßten wir ihm seinen Willen lassen.«

»Ich weiß. Es tut mir leid.« Sie fühlte sich für die Situation, in der Derek sich befand, verantwortlich, aber sie sah keine Möglichkeit, ihn daraus zu befreien. Viel lieber wäre sie an seiner Stelle gefahren, aber die Umstände hatten sich gegen sie verschworen. Es war nicht ihre Schuld, daß Derek an ihrer Stelle ging. Aber sie konnte nicht aufhören, sich zu fragen, ob er auch dieser Meinung war. »Es ist noch nicht zu spät... Ich meine, ich würde es wirklich verstehen, wenn Sie...«

»Mich drücken würde? Nein, das werde ich nicht tun.« Sein Blick brachte mehr zum Ausdruck als seine Worte. Er wies auf den wirklichen Grund hin, warum er so entschlossen war, etwas zu tun, was er offensichtlich für unklug und für einen Fehlentscheid hielt. »Machen Sie sich keine Sorgen, ich werde darauf achten, daß wir bei jedem Schritt sehr vorsichtig sind.«

»Und Sie werden sich regelmäßig melden?«

»Ich werde jeden Abend punkt sieben Uhr anrufen. Sie müssen nichts weiter tun, als in meinem Haus darauf zu warten.«

»Ich werde dort sein.« Es war eine notwendige Vorsichtsmaßnahme, da Chief Inspector Golding mehr oder weniger zugegeben hatte, daß sie ihr Telefon überwachen würden. »Wenn das Ganze zu nichts führt...«

»Ich werde nicht zögern, Ihnen zu sagen, wenn ich der Meinung bin, wir sollten die Polizei einschalten. Schließlich...« Er verstummte und lächelte spöttisch über sich selbst. »Schließlich würden *Sie* sie doch schon jetzt informieren?«

»Wahrscheinlich. Aber ich könnte auch unrecht haben. Ebenso wie Frank. Vielleicht ist Delgado gar nicht der Schuldige. Trotz allem, was Kilmainham sagte, ist er vielleicht längst tot. Vielleicht verschwenden wir nur unsere Zeit.«

»Nein.«

»Sagen Sie mir noch einmal, was Sie vorhaben.«

»Mit Delgado Kontakt aufnehmen. Ihm sagen, daß wir wissen, daß er für Sams Entführung verantwortlich ist. Ihm das Dokument anbieten. Erklären, warum er nicht alles haben kann, was er will. Ihm wenn nötig mit der Entlarvung drohen. Bedingungen für einen Tausch aushandeln: das Dokument gegen Sam. Und bei all dem Ruhe bewahren und geschäftsmäßig auftreten. Hoffentlich haben wir recht. Und beten Sie darum, daß wir Erfolg haben.« Er grinste reuevoll. »Ein Kinderspiel, nicht wahr?«

»Nein. Finde ich nicht.«

»Nein.« Sein Grinsen verblaßte. »Ich auch nicht.«

Sie trat auf ihn zu. »Derek, ich...« Schon als sie zu sprechen begann, spürte sie seine Bereitwilligkeit zu antworten, seinen unsinnigerweise unterdrückten Wunsch, ihr zu gefallen. Ihre Zuneigung zu ihm – wegen all der Eigenschaften, die den ihren so ähnlich waren – überwältigte sie. Aber bevor sie ihren Gefühlen nachgeben konnte, kam Frank Griffith herein.

»Ich bin fertig.« Seine Ankündigung war trostlos, sein Blick abweisend – aber vermutlich war er sich dessen nicht bewußt.

»Dann wollen wir gehen«, sagte Derek.

»Aber vorher –«, begann Charlotte.

»Ich will nichts mehr hören«, sagte Frank. »Wir haben genug geredet.« Sein Gesicht war ausdruckslos und streng, und die Furchen darin erinnerten an tiefe Felsspalten. »Ich warte draußen.« Damit drehte er sich um und ging hinaus, während Charlotte und Derek, einander verwirrt anlächelnd, zurückblieben.

»Ich gehe jetzt wohl besser«, sagte Derek. »Wenn wir die Fähre in Dover rechtzeitig erreichen wollen –«

Aber sie konnte ihn nicht ohne einen Beweis für das, was sie für ihn empfand, gehen lassen. Sie stürzte auf ihn zu, küßte ihn und war froh, als er sie wiederküßte und die Arme um sie schlang. »Sei vorsichtig«, murmelte sie. »Bitte, sei vorsichtig.«

»Genau das habe ich dir auch einmal gesagt. Weißt du noch, was du geantwortet hast?«

»Vorsicht wird Sam nicht helfen?«

»Genau. Trotzdem, ich werde vorsichtig sein. Sehr sogar.«

»Da ist noch etwas anderes. Ein anderer Grund, warum du es sein solltest. Ich –«

»Sag nichts mehr.« Er legte seine Finger sanft auf ihre Lippen. »Frank hat recht. Wir haben genug geredet. Sonst schaffe ich es nicht mehr, das durchzuführen. Aber ich muß. Wir wissen es beide. Also...« Er trat zurück und ließ sie los. »Auf Wiedersehen, Charlotte. Wünsch mir kein Glück. Ich hoffe sehr, daß ich es nicht brauchen werde.«

Zehn Minuten später war Charlotte allein und ebenso bedrückt von Zweifeln darüber, ob das, was sie beschlossen hatten, wirklich so klug war, wie von dem Wissen, daß es jetzt niemanden mehr gab, dem sie vertrauen konnte. Wenn ihr Plan gelingen sollte, mußte sie ihre Gedanken für sich behalten, während die Tage vergingen und der 11. Oktober näher rückte, was er auch bringen würde. Sie müßte so tun, als sei sie genausowenig in der Lage wie jeder andere auch, Samantha zu retten, während sie sich im stillen mit der Möglichkeit herumschlug, daß sie ihre einzige Chance dafür vergeudeten. Und es gab noch ein anderes Geheimnis, das sie jetzt bewahren mußte, eines, das sie mit Derek geteilt hätte, wenn er sie nicht davon abgehalten hätte, eines, das sie schuldbewußt quälte, als der einsame Morgen langsam zu Ende ging und sie schließlich dazu veranlaßte, das Telefon zu nehmen und eine wohlbekannte Nummer zu wählen.

»Bourne End 88285.«

»Hallo, Ursula.«

»Charlie? Nun, das ist wirklich eine Überraschung.« Ein sarkastischer Unterton lag in Ursulas Stimme. »Was willst du?«

»Ich dachte, ich sollte... Nun, ich wollte nur wissen, wie es dir geht.«

»Was denkst du wohl?«

»Hör zu, ich –«

»Kannst du mir sagen, daß dies nicht die letzte Woche in Sams Leben sein wird, Charlie?«

»Nein... Natürlich kann ich das nicht. Ich wünschte nur –«

»Ich auch. Aber Wünsche sind nicht genug, nicht wahr? Was kannst du mir sonst noch anbieten?«

»Nun... Ich fürchte, nichts.«

»Dann laß mich in Ruhe. Das ist alles, was ich will.«

»Aber Ursula, gibt es denn –« Das Tuten der toten Leitung unterbrach sie und ließ sie in noch größerer Gewißheit und Beschämung zurück als zuvor, daß ihr, vor die Wahl gestellt, Dereks Sicherheit jetzt mehr bedeuten würde als die Samanthas. Aber indem sie zugelassen hatte, daß er Frank begleitete, hatte sie dafür gesorgt, daß, wenn es dazu kommen sollte, nicht sie die Wahl treffen mußte.

14

In zwei Tagen nach Galicien zu fahren wäre in jedem Fall eine erschöpfende Erfahrung gewesen. Aber Derek entdeckte, daß sich die Erschöpfung in eine Art Folter verwandelte, wenn man es in einem zerbeulten Landrover tat, der jede Unebenheit der Straße in einen knochenschüttelnden Schlag verwandelte. Dieser Effekt wurde durch Frank Griffiths Wortkargheit noch verstärkt. Auch als Derek versuchte, den Stumpfsinn von endlosen vorbeirasenden Kilometern auf immer gleich aussehenden französischen Autobahnen durch ein Gespräch etwas zu erleichtern, war Frank zu keinem Zugeständnis zu bewegen. Er würde keine weitere Auskunft über das, was sie tun würden, wenn sie angekommen waren, geben. Abgesehen vom Notwendigsten schien er kaum bereit zu reden. Seine Kiefer waren ebenso fest geschlossen, wie seine Hände das Lenkrad umklammerten und seine Augen auf die Straße gerichtet waren. Nur ihr Ziel zählte, und alles, was ihn interessierte, war, wie er es am schnellsten erreichen konnte. Der Rest war Schweigen – und eine Verbissenheit, die Derek zunehmend als störend empfand.

Während er seinen Begleiter in den langen Pausen trägen Unbehagens zwischen so wenig tröstlichen Straßenschildern wie Tours 107 – Poitiers 211 betrachtete, begann Derek sein Versprechen zu bereuen. Er wußte, daß er freiwillig mitgefahren war, und er kannte auch den traurigen Grund dafür. Um Charlotte zu beeindrucken. Um sie von seiner Loyalität zu überzeugen. Um ihr seine Liebe zu zeigen, ohne sich erklären zu müssen. Aber was hatte all das mit einem Mädchen zu tun, das er nur ein einziges Mal gesehen hatte? Oder mit einem alten Mann, dem er nicht vertrauen konnte, weil er ihn nicht verstand? Nichts. Rein gar nichts. Zuerst hatte ihn die Impulsivität seines Handelns erregt. Aber jetzt, da er soviel Zeit für Gedanken und Zweifel hatte, war sein Selbstvertrauen schon wieder geschwunden. Von allen Seiten drang die graue Wirklichkeit wieder auf ihn ein.

Die Sonntagnacht verbrachten sie in einem Motel in der Nähe von Bordeaux. Von hier aus rief Derek wie vereinbart Charlotte das erste Mal an. Es gab ihm ein Gefühl der Sicherheit, wieder mit ihr zu sprechen, und erinnerte ihn daran, daß es für das, was er begonnen hatte, wirklich einen vernünftigen und wichtigen Grund gab. Aber keiner von ihnen hatte viel zu erzählen. Beide warteten auf die kommenden Ereignisse. Und es war Dereks Aufgabe, diese Ereignisse in Bewegung zu setzen. Am nächsten Morgen brachen sie früh auf und überquerten die spanische Grenze lange vor Mittag. Es regnete jetzt und hörte auch nicht auf, als sie entlang der kantabrischen Küste nach Westen fuhren. Der Himmel hing tief, so daß sie fast mit den sich schwarz zusammenziehenden Wolken zusammenstießen. Das Meer, wenn sie einen Blick darauf erhaschten, war grau und vom Wind gepeitscht, die Landschaft eine nebelverhangene Berg-und-Tal-Bahn feuchter grüner Hügel. Das war nicht das Spanien, das Derek unbewußt erwartet hatte, das trockene, sonnenverbrannte Land der Costa-Blanca-Erinnerungen. Der Gegensatz deprimierte ihn zusätzlich. Er fühlte sich kalt, müde und irgendwie krank – hoffnungslos schlecht in Form für das, was vor ihm lag. Aber ein Blick auf Frank sagte ihm, daß es kein Zurück gab. In den Augen des alten Mannes brannte ein Punkt, seine Wangen überzog ein rosiger Schimmer. Er zeigte keinerlei Anzeichen von Müdigkeit oder Zweifeln. Und Derek wußte, das würde so bleiben – bis er sein Vorhaben ausgeführt hatte.

Derek hätte nicht bestimmen können, wo im Verlaufe ihres Vordringens nach Westen Galicien begann. Aber als der Regen schlimmer wurde und sie ins Landesinnere vordrangen, bekamen die Landschaft und die Ansiedlungen, die sich in ihren Einschnitten zusammendrängten, für ihn einen finsteren und immer weniger einladenden Charakter. Der bunte Teppich von Feldern und Bauernhöfen, die unter dem Matsch zu ersticken drohten, die uralten schwarzgekleideten Frauen, die sich mit trägen Ochsen abmühten, die kahlen Betonskelette der Häuser, angefangen, aber niemals fertiggestellt: all dies widersprach seinem englischen Sinn für Ordnung und Tüchtigkeit, und es erinnerte ihn daran, wie weit er von der Welt, die er verstand, entfernt war. Er wollte nicht hier sein und hätte insgeheim viel darum gegeben, es nicht zu müssen. Aber hier war er nun einmal, roch die grabesfeuchte Luft und spähte vergeblich durch den Regenvorhang.

In der Düsterkeit des späten Nachmittags erreichten sie Santiago de Compostela und fuhren durch enge, überfüllte Straßen ins Zentrum hinein. Die Steingebäude, die sich überall erhoben, schienen Derek jahrhundertealt zu sein, aber die Studenten, die dazwischen geschäftig hin und her eilten, schienen die tropfenden Wasserspeier und flechtengesäumten Torbogen gar nicht wahrzunehmen. Für sie war es nur eine malerische alte Universitätsstadt, für ihn war es ein Ort der Bedrohung und Ungewißheit.

So müde und entmutigt, wie er sich fühlte, war er froh, daß er aus Bordeaux angerufen und Zimmer im besten Hotel bestellt hatte, denn körperliche Bequemlichkeit bot die einzige Form von Sicherheit, die er sich erhoffen konnte. Frank hatte es als unnötigen Luxus bezeichnet, aber da Derek dafür zahlte, hatte er widerwillig zugestimmt. Das fragliche Hotel, das »Reyes Catolicos«, war in einem alten Pilgergasthof untergebracht, der eine Seite der Plaza im Herzen der Stadt einnahm. Derek betrachtete die prächtig gestaltete Fassade, anschließend die sogar noch komplizierter gearbeitete und bedeutend höhere Westfront der Kathedrale, die aus dem Nebel aufragte, und fühlte sich eingeschüchtert und voll ehrfürchtiger Scheu gegenüber dieser Großzügigkeit des Altertums. Er war nicht hier, um den Schrein des heiligen Jakobus zu verehren, und auch nicht, um die Barockarchitektur zu bewundern, aber vor diesem Hintergrund schien sein Ziel töricht und unangemessen, eine flüchtige Wahnvorstellung angesichts von Frömmigkeit und Weisheit.

Falls Frank ähnliche Gedanken durch den Kopf gingen, so zeigte er es nicht. Sie hatten kaum den Landrover entladen und die Anmeldung ausgefüllt, als er auch schon den Portier in seinem eingerosteten Spanisch nach dem genauen Standort des Pazo de Lerezuela fragte. Eine Karte wurde gezeichnet, und Anweisungen wurden erteilt. Das Dorf Lerezuela lag zwanzig Kilometer südlich der Stadt und der Pazo – »*muy cerca*« – nicht weit davon entfernt. Viel zu nah, konnte Derek sich nicht enthalten zu denken, als sie dem Portier über moosigfeuchte Innenhöfe und durch hallende Gänge zu ihren nebeneinanderliegenden Zimmern folgten. Er brauchte mehr Zeit, um sich an seine Umgebung zu gewöhnen, mehr Zeit für die Planung und Vorbereitung. Aber selbst wenn eine Verzögerung möglich gewesen wäre, hätte Frank sich ihr widersetzt.

»Treffen wir uns beim Abendessen?« erkundigte Derek sich lahm, als sie sich trennten.

»Nein. Ich lasse mir etwas aufs Zimmer bringen. Ich möchte nicht viel – außer lange schlafen. Wir brechen morgen früh um neun auf.«

»So bald?«

»Warum noch warten?«

»Ich... weiß nicht.«

»Dann also bis morgen früh um neun.«

Damit schloß Frank seine Tür und ließ Derek allein, der das wenige, was er dabeihatte, auspackte und etwas von dem Schmutz der Reise abwusch, bevor er Charlotte anrief.

Auch diesmal hatten sie einander nicht viel zu berichten. Charlotte hatte wie versprochen bei Fithyan & Co. angerufen und sich als Dereks Kusine aus Leicester ausgegeben, bei der er das Wochenende verbracht hatte, als ihn eine Grippe ans Bett fesselte, ein Märchen, das ihm eine Frist von ein paar Tagen verschaffen würde. Er für seinen Teil konnte lediglich erzählen, daß sie angekommen waren und morgen versuchen würden, Delgado zu treffen, worauf sich all ihre Hoffnungen richteten. Charlotte wünschte ihm Glück und bat ihn noch einmal, vorsichtig zu sein. Er beendete das Gespräch etwas abrupt, aber er konnte nichts dagegen machen. Wenn er noch weitergesprochen hätte, wäre er Gefahr gelaufen, ihr zu verraten, wie groß seine Bedenken waren.

Da die spanische Abendessenszeit noch weit entfernt war, ging er in die Bar und leerte einige Flaschen hiesigen Biers, ohne davon auch nur den leichtesten Schwips zu bekommen. Er kam zu dem Schluß, daß Verzagtheit und Nüchternheit eng beieinanderlagen, begab sich hinaus auf die Plaza und betrachtete die angestrahlte Majestät der Kathedrale aus dem Schutz eines Säulengangs.

»Mach dir keine Sorgen«, sagte er zu sich selbst. »Morgen werden wir hören, daß Delgado tot ist. Oder altersschwach. Auf jeden Fall unschuldig. Das heißt, was die Entführung betrifft. Andererseits...« Er rieb sich die Augen und verfluchte leise seine Verrücktheit. Den ganzen langen Weg und all die Risiken – Verlegenheit, Entlassung oder noch viel Schlimmeres. Und wofür? Charlotte hatte nicht gesagt, daß sie ihn liebte. Sie hatte es nicht einmal angedeutet. Und doch war es ihretwillen, daß er hier allein in dieser Stadt voller Regen und Dunkelheit stand. Und um ihretwillen mußte er es durchstehen.

15

Als sie am nächsten Morgen aufbrachen, regnete es immer noch, wenn auch etwas sporadischer als am vorhergehenden Tag. Die Wolken ballten sich in häßlichen Klumpen um die Gipfel und strömten über die Täler wie sich verziehender Rauch aus einem Gewehrlauf. Südlich von Santiago wechselte die Landschaft ständig von trockenem Waldland zu triefend nassem Ackerland, von dem das Wasser in plätschernden Sturzbächen über die Straße lief. Viel früher als Derek erwartet hatte, erreichten sie eine düstere Ansammlung von Häusern, ähnlich vielen anderen, die sie auf der Durchreise gesehen hatten. Aber wie ein schmutzbespritztes Schild bekanntgab, handelte es sich hier um Lerezuela.

Frank fuhr in die Ortsmitte – eine Anzahl von Läden, deren moderne Betongebäude der Abnutzung nicht so gut zu widerstehen schienen wie die alten Steinhäuser am Rande – und betrat eine Bar. um sich nach dem Weg zu erkundigen. Als Derek einen Blick auf das höhlenartige Innere warf, wo das Flackerlicht eines Fernsehers einen spitzbäuchigen Besucher beschien, der sich auf die Theke stützte, war er froh, draußen zu warten, was nicht lange dauerte.

»Wie der Portier sagte, es ist nicht weit von hier«, verkündete Frank bei seiner Rückkehr. »Erste rechts, zweite links. Nicht mehr als ein paar Kilometer.«

»Haben Sie Delgados Namen erwähnt?«

»Nein. Aber der Barkeeper. Mit einem gewissen Unterton. Er fragte, ob Delgado uns erwartete. Als ich verneinte, lachte er. Nicht gerade heiter.«

»Was schließen Sie daraus?«

»Nichts – noch nicht. Lassen Sie uns hinfahren und es selbst herausfinden.«

Ihr Weg führte sie aus dem Dorf hinaus auf eine enge, aber gut instand gehaltene Straße, die zwischen einer Nadelbaumanpflanzung auf der einen und einer hohen Steinmauer auf der anderen Seite verlief. Von Zeit zu Zeit war ein Wappen in die Mauer eingemeißelt, das einen Eber und ein Seepferdchen darstellte, die einen viergeteilten Schild und einen Helm mit Federbusch trugen. Offensichtlich war die Familie der Vasconcelez', deren Besitz Delgado durch seine Heirat erworben hatte, ein stolzes Geschlecht gewesen.

Das wurde sogar noch deutlicher, als sich an dem Punkt, wo die Straße vor ihnen dramatisch schlechter wurde, zu ihrer Linken ein großer Hof öffnete, in dessen Mitte ein gepflegter Rasen und ein Springbrunnen zu sehen waren. Die Grenzmauer umgab die eine Seite des Hofes, und ihr gegenüber stand eine prunkvolle, baumbeschattete Kapelle. Die säulenbestandene Vorderseite eines großen Hauses bildete die dritte Seite. Es war ein Steinhaus mit Terrakottaziegeln, hohen Galeriefenstern auf zwei Stockwerken und kunstvoll behauenen Figuren, die die Bogen und Balustraden schmückten. Der Hauptbogen war höher als die übrigen und enthüllte eine Veranda und ein Paar fest verschlossene Holztüren. Reichtum und Abgeschiedenheit waren plötzlich zum Vorschein gekommen, wo Derek nur Armut und Entbehrung erwartet hatte. Einen Augenblick war er verblüfft.

Ganz anders Frank, der unverfroren in den Hof fuhr, vor der Kapelle anhielt und ausstieg. Er lief bereits auf den Eingang zu, als Derek ihn einholte. »Denken Sie daran«, warnte er atemlos, »wir müssen es langsam angehen.«

»Wir müssen es auf irgendeine Weise angehen.«

»Aber *diplomatisch*. Damit haben wir die größten Chancen.«

Statt einer Antwort warf Frank ihm einen Blick von der Seite zu und lief weiter. Auf einem Schild an der Tür vor ihnen stand PRIVADO – PROHIBIDO ENTRAR, wofür Derek keine Übersetzung benötigte. Aber daneben hing ein Klingelzug, und Frank zog ohne Zögern kräftig daran. Von drinnen war nichts zu hören, und Frank hatte gerade seine Hand gehoben, um noch einmal zu klingeln, als eine Klappe in der Tür kurz zurückgeschoben wurde und gleich darauf ein Riegel. Dann wurde im rechten Tor eine Tür geöffnet, gerade weit genug, daß sie einen massigen Mann in Jeans und einem schwarzen Rollkragenpullover sehen konnten. Er war nur mittelgroß, aber breitschultrig und muskulös und hatte ein ausdrucksloses, einschüchterndes Gesicht mit einem Viva-Zapata-Schnurrbart, der nur unvollständig eine breite Narbe verdecken konnte. Er sagte kein Wort, sah sie aber fragend und betont kühl an. In seinem Verhalten konnte man absolut kein Zeichen von Höflichkeit oder einem freundlichen Empfang erkennen.

»*Buenos dias*«, wagte Frank zu sagen. »*Señor Delgado, por favor.*«

Der Mann antwortete nicht. Hinter ihm konnte Derek einen kopfsteingepflasterten Hof und einen weiteren Springbrunnen sehen und dahinter die kurzgeschnittenen Hecken und Sträucher eines richtigen Gartens. Dann sprang ein riesiger Schäferhund in großen Sätzen und mit klirrender Kette in sein Blickfeld. Derek schaute weg, bevor das Tier ihn sah.

»*Señor Delgado*«, wiederholte Frank. »*El general.*«

Der Mann kniff die Augen zusammen. Dann sagte er nuschelnd: »*No está.*«

»Ist nicht da«, murmelte Frank. »Auf jeden Fall für uns nicht. Ich werde fragen, wann er zurückkommt. Das sollte uns etwas sagen. *Cuando vuelve?*«

Der Mann zuckte die Schultern.

»*Hoy? Mañana?*«

Wieder Schulterzucken.

»*Habla usted inglés?*«

Er lächelte. »*Si.* Ich spreche Englisch. Sie sind... *Americanos?*«

»Nein. Aber das spielt keine Rolle. Wir müssen mit Señor Delgado sprechen. Es ist sehr dringend. *Muy importante.*«

»*No, señor.*« Das Lächeln wurde breiter. »It is *muy imposible.* Señor Delgado ist für niemanden zu sprechen.«

»Aber —«

»Für niemanden!« Er trat zurück und wollte gerade die Tür schließen, als Frank den Arm ausstreckte und die Tür festhielt. Jetzt wich das Lächeln einem finsteren Blick.

»Wenn wir nicht mit ihm sprechen können, können wir dann wenigstens eine Nachricht hinterlassen?«

»Keine Nachrichten!«

»Diese hier wird er hören wollen. Er wird dir dankbar sein, wenn du sie ihm überbringst. Andernfalls wird er dir Vorwürfe machen.«

Der Mann entspannte sich etwas. Der Druck auf die Tür ließ nach.

»Nun? Wirst du ihm unsere Nachricht überbringen?«

Die Antwort war unwillig, aber entschieden und wurde von einem verächtlichen Kräuseln seiner Lippen begleitet. »*Si.*«

Derek fragte sich, was Frank als nächstes sagen würde, denn für diesen Fall hatten sie keine Vorkehrungen getroffen. Zu seiner Überraschung zog der alte Mann einen versiegelten Umschlag aus der Innentasche seiner Jacke. »Für Señor Delgado«, sagte er und händigte ihn dem Mann aus. »Für ihn und niemand sonst. Wirst du dafür sorgen, daß er ihn bekommt?«

»*Si.*«

»Heute?«

»*Si, señor.* Heute.«

Frank nickte zufrieden. »*Gracias.*« Er drehte sich um und ging zum Landrover.

»Was war in dem Umschlag, Frank?« flüsterte Derek.

»Ein Brief. Kurz und bündig. Ich habe ihn letzte Nacht geschrieben. Er fordert Delgado auf, mit dem Absender im ›Hotel de los Reyes Catolicos‹ Kontakt aufzunehmen, um über gewisse Papiere zu sprechen, die früher Vicente Ortiz gehörten.«

»Sie wußten, daß man uns nicht zu ihm lassen würde, nicht wahr? Daß wir eine Nachricht hinterlassen müßten?«

»Ich hielt es für wahrscheinlich.«

»Warum haben Sie mir nichts davon gesagt?«

»Weil Sie gesagt hätten, es sei zu riskant, zu direkt, zu *undiplo-matisch*.«

»Das stimmt auch.«

»Vielleicht. Aber wir haben leider keine Zeit für Ihre Methoden, wie immer sie aussehen mögen. Also müssen wir meine ausprobieren, nicht wahr?«

»Ich weiß es nicht.«

Sie erreichten den Landrover und stiegen ein. Die Fenster des Pazo schauten unverwandt zu ihnen herab. Falls sie beobachtet wurden, so verriet das keine Bewegung eines Vorhangs oder der Anblick eines Gesichtes. Und das – das verächtliche Fehlen jeder Reaktion – beunruhigte Derek irgendwie viel mehr als das verriegelte Tor oder sein mürrischer Wächter. »Besteht die Möglichkeit«, fragte er, »daß Delgado an Ihrem Namen erkennt, daß Sie ein ehemaliger Kamerad von Ortiz sind?«

»Bestimmt nicht.«

»Wie können Sie da so sicher sein?«

»Sehr einfach: Sehen Sie, ich habe den Brief nicht mit meinem Namen unterzeichnet, sondern mit Ihrem.«

16

Sonntag und Montag verschmolzen zu einer Belastungsprobe für Charlotte. Die Zeit wurde langsam knapp für Samantha, aber Charlotte konnte nichts weiter tun als warten und hoffen und niemandem etwas davon verraten, was in Galicien vielleicht geschah. Ihre beiden Telefongespräche mit Derek hatten nur wenig zu ihrer Beruhigung beigetragen. In seiner Stimme war Besorgnis durchgeklungen, was, wie ihr sofort klar war, so etwas wie Panik ankündigte. Was Frank betraf, so war sie sich unsicher, wie er darauf reagieren würde, wenn ihr Eindruck stimmte. Und anders als Derek war sie nicht in der Lage, ihn zurückzuhalten.

Je mehr sie sich ihren angstvollen Spekulationen hingab, desto größer wurde ihre Furcht vor einer Entdeckung. Sie wußte, daß dies jeglicher Grundlage entbehrte, da sie mehr als ausreichende Vorsichtsmaßnahmen getroffen hatten, aber sie konnte nichts dagegen unternehmen, daß sie jeden Moment damit rechnete, Chief Inspector Golding zu sehen, der von ihr wissen wollte, was sie sich eigentlich bei dem Ganzen gedacht hatte.

Vielleicht hatte die Dame in der Telefonzentrale bei Fithyan & Co. ihre Stimme erkannt. Vielleicht hatte einer von Dereks Nachbarn gesehen, wie sie in Farriers aus- und eingegangen war. Vielleicht, und das wäre das Schlimmste von allem, würde sich der Versuch, mit Delgado zu verhandeln, als ein katastrophaler Fehler erweisen.

Am Dienstag, kurz vor Mittag, klingelte es an der Tür, und das brachte all diese Bedenken sofort wieder an die Oberfläche. Als sie endlich öffnete, hatte sie sich schon beinahe damit abgefunden, daß es Golding sein würde, mit grimmigem Gesicht und anklagendem Blick. Aber er war es nicht. Und ihre Erleichterung darüber brachte eine Verzögerung von mehreren Sekunden mit sich, bis sie ihrem Erstaunen über ihre Besucherin Ausdruck verleihen konnte.

»Mrs. McKitrick!«

»Hallo, Charlie. Das ist eine Überraschung, nicht wahr?« Durch den Ortswechsel vom teuren Massachusetts in das beschauliche Kent schien sich Holly McKitrick verändert zu haben. Sie trug einen Schaffellmantel mit hochgestelltem Kragen, und ihr Lächeln, das vorher breit und ausgeprägt gewesen war, zeigte sich nun schwach und vorsichtig. Einen Augenblick hätte Charlotte denken können, sie sei nicht dieselbe Person. Vielleicht ihre Schwester oder eine völlig Fremde mit einer unberechenbaren Ähnlichkeit. Dann erkannte sie, daß ihre eigene Ungläubigkeit nur auf ihre Überraschung zurückzuführen war. Was machte diese Frau hier? Was in aller Welt konnte sie hier wollen?

»Darf ich hereinkommen? Ich habe nicht viel Zeit und... Da ist etwas, das ich Ihnen sagen muß.«

»Gut. Kommen Sie herein.«

Charlotte ging voraus ins Wohnzimmer, nahm den Mantel ihrer Besucherin und bot ihr einen Stuhl an. Sie trug ein schickes schwarzes Kostüm und eine rosa Bluse, aber trotz der Makellosigkeit ihrer Erscheinung hatte sie dunkle Schatten unter den Augen, und ihre

Hände und ihre Stimme zitterten. Kaffee wollte sie nicht haben. Sie saß leicht nach vorn gebeugt auf ihrem Stuhl und drehte mit Daumen und Zeigefinger der rechten Hand an ihrem Ehering herum.

»Worum... ähm... geht es, Mrs. McKitrick?« fragte Charlotte nach einer Weile.

»Um Ihre Nichte.«

»Sam?«

»Ja. Sie sagten... daß ihre Entführer eine Frist gesetzt hätten.«

»Ja. Den Elften.«

»Und heute ist der Sechste.« Sie starrte sekundenlang ihre Füße an, dann sagte sie: »Emerson weiß nicht, daß ich hier bin. Ich verbringe eine Woche bei meiner Schwester in Deutschland. Ihr Mann ist dort bei der Luftwaffe stationiert. Ich bin heute morgen herübergeflogen. Heimlich, müßte man wohl sagen.«

»Um mich zu treffen?«

»Ja. Um Sie zu treffen.«

»Wegen Sam?«

»Hören Sie zu.« Sie sah auf, und ihr Blick war plötzlich hart und durchdringend. »Ich halte den Gedanken einfach nicht aus, daß Ihre Nichte vielleicht sterben könnte, weil ich Ihnen nicht gesagt habe, was ich weiß. Vielleicht hilft es Ihnen. Vielleicht auch nicht. Aber falls doch...«

»Ich bin ganz Ohr.«

»Gut.« Sie hörte auf, mit ihrem Ring zu spielen, und legte die Hände flach in den Schoß. »Emerson hat Sie angelogen, als Sie uns in South Lincoln besuchten. Wenigstens denke ich das. Sie haben ihn gefragt, ob er jemandem von Tristram Abberleys Briefen an seine Schwester erzählt hätte, und er sagte, nur mir. Aber ich glaube nicht, daß das stimmt. Er fuhr diesen Sommer nach Spanien, wissen Sie, nachdem er England verlassen hatte und bevor er nach Boston zurückkehrte.«

»Nach Spanien?«

»Ja. Er wollte es nicht zugeben, aber ich sehe, daß ihn etwas beschäftigt, etwas, das mit Ihrer Nichte zu tun hat, nehme ich an, und damit, was er in Spanien gemacht hat.«

»Woher wissen Sie, daß er dort war?«

»Die Abrechnung seiner American-Express-Karte weist Zahlun-

443

gen an Iberia Airlines auf und an ein Hotel und ein paar Restaurants in Santiago de Compostela.«

Die Verbindung war hergestellt, das Mosaik vollständig. McKitrick war Delgados Informant. So mußte es sein. Vielleicht war sein Motiv Rache dafür, daß Maurice ihn getäuscht hatte, aber viel wahrscheinlicher war es Geld. Charlotte hatte Mitleid mit Holly, aber sie war ihr auch dankbar für den Versuch, das wiedergutzumachen, was Emerson getan hatte. »Was hat er denn in Santiago de Compostela gemacht, Holly?«

»Ich weiß es nicht genau. Aber als er damals in Spanien war – vor vielen Jahren, bevor ich ihn kennenlernte –, um Nachforschungen für sein Buch über Tristram Abberley anzustellen, hat er jemanden getroffen, der ihm eine Menge Geld anbot für irgendwelche Briefe oder Papiere, die Tristram hinterlassen haben könnte und die mit seiner Zeit in der Internationalen Brigade zu tun haben.« Sie lächelte bitter. »Wahrscheinlich hat er vergessen, daß er es mir erzählt hat. Er war damals betrunken. Aber ich nicht. Und nach Ihrem Besuch habe ich mich daran erinnert, was er gesagt hatte. Außerdem hat er gerade ein neues Auto bestellt. Den neuesten Pontiac Firebird. Und er spricht von einem Skiurlaub in Colorado in diesem Winter, wo er doch normalerweise mit Wochenenden in Vermont zufrieden ist. Ich habe ihn gefragt, woher das Geld kommt, aber alles, was ich aus ihm herauskriege, ist, daß die Einnahmen aus den Tantiemen so hoch seien. Aber das stimmt nicht. Ich habe es nachgeprüft. Also, *woher* stammt das Geld?«

»Von jemandem, der ihn großzügig dafür bezahlt hat, daß er meinen Bruder als den Besitzer der Briefe angab?«

»Genau so sehe ich es auch.« Holly biß sich auf die Lippe. »Emerson ist selbstsüchtig, ich weiß. Mein Gott, und wie ich es weiß. Aber er ist nicht bösartig. Er kann nicht gewußt haben, daß diese Leute – wer sie auch sind – vor nichts zurückschrecken würden, um ihr Ziel zu erreichen.«

Charlotte konnte nicht vergessen, was Emerson ihr angetan hatte, wie er im Interesse seines akademischen Rufes mit ihren Gefühlen gespielt hatte. Charlotte bezweifelte, ob Holly immer noch so gütig sein würde, wenn sie wüßte, was ihr Mann während des Sommers in England getrieben hatte. Aber sie würde nicht diejenige sein, die sie mit diesem Wissen behelligen würde. »Vermutlich nicht«, räumte sie mit einem tröstenden Lächeln ein.

»Ich wünschte nur, ich könnte Ihnen sagen, wen Emerson in Spanien getroffen hat, aber er hat niemals –«

»Das ist nicht nötig.«

»Sie wissen es?«

»Ja.«

Holly starrte sie verwundert an. »Dann . . . haben Sie also herausgefunden, wer Ihre Nichte festhält?«

Charlotte nickte. »Ich habe es schon einige Zeit vermutet. Aber jetzt weiß ich es dank Ihrer Hilfe ganz sicher.«

17

Immer noch gekränkt darüber, daß Frank seinen Namen in dem Brief an Delgado benutzt hatte, lag Derek auf seinem Bett im »Hotel de los Reyes Catolicos« und lauschte dem Tropfen und Prasseln des Regens im Hof vor seinem Fenster. Er konnte sich nicht helfen, er ärgerte sich einfach darüber, daß der Trick so vernünftig war. Es bestand eine geringe Chance, daß Delgado von Frank gehört hatte, aber ganz bestimmt hatte er noch nie von Derek gehört. Außerdem hatte Derek oft genug erläutert, daß ein kühles, besonnenes Verhandeln nötig wäre, und der Brief hatte ihm die Möglichkeit gegeben, genau das zu tun. Was ihn natürlich wirklich ärgerte, war die exponierte Stellung, in der er sich wiederfand. Er war nicht länger anonym, nicht mehr in der Lage, eine neutrale Position einzunehmen, wenn es ihm behagte. Und er hatte den Verdacht, daß mehr hinter Franks Argumenten steckte, als er zugegeben hatte. Warum wollte er plötzlich, daß Derek die Hauptrolle spielte? Wie die Antwort darauf auch lautete, jetzt war es zu spät, irgend etwas daran zu drehen. Vor einer Stunde hatte das Telefon geklingelt, und Derek mußte sich mit einem Spanier, einem gewissen Norberto Galazarga, unterhalten, der ein gepflegtes Englisch sprach und, wie sich herausstellte, niemand anders war als Delgados Privatsekretär.

»Ich bin Señor Delgados Augen und Ohren, Mr. Fairfax. Ich vertrete ihn in allen Angelegenheiten. Ich genieße sein Vertrauen.«

»Gut. Hat er –«

»Señor Delgado hat Ihren Brief gelesen und mich gebeten, mich mit Ihnen zu verabreden, um über Ihren Vorschlag zu sprechen.«

»Ich habe keinen Vorschlag gemacht.«

»Aber das werden Sie doch noch, nicht?«

»Vielleicht. Ich –«

»Würde Ihnen elf Uhr morgen vormittag passen?«

»Nun, ja, ich nehme an –«

»Ich werde Sie in Ihrem Hotel aufsuchen. Ich freue mich auf unsere Unterhaltung.«

Ähm... Nun, wie –«

»Buenos tardes, Mr. Fairfax.«

Die Würfel waren also gefallen. Ein Mittelsmann würde den anderen unter friedlichen Bedingungen treffen. Feinfühlig und mit unendlicher Vorsicht würden sie sich auf eine Übereinkunft zubewegen. Oder wenigstens hoffte Derek das. Obwohl er keine Ahnung hatte, wie er seinen »Vorschlag« formulieren sollte. Für welche Art der Annäherung wäre Delgado – oder sein Sekretär mit der zuckersüßen Stimme – am empfänglichsten? Welcher Form der Logik würden sie sich beugen?

Er würde sich das nicht so hartnäckig fragen, wenn er mehr über Delgado wüßte. Seine blutbefleckte Vergangenheit war eine Sache. Aber was war mit seiner Gegenwart? Was hatten fünfzig Jahre Frieden aus diesem Mann gemacht? Nachdem sie den Pazo verlassen hatten, hatte Frank darauf bestanden, in die Bar nach Lerezuela zurückzukehren, um genau diese Informationen zu bekommen, aber sie hatten von dem schwermütigen Besitzer nur wenig erfahren, und die gesprächigeren unter seinen Gästen waren weder sehr hilfreich noch ermutigend.

Wie es schien, empfanden die Einheimischen eher Ehrfurcht als Zuneigung für Delgado. Sein Spitzname lautete *el guante férreo* – der eiserne Handschuh, eine doppelte Anspielung sowohl auf seine künstliche rechte Hand als auch eine Metapher für seine unbarmherzige Natur. Mehrere Familien war von dem Vasconcelez-Land vertrieben worden, um Platz zu schaffen für Delgados Forstwirtschaftsprojekte, die mit seinem Holzschliffunternehmen in Vigo in Zusammenhang standen. Tatsächlich nahm man an, daß er mit eiserner Hand in jedem Zweig der galicischen Industrie mitmischte und auf diese Weise, zusätzlich zu dem, was er sich bereits durch seine Heirat angeeignet hatte, ein beträchtliches Vermögen erworben hatte. Man erzählte sich, daß der Pazo sagenhaft eingerichtet war und eine Festung für seinen langjährigen Zufluchtsort vor der Welt darstellte. Seit sein Sohn und sein Enkel von Terroristen der ETA getötet worden waren, hatte er sich noch mehr zurückgezogen und wurde jetzt kaum noch gesehen, obwohl das Personal im Pazo sagte, daß er noch bei guter Gesundheit war. Seine Zuneigung sparte er sich für seine angeblich wunderschöne achtzehnjährige Enkelin Yolanda, der kein Luxus versagt wurde. Sie besuchte ein Mädchenpensionat in der Schweiz, wo alle Spuren ihrer galicischen Herkunft auf teure Weise getilgt wurden. Und was Delgados Bürgerkriegsvorgeschichte betraf, so beteuerten alle sehr beredt ihre Unwissenheit. Aus ihren Reaktionen hätte man schließen können, daß niemals ein solcher Krieg stattgefunden hatte.

»Genau, wie ich erwartet hatte«, sagte Frank auf ihrer Rückfahrt nach Santiago. »Geld. Macht. Aber nicht viel Liebe. Das ist die Belohnung, die Typen wie er normalerweise bekommen.«

»Wenn er so vermögend ist, warum sollte er sich dann für das Gold interessieren?«

»Weil er unersättlich ist. Weil er es nicht ertragen kann, etwas zu verlieren, auf dessen Gewinn er so viel Zeit und Mühe verwendet hat.«

»Aber um Gottes willen, er ist fast neunzig. Er wird tot sein, bevor er es ausgeben kann.«

»Er will es ja auch gar nicht ausgeben. Er will es nur besitzen. Ich habe es Ihnen doch gesagt – ich kenne diese Typen.«

Das bezweifelte Derek nicht. Das war einer der Gedanken, der ihm nicht aus dem Kopf ging. Frank wußte. Aber er nicht. Frank verstand. Aber er war derjenige, der morgen früh Galazarga treffen und versuchen mußte, sich mit ihm zu einigen. Er holte tief Luft und atmete langsam wieder aus, während er das bewegliche Muster betrachtete, das der Regen auf den Fensterläden bildete, genauso gewunden und verschroben wie die Probleme, die sein Geist weder lösen noch abschütteln konnte. Frank zufolge war alles ganz einfach, alles war schon eine abgemachte Sache, bevor es erledigt war.

»Machen Sie Delgados Sekretär klar, daß wir die Mittel haben, den guten Namen seines Arbeitgebers zu zerstören, und auch nicht zögern werden, es zu tun, wenn dem Mädchen etwas zustoßen sollte. Dann bieten Sie ihm einen direkten Tausch unter sicheren Bedingungen an: die Erklärung gegen das Mädchen.«

»Aber was ist mit der Karte?«

»Sagen Sie ihm die Wahrheit. Sagen Sie ihm, daß er alles bekommen kann, was wir haben – aber die Karte nicht dazugehört.«

»Und wenn er mir nicht glaubt?«

»Bringen Sie ihn dazu.«

»Das sagt sich so leicht. Aber vielleicht sind wir auf dem Holzweg, denken Sie daran. Wir bieten Delgado vielleicht etwas an, was er unbedingt haben möchte, im Austausch für etwas, das er nicht hat.«

»Nein. Delgado hat das Mädchen. Darauf können Sie sich verlassen.«

Aber Derek war nicht davon überzeugt. Es könnte trotzdem ein gewaltiges Mißverständnis sein. Wenn man alles genau betrachtete, gab es keinen Beweis, keinen schlüssigen Anhaltspunkt, daß Delgado wirklich ihr Mann war. Als er zu dem Baldachin über dem Bett hinaufstarrte, auf dem sich eine mittelalterliche Jagdgesellschaft tummelte, nahm der Gedanke eine beruhigende Dimension an. Solange er an die Möglichkeit von Delgados Unschuld glauben konnte, war die Aussicht auf sein Treffen mit Galazarga nicht allzu schrecklich. Sich der Lächerlichkeit preiszugeben war immer noch besser als –

Das plötzliche Piepen des Weckers unterbrach seine Überlegungen. Es war sieben Uhr und damit Zeit, Charlotte anzurufen. Derek setzte sich auf, stellte den Wecker ab, plazierte das Telefon auf seinem Schoß und wählte die Nummer. Beim zweiten Läuten hob Charlotte ab.

»Derek?«

»Hallo, Charlotte.«

»Ist alles in Ordnung?«

»Ja. Wir wurden im Pazo nicht vorgelassen, aber ich habe für morgen früh ein Treffen mit Delgados Privatsekretär vereinbart.«

»Dann kommt ihr also voran.«

»Vielleicht. Aber vergiß nicht, daß nicht bewiesen ist, daß Delgado überhaupt etwas mit all dem zu tun hat.« Er machte eine Pause und wartete auf Charlottes Antwort, aber es kam keine.

»Charlotte?«

»Ich bin noch da.«

»Stimmt etwas nicht?«

»Eigentlich nicht. Es ist nur... Ich habe Neuigkeiten für dich. Es läuft auf folgendes hinaus: Es ist bewiesen.«

»Was?«

»Delgados Schuld. Es besteht kein Zweifel mehr daran, Derek. Er ist es, der Sam festhält.«

18

Norberto Galazarga war ein gepflegter, kleiner Mann in einem dreiteiligen Anzug von perfektem Schnitt, den eine goldene Uhrkette und changierendes Seidenfutter vervollständigte. Auf seiner Oberlippe befand sich in Form eines gestutzten pechschwarzen Schnurrbarts mehr Haar als auf seinem gesamten übrigen Kopf. Sein breites, stetiges Lächeln verursachte Falten, die seine Stirn und seinen kahlen Schädel sanft kräuselten und dann aus dem Blickfeld verschwanden. Seine Augen funkelten so sehr, daß Derek den Verdacht hegte, daß er spezielle Tropfen benutzte, um diese Wirkung zu erreichen. Und er hatte so viel Kölnischwasser verwendet, daß es sogar durch den beißenden Qualm der Zigarre hindurchdrang, auf die er abwechselnd kurze Blicke warf und an ihr schnupperte, jedoch nur gelegentlich daran zog. Er verkörperte fast jede Eigenschaft, mit der Derek am wenigsten zurechtkam: Scharfsinn und Unergründlichkeit, kompliziert durch eine fremde Nationalität und ein beunruhigendes Maß an Affektiertheit. Er war Derek so offensichtlich intellektuell überlegen, so gut vorbereitet auf jede seiner Bemerkungen, daß die Unterhaltung mit ihm immer mehr zu einer Art Selbstanalyse wurde, in die Galazarga in regelmäßigen Abständen mit der hochmütigen Miene eines gelangweilten Psychiaters eingriff.

»Entführung ist so ein brutales Geschäft, Mr. Fairfax. So rücksichtslos gegenüber den Familienbanden, die sie zu sprengen droht. Trotzdem nehme ich an, daß man es auch als eine spezialisierte Form des Handelns betrachten kann. Handel durch Zwang, um es mal so auszudrücken. Natürlich fällt es mir leicht, über solche Angelegenheiten zu philosophieren, da ich keine persönliche Erfahrung damit habe. Für Ihre Freunde, die... die...«

»Abberleys.«

»Richtig. Für sie muß es einfach entsetzlich sein. Zu schmerzhaft, um es in Worte zu fassen, sollte ich meinen.« Er hob seine Tasse mit Schokolade, als ob er trinken wollte, stellte sie dann unberührt wieder auf dem Unterteller ab und lehnte sich auf seinem Stuhl zurück, während er mit seiner Zigarre spielte. »Sie haben mein Mitgefühl, mein tiefempfundenes Mitgefühl.«

Derek sagte sich, nicht zum ersten Mal, er sollte sich entspannen und diese umständliche Diskussion als notwendiges Vorspiel für das Ziel betrachten, das er verfolgte. Hier saßen sie also in der vornehmen Hotelbar und lehnten sich unter dem riesigen Porträt eines Habsburgers in einem vergoldeten Rahmen in weich gepolsterte Sessel zurück und redeten mit zarten Untertönen über das Thema, das keiner beim Namen nennen konnte, auch wenn es der einzige Zweck ihres Treffens war.

»Ich muß zugeben, ich bin überrascht«, fuhr Galazarga fort, »daß Sie Zeit finden konnten, wegen eines so abstrusen Geschäfts nach Spanien zu kommen, während sich das Problem Ihrer Freunde – ihr entsetzliches Dilemma – in einem so kritischen Stadium befindet. Man könnte fast denken, Sie hofften, Ihnen zu helfen, indem Sie hierherkamen, obwohl ich nicht verstehen kann, wie das aussehen soll.«

»Vielleicht habe ich mich nicht klar genug ausgedrückt.«

»Vielleicht nicht.«

»Dann lassen Sie es mich noch einmal versuchen. Ihre Antwort auf meinen Brief läßt vermuten, daß Señor Delgado sehr am Erwerb jenes Dokumentes interessiert ist, das sich zufällig in meinem Besitz befindet, ein Dokument, das von Vicente Ortiz, der aus Barcelona stammte, während des Bürgerkrieges verfaßt wurde und in dem er in allen Einzelheiten gewisse Ereignisse beschreibt, die im Oktober 1936 in Cartagena stattgefunden haben.«

»Sie haben Señor Delgados antiquarische Neugier geweckt, sicherlich.«

»Möchte er es haben – oder nicht?«

»Verzeihen Sie mir, Mr. Fairfax, aber es ist verfrüht, eine solche Frage zu stellen. Das Thema zum jetzigen Zeitpunkt ist vielmehr, was Sie dafür haben wollen.«

»Die Freilassung von Samantha Abberley.«

Galazarga runzelte die Stirn. »Natürlich wollen Sie das. Ich ebenfalls. Und, ohne Zweifel – wenn er mit den betrüblichen Umständen bekannt gemacht wurde –, auch Señor Delgado. Aber er ist kein Zauberer. Er kann nicht mit einem Zauberstab winken, um Ihnen jeden Wunsch zu erfüllen. Niemand kann das.«

»Abgesehen von den Leuten, die sie gefangenhalten.«

»Abgesehen von jenen, ja.« Er brach eine weitere Bewegung ab, die Tasse mit Schokolade aufzunehmen. »Aber wie wollen Sie es anstellen, sich mit ihnen zu verständigen?«

Derek schaute so ausdruckslos wie nur möglich, als er antwortete: »Ich denke, ich habe einen Weg gefunden.«

»Tatsächlich?«

»Ja. Tatsächlich.« Ihre Blicke trafen sich, und es schien Derek, daß Galazarga den Schleier, der über seinen Intentionen lag, mit voller Absicht für einen kurzen Augenblick lüftete. Was dahinter verborgen war, war voller Härte, Vorsicht und Gerissenheit: Delgados eiserne Hand im Samthandschuh seines Sekretärs.

»Dann sind wohl Glückwünsche angebracht.« Das Lächeln kehrte zurück und mit ihm die vielschichtige Verstellung. »Wenn Sie recht haben, sind Sie vielleicht in der Lage, der Familie Abberley einen unschätzbaren Dienst zu erweisen.«

»Ich habe recht.«

»Ihr Selbstvertrauen in Ehren. Aber erlauben Sie mir, ein Wort der Warnung auszusprechen. Sie befinden sich in einem fremden Land, über das Sie kaum etwas wissen. Und über seine Geschichte, würde ich vermuten, sogar noch weniger. Erinnern Sie sich an das Sprichwort Ihres Landsmannes: Wenig zu wissen ist gefährlich – nichts zu wissen ein Segen.«

»Was Ortiz wußte, war zwangsläufig gefährlich. Ich habe seinen handschriftlichen Bericht darüber. Und ich bin bereit, ihn herauszugeben.« Derek fühlte, wie sich auf seiner Oberlippe und seiner Stirn Schweißtropfen bildeten, aber er wußte, er konnte es sich nicht leisten, sie abzuwischen. Es war sinnlos zu hoffen, daß seine Angst Galazargas Blick entgangen war. Die Frage war nur, was er daraus schließen würde. »Aber meine Bereitschaft gilt nur mit gewissen Vorbehalten. Können Sie mir folgen?«

»Ich glaube schon.« Galazarga schob die Zigarre in seinen Mund und zog sie wieder heraus. »Ich denke, ich kann mit Fug und Recht behaupten, daß Señor Delgado ohne weiteres mit annehmbaren Bedingungen einverstanden wäre, um das Ortiz-... um die Kuriosität, die Sie erwähnt haben, zu erwerben.«

»Gut.« Derek schluckte trocken. »Da gibt es nur noch... ähm... eine Sache, die ich erklären muß.« Galazargas Augenbrauen schossen in die Höhe. »Ursprünglich lag eine handgezeichnete Karte dem Dokument bei. Unglücklicherweise wurde sie vernichtet.«

»*Vernichtet?*«

»Von einem früheren Eigentümer.«

»Die Karte gehört nicht zu Ihrem Angebot?«

»Sie würde dazugehören, wenn es sie noch gäbe. Aber das ist nicht der Fall. Ich halte nichts zurück, verstehen Sie? Die Karte ist verloren. Weg. Ich kann sie nicht anbieten. Und auch niemand sonst.«

Galazarga schnalzte mit der Zunge. »O je. Ach du meine Güte. Das ist... eine traurige Entwicklung.«

»Nicht unbedingt. Was weg ist, kann keine Probleme mehr verursachen. Und was noch vorhanden ist, ist zu haben.«

»Schon möglich. Aber die Karte...« Galazarga zog ausgiebig an seiner Zigarre. »Unvollständigkeit, wie geringfügig auch immer, ist dem wahren Sammler ein Greuel. Es vermindert den Wert eines Gegenstandes dramatisch. Es kann sich als... tödlich... erweisen für die Verkaufsaussichten. Ja, ich denke, *tödlich* ist das passende Wort.«

»Wenn es eine solche Auswirkung hätte, müßte ich mich woanders nach einem Käufer umsehen.«

»Wirklich?«

»Ja. Und ich schätze, ich würde auch einen finden, ungeachtet der fehlenden Karte. Meinen Sie nicht?«

»Ich?« Galazarga hustete. »Ich kann wirklich nicht sagen, ob Señor Delgado bereit ist, die Sache trotz Ihrer Vorbehaltsklausel weiterzuverfolgen. Die Entscheidung liegt ganz bei ihm.«

»Wann wird er sie treffen?«

»Sobald ich ihn von den sachdienlichen Tatsachen in Kenntnis gesetzt habe.« Unvermittelt lehnte sich Galazarga vor, nahm einen Schluck Schokolade, erhob sich dann und streckte zum Abschied die Hand aus. »Und dieser Aufgabe werde ich mich auf der Stelle widmen. Es war mir ein Vergnügen, Mr. Fairfax.«

Derek stand hastig auf, schüttelte Galazargas Hand und bemerkte, daß dieser wieder sein aufreizendes Lächeln aufsetzte. »Wann... ähm... wann werde ich von Ihnen hören?«

»Innerhalb von vierundzwanzig Stunden. Auf jeden Fall.«

»Gut. Ich –«

»*Adiós.*« Mit einer leichten Verbeugung drehte Galazarga sich um und verließ schnell den Raum.

Nachdem sich die Schwingtür hinter ihm geschlossen hatte, ließ Derek sich in seinen Sessel zurücksinken und begann, im Geist ihre Unterhaltung nachzuvollziehen. Er war noch immer damit beschäftigt, als Frank ein paar Minuten später bei ihm auftauchte.

»Ich habe ihn fortgehen sehen«, sagte der alte Mann, ließ sich in dem Sessel nieder, in dem vor kurzem noch Galazarga gesessen hatte, und blickte Derek forschend an. »Wie lief es?«

»Es ging so.«

»Wann werden wir Delgados Antwort bekommen?«

»Innerhalb von vierundzwanzig Stunden.«

»Und wie wird sie aussehen?«

»Ich weiß es nicht.«

»Was denken Sie, wie sie lauten wird?«

»Ich denke nichts.« Derek schaute Frank direkt an. »Seit wir England verlassen haben, haben Sie mir oft genug gesagt, ich solle abwarten und Tee trinken. Nun, Sie sollten sich freuen. Denn im Augenblick ist das alles, was ich tun kann.«

19

Acht Stunden später zerrte Dereks Nachtwache in seinem Zimmer – das er sich nicht zu verlassen traute, falls Galazarga versuchen sollte, ihn zu erreichen – an seinen Nerven und an seiner Geduld. Eine einseitige Unterhaltung mit Frank und ein Telefonat mit Charlotte, das nichts Neues gebracht hatte, konnten ihn weder beruhigen noch aufheitern. Jetzt, da der Abend hereinbrach und die Chancen kleiner wurden, daß Galazarga sich vor morgen noch melden würde, beschloß er, daß er die Einsamkeit nicht mehr länger ertragen konnte. Ein Besuch in der Bar würde zumindest einen Tapetenwechsel darstellen. Ohne bei Frank vorbeizuschauen, denn er fürchtete, der jähzornige alte Bursche könnte Einwände erheben, machte er sich auf den Weg und hinterließ an der Rezeption, wo er zu finden war.

Galicisches Bier hatte sich als Enttäuschung erwiesen, und deshalb entschied er sich diesmal für Schnaps, wobei sich die spanischen Maßeinheiten als erfreulich großzügig herausstellten. Er hatte seinen zweiten starken Cubalibre schon halb getrunken und begonnen, sich einzubilden, daß er es mit Galazarga und seinem schwer faßbaren Arbeitgeber wirklich aufnehmen konnte, als sich ein auffallend hübsches dunkelhaariges junges Mädchen in einer schwarzen Kombination aus Minirock, Rollkragenpullover und kurzer Jacke zu ihm an den Tisch setzte.

»Ähm... Hallo«, sagte Derek und runzelte verwirrt die Stirn.

»*Buenos tardes.* Mr. Fairfax?«

»Ähm... ja.«

Ihre Stimme senkte sich zu einem Flüstern. »Ich bin Yolanda Delgado Vasconcelez. Ich muß mit Ihnen sprechen. Es ist sehr wichtig.«

»Wie bitte?« Derek traute seinen Ohren kaum, aber es gab keinen Zweifel über ihre Ernsthaftigkeit. Und auch nicht über ihre Aufrichtigkeit, nach der Offenheit ihres Blicks zu schließen. »Aber... Man hat mir gesagt...«

»Daß ich in der Schweiz bin?« Sie nickte. »Das sollte ich eigentlich auch. Ich wäre auch jetzt noch dort, wenn mein Großvater nicht...« Sie beugte sich näher zu ihm. Ihre Augen waren groß und flehend. »Man darf mich nicht erkennen, Mr. Fairfax. Wenn er wüßte, was ich getan habe, wäre er sehr wütend.«

»Ihr Großvater?«

»Natürlich. Aber ich kann nicht zulassen, daß das hier weitergeht. Sie verstehen das sicher.«

»Ich... Ich bin mir nicht sicher, ob ich...«

»Ich weiß von Ihrem Brief. Und von Ihrem Treffen mit Norberto Galazarga. Ich weiß, warum Sie hier sind.«

»Tatsächlich?«

»Können wir woanders hingehen?« Sie sah sich verstohlen um. »Irgendwohin, wo es... diskreter ist?«

»Nun, ich –«

»Ich kann Ihnen helfen.« Sie legte ihre Hand auf die seine. »Aber nur, wenn Sie mir auch helfen. Werden Sie mitkommen?«

»Wohin?«

»Nicht weit.« Sie warf wieder einen Blick über ihre Schulter. »Aber es muß gleich sein. Kommen Sie?«

»Ich...« Er hatte nicht die geringste Ahnung, welche Art von Hilfe sie ihm anbieten würde. Aber er wußte auch, daß er das Angebot nicht ablehnen konnte. Die Chance, Samanthas – und sein – Martyrium zu einem schnellen Ende zu bringen, war einfach zu verlockend, als daß er ihr hätte widerstehen können. »Also gut. Gehen wir.«

Sie begleitete ihn nicht zur Theke, wo er bezahlte, sondern wartete auf ihn vor der Nebentür, die auf direktem Wege aus dem Hotel führte. Als er ihr folgte, ging sie voraus, eine schwarzgekleidete Frau, die in die Nacht von Santiago eilte. Es war trocken, aber immer noch verhangen, die Straßenlaternen und Scheinwerfer der Kathedrale zeigten alles in einem verschwommenen, gedämpften Licht. Die Stadt erschien älter und wachsamer als bei Tag, ihre Sinne durch die Dunkelheit geschärft, ihre Absichten verborgen.

Sie liefen bergab, weg von der Plaza, bogen nach rechts und dann links in verlassene, kaum beleuchtete Straßen ein. Noch bevor sie das Ende der zweiten Straße erreicht hatten, begann Derek zu bedauern, daß er die Wärme und Sicherheit des Hotels verlassen hatte. Man konnte sich in diesem kopfsteingepflasterten Gewirr der uralten Seitenstraßen nur allzu leicht verirren. Ernüchtert durch die

455

kalte Luft begann er sich plötzlich zu fragen, ob Yolanda ihn vielleicht in eine Falle lockte. Ein Geräusch hinter ihm ließ ihn erschreckt herumfahren. Aber zwischen den Schatten war niemand zu entdecken.

»Keine Angst«, sagte Yolanda, als sie sich zu ihm umdrehte, als ob sie seine Gedanken gelesen hätte. »Es ist gleich da unten. Ich kenne da ein kleines Café, wo wir uns unterhalten können, ohne belauscht zu werden.«

Beruhigt folgte er ihr nach links in den dunklen Schlund einer Allee. Aber das dauerte nur einen kurzen Augenblick. Vor ihnen waren nicht die freundlichen Lichter eines Cafés zu sehen, sondern genaugenommen überhaupt keine Lichter. Er blieb stehen und war im Begriff umzukehren, als er von hinten gepackt und zur Seite gezogen wurde. Er bemerkte zwei große Männer, die ihn in einen Eingang schleppten, vage Gestalten, die sich um ihn herum und hinter ihm bewegten, gedämpfte spanische Laute, Knoblauchgeruch im Atem seiner Angreifer. All das zuckte im Bruchteil einer Sekunde durch seinen Kopf, bevor ihn die Furcht übermannte. Dann wurde er gegen eine massive Holztür gestoßen, seine Arme an seinen Körper gepreßt, während sich ein Türklopfer aus Metall in seinen Rücken bohrte. In einem Lichtstrahl blitzte eine Messerklinge auf, und er sah dicht neben sich zwei Gesichter, durch die Schatten aufgedunsen und verzerrt wie Kürbisfratzen an Halloween. Und dann roch er Zigarrenrauch. Galazarga stand nicht weit von ihm entfernt, einen Mantel wie ein Cape um seine Schultern gelegt. »Wir werden unsere Unterhaltung wieder aufnehmen, Mr. Fairfax«, sagte er in bemüht normalem Ton. »Ohne die Notwendigkeit, uns dabei so in acht nehmen zu müssen.«

»Was... Was wollen Sie?«

»Die Karte – zusammen mit den anderen Papieren.«

»Ich habe es Ihnen doch schon gesagt: Es gibt sie nicht mehr.«

»Wir haben Ihr Zimmer durchsucht. Dort sind die Papiere nicht. Ich schließe daraus, daß Sie sie als zu kostbar erachten, um sich davon zu trennen. Also, wenn Sie so freundlich sein wollen, sie mir auszuhändigen.«

»Ich habe sie nicht.«

»¡Cachealos!«

Derek wurde nach vorn gerissen. Einer der Männer drehte ihm den linken Arm auf den Rücken, während der andere seine Taschen durchsuchte und ihren Inhalt Galazarga übergab. Er hatte nicht viel dabei: Geldbörse, Paß, Kalender. Stift, Kamm, Schlüssel, eine halbvolle Packung Pfefferminzbonbons und ein paar zusammengeknüllte Papiertaschentücher. Yolanda schaltete eine Taschenlampe ein und richtete ihren Lichtstrahl auf die paar Sachen, während Galazarga sie sichtete.

»Es sieht nicht so aus, als seien sie hier dabei, Mr. Fairfax.«

»Natürlich nicht. Es ist –«

»Sie sind in Begleitung eines älteren Mannes beim Pazo erschienen. Hat er sie?«

»Nein. Keiner von uns hat sie.«

»Wie heißt er, Mr. Fairfax? Wo hält er sich auf?«

»Ich beantworte keine weiteren Fragen mehr.«

»Ich denke schon. Es sei denn, Sie wollen so enden wie Maurice Abberley. Dasselbe Messer, das ihm an den Hals gehalten wurde, befindet sich jetzt an Ihrem.«

Derek schielte nach unten und sah die glänzende Klinge, umklammert von einer großen Hand, die schwer auf seiner Brust lag. *Stell ihre Geduld keinen Augenblick länger auf die Probe*, schrien seine Gedanken. *Sag ihnen, daß Frank die Karte hat. Sag ihnen, was auch immer sie hören wollen.* »Hören Sie zu, ich –«

»Das reicht!« Es war Franks Stimme, streng und unerschütterlich. Er stand am Anfang der Allee und hielt eine doppelläufige Schrotflinte direkt auf Galazarga gerichtet. »Lassen Sie ihn sofort gehen, oder ich schieße.« Eine Sekunde lang bewegte sich niemand. Dann sagte Frank: »Ich meine, was ich sage, Señor. Ich habe schon früher Männer getötet, die meisten von ihnen waren Spanier. Der Gedanke daran schreckt mich nicht. Ehrlich gesagt ist der Gedanke, Sie zu töten, ziemlich reizvoll. Noch eine kurze Verzögerung, und ich kann der Versuchung vielleicht nicht mehr widerstehen.«

Derek war zu verblüfft, um darüber nachzudenken, wie Frank hierher geraten – und wie um alles in der Welt er zu der Schrotflinte gekommen war. Er war nur froh – viel froher, als er sich jemals hätte träumen lassen –, den unversöhnlichen Blick des alten Mannes zu spüren. Wenn jemand diesen Nervenkrieg gewinnen konnte, dann war es Frank. Sie waren ihm zwar zahlenmäßig überlegen, und er hätte leicht von ihnen überwältigt werden können. Aber nicht, ehe er geschossen hätte. Galazarga mußte glauben, daß er es tun würde. Wenn er es nicht glaubte, mußte er das Risiko eingehen. Aber Frank zeigte einen unerschrockenen Gesichtsausdruck, sein Griff um die Waffe war fest. Und Galazarga stand nur wenige Meter von ihm entfernt. Wenn Frank schoß, konnte er ihn nicht verfehlen.

Eine weitere Sekunde lang war nicht abzusehen, wie Galazarga reagieren würde. Dann öffnete er seine Hände in einer beschwichtigenden Geste und sagte: »Sie sind im Vorteil, Señor.« Er wandte sich an seine Männer: »¡*Dejálos-ir!*« Sie ließen Derek los und traten zur Seite. Das Messer verschwand.

»Geben Sie ihm sein Eigentum zurück«, sagte Frank.

Mit einer Geste gespielter Demut ging Galazarga auf Derek zu und legte die Sachen in seine ausgestreckten Hände.

»Und jetzt, ihr vier, geht an mir vorbei auf die Straße. Ganz langsam.« Frank trat zurück, um ihnen Platz zu machen: die zwei Schlägertypen in Lederjacken, unheilverkündend mißmutig, das Mädchen mit gesenktem Kopf und Galazarga, verärgert schmollend. »Haut ab.« Er deutete mit einem Kopfnicken in die Richtung, in die sie verschwinden sollten. »Rennt nicht. Bleibt nicht stehen. Dreht euch nicht um.«

Galazarga sagte murmelnd etwas zu seinen Männern, was offensichtlich genügte, um ihre Fügsamkeit sicherzustellen. Als sie sich auf den Weg machten und das Mädchen ihnen folgte, warf er Derek einen Blick zu und neigte wie bei einem förmlichen Abschied seinen Kopf. »*Hasta luego, señores*«, sagte er mit einem angedeuteten Lächeln. Dann schloß er sich den anderen an.

Der Schweiß auf Dereks Stirn wurde rasch kalt. Er bemerkte ihn jetzt das erste Mal, genauso wie das Zittern seiner Hände, als er seine Sachen wieder in die Taschen stopfte. Er stolperte auf Frank zu. Galazarga und seine Begleiter waren bereits ungefähr zwanzig Meter entfernt und liefen, gemäß ihren Anweisungen, brav weiter.

»Gott sei Dank haben Sie mich gefunden«, murmelte Derek.

»Ich habe Sie richtig eingeschätzt. Ich habe mir ausgerechnet, daß die Chancen gut stünden, daß Sie etwas Dummes machen würden.

Als ich also hörte, wie Sie Ihr Zimmer verließen, dachte ich, es wäre besser, Sie im Auge zu behalten. Und so war es auch. Als ich sah, wie Sie mit dem Mädchen die Bar verließen, wußte ich, daß es Schwierigkeiten geben würde.«

Derek steckte die Angst noch zu sehr in den Knochen, als daß er sich entrüstet gegen seine Worte hätte zur Wehr setzen können. Außerdem waren sie nur zu wahr. »Sie hat behauptet, Delgados Enkelin zu sein. Sie wollte uns angeblich helfen.«

»Sie war eine Lügnerin und Betrügerin. Das hätten Sie merken müssen.«

»Ich weiß. Es tut mir leid.«

»Das braucht es nicht. Wir haben keine Zeit für Reue.«

»Woher haben Sie das Gewehr?«

»Ich habe es bei mir, seit wir Hendre Gorfelen verlassen haben.«

»Also deshalb konnten wir nicht fliegen – weil Sie ein Gewehr ins Land schmuggeln wollten.«

Frank sah ihn an. »Ich dachte, wir würden vielleicht eines brauchen. Und so wie es aussieht, habe ich recht gehabt, nicht wahr?«

Zu jeder anderen Zeit hätte es Derek wütend gemacht. Aber nicht jetzt. Jetzt waren Franks Methoden die einzigen, die sinnvoll zu sein schienen. »Ich hätte niemals gedacht... Ich hätte niemals erwartet...«

»Aber ich. Diese Reaktion war ihnen immer zuzutrauen gewesen.«

»Sie denken, daß wir die Karte haben.«

»Sie können den Gedanken nicht ertragen, daß wir sie nicht haben.«

»Wie sollen wir sie nur überzeugen?«

»Wir versuchen es gar nicht erst.« Frank wies die Straße hinunter. »Sie sind fast nicht mehr zu sehen. Wir sollten uns auf den Weg machen. Bevor sie eventuell zurückkommen.« Er beugte sich hinunter, um etwas von der Straße aufzuheben. Es war ein alter, abgetragener Mantel, mit dem er das Gewehr verhüllte, bevor er es seitlich, mit dem Schaft nach oben, ergriff.

»Wollen Sie das Ding denn nicht entladen?«

»Nicht, solange wir noch in Gefahr sind. Kommen Sie.« Frank machte sich auf den Weg und lief schnell die Straße entlang, die sie gekommen waren. Als Derek ihn einholte, sagte er: »Vorwärts, mein Junge. Wir haben nicht viel Zeit.«

»Wofür?«

»Um unsere Sachen zu packen, die Rechnung zu bezahlen, Vicentes Erklärung aus dem Banksafe zu holen – und aus Santiago zu verschwinden.«

»Wohin werden wir gehen?«

»Das ist egal. Irgendwohin, wo sie uns nicht finden können.«

»Und was ist, wenn sie uns folgen?«

»Mit ein bißchen Glück wissen sie nicht, was für ein Auto wir haben. Und wenn doch, müssen wir sie eben abschütteln.«

»Aber... Ich verstehe nicht... Was können wir erreichen, wenn wir uns jetzt aus dem Staub machen?«

»Mehr, als wir erreichen, wenn wir bleiben. Wie Galazarga sagte, *wir* sind im Vorteil. Und wir sollten es auch bleiben.«

»Warum? Ich verstehe immer noch nicht –«

»Wir werden es darauf ankommen lassen, mein Junge. Wir werden sehen, wessen Nerven wirklich die besseren sind. Und glauben Sie mir, ich habe nicht vor, ihm den Sieg zu überlassen.«

20

»Hallo?«

»Ich bin es.«

Charlotte holte tief Luft, denn sie wußte, daß Derek sie nur in Ockham House anrufen würde, wenn irgend etwas fürchterlich schiefgegangen war. Es war Donnerstagmorgen und noch nicht einmal zehn Uhr. Weitere neun Stunden hätten bis zu ihrem nächsten Gespräch noch verstreichen müssen. Sie wollte ihn fragen, was passiert war, aber sie wußte nicht, wie sie es anstellen sollte, ohne den Verdacht von einem von Goldings Männern zu erregen, die vielleicht mithörten. Und das vor kurzem vermehrt aufgetretene Surren und Knacken in der Leitung hatte sie davon überzeugt, daß sie tatsächlich mithörten – die ganze Zeit.

»Sag nichts«, fuhr Derek fort. »Sei einfach nur dort, wo du um sieben sein würdest – in einer halben Stunde. Wir reden dann.«

Derek legte in seinem Hotelzimmer in Corunna den Telefonhörer auf und schaute zu Frank hinüber, dessen Profil vor dem Fenster mit Blick aufs Meer und den Himmel gut zu sehen war. »So weit, so gut«, sagte er. »Ich frage mich, wie sie reagieren wird, wenn ich ihr erzähle, was Sie vorhaben.«

»Was *wir* vorhaben«, knurrte Frank. »Sie haben mir zugestimmt, daß das die einzige Möglichkeit ist, die uns noch bleibt.«

Derek konnte das nicht abstreiten. Aber das war letzte Nacht gewesen, nachdem er sein Zimmer im »Reyes Catolicos« durchwühlt vorgefunden hatte und sie in überstürztem Aufbruch das Hotel verlassen hatten; nachdem sie mit hoher Geschwindigkeit die kurvenreichen Straßen hinauf in die Berge im Norden Santiagos gefahren und auf holprige Waldstraßen ausgewichen waren, bis sie sicher waren, daß ihnen niemand folgte; nachdem sie stundenlang gewartet und in die nachtschwarze Dunkelheit gestarrt hatten, bis feststand, daß ihre Flucht gelungen war. In der Morgendämmerung hatten sie sich auf den Weg nach Corunna gemacht, der Provinzhauptstadt, einer modernen Stadt, die sich grau und windumtost an den felsigen Rand des Atlantiks kauerte. Hier hatte eine geschäftige städtische Bevölkerung für die dringend benötigte Tarnung gesorgt, und zwei Hotelzimmer in einem Hochhaus, die aufs Meer hinausblickten, waren die ideale Zuflucht. Und hier hatte Derek, nachdem er seine Nerven und sein Urteilsvermögen mit Essen und Schlaf und fließendem heißem Wasser wieder zusammengeflickt hatte, damit begonnen, die Strategie zu hinterfragen, der er zuvor uneingeschränkt zugestimmt hatte.

»Haben Sie es sich anders überlegt?« fragte Frank.

»Nein. Eigentlich nicht. Es ist nur –«

»Es ist nur, daß Sie es jetzt kaum noch glauben können, daß Sie da hinten in dieser Allee gestanden haben, mit einem Messer an der Kehle. Oder daß es nicht möglich ist, Delgado mit freundlichen Argumenten zu überzeugen.«

»Ich denke, ja.«

»Nun, Sie haben aber dort gestanden. Und es ist nicht möglich.«

»Wird Ihre Methode besser funktionieren?«

»Ich bin mir nicht sicher.« Frank drehte sich um und sah einen Augenblick den Möwen zu, die über dem Hafen kreisten und kreischten. Dann sagte er: »Aber wenn das nicht klappt, dann geht gar nichts.«

Zehn Minuten nachdem Charlotte in Dereks Haus angekommen war. klingelte das Telefon, und sie konnte wieder normal mit ihm sprechen. Als sie hörte, welche Form Delgados Antwort angenommen hatte, wußte sie nicht, um wen sie sich größere Sorgen machen sollte: um Derek, den sie in größere Gefahr gebracht hatte, als sie angenommen hatte, oder um Samantha, deren Freiheit unerreichbarer als zuvor schien. Ihre instinktive Antwort war, daß jetzt wirklich die Zeit gekommen sei, die Polizei einzuschalten. Aber zu ihrer Überraschung war Derek nicht damit einverstanden.

»Frank glaubt – wir beide glauben –, daß es noch eine Möglichkeit gibt, die wir versuchen sollten. Wir nehmen an, daß sie große Aussicht auf Erfolg hat.«

»Und das wäre?«

»Deshalb habe ich doch schon heute morgen angerufen und nicht erst heute abend. Wir können nicht riskieren, noch einmal direkt mit Delgado Kontakt aufzunehmen. Aber er nimmt uns jetzt ernst. Er muß es. Wenn wir also mit ihm auf indirektem Wege verhandeln könnten, durch einen Mittelsmann…«

»Was für ein Mittelsmann?«

»Du, Charlotte. Franks Plan ist, in der morgigen Ausgabe der *International Herald Tribune* eine Anzeige aufzugeben mit dem Wortlaut, den die Entführer vorgeschrieben haben, aber mit dem Unterschied, daß sie dich hier anrufen sollen – unter meiner Nummer. Damit solltest du der Polizei einen Schritt voraus sein. Du könntest uns hier anrufen, um uns ihre Antwort mitzuteilen.«

»Ihre Antwort worauf?«

»Auf unsere Bedingungen. Sie sollen Samantha unverzüglich freilassen, oder wir werden die Erklärung von Vicente Ortiz der spanischen Presse übergeben.«

»Aber… die Risiken sind…«

»Entsetzlich. Wie sie es schon immer gewesen sind.«

»Du denkst, die Sache ist es wert? Ich meine *dich*, Derek. Findest *du*, daß wir das machen sollten?«

Es gab eine längere Pause, während deren sie mehr fühlte als hörte, daß er mehrere mögliche Antworten unterdrückte. Dann sagte er: »Wenn wir jetzt zur Polizei gehen und Delgados Namen nennen, bleibt nicht genügend Zeit für diskrete Ermittlungen. Es könnte passieren, daß sie Delgado warnen, lange bevor sie herausfinden, wo Samantha gefangengehalten wird. Nach dem, was letzte Nacht geschehen ist, habe ich keine Zweifel mehr, wie Delgado unter solchen Umständen reagieren würde.«

Da erkannte sie, was Derek, wie sie vermutete, bereits klar war: als wie unwiderruflich ihre Entscheidung, es allein durchzustehen, sich erwiesen hatte. Irgendwann, ohne es richtig zu merken, hatten sie den Punkt erreicht, von dem aus es kein Zurück mehr gab. Jetzt konnten sie nicht mehr zurück. Vielleicht führte überhaupt kein Weg mehr aus all dem heraus. Aber wenn es einen gab, dann war Franks Plan die einzige Hoffnung. »Also gut«, sagte sie. »Machen wir es so.«

Charlotte rief sofort das Büro der *International Herald Tribune* in Paris an. Nachdem sie ihre Kreditkartennummer angegeben hatte, erhielt sie die Garantie, daß in allen Ausgaben der Freitagszeitung bei den Kleinanzeigen unter der Rubrik »Persönliches« an gut sichtbarer Stelle folgendes veröffentlicht würde: BRIEFFREUNDE KÖNNEN SICH WIEDERSEHEN. ORWELL WIRD ZAHLEN. TELEFON 44-892-315509. Dann rief sie Derek an, um das Erscheinen der Anzeige zu bestätigen.

»Gut gemacht, Charlotte. Ich werde mir hier ein Exemplar kaufen. Nach unserem Zusammenstoß mit ihnen in Santiago – und unserem nachfolgenden Verschwinden – glaube ich kaum, daß sie widerstehen können, sich zu melden.«

»Und wenn sie es nicht tun?«

»Du mußt sie davon überzeugen, daß wir es ernst meinen. Es gibt wirklich keinen anderen Weg.«

Er hatte recht. Aber Charlotte hatte den Verdacht, daß er es vorgezogen hätte, unrecht zu haben, daß es ihm, genau wie ihr, viel lieber gewesen wäre, eine ungefährliche und sichere Alternative zu finden. Als das Telefon wieder klingelte, kurz nachdem sie aufgelegt hatte, dachte sie einen Moment, er hätte genau das getan. In ihrem Eifer griff sie nach dem Hörer und sagte: »Derek?«

»Tunbridge Wells 315509?« erkundigte sich eine barsche männliche Stimme.

»Ähm... Ja.« Charlotte zuckte wegen ihrer eigenen Dummheit zusammen. Sie hätte behaupten sollen, er hätte die falsche Nummer gewählt, auflegen und nicht mehr abheben sollen, wenn es wieder klingelte.

»Kann ich bitte mit Mr. Derek Fairfax sprechen?« Die barsche Stimme kam ihr irgendwie bekannt vor, aber Charlotte konnte sie nicht einordnen.

»Nein... Ich meine, er ist nicht da.«

»Darf ich fragen, mit *wem* ich spreche?«

»Ich... Ich könnte Sie dasselbe fragen.«

»Natürlich. Entschuldigung. Mein Name ist Albion Dredge. Ich bin der Rechtsanwalt von Mr. Fairfax. Das heißt, der Rechtsanwalt seines Bruders, um genau zu sein.« Jetzt wurde ihr alles klar. Sie hatte die Stimme dieses Mannes gehört, als er im vergangenen Juni im Gericht von Hastings Colin Fairfax vertreten hatte, als der Wert von Beatrix' Tunbridge-Sammlung eine ausreichende Erklärung für ihre Ermordung zu sein schien. Wie naiv eine solche Erklärung jetzt erschien, wie absurd und verlockend naiv. »Ich muß mit Mr. Fairfax über eine Angelegenheit von einiger Dringlichkeit sprechen. Wann wird er zurückkommen?«

»Noch nicht so bald.«

»Vor morgen?«

»Nein.«

»Können Sie mir eine Telefonnummer geben, unter der ich ihn erreichen kann?«

»Nein.«

»Ach du meine Güte. Wie ungünstig. Moment mal. Ich nehme an, Sie sind eine Freundin von ihm, Miss...«

»Ja, das ist richtig.«

»Dann ist Ihnen die... Situation... seines Bruders sicher bekannt?«

»Ja.«

»Gibt es eine Möglichkeit, daß Sie Mr. Fairfax eine Nachricht bezüglich seines Bruders übermitteln?«

»Nun... Vielleicht.«

»Sehen Sie, er muß morgen früh vor dem Gericht in Hastings erscheinen. Die Polizei hat ihre Einwände gegen eine Kaution fallen gelassen, und ich werde ihre Bewilligung noch einmal beantragen. Beim ersten Mal hatte Mr. Fairfax angeboten, als Bürge aufzutreten.«

Charlotte sank der Mut. »Sie meinen, Sie brauchen ihn wieder dafür? Er muß vor Gericht auftreten?«

»Nicht unbedingt. Wenn die Richter zwischen den Zeilen lesen, werden sie feststellen, daß es nur eine Frage der Zeit ist, bis alle Anklagen fallengelassen werden. Dann werden sie dem Angeklagten mit Freuden auf eigene Rechnung Kaution gewähren. Aber ich gehe gern auf Nummer Sicher. Miss... Miss...«

»Ich werde es Mr. Fairfax sagen, wenn ich von ihm höre. Aber vielleicht höre ich ja nichts von ihm. Sie denken, sein Bruder wird auf jeden Fall freikommen?«

»Wahrscheinlich.«

»Dann ist ja alles in Ordnung, nicht wahr?«

»Ähm... Ja. Aber –«

»Auf Wiederhören, Mr. Dredge.«

»Wenn ich doch nur –«

Sein Satz wurde abrupt unterbrochen, als Charlotte den Hörer auflegte. Sie starrte ihn einige Sekunden lang an und fragte sich, ob sie Derek anrufen und ihm erzählen sollte, was geschehen war. Wenn sie es tat, könnte er es sich in den Kopf setzen, sich mit Dredge in Verbindung zu setzen, und so würde sich der Schaden, den sie bereits angerichtet hatte, noch vergrößern. Andererseits, wenn sie es bleiben ließ, würde das zu nichts Schlimmerem führen als einer Verzögerung von Colins Freilassung. Unter anderen Umständen hätte sie nur zu gern geholfen. Aber dies waren keine anderen Umstände. Im Augenblick gab es keine Hilfe, die sie gefahrlos leisten konnte. Mit einem Seufzer erhob sie sich von ihrem Stuhl und machte sich bereit zu gehen.

»Dürfen wir hereinkommen, Miss Ladram?«

Es war am selben Nachmittag um vier, und die allerletzten Menschen, die Charlotte jetzt sehen wollte, standen auf der Türschwelle von Ockham House: Chief Inspector Golding, der sie mit kritisch hochgezogenen Augenbrauen musterte, Kriminalbeamtin Finch, elfengleich und ernst, und ein dritter Beamter, den sie zu ihrer Überraschung als Chief Inspector Hyslop von der Polizei in Sussex erkannte. »Ja, natürlich«, sagte sie. »Ist irgend etwas... geschehen?«

»Nichts, worüber man sich beunruhigen müßte«, sagte Golding. »Wir erklären es Ihnen drinnen.«

Dredge hatte einen Verdacht gehabt, wer sie war, und es der Polizei erzählt. Sie hatten Derek an Hand ihrer Aufnahme seines Anrufs heute morgen identifiziert. Irgendwie hatten sie daraus gefolgert, was sie vorhatte. Oder aber ihr Besuch war reiner Zufall. Mit diesem letzten Gedanken vertrieb sie ihre Befürchtungen, als sie ihre Gäste ins Wohnzimmer führte.

»Sie müssen unter großer Anspannung stehen«, bemerkte Golding, als er zum Fenster ging und sich zwischen sie und das Licht stellte. »Der Elfte ist schrecklich nah.«

»Ja. Das stimmt.« Sie wandte sich Hyslop zu, bemüht, ihn ins Gespräch einzubeziehen, wenn auch nur, um zu verhindern, daß Golding es beherrschte. »Schön, Sie wiederzusehen. Wozu...«

»Ich hätte mich auf jeden Fall mit Ihnen in Verbindung gesetzt, Miss«, antwortete Hyslop. »Peter schlug vor, daß ich ihn heute nachmittag begleiten sollte.« Er lächelte Golding zu. »Um die Störung zu verringern, sozusagen.«

»Es ist keine Störung. Wie sind Ihre Nachforschungen über den Tod meiner Tante verlaufen, seit Sie den Fall wiederaufgenommen haben?«

»Zufriedenstellend. Wenn alles vor Gericht zur Sprache kommt, wird, so fürchte ich, der gute Ruf Ihres verstorbenen Bruders wohl beträchtlichen Schaden nehmen.«

»Dann wird es also eine Gerichtsverhandlung geben? Es ist Ihnen gelungen, eine Anklage gegen Spicer aufzubauen?«

»Wir haben soeben positive Ergebnisse erzielt, was einige Teppichfasern und Blutflecken betrifft, die in seinem Wagen gefunden wurden. Sie bringen ihn mit dem Schauplatz des Verbrechens und mit der Verstorbenen in Verbindung. Da er uns niemals ein Alibi geliefert hat, hat er tatsächlich keine Verteidigung.«

»Haben Sie ihn angeklagt?«

»Wir haben es vor – wenn wir ihn finden.«

»Ich dachte, er sei verhaftet worden.«

Hyslop schnitt eine Grimasse. »War er auch. Aber wir mußten ihn aus Mangel an Beweisen wieder laufen lassen. Das war, noch bevor die Tests an seinem Wagen abgeschlossen waren. Seitdem...«

»Er ist getürmt«, mischte sich Golding ein. »Wahrscheinlich ist ihm klar geworden, daß das Spiel aus ist.«

»Ja«, sagte Hyslop verteidigend. »Aber wir werden ihn erwischen. Es ist nur eine Frage der Zeit.«

»Das gleiche gilt für die Entführung Ihrer Nichte«, sagte Golding. »Sie scheinen bemerkenswert gut mit den Umständen fertig zu werden, Miss Ladram.«

»Nun... Es gibt nichts, was ich tun könnte, nicht wahr? Nichts, was irgend jemand tun könnte.«

»Unsere Nachforschungen sind in einer Sackgasse gelandet, das stimmt. Darum erwägen wir eine Änderung unserer Taktik.«

»Welche Art von Änderung?«

»Eine, bei der wir Ihre Hilfe benötigen.«

»Wie kann ich Ihnen helfen?«

»Wir müssen uns mit den Entführern verständigen. In diesem späten Stadium gibt es keine Alternative. Was wir vorschlagen, ist, die Anzeige, über die sie mit Ihnen gesprochen haben, in der *International Herald Tribune* aufzugeben. Sie erinnern sich – ›Brieffreunde können sich wiedersehen. Orwell wird zahlen.‹«

Charlotte schnürte es die Kehle zu. Golding blickte sie direkt an, aber sie konnte wegen des grellen Lichts des Fensters hinter ihm nur wenig von seinem Gesichtsausdruck erkennen. Wollte er testen, wie stark ihre Nerven waren? War das ein mehr als deutlicher Hinweis? Oder war das bloß ein vernünftiger Vorschlag, geboren aus amtlicher Verzweiflung? Es gab keine Möglichkeit, es herauszufinden.

»Ich erinnere mich«, sagte sie mit heiserer Stimme.

»Falls sie darauf reagieren, werden sie erwarten, mit *Ihnen* zu sprechen. Zumindest zunächst. Natürlich können wir sie später zu einem geschulten Unterhändler weiterleiten.«

»Aber die Anzeige sollte aufgegeben werden, wenn wir bereit wären, ihnen das zu übergeben, was sie wollen. Und das haben wir nicht.«

»Nein.« Er machte eine Pause, und einen Augenblick hätte man glauben können, daß er eher eine Frage gestellt als die Tatsachen in Erwägung gezogen hatte. »Nun, die Idee ist, daß Sie andeuten, daß wir es haben. Sie müssen sie dazu bringen, sich so lange mit Ihnen zu unterhalten, bis wir a) den Anruf zurückverfolgen können und b) sie dazu überredet haben, das Ultimatum zu verlängern.«

Charlotte betete im stillen, daß ihre Stimme und ihre Augen sie beim Sprechen nicht verraten würden. »Für wann... ähm... haben Sie die Anzeige geplant?«

»Samstag.«

Sie konnte sich gerade noch beherrschen, vor Erleichterung nicht laut zu seufzen. Wenn Golding den Freitag ausgesucht hätte, wäre ihre Bestellung der Anzeige unweigerlich ans Licht gekommen. Jetzt bestand noch eine geringe Chance, daß sie nicht entdeckt würde – bis sie ihren Zweck erfüllt hatte.

»Indem wir es so spät wie möglich tun«, fuhr Golding fort, »hoffen wir, die Entführer zu der Annahme zu bewegen, daß wir schließlich nachgeben.«

»Ich verstehe.«

»Also, werden Sie uns helfen? Ohne Sie, fürchte ich, wird es uns nicht gelingen, sie so lange am Telefon festzuhalten, daß wir etwas erreichen.«

»Was sagt Ursula dazu?«

»Mrs. Abberley? Sie ist über alles froh, was wir im Interesse ihrer Tochter unternehmen.« Sein Blick verschärfte sich. »Ich hatte eigentlich erwartet, daß Sie genauso denken würden.«

»Oh, natürlich. Das tue ich.« Die Gedanken wirbelten in ihrem Kopf herum, um die Konsequenzen von Goldings Vorschlag zu überdenken und abzuwägen. Natürlich blieb ihr gar nichts anderes übrig, als zuzustimmen. Deshalb würde sich die Polizei schon bald mit der Anzeigenabteilung der *International Herald Tribune* in

Verbindung setzen. Mit etwas Glück würde sich dort niemand an ihren Anruf erinnern – oder, falls doch, worum es gegangen war. Ihre Anzeige würde auf jeden Fall morgen erscheinen. Und die Entführer würden sie lesen. Aber früher oder später würde auch Golding darauf stoßen. Er würde hierherkommen, um mit ihr zu reden. Und wenn er sie nicht antraf, würde er feststellen, welche Telefonnummer angegeben worden war. Die Frage war nur, ob er schnell genug handeln würde, um zu verhindern, daß sie persönlich mit den Entführern zu einer Einigung gelangte. Sie wußte keine Antwort darauf. Sie wußte ja nicht einmal, ob es ihr gelingen würde, eine Einigung zu erzielen. Aber sie wußte, daß sie es jetzt, mehr als je zuvor, versuchen mußte. »Ich werde Ihnen auf jede erdenkliche Art helfen, Chief Inspector.«

22

Es war ein windstiller Morgen in Speldhurst. Charlotte beobachtete, wie die Morgendämmerung hereinbrach und ihr verschwommenes Grau über Farriers mit seinen Bungalows und den gestutzten Rasen ausbreitete. Einige von Dereks Nachbarn hatten sich in ihren Geschäftswagen bereits auf den Weg zur Arbeit begeben und rasten zu den grellen Bürolichtern des Alltags, während ihre Gedanken auf die heutige Sitzung und das morgige Golfspiel gerichtet waren. Nicht ihretwegen war sie zu dieser unheimlichen Nachtwache gezwungen gewesen, versteckt hinter den Tüllgardinen von Dereks Wohnzimmer. Nicht ihretwegen gab es diese geisttötenden Alternativen, denen sie sich, wie sie wußte, stellen mußte, wenn und falls das Telefon klingelte.

Sie ging hinüber zum Bücherregal neben dem Fernsehgerät und ließ ihre Blicke über die Titel schweifen, auf der Suche nach einem Buch, mit dem sie die Anspannung des Wartens mildern konnte. Wirtschaftstheorie. Fotografie. Naturgeschichte. Vorkriegswagen. Kunst und Lyrik, um die vielen Meter triviale Belletristik auszugleichen. Diese Mischung erinnerte sie daran, wie wenig sie im Grunde über Derek wußte, wie ungewöhnlich die Art und Weise war, wie sich ihre Wege gekreuzt hatten. Sie wünschte, es hätte anders sein können. Und dann sah sie, flach auf einer Reihe von Taschenbüchern liegend, *Tristram Abberley: Eine kritische Biographie.* Sie nahm das Buch aus dem Regal und betrachtete das Gesicht des Mannes, von dem das Buch handelte, auf dem Umschlag. Was hätte er wohl getan, wenn ihm klar gewesen wäre, welche verheerenden Folgen seine literarische Lüge für das Leben seiner Schwester, seines Sohnes und eines halben Dutzend anderer Menschen haben würde, die bei seinem letzten Atemzug in Tarragona noch nicht einmal geboren waren? Es war zu spät, ihn zu fragen. Genauso wie es zu spät war, darüber nachzudenken, was sie tun würde, wenn sie ganz sicher wüßte, was in den nächsten Stunden geschehen würde.

In Corunna mußte Derek ungefähr eineinhalb Kilometer ins Stadtzentrum laufen, um einen Kiosk zu finden, der die *International Herald Tribune* verkaufte. Jetzt eilte er damit zu einer Bank in dem nahe gelegenen Palmenpark und suchte begierig die Kleinanzeigen. BRIEFFREUNDE KÖNNEN SICH WIEDERSEHEN sprang ihm in Großbuchstaben in die Augen. ORWELL WIRD ZAHLEN. Und dann folgte seine eigene Telefonnummer in England. Es war nicht zu übersehen. Es war nicht mißzuverstehen. Es hatte begonnen. Er rollte die Zeitung in seiner Hand zusammen, stand auf und ging zum Hotel zurück.

Um zehn Uhr hatte Charlotte bereits fast eine Stunde darauf gewartet, daß das Telefon klingeln würde. Als es dann geschah, fuhr sie trotzdem heftig zusammen, bevor sie hineilte, um abzuheben.

»44-892-315509«, sagte sie so langsam wie möglich.

Keine Antwort. Sie wartete und wiederholte dann die Nummer. Aber bevor sie geendet hatte, wurde am anderen Ende aufgelegt. Sie starrte den Hörer an, als ob er schuld daran wäre, bevor sie ihn auf die Gabel warf. Sie fixierte noch immer das Telefon, als es erneut klingelte. »44-892-315509.«

»Miss Ladram?« Wenn sie Dereks Beschreibung glauben durfte, dann war das Galazargas Stimme. Aber sie wußte, daß sie nicht fragen durfte.

»Ja.«

»Ich spreche im Namen derer, die Ihre Nichte festhalten, Miss Ladram.«

»Ich weiß.«

»Wir haben Ihre Anzeige gesehen.«

»Gut.«

»Warum wurde die Telefonnummer geändert?«

»Weil mein Telefon vermutlich von der Polizei abgehört wird. Diese Nummer ist sicherer.«

»Ich freue mich, das zu hören. Der Teilnehmer ist eingetragen als D. A. Fairfax. Wir hatten erst kürzlich Kontakt mit Mr. Fairfax. Ich nehme an, er ist ein Freund von Ihnen?«

»Ja.«

»Dann möchte ich Ihnen raten, in der Wahl Ihrer Freunde vorsichtiger zu sein. Wir haben festgestellt, daß Mr. Fairfax zu unzuverlässig ist, als daß man mit ihm Geschäfte machen könnte.«

Charlotte wußte, daß jetzt der Moment gekommen war, entschlossen aufzutreten. Jetzt war der Moment gekommen, die Initiative zu ergreifen. Aber sie mußte nur an Samantha denken, allein und verängstigt, um sich noch etwas zurückzuhalten. »Ich bin über Mr. Fairfax' Verhandlungen mit Ihnen im Bild.«

»In diesem Fall sind Sie bestimmt auch darüber im Bild, daß es ihm nicht gelungen ist, uns in bezug auf die Karte hereinzulegen.«

»Wir versuchen nicht, Sie hereinzulegen. Meine Tante hat die Karte vernichtet, bevor sie uns das Dokument ausgehändigt hat. Ich wünschte, sie hätte es nicht getan, aber ich kann daran nichts ändern. Sie existiert nicht mehr. Nur die Erklärung von Ortiz ist noch übrig.«

»Wir glauben Ihnen nicht.«

»Na gut. Glauben Sie uns nicht. Aber folgendes dürfen Sie mir glauben.« Bewußt gab sie ihrer Stimme einen harten Klang. »Wenn Sie meine Nichte nicht vor Ablauf des Ultimatums freilassen, werden wir das Dokument der spanischen Presse übergeben.«

Es entstand eine Pause, dann sagte Galazarga: »Sie bluffen, Miss Ladram. Und das auch noch schlecht. Sie würden das Leben Ihrer Nichte niemals so aufs Spiel setzen.«

»Sie haben recht, *ich* würde es vielleicht nicht tun. Aber ich habe das Dokument nicht mehr. Mr. Fairfax hat es. Er und sein Begleiter haben nicht solche Skrupel wie ich.«

»Wer *ist* sein Begleiter?«

471

Diese Frage war ein Zeichen von Schwäche. Charlotte mußte das ausnutzen. »Ein skrupelloser Mann. Genau wie Señor Delgado.«

Sie hatte zum ersten Mal Delgados Namen genannt, aber wenn Galazarga es bemerkt hatte, so ließ er es nicht erkennen. »Wo ist dieser... rücksichtslose Mann?« fragte er.

»Bei Mr. Fairfax. Versteckt. Ich weiß nicht, wo. Sie dachten, es sei sicherer für mich, wenn ich es nicht wüßte. Sie können sich mit mir in Verbindung setzen, aber nicht umgekehrt. Sie warten darauf zu erfahren, ob sie ihre Drohung wahr machen müssen. Und ich ebenfalls.«

»Kommen Sie, Miss Ladram. Sie werden nur das tun, was Sie ihnen sagen.«

»Da irren Sie sich. Bevor sie nach Spanien abreisten, haben Mrs. Abberley und ich uns damit einverstanden erklärt, daß sie auf jede eventuelle Meinungsänderung unsererseits keine Rücksicht nehmen müssen. Wir hatten das Gefühl, daß wir diese Vorsichtsmaßnahme treffen müßten, um uns davor zu schützen, daß wir beim Näherrücken des Ultimatums schwach werden könnten. Also, Sie sehen, nichts, was ich sagen würde, könnte sie davon abhalten, die Presse zu informieren. Das können nur Sie.«

»Indem wir Ihre Nichte freilassen?«

»Genau.«

Mehrere Sekunden verstrichen, bevor Galazarga weitersprach. Charlotte hörte eine Spur von Zaudern in seiner Stimme. »Miss Ladram, das ist wirklich –«

»Wie lautet Ihre Antwort?«

»Wie bitte?«

»Ich muß wissen, was ich Mr. Fairfax sagen soll. Ihre Antwort, Señor Galazarga. Ich muß es jetzt wissen.«

Er zeigte keine Reaktion, als sie ihn mit seinem Namen anredete, genausowenig wie vorher bei der Nennung von Delgados Namen. »Also gut. Ich werde mich beraten... mit denjenigen, die ich vertrete ... und Ihnen die Antwort mitteilen.«

»Wann?«

»Heute morgen. Spätestens um zwölf.«

»In Ordnung. Aber –«

»Auf Wiederhören, Miss Ladram.«

Derek ging zum Fenster seines Hotelzimmers hinüber und sah auf den Hafen hinaus, wo ein rotes Fischerboot noch nicht sehr viel weiter ins offene Meer hinausgelangt war, seit er es zuletzt beobachtet hatte.

»Wir hätten schon längst von ihr hören müssen«, sagte er und drehte sich zu seinem Begleiter um, der im einzigen Sessel saß, seine Pfeife rauchte und ins Leere schaute.

»Wir werden dann von ihr hören«, sagte Frank langsam, »wenn sie uns etwas mitzuteilen hat.«

»Sie müssen die Anzeige bereits vor Stunden gesehen haben. Worauf warten sie noch?«

»*Falls* sie warten, dann um unsere Nerven zu testen. Ihre scheinen den Test nicht sehr gut zu bestehen.«

»Oh, um Gottes –«

»Nehmen Sie einen Rat von mir an, mein Junge. Den Rat von jemandem, der oft genug auf den Beginn einer Schlacht gewartet hat und deshalb Fachmann ist. Im Ungewissen zu warten ist schwer. Aber manchmal ist es verdammt viel besser als die Gewißheit.«

»Danke, Frank.« Mit einem verzweifelten Kopfschütteln kehrte Derek zum Fenster zurück, um das Fischerboot weiter zu beobachten. »Herzlichen Dank.«

Es war erst zwanzig Minuten vor zwölf, als das Telefon wieder klingelte.

Charlotte zwang sich zu warten, bis es zweimal geläutet hatte, bevor sie abhob.

»44-892-315509.«

»Miss Ladram?«

»Señor Galazarga?«

»Mein Name tut nichts zur Sache, Miss Ladram. Wichtig ist unsere Antwort.«

»Wie lautet Ihre Antwort?«

»Wir akzeptieren Ihre Bedingungen.« Charlotte schickte im stillen ein Dankgebet gen Himmel. Vier einfache Worte rechtfertigten alles, was sie getan hatte. Aber wie es aussah, waren die vier Worte nicht alles, was Galazarga zu sagen hatte. »Unter bestimmten Voraussetzungen, die gewissenhaft eingehalten werden müssen. Andernfalls ist die Vereinbarung null und nichtig. Und das Leben Ihrer Nichte ist verwirkt.«

»Was sind das für Voraussetzungen?«

»Das Dokument muß an einen Ort gebracht werden, den wir bestimmen, wo es im Austausch für Ihre Nichte übergeben wird, die dann zu einer Polizeistation gebracht werden muß, damit es so aussieht, als ob sie ohne Erklärung freigelassen worden wäre. Sie darf nichts über den Grund ihrer Freilassung erfahren, und auch diejenigen, die es wissen, dürfen nichts darüber verlauten lassen, weder jetzt noch in Zukunft.«

Die Vereinbarungen für den Austausch waren äußerst wichtig. Sie konnten eine sorgfältig geplante Täuschung verbergen, Charlotte wußte das nur zu genau. Sie mußte ihre Bereitschaft zuzustimmen gegen die Möglichkeit weiterer Tricks abwägen. Aber sie hatte gerade begonnen, sich mit diesem Problem zu beschäftigen, als sie von einem Klingeln an der Haustür unterbrochen wurde. Den Telefonhörer an ihr Ohr gepreßt, erhob sie sich von ihrem Stuhl und spähte durch die Tüllgardinen vor dem Fenster hinaus. Aber weder in der Einfahrt noch auf der Straße war ein Auto zu sehen. Wenn es Golding war, was sie stark befürchtete, dann war er zu Fuß gekommen, was allerdings wenig wahrscheinlich schien.

Aber irgend jemand war gekommen, wie ein zweites Klingeln bestätigte.

»Nun, Miss Ladram? Sind Sie damit einverstanden?«

»Ich muß mehr darüber erfahren. Wo... Wo würde der Austausch stattfinden?«

»Wir haben einen Platz ausgewählt, der für beide Seiten Geheimhaltung und Sicherheit bietet.«

Sie hörte ein Klopfen am Fenster. Als Charlotte sich umdrehte, sah sie eine massige Gestalt, die sich eng ans Glas drückte und mit den Händen ihre Augen beschattete, um durch den Vorhang ins Zimmer spähen zu können.

»Miss Ladram?«

»Es... Es tut mir leid. Wann... Wann stellen Sie sich vor...«

»Morgen früh um neun Uhr.«

»So... So bald?« Es war eine törichte Bemerkung, die sie sofort bereute. Als sie sich wieder umsah, stellte sie erleichtert fest, daß die Gestalt vom Fenster verschwunden war. Sie konnte nur hoffen, daß, wer immer es gewesen war, aufgegeben hatte und gegangen war. »Es tut mir leid. Morgen früh ist in Ordnung.«

»Gut. Dann sind Sie einverstanden?«

»Vielleicht. Erzählen Sie mir erst die Einzelheiten.«

»Nein. Ich muß zuerst Ihre Zustimmung haben. Über unsere Bedingungen kann es keine Diskussion geben. Darüber kann auf keinen Fall verhandelt werden.«

Wieder ein Klopfen, diesmal klang es eher wie ein Trommeln. Und aus einer anderen Richtung. Charlotte sah auf. Vor der vorhanglosen Terrassentür auf der anderen Hausseite stand Colin Fairfax und glotzte durch das Eßzimmer und den Bogen, der es vom Wohnzimmer trennte, zu ihr herein. Sie erkannte ihn sofort, auch wenn es schon drei Monate her war, daß sie ihn im Gerichtssaal gesehen hatte. Er trug dieselben Kleider wie damals – einen dunkelblauen Blazer, eine beige Hose, ein offenes gestreiftes Hemd – und hatte fast den gleichen Gesichtsausdruck von verblüffter Verärgerung. Während sie hinsah, klopfte er wieder.

»Miss Ladram, habe ich Ihre ungeteilte Aufmerksamkeit? Sie scheinen sich nicht gerade auf die betreffende Angelegenheit zu konzentrieren.«

»Ich konzentriere mich darauf. Ihre Bedingungen... Ich bin einverstanden.« Schnelligkeit war jetzt wichtig. Colin Fairfax würde nicht aufgeben. Das war offensichtlich. Sie mußte ihre Verhandlungen mit Galazarga zum Abschluß bringen, ehe er sich zu drastischeren Maßnahmen entschloß. »Ich bin mit allem einverstanden.«

»Gut. Das sind die Anordnungen. Schreiben Sie sich alles genau auf, denn ich werde mich nicht wiederholen.«

Charlotte griff nach einem Stift und lehnte sich vor, um an den Schreibblock zu gelangen, den sie sich schon vorher bereitgelegt hatte. »Ich höre.«

»Mr. Fairfax und sein Begleiter werden nach Orense fahren, das liegt einhundertundelf Kilometer südöstlich von Santiago de Compostela. Von dort werden sie die N 120 nach Ponferrada nehmen. Nach neunundvierzig Kilometern werden sie nach Norden auf die Nebenstraße nach Monforte de Lemos abbiegen, die im Zickzack in das Tal des Flusses Sil hinunterführt. Auf der südlichen Seite der

Brücke, auf der die Straße den Fluß überquert, werden sie anhalten, und zwar morgen früh, Samstag, zehnter Oktober, nicht später als fünf Minuten vor neun. Zur selben Zeit werden unsere Vertreter Ihre Nichte auf die nördliche Seite der Brücke bringen. Genau um neun Uhr wird Mr. Fairfax allein in die Mitte der Brücke gehen und das Dokument bei sich haben, aber keine Waffe oder irgend etwas, was man irrtümlich für eine Waffe halten könnte. Einer unserer Vertreter wird ihn auf der Brücke treffen und das Dokument prüfen. Wenn es zu unserer Zufriedenheit ist, darf Ihre Nichte die Brücke überqueren. Mr. Fairfax und sein Begleiter werden dann zusammen mit ihr zurück nach Castro Caldelas fahren, während unsere Leute in die entgegengesetzte Richtung aufbrechen. Mr. Fairfax und sein Begleiter werden Ihre Nichte an diesem Vormittag zu einer Polizeistation ihrer Wahl bringen, aber nicht mit ihr hineingehen. Sie werden ihr sagen, daß sie erzählen soll, sie sei ohne Erklärung von ihren Entführern freigelassen worden und daß sie keine Ahnung habe, wo oder von wem sie festgehalten wurde. Abgesehen davon werden sie ihr nichts erzählen. Ist das klar?«

»Ja. Das ist klar.« Inzwischen schlug Colin mit der Faust gegen die Terrassentür und schrie. Schon bald würden die Nachbarn es hören. Und sie mußte Galazargas Anweisungen doch noch an Derek weiterleiten. Sie hob die Hand, um Colin zu beruhigen, aber es schien nichts zu nützen. »Mr. Fairfax wird sich genau an diese Anordnungen halten. Sie haben... Sie haben mein Wort darauf.«

»Und ich versichere Ihnen, daß wir das gleiche tun werden. Ich vertraue Ihnen, daß es keine... Zwischenfälle geben wird.«

»Ich eben –«

»Auf Wiederhören, Miss Ladram.«

Charlotte knallte den Hörer hin, lief hastig durchs Speisezimmer. entriegelte die Terrassentür und schob eine Türhälfte auf. Ihr Verhalten schien Colin zu verwirren, der verunsichert zurücktrat.

»Mr. Fairfax«, sagte Charlotte, so ruhig sie konnte, »ich bin hier mit dem Wissen und Einverständnis Ihres Bruders, es gibt also überhaupt keinen Grund, so einen Wirbel zu machen.«

Er kniff die Augen zusammen. »Kenne ich Sie nicht von irgendwoher?«

»Mein Name ist Charlotte Ladram.«

»Teufel noch mal! Sie sind die Schwester von Maurice Abberley.«

»Ja. Und ich bedaure das Unrecht, das Sie seinetwegen ertragen mußten, sehr, aber –«

»Waren *Sie* das, mit der Dredge am Telefon gesprochen hat? Ich dachte, es müßte eine... Wo ist Derek? Und warum war er heute morgen nicht im Gerichtssaal? Sie hätten ihm davon erzählen müssen.« Jeder Satz wurde von einer stechenden Bewegung seines Zeigefingers und einem unheilverkündenden Stirnrunzeln begleitet.

»Derek ist in Spanien.«

»In Spanien? Aber... Laut Auskunft seines Büros liegt er mit Grippe im Bett und wird von einer Kusine in Leicester gepflegt, die weder er noch ich haben. Wollen Sie mir etwa sagen, daß ich nur deshalb im Gefängnis bleiben mußte, weil er beschlossen hat, heimlich eine Woche an der Sonne zu verbringen?«

»Natürlich nicht. Er macht keine Ferien. Und Sie wurden trotzdem freigelassen, oder?«

»Aber wenn er keine Ferien macht, was macht er dann in Spanien?«

»Er tut etwas für mich.«

»Für *Sie*?«

»Ja. Aber ich habe jetzt keine Zeit für Erklärungen. Wenn er zurückkommt –«

Ein Läuten an der Haustür ließ sie mitten im Satz innehalten. Sie wirbelte herum und hoffte gegen alle Vernunft... Aber diesmal stand ein Auto in der Einfahrt und ein anderes auf der Straße, und ihre Blaulichter und die Markierungen der Thames-Valley-Polizei waren deutlich sichtbar. Sie waren gekommen, genau wie sie es befürchtet hatte. Aber sie waren zu früh da. »O Gott, es ist die Polizei.«

»Die Polizei?« Ein zweites, längeres Klingeln war zu hören.

»Was wollen sie?«

»Mich.«

»Sie? Nun machen Sie mal halblang.«

Die Zeit wurde knapp. Wenn sie Glück hatte, dann blieben ihr noch ein paar Minuten, ein paar Minuten, die sie gut nutzen mußte. Es war unmöglich, Derek jetzt anzurufen, vor allem solange Colin sie mit Fragen und Anschuldigungen bombardierte. Aber vielleicht, nur vielleicht, könnte Colin ihr Retter sein. »Kommen Sie herein«, sagte sie und packte ihn am Arm. »Schnell!«

»Was zum Teufel ist hier eigentlich los?«

»Hören Sie mir zu. Bitte.« Charlotte schob die Tür hinter ihm zu und verriegelte sie. »Ich habe getan, was ich konnte, um das auszugleichen, was mein Bruder Ihnen angetan hat, nicht wahr? Ich habe der Polizei den Beweis für seine Schuld ausgehändigt. Wegen dieses Beweismaterials sind Sie freigekommen.«

»Ich nehme es an, aber –«

»Jetzt muß ich Sie als Gegenleistung um einen Gefallen bitten.«

»Einen Gefallen?«

Es klingelte dreimal, und dann folgten mehrere Schläge mit dem Türklopfer. Charlotte rannte zum Telefon und schnappte sich das Blatt Papier, auf dem sie die Anweisungen Galazargas notiert hatte. Colin folgte ihr langsam mit verwirrtem Gesicht.

»Wollen Sie sie denn nicht hereinlassen?«

»Noch nicht. Erst muß ich Ihnen etwas sagen. Ich brauche Ihre Hilfe, Colin. Dringend.«

»*Meine* Hilfe?«

»Ja. Und wenn Sie verstehen, warum, kann ich nur noch beten, daß Sie sie mir nicht verweigern.«

Ein Uhr war der Termin, den Derek sich eine Stunde vorher selbst gesetzt hatte, um seine Nerven zu beruhigen. Als die Zeit verstrich, verlor er die Geduld. Er nahm das Telefon und begann zu wählen, wobei er absichtlich Franks Blick vermied. Es gab eine Verzögerung von ein paar Sekunden, bevor er es klingeln hörte, dann wurde fast augenblicklich abgehoben.

»Tunbridge Wells 315509.«

Es war nicht Charlotte. Es war nicht einmal das, was sie gesagt haben würde. Es klang beunruhigend nach einer Polizistin.

»Hallo?«

Er legte hastig auf und schaute Frank an. »Das war nicht sie«, sagte er benommen. »Jemand anders ist ans Telefon gegangen. Jemand, der . . . Ich denke, etwas ist schiefgegangen, Frank. Ich denke, etwas Schreckliches ist passiert.«

Um zwei Uhr saß Charlotte vor einem Metalltisch in einem kahlen, mit einer Neonröhre beleuchteten Verhörraum des Newbury-Polizeireviers. Auf der anderen Seite des Tisches lehnte sich Golding in seinem Stuhl nach vorn und suchte in ihrem Gesicht nach irgendeiner Art von Reaktion, während Superintendent Miller seinen Ärger über Charlottes Verhalten abreagierte, indem er auf dem Linoleumboden zwischen ihnen und der Tür auf und ab ging. Hinter ihm stand eine Polizeibeamtin und starrte ausdruckslos die gegenüberliegende Wand an.

»Sie haben unsere beste Chance verschenkt, Ihre Nichte zu retten. Sie haben dafür gesorgt, daß wir nicht wie geplant mit den Entführern Kontakt aufnehmen können, daß wir nicht vernünftig mit ihnen reden, in keiner Weise mit ihnen verhandeln können. Warum, Miss Ladram? Warum haben Sie so etwas Dummes getan?«

»Sie könnten immer noch unter Mr. Fairfax' Nummer anrufen«, erwiderte Charlotte. »Dann können Sie mit ihnen verhandeln, nicht?«

»Aber Sie sind nicht dort, um das Gespräch entgegenzunehmen.«

»Nun, das ist deshalb, weil ich hier sitze, nicht wahr? Das ist *Ihre* Entscheidung.«

»Wir können Ihnen nicht mehr vertrauen, Charlotte«, sagte Golding. »Sicher verstehen Sie das. Wie könnten wir, wenn Sie hinter unserem Rücken so etwas machen?«

»Ich habe einfach nicht eingesehen, warum wir bis morgen warten sollten.«

»Sie haben nicht eingesehen, warum Sie uns wissen lassen sollten, was Sie mit den Entführern besprechen wollen«, schrie Miller. »Das ist doch die Wahrheit, oder nicht? Sie wollten eine *private* Abmachung mit ihnen treffen.«

»Warum, Charlotte?« fragte Golding sanft. »Was wollten Sie vor uns verbergen?«

»Nichts.«

»Wie kamen Sie dazu zu denken, Sie hätten allein mehr Erfolg?«

»Ich wollte es . . . einfach versuchen.«

»Falls Sie das allein geplant haben, natürlich. Wo ist Derek Fairfax?«

»Ich weiß es nicht.«

»Sein Bruder sagte, Sie hätten jede Auskunft über seine Abwesenheit verweigert – und auch über Ihre Anwesenheit in seinem Haus.«

»Er hat Ihnen die Wahrheit gesagt.«

»Aber Sie nicht, nicht wahr?« brüllte Miller und schlug plötzlich mit der flachen Hand auf den Tisch, so daß Charlotte zusammenzuckte. »Sie waren gestern morgen ebenfalls dort. Warum?«

»Derek bat mich, während seiner Abwesenheit ab und zu nach dem Rechten zu schauen.«

»Wo ist er?«

»Er hat es mir nicht gesagt.«

Golding ließ ihr Gesicht nicht aus den Augen. »Haben die Entführer heute morgen angerufen, Charlotte?«

»Nein.«

»Denken Sie, daß sie später anrufen werden?«

»Ich weiß es nicht.«

»Oder morgen?«

»Ich weiß es nicht.«

»Was ist mit Samantha? Was, meinen Sie, wird jetzt mir ihr geschehen?«

»Ich *weiß* es nicht.«

»Kurz gesagt, Sie wissen überhaupt nichts?«

»Nichts, was ich Ihnen nicht bereits gesagt hätte.«

»Wir glauben Ihnen nicht«, knurrte Miller.

»Und bis wir Ihnen glauben«, sagte Golding, »müssen Sie leider hier bleiben.«

Franks Argument, daß sie bis Einbruch der Dunkelheit warten sollten, bevor sie das Schlimmste annahmen, war in Dereks Augen doch etwas dünn. Tatsächlich war seine Unfähigkeit, eine alternative Vorgehensweise vorzuschlagen, der einzige Grund dafür, daß er das Hotelzimmer nicht verlassen hatte, das Ungewißheit und Informationsmangel in ein Gefängnis verwandelt hatten, dem er am liebsten entfliehen wollte. Als das Telefon klingelte, griff er instinktiv danach, denn er wünschte sich nichts so sehr, als Charlottes Stimme am anderen Ende zu hören. Aber das war nicht der Fall.

»Hallo?«

»Derek?«

Eine Sekunde traute Derek seinen Ohren kaum. Es klang nach Colin. Unzweifelhaft *war* es Colin. Aber wie war das möglich? »Colin? Bist du es wirklich... Was... Ich meine...«

»Ich wurde heute morgen entlassen. Da niemand zu wissen schien, wo du warst, bin ich zu deinem Haus gegangen. Dort traf ich Charlotte Ladram. Sie hat mir gesagt, wo ich dich erwischen kann.«

»Hat sie das? Aber... Wo ist Charlotte?«

»In polizeilichem Gewahrsam.«

»Warum?«

»Du weißt, warum, Derek. Du weißt es sehr gut. Spar dir deine Heuchelei. Es hat keinen Sinn. Sie hat mir alles erzählt. Nun, sie hatte keine andere Wahl. Entweder das oder...« Colin seufzte. »Gegen mein besseres Wissen – was bin ich doch für ein weichherziger Dummkopf – habe ich mich bereit erklärt, ihren Boten zu spielen. Ich bin jetzt im Laden. Wie durch ein Wunder wurde das Telefon nicht abgestellt. Aber ich kann mir mit Sicherheit nicht allzu viele Auslandsgespräche leisten. Also spitz deine Ohren. Ich habe dir eine Menge zu sagen.«

23

Sie waren vor einer Stunde angekommen. Seitdem hatte die Kühle des Morgens von dem Tal Besitz ergriffen. Aber im übrigen hatte es keine Veränderungen gegeben, keinen Windhauch, der die Stille durchbrach, auch nicht die kleinste Bewegung, die die Abgeschiedenheit erträglicher machte. Derek rutschte auf seinem Sitz herum und sah sich noch einmal alles an, die steilen Hänge auf beiden Seiten des flachen Flußbettes, in dem das Wasser ununterbrochen dahinfloß, die sogar noch blauere Himmelsdecke über ihren Köpfen und die enge gewundene Straße, die sie hinuntergefahren waren.

Am vergangenen Nachmittag hatten sie Corunna verlassen und die 230 Kilometer nach Castro Caldelas bis zum frühen Abend zurückgelegt. Dort hatten sie in einem fürchterlichen Zimmer über der lebhaftesten Bar des Dorfes die Nacht verbracht, bevor sie sich in der Morgendämmerung wieder auf den Weg gemacht hatten und der beschriebenen Strecke gefolgt waren, hinunter in die tief ausgeschnittene Schlucht des Sil, im Zickzack um die Weinbergterrassen und Felsnasen herum, bis sie am Fuß der Schlucht den Fluß und die Betonbrücke erreicht hatten, die ihr Ziel war.

Frank hatte den Landrover gewendet, so daß er zur Bergseite zeigte. Er hatte keine Erklärung dafür abgegeben, und Derek hatte ihn nicht danach gefragt, denn die Möglichkeit, daß sie vielleicht schnell verschwinden mußten, erforderte keine weiteren Worte. Irgendwie war Derek froh, daß er von seinem Sitz aus die Brücke nicht sehen konnte. Er würde sie früh genug sehen, wenn Galazarga und seine Leute eintrafen und er über ihren schmalen Brückenbogen gehen mußte, um sie zu treffen. Oder um einen von ihnen zu treffen. Wer immer es sein würde.

Wenn Charlotte ihn ohne Umschweife darum gebeten hätte, hätte er sich bestimmt geweigert. Aber sie hatte ihn nicht darum gebeten. Sie hatte versprochen, daß er es tun würde, weil ihr gar nichts anderes übriggeblieben war. Und jetzt mußte er aus dem gleichen Grund ihr Versprechen halten. Wie seltsam es ihm auch erschien, wie verrückt – und doch auch unvermeidlich.

Er wollte gerade auf die Uhr schauen, um zu sehen, wie lange sie noch warten müßten, als Frank ihm seine ruhige Hand auf den Arm legte. »Sie sind da«, murmelte er.

Und so war es. Zwei Fahrzeuge, eine elegante schwarze Limousine und ein kleiner roter Lieferwagen, waren auf der Straße aufgetaucht und fuhren auf die Brücke zu. Kein anderer Wagen war in irgendeiner Richtung unterwegs gewesen. Sie mußten es sein.

Derek beobachtete wie erstarrt, wie die beiden entfernten Objekte stetig näher kamen, kurzzeitig verdeckt von Felsblöcken und Büschen, aber immer öfter sichtbar, je länger ihr Abstieg dauerte. Dann schaute er auf seine Uhr. Es war sieben Minuten vor neun.

Frank öffnete die Fahrertür und stieg aus. Derek folgte ihm und stellte sich zu ihm vor die Rückseite des Landrovers. Er konnte es jetzt nicht mehr vermeiden, die Brücke anzuschauen, ihre festen grauen Pfeiler, die über ihrem eigenen Spiegelbild im Wasser standen, die verschwommene Linie des Geländers, dem er schon bald bis in die Mitte folgen würde. Die beiden Fahrzeuge wurden langsamer, als sie ein flaches Straßenstück am Rand des Wassers erreichten, verschwanden hinter einer letzten Felsnase, wurden wieder sichtbar und kamen ungefähr zehn Meter vor der Brücke zum Stehen. Es war genau fünf Minuten vor neun.

»Pünktlich, nicht wahr?« sagte Frank.

»Wir wollen hoffen, daß sie sich an alle anderen Vereinbarungen ebenso genau halten.«

»Nervös?«

»Was denken Sie wohl?«

»Ich denke, daß es noch nicht zu spät für Sie ist auszusteigen. Ich nehme gern Ihren Platz ein.«

»Aber sie haben mich dafür vorgesehen. Also muß ich es sein, nicht wahr? Wenn irgendeiner die Vereinbarung bricht –«

»Dann sollen sie es sein, was?«

»Niemand soll es sein. Das ist alles, was ich will.«

Türen wurden geöffnet und wieder geschlossen. Eine Gestalt, in der man Norberto Galazarga erkannte, beriet sich mit dem Fahrer des Lieferwagens, der ausstieg, zur Rückseite des Wagens ging und seine Doppeltüren weit öffnete. Ein Mädchen in Jeans und einem ausgeleierten Pullover kletterte heraus. War es Samantha? Derek hatte sie nur einmal gesehen, unter wesentlich anderen Umständen. Er war sich nicht sicher. Aber er wollte, daß sie es war. So sehr.

»Es ist fast neun«, sagte Frank.

»Ich werde mich auf den Weg machen, wenn es *genau* neun ist. Nicht vorher.«

»In Ordnung. Aber bleiben Sie ruhig. Und seien Sie vorsichtig.«

»Bestimmt.«

Galazarga ging nach vorn zu der Limousine und lehnte sich hinein, um mit einem der Insassen zu reden. Dann trat er zurück, damit sein Gesprächspartner aussteigen konnte. Es war ein großer, zerbrechlich wirkender Mann in einem weiten Mantel. Derek hatte gerade begonnen, sich zu fragen, wer das wohl sein mochte, als Frank sagte: »Es ist punkt neun.«

Derek ging los. Er klopfte auf seine Jackentasche und hörte den Briefumschlag knistern, in dem sich der Bericht von Ortiz befand. Er beeilte sich nicht, hatte aber die Biegung schneller als erwartet umrundet und schaute jetzt über die Länge der Brücke hinweg, während er den Punkt abschätzte, an dem er stehenbleiben würde. Er blickte weder nach rechts noch nach links und versuchte, so gut er konnte, die Wasserfläche auf beiden Seiten zu ignorieren, die Wände aus Felsen und Gebüsch vor ihm, die unberührbare blaue Decke über ihm. Er maß jeden Schritt ab, den er machte, dennoch schien mit jedem von ihnen der Boden weniger stabil zu sein, die Information für seine Sinne weniger verläßlich.

Dann sah er den anderen Mann, der am entgegengesetzten Ende der Brücke in sein Blickfeld geriet. Es war der zerbrechliche Mann im Mantel, dessen Größe durch seine ausgezehrte Gestalt hervorgehoben wurde. Er hatte silberweißes Haar und ging gebeugt, seine Bewegungen waren vorsichtig, und er war offensichtlich sehr alt. Irgend etwas in der Art, wie er seinen rechten Arm hielt, bewies, wer er war, ohne Frage. Derek erreichte die Mitte, betrat den Randstein an der Seite der Straße und legte eine Hand auf das Geländer. Der alte Mann kam näher. Er hatte eine Hakennase und ein schmales Gesicht, das von einem Mosaik aus Falten durchzogen wurde wie der getrocknete Schlamm eines ausgedörrten Flusses. Einer seiner Mundwinkel und das entsprechende Augenlid hingen herunter, als ob er einen Schlaganfall erlitten hätte, aber sein Kinn ragte störrisch hervor, und sein Blick war fest. Unter dem Mantel waren ein gestärkter weißer Kragen und eine fest gebundene schwarze Krawatte zu sehen. Beim Gehen funkelte die Sonne in einem goldenen Siegelring an seiner linken Hand, der sogar noch weiter hervorstand als seine geschwollenen Knöchel. Seine rechte Hand war steif und steckte in einem Handschuh und schwang beim Gehen an der Seite mit. Derek fragte sich, ob Frank schon erkannt hatte, wer er war. Er war von weit her gekommen, um eine Schuld mit diesem Mann zu begleichen. Und nun mußte er danebenstehen und die Schuld außer acht lassen, während Derek um das Leben einer Fremden verhandelte.

»Mr. Fairfax?« sagte der alte Mann fragend, als er ein paar Meter von ihm entfernt stehenblieb. Seine Stimme war schwach und näselnd, mit einem leichten Akzent wie bei Galazarga, aber ohne seine bedeutungsvolle Liebenswürdigkeit. Seine wäßrigen Augen wanderten über Dereks Gesicht, auf der Suche nach Hinweisen, nach Anzeichen von Schwäche forschend.

»Señor Delgado?«

»Ja.« Er betrat den Randstein und legte seinen rechten Arm auf das Geländer, so daß seine behandschuhte Hand nur wenige Zentimeter von Dereks Fingern entfernt war. »Sie haben das Dokument dabei?«

»Natürlich.« Er griff langsam in seine Tasche und zog den Umschlag heraus. »Es ist alles hier drin.«

»Außer der Karte.«

»Ich habe das bereits Señor Galazarga erklärt.«

»Ja, Sie haben es erklärt. Und Miss Ladram ebenfalls. Aber erzählen Sie es mir noch einmal. Warum hat Miss Abberley die Karte vernichtet?«

»Um das Geheimnis des Goldes für immer zu bewahren. Um niemand in Versuchung zu führen.«

Erstaunlicherweise lächelte Delgado. »Was für eine kluge Dame sie war.«

»Sie... Sie billigen es?«

»Ich bewundere den Gedankengang, sicherlich. Ich bin achtundachtzig Jahre alt, Mr. Fairfax, und materiell gut versorgt. Das Gold war für mich niemals unwichtiger als heute. Wenn ich an all die Dinge zurückdenke, die ich getan habe, um es zu bekommen... Wenn ich höre, wie eine englische alte Jungfer mich schließlich darum betrogen hat... Was kann ich anderes tun als lächeln?«

»Aber... wenn es Ihnen egal ist...«

»Warum ich dann das Mädchen entführen ließ? Das war Norbertos Idee. Er möchte das Gold haben, um sich eine sorgenfreie Zukunft zu erkaufen, wenn ich tot bin. Ich erkenne in ihm meine eigene Sehnsucht danach wieder, die in ihm weiterbrennt. Er ist mein Sohn, aber er ist nicht mein Erbe. Seine Mutter war... ein Dienstmädchen. So ist meine Sünde seine Disqualifizierung. Und daher betrachtet er das Gold als das einzige Erbe, auf das er hoffen kann. Während ich es, mit der ärgerlichen Pietät meines hohen Alters, lediglich als Fluch ansehe. Und ich möchte ihn nicht verfluchen. Um seinetwillen bin ich froh, daß das Gold für alle Zeit verloren ist.«

»Trotzdem wollen Sie Ortiz' Bericht?«

»Natürlich. Er starb, indem er mich mit dessen Existenz verhöhnte. Er starb in dem Bewußtsein, daß ich niemals Ruhe haben würde, bis ich ihn gefunden und vernichtet hätte. Ob mit oder ohne Karte, ich muß ihn haben.«

»Dann nehmen Sie ihn.« Derek hielt ihm den Umschlag hin und war überrascht, als Delgado mit seiner rechten Hand danach griff, seine Finger schlossen sich geschickt um das eine Ende und schnipsten die unverschlossene Klappe auf. Er entnahm den Inhalt mit seiner linken Hand und begann ihn durchzublättern, wobei er die Seiten überflog.

»Ortiz' Handschrift. Ja, ich erkenne sie, sogar noch nach all den Jahren. Die kühnen Striche eines katalanischen Anarchisten. Die peitschenhiebförmigen Serifen des einen Opfers, das ich nie vergessen habe.«

»Opfer?«

»Mein Opfer. Mr. Fairfax. Eines von vielen. Sind Sie überrascht, daß ich es zugebe?«

»Ich vermute... Ich habe erwartet...«

»Daß ich mich verstelle, es leugne? Wozu sollte das gut sein? Hier, auf dieser Brücke, sichtbar, aber nicht hörbar, können wir alles sagen, was wir wollen. Sie sind für mich ein Fremder. Wir werden uns nie wiedersehen. Folglich kann ich Ihnen gegenüber meine Sünden freimütiger bekennen als sogar meinem Beichtvater. Denn jetzt habe ich den Beweis in Händen, in der Handschrift und den Worten von Ortiz. Jetzt bin ich endlich sicher. Hier ist alles, was Sie versprochen haben. Alles, was ich hoffte von Miss Abberley zu bekommen, als ich sie vor achtundvierzig Jahren in Rye aufsuchte. Wie gut erinnere ich mich an das selbstgefällige kleine englische Städtchen am Meer, wo sie mich über Tassen mit Tee und Servietten aus Damast ausmanövrierte, wo all meine vollkommenen Methoden, wie man durch Schlagen und Drücken und Quetschen die Wahrheit aus den Opfern herausholt, nutzlos waren. Wann, denken Sie, hat sie erkannt, daß sie mich besiegen konnte?«

»Ich glaube nicht, daß sie versucht hat, Sie zu besiegen.«

»Vielleicht nicht. Aber sie hat es geschafft. Sie und Ortiz und mit ihnen Tristram Abberley.« Als er bei der letzten Seite angelangt war, seufzte er, packte die Blätter wieder zusammen und schob sie zurück in den Umschlag.

»Was werden Sie damit anfangen?«

»Sie verbrennen. Sicherstellen, daß mich das Geheimnis nicht überleben kann. Dafür sorgen, daß Norberto es nicht dazu verwenden kann, die Meinung meiner Enkeltochter über mich zu ändern. Als ich von seinem Kontakt mit Tristram Abberleys Biographen erfuhr –«

»Dann waren nicht *Sie* es, den McKitrick hier aufgesucht hat?«

»Nein, Mr. Fairfax. Es war Norberto, der nach Mitteln suchte, sich selbst reich zu machen und mich in Yolandas Augen herabzusetzen. Sie weiß nichts von all dem. Sie ist der strahlende Edelstein all der kargen Jahre, die vergangen sind, seit ihr Vater... mir genommen wurde. Yolanda mißbilligt das, wofür ich vor fünfzig Jahren gekämpft habe. Aber sie achtet mich dafür, daß ich gekämpft *habe*, daß ich daran geglaubt habe. Wenn sie entdecken würde, daß ich sogar den Faschismus verraten habe, wenn sie erfahren würde, daß ich mitten im Krieg ein Dieb war... Ich würde zweimal sterben. Einmal, wie es bald geschehen wird, auf Gottes Befehl. Und das zweite Mal, viel qualvoller, in ihren vertrauensvollen Augen.«

»All das«, sagte Derek langsam, »Samanthas Entführung, die Ermordung ihres Vaters –«

»Davon weiß sie nichts.«

»Nicht mehr lange. Sie wird es früh genug erfahren. Aber sie wird nicht wissen, warum.«

»Aber Sie werden es wissen, Mr. Fairfax.«

»Ja. Um Ihren Ruf zu schützen.«

»Scheint es das nicht wert zu sein?«

»Nicht im entferntesten.«

»Nicht für Sie. Aber Sie sind noch nicht einmal halb so alt wie ich. Wenn Sie mein Alter erreicht haben, dann werden Sie verstehen, daß die Tatsache, wie man sich an uns erinnert, das einzige ist, was wirklich eine Rolle spielt.«

»Und woran wird man sich bei Ihnen erinnern?«

»An ein Überbleibsel längst vergangener Zeiten. An einen harten, aber ehrenhaften Mann. Nicht an einen Dieb oder Mörder. Nicht an einen Verräter oder Peiniger. Nicht mehr, da ich dies jetzt habe.« Er klopfte auf den Umschlag und lächelte schwach. »Sie denken, ich bin all das gewesen, nicht wahr? Und Sie haben recht. Aber jetzt können Sie es nie mehr beweisen. Niemand kann das.«

487

Plötzlich durch seine Selbstgefälligkeit verärgert, sagte Derek: »Soviel zu Ihrem Ruf. Was ist mit Ihrem Gewissen?«

»Ich habe keines. Ich habe es zusammen mit meiner rechten Hand im Dienst für mein Land verloren. Als ich im Juli 1936 für die Aufständischen Partei ergriff, tat ich es, weil ich dachte, sie würden gewinnen. Andere haben für ihre Überzeugungen gekämpft. Wir haben alle verloren. Aber ich habe nur ein Vermögen an Gold verloren, sie haben alles verloren.« Sein Blick glitt an Derek vorbei zum Landrover und dem Mann, der daneben stand. »Wer ist Ihr Begleiter, Mr. Fairfax?«

»Er hat mit Ortiz in der Internationalen Brigade gedient.«

»Ah, ich hätte es mir denken können.«

»Ortiz hat ihm während des Rückzugs von Teruel das Leben gerettet, indem er sich selbst geopfert hat. Er hat bis vor kurzem nicht gewußt, was mit Ortiz geschah. Aber jetzt weiß er es.«

Delgado kniff seinen Mund zu einem Strich zusammen. »Es wäre besser für ihn gewesen, wenn er es nie erfahren hätte. Weit besser.«

Einen Augenblick war Derek versucht zu fragen, wie Ortiz gestorben war. Delgado wußte es. Er war dafür verantwortlich. Er hatte die Befehle gegeben und zugeschaut, während sie ausgeführt wurden. Vielleicht hatte er sogar – Aber nein. Derek würde nicht fragen. Wenn er es tat, bekam er vielleicht eine Antwort. Und wenn er es wußte, wie konnte er Frank gegenüber so tun, als wüßte er es nicht? Die Ungewißheit war am Ende ihre einzige Rettung.

Als ob er seine Gedanken gelesen hätte, sagte Delgado: »Richten Sie ihm bitte folgendes von mir aus, Mr. Fairfax. Ortiz starb im Bewußtsein, daß er alles verloren hatte. Und trotzdem wußte er gleichzeitig, daß er gewonnen hatte. Natürlich erkannte ich das zu jener Zeit nicht. Aber als die Jahre vergingen, wurde der verheerende Schaden, den sein Geheimnis in meinem Leben angerichtet hätte, wenn es jemals bekannt geworden wäre, immer größer und größer, bis er zu einer Sturmwolke angewachsen war, die gewaltig und dunkel genug war, um alles, was ich erreicht hatte, auszulöschen. Das war sein Sieg. Er wußte es. Er wußte, was es bedeuten würde. Er verstand es. Und später verstand ich es auch.«

»Soll das als . . . Entschuldigung für das, was Sie getan haben, gelten?«

»Nein. Wir sind nicht hier, um Entschuldigungen anzubieten oder anzunehmen. Wir sind hier, um ein Geschäft abzuschließen – und um meinen Konflikt mit der Familie von Tristram Abberley zu beenden. Ich habe erhalten, weswegen ich gekommen bin. Und Ihnen soll es ebenso gehen.« Er drehte sich um und winkte steif mit seiner rechten Hand.

Derek beobachtete, wie Galazarga Samantha von den beiden Fahrzeugen wegführte, indem er sie am Ellenbogen hielt. Als sie einen Poller am Ende der Brücke erreichten, ließ er sie los, und sie ging zögernd weiter, dann begann sie schneller zu laufen, unbeholfen, als ob ihr die Übung fehlte. Sie wirkte mitgenommen und verzweifelt, ihre Haare waren verfilzt und schmutzig, ihre Kleider zerknittert und abgetragen. Ihre Augen waren weit aufgerissen, mit starrem Blick, ihre Wangen waren eingefallen, ihr Mund stand vor Erschöpfung und Ungläubigkeit offen.

»Sie müssen keine Tricks oder Überraschungen befürchten, Mr. Fairfax. Norberto würde es nicht wagen, sich mir in aller Öffentlichkeit zu widersetzen. Bringen Sie das Mädchen zurück zu seiner Mutter. Ich denke, es ist für uns alle Zeit, nach Hause zu gehen.«

»Sam?« sagte Derek und trat ihr in den Weg, weil er befürchtete, daß sie sonst an ihm vorbeigehen würde.

Sie blieb stehen. »Ja. Ich bin Sam. Wer... Wer sind Sie?«

»Ein Freund von Charlotte.«

Sie runzelte die Stirn. »Kenne ich... Sind Sie nicht...«

»Wir haben uns nur einmal gesehen. Aber das spielt keine Rolle. Gehen Sie einfach zum Landrover weiter. Dort wartet ein anderer Freund auf Sie. Ich komme gleich.«

»In Ordnung.«

Als sie weiterging, drehte Derek sich wieder zu Delgado um. Aber der hatte sich bereits abgewandt und machte sich auf den Rückweg zur anderen Seite der Brücke, wo Galazarga mit eisigem Gesicht auf ihn wartete. Bald schon würde Derek allein auf diesem engen Brückensteg stehen, an dem sich für ein paar Minuten die Schicksale eines halben Dutzends Menschen gekreuzt hatten. Delgados Geheimnis war in Sicherheit. Aber das Gold ebenfalls. Niemand hatte gewonnen. Oder vielleicht Beatrix. Sie allein hatte konsequent der Habgier und dem Groll ein Ende machen wollen. Und jetzt hatte sie

489

es geschafft. Wie Delgado gesagt hatte, es war wirklich Zeit, nach Hause zu gehen. Ungeduldig drehte sich Derek auf dem Absatz um und machte sich auf den Rückweg.

24

Am Samstagmorgen hatten Miller und Golding offensichtlich ihre Meinung geändert. Nach einer größtenteils schlaflos verbrachten Nacht in einer Zelle des Newbury-Polizeireviers wurde Charlotte ohne jede Erklärung unmittelbar nach dem Frühstück entlassen. Sie wurde in einem Panda nach Tunbridge Wells zurückgebracht und verfolgte auf ihrer Armbanduhr, wie die Zeiger allmählich auf die Neun vorrückten, während sie auf der M 25 nach Osten fuhren. Sie stellte sich vor, was nun wohl gerade in Galicien passierte. Sie wußte, daß sie weiterhin auf ihre Mutmaßungen angewiesen war, bis sie eindeutige Nachrichten erreichten. Wenn sie vor diesem Zeitpunkt Colin Fairfax besuchte oder anrief, konnte das genau der Fehler sein, den man mit ihrer Freilassung provozieren wollte.

Unter diesen Umständen bedeutete ihre Rückkehr nach Ockham House lediglich den Austausch einer Zelle mit einer anderen. Sie konnte mit niemandem sprechen, da sie fürchtete, sich zu verraten. Und sie konnte an nichts anderes denken als an die Gründe, warum Franks Plan fehlgeschlagen sein könnte, warum er und Derek, vor allem Derek, dank ihr in Lebensgefahr sein könnten.

Eine Stunde mit solch quälenden Gedanken machte das Eingesperrtsein unerträglich. Sie öffnete die Verandatür, um sicherzugehen, daß sie das Telefon hören würde, wenn es klingelte, und ging hinaus auf den Rasen, der während der vergangenen beunruhigenden Woche von heruntergefallenen herbstlichen Blättern dicht bedeckt worden war. Sie erinnerte sich an den heißen Junitag, als die Familie sich hier nach Beatrix' Beerdigung versammelt hatte und Derek hereingeplatzt war und Anschuldigungen erhoben hatte, die sie alle für völlig absurd gehalten hatten. Die einzige Absurdität schien ihr heute ihre damalige Ignoranz zu sein, ihre gegenseitige Ahnungslosigkeit über das, was die Zukunft bringen würde. Es war noch nicht einmal vier Monate her, aber irgendwie schien es ihr so weit entfernt zu sein wie ihre Kindheit, als sie auf diesem Rasen hier Kricket gespielt hatten, ihr Vater winkend, als er ihr den Tennisball zuwarf, und Maurice grinsend, als er neben dem Stechpalmenstrauch kauerte, um ihn abzufangen. »*Schlag ihn hierher, Charlie. Mach schon. Du kannst –*«

Plötzlich erschien ein Auto in der Einfahrt, das so schnell fuhr, daß es beim Bremsen eine Kiesfontäne auf den Rasen warf. Es war ein großer rostfleckiger alter Jaguar, einem Modell sehr ähnlich, das Charlottes Vater einmal besessen hatte. Von einem Ohr zum anderen grinsend, stieg Colin Fairfax aus.

»Was ist los?« rief Charlotte.

»Gute Neuigkeiten.«

»Wirklich?«

»Die allerbesten.« Er senkte seine Stimme, als sie näher kam. »Derek hat mich vor ungefähr zwanzig Minuten aus einer Bar in Castro Caldelas angerufen. Ich dachte, ich komme direkt hierher, für den Fall, daß man Sie inzwischen freigelassen hat, und ich freue mich zu sehen, daß es so ist. Nun, Ihre Nichte wurde ebenfalls freigelassen. Alles verlief genau nach Plan. Sie ist bei Derek – gesund und munter.«

»Gott sei Dank.« Charlotte reckte sich spontan und küßte ihn. Einen Augenblick vermittelten ihr sein Auto, sein Lächeln und ihre plötzliche Hochstimmung den Eindruck, als ob ihr Vater von der Arbeit nach Hause gekommen wäre, mit einem Geschenk für sie unter dem Arm, wie es oft der Fall gewesen war. »Und dank *Ihnen*, Colin. Ohne Sie wäre es nicht möglich gewesen.«

»Richtig.« Er lächelte breit. »Aber nach allem, was ich in letzter Zeit mitgemacht habe, war es mir ein Vergnügen, dem Gesetz Sand in die Augen zu streuen.«

»Daran, was Sie durchgemacht haben, ist meine Familie schuld – dieselbe Familie, die jetzt tief in Ihrer Schuld steht.«

»Offensichtlich macht mich die Freiheit großzügig. Wie wäre es mit einem Drink zur Feier des Tages?«

»Aber sicher. Kommen Sie herein.«

Jetzt war alles vorbei. Die Ungewißheit. Der Kummer. Das Leid, das Maurice über jeden einzelnen von ihnen gebracht hatte, indem er sich in Dinge eingemischt hatte, die er nicht verstand. Das Leben konnte weitergehen, nicht auf der Basis eines Sieges über die Vergangenheit, sondern der Befreiung davon. Aus reiner Lebensfreude lachend, ging Charlotte voraus zum Haus. Dort goß sie Colin einen großen Scotch und sich selbst einen kaum kleineren Gin ein, um auf den Erfolg ihrer sonderbaren flüchtigen Verbindung anzustoßen.

»Wie lange wird es dauern, bevor die Neuigkeiten amtlich werden, was glauben Sie?«

»Es würde mich nicht wundern, wenn es mehrere Stunden brauchte. Derek sagte, sie hätten vor, Samantha vor dem Polizeirevier in Santiago de Compostela abzusetzen. Wer weiß, wie lange die spanischen Behörden dazu brauchen werden, die Dinge von dort aus in Ordnung zu bringen.«

»In der Zwischenzeit wissen nur wir, daß sie in Sicherheit ist. Was für ein Jammer, daß ihre Mutter immer noch vom Schlimmsten ausgehen muß bis... Wissen Sie, ich hätte große Lust, sie jetzt sofort anzurufen.« Aber als sie es ausgesprochen hatte, wurde Charlotte klar, wie unklug das wäre. »Aber das darf ich nicht, oder?«

»Nicht, wenn Sie sicher sein wollen, daß unsere Rolle in diesem Geheimnis nicht bekannt wird.«

»Wenn Ursula nur hier wäre. Wenn ich es ihr nur erzählen könnte, ohne das Risiko einzugehen, daß jemand mithört.«

Plötzlich schoß ihr die naheliegende Lösung durch den Kopf. »Warum fahre ich nicht zu ihr? Aber mein Wagen ist immer noch in Speldhurst. Colin, würden Sie –«

»Ich fahre Sie hin«, sagte Colin, trank seinen Scotch aus und schaute sehnsüchtig die Flasche an. »Tatsache ist, es würde mir nichts ausmachen, Ihre Schwägerin wissen zu lassen, daß *ich* es war, der dabei geholfen hat, ihre Tochter zu retten.«

»Also gut«, sagte Charlotte. »Warten Sie, bis ich mir etwas angezogen habe, das nicht nach einer ordinären Polizeimatratze riecht.«

»Soll ich Ihnen helfen?«

»*Warten Sie hier.*«

Als Charlotte zehn Minuten später ins Wohnzimmer zurückkehrte, fand sie Colin auf dem Sofa sitzend vor, wie er versonnen den alten Tunbridge-Arbeitstisch von Beatrix betrachtete, der leer in der Zimmerecke stand, seit Charlotte ihn kurz nach dem Begräbnis aus Jackdaw Cottage mitgenommen hatte.

»Ich habe ihn nur bewundert«, sagte Colin. »Wunderschöne Einlegearbeit. Ich würde mich nicht wundern, wenn sie von Russell stammte. Gehörte natürlich Ihrer Tante. Ich erinnere mich, ihn dort gesehen zu haben – während meines kurzen Besuchs.«

»Ein kurzer Besuch mit schweren Folgen.«

»Das kann man wohl sagen.« Colin nippte an seinem Scotch und lächelte sanft, als ob er über die Ironie ebenso wie über die Ungerechtigkeit, die er erlitten hatte, nachdenken würde.

»Aber jetzt sind sie fast vorbei.«

»Was?«

»Die Folgen.«

»Aha. Ich weiß, was Sie meinen.«

»Also, wollen wir gehen?«

»Ja.« Colin erhob sich. »Gute Idee.«

25

Die Fahrt mit Samantha von der Sil-Schlucht nach Santiago de Compostela hatte sich nicht als die sorglose Folge seiner Begegnung mit Delgado erwiesen, die Derek erwartet hatte. Zuerst war sie zu durcheinander und verwirrt gewesen, um viel zu sagen. Aber bei einer Frühstückspause in der Nähe von Orense war es ihr gelungen, ihre Gedanken zu ordnen und die Wirklichkeit ihrer neu gefundenen Freiheit in sich aufzunehmen. Ab da waren die Fragen nur so aus ihr herausgesprudelt. Und je ausweichender Dereks Antworten wurden, um so hartnäckiger wurden ihre Forderungen nach Informationen.

»*Sie sind Derek Fairfax, richtig?*«

»*Ja.*«

»*Was machen Sie hier?*«

»*Ich helfe Ihnen.*«

»*Aber warum? Sie gehören nicht zu meinen Freunden.*«

»*Ich bin ein Freund von Charlotte.*«

»*Charlie? Was hat sie denn damit zu tun?*«

»*Sie hat das Ganze arrangiert.*«

»*Sie? Nicht mein Vater?*«

»Nein. Nicht Ihr Vater.«

»Aber er weiß Bescheid, oder nicht?«

»Eigentlich nicht.«

»Was meinen Sie damit?«

»Ich meine, daß Ihre Familie Ihnen alles erklären wird. Ich kann es nicht.«

»Warum nicht?«

»Es ist zu Ihrem eigenen Besten. Es ist Teil der Vereinbarung, die wir mit Ihren Entführern getroffen haben.«

»Wer sind sie – die Leute, die mich festgehalten haben?«

»Das kann ich Ihnen nicht sagen.«

»Warum nicht?«

»Ich kann es eben nicht. Genügt es Ihnen denn nicht zu wissen, daß Sie in Sicherheit sind?«

»Nein. Ich möchte verstehen, was mit mir passiert ist. Warum ich das alles mitmachen mußte.«

»Vielleicht werden Sie es herausfinden«, unterbrach sie Frank. »Aber nicht durch uns.«

Franks strenger Ton – und der böse Blick, der seine Bemerkung begleitete – hatte Samantha eine Weile gebändigt. Zweifellos war er für sie das größte Rätsel von allen. Sie konnte nicht wissen, was Derek wußte – und die Umstände ihrer Freilassung hatten ihn um die Chance betrogen, den Mord an einem Freund zu rächen. Es gab keine Möglichkeit zu erfahren, wie – oder ob – er sich damit abgefunden hatte, Delgado zwar zu sehen, aber nicht herauszufordern. Seine Gedanken waren hinter einer Maske versteckt.

Schließlich trafen sie in Santiago ein und fuhren langsam durch den morgendlichen Samstagverkehr zum Polizeirevier. Es lag an einer breiten Straße, in deren Mitte ein Parkplatz angelegt war. So konnte Frank genau gegenüber dem Gebäude der *Policía Nacional* anhalten, ohne auch nur die geringste Aufmerksamkeit zu erregen.

»Keinen Meter weiter«, verkündete er knapp. »Jetzt sind Sie sich selbst überlassen.«

Samantha starrte ihn an. »Sie kommen nicht mit mir hinein?«

»Wir können nicht«, sagte Derek. »Es ist ein Teil –«

»Teil der Vereinbarung«, vollendete Samantha sarkastisch. »Und was soll ich denen erzählen?«

»Sagen Sie, daß die Entführer Sie am Stadtrand abgesetzt haben, nachdem sie Sie mit verbundenen Augen von dort, wo Sie gefangengehalten wurden, hierhergebracht haben. Sagen Sie, daß Sie keine Ahnung hätten, wo das ist, wer sie sind oder warum sie beschlossen haben, Sie freizulassen.«

»Habe ich auch nicht.«

»Dann kann es ja nicht so schwer sein, nicht wahr?«

»Und ich darf nichts von Ihnen erzählen?«

»Auf keinen Fall.«

»Gehört das auch zu der Vereinbarung?«

»Ja.«

Sie schaute ihn mißtrauisch an. »Dieser Mann auf der Brücke – was haben Sie ihm gegeben? Was war das, Lösegeld?«

Derek schüttelte den Kopf. Es gab keine Möglichkeit, auch nur zu versuchen, ihre Frage zu beantworten.

»Etwas, das meinem Vater gehört? Etwas, das sie von ihm haben wollten?«

»In gewisser Weise.«

»Was heißt das?«

»Sam, ich –«

»Nennen Sie mich nicht Sam!« Sie war jetzt wütend und den Tränen nahe. »Meine Freunde nennen mich Sam. Und Sie sind kein Freund.«

»Es tut mir leid. Sehen Sie –«

»Ich werde herausfinden, was das Ganze soll. Ich werde der Polizei und dem Konsul und wer weiß wem noch alles die richtigen Dinge sagen, aber ich werde es herausfinden. Mein Vater wird es mir erzählen.«

Ihr Vertrauen in Maurice Abberley veranlaßte Derek fast zu einer unklugen Enthüllung. »Was Ihren Vater betrifft, Samantha: Vielleicht sollte ich –«

»Miss Abberley«, unterbrach ihn Frank, »wir haben unser Leben riskiert, um Sie zu retten. Wir haben Opfer gebracht, die Sie wohl kaum verstehen können. Im Vergleich damit sind die Lügen, um die wir Sie bitten, belanglos. Also, warum hören Sie nicht damit auf, sich selbst leid zu tun, gehen in dieses Gebäude hinein und bitten sie, die britische Botschaft anzurufen?«

495

Seine Worte waren schroffer, als es Samantha verdiente. Aber sie hatten eine günstige Auswirkung. Der Anflug von Hysterie in ihrer Stimme verschwand. »In Ordnung«, sagte sie und trocknete sich die Augen. »Ich bin... Ihnen dankbar, das wissen Sie. Es ist nur –«

»Wir verstehen Sie«, sagte Derek.

»Und denken Sie daran«, sagte Frank. »Sie sind frei.«

»Ja.« Ein Lächeln erhellte plötzlich ihr Gesicht. »Bin ich, nicht wahr?« Sie rieb sich die Augen und seufzte, dann verkündete sie: »Ich denke, ich werde jetzt gehen.«

»Gut.« Derek öffnete die Tür und stieg aus, um sie herauszulassen. Der Polizist, der auf den Stufen vor dem Polizeirevier stand, stocherte in seinen Zähnen herum und war sich der Bedeutung dessen nicht bewußt, was gleich geschehen würde. Trotzdem wollte Derek das Ganze so schnell wie möglich hinter sich bringen.

»Vielen Dank, Mr. Fairfax«, sagte Samantha. »Ich werde mich noch einmal bei Ihnen bedanken, wenn ich weiß, was Sie wirklich getan haben.« Sie begann auf das Polizeirevier zuzugehen, und Derek kletterte wieder in den Landrover.

»Armes Kind«, murmelte er. »Nichts davon war ihre Schuld. Wenn sie erfährt, was mit ihrem Vater –«

»Aber Sie sind nicht ihr Freund«, knurrte Frank. »Das hat sie selbst gesagt. Heben Sie sich Ihre Sorge für diejenigen auf, die es sind – oder waren.«

Derek wußte sofort, auf wen er sich bezog. Aber in einem verstockten Versuch, die Geister zu vertreiben, die sich immer noch um sie drängten, fragte er: »Wen meinen Sie, Frank?«

Vor ihnen hörte der Polizist auf, in seinen Zähnen herumzustochern, und hielt die Tür auf für Samantha, die im Inneren des Gebäudes verschwand, ohne sich noch einmal umzudrehen. Frank ließ den Motor an. Er beantwortete Dereks Frage nicht, es sei denn, die Bemerkung, die er machte, als sie sich in den Verkehr einordneten und aus dem Stadtzentrum hinausfuhren, war als Antwort gedacht. »Es wird Zeit, daß Sie mir endlich erzählen, was Delgado gesagt hat, mein Junge. Ich will jedes einzelne Wort wissen.«

26

Der Morgen leuchtete in herbstlichem Strahlen, oder so kam es Charlotte zumindest vor, als sie sich in dem rissigen Ledersitz von Colins Jaguar zurücklehnte und beobachtete, wie die goldenen Lichtungen von Surrey vorbeiflogen. Sie fühlte ein Übermaß der überwältigenden freudigen Verantwortungslosigkeit, die das Ende des Schuljahres in ihr hervorgerufen hatte, als sie noch ein Kind war, die aber, seit sie erwachsen war, irgendwie verlorengegangen war. Als die Sorgen und Fesseln der jüngsten Vergangenheit von ihr abfielen, wuchs diese Empfindung und erfüllte sie mit Zuversicht und Großmut und überzeugte sie davon, daß alle Streitigkeiten gelöst, alle Wunden geheilt und alle Feindseligkeiten beendet werden könnten. Samantha war in Sicherheit, und ihrer Mutter sollte die Erleichterung, es zu wissen, nicht vorenthalten werden. Wenn Charlotte und Ursula auch nichts anderes gemeinsam hatten, so konnten sie doch das Glück dieses Augenblicks miteinander teilen.

Die Sonne glitzerte auf dem Wasser, als sie die Cookham-Brücke überquerten, und warf ihren warmen Schein über den Rasen von Swans' Meadow. Auf Charlottes Anweisung fuhr Colin langsamer und bog nach Riversdale ein. Dabei sah Charlotte Aliki, die auf dem Fahrrad die Straße entlang auf sie zufuhr. Sie bat Colin anzuhalten, damit sie mit ihr sprechen konnte, und lehnte sich aus dem Fenster, um die Aufmerksamkeit des Mädchens auf sich zu ziehen.

»Aliki, ich bin es! Charlotte.«

»Charlie!« Aliki kam rutschend neben ihr zum Stehen. »Ich 'abe den Wagen nicht erkannt. Und... Sie sehen so glücklich aus.« Sie hielt sich die Hand vor den Mund. »Ist es... Gibt es...«

»Vielleicht habe ich gute Neuigkeiten. Aber ich muß zuerst mit Ursula sprechen. Ist sie da?«

»O ja. Sie 'at kaum das 'aus verlassen, seit... seit es geschah. Sie ist... so traurig.«

»Gehst du einkaufen?«

»Ja. Aber nur in Bourne End.«

»Nun, wenn du zurückkommst, ist Ursula vielleicht nicht mehr so traurig.«

»Wirklich?«

Charlotte legte den Finger auf die Lippen. »Warte ab.«

Mit einem verdutzten Lächeln radelte Aliki davon, während Colin und Charlotte die Straße entlangfuhren und dann in die Einfahrt von Swans' Meadow einbogen.

»Nicht schlecht«, sagte Colin, als er vor dem Haus anhielt. »Ihr Bruder hat sich schon was gegönnt, nicht wahr?«

»Wir wollen nicht über Maurice sprechen, bitte.«

»In Ordnung.« Colin zuckte die Schultern und grinste nachsichtig. »Sollen wir hineingehen?«

»Ich denke, ich werde lieber allein hineingehen, um die Nachricht zu überbringen. Ich komme und hole Sie, wenn ich alles erklärt habe.«

»Ist mir recht.«

Charlotte stieg aus und eilte zur Tür, wobei sie den Wunsch unterdrückte, bei jedem Schritt zu hüpfen. Sie hatte eine schnelle Reaktion auf ihr Klingeln erwartet, aber niemand kam. Sie versuchte es noch zweimal mit demselben Ergebnis. Aber Aliki war so sicher gewesen. Ursula war da. Sie hätte das Haus nicht nach Aliki verlassen können, ohne ihnen zu begegnen. War sie vielleicht im Garten außer Hörweite? Das schien die einzig mögliche Erklärung zu sein. Sie teilte Colin ihre Absichten pantomimisch mit und lief um das Haus herum.

Als sie den Garten betrat, sah sie sofort, daß Ursula nicht hier sein konnte, es sei denn, sie versteckte sich im Gebüsch. Im gleichen Moment fiel ihr der Nachmittag im Juli ein, als sie auf der Suche nach Emerson McKitrick hierhergekommen war und den gleichen Weg gegangen war, um dann viel mehr zu finden, als sie erwartet hatte. Aber jetzt war sie es, die Überraschungen auf Lager hatte. Es gab sicherlich keine mehr, die auf sie warteten. Ein bißchen verärgert, weil sie so lange suchen mußte, ging sie zur Küche und war erleichtert, daß die Tür offen war. Trotzdem war sie auch ein wenig verblüfft, denn das deutete darauf hin, daß Ursula wirklich zu Hause war und einfach nicht aufmachen wollte. Sie rief ihren Namen und bekam keine Antwort, also lief sie durch die Halle und dann ins Wohnzimmer.

Sie sah Ursula, die steif und mit ausdruckslosem Gesicht auf dem

Sofa saß, den Bruchteil einer Sekunde, bevor sie den Grund für ihr ausdrucksloses, starres Schweigen erblickte. Ein Mann in Jeans, kurzer Lederjacke und Pullover stand neben dem Fenster. Er war stämmig und stiernackig und hatte ein kantiges, wettergegerbtes Gesicht. Charlotte erkannte in ihm sofort Brian Spicer, den ehemaligen Chauffeur von Maurice. Er hielt einen Revolver mit kurzem Lauf in seiner Hand, und der zeigte direkt auf sie. Sie hatte noch niemals zuvor etwas Kleineres als eine Schrotflinte gesehen, und einen Augenblick dachte sie, es wäre eine Spielzeugpistole. Aber Spicers kalter starrer Blick und die nervöse Bewegung seiner Zunge zwischen seinen Lippen sagte ihr, daß es keine war.

»Spicer«, sagte sie wie betäubt.

»*Miss* Ladram«, grinste er höhnisch. »Setzen Sie sich doch neben die Lady hier.« Er winkte sie mit seiner Waffe zum Sofa.

Ursula schaute zu ihr auf. »Mach, was er sagt, Charlie. Er ist fähig, das Ding zu benutzen.«

Charlotte gehorchte und bewegte sich langsam und vorsichtig. Als sie sich auf dem Sofa niederließ, bemerkte sie das rasende Tempo von Ursulas Atemzügen. Dann wurde ihr klar, daß sie selbst fast ebenso schnell atmete. Auch ihr Herzschlag raste und pochte wie eine Trommel in ihrem Kopf. »Was... Was ist hier eigentlich los?« fragte sie.

»Wir hatten gerade eine private Unterhaltung«, sagte Spicer. »Ich wartete, bis Aliki das Haus verließ, damit wir nicht gestört würden. Ich wußte ja nicht, daß Sie hereinplatzen würden.«

»Warum bist du hier, Charlie?« wollte Ursula wissen und tätschelte beruhigend ihre Hand.

»Machen Sie sich darüber keine Gedanken«, schnauzte Spicer sie an. »Vielleicht ist sie aufschlußreicher als Sie.«

»Worüber denn?«

»Er denkt, Maurice hätte hier eine größere Menge Bargeld aufbewahrt«, sagte Ursula. »Ich habe versucht, ihn vom Gegenteil zu überzeugen, aber –«

»Ich *weiß*, daß er hier etwas beiseite geschafft hat«, unterbrach sie Spicer. »Verfügbares Geld für die Art von Geschäften, auf die er spezialisiert war. Solche, die nicht über die Bücher liefen. Bestechungsgelder. Schmiergelder. Sie wissen schon.«

499

»Nein, wissen wir nicht«, sagte Ursula. »Es sei denn, Sie meinen die Arbeit, die Sie für ihn erledigten.«

Wut flackerte in Spicers Augen auf. »Ja. Diese Sorte Arbeit – wenn Sie es schon erwähnen. Er ist mir noch was schuldig. Und ich habe vor, es mir zu holen – und außerdem genug, um mich ins Ausland abzusetzen. Dank Maurice klebt mir die Polizei an den Fersen und versucht, mir den Mord an der Alten anzuhängen. Deshalb muß ich mich rar machen. Und dafür brauche ich das nötige Geld.«

»Nehmen Sie, was Sie wollen«, sagte Ursula. »Aber es gibt hier kein solches Geld.«

»Geben Sie es her. Ich will alles haben. Und ich will es sofort.«

Konnte es wahr sein? Hatte Maurice irgendwo im Haus Geld versteckt? Stammte das Geld, das er törichterweise Delgados Leuten bei ihrem Treffen auf dem Walbury Hill angeboten hatte, aus dieser Quelle? Falls es so war, dann wußte Ursula wahrscheinlich nicht, wo es sich befand. Aber Spicer würde das niemals glauben. In dem verzweifelten Versuch, ihn abzulenken, sagte Charlotte: »Dann waren *Sie* also für den Tod von Beatrix verantwortlich?«

»Was denken Sie?«

»Und für den Raubüberfall in Hendre Gorfelen?«

»Der Job in Wales? Ja, das auch.«

»Alles auf Geheiß von Maurice?«

»Ich habe nur getan, wofür ich bezahlt wurde.«

»Einschließlich des Einschmuggelns der gestohlenen Tunbridge-Stücke in das Geschäft von Colin Fairfax?«

»Ja. Na und?«

»Ihre Entlassung war nur eine Farce?«

»Ich brauchte nicht lange überredet zu werden. Was Maurice vorhatte, war besser, als diesem Miststück meine Reverenz zu erweisen.« Er nickte zu Ursula hinüber.

»Maurice muß Sie gut bezahlt haben.«

»Nicht gut genug. Ich bin hier, um mir das zu holen, was er mir noch schuldet.«

»Unglücklicherweise«, sagte Ursula, »wird es Ihnen nicht gelingen.«

»Wollen wir wetten? Wenn Sie es mir nicht in klingender Münze geben wollen, dann muß ich es mir eben in Naturalien holen.«

»Wie meinen Sie das?«

»Ich meine, ich bekomme lebenslänglich, wenn sie mich für Mord verurteilen – was sie tun werden, wenn sie mich erwischen. Aber ich kann nicht zweimal lebenslänglich absitzen, oder? Ein zweiter Mord – oder ein dritter – würde keinen großen Unterschied machen, was?«

»Natürlich würde es das«, sagte Charlotte. »Sie können vielleicht das Gericht davon überzeugen, daß Sie Beatrix gar nicht umbringen wollten. Sie können vielleicht –«

»Halt's Maul!« Spicer trat auf sie zu und drückte ihr die Waffe gegen die Wange. Die Kälte und der Schock ließen sie zusammenzukken. Tränen stiegen ihr in die Augen. Nur ein paar Minuten zuvor war sie so glücklich und sorglos gewesen, so daß die Gefahr, in der sie sich jetzt befand, einfach ungerecht erschien. Sie hatte gedacht, alles wäre vorüber, das letzte Problem gelöst, das letzte Risiko eingegangen. Aber das stimmte nicht. Und diesmal gab es absolut nichts, was sie tun konnte.

Als Spicer weiterredete, wurde Charlotte klar, daß er mit Ursula sprach, nicht mit ihr. »Hören Sie mir zu, *Ursula.*« Er betonte jede Silbe ihres Namens gleich, um ihren Tonfall zu verspotten. »Ich bin froh, daß Ihre Schwägerin aufgetaucht ist, denn das macht das Ganze viel einfacher. Sie weiß vielleicht nicht, wo Maurice seinen Zaster hat, aber Sie verdammt noch mal schon. Also, entweder sagen Sie es mir jetzt, oder ich drücke ab – und mache eine schöne Schweinerei aus Ihrem Sofa.«

»Spicer –«

»*Wo ist es?*«

»Ich weiß es nicht!«

»Sie lügen.«

»Nein. Um Himmels willen –«

Ursula hörte auf zu sprechen, und einen Sekundenbruchteil später wußte Charlotte, warum. Es klingelte an der Haustür. Und nur sie allein wußte, wer es war.

Im gleichen Moment, in Galicien, kam Derek aus dem Flughafengebäude des Santiago Airport und lief hinüber zum Landrover, wo Frank hinter dem Lenkrad auf ihn wartete.

»Nun?« wollte der alte Mann wissen.

»Ich habe einen Flug nach Madrid gebucht, der in etwas mehr als einer Stunde geht. Von dort habe ich Anschluß nach Heathrow. Am frühen Abend müßte ich zu Hause sein.«

»Dann werde ich Sie jetzt verlassen. Es ist eine lange Heimfahrt nach Wales. Ich werde lieber aufbrechen.« Er drehte den Zündschlüssel, und der Motor sprang stotternd an.

»Frank —«

»Was ist?«

»Wegen Delgado...«

»Sagen Sie nichts, mein Junge. Was es auch ist, es wird Vicente nicht mehr zum Leben erwecken – oder seinen Mörder vor Gericht bringen.«

»Ich weiß, aber... nun, Charlotte machte sich Sorgen darüber, daß Sie hierhergekommen sind aus...«

»Rache?« Frank nickte. »Ich hatte es im Sinn.«

»Immer noch?«

»Ja. Aber es wird ein leerer Wunsch bleiben.«

»Wegen Beatrix?«

»Wegen uns allen – den Lebenden und den Toten.«

»Hätte es einen Unterschied gemacht, wenn Sie ihn an meiner Stelle auf der Brücke getroffen hätten?«

»Vielleicht. Vielleicht auch nicht. Wenn er vor mir gestanden und zugegeben hätte, Vicente zu Tode gefoltert zu haben, wäre ich vielleicht nicht fähig gewesen, meine Hände von seinem Hals zu lassen. Aber was dann? Was wäre mit Ihnen und dem Mädchen gewesen? Wenn ich Vicente gerächt hätte, wer hätte dann Delgado gerächt? Am Schluß hätte jemand die Sache beenden müssen. Ich weiß nicht, ob ich es geschafft hätte. Und ich werde es niemals wissen, nicht wahr? Und Sie auch nicht.« Er legte knirschend den ersten Gang ein. »Ich muß jetzt los. Wenn Sie Charlotte sehen, grüßen Sie sie von mir.«

»Mache ich. Aber ich bin sicher, daß sie sich persönlich bei Ihnen bedanken will.«

»Wofür? Am Schluß waren Sie es, der das Ganze beendet hat. Ziemlich elegant auch noch.« Ein Mundwinkel zog sich in Andeutung eines Lächelns nach oben. »Gehen Sie nach Hause, Derek, und machen Sie sie glücklich. Das ist ein guter Ratschlag – für Sie beide.« Mit dieser Bemerkung und einem kaum merklichen Abschiedsnicken ließ er die Kupplung kommen und fuhr in Richtung Ausfahrt davon.

Derek sah dem Landrover nach, bis er verschwunden war. Es kam ihm fast so vor, als sei dies das erste Mal gewesen, daß Frank ihn mit seinem Vornamen angesprochen hatte. Wenn er damit seine Abschiedsworte hatte betonen wollen, so wäre das kaum nötig gewesen. Ein Grund, weshalb er nach Hause flog, war, Charlotte so schnell wie möglich wiederzusehen. Und seine Absicht war dabei nicht, sich einfach nur zu verabschieden. Was wohl Charlotte gerade machte? fragte er sich, als er ins Flughafengebäude zurückkehrte. Colin hatte ihr die gute Nachricht sicher schon längst überbracht. Vielleicht tranken sie zur Feier des Tages etwas miteinander. Vielleicht auch nicht. Wie auch immer, er war sicher, daß er beide dazu überreden konnte, mit ihm zusammen etwas zu trinken. Schließlich gab es wirklich eine Menge zu feiern. Das erste Mal seit Monaten verdunkelte für keinen von ihnen eine Wolke den Horizont.

»Sie haben wohl nicht vor aufzugeben, was?« sagte Spicer, als die Türklingel das fünfte oder sechste Mal zu hören war.

»Wer zum Teufel ist das?«

»Ich habe keine Ahnung«, sagte Ursula. »Ich erwarte niemanden.«

»Nun, Sie sorgen wohl besser dafür, daß sie verschwinden. Stehen Sie auf, Miss Ladram. Ganz langsam.«

Mit dem Revolver immer noch nur ein paar Zentimeter von ihrem Gesicht entfernt, erhob sich Charlotte. Sie wußte nicht, was sie sagen oder tun sollte, und konnte nur stumm gehorchen. Es mußte einen Ausweg geben, sicherlich. Diese Überzeugung war fast ebenso stark wie ihre Furcht. Nach allem, was geschehen war, ergab es einfach keinen Sinn, daß ihr Leben so enden sollte, ausgelöscht in einem Augenblick der Panik und Dummheit. Auf der anderen Seite, warum sollte es sinnvoll sein? Das zu erwarten war vielleicht ihr größter Irrtum. Und vielleicht auch ihr letzter.

»Gehen Sie vor uns her in die Halle«, befahl Spicer Ursula, trat hinter Charlotte und drehte ihren linken Arm auf den Rücken, während er ihr mit seiner anderen Hand die Waffe in den Nacken drückte, wo sie den Lauf kalt und hart auf ihrer Haut spürte. Ursula ging an ihnen vorbei, und ein Stoß mit dem Revolver bedeutete Charlotte, ihr zu folgen. Die Türklingel läutete schon wieder, als sie das Wohnzimmer verließen.

»Öffnen Sie die verfluchte Tür! Aber nur soweit, daß Sie dem, der es ist, sagen können, er soll Leine ziehen. Denken Sie daran: Ein falsches Wort, und ich schieße Ihrer Schwägerin eine Kugel durch den Kopf.«

Ursula zögerte kurz, dann näherte sie sich der Tür. Durch den Milchglaseinsatz über dem Briefkasten war eine verschwommene, massige Figur zu sehen. Für Charlotte gab es keinen Zweifel, wer das war. Aber Ursula würde ihn nicht erkennen. Und Spicer ebensowenig – es sei denn, er würde sich zu erkennen geben. Die Tür war mit einer Kette ausgestattet, aber Ursula legte sie nicht vor, als sie den Türgriff herunterdrückte und sich vor die schmale Öffnung stellte.

»Mrs. Abberley?« hörte Charlotte Colin sagen.

»Ja, aber –«

»Wo ist Charlotte?«

»Sie ist nicht hier. Und ich weiß nicht, wer Sie sind, aber –«

»Colin Fairfax-Vane.«

»Was?« Spicers Griff um Charlottes Arm wurde fester. Er hatte den Namen ebenfalls verstanden.

»Sehen Sie, ich weiß, daß sie bei Ihnen ist. Ich sah sie hineingehen. Lassen Sie doch diese Spielchen.«

»Das ist kein Spiel. Bitte gehen Sie.«

»Das habe ich nicht vor.« Ursula versuchte, die Tür zu schließen, aber ohne Erfolg. Colins Gewicht genügte, um sie davon abzuhalten. Dann, während er drückte und sie dagegenhielt, rutschte ihr die Klinke aus der Hand, und die Tür öffnete sich weit und knallte gegen den Türstopper. »Alles, was ich möchte, ist –« Colin blieb der Mund offen stehen, als er an Ursula vorbeistürmte und in die Halle sah.

»Ich habe eine Waffe«, sagte Spicer. »Und ich werde sie benutzen, wenn ich muß.« Er hatte Angst. Charlotte erkannte das sowohl an seinem keuchenden Atem in ihrem Ohr als auch daran, wie er ihren

Arm umklammerte. Er hatte Angst, weil sich die Situation geändert hatte, weil die Ereignisse außer Kontrolle gerieten, weil es zu vieles war, was er jetzt beobachten und bedenken mußte.

»Wer... Wer sind Sie?« fragte Colin.

»Das ist Brian Spicer«, sagte Ursula dicht hinter ihm. »Der Mann, der Ihnen den Mord an Beatrix angehängt hat.«

»Was?« Colins skeptisches Stirnrunzeln änderte sich, während Charlotte ihn beobachtete, Ungläubigkeit verwandelte sich in Wut. Spicer beobachtete ihn ebenfalls. In den wenigen Sekunden, die Ursula für ihre Erklärung gebraucht hatte, hatten sich Charlottes schwache Hoffnungen auf ein friedliches Ende verflüchtigt. Warum hatte Ursula das getan? Warum nur, es sei denn, es war ihr egal, was mit allen anderen außer ihr selbst geschah?

In dem Augenblick, als Charlotte zu dieser Schlußfolgerung gekommen war, nahm Ursula ihre Chance wahr. Sie versetzte Colin einen Schlag zwischen die Schultern. Er geriet aus dem Gleichgewicht und stolperte vorwärts. Spicer, der offensichtlich dachte, er werde angegriffen, schleuderte Charlotte nach links und hob die Waffe. Er schoß, als Charlotte zu Boden stürzte. Sie hörte irgendwo über sich die Explosion, als sie gegen den Pfosten am Fuß der Treppe stieß und auf dem Boden zusammenbrach. Dann, als sie sich umdrehte, sah sie, wie Colin an die gegenüberliegende Wand geschleudert wurde und sich mit vor Entsetzen und Schmerz verzerrtem Gesicht an die Seite griff. Ursula war durch die Haustür verschwunden. Aber Spicer, dem klar sein mußte, daß sie die einzige war, die möglicherweise das Versteck von Maurices Bargeld kannte, verfolgte sie und rannte fluchend durch die Halle. Charlotte und Colin waren ihm jetzt egal. Nur Ursula – und das Geld, dessen Versteck, wie er annahm, nur sie kannte – beherrschte seine Gedanken.

Als Spicer durch die Haustür hinausstürzte, rappelte sich Charlotte auf und ging zu Colin, der zwischen dem Schirmständer und einem Konsoltischchen langsam in eine sitzende Position gerutscht war, während über ihm ein Barometer wie ein Pendel an seinem Haken hin und her schwang. An der Stelle, wo er seine Hand auf seine linke Seite preßte, sickerte Blut zwischen seinen Fingern hervor, aber er schien fast zu lachen, als er mit trüben Augen zu ihr aufschaute.

»Hallo, Charlotte. Sind Sie okay?«

»Natürlich.« Sie kauerte sich neben ihn, verzehrt von dem verzweifelten Wunsch, er möge nicht sterben. All ihre Anstrengungen – ihre und die Dereks und auch Beatrix' – wären umsonst gewesen, wenn Colin jetzt sterben würde, ganz am Schluß doch noch ein Opfer der Abberleys würde. »Lassen Sie mich die Wunde sehen«, sagte sie besorgt.

»Nein. Rufen Sie einen Krankenwagen. Das ist... sinnvoller. Wo... Wo ist Spicer?«

»Ich weiß nicht, aber –«

Das Heulen einer Sirene unterbrach ihre Gedanken. Es klang schon sehr nahe und kam jede Sekunde näher. Colin hörte es ebenfalls und sah sie fragend an. »Sie... Sie haben bereits telefoniert?«

»Nein. Ich verstehe das nicht.«

»Macht nichts.« Seine Stimme stockte, als ihn seine Konzentration zu verlassen schien. »Hören Sie zu... Da ist etwas... das ich Ihnen sagen muß...«

Aber seine Worte wurden von einem unbeschreiblichen Lärm übertönt. Jetzt waren zwei Sirenen zu hören, beide sehr nah, und jeder Heulton war schlimmer als der vorhergehende. Dann hörten sie das Knirschen von bremsenden Reifen auf Kies, Türenschlagen, gefolgt von dem Schrei: »Nehmen Sie das runter!« und anderen Schreien, die Charlotte nicht verstehen konnte. Eine Sekunde später stürmte Chief Inspector Golding schwer atmend durch den Hauseingang.

»Miss Ladram! Sind Sie in Ordnung?« Dann sah er Colin und rief über seine Schulter: »Krankenwagen! Sofort. Ein Verletzter. Val! Kommen Sie hierher und tun Sie, was Sie können.«

Kriminalbeamtin Finch eilte an seine Seite und kniete sich neben Colin, wobei sie Charlotte zur Seite schob. Sie stand langsam auf und schaute Golding an, ihr war klar, daß es viel zu sagen und zu fragen gab, aber sie war zu lädiert und verwirrt durch die sich überschlagenden Ereignisse, so daß sie ihn nur anstarren konnte.

»Alles in Ordnung«, sagte er. »Spicer hat aufgegeben. Wir haben ihn in der Einfahrt fast umgefahren. Als wir den Schuß hörten, sind wir angerückt.«

»Angerückt?«

»Wir haben Sie beschattet, seit wir Sie heute morgen entlassen haben, um zu sehen, ob Sie mit den Entführern Kontakt aufnehmen würden. Aber das hier hätten wir zuletzt erwartet.« Er nickte zu Colin hinunter. »Warum war er bei Ihnen?«

»Er hat nur... versucht zu helfen. Wie geht es ihm?«

Valerie Finch blickte zu Charlotte auf. »Nun, er verliert nicht sehr viel Blut, aber...« Sie zuckte die Schultern. »Machen Sie sich keine Sorgen. Der Krankenwagen wird bald hier sein.«

»Miss Ladram«, sagte Golding. »Was hat Spicer hier gewollt?«

Sie wollte gerade antworten, als Ursula mit zögerndem Lächeln im Eingang erschien, als ob sie für das, was sie getan hatte, mit einer forschen Entschuldigung und ein paar schönen Worten büßen könnte. »Gott sei Dank geht es dir gut, Charlie«, sagte sie leise.

»Fragen Sie *sie*, was Spicer wollte«, sagte Charlotte tonlos. »Fragen Sie *sie*, wie sie mit ihm fertig geworden ist.«

Golding runzelte die Stirn. »Mrs. Abberley?«

Ehe Ursula antworten konnte, tauchte hinter ihr ein Polizeibeamter auf, den Charlotte als Sergeant Barrett erkannte. »Sir!« rief er. »Wichtige Neuigkeiten vom Polizeipräsidium.«

»Was ist los?« schnauzte Golding.

»Mrs. Abberleys Tochter wurde freigelassen. Sie befindet sich bei der spanischen Polizei – sie ist wohlauf.«

27

Colin Fairfax – dessen zusätzlichen Nachnamen anzuerkennen sich der staatliche Gesundheitsdienst weigerte – starb nicht an seinen Verletzungen. Anders als Tristram Abberley war es ihm bestimmt, sich vollständig davon zu erholen. Tatsächlich genoß er es nach den ersten vierundzwanzig Stunden, in denen sich Schmerzen und Bewußtlosigkeit abwechselten, im Wycombe General Hospital Patient zu sein. Als er aufhörte, die Krankenschwestern als Ersatzmütter zu betrachten, und sich statt dessen sexuellen Phantasien über sie hingab, wußte er, daß er das Schlimmste überstanden hatte. Er hätte einen längeren Aufenthalt fröhlich in Erwägung gezogen, wenn nicht die puritanische Einstellung des Krankenhauses gegenüber dem

Trinken und Rauchen gewesen wäre. Er beschloß sogleich, sich in bezug auf die Ereignisse am 10. Oktober auf völlige Unwissenheit zu berufen, und behauptete gegenüber der Polizei, daß er Charlotte auf ihre Bitte hin und völlig ahnungslos nach Swans' Meadow gefahren hatte. Als sie und Derek ihm die ganze Geschichte erzählt hatten, war er darin nur bestätigt worden. Je weniger die Polizei von der Wahrheit wußte, um so besser. Nicht zuletzt deswegen, weil er als einziger ein unentbehrliches Stück davon besaß.

Charlotte schien seinen Versuch, ihr davon zu erzählen, vergessen zu haben, was in Anbetracht dessen, was ihr alles im Kopf herumschwirrte, verständlich war. Und jetzt, als sich die Zukunft verlockend vor ihm ausbreitete, begann er zu denken, es könnte auch ein Glück sein.

An dem Tag, als Colin entlassen wurde, fuhr Derek nach Tunbridge Wells, um ihn abzuholen und in seine Wohnung über der »Schatzgrube« zu bringen. Durch Charlottes gewaltige Anstrengungen war sie während seiner Abwesenheit fast gemütlich geworden. Sie wartete dort, um ihn mit Champagner und Häppchen zu empfangen, was er für eine angemessene Art hielt, seine Erholungszeit einzuleiten, während derer sein Chirurg darauf bestanden hatte, daß er auf Alkohol verzichtete.

Vom Knallen des ersten Korkens an war für Colin klar, daß Charlotte und Derek mehr zu feiern hatten als seine Genesung oder die Tatsache, daß wirklich offiziell alle Anklagen gegen ihn von der Polizei fallengelassen worden waren. Ihre Gesichter leuchteten in verschwörerischem Glück, und obwohl sie zu schüchtern waren, es zuzugeben, war es doch ganz offensichtlich, daß während seines Krankenhausaufenthaltes die Liebe zwischen ihnen erblüht war.

»Also«, erkundigte er sich bei seinem zweiten Glas, »was ist geplant?« Absichtlich hatte er es offengelassen, was er damit meinte.

»Nun«, antwortete Derek abwehrend, »eigentlich hängt alles ein bißchen in der Luft. Vom nächsten Monat an werde ich mich in die Reihen der Arbeitslosen einordnen.«

»Du meinst, Fithyan & Co. hat dich rausgeschmissen?«

»Nicht direkt. Wir sind übereingekommen, daß es besser ist, wenn sich unsere Wege trennen.«

»Du meinst, sie haben dich doch rausgeschmissen.«

Derek zog eine Grimasse. »Bilanzbuchhalter benützen keine derartigen Ausdrücke. Mir wurde... gestattet, kurzfristig zu kündigen. Aber mach dir keine Sorgen. Mit meinem Buchhalterdiplom sollte ich es schon schaffen, jemanden zu finden, der meine Dienste benötigt.«

»Aber bevor er sich bewirbt«, warf Charlotte lächelnd ein, »machen wir Urlaub. Ein paar erholsame Wochen in der Sonne.«

Colin bemerkte zwar das gemeinsame Personalpronomen, ging aber nicht darauf ein und sagte: »Glänzende Idee! Ich hoffe, es gibt keine Einwände der Polizei?«

»Ich stehe nicht unter Anklage, wenn Sie das meinen. Sams wohlbehaltene Rückkehr scheint ihre Wut entschärft zu haben. Und Golding hat es aufgegeben, Fragen zu stellen. Er weiß, daß wir etwas an ihm vorbeigeschmuggelt haben, aber ich kann mir nicht denken, daß man ihm erlauben wird, noch mehr Zeit mit dem Versuch zu verschwenden, es herauszufinden. Die spanische Polizei ermittelt noch immer in dem Fall, aber Sam hat ihnen so wenig Hinweise gegeben, daß ich mir denke, daß sie bald das Interesse verlieren werden.«

»Und wie geht es Sam?«

»Mal besser, mal schlechter. Himmelhochjauchzend und dann wieder zu Tode betrübt. Ich habe ihr soviel wie möglich erzählt, aber ich bin mir nicht sicher, ob sie die Wahrheit über ihren Vater glauben will. Ich fürchte, sie läßt es an Ursula aus – weigert sich, mit ihr zu sprechen, schließt sie von ihrem Leben aus. Sie wohnt sogar bei Freunden, bis sie nach Nottingham zurückkehrt. Es wird lange dauern, bis sie ihrer Mutter wieder vertraut – wenn überhaupt.«

»Sie erwarten aber nicht von mir, daß ich mit dieser erbärmlichen Frau Mitleid habe, oder?«

»Natürlich nicht. *Ich* bestimmt nicht. In Wirklichkeit habe ich nicht mit ihr gesprochen seit... nun, seit Sie auch das letzte Mal mit ihr gesprochen haben. Und ich habe es auch nicht vor. Ich habe beschlossen, meine Familie – das heißt, was davon noch übrig ist – zu vergessen und mich auf mich selbst zu konzentrieren.« Sie warf Derek einen kurzen Blick zu. »Und auf diejenigen, bei denen ich sicher bin, daß sie mich nicht im Stich lassen werden.«

»Eine vernünftige Einstellung«, sagte Colin und hielt Derek sein Glas zum Auffüllen hin. »Das hätte ich auch schon vor langer Zeit tun sollen.«

Charlotte lächelte. »Und wie sehen Ihre Pläne aus, Colin?«

»Meine? Oh, das Übliche. Wiedereröffnung der ›Schatzgrube‹. Neue Gegenstände aufstöbern. Und dann alles mit großem Gewinn in der Vorweihnachtszeit verkaufen. Große Hoffnungen, eh?«

»Sonst nichts?«

»Was könnte es denn sonst noch geben?«

»Oh, ich weiß nicht. Es ist nur... Als damals die Polizei in Swans' Meadow eintraf, haben Sie versucht, mir etwas zu erzählen. Aber Sie haben es nie zu Ende gebracht, und in all der Verwirrung habe ich vergessen, Sie zu fragen, worum es ging. Seit damals will es mir nicht mehr aus dem Kopf.«

»Ich kann mich nicht erinnern.« Colin griff zur Ablenkung nach einem Cocktailwürstchen. »Falls ich es je tue, werde ich es Sie ganz bestimmt wissen lassen. Und wo wollt ihr Urlaub machen?«

»Auf den Seychellen«, antwortete Derek.

»Perfekt! Und so passend für zwei Turteltauben.«

Charlotte hob die Augenbrauen. »Wer hat etwas über Turteltauben gesagt?«

»Niemand. Aber ich hörte ihren unverwechselbaren Gesang zwischen den Zweigen.«

Derek lachte. »Darf ich fragen, warum das so passend ist?«

»Nun, die Seychellen sind die Heimat der *Coco de mer*, nicht wahr?«

»Der was?«

»Hast du noch nie davon gehört? Es ist eine Palmenart, die es nur auf diesen Inseln gibt. Die Nuß des weiblichen Baumes sieht genauso aus wie... Aber ihr werdet es noch früh genug selbst herausfinden. Warum sollte ich euch den Spaß verderben? Vielleicht denkt ihr manchmal an mich, wie ich hier vor mich hin arbeite, während ihr... Nun, denkt einfach an mich.«

»Das werden wir«, sagte Charlotte. »Und wenn wir zurückkommen —«

»Könnt ihr mir sagen, welchen Tag ihr für die Hochzeit festgesetzt habt.«

Am späten Nachmittag war das Fest vorbei. Colin stand am Fenster und nippte am letzten Glas Champagner, während er Charlotte und Derek nachsah, die über den Chapel Place davongingen. Sie hielten sich an den Händen, und Charlotte hatte ihren Kopf an Dereks Schulter gelegt. Colin lächelte nachsichtig bei diesem Anblick und begrub alle Zweifel, die er noch gehabt haben mochte: Schon bald würde er eine Schwägerin bekommen.

Nicht daß er etwas dagegen hätte. Ganz im Gegenteil. Charlotte war sehr sympathisch, genau die beherzte, aber vernünftige Frau, die sein Bruder brauchte. Und was ihre Neugier darüber betraf, was er ihr in Swans' Meadow um ein Haar erzählt hätte, so glaubte er, sie so lange ablenken zu können, bis sie es ganz vergessen hatte. Was könnte er auch sonst tun? Wenn er es ihr jetzt erzählte, würde das so vieles wieder aufleben lassen, was sie ernsthaft vergessen wollte. Es war viel besser, wenn er seine Zunge hütete. Wirklich, er mußte sich nur die Worte vorstellen, mit denen er es ihr erklären müßte, um einzusehen, wie unklug so eine Erklärung sein würde.

»Also, Charlotte, es ist so. Erinnern Sie sich daran, wie ich an jenem Morgen in Ockham House angerufen habe, um Ihnen zu sagen, daß Sam freigelassen worden war, und wir beschlossen hatten, nach Bourne End zu fahren, um Ursula von ihren Qualen zu erlösen? Bestimmt erinnern Sie sich daran. Wie könnten Sie es vergessen haben? Sie gingen nach oben, um sich umzuziehen, und ließen mich allein im Wohnzimmer zurück. Während ich wartete, inspizierte ich den Tunbridge-Arbeitstisch Ihrer verstorbenen Tante. Ein wunderschönes Stück, wie ich damals sagte. Und besonders leicht zu untersuchen, weil es leer war. Oder fast leer. Ich stellte fest, daß sich das Futter in einer der Schubladen vom Holz gelöst hatte – oder vielmehr gelöst worden war. Und dann erkannte ich den Grund dafür. Ein Blatt Papier war unter das Futter geschoben worden. Ich zog es heraus und warf einen Blick darauf. Es war ziemlich alt und an den Rändern ganz vergilbt: eine handgezeichnete Karte mit Ortsnamen und Richtungsangaben in Spanisch. Ich schaute es noch immer an, als ich Sie die Treppen herunterkommen hörte. Es blieb keine Zeit, es zurückzulegen, also schob ich es in die Tasche, in der Absicht, es Ihnen später zu sagen. Während ich in Swans' Meadow im Wagen wartete, steckte ich es zur sicheren Ver-

wahrung in meine Brieftasche. Dann, als ich in der Halle auf dem Boden lag und vor mich hin blutete und mich fragte, ob ich sterben würde, versuchte ich, Ihnen davon zu erzählen – ohne Erfolg. Später im Krankenhaus, dank den Informationen, die ich von Ihnen und Derek erhielt, wurde mir klar, was es mit der Karte auf sich hat. Und wie sie an ihren Platz gekommen war. Zumindest hatte ich eine Vermutung. Beatrix muß sich im letzten Moment vor der Vernichtung anders entschieden und die Karte im Arbeitstisch versteckt haben. Die Unwiderruflichkeit dessen, was sie geplant hatte, mußte sie zurückgehalten haben. Ich kann verstehen, warum. Ich hätte es auch nicht fertiggebracht, die Karte zu vernichten.«

Nein, es würde nicht gehen. Es wäre nicht anständig. Charlotte war der Meinung, alles sei vorüber. Und so war es auch, solange die Existenz der Karte ein Geheimnis blieb. Sein Geheimnis. Die Kleinigkeit von vierzig Millionen Pfund wert. Colin nahm seine Brieftasche heraus, zog hinter einem Packen alter Kreditkartenquittungen die Karte hervor und betrachtete sie nachdenklich. Die Strecke von Cartagena zu der verlassenen Kupfermine war deutlich zu erkennen. Man könnte sie auf jeder Karte der Gegend in einem großen Maßstab verfolgen. Wenn man wollte.

Was sollte er damit anstellen? Sie Delgado schicken? Ganz bestimmt nicht. Bis nach dem Tod des alten Faschisten warten und sie dann Galazarga anbieten? Kaum. Bei Sotheby versteigern lassen? Schwierig, da er nicht der rechtmäßige Eigentümer war. Verbrennen? Das wäre eine Schande, nachdem sie so lange erhalten geblieben war. Dem spanischen Volk stiften? Zu menschenfreundlich für seinen Geschmack. Also was dann? Colin legte die Karte zurück in seine Brieftasche, trank sein Glas aus und fragte sich, ob irgendwo noch eine Flasche wäre. Vielleicht würde er sich morgen den Kopf zerbrechen, um herauszufinden, in welchem Verhältnis das spanische Gesetz zur »Schatzgrube« stand. Ja, alles in allem wäre das wahrscheinlich das Beste, was er tun konnte. Für den Anfang.